Bridge of Clay

克莱的桥

〔澳〕马库斯·苏萨克 著

周媛 译

北 京 出 版 集 团

北京十月文艺出版社

新经典文化股份有限公司
www.readinglife.com
出　品

献给童子军、小家伙、小个子

献给凯特

纪念K. E. ——一个狂热的语言爱好者

作者说明

在英语中，"clay"一词有两种用法：第一种作人名，是"克莱"这个名字的缩写，第二种是指用于建筑、制陶和雕塑的黏土。

这两种用法都很重要：一方面指代主角的名字，另一方面指作为原料的黏土。不了解这些，对阅读这本书并没有影响；但是了解这些，有助于理解克莱的故事，以及桥的含义。

向所有读者致以最美好的祝愿和最崇高的敬意。

目 录
contents

1　开始之前　老打字机

第一部　城市

15　一个中年男性杀手的画像

21　以克莱的方式热身

28　野人们

31　博恩巴洛公园

33　希腊人抓住了他

39　人肉锁链

42　烟雾信号

43　那些白痴

49　魔术师的手帕

49　微笑的人

55　谋杀音乐

56　像一阵飓风

第二部　　城市 + 水

65　犯错者

75　环绕地

78　她一路哭到了维也纳

83　各种力量的展示

92　生日女孩

99　他口袋里的杀人凶手

103　纸房子

106　处理混蛋的人和米诺陶洛斯

112　自由的战利品

115　凯丽、克莱和第五赛道的斗牛士

124　午后的死讯

126　克莱的桥

129　搬运工

134　最后的挥别

第三部　城市 + 水 + 罪犯

147　走廊

150　他一开始并不是谋杀犯

159　男孩子气的手

160　男人与女人

170　谋杀犯的房子

173　夜晚，沿着海岸线吹来南风

178　一次长眠

181　扎托贝克

186　阿马赫努河

188　摆满一整条长廊的艾比画像

193　嘉德水道桥

200　五年和一架钢琴，然后是两人的牵手

第四部　　城市 + 水 + 罪犯 + 拱桥

207　关于克莱的一摞材料

210　他们生下我们之前的生活

216　双手流血的男孩

217　好像山坡上的滑雪者

220　传统主义者

222　钢琴上的彩绘

228　从烤箱里爬出来的男孩

230　塌鼻子新娘

234　玫瑰战争

239　阿尔切街十八号的那座房子

242　兄弟斗殴

249　老打字机，蛇和月亮

第五部　城市 + 水 + 罪犯 + 拱桥 + 故事

259　气派的入场

263　邓巴家的成长模式

280　彼得·潘

286　钢琴大战

295　克劳迪娅·柯克比温热的手臂

301　哈特内尔

311　三部曲

316　一支香烟

321　中央火车站

324　那个成了邓巴男孩的女人

331　回归河边

334　那时他们都只是少年

第六部　城市 + 水 + 罪犯 + 拱桥 + 故事 + 幸存者

343　从收音机里爬出来的女孩

345　刽子手的双手

355　阿肯色

363　搜查者

368　来自滨海沿岸的赛马

374　邓巴男孩得以幸存

381　那张照片

386　混沌的爱

394　奴隶们

397　沙丘之间的手

405　第八赛道的凯丽·诺瓦克

415　全国赛和一周年忌日

第七部　城市 + 水 + 罪犯 + 拱桥 + 故事 + 幸存者 + 桥

429　艺术馆路上的女孩

439　河里的身影

440　凌晨四点的阿喀琉斯

446　两个宝箱

448　争吵

455　自行车锁的密码

460　解体艺术家

474　两扇前门

479　六个汉利

498　裂缝

500　参加电视竞赛节目的女孩

508　最后一封信

511　斗牛士对决红心皇后

517　燃烧的床垫

第八部　城市＋水＋罪犯＋拱桥＋故事＋幸存者＋桥＋火

523　走廊上的小丑

525　银色的骡子

529　第一束阳光照进房子之前

535　和魔鬼的契约

538　彭妮・邓巴的七杯啤酒

544　徒步前往羽毛镇

547　商人和骗子

552　河床上的足球赛

556　死亡世界杯

564　一位已经成为老人的父亲的画像

567　明亮的后院

572　最凶猛的洪流来临之时

579　**终结之后　老打字机**

581　故地重游

597　**致谢**

开始之前

————

老打字机

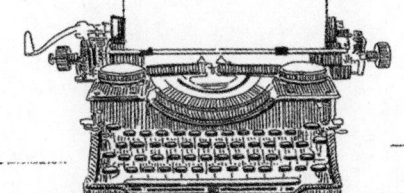

这个故事的开头有一个谋杀犯、一头骡子和一个男孩，但这并不是故事的开头，而是在那之前，从我开始讲起，我的名字叫马修。现在我就在这里，在厨房里，在深夜时分——这里曾是灯光汇聚的河口处，我在这里猛烈敲击，不停地敲击着。房子里一片寂静。

　　事实上，其他人都在熟睡。

　　我坐在厨房的餐桌旁。

　　现在我和我的打字机待在一起——"我和那台旧打字机"，我们早就消失的父亲说我们早就去世的奶奶就是这样描述的。实际上，她会管它叫老打字机，但我从来不会说这种怪话。大家都知道，我，拥有一身的瘀伤和清醒冷静的头脑，个头高，肌肉结实，爱讲脏话，偶尔会多愁善感。如果你像大多数人一样，肯定会觉得我甚至都不会花心思讲个完整的句子，更不用说对史诗、希腊史能有一星半点的概念了。有的时候被如此低估也有好处，但如果有人能看到你深藏不露的部分会更好。在我自己看来，我很幸运：

　　我身边有克劳迪娅·柯克比。

　　还有一个男孩，他也是儿子和兄弟。

　　是的，对于我们来说身边总是有个兄弟，他就是那个人——我们五个当中归属感最强的那位，他把一切都扛在了自己的肩上。像往常一样，他总是会平静地跟我讲话，并且总是经过深思熟虑，当然也总是恰到好处。在小镇上一个像被废弃的后院一样的街区，在一个荒废了的后院里，曾经埋了一台老旧的打字机，但是我得把位置距离都算准了，不然有可能会挖出来一条死狗或者是一条蛇（结果这两种我都挖出来了）。我估摸着如果挖到了狗，挖到了蛇，那离打字机也就不远了。

它是完美的、无法被盗走的财富。

我在婚礼后的第二天就开车出门了。

开到了城外。

开了一整夜。

穿过一片空旷地带，又来到不那么空的地方。

这座小镇本身就是个艰苦、偏远、像是会发生很多故事的地方。你在很远的地方就可以看到它了。这里有一片片像稻草一样的风景和连绵无际的天空。小镇周围是一片茫茫的低矮灌木，桉树群矗立在附近。这都是真实的，该死的真实：人们耷拉着肩膀，没精打采。这个世界已将他们消磨殆尽。

就在紧挨着许多小酒馆的一家银行外，一个女人给我指了路。她是这个镇子上最正直的女人。

"在托恩斯泰尔街口左转，知道了吧？然后直走大约两百米，然后再往左拐。"

她一头棕褐色头发，衣着考究，穿着牛仔裤、靴子和简单的红色衬衫，一只眼睛紧闭着以避开阳光。唯一暴露她年龄的是她脖子底部一块倒三角形的皮肤，那里显露出了疲惫和衰老，出现了纵横交错的皱褶，就好像皮箱的把手一般。

"你弄明白了吧？"

"弄明白了。"

"那么，你要找的是哪个门牌号呢？"

"二十三号。"

"哦，你是在找老默奇森一家，对吧？"

"呃，说实话，并不是。"

这女人走近了些，我开始注意到她的牙齿，它们白得闪闪发光但又有些微黄，正如这明晃晃的太阳。她靠过来的时候我伸出了手，这一刻，仿佛只有她和我，以及她的牙齿和这座小镇存在着。

"我的名字叫马修。"我说。这个女人说她叫达芙妮。

等我又走回到车子旁边时，她已经离开了银行的取款机，朝我这里走来。她甚至忘记了自己的银行卡，一只手叉着腰，就那样站着。我正要爬进驾驶室，达芙妮点了点头。那时她就明白了，几乎是洞悉了一切，就好像一个正在阅读新闻报道的女子。

"马修·邓巴。"

她直接讲了出来，并没有用疑问的语气。

就是这样，在离家车程十二小时之外的地方，在一个三十一年来我从未踏足的小镇，不知怎的他们好像都在等着我的到来。

我们彼此对视了很久，至少有好几秒，一切都无所遁形。人们不断出现，并在街上徘徊。

我说："你还知道什么？你知道我来这里是为了那台打字机吗？"

她睁开另一只眼。

她终于肯勇敢地面对正午的阳光了。

"打字机？"现在我把她彻底搞迷糊了，"你到底在说什么？"

几乎同一时间，一个老头开始大喊大叫，质问是不是她那该死的银行卡导致后面的人没法使用取款机了，于是她跑了回去，取回了那张卡。

也许我应该要解释一下，在所有这类故事中——那时医生做外科手术还使用打字机，秘书会重重敲击键盘——曾经都存在着一台老打字机。我永远不会知道她是否对这个感兴趣。我只能知道她的方向感确实准确无误。

米勒大街：

小巧、优雅的房子安静矗立着，排成了一条流水线，现在全部在烈日下炙烤着。

我停好车，关好车门，然后穿过青翠的草坪。

大约就是在这个时候，我开始后悔起来，后悔没有把我刚刚迎娶的女孩子——实际上已经是女人了，并且是我两个女儿的母亲——以及我的两个女儿一起带来。这两个孩子一定会爱上这里，她们肯定会在这里走来走去，蹦蹦跳跳，翩翩起舞，四处都是跃动的双腿和飞扬的发丝。她们会在草坪上做侧手翻，并且大喊："不要偷看我们的衬裤，行不行？"

蜜月期也可以这样过：

克劳迪娅上班。

女孩儿们在学校上课。

当然了，一部分的我喜欢这样，很大一部分的我相当喜欢这样。

我深吸一口气，吐气，然后敲了敲门。

* * *

走进房子里面就好像进了烤箱。

所有的家具好像都被烘烤过。

照片都好像刚刚从烤面包机里取出来。

有一台空调，但坏掉了。

有茶和苏格兰手指饼干，阳光猛烈地打在窗户上。桌子上有很多汗水，从桌腿滴到了地毯上。

至于默奇森一家，他们都是实在人，体毛浓密。

一个男人穿着蓝色无袖汗衫，脸颊两侧的鬓角突出，就好像两颊挂着制作皮毛大衣的切肉刀。还有一个叫蕾琳的女人。她戴着珍珠耳环，有紧密的卷发，手里拿着一个手提包。她一直说着要去商店，但又待着不动。自从我开口提起后院里可能埋着些什么，她就非要待在边上不可。等喝完了茶，饼干只剩下些碎渣，我正过脸来，和大鬓角的男人面对面。他直截了当地对我说：

"我猜我们该开工了。"

在外面，在狭长、干涸的后院里，我朝左走，走向晾衣架和一棵已经风化、濒临枯死的斑克木。我回头看了一会儿身后的景色：这幢小房子、锡皮屋顶。烈日仍然炙烤着它，但已经在慢慢西斜。我用铁铲子和双手挖土，然后就挖到了。

"见鬼了！"

挖到了狗。

又一次。

"见鬼了！"

挖到了蛇。

这两样都只剩下骨头了。

我们近距离、小心地检查了它们。

我们把它们放在草坪上。

"好吧，我看这事儿成了。"

这个男人重复了三次，最后一次，当我找到这台破旧的、像子弹一样灰的雷明顿打字机时，他嚷得最大声。它就好像一件武器似的被摆在地下，被三层结实的塑料包裹得严严实实，塑料几近透明，一个个按键看得非常清楚：首先是字母 Q 和 W，然后是位于键盘中部的 F、G、H 和 J。

有那么一会儿我就看着它，只是看着：

那些黑色的按键，就好像怪兽的牙齿，但它是只友好的怪兽。

最终，我小心翼翼地把脏兮兮的双手伸进去，将打字机拉了出来，然后把三个土坑都填平了。我们把它从包装纸里面取出来，看着它，又蹲下来仔细检查。

"真是了不得的东西。"默奇森先生说。"皮毛大衣的切肉刀"在他的两鬓来回扭动。

"确实如此。"我表示赞同，它的确不同凡响。

"我今天早上起床的时候可没想到会发生这种事。"他把它拿起来，然后递了过来。

"你想留下来一起吃晚饭吗，马修？"

说话的是那个老太太，她还处于半震惊的状态。但是这没能让她忘记晚餐的事。

我仍旧蹲着，抬起头来看她。"谢谢您，默奇森太太，那些饼干把我吃撑了，现在还没缓过劲来呢。"我又一次打量这幢房子。它现在像一个打包好的包裹，被放置在阴影中。"我真的应该上路了。"我和他们两个都握了手，"我真不知道该如何感谢你们。"我开始往前走，打字机被稳稳当当地夹在胳膊下。

默奇森先生可不允许这种事发生。

"喂！"他直截了当地大喊一声。

我还能怎么办呢？

一定存在为什么会从土里挖出这两只动物的合理解释，我从用旧的晾衣架下转过身——他们和我们一样，用的也是希尔斯·霍伊斯特牌的晾衣架——等着他开口。然后他说话了。

"伙计，你是不是忘了什么东西？"

他朝着狗和蛇的骸骨示意。

我就是这样开车离开的。

那天，在我那辆旧旅行车的后座上，摆着一条狗的骸骨、一台打字机和一条棕伊澳蛇瘦长的脊骨。

大约走到一半，我把车停下来。我知道有个地方，虽然去那里要稍微绕一点路，但那里能提供一张床，能适当地休息一下，但我决定不去那儿了。我就躺在车里休息，蛇骨几乎紧贴着我的脖子。在我迷迷糊糊地打起瞌睡的时候，我的脑中充满了故事开始之前的故事——在之前以及一切发生之前，在一个镇子上的一个荒废了的后院里，那条蛇杀死了那只狗，那只狗杀死了那条蛇，那时，有一个小男孩，就跪在地上……但之后故事才逐渐展开。

不，现阶段，你只需要知道这些：

我第二天回到了家里。

我回到了城里，回到了阿尔切街，在这里一切确实在发生，并且有许多不同的发展轨迹。有关我是哪根筋搭错了才把这只狗和这条蛇带回来的争论，在几个小时前就消停了，那些本来就要走的离开了，那些本来就要留下的留了下来。回来之后，我和罗里对汽车后座的东西的争吵只是微不足道的小事。罗里只是芸芸众生中的一员。他和别人差不多，知道我们是谁，我们为什么会是这个样子，我们到底是怎样的人。

一个摇摇欲坠的悲剧之家。

一群仿佛从漫画书《卡波》① 中走出来的男孩子，生活充满鲜血与野兽。

我们仿佛生来就注定与这些历史遗留物为伴。

在这一问一答的讲述过程中，亨利咧嘴笑了，汤米也开始大笑，他们都说："还是老样子啊。"我们当中的第四位还在睡觉，我离开的这段时间他一直在睡。

至于我那两个女儿，她们进来之后，也被这些尸骨吓到了，并问道："爸爸，你为什么要把这些东西带回家？"

因为他是个白痴。

我立马就知道罗里会这样想，但他绝不会当着我孩子的面这样讲出来。

至于克劳迪娅·邓巴——婚前还被称为克劳迪娅·柯克比的她，摇了摇头，牵起了我的手。她很开心，她是那么开心，我可能又要失控了，但我确信那是因为我倍感欣慰。

欣慰。

这个词看起来傻里傻气，但我选择这样纯粹又简洁地把一切都告诉你们，因为这就是我们原本的样子。尤其是我本人，因为我现在热爱这个厨房，以及这里曾有过的要么棒极了要么糟透了的家庭历史。我必须要在这里做这件事。这里十分合适。听到我所做的记录被一点点敲到纸上，我很欣慰。

在我面前，有一台破旧的打字机。

它后面是粗糙的木头桌面。

上面有不配对的撒盐罐和胡椒罐，还有一堆永远扫不干净的烤面包渣。大厅的灯光是黄色的，厨房里的灯光是白色的。我在这里坐着，思

———————————
① 疑为作者虚拟的漫画书。——编注

考着，敲打着。我猛烈地敲击，不停地敲击着。写作总是很难，但有话可说的时候会容易一些：

让我来告诉你关于我们兄弟的事。

关于邓巴家的第四个男孩，名字叫克莱。

关于他身上所发生的一切。

我们所有人都因他而改变。

第一部

——

城市

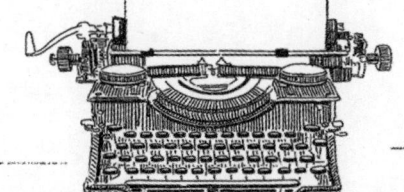

一个中年男性杀手的画像

如果在开始之前（至少是在开始写作之前），有一台打字机，一只狗和一条蛇，那么开始的时候——也就是十一年前——有一个谋杀犯，一头骡子和**克莱**，而即便以此开始，也需要有人最早出场，而在那一天，这个人只能是**谋杀犯**本人了。他推动着所有情节的发展，也是他让我们所有人回头张望。他只是到了这里，但却完成了一切。他是在六点的时候抵达的。

事实上，他来的也正是时候，这又是一个酷热的二月的夜晚。白天的烈日仿佛已将混凝土建筑烤熟了，艳阳当空，烧得人身上发疼。人们不怕高温，而且信赖高温，也许是高温掌控了他。在世界各地关于杀人犯的历史中，这无疑是最可悲的：

他身高一米七八，属于平均身高。

他体重七十五千克，属于正常体重。

但不要搞错了，他像是套进西装里的一具空壳。他佝偻着腰，整个人支离破碎。他在空气中探身向前，好像在等着空气直接把他干掉，但是空气是不会干掉他的，至少今天不会，因为一切发生得太过突然，并不像是能让谋杀犯获得死神青睐的好时机。

不，今天，他能够感觉得到。

他可以嗅出来。

他此时就是永生不死的。

这也基本上可以概括一切。

要知道，**谋杀犯**是不太可能在他最该死掉的那个时刻死去的。

* * *

那一刻漫长如永恒——至少有十分钟——他就站在阿尔切街的街口，为自己终于走到这一步而释然，又为自己已经走到这里而感到恐惧。这条街似乎没什么值得注意的，微风轻柔且随意地拍在脸上，空气里的烟熏味几乎触手可及。汽车与其说是停放在那里，倒不如说是直接熄火后被丢在了那里；电线因为挤满了沉默、燥热和令人心烦的鸽子而不断下沉。一座城市仿佛正在缓缓爬起，并向他呼唤：

欢迎回来，**谋杀犯**。

这个声音就在他身旁，如此温暖。

我得告诉你，你现在遇到了一点儿麻烦……事实上，压根儿就不是一点儿麻烦——你已经陷入令人绝望的困境了。

他自己也知道确实如此。

不一会儿，热气就越来越近。

阿尔切街已经准备好了，几乎就是在搓着双手跃跃欲试，**谋杀犯**几乎就要被点燃了。他能感觉到夹克衫内侧某个地方的热度在不断上升，与此同时也想到了这样的问题：

他能继续前行并且完成这段序曲吗？

他真的能顺利了结这一切吗？

在这最后一刻，他奢侈地享受了一把这种寂静带来的刺激感——然后吞咽了一下口水，他轻抚自己那一头略微有些扎人的头发，带着冷酷的决心，走向了十八号门。

那是一个西装都快要燃烧起来的男人。

当然，那一天，他走向的是我们五兄弟。

邓巴家的男孩儿。

从年纪最大到最小，依次为：

我，罗里，亨利，克莱顿[①]，托马斯。

我们再也不一样了。

但是说句公道话，他也不一样了——为了让你对这个**谋杀犯**即将面对的事情至少有一点点概念，我应该告诉你我们当时是什么样子：

很多人认为我们是一群流氓。

或者说野人。

他们这样想其实没什么问题：

我们的母亲死了。

我们的父亲逃走了。

我们骂起人来像王八蛋，打起架来像战场上的敌人，无论是在游泳池、乒乓球桌前（总是三手或者四手球桌，通常都放在后院杂乱的草坪上），还是在玩大富翁、飞镖、足球、扑克牌以及其他我们能搞到的东西时，我们总是在互相打闹。

我们有一架没人会弹的钢琴。

我们的电视好像被终身监禁了，一直无法使用。

---

① 克莱顿（Clayton）是克莱（Clay）的全名，克莱是昵称。（本书注释若无特殊说明，均为译注。）

我们的沙发是花了二十块钱搞来的。

有的时候当我们的电话响起来，我们当中的某个人就会走出去，沿着门廊一路小跑到隔壁。但那通常只是老奇尔曼太太搞的鬼，她可能买了一瓶新的番茄酱，但是怎么也打不开瓶盖。然后，出去的那个人就会回来，砰的一声关上前门，生活就又继续下去。

是的，对于我们五个而言，生活总是会继续下去：

生活对我们而言是种或能战胜或被它打败的东西，特别是当事情完全按正轨运行或者大错特错的时候。这种时候我们就会走出来，在临近夜晚的时刻走上阿尔切街。我们会在城市里行走。走过一座座高塔，一条条街道，走过一些看起来忧心忡忡的树木。

我们听到了从酒馆、房屋和一个个单元楼里传出的大吵大嚷的对话，十分确信这就是我们的归属之地。我们甚至期待着把这些声音都收集起来，夹在我们的腋下，带回到家里。就算第二天我们醒来时这些声音都消失了也无所谓，它们会飘散在外，散落在一座座楼宇与耀眼的阳光中。

哦——还有一件事。

也许是最重要的一件事。

据我们所知，在一小撮拥有特殊宠物人员的花名册里，唯有我们养了一头骡子。

那是怎样的一头骡子啊。

我们正在讨论的这头骡子叫阿喀琉斯，这其中还有一个相当长的背景故事，从中我们可以知道它是如何在我们这个位于城中赛马区的郊区后院安身的。这一方面与废弃的马厩、房子后面的跑马场、过期的社区规章制度和一个拼写能力极差的老胖子有关。另一方面与我们死去的母亲、逃走的父亲和年纪最轻的汤米·邓巴 ① 有关。

当时，并不是所有家人都知道这件事，所以这头骡子的到来极具争议。一次，在和罗里激烈争吵后——

"喂，汤米，那是怎么回事啊？"

"什么？"

"你说什么？你在逗我吗？后院里有只驴子！"

"那不是驴，那是头骡子。"

"有什么区别吗？"

"驴就是驴，骡子是杂交出来的，是——"

"就算它是夸特马和设得兰矮种马杂交出来的我也不管！它在我们的晾衣架底下做什么？"

"它正在吃草啊。"

"我又没瞎！"

不知怎的，我们竟然成功地留下了它。

或者更准确地说，是骡子自己留了下来。

当然，就和汤米养过的绝大部分宠物一样，阿喀琉斯也有一些问题。最值得一提的是，这头骡子怀有雄心壮志。后门的纱窗坏掉很久了，后门半开的时候它就会踱进屋子里，更别提后门完全打开的时候了。这种事每周至少都会发生一次，所以我每周都至少大发一次脾气。差不多就像这样：

"我主耶——稣啊！"类似这种亵渎的表达，我那段时间说得十分猖狂，人人都知道我会在"耶稣"中间停顿一下并格外强调"我主"这个词。"要是我每次都教训你们这帮混蛋，恐怕已经说了该死的不下一百遍了吧！把后门关紧了！"

诸如此类。

---

① 汤米（Tommy）是托马斯（Thomas）的昵称。

让我们再次回到**谋杀犯**身边，他怎么可能知道这些呢？

他应该能猜到，他抵达的这个时候我们也许都不在家。他应该能意识到他需要做出选择，是用自己以前的旧钥匙还是就在前面的门廊等着——就为了问那唯一的一个问题，为了表明他的立场。

他预料到会受人嘲讽，甚至打算欣然接受这些嘲讽。

但没有料到会发生这样的事。

这是怎样的一记猛击啊：

那座伤人的小房子，寂静在持续发起袭击。

还有那个如窃贼和扒手一样的骡子。

大约在六点一刻的时候，他一步一步走过阿尔切街。那个肩头负重的野兽眨了眨眼睛。

就是这么回事。

谋杀犯在房子里看到的第一双眼睛属于阿喀琉斯，而阿喀琉斯绝不容小觑。它正在厨房里，离后门有几步远，就站在冰箱前面，它的脸歪歪斜斜的、耷拉得老长，摆着惯常的"你看什么看"的表情。它的鼻息很重，嘴巴甚至嚼了嚼。漠不关心。掌控大局。如果它正在琢磨喝啤酒，那它的表演是相当逼真了。

然后呢？

现在，阿喀琉斯似乎掌握了所有的话语权。

先是这座城市，然后是这头骡子。

理论上讲，这似乎也多少有一点点道理。如果说城市里的某个地方可能会出现一头类似马的生物，那应该就是这里，因为这里有马厩、跑马场，远处还会传来赛马解说员的声音。

但是为什么是一头骡子？

这种震惊感难以言表，周围的环境也帮不上什么忙。此刻这个厨房仿佛拥有了自己专属的地理结构和气候特征：

潮湿的墙壁。

干裂的地板。

一大堆没洗的脏盘子一直堆到水槽边。

还有就是这热气，这该死的热气。

这股热浪如此强劲，就连骡子一向警惕好战的状态都被热气暂时舒缓了下来。房子里比外面还热，这可不是轻描淡写地随便一说。

即便如此，没过多久阿喀琉斯就又恢复了警觉。**谋杀犯**以为自己已经脱水脱到开始产生幻觉了。这世界上有这么多的厨房，他却偏偏进了这一个。有那么一瞬间，他想要把自己的指关节揉进眼窝，好把这样的幻觉从视线里挖出去，但是徒劳无功。

这一切都是真实存在的。

他很确信这只动物——这头毛色不均、姜黄色和浅棕色毛混杂、面部毛发浓密、双眼浑圆、鼻孔肥大、普普通通的灰色骡子，正一动不动地站在那里，站在开裂的地板上，如同一个胜利者一样，这让**谋杀犯**明白了一件事：

一个谋杀犯也许可以做很多事情，但是他不管遇到什么情况，都绝对不能回家。

以克莱的方式热身

当谋杀犯与骡子相遇时，克莱正在小镇的另一端热身。但说实话，克莱总是在做热身准备。此刻他正在一个老旧的街区里，脚下是层层台阶，背上背着一个男孩，胸口好似乌云压过一般。一头短平的黑发紧紧贴住他的头皮，每一只眼睛仿佛都在喷火。

在他右侧，紧挨着他一起跑着的，是另一个男孩——他一头金发，年长一岁，尽管他自己都要拼命跑才能跟上前进的速度，却还在不断向前推搡着克莱。他的左侧是一只疾速奔跑的边境牧羊犬，这就是亨利和克莱、汤米和萝茜的组合。他们正在进行例行活动：

其中一个在讲话。

其中一个在进行训练。

其中一个在拼了命地坚持下去。

连这只狗都拼尽了全力。

为了能这样训练，他们付钱给一个朋友，因此拿到了这栋楼的钥匙。只花十美元就可以换来整座钢筋水泥建筑物的使用权。还不赖。他们继续跑着。

"你这个可悲的窝囊废。"克莱身旁的亨利（他负责赚钱，还算相对友好）这样说道。他拼命坚持，大步慢跑并大笑起来。他的笑容从脸上滑落，仿佛被手抓住，握进了掌心。往往在这样的时刻，他会想办法辱骂克莱。"你狗屁不如，"他说，"你太软弱了。"他正在伤害对方，但又控制不住自己，"你像一个煮了两分钟的鸡蛋一样软弱，小伙子。看你这样跑步真是让我恶心。"

没过多久，另一个惯常的情节就又出现了。

年纪最小的汤米，喜欢收集宠物的那个，把他的一只鞋子跑丢了。

"见鬼，汤米，我记得提醒过你把鞋带再系得紧一点的。得了吧，克莱，你太弱了，你太可笑了。对了，来场该死的比赛怎么样？"

他们来到六楼，克莱没空管汤米，开始和他右边这个喋喋不休的家伙扭打起来。他们一起摔倒在发霉的地砖上，克莱微微一笑，另外两人也大笑起来，他们都大汗淋漓。在扭打的过程中，克莱用一记锁头招式制服了亨利。他把他举起来，顺着房间跑了一圈。

"伙计，你真的该冲个澡了。"典型的亨利式台词。我们总是说，要想搞垮亨利，光是他这张嘴我们就得对付两次。"这真是让人大吃一惊啊，真的。"克莱的胳膊紧锁着亨利那张喋喋不休的嘴下方的脖子，他能感受到他胳膊里金属线条般的肌肉。

汤米想阻止这场打斗（他已经满十三岁了），他飞扑过去，三个人都跌倒在地上，男孩们的胳膊、大腿扭作一团。旁边的萝茜跳起来又落回地上。它的尾巴都竖了起来，身体前倾。黑色的四肢，白色的爪子。它吠起来，但他们仍然扭打成一团。

扭打结束后，他们便仰面躺在了地上。那儿有一扇窗户，在楼梯井最高一层台阶的上方，灯光脏兮兮的，男孩们的胸部上下起伏，大口喘着粗气。仿佛有成吨的空气从他们的肺中呼出。亨利大口吸了一口空气，但他讲出来的话暴露了他的真心。

"汤米，你这个小杂种。"他看着他，咧嘴一笑，"小家伙，你刚刚正好救了我一命。"

"谢了。"

"不，是我该谢谢你。"他伸手指了指克莱，后者已经用一只手肘撑起了半边身子，另一只手伸进了口袋里，"我就不明白我们为什么要容忍克莱这个疯子。"

"我也搞不明白。"

但他们还是这样容忍了。

他是邓巴家的男孩，这是首要的原因，而且和克莱在一起时，你会想要了解他。

但究竟是什么呢？

在我们的兄弟克莱顿身上，究竟有什么是需要一探究竟的呢？

许多年来，关于他，总有些问题让你弄不明白，比如为什么他只是微笑，而从不放声大笑？

为什么他要打架，但从来不是为了获胜？

为什么他那么喜欢在我们的屋顶上待着？

为什么他跑步不是为了获得满足感，而是为了获得那种不适感——某种通向痛苦与折磨的感觉，并且总是能忍受这些不适呢？

但所有这些问题都算不上什么。

这些都只是真正的问题之前的热身环节。

仅此而已。

仰面躺着休息了一会儿后，他们又做了三套训练，在此期间，萝茜找回了那只丢掉的鞋子。

"喂，汤米。"

"怎么了？"

"下次把鞋带系紧一点，好吗？"

"当然了，亨利。"

"打两个死结，不然我就把你劈成两半。"

"好吧，亨利。"

跑到一楼时，汤米在克莱肩膀上重重拍了一下，这表示他要跳到克莱的背上，然后克莱一路跑上楼顶，再坐电梯下楼。（有些人觉得这样做是作弊，但其实这样难度更大：跑上楼所耗费的体力很难得到恢复。）在完成了最后一次爬楼后，亨利、汤米和萝茜又乘电梯下楼，但是克莱却是走楼梯下去的。走出大楼，他们来到亨利那如同一大块铁板的车子旁边，然后又开始了惯常的对话：

"萝茜，从车前座上下来。"它的耳朵是完美的三角形，正坐在方向盘前面。它看起来好像已经准备去调拨无线电收音机了。"快点儿吧，汤米，就当帮我们个忙，把它从那里弄出来。"

"过来吧，小妞，别在那里搞破坏了。"

亨利一只手插在兜里。

抓着满满一手硬币。

"克莱，给你，我们在山上见。"

两个男孩开车，另一个跑步。

一个脑袋探出窗外。"喂，克莱！"

他继续向前冲。他没有扭过头去，但听得清清楚楚。同样的话，每次都一样。

"尽可能买点雏菊，这是她的最爱，你没忘吧？"

就好像克莱自己不知道一样。

车子开了出去，打着闪光灯。"还有，别计较价钱！"

克莱跑得更快了。

不一会儿，他就跑到了山顶。

最开始的时候是由我来训练克莱，然后是罗里，如果说我用的是老一套的傻乎乎的正经训练方法，罗里则是选择了狠揍的方法，但从未能打垮他。至于亨利，他为此制订了一整套计划——他是为了现金才接手这活儿的，但也是因为他确实喜欢做这件事，过不了多久，我们就能亲眼见证了。

这套计划从一开始就十分简单直接，但又令人震惊：

我们可以告诉克莱该怎么做。

他会——照做。

我们可以折磨他。

而他会忍受住折磨。

亨利会把他一脚踢到车外，因为他见过那些冒雨走回家的家伙，而克莱会下车开始慢跑。然后，当他们开车经过，大喊着"别这么慢吞吞的！"时，克莱就会跑得再快一些。汤米，像所有愧疚的罪犯一样，会从车后窗向后张望，克莱会一直盯着车子，直到它消失在视线之外。他看着那些顶着糟糕发型的头渐行渐远，越来越小，就是这么一回事。

看起来似乎是我们在训练他。

但实际上，这还差得很远。

渐渐地，我们彼此之间说的话越来越少，各种训练方法越来越多。我们都知道他想要什么，但却不知道他为什么这样做。

克莱·邓巴如此训练到底是为了什么？

六点三十分，郁金香摆在脚边，他向前倾着身子，冲向墓园围栏。这个地方地势颇高，风景不错。克莱喜欢这里。他看着太阳，看它在摩天大楼之间吸收养分。

无数的城市。

这座城市。

山下，车流像羊群一样朝着家的方向缓缓移动。交通信号灯闪动着。**谋杀犯**来了。

"有人吗？"

克莱没说话，只是用力地握紧围栏。

"年轻人？"

他看过去，那里有个老女人指着某个地方，吧唧着嘴唇，一定在吃什么美味的食物。

"你会介意吗？"她有一对不成形的眼睛，穿一件破旧的裙子，还穿着长筒袜。仿佛这热气对她而言不足为道。"如果我想要那些花里的一朵，你会介意吗？"

克莱看向她那深深的皱纹，眼睛上方还有很深的一道皱褶。他递给她一朵郁金香。

"谢谢你，谢谢你了，年轻人。这都是为了我的威廉。"

男孩点了点头，跟着她进入墓园敞开的大门。他穿过一排排墓碑。他来到了那里，一会儿蹲下，一会儿站起，一会儿双臂交叉于胸前，一会儿面对着傍晚的斜阳。他不知道是过了多久之后，亨利和汤米才来到他的两侧，还有那只狗，它吐着舌头。他们一起站在了墓碑前。每个男孩都站在那里，没精打采但又站得笔直，双手插在口袋里。当然，如果这狗身上有口袋，它也一定会把两只爪子伸进去的。所有的注意力都集中在墓碑以及墓碑前摆放的花束上，这花就在他们眼皮子底下慢慢发蔫。

"没有雏菊吗？"

克莱看了过去。

亨利耸了耸肩。"得了吧。汤米。"

"我怎么了？"

"把它交出来吧，轮到他了。"

克莱伸出手。他知道该怎么做。

他拿过希恩先生牌清洁剂，在金属板上喷了喷，然后他接过一件灰色 T 恤的半截短袖，把墓碑擦了又擦。

"你有地方没擦到。"

"哪儿？"

"你瞎了吗，汤米？就在这儿，这个角落，看看这儿，你的眼睛是被涂上油漆了吗？"

克莱一边看着他们讲话，一边一圈圈地把它擦亮，整段袖子都变成了黑色：都怪这个城市吐出的脏气。他们三个都穿着无袖汗衫和旧短裤。他们三个都绷紧了下颌。亨利朝汤米眨了眨眼。"干得漂亮，克莱，该走了，是吧？咱们可不能在关键大事上迟到啊。"

汤米和狗率先跟着离开，总是这样。

然后才是克莱。

他赶上他们后，亨利说道："好的墓园造就好的邻居啊。"讲真，他这些无厘头的话总是没完没了。

汤米说："我讨厌来这里，你知道的，不是吗？"

那么克莱呢？

克莱——总是沉默着，或微笑着——只是转过身，仿佛最后一次，凝视着阳光照耀下的那一片片雕塑、十字架和墓碑。

它们看起来好像是给亚军颁发的奖杯。

每一个都是如此。

野人们

回到阿尔切街十八号，厨房里正陷入僵局。

谋杀犯慢慢后退，准备退入房子的其他区域。这种寂静令人畏惧——房子仿佛变成了一个巨大的游乐场，罪恶在这里肆虐，并肆意拷打着他。这寂静也是一种幻觉。冰箱在嗡嗡作响，骡子在喘着粗气，其实这里还有其他动物。现在他退到了门厅，感觉到了一点动静。是有谁发现了**谋**

杀犯的踪迹并要把他捉拿归案吗?

不太可能。

不，动物对他构不成什么威胁，他最害怕的是我们几兄弟中年纪最大的那两个。

我是有责任心的那一个:

长期以来负责养家糊口。

罗里是不可战胜的那一个:

也可以说是人肉锁链。

大约六点三十分左右，罗里来到了街对面，斜靠在一根电线杆上，脸上露出揶揄的苦笑，他是为了发出笑声才笑的。这个世界肮脏污秽，他也是如此。他的嘴唇短暂地嚅动了一下，然后他从嘴里掏出长长一缕女孩子的头发。不管这个女孩子是谁，她就在这个世界上的某个地方，而在罗里的脑海里，她正躺着，双腿打开。那是一个我们永远无法了解、也无法见到的女孩儿。

早一点的时候，他遇上了一个我们确实认识的女孩，她叫作凯丽·诺瓦克。他们是在她家的私人车道前面遇上的。

她浑身上下都是马的气味，还主动打了个招呼。

她从一辆旧自行车上跳下来。

她有着令人愉快的绿色双眸，红棕色的头发瀑布一般从她肩膀上垂下来。她让他给克莱捎回去一个消息。这事跟一本书有关，如果说人生中有三件重要的东西，这本书就是其中之一。"告诉他我仍然热爱博那罗蒂①，好吗! "

罗里吃了一惊，但是没有挪动脚步。他只是动了动嘴:"波纳什么

---

① 指米开朗基罗·博那罗蒂。

玩意儿？"

女孩一边往车库走一边大笑起来。"就这么告诉他就行，好吗？"但她又生出怜悯之心，朝后转身，她的脸上长满了雀斑，但充满自信。她身上散发着一种慷慨大度的气息，充满热气、汗水和生命力。"米开朗基罗，"她说，"你不知道吗？"

"什么？"他更加困惑了。这个女孩疯了吧，他这样想着。人很甜美但是彻底疯了。有谁会在乎什么狗屁米开朗基罗呢？

但不管怎么说，他记住了这件事。

他看到了这根电线杆，倚靠了一会儿，然后穿过马路回家。罗里现在有点饿了。

至于我，我不在这里，在那里，被困在拥堵的车流中了。

我的四周，不管是前方，还是后方，上千辆车子都排起队来，开向各自方向的回家路。持续的热浪从旅行车（依然是我过去的那一辆）的窗口飘进来，外面是一排排的接连不断的广告牌、商店，以及拥挤的人群。仿佛每动一次，这个城市的热气就添加了一分，这里依然有带有我个人风格的木头味、羊毛味和清漆的味道。

我从车里伸出小臂。

我的身体就像是一块笨重的木头。

我的双手沾满了黏糊糊的胶水和松节油，我现在只想回家。那时我就可以冲个澡，准备晚饭，也许读一会儿书，或者看一部老电影。

这点要求不算多吧。多吗？

我只想回到家，放松下来。

但是完全没有一点儿实现的可能性。

博恩巴洛公园

像是这样的日子，亨利都立下了规矩。

首先，得有啤酒。

其次，必须是冰镇的。

出于以上原因，他在墓园先一步离开了汤米、克莱和萝茜，约好晚些时候再到博恩巴洛公园碰头。

（给不熟悉这周边地区的人介绍一下，博恩巴洛公园有一处旧运动场。过去这里有个摇摇欲坠的看台，还有能堆满一整个停车场的碎玻璃。这也是克莱那段声名狼藉的日子里使用过的训练场。）

但亨利在上车之前，还是觉得有必要在最后一刻给汤米下达一些指令。萝茜也竖起耳朵听着：

"如果等会儿我去晚了，记得告诉他们沉住气，好吗？"

"当然了，亨利。"

"而且告诉他们准备好钱。"

"当然了，亨利。"

"你要一直这样说什么该死的'当然了，亨利'吗，汤米？"

"我觉得要呀。"

"你再这么说话我就把你也推出去，推到他面前。你想要这样吗？"

"不想。谢了，亨利。"

"我不怪你，小家伙。"他喜欢开玩笑，头脑十分活络，脸上也露出转瞬即逝的微笑。他温柔而坚定地拍拍汤米的耳朵，然后一把把克莱扯了过去。"至于你——你帮我个忙。"他两只手分别捏住他两边的脸颊，"别把这两个小杂种给弄丢了。"

汽车扬长而去，带起一阵灰尘，而那只狗正看着汤米。

汤米看着克莱。

克莱谁也没看。

他检查着自己的口袋，体内有很大一股冲动想要拔腿狂奔，但看着这城市在他们前方延展，墓园在身后矗立，他只是向前走了两步，走向萝茜，然后把它夹在自己胳膊底下。

他站在那里，那只狗露出了微笑的表情。

它的眼睛好像金闪闪的小麦。

它对着脚下的这个世界放声大笑起来。

他们走在恩特瑞提大道上，这是他们爬上山走的那条林荫道。他终于把它放了下来。他们踩着满地枯萎的鸡蛋花，来到了波塞冬路，那里是赛马区的总部。在那里，一家家门面都生了锈的商店延伸了足足一英里。

这会儿，汤米急不可耐地想要去宠物店，克莱却想去他的挚爱之地；穿过一条条街道，去到她的纪念碑旁。

泷赫洛，他想着。

波比巷。

铺满鹅卵石的彼得·潘广场。

她有一头红棕色头发，好看的绿色双眸，是恩尼斯·麦克安德鲁的学徒。她最喜欢的一匹马叫作斗牛士。她最喜欢的赛马会一直都是觉士盾锦标赛。这项赛事里，她最喜欢的获胜者是传奇马王金斯顿·唐，那已经是足足三十年前的事了。（最了不起的事情总是在我们出生之前就已经发生过了。）

她正在读一本叫《采矿工》的书。

如果说人生中有三件重要的东西，这本书就是其中之一。

在散发着热气的波塞冬路上，男孩们和那只狗向东走去，很快，那条田径跑道就赫然出现在眼前。

他们继续前行，直到走至近前，几乎要踏上跑道了，然后从围栏的一个缺口钻了进去。

阳光炙烤着，在一段笔直的跑道上，他们等待着。

没过几分钟，常来的那一拨人就到了，他们是盘旋在操场上的一群秃鹫，仿佛这里尸横遍野。跑道上充斥着野草。红色的塑胶跑道已经从地上脱落。跑道环绕的内场草木丛生，犹如一片丛林。

"看啊。"汤米边说边用手指着。

越来越多的男孩子涌了过来，从四面八方都能看到他们青春的光辉。即便隔了一段距离，你也可以看到他们晒得黝黑的脸上的笑容，数出一个个晒伤的疤痕。你还可以感受到他们的味道：那是永远也成不了真正男人的大男孩的味道。

有那么一会儿，克莱在跑道外圈看着他们。他们喝着酒，挠着胳肢窝，到处扔瓶子，有几个被丢到了跑道裂开的地方。没过多久，他就看不下去了。

他一只手拍了拍汤米的肩膀，走到了看台下的阴影里。

那片黑暗吞噬了他。

希腊人抓住了他

对于这个谋杀犯而言，在起居室找到另外几种动物这件事，**虽然有点尴尬却也让人心安**。我们通常管起居室叫汤米的蠢货宠物签到处。当然了，它们的名字也很特别。有些人会觉得这些名字十分绝妙，可也会有些人觉得荒诞不经。他首先注意到的是那条金鱼。

他先是侧眼瞥到，然后顺着视线所及来到窗户旁，鱼缸就放在一个架子上，金鱼向前猛冲，又摆摆尾巴转回来，用头猛撞那层玻璃。

它的鳞片就好像羽毛一样。

它的尾巴好像金光闪闪的耙子。

阿伽门农[①]。

鱼缸底部贴着一张已经开始脱落的贴纸，上面用绿色记号笔留下了密密麻麻的、十分孩子气的笔迹，写的是那条金鱼的名字。**谋杀犯**知道这个名字。

接着，在已经破旧不堪的沙发上，在电视遥控器和一只脏袜子中间，睡着一只灰色的、看起来很残忍的巨型猫咪，那是一只长着巨型黑爪子的虎斑猫，长长的尾巴像个惊叹号，它的名字叫赫克托耳[②]。

从很多方面来看，赫克托耳都是这座房子里最不受重视的一个，即便是如此炎热的今天，它依然蜷成一团，好像一个肥大的毛茸茸的字母"C"，但它的尾巴戳向身体内侧，好似一把乱蓬蓬的剑。它每动一下，就会有成片的毛掉落下来，但它仍然深睡不醒，不为所动，发出咕噜咕噜的声音。不管是谁，只要走近它，它就会发出咕噜咕噜的叫声。哪怕是面对**谋杀犯**也是这样。赫克托耳从来就不是特别懂得察言观色。

最后，在书架最顶层，他看到了一个又大又长的鸟笼。

里面是一只鸽子，一本正经，一动不动，但又看起来很欢快。

鸟笼的门大大地敞开着。

有那么一两次，它起身来回踱步，紫色的脑袋极为灵活地上下摆动，

---

① 希腊迈锡尼国王，希腊诸王之王，阿特柔斯之子。
② 参加过特洛伊战争的一个凡人英雄，特洛伊一方的统帅，特洛伊第一勇士。

用完美的节奏移动着。这只鸽子每天都会这样做，就这样等着停落到汤米的肩头。

最近这只鸽子被叫作泰利。

或者 T。

但无论什么情况下，从来没有人喊过它那令人恼火的全名：

忒勒玛科斯①。

老天啊，我们是多么讨厌汤米起的这些名字。

但我们都心知肚明，唯一能让我们放他一马的理由是：

这个小家伙知道自己在做什么。

谋杀犯看来看去。又往里走了几步。

这似乎就是全部了：

一只猫，一只鸟，一条金鱼，一个谋杀犯。

当然了，还有厨房里的那头骡子。

一群不怎么危险的家伙。

在奇怪的光照下，在久久不肯散去的热气里，除了起居室里的一台被用得破破烂烂的二手电脑，沾满咖啡污渍的沙发扶手，地毯上像乱石堆一样的课本——除了这些物品之外，**谋杀犯**感觉到有什么更重要的东西就在自己的背后，隐约可见，就差没大喝一声了：

那架钢琴。

那架钢琴。

老天，他想，是那架钢琴。

它是木制的，胡桃木，笔直地立在角落里，钢琴盖紧闭，琴身顶部堆积了厚厚一层灰尘：

---

① 希腊神话里奥德修斯和珀涅罗珀的独子，名字意为"远离战争"。

深邃，宁静，无与伦比的悲伤。

但其实这就只是一架钢琴而已。

如果你觉得它看起来无害，你得再好好想想，他的左脚已经开始抽搐起来。他的心如此疼痛，仿佛随时都可以从前门像箭一样冲出去。

怎么就正好在这个时候，有一只脚踏进了门廊。

* * *

钥匙，门，罗里，一点儿重新调整的时间都没有。**谋杀犯**之前准备好的所有话语都从他的嗓子眼里消失了，他甚至都不知道怎么呼吸，只能感受到重重搏动的心跳。他只能勉强瞥到一个人影，因为他就像一道线一样划过走廊。他感到最为羞耻的是没法分辨出回来的到底是谁。

是罗里还是我？

亨利还是克莱？

肯定不会是汤米。这个孩子个头太大了。

他只能感觉到有个身体在移动，现在又从厨房发出了一声欢快的呼声。

"阿喀琉斯！你这个狡猾的混蛋！"

冰箱门开了又关，就在这时赫克托耳抬起头来。它猛地跳到地毯上，用那种猫咪特有的方式抖了抖，伸长了后腿。它从另一侧晃进了厨房。说话的声音马上就变了。

"你这该死的想要什么？赫克托耳，你这一大坨狗屎！我发誓，今天晚上你要是再敢跑到我床上来，你就彻底完蛋了。"接着传来面包包装袋簌簌的声音，果酱罐头打开的声音。然后又是一阵笑声。"好样的，我们的老伙计阿喀琉斯，唉！"当然了，他并没有撵走它。让汤米来解决这个家伙吧，他想，或许还有种更好的方法，等会儿让马修来找它。那可是个绝佳的机会——就这么定了。

像他快速溜进房子那样，谋杀犯又只是瞥见门廊上一个影子划过，砰地关上前门，罗里以同样的速度溜了出去。

也许你可以想象得到，他要花费一点时间才能从刚才的激动中平复下来。

快速的心跳，急切的呼吸。

他的头低下去，在心里默念感谢。

金鱼还在用头猛撞鱼缸。

那只鸟看着他，然后继续踱步，从笼子一头走到另一头，就好像一位上校。很快，猫也回来了，赫克托耳回到了起居室，坐在那里，好像坐在观众席上一样。**谋杀犯**很确信他能听见自己脉搏跳动的声音，那种喧闹的声音，血液流动造成的摩擦声，他自己就能从手腕跳动的脉搏中感受得到。

别的不说，有一件事现在是很确定的。

他得坐下来。

很快，他就在沙发上建立了自己的大本营。

那猫咪舔了舔嘴唇，猛扑了过来。

谋杀犯回过头，看到它——一大块由毛皮和条纹组成的灰色大包——飞扑过来，他做好了承受住这重击的准备。至少有那么一瞬间，他考虑到底要不要轻轻拍拍这只猫。这对赫克托耳来说无关紧要——它此刻就在他的大腿上高声地叫着，快要把整座房子都喊塌了。它甚至开始欢快地用自己的爪子四处乱挠，在**谋杀犯**的大腿上肆虐。就在这时，又有人回来了。

他简直不敢相信。

他们回来了。

他们回来了。

男孩子们要回来了，他却坐在这里，有史以来最沉的家猫坐在他的腿上。倒不如说，他被困在了铁砧底下，还是会发出猫叫声的铁砧。

这一次回来的是亨利，他把遮在眼睛前面的头发拨开，径直走进厨房。他觉得厨房里的场景没那么滑稽，当然也没那么紧急：

"看啊，好样的，阿喀琉斯，感谢你创造的这些回忆——今晚马修肯定又要大发脾气了。"

我怎么会呢！

接下来，他打开冰箱，这倒让他在意起礼仪来。"请问你能不能把你放在那儿的脑袋挪一挪呢？谢了哥们儿。"

他制造出叮叮当当的声音，手伸进冰箱，将什么抬了起来，又把啤酒罐扔进冷却箱里。他很快就会再次出发，前往博恩巴洛公园，至于**谋杀犯**，他会再一次留下来。

这到底是怎么回事？

就没人能发现这个杀手的存在吗？

不，一切并没有这么简单，被再一次忽视之后，这一次，他整个人塌陷在沙发里，反思自己为什么就像生来就隐身无形似的。他陷入了两种情绪之中，因为被仁慈对待而释然，又因为这种无能为力而感到羞愧。他就坐在那里，大脑空白，一动不动。在他周围，在夜晚的光照下，脱落的猫毛的形状像旋风一般。金鱼继续和玻璃鱼缸作战，鸽子大摇大摆。

而钢琴从他身后凝视着他。

人肉锁链

在博恩巴洛公园，当他们当中的最后一个人抵达之后，他们终于开始互相握手，并放声大笑，陶醉在欢乐的气氛中。他们用青少年独有的方式喝酒，大口大口贪婪地吞咽，嘴巴张得老大。他们喊着"喂！"和"嘿！"，还有"你这该死的上哪儿去了，你这个迟钝的笨蛋！"。他们是天生的头韵①大师，却浑然不自知。

亨利一从车子里面出来，就去确认克莱是否正在看台底下的更衣室里待着，这是他要为比赛做的第一件事。在那下面，他能见到今天的那帮人。到时候会有六个男孩在那里等着，然后会发生下面这些事：

他们会从看台下的通道中走出来。

这六个男孩，每个都会走到四百米跑道周围的某个位置上。

有三个站在一百米的标记处。有两个站在两百米的标记处。

还有一个站在三百米到终点线之间的任意位置上。

最后，也是最重要的一件事，就是这六个人会竭尽全力阻止克莱跑完一整圈。这件事说起来容易做起来难。

至于那些围观的人群，他们会猜测最终的结果，每个人都会喊出一个具体的时间，然后就轮到亨利出场了。亨利会欣然地接受大家的赌注。他手里拿着一大块粉笔，脖子上挂着一个老派的秒表，到时候他会把时间归零，做好计时准备。

* * *

今天，有几个男孩很快就在看台底下找到了他。对于亨利来说，这

---

① 相连单词的开头使用同样的字母或语音。——编注

些男孩子当中有很多甚至都不像是真人——只是一些外号，外号后面挂着一个男孩子的身体而已。对我们而言，他们当中只有两个人是特例，除了这两个人之外的人，我们会在这里与他们碰头，再把他们留在这里，而他们永远都会是这样的傻子。其实照这么一想，也还算挺不错的。

"怎么样，亨利？"麻风病开口问道。遇到一个有这种外号的人，你只能同情他。他浑身上下都是各种形状、大小和颜色的结痂。很明显，他一过八岁就开始骑着自行车去做一些蠢事了，之后就一直没有停止过犯傻。

亨利几乎就要对他产生怜悯之情了，但最终还是假笑了一下。"好吧，怎么了？"

"他现在有多累？"

"不是很累。"

"他已经爬完克拉珀台阶了吗？"这次开口的是突突——查理·德雷顿，"然后又爬到山顶的墓园了吗？"

"听着，他很棒，好吧，正处于完美状态。"亨利把手合在一起搓了搓，充满热切期待。"我们这里也有六个最棒的家伙。甚至还有斯塔基。"

"斯塔基！那个混蛋回来了是吗？我觉得那至少可以再多拖住他三十秒。"

"哦，得了吧，鳟鱼，斯塔基也就只会耍耍嘴皮子。克莱会一下子就从他身边超过去的。"

"克拉珀那里，那公寓到底有多少层来着？"

"六层，"亨利说，"老伙计，那把钥匙也有点生锈了。如果你给我们弄把新的，我或许可以让你免费下注呢。"

克拉珀一头卷发，面容扭曲，舔了舔自己卷成一团的嘴唇。"什么，真的吗？"

"好吧，可能打半折。"

"嘿，"一个叫老鬼的人说，"凭什么克拉珀就能免费下注？"

　　亨利趁着还没人接话就赶紧插话了。"很不行 ① 啊，老鬼，你这个苍白可怜的混蛋，克拉珀那里有我们可以利用的东西。他很有用。"他跟他一起走着，仿佛在给他做指导，"至于你呢，你毫无用处。明白了吗？"

　　"好吧，亨利，你看这样怎么样？"克拉珀还在努力争取，"如果你让我无偿 ② 下注三次，你就可以直接拿走我的钥匙。"

　　"无偿？你是哪里人啊，该死的法国人？"

　　"我不认为法国人会这么讲无偿这个词，亨利。我觉得这可能是德语。"

　　这个声音从那一堆人当中传出。亨利把讲话的人找了出来："刚才说话的是你吗，丘巴卡？你这个一身毛的混蛋？上次我还听说你连该死的英语都不会说呢！"然后亨利又对其他人说："你们能相信那个蠢货吗？"

　　他们大笑起来。"说得好，亨利。"

　　"别以为夸我'说得好亨利'我就可以额外照顾你们。"

　　"嘿，亨利。"克拉珀在进行最后一次努力，"要不然这样——"

　　"哦，老天！"他怒气冲冲，但是亨利只是在假装生气，并不是真的生气。在十七岁这个年纪，作为一个邓巴家的男孩，他已经承受了生活压来的太多重担，但他总是能笑着站起来。他也总是会很容易就被周三在博恩巴洛公园度过的时光所打动，看到其他的男孩子们在围栏那边观察着，他会很满足。这是他们在每周中间时段最重要的大事，对此他很满意，而对于克莱而言，那只是一次又一次热身。"好吧，你们这些混球，谁要第一个来？必须预付十块，不然就滚蛋！"

　　他跳到了一条残破不堪的板凳上。

---

① 此处为亨利口误，应为"不幸"。——编注
② 原文为"gratis"，源自拉丁语。

赌注不停地浮动，从两分十七秒变到三分四十六秒再到一声响亮的两分三十二秒。亨利拿着那一大块绿色粉笔，在他们脚下的水泥地上写出了下注者的名字和所押的时间，就写在上周下的各种赌注旁。

"好吧，来吧，奇趣包，别再犹豫了。"

奇趣包也叫冯，全名库尔特·冯达拉，他已经纠结了很久。他很少很严肃认真地对待什么事情，但是这件事似乎就是其中之一。"好吧，"他说，"既然有斯塔基在，那么就，该死——五分十一秒吧。"

"老天。"亨利蹲在那里，露出微笑。"记住了，小家伙们，不能更改赌注，也别想着用粉笔捣乱——"

突然，他看见了什么。

某个人。

他们几分钟之前在家里的厨房里错过了彼此，但是现在他看到了他——你很难把他认错，深锈色的头发，破碎金属般的眼睛，嘴里嚼着一块口香糖。亨利发自内心地开心起来。

"怎么了？"大家齐声问道，像是合唱一样。"怎么回事，什么——"亨利向上点了点头，然后是粉笔频繁摩擦地面的声音。

"先生们——"

就在一瞬间，每个男孩脸上都露出了那种千金难买的"见鬼了"的表情，然后就都迅速行动起来。

每个人都更改了赌注。

烟雾信号

好吧，就这么着了。

他已经受够了。

沮丧、内疚、后悔，**谋杀犯**已经快崩溃了。他认为我们可以鄙夷他，但我们不能无视他。他的下一步动作看起来像是具备良好修养的人才会做的事——既然他未经允许就来到这座房子里，他觉得自己有必要做点什么来提醒我们：

他把赫克托耳从腿上拨开。

他走向那架钢琴。

他没有打开盖子露出琴键（他完全没可能做那种事），而是选择从上面打开，直接露出琴弦，没想到他发现的状况可能更糟——里面放着两本已经像是被炭烧过的书，以及一件旧的蓝色羊毛连衣裙。裙子口袋里还装着裙子上掉下来的一个扣子，裙子下面就是他打开钢琴要找的东西：一包烟。

慢慢地，他把烟拿了出来。

他整个人都蜷缩起来。

他费了好大劲才取出来，并重新伸直身子。

他又费了好大的劲才把钢琴重新合上，然后又走回到厨房。他从其中一个装着餐具的抽屉里拎出一个打火机，然后站在阿喀琉斯面前。

"见鬼去吧。"

这是他第一次大胆地开口讲话。他现在已经意识到这头骡子并不准备发起攻击，于是**谋杀犯**点燃香烟，走向厨房的水槽。

"既然我都来了，要不然就把这些盘子和碗都洗了吧。"

那些白痴

在房间里面，更衣室的墙壁上充满了让人觉得可悲的涂鸦——那种业余爱好者随意的涂鸦总是令人尴尬。克莱光着脚坐在那里，他忽略了这些涂鸦。在他面前，汤米正在从萝茜的肚子上抖下一团团的草，但是这条边境牧羊犬很快就反抗起来。他一只手伸过去温柔地抓住它的鼻子。

"邓巴。"

正如所预料的那样，那里还有其他六个男孩，每个人面前都有一小块专属的涂鸦。其中的五个男孩正在彼此交谈，开着玩笑。还有一个正在陪着一个女孩。那个男孩名叫斯塔基，是一个野兽般的男孩。

"嗨，邓巴。"

"怎么了？"

"不是叫你，汤米，你这个该死的智障。"

克莱抬起头来。

"看这儿。"斯塔基向空中扔了一团胶带，击中他的胸口。胶带落到地上的时候，萝茜把它衔起来，夹在下巴底下。克莱看着它同这卷胶带玩耍，同时听着斯塔基在那里喋喋不休。

"我只是不想等会儿在外面收拾了你之后还听到你为自己找借口，就是这么一回事。除了这个，我还清晰地记得我们更小一点的时候，你总是用那个黏糊糊的胶带干些蠢事。外面可是有很多碎玻璃的。我可真不想让你那漂亮的小脚丫受伤。"

"你刚才说了'清晰地'？"汤米问道。

"流氓就不能有文化了吗？我还说了'智障'呢，这个词跟你们这种家伙实在太相配了。"斯塔基和那个女孩对这句还嘴都很满意，克莱也忍不住对这个女孩有好感。他看着她的口红和她脸上脏兮兮的笑容。他还喜欢她的内衣带子在她的肩膀上来回抖动的样子。她跨在他的大腿上，两条腿各搭在一边——他并不介意他们那样互相触碰，甚或是在彼此身上留下污迹。这只是好奇心在作祟，并没什么别的原因。首先，她不是凯丽·诺瓦克。第二，这件事并非针对某个特定的人。对外面的那些人来说，这些男孩子如同一架漂亮机器里的齿轮；一种动机不纯的娱乐。对于克莱而言，他们只是一项特殊运动中的同伴。他只关心他们能让自己受到多少损伤，他有几分幸存的可能。

他知道很快他们就都会出去，所以现在他往后一靠，闭上双眼，想象着凯丽就在自己身边，想象着她的胳膊散发出的光芒和热气。她脸上的雀斑是一个个的小血点——又深又红，但是很小很小，就好像是一张示意图，换个更好的比喻来说，就好像学校里学生用的连点成线的图表。她的大腿上放着他们一起看过的那本浅色书皮的书，上面是烫金花体刻字，写着：采矿工。

书名底下的字是：你想知道的有关米开朗基罗·博那罗蒂的一切——对于伟大之人的无尽探索。翻开这本书，最前面的是被撕掉的一页留下的残破边线，那一页原本是作者的简介。这本书的书签用的是最近一次赛马会上下注用的纸条：

皇家轩尼诗，第五场比赛

二号：斗牛士

赌局所获：只有一美元

很快，她站起来，然后靠向他。

她用她独有的那种有趣的方式笑起来，好像要直面眼前的一切。她靠得更近了，然后开始有所动作。她把自己的下唇贴向他的上唇，然后把书放在他们中间。"他在当下就知道了，这是世界的全部，而全部的世界就是一个幻象。"

她念出最喜欢的这句话，嘴唇不断地轻啄着他的嘴唇——三下，四下，接着是第五下——然后移开了一点点：

"星期六吗？"

他点了点头。也就是在星期六的晚上，仅仅三天后，他们就真的会见面，在另一处他很喜欢的地方，一片被人遗忘的草地上。那个地方叫环绕地。在那里，他们会躺下，而且没有倦意。她的头发会一直蹭着他，让他痒好几个小时。但是他从来不会把头发拨开，或者移开身子。

"克莱。"她的身影渐渐消失。"……到时间了。"

但他并不想睁开眼睛。

与此同时，一个叫雪貂的龅牙男孩走了出来，而罗里像往常一样走了进来。每次他都是看在兄弟交情的份儿上到这儿来，而每次都会重现下面这种场景。

他穿过看台下的通道，走进这个令人压抑的更衣室，连斯塔基都停了下来，不再和那个女孩子炫耀卖弄。罗里举起一根手指，紧紧贴在嘴唇上。他用力揉了揉汤米的头发，那力道几乎算得上是不太友好了，然后威胁似的站在克莱面前。他随意地笑着，用那双无价的碎金属般的眼睛打量着他。

"喂，克莱。"他实在抵挡不住开口的诱惑。"还在搞这种狗屁事情啊？"

克莱还以微笑，他不得不这么做。

他微微一笑，但并没有抬起头来。

"准备好了吗，小伙子们？"

亨利手里拿着秒表，让他们知道马上就开始了。

克莱站起来，汤米就在这个时候开口发问——这已经成为惯例了。

他若无其事地指着他的口袋。

"你想让我帮忙拿着它吗？"

克莱一言不发，却已经告诉了他自己的回答。

这个答案从来如此，从未变过。

他甚至都不需要摇头。

他们离开了有满墙涂鸦的更衣室，走了出去。

他们将看台下的通道抛在身后。

他们的身影渐渐出现在阳光下。

运动场里大约有二十多个白痴，两边各站了一半，男孩们走出来的时候，他们夹道鼓掌欢迎着。白痴给白痴鼓掌，场面相当宏大。这群乌合之众最擅长干这个。

"来吧，小伙子们！"

激动的呼喊声。鼓掌声。

"使劲跑啊，克莱！把他们甩掉，小家伙！"

看台后面的黄灯依然亮着。

"别把他给弄死了，罗里！"

"使劲教训他，斯塔克儿①，你这个丑八怪！"

一阵哄笑。斯塔基停了下来。

"喂。"他伸出一根手指，开始模仿电影里的台词。"也许我会先拿你练练手。"他一点都不介意别人喊他丑八怪，但他无法忍受斯塔克儿这样随意的称呼。他回过头，看到自己带来的那个女孩正准备坐到看台上的木柴板凳上。她并没有加入那些乌合之众，和一个流氓在一起就已经够受的了。他晃了晃自己庞大的身躯，往前赶了过去。

很快他们就都来到了跑道的直道段上，但没一会儿，这些更衣室的

_____
① 斯塔基的昵称。

男孩们就又分散开来。位于最前方的三个应该是赛尔顿、马圭尔和补锅匠：其中两个敏捷有力，还有一个手里拿着砖头，准备一招制敌。

跑到两百米标识那里的是施瓦兹和斯塔基，其中一个是完美的绅士，另一个众所周知，如同一头野兽。但是，关于施瓦兹这个人，尽管他完全、绝对地公平正直，他在比赛中的表现却令人印象深刻。比赛结束之后，他会笑着露出一口白牙，拍拍其他人的肩膀。但是在比赛时，站在铁饼投掷网附近的他会像一列火车一样朝克莱冲过去。

那些赌徒现在也开始行动了。

他们向上涌过去，走到了看台最高的一层，在那里，可以一直看到运动场的内场。

跑道上的男孩们已经准备好了：

他们敲打着腿上的股四头肌。

他们做着舒展运动，并拍打着自己的手臂。

在一百米的标识处，每个人都站在一条不同的赛道上。他们状态绝佳，双腿轻盈。身后是即将落山的太阳。

在两百米的标识处，施瓦兹正在左右摆头。金色的头发，金色的眉毛，炯炯有神的双眼。在他身边，斯塔基往跑道上啐了一口。他的络腮胡脏兮兮的，却又很警觉地竖起来，直愣愣地长在脸颊上。他的头发就像门垫一样毛糙。他又一次瞪了瞪眼，啐了一口。

"嘿，"施瓦兹开口讲话，视线却没有从一百米的标识处移开，"我们也许一瞬间就可以搞定他。"

"那又如何？"

最后，在笔直的跑道上，离终点还有大约五十米的地方，罗里站在那里，他看起来相当放松，好像这样的时刻再正常不过，好像事情原本就应该如此。

魔术师的手帕

最后，是引擎发出的噪音。

以及汽车车门发出的订书机一般的响声。

谋杀犯试图驱赶这种紧张，但是他的脉搏还是跳动得稍微快了一点点，特别是脖子上的大动脉。他如此绝望，甚至都要恳求阿喀琉斯来祝他好运了，但最后的最后，阿喀琉斯自己看起来也有些脆弱。它吸了吸鼻子，换了一只蹄子来支撑体重。

门廊上已经传来了脚步声。

门把锁里插进了钥匙，锁孔转了两下。

我立马就闻到了烟味。

在门口，一长串辱骂从我口中无声地滑落。如同魔术师的神奇手帕带来了震惊与恐惧，紧接着就是无穷无尽的犹豫不决，以及一双失去血色的双手。我该做些什么？该死的，我该怎么办？

我在那里站了多久？

有多少次我想就这么转身走掉？

在厨房里（我很久之后才知道），**谋杀犯**静静地站起来，吸了一口闷热的空气。他满怀感激之情地看着骡子：

这种时候休想抛下我。

微笑的人

"三……二……一……开始。"

秒表嘀嗒一声，开始计时，克莱跑了起来。

最近他们总是这样开始比赛。亨利特别钟爱电视里那种枪声一响，滑雪运动员便齐刷刷地滑下雪山的样子，所以他也开始采取同样的办法。

像往常一样，倒计时开始的时候，克莱离起跑线还有一段距离。他无动于衷，面无表情，赤脚踩在地上，这感觉极佳。一声令下的时候，他刚好冲过起跑线。他开始跑起来，这才发觉双眼刺痛，泪水灼烧着他的眼睛。他握紧了拳头。他现在做好准备了，准备好面对这个白痴小队，这个恐怖的青少年世界。他宁愿再也不用看到这个世界，再也不会成为这个世界的一部分。

他脚下的野草左右摇摆，仿佛在为他的步伐让路。就连他呼出的空气似乎都是为了从他体内逃逸出来。尽管如此，他的脸上依然没有任何表情。两道弧形的泪痕，在他跑到第一个拐弯处，跑向赛尔顿、马圭尔和补锅匠时就已经开始风干了。克莱知道该怎样对付他们。他只有两条腿两双手，但它们可以以一当十。

"来吧。"

他们煞有介事地聚集起来。

他们在第四跑道上与他相遇，用满身臭汗和挥舞的前臂迎接他，他的双腿依然在空中前后交替地跑动着。不管怎样，前进的动力满满。他用右手支撑着爬过橡胶跑道，然后又用膝盖来支撑，接着他就把马圭尔甩到了身后。他避开了冲过来的赛尔顿的脸。在那一瞬间，他能看到这个可怜的家伙两眼一黑，然后他就把他击倒了，重重的一击。

这个时候，体态浑圆的布赖恩·补锅匠·贝尔——他的另一个外号叫丰满先生——冲过来，急不可待地给他一记重击。这一拳扫过他的喉咙，肥厚的胸膛撞在他的后背上。他急迫又嘶哑地低语道："这回我可抓到你了。"克莱不喜欢别人这样低声跟他耳语。同样，他也不在意什么抓到了，很快草丛中就多了一具躺倒的像是大麻袋一般可悲的身躯。大麻袋的耳朵在流血。"妈的——！"克莱却已经跑远了。

是的，补锅匠被淘汰了，可另外两个又卷土重来，一个受了伤，另一个还很难对付。但这些困难显然算不了什么。克莱把他们推开，很快便大步跑开，仰起身子，把受过撞击的后背挺得直直的。

此刻，他打量着接下来要面对的两个人，他们并没预料到他这么快就来了。

施瓦兹稳了稳身子的重心。

斯塔基又啐了一口。这家伙简直是个该死的喷泉，一只丑陋的滴水兽！

"来吧！"

这是斯塔基喉咙里那只小兽在发出战斗的信号，以此来唤醒身体的力量。他本应更清楚状况才对，克莱是不会受到威胁的，也不会被激怒。在远处的背景中，前面三个男孩子蜷成一团，已经变成了三个模糊的影子，克莱转过身，改变了方向。他现在的目标是斯塔基，斯塔基已经不再往地上吐口水，而是也开始活动身体了。他几乎就要抓到克莱衣领的一角了，然后，毫无疑问，施瓦兹出场了。

像前面提到过的一样，施瓦兹像一列火车一样击中了他。

两点十三分的快速列车。

他把克莱撞倒在地，整齐的刘海压在克莱头上，他们的一半身子躺在第一条跑道上，另一半埋在草丛中，接着斯塔基的膝盖顶了过来。他那长满毛发的脑袋撞在了克莱的脸蛋上。他们在血泊里踢打、挣扎，猛推对方，混杂着斯塔基啤酒味的口臭（天哪，真是同情那个看台上的可怜女孩），他甚至还使劲捏了他。

他们的脚胡乱地踢着苏格兰格子衫，仿佛快要窒息一般。

看台上传来一声抱怨，遥远得好像是几英里以外传来的。"什么鬼东西都看不到！"如果他们在内场纠缠太久，观众就得跑到弯道上去看了。

在博恩巴洛公园的这片绿地上，发生了太多的搏斗事件，但是克莱总能找到破解之道。对于他来说，这一切结束之后，不存在什么胜利或者失败，也不存在时间的流逝和金钱的耗费。他们伤他多重并不重要，因为他们并不能真正伤害到他。他们控制他多久也不重要，因为他们没法真正制服他。至少，他们还不能对他造成足够大的伤害。

"压住那边的膝盖！"

施瓦兹提出了一个看似精明的建议，但是已经晚了。一个自由的膝盖就等同于一个自由的克莱，他终于挣脱开，跨过脚下上百公斤重的障碍物，开始加速。

现在场内发出了欢呼声，还有人吹起口哨。

观众们呼喊着男孩们的各种外号，从看台一直传到了跑道上。因为距离很远，他们的呼声听不太清——更像是夜晚南风袭来时他房间里响起的歌声——但是他们确实沉浸在此刻的氛围中，罗里也在其中。

在离终点一百五十米的地方，克莱一个人独享着赭红色的跑道。他的心跳铿锵有力，脸上已经变干的泪痕干裂开来。

他朝着残存的光亮跑去，朝着那固执的浓厚光线跑去。

他留意着自己的步伐，看着苏格兰格子衫富有弹性地一上一下。

他朝着欢呼着的男孩子们跑去，他们在看台的阴影处发出呼喊。在那里的某个地方，有一个嘴唇红艳的女孩，她耷拉着双肩，显得十分漫不经心。想到这些的时候，克莱并没有联想到什么色情的东西，只是觉得很有意思。他无拘无束地幻想着她，因为马上就要进入最煎熬的时刻。尽管这是他抵达此处用时最短的一次，但也没什么用。什么都算不上。这什么都算不上，因为在前方，离终点还有五十米的地方，罗里就站在那里，虽然这给人感觉很不真实。

克莱往前冲着，他知道自己应该表现果断。一旦犹豫他就完蛋了。怯懦也会了结他。在离他们即将碰撞之处很近的地方，在他余光几乎看不到的地方，二十四个男孩子发出各种各样的喊叫声。他们的声音差点就要把整个观众台震垮了，克莱瞥了一眼他们前面的罗里。是他，带着他一贯的粗犷与狡黠。

那克莱呢?

他奋力抵挡着体内所有的冲动，把它们推向一旁，或左或右。他几乎是爬到了他的身上，然后不知怎的就爬了过去。他感受到了他哥哥的身体：他的爱和那种甚至有些可爱的愤怒。男孩与地面发生碰撞，现在只有一条腿还保持着平衡。一只胳膊紧锁着克莱的脚踝，这是阻碍克莱实现那长久以来大家认为无法实现的目标的唯一障碍。不可能绕过罗里的。从来不可能。但是就在此时此刻，克莱拖着他往前走去。他还在竭尽全力用手把他推开。他的胳膊被用力控制着，但是离罗里的脸颊五六十公分的地方，一只手缓缓抬起来，好似从地底深处升起的巨人。这仿佛是来自地狱的握手，他毫不费劲地轻轻一攥，就把克莱的手指头都压在了一起，就这样，他又把克莱压倒在地。

在还差十米的地方，他彻底地倒在了跑道上，罗里为什么能如此举重若轻呢? 这就是这个外号的讽刺之处了。人肉锁链代表着一种无法承受的重量，但现在他更像是一阵迷雾。你转过身，他就在那里，但当你伸出手的时候，却什么也没有。他已经到了别处，准备在前方制造更多的危险。唯一能显示出质量与重量的恐怕就是他那浓密的锈色头发，以及那对灰色的冷硬金属般的眼眸了。

现在他牢牢地抓住克莱，将他按到废弃的红色跑道上。一阵阵呼喊声从看台上的男孩们中间和一层层折叠起来的天空中涌来。

"加油啊，克莱。天哪，就十米了，你马上就到终点了。"

汤米说："要是换成佐拉·巴德 [1] 会怎么做呢，克莱？苏格兰飞人 [2] 又会怎么做呢？与他斗争，直到冲到终点啊！"

萝茜吠了起来。

亨利说："他着实吓到你了啊，是吧，萝茜？"

萝茜仰起头，眼睛里流露出谜一样的笑意。

一个不是邓巴家的男孩开口对汤米说："谁是这见鬼的佐拉·巴德？说到这个，舒格兰飞人又是怎么回事？"

"是'苏格兰'。"

"随便吧。"

"你们这群人能不能闭嘴？这儿还打着架呢！"

每次搏斗开始的时候都是这个样子。

男孩们继续待在这儿，他们一边看，一边有点希望自己也有足够的勇气这么干，但同时，他们又很庆幸自己没这么干。还是聊天让人有安全感，因为他们那两人之间有种阴森的感觉，双腿像剪刀一样交叉着，他们仿佛是纸人，有纸做的肺，发出纸人的呼吸。

克莱来回扭动，但罗里纹丝不动。

只有一次，在几分钟之后，他几乎就要挣脱开，但又一次很快被制服。这一次他可以看得到终点线，几乎可以闻到终点线的喷漆味儿了。

---

① 南非田径运动员，多次打破中长跑世界纪录，被称为赤脚仙女。——编注
② 指苏格兰自行车运动员格拉尔米·欧伯利。——编注

"八分钟了，"亨利说，"嘿，克莱，给你的时间够多的了。"

男孩们排成了稀稀拉拉但还算整齐的两排，中间留了过道。他们知道这个时候得表现出尊重的态度。不管是哪个男孩，哪怕是掏出手机、摄像或者是拍照，都会被揪出来名正言顺地挨一顿揍。

"嘿，克莱，"亨利稍微提高了一点音量，"够了吗？"

不。

像往常一样，答案不言自明，因为他还没能露出笑容。

九分钟，十分钟，很快就十三分钟了，罗里觉得都快要把他勒死了。但是，快要到十五分钟这个节点的时候，克莱终于放松下来，把头向后一仰，十分懈怠地咧嘴笑了起来。穿过男孩们密密麻麻的双腿，他看到了看台阴影里的那个女孩，看到了胸罩的带子以及其他的一切，这应该算是某种算不上奖励的奖励。罗里叹了口气："谢天谢地。"他瘫倒在一边，眼见着克莱十分缓慢地、用仅有的一只还能动弹的手，牵动着全身，爬着让自己挪过了终点线。

谋杀音乐

我拼命让自己振作起来。

我迈着有力的步子走进厨房——在那儿，在冰箱旁，站着阿喀琉斯。

在小山一般的干净碗碟旁，我的视线从谋杀犯扫向骡子，又从骡子扫回到谋杀犯身上，考虑着该拿他们两个当中的谁先开刀。

两害相权取其轻。

"阿喀琉斯。"我说。我必须要有极强的自制力才能控制住这种厌烦感，这种受够了的感觉。"看在上帝的份上，那群混蛋家伙是不是又忘了关紧后门？"

这骡子一如往常，咬紧牙关，面无表情。

它直截了当又不耐烦地抛出了惯常的那两个问题：

怎么了？

这有什么不寻常的吗？

它是对的，这已经是这个月第四次还是第五次发生这种状况了。差不多快要达成一项纪录了。

"来吧。"我说，我很快抓住了它脖颈处浓密的毛皮。

走到门口，我才跟谋杀犯讲起话来。

虽然对着他，但是不带任何感情。

"告诉你一声，下一个就轮到你了。"

像一阵飓风

城市一片黑暗却生机勃勃。

汽车里十分安静。

现在终于没有什么事，就只剩下回家这一步了。

早一点的时候，大家分着喝了啤酒。

赛尔顿，补锅匠，马圭尔。

施瓦兹和斯塔基。

他们所有人都拿到了一些分成，那个叫麻风病的孩子也不例外，他赌的是十四分钟整。当他开始得意扬扬地炫耀时，其他人都让他赶紧拿这个钱去做植皮手术。亨利留下了剩下的钱。这一切都发生在那片粉色与灰色交错的天空下。这天空是镇上最好看的涂鸦。

某时某刻，正当施瓦兹告诉大家在两百米处吐口水的恶作剧时，那女孩问出了一个问题，那时她正和斯塔基在停车场闲逛。

"那家伙到底有什么问题？"但这个不是真正要问的问题，真正要问的问题一会儿才会出现。"像那样跑，像那样打。"她又想了想，开口嘲笑道，"说到底，这个愚蠢的游戏有什么意思？你们这群人都是大笨蛋。"

"大笨蛋，"斯塔基说，"多谢了。"他张开双臂抱住她，仿佛刚才那句是称赞。

"嗨，亲爱的！"

是亨利。

女孩和滴水兽都转过身来，亨利转而微笑起来。"这不是游戏，这只是在进行训练！"

她一只手轻放在臀上，你大概可以猜到她接下来要问什么了，这个蕾丝一般柔软的女孩，亨利会竭尽所能来应对。"来啊，克莱，给我们讲讲。你这样训练到底是想干什么呢？"

但是克莱的视线已经从她的肩部移开。他能透过脸颊上的擦伤——拜斯塔基的胡须所赐——感受到脉搏的跳动。他用还完好的那只手从容不迫地翻了翻口袋，然后蹲了下去。

现在有必要进行说明的是，对于我们的兄弟克莱来说，到底是为了什么而进行训练同样是个谜团。他只知道他训练、他等待，都是为了有一天能知道这个答案——而那一天，就是今天。答案就在家中厨房里，严阵以待。

卡宾大街和帝国大街，然后就是波塞冬路。

克莱总是很喜欢开车回家走的这条路线。

他喜欢那些密密麻麻聚集在高高路灯上方的蛾子。他会猜想，这夜色到底是令它们兴奋，还是会安抚它们，使它们安分下来。就算没什么别的，这也给了它们存在的意义。这些蛾子知道该干些什么。

很快他们就来到了阿尔切街。

亨利：开着车，单手握方向盘，微笑着。

罗里：脚翘在仪表板上。

汤米：倚在急促喘息着的萝茜身上，就快要睡着了。

克莱：浑然不知这就是训练的理由。

最终，罗里实在无法忍受了——无法忍受这种平静。

"见鬼，汤米，那只狗有必要喘得那么响吗？"

三个人大笑了起来，短促而激烈的笑声。

克莱看向窗外。

这个时候，也许摇摇晃晃地驾驶，或者横冲直撞到私人车道上更像亨利的风格，但根本就没发生这些事。

开到隔壁奇尔曼太太家门口的时候，开了闪光警戒灯。

开到我们家门口的时候平静地打转向——干净利索，像这车一样。

前大灯灭掉。

车门打开。

唯一打破这种绝对平静的是关上车门的声响。四声干脆的砰砰声，如同瞄准房子的子弹，直直地冲进了厨房。

他们一起穿过草坪。

"你们有哪个混蛋知道晚饭吃什么？"

"剩饭剩菜。"

"就是这么一回事。"

他们的脚都踏到了门廊上。

"他们来了，"我说，"所以你最好准备离开吧。"

"我明白。"

"你什么都不明白。"

这个时候，我还在试图搞清楚我怎么就让他留下来了。就在几分钟之前，当他告诉我来这里的原因时，我的声音才在一堆碗碟上弹跳开来，直奔**谋杀犯**的咽喉而去：

"你说你想要怎么样？"

也许是因为坚信一切早已现出端倪。反正这件事迟早都要发生，如果必须得在现在发生，那就这样吧。而且，尽管**谋杀犯**一副落魄的样子，我却能察觉到一些不同的气息。他身上还有一种坚定的决心，当然了，把他直接丢出去肯定会很爽——哦，抓住他的胳膊，逼他站起来，然后把他推到门外。该死的老天啊，那场面一定很美！但这样会亮出我们的底牌。那**谋杀犯**就有可能趁我没在家的时候再度出击。

不。最好是趁现在。

最好的掌控局势的办法，就是我们五个人聚在一起，展示我们的力量。

好了，停。

是我们四个和一个叛徒。

这一次，情况紧迫。

也许亨利和罗里早先没能察觉到危险，但现在整座房子都弥漫着这种气氛。空气中有争论过的痕迹，还有燃烧过的香烟味。

"嘘。"亨利向后一摆手臂，低声道，"小心点。"

他们走到了走廊上。"马修？"

"在这儿。"忧郁而低沉，我的声音证实了一切猜想。

有那么一会儿，他们四个望向彼此，充满警惕，困惑不安，每个人都在匆匆编排着想说的话，以准备进行下一步的正式行动。

亨利再度开口："马修，你还好吗？"

"我好极了，快进来就是了。"

他们耸了耸肩，摊开手掌心。

现在没什么理由不进去了，一个接着一个，他们迈步走向厨房，那里如同灯光汇聚的河口。光亮由黄转白。

厨房里，我站在水槽旁，双臂交叠。我身后是成堆的碗碟，干干净净，闪闪发亮，好像少见的博物馆的异域藏品。

在他们左侧，桌子旁，就是他了。

上帝啊，你可以听到吗？

听得到他们的心跳声吗？

这个厨房现在已经变成了一个小小的孤立之岛，这四个男孩，他们如同站在无主之地，仿佛刚进行了集体迁徙。他们也来到水槽边，与我紧紧凑在一起，萝茜被夹在我们当中。男孩子喜欢这样，这很有意思。我们并不介意相互触碰——肩膀、胳膊肘、关节、手臂都可以互相触碰。我们一同看向这位杀人凶手，他，一个人，坐在桌子旁，十分紧张，并且疲惫不堪。

还有什么好想的？

五个男孩和乱成一片的思绪。还有萝茜露出的一排牙齿。

是的，这条狗也本能地知道要鄙夷他，也是由它打破了沉寂。它咆哮着，慢慢向他移动过去。

我指着它，冷静但不耐烦地喊："萝茜。"

它停了下来。

谋杀犯很快地张了张嘴。

但是一个字也没说出来。

光线犹如阿司匹林一样惨白。

厨房就在这时正式"敞开"，至少对于克莱而言是这样。房子的其他部分都开始裂开，后院整个掉落，落入虚无之中。城市、郊区和所有被遗忘的旷野都被切断，被如同来自世界末日的力量横扫，被夷为平地，变得一片漆黑。对于克莱而言，当下就只有这里还存在，这个厨房一夜之间从一小块区域变成了一块完整的大陆，变成了现在这样：

一个有桌子和烤面包的世界。

一个关于水槽边的兄弟与汗水的世界。

令人压抑的气氛依旧持续着。空气闷热且厚重，就好像飓风来临前凝滞的空气。

好像是想到了这些，**谋杀犯**脸上的表情表明了他的思绪，他似乎脱离现实去到了很远的地方，但很快就收回了思绪。他想，就是现在，现在就得行动了。他也的确这么做了，付出了极大的努力。他站起来，那种忧伤给人一种恐怖的感觉。他已经无数次想象过这个时刻，但他来到这里时已经被挖空了。他就是一个空壳。他可能就是从衣柜里跌落出来的，或者是从床底下冒出来的：

一个温顺、头脑混乱的怪物。

一个突然鲜活起来的噩梦。

但就在这一刻——突然之间，平静已无法再维持下去。

仿佛发出了某种无声的宣言，那多年以来的折磨，此刻却连多一秒都无法再承受。锁链破裂，然后被彻底打碎。这个厨房在一天之内见证了一切。时间慢慢止步于此刻：五个男孩的身体面对着他。五个男孩应该站在一起的，但现在有一个人独自站了出来，就那样站着，不与任何人为伍——他没再触碰其他兄弟——他喜欢却也憎恶这种感觉。他欣然接受，他为之哀叹。别无选择，只能走出这一步，走向这厨房里的唯一黑洞：

他又把手伸进口袋，当他再次把手掏出来的时候，手里握着一些碎片。他伸出手，碎片就在他的掌心里。这些红色的塑料碎片尚有余温——是一个碎裂的晾衣夹的碎片。

然后呢？在这之后，还剩下什么？

克莱喊出声来，他的声音十分平静，从黑暗向光亮之处传去：

"嗨，爸爸。"

第二部

———

城市
+
水

犯错者

很久以前，在邓巴家过去的历史中，有一个拥有很多名字的女人，那是个怎样的女人啊。

首先，是她生下来就被赋予的本名：珀涅罗珀·莱西尤斯科。

其次，是她在弹钢琴时被授予的名字：犯错者。

在中转站，他们管她叫生日女孩。

她给自己取的外号是塌鼻子新娘。

最后，是她去世时的名字：彭妮①·邓巴。

她从一个地方来，那个地方，用她成长过程中读过的书里的一个短语描述再合适不过了。

她来自一片"多水的荒野之地"。

很多年前，像她之前的许多来客一样，她到来的时候提着手提箱，穿得破破烂烂，瞪着双眼。

她被这里肆虐的光线震撼了。

这座城市。

---

① "彭妮"为"珀涅罗珀"的昵称。——编注

这城市如此炽热，宽广，亮得吓人。

太阳就像野人一样蛮横，就像天空中横行的维京海盗。

它四处掠夺，四处扫荡。

它占据所有触及之处，从钢筋水泥高塔的顶端一直到水中最小的瓶盖。

在她之前所在的国家，太阳最多是个小玩具、小摆设。在那儿，在那个遥远的国度，云雾弥漫，细雨连绵，冰雪纷飞的天气当家做主，而不是那个时不时冒头的黄色小玩意儿。暖和的天气是限量供应的。即便是在最贫瘠、最荒凉的地方的下午都有可能落下雨来。毛毛细雨。湿漉漉的双脚。

这在很多层面上定义了她这个人。

逃离。独自一人。

或者更准确地说：孤独。

她永远忘不了刚抵达这里时那种彻头彻尾的恐惧。

在空中，在盘旋的飞机里，你就可以感受到这座城市被那特有的一点点水气（含盐量极高）掌控着。但到了地面上，你才能感受到真实压迫者的全部威力。她的脸上立马就汗迹斑斑。她站在无处遮挡的地方，和一群像牲口一样的，不，像乌合之众一样的同样吃惊、浑身湿透的人站在一起。

在等待了很久之后，这些人被赶拢到了一起。他们像是被赶进畜栏般被撵入室内一处停机坪一样的地方。圆球灯罩里的荧光灯闪闪发亮。从地板到天花板全都散发着热气。

"姓名？"

毫无回应。

"护照？"

"Przepraszam[①]？"

"哦，老天啊。"穿制服的男人踮起脚尖，越过一个又一个脑袋，看着成群涌入的新移民。看这群可怜的、热得透不过气来的家伙！他找到了此刻需要的那个人。"嘿，乔治！比尔斯基！这边这个就交给你了！"

但现在，这个实际年龄将近二十一岁但看起来只有十六岁的女人牢牢地抓住了他。她紧握住自己灰色封皮的小册子，就好像要把纸页夹缝中的最后一丝空气也挤压出去一样。"护找[②]。"

她露出听天由命的微笑。"好吧，亲爱的。"他打开小册子，试着念出她的名字，一字一顿，像猜谜语一样。"来斯卡佐娜……什么？"

珀涅罗珀开口帮他，怯懦的语气中也有一丝轻蔑。"莱西……尤斯……科。"

她在这儿一个人都不认识。

那些和她在奥地利山脉间安营扎寨共同度过九个月时光的人们已经各奔天涯。他们向西跨过大西洋，被送到了一个又一个家庭中去，而珀涅罗珀走得比他们都要远，一直到了这里。下一步要做的就是去营地，再多学一点英语，找份工作，找个住的地方。然后，重中之重，买一个书架和一台钢琴。

这几样东西就是她刚来到面前这个灼热世界时想要的全部了。时光流逝，她得到了想要的全部。她顺利地得到了这些，还得到了比这多得多的东西。

我确信你们在这个世界上都曾遇到过某些人，当你听过他们的悲惨

---

① 波兰语的"对不起"。
② 此处为珀涅罗珀误读。——编注

遭遇后，会不禁去想他们究竟做了什么，要面对这样的命运。

我们的母亲，彭妮·邓巴，就是其中之一。

关键就在于，她从来不会承认自己并不怎么走运。她会把一缕金发拢到耳后，声称没有留下什么遗憾，她会说自己获得的远比失去的要多得多。

很大程度上我同意这个说法。但另一部分的我意识到厄运总是能想方设法找到她，特别是在一些重要的转折点上：

她的母亲在生她时难产死掉了。

她在婚礼的前一天弄折了鼻梁。

然后，不必多言，就是她自己的死亡。

关于她的死，有很多未讲之事。

她出生时，产妇的年龄和压力都是问题；她父母年纪都有些大了，不适合再要孩子，在经历了数小时的挣扎和手术之后，她母亲不堪重负，当场去世。她的父亲，瓦尔德克·莱西尤斯科也受到重创，但活了下来。他竭尽所能地将她抚养长大。作为一个电车司机，他身上具备很多特质和怪癖，人们会将他比作一尊斯大林雕像，而不是斯大林本人。也许是因为都留了小胡子。也许还有其他原因。也很有可能是因为这个男人的顽固不化，或者是因为他的沉默，因为那种沉默比生活的重压更加沉重。

但是私下里，还有一些其他的不为人知的情况，比如他一共拥有三十九本书，尤其痴迷于其中的两本。有可能是因为他生长在什切青市，离波罗的海很近，也有可能是因为他热爱希腊神话。不管是出于什么原因，他总是会反复翻阅这两本书——这两部史诗的主人公们总是会猛地冲进海洋里。它们被安放在厨房里，放在一个歪歪扭扭的长书架的中层，排在"H"这一列下[①]：

《伊利亚特》。《奥德赛》。

当其他孩子睡前听到的故事都是有关小狗、小猫和小马驹的时候，珀涅罗珀听到的是跑得飞快的阿喀琉斯，足智多谋的奥德修斯和其他一系列的名称以及外号。

有驱使云电的宙斯。

有喜欢开怀大笑的阿芙洛狄忒。

有制造恐慌的赫克托耳。

有她名字的原型：耐心的珀涅罗珀。

有珀涅罗珀和奥德修斯的儿子：沉思者忒勒玛科斯。

还有她一向的最爱：

阿伽门农，诸王之王。

在许多个夜晚，她躺在床上，游荡在荷马描绘的世界里，那些形象一遍遍地重复出现。一次又一次，希腊人的军队将他们的战船投入深酒红色的大海，或是进入"多水的荒野之地"。他们驶向玫瑰色的黎明，这个安静的小姑娘完全着了迷，纸一样单薄的小脸仿佛被点亮了。传入她耳朵里的父亲的声音越来越小，直到最后，她进入梦乡。

特洛伊人明天仍将归来。

长头发的阿开奥斯人[②]可以一次又一次地开动战船，在第二天晚上再度带她远航。

除此之外，瓦尔德克·莱西尤斯科还赋予了他女儿另一项积极向上的技巧。他教会了她弹钢琴。

---

① 下文提到的两本书作者均为希腊诗人荷马，其姓名首字母为"H"，故有此一说。
② 即古希腊人。

我知道你现在可能在想些什么：

我们的母亲受到过相当良好的教育。

睡前故事听的是古希腊史诗？

还上过古典音乐课？

不是这么一回事。

这些是另一个世界、另一段别样时光的残片。那仅有的几十本藏书被一代代传下来，几乎是她的家庭留下的唯一财产。钢琴是某次打牌赢回来的。那时，瓦尔德克和珀涅罗珀都还不知道，这两件什物最后会变得那样重要。

它们会让这个女孩离他更近。

然后送她永远离开。

他们住在一间位于三楼的公寓里。

这个街区和其他街区没什么差别。

从远处看，它就是钢筋水泥筑成的歌利亚[1]身上的一点点光亮。

走近了看，它虽然简陋，但又形成了独自的封闭空间。

窗边笔直地立着这架乐器——漆黑、紧实、丝般顺滑。在早晨和晚间固定的时间段，老头会和她一起坐下来练琴，气氛严肃，态度沉稳。他一动不动的小胡子稳稳地扎在鼻子和嘴唇中间。他只有在为她的琴谱翻页时才会动一动。

至于珀涅罗珀，她弹着琴，全神贯注，眼睛眨都不眨，专注地盯着琴谱。最开始只是弹一些儿歌，之后，当他送她去上一些几乎快要负担不起的钢琴课时，开始出现巴赫、莫扎特和肖邦的作品。通常在练习时，外面的世界好像一眨眼就变了样子。天气变幻，从霜冻变成大风，放晴

---

① 腓力士将军，传说中的著名巨人。——编注

又转阴。开始弹奏的时候，女孩便微笑起来，她的父亲会清一清嗓子。节拍器也开始发出嘀嗒声。

有的时候，在音乐声落下的间隙，她能听到他的呼吸声。这提醒了她，他是个活生生的人，不是像人们开玩笑那样真的是座雕塑。可即便她察觉到他因为自己新犯下的一个错误而堆积着怒火，她的父亲也总是克制着自己，介于面无表情与大发雷霆之间。哪怕有那么一次，她都希望能看到他爆发一回——一巴掌拍在大腿上，或者抓扯他因为年纪增长而不断变色的浓密白发。他从未如此表现过。他只会拿出一根云杉树枝，每次她的手指耷拉下来或者是又犯了其他错误的时候，就很克制地用树枝抽打一下她的指关节。当她还只是个脸色苍白、羞怯地驼着背的孩子时，某个冬天的早晨，她一共挨了二十七下打，因为她一共失误了二十七次。她的父亲还给她取了个外号。

课程结束后，窗外飘着雪，他让她停止演奏，捧起她的双手，这双经过抽打的手，小小的，热乎乎的。他紧紧握着，但是很温柔，只是用自己方尖碑一样的手指紧紧握着。

"Już wystarczy，"他说，"dziewczyna błędów……"她给我们翻译了一下，是这样的：

"够了，犯错者。"

这事发生时，她才八岁。

她十八岁那年，他决定把她送出国去。

当然了，困难之处就在于这是波兰。

这个国家向来冷酷严厉，也令人同情。几个世纪以来，这片土地被来自各方的侵略者占领过。但如果非要二选一，那比起可怜，这个国家更加冷酷。归根结底，在这个时代，你总是得从一个长队排到另一个长队，从医疗必需品到厕纸再到日渐稀缺的食品，买什么都要排队。

要不然人们还能做些什么呢？

他们站在队列里。

他们等待着。

气温降至零度以下。这也改变不了什么。

人们仍旧站在队列里。

他们等待着。

因为他们只能这样做。

* * *

这就让我们再次回到珀涅罗珀和她父亲的故事上来。

对这个女孩而言，这些都没那么重要，至少暂时还没那么要紧。

对她而言，这只是普通的童年而已。

有关一架钢琴和结了冰的操场，以及星期六晚上的迪士尼动画片——这些事物都来自西方世界，或许是这个国家的小小妥协。

至于她的父亲，他一直那么小心谨慎。

保持警惕。

他低调行事，不引人注目，并将所有关于这个国家的看法埋在心里，即便如此也没能带来些许安慰。试图在整个系统都逐渐崩溃的时候保持洁身自好只能保证你幸存得久一点，而不能最终生还。冬日般的严酷生活或许会最终结束，但在那之前，不过是一次又一次回到原点，开始工作：

被分配好的短暂的休息时间。

为人友善却没有朋友。

你端坐在家中：

安静不语却在猜想。

到底有没有一条出路呢？

答案渐渐形成，他开始为之努力。

绝对不是为了他自己。

也许，是为了那女孩。

中间的这些年，还有什么好说的呢？

珀涅罗珀长大了。

她的父亲明显变老了，他的小胡子也已经变成了灰色。

说句公道话，在那里也是有过美好时光的，甚至是极度美妙的时刻——尽管他上了年纪，而且总是很忧郁，但瓦尔德克大约每年都会给女儿一次惊喜，即在电车轨道上载着她飞快地驶过，那通常都是为了赶去上学费昂贵的钢琴课，或者是参加独奏会。她刚念高中的时候，他会在家里扮演身体僵直、脚步稳健的舞伴，把厨房当作舞厅。锅碗盆罐被碰撞得叮当作响。摇摇晃晃的凳子被碰翻，刀叉会掉到地上，女孩在那时就会大笑起来，男人因此彻底垮下来，他也会露出微笑。这是全世界最小的舞池了吧。

对于珀涅罗珀而言，给她留下最深刻印象的是十三岁的生日，那天，他们正从操场走回家。尽管她觉得自己已经不小了，不再适合荡秋千，但她还是坐了上去。几十年之后，她会再一次拾起这段回忆，讲给五个男孩中的第四个听——他是最爱听故事的那个。这是她人生中最后几个月发生的事了，那时的她半梦半醒，靠在沙发上，因为用了吗啡而感到快意。

"时不时地，"她说，"我还能看到那天渐渐消融的大雪，颜色惨淡、尚未建好的大楼，听到链条发出的嘎吱声。我能感受到他戴着手套的双手轻轻地扶在我的腰上。"这个时候她脸上扬起了微笑，但脸色却已经暗淡下来。"我还记得当时因为害怕荡得太高而放声尖叫。我恳求他停下来，但我其实并不想让他停下来，并不是真心想要停下来。"

这也正是使得一切变得如此艰难的原因：

在这一片灰暗之中依然有着色彩明亮的心。

对于她来说，事后回想起来，这种离开不像是为了自由冲破藩篱，而更像是种遗弃。她并不想离开她的父亲，让他只有那些古希腊的航海英雄为伴，尽管她的父亲热爱那两本书。说到底，就算是跑得飞快的阿喀琉斯，在这片冰天雪地里又能做些什么呢？他最终还是会被冻死。奥德修斯再足智多谋，又能否为他出谋划策，陪伴他一直走下去呢？

答案显而易见。

他不能。

但是该来的还是来了，这毫无悬念。

她到了十八岁。

她的出逃计划开始施行。

这花了他漫长的两年时光。

表面上看，一切进展顺利：她以优异的成绩毕业，到本地的一家工厂当起了秘书。她负责给所有的会议做纪要，负责管理所有的钢笔使用。她得整理所用的办公用纸，以及所有的订书机。这就是她的本职工作，她的职责所在，相较之下，这世上还有糟糕得多的工作。

也是大约从这个时间开始，她与不同的音乐机构有了更多的交集，陪着各地的人们演出，有时也会进行独奏。瓦尔德克积极地支持着她，很快她就开始参加巡回表演。各种各样的限制开始变得没那么严格，监视也少了，主要是因为社会整体都很混乱无序，同时（更为险恶的是），也是因为他们知道就算人们有办法离开，但总会有家人还留在原地。不管是出于哪种原因，珀涅罗珀有时会获批允许出境，甚至还有一次溜到了铁幕① 之外。她从来没想到她的父亲正在谋划她的叛逃。她的内心深处是很快乐的。

但是这个国家当时已经行将就木了。

超市的货架几乎全空了。

排队的气氛变得紧张。

有很多次，在雨雪交加的冰地上，他们一起站着排队买面包，等了好几个小时，但是轮到他们的时候，什么都不剩了——很快他就意识到了。他知道是时候了。

瓦尔德克·莱西尤斯科。

斯大林的雕塑。

这多少有些讽刺意味。真的，因为他从来没提过一个字。他直接替她做了决定，强迫她获得自由，或者至少是把这个选择强加到了她的头上。

他每天都酝酿着他的计划。现在时机到了。

他会送她去奥地利，去维也纳，去参加音乐会——一个音乐节——然后保证能让她再也不要回来。

这，对于我来说，就是我们邓巴男孩的源起。

环绕地

就是这样，她后来变成了我们的母亲。

许多年以前，还是冰与雪。

多年后，瞧瞧这里的克莱。

---

① 原意为封锁某国家或某集团，后转为某国家或某集团对自己实行铁桶似的禁锢。——编注

关于他，我们又能说点什么呢？

接下来的一天，生活又是从何处、如何再度继续下去的呢？

实际上相当简单，因为有一大堆事物在前方等待着：

他在全城最大的卧室里醒来。

对于克莱而言，它是完美的，是另一处奇特且神圣的场所：它是一片旷野中的一张床，黎明和远处的屋顶将它点燃。或者采用更准确的描述：这是一张旧床垫，铺在泥地上，颜色尽褪。

事实上，他总是到这儿来（而且总是选择周六晚上来），但他已经有好几个月都睡在我们房子后面的草地上，并一直待到早上。即便如此，这项特权依然有令人欣慰的奇妙力量。这块床垫幸存下来的日子已超过了它本应活的年限。

在这种心态之下，他每天刚睁开眼睛的时候都觉得一切看起来很正常。

一切都十分寂静，整个世界如同一幅画一般静止不动。

然而突然间，一切都翻腾起来，又都倒塌下去。

我去了哪儿？做了什么？

这里的官方名称就叫环绕地。

一条练习跑道。一个紧挨着跑道的马厩。

但那都是多年以前的另一段人生故事了。

那个时候，所有囊中羞涩的马主、努力挣扎的驯马师和不足为道的赛马会骑手都会到这里来寻找工作并祈求好运：

一个是懒惰的短跑选手。一个是诚实的逗留者。拜托，看在老天的份儿上，能不能让它们之中的某个脱颖而出？

他们得到了来自国家赛马俱乐部的特殊礼物。

取消抵押品赎回权 ①。彻底荒废这块地。

原本的计划是廉价出清这块地，但那总共花了将近十年，而且如往常一样，随着城市的发展，这里也没什么规划，留下的就只有一片空白——一个巨大的、不平整的围场，一个以家庭垃圾为景观的雕塑公园：

出了问题的电视机。磨损折旧的洗衣机。

门被弹开的微波炉。

一个很耐用的床垫。

所有这些东西，以及其他更多垃圾都被零零散散地堆放在整片区域，大多数人会觉得这里不过又是一处被弃之不顾的郊区荒地，但对于克莱而言，这些都是纪念品，都是回忆。毕竟，珀涅罗珀就是从这里往篱笆围栏对面张望，并决定在阿尔切街定居的。终有一天，我们所有人都会站在这里，在西风中举起一根点燃了的火柴。

还有一点需要注意的是，尽管荒废了这么久，环绕地的野草并没有疯长起来，这恰恰与博恩巴洛公园里的草地相反，那里有些地带的草丛低矮枯瘦，有些地带的野草则密密麻麻地没过了膝盖，克莱刚才就是从后一种草丛中醒过来的。

很多年之后，当我又问起当时的情形时，他沉默了好一会儿。他越过桌子看了过来。"我不知道，"他说，"也许太忧伤了，所以没办法生长——"但他没有继续说下去。说这几个字对他而言就是在滔滔不绝地抒发感情了。"说真的，忘了我刚才讲过那种话吧。"

但是我不能忘。

我不能忘，因为我永远也不会理解：

---

① 指物件抵押人由于没有满足抵押品赎回期间所需要满足的需求（通常是没有支付利息），遭到债权人的清偿要求，被迫清偿债务，从而丧失了物件赎回的权利。——编注

有那么一个夜晚，他会在那里发现纯粹的美。

然后犯下人生中最大的错误。

* * *

但是，让我们再次回到那个早晨，**谋杀犯**归来后的第一天，克莱蜷缩着躺在那里，然后伸直了身子。太阳升起，硬是把他叫了起来。在他牛仔裤左侧口袋里的那个破碎晾衣夹的下面，有一个轻巧、瘦长的玩意儿。他选择暂时忽略它。

他横躺在床垫上。

他以为听到了她的声音……

但现在是早上啊，他想，而且是星期四。

每当这样的时刻，想到她就会让他十分心痛。

头发掠过他的脖子。

她的嘴巴。

她的骨架，她的胸部，最后，还有她的呼吸。

"克莱。"声音又变大了些，"是我。"

但他必须要等到星期六。

她一路哭到了维也纳

将视线拉回过去，她又出现了，仍旧对未来一无所知——因为对于自己正在谋划的事情，瓦尔德克·莱西尤斯科从未在她面前表露出一丝一毫。

这个男人小心翼翼。

完全潜下心来。

维也纳的一场音乐会？

不。

时不时地，我会猜想这对于他来说会是怎样的情形——不得不买返程车票，但是心里很清楚她这次有去无回。我想象他如何撒谎，让她重新申请护照，因为每次哪怕只是短暂地离开，都需要重新申请。所以珀涅罗珀就像往常那样进行了申请。

之前已经提到过了，她去外地参加过音乐会。

她去过克拉科夫、格但斯克。去过东德。

还有一次，她去到了一个很小的城市，耐本斯塔德特，位于铁幕以西，但那里其实和铁幕离得相当近，几乎是啐口唾沫就能到的距离。这些音乐会总是些很高档的演出，但又不会过于高端，因为尽管她是个美丽且有才华的钢琴演奏家，却并非才华横溢的天才。她通常都是独自出行，但从未违反规定，都是在要求的时间内返回。

直到那时。

这一回，她的父亲让她用一个大一点的行李箱，并让她多带上一件夹克衫。晚上的时候他又往箱子里多加了几套内衣裤和几双袜子。他还装上了两本书，并在其中一本里面夹了一封信——那是两本黑色的硬皮书，是一个套装。信封里有信和钱：

一封信和一些美元。

当时这些书被包在棕色油纸里。

在纸的最上端，用严肃正式的字体书写着：**致犯错者，她弹肖邦弹得最好，其次是莫扎特，然后是巴赫。**

早上起床后，她再次拎起手提箱，马上就发现箱子明显重了不少。

她正要拉开拉链检查，他开口说："我多放了一件小礼物，是为你在路上准备的——现在你得抓紧出门了。"他把她撵出门。"你可以到火车上再打开。"

当时她相信了他。

她穿着一件蓝色羊毛连衣裙，裙子上有宽大、扁平的扣子。

她金色的长发已经长至腰部。

她的面庞坚定、温柔。

最后值得一提的是，她的双手冰冷，干净整洁。

她看起来一点儿都不像一个难民。

在车站的时候，气氛有些古怪，因为这个从来没有流露出一丝情感的男人突然颤抖起来，眼眶湿润。他那从来纹丝不动的小胡子第一次显得不堪一击。

"爸爸①？"

"都怪这冷死人的天气。"

"但今天不算太冷啊。"

她是对的，这天并不算冷，是个温暖的晴天。阳光刺眼，将整座壮丽的灰色城市染上一层银色。

"你是在跟我拌嘴吗？当有人要离开的时候，我们不应该吵架。"

"好的，爸爸②。"

火车驶入站台，她的父亲向后退去。如果回望这个时刻，可以很清晰地判断他几乎是在用尽全力控制着自己，几乎就要用手把裤子口袋扯烂了。他不停地撕扯，只是为了分散自己的精力，让自己的情绪不至于崩溃。

---

①② 原文均为波兰语。

"爸爸①，火车来了。"

"我看得见。我是老了，又不是瞎了。"

"你刚说我们不应该吵架呢。"

"那你现在又要跟我吵！"他从来不会像这样大声吼叫，在家都不会这样，更不用说是在公共场合了，他这样真让人摸不着头脑。

"对不起，爸爸②。"

这一刻，他们亲了亲对方的两边脸颊，又在右半边脸上亲了第三下。

"再见③。"

"暂时的④。回头见。"

不，你不会再见到我了。"是，是，回头见⑤。"

她余生都因自己接下来的行为而倍感欣慰。在登上火车之前，她转过身，说道："如果不是你用那树枝打我，我真的不知道要怎样才能学会弹钢琴。"每次离开前她都会说这些。

老人点了点头，努力不让她看到自己，他的脸色瞬息万变，就好像波罗的海般波涛汹涌。

波罗的海。

她总是这样解释。她说父亲的脸庞变成了一片汪洋。那深深的皱纹，那对眸子。甚至是那片小胡子。所有一切都笼罩在阳光下，沉浸在冰冷、冰冷的水中。

整整一个小时，她都透过车厢的玻璃向外看着，看着东欧从她身边掠过。她想到父亲很多次，但直到她看见另一个男人——一个长得像列宁的人，她才想起那份礼物。手提箱。

火车疾速前行。

---

①②③④⑤ 原文均为波兰语。

她先是看到了那些内衣裤和袜子，然后是那个棕色的包裹，但即便那时她仍旧没有理清头绪。多出来的那些衣物可以解释为老头子的古怪举动。当她读到关于肖邦、莫扎特和巴赫的那段话时，喜悦感攫取了她。

但是她又打开了那个包裹。

她看到了那两本黑色封皮的书。

封皮上的标题是用英文写的。

两本书的最上面都写着荷马的名字，然后分别写着伊利亚特和奥德赛。

当她翻开第一本书并看到那个信封时，仿佛突然就清醒了，意识到后果严重。她一下子站起身，对着半满的车厢轻声念道："不 [①]。"

亲爱的珀涅罗珀：

　　我想你会在前往维也纳的路上读这封信，所以从信的一开始就跟你说好——不要回头。不要回来。我不会张开双臂迎接你，反而会把你推开。我想你现在应该已经明白，在你面前有了另外一种生活，有了另一种活下去的方式。

　　这个信封里装着你会用到的所有文件。等你到了维也纳，不要搭出租车去避难营。司机要价太高，而且你会过早抵达那里。那里有公共汽车，也可以带你到达目的地。还有，不要说你离开是因为经济状况不佳。只需要这么说：你害怕来自政府的打击报复。

　　我想这一切不会太顺利，但你肯定可以抵达。你会幸存，你会活下去，有一天，我希望我们还能再见到彼此，那时你会用英语给我读这些书——我希望英语以后能成为你使用的语言。如果你永远没办法回来，我想让你读给自己的孩子们听，就好像那是在深酒红

---

① 原文为波兰语。

色大海上发生的故事。

最后我想说的是，在这个世界上，我只教过一个人弹钢琴，尽管你犯了不少错，但能教你我很开心，这是我的荣幸。这是我最用心、也最热爱的事。

你诚挚的，满怀爱意的

瓦尔德克·莱西尤斯科

那么，你会怎么做？

你会说些什么？

珀涅罗珀，犯错者，又那么站了几十秒，然后缓缓跌回到座位里。她保持沉默，浑身颤抖，手里抓着信，膝盖上放着那两本黑色封皮的书。她开始哭泣，没有发出任何声音。

对着窗外转瞬即逝的欧洲大陆，如同迷失了一般的珀涅罗珀·莱西尤斯科不停地无声哭泣。她一路哭到了维也纳。

各种力量的展示

他以前从来没有喝醉过，因此也就从来没有体验过什么是宿醉，但是克莱猜想这也许就是宿醉的感觉。

他的头歪斜至一侧，费了好大的劲才抬起来。

他坐了一会儿，然后从床垫上爬下来，找到了床垫边的草地上那张厚重的塑料布。他的骨头像要散架了一样，双手颤抖。他用塑料布铺了床，把四个角都塞好，然后走到围栏边——这是强制建起来的白色运动场分界线，只有横向的围栏，没有竖着立起来的木栅。他把脸靠在木头围栏上。他闻到了屋顶烧着了的气味。

有那么很长一段时间，他试图忘记——

桌子旁边的那个男人。

背景音是兄弟们在安静的环境中发出的噪声，还有那种遭受背叛的感觉。

他心里的那座桥，是由许许多多个时刻组成的，但是在这个待在环绕地的早晨，他意识到最主要还是来自昨晚发生的那些事。

八个小时前，当**谋杀犯**离开之后，出现了长达十分钟的令人不适的沉默。为打破沉默，汤米说："老天啊，他看着就像是被高温加热过的尸体。"他把赫克托耳举到胸前。猫咪咕噜咕噜叫了几声，像一团条纹花纹的肿块。

"他本应比这更糟糕一点。"我对他说。

"他穿的那一身衣服也太吓人了"和"谁要管他，我去趟酒吧"，亨利和罗里分别这样说着。他们站在那里，像是各种元素混在一起，像是沙子和铁锈的结合。

众所周知，克莱很沉默，当然，此刻他仍旧一言未发。他今晚已经说得够多了。有那么一会儿他琢磨着，为什么是现在？为什么他在这个时候回家？但他马上就意识到今天是那个日子。是二月十七日。

他把自己受了伤的手埋进一个小小的冰桶里，另一只手放在脸上，与脸上的擦伤保持着距离，因为他总会忍不住想要去触碰伤口。他和我坐在桌子旁，紧张而又沉默地对峙着。对于我来说，有一点是很明确的：只有一个兄弟需要担心，就是坐在我面前的这位。

嗨，爸爸。看在上帝的份儿上。

我看了看那些冰块，它们在他的手腕旁上下漂浮。

你得用和你人一样大的冰桶才够，小家伙。

我什么都没说，但我很确信克莱从我脸上的表情中读出了这一切。他也终于没能忍住，把两根像扳机一样的手指头放在了眼睛下面的伤口上。这个大部分时候像个哑巴一样的小混蛋甚至点了点头。几乎与此同时，那堆以古怪角度堆成高高一摞的干净碗碟一下子都倒在了水槽里。

但这也并没有打破僵局，哦，老天。

而我，我继续盯着他。

克莱手指上的小动作一直没停。

汤米把赫克托耳放下来，把水槽里的陶瓷餐具都清理好，很快就又带着鸽子回到了厨房（T 站在他的肩膀上四下睥睨），之后又迫不及待地走开，生怕自己慢了一步。他要去看看阿喀琉斯和萝茜——这两位都被流放到屋外，被赶到后面的走廊上了。他重重地关上门，表达了自己的态度。

当然了，早些时候，当克莱讲出那两个决定性的字眼时，我们其他人就站在他的身后，就像是站在犯罪现场的目击证人。这真是个恐怖的犯罪现场。我们被困于其中，情绪高涨，当时有很多事情需要思考，但我只记住了这一个：

现在，我们永远地失去他了。

但我也做好了准备，要一决雌雄。

"给你两分钟。"我说，**谋杀犯**缓缓点了点头。他靠在椅子上，椅子似乎陷进了地板。"好吧，快说吧。两分钟可没多久，老家伙。"

老家伙？

谋杀犯对这个称呼有点困惑，但很快选择了屈从，一切发生在一瞬间。他的确是个老家伙，一段老朽的回忆，一个被遗忘的概念——也许他现在正值中年，但对于我们而言他已经死了，什么都不是。

他把双手放下，搭在桌子上。

他重新开口。

他尴尬地面对着满屋子的人，发出的声音断断续续。

"我需要，或者，实际上，我在考虑……"这不像是他本人，至少对我们而言不像是他的作风。在我们的印象中，他会稍微向左或是向右倾斜一点。"我来这儿是想问——"

这时候多亏有罗里的神助，他发出惯常的那种热烈得如同高温炙烤过的声音，给出了一通血气方刚的回复，回应了我们怯懦结巴的父亲。"看在老天的份儿上，想说什么就赶紧讲出来啊！"

我们停了下来。

那一瞬间，我们所有人都一动不动。

但这个时候萝茜又吠了起来，我听到了，于是喊了几句，让那只该死的狗赶快闭嘴，就在这中间的某个时刻，他说了几句：

"好吧，听着，是这样的。"谋杀犯费劲地插进话来，"我就不再浪费时间了。我知道自己没有权利这样做，但我还是来了，因为我现在住在乡下，离这里很远。那里有很多荒地，还有一条河。我正在搭一座桥。我现在切身体会到发洪水会是怎样的灾难，你有可能被困在河的任意一边，而且……"他的声音支离破碎，嗓子眼仿佛被木栅栏堵住了，"我需要有人帮我一起搭桥，我是想问你们有谁或许可以——"

"不。"我是第一个开口的。

谋杀犯又一次点了点头。

"你可真是好大的胆子啊，不是吗？"怕你没有猜到，这是罗里在说话。

"亨利？"

亨利明白了我的暗示，在这一片怒气中他还是保持着一副友好可亲的样子。"不用，谢了，老伙计。"

"他才不是你的老伙计——克莱？"

克莱摇了摇头。

"汤米呢？"

"不去。"

我们之中有一个人在撒谎。

在这之后，是一种遭受重击之后的沉默。

父子之间的桌面成了不毛之地，上面只有满满一堆面包屑。中间立着一对不配套的盐罐和胡椒罐，就好像演喜剧的搞笑二人组——一个矮胖，另一个瘦长。

谋杀犯点了点头，离开了。

他离开的时候，掏出了一张小纸条，并把它放在了那堆面包屑上面。"这是我的地址，也许你们会改变主意。"

"你走吧。"我将双臂交叉于胸前，"把烟留下。"

那张写着地址的字条立马就被揉成一团。

我把它扔进冰箱旁边的废木箱，里面装满了各种空瓶子和废旧报纸。

我们坐着，站着，斜靠着墙。

厨房里一片寂静。

还有什么好说的呢？

我们有必要促膝长谈，聊一聊越是在这种时候越是要团结吗？

当然没有必要了。

我们几乎未发一言，罗里是要去酒吧的，所以率先离开。他要去的是裸臂酒吧。他一边朝外走，一边把一只温热、略湿润的手放在克莱的脑袋上，虽然只有短短一瞬。在那个酒吧，他很有可能就坐在我们都坐过一回的位置上——**谋杀犯**也在那里待过，那是一个永远都不会被忘却的夜晚。

接下来，亨利从后门离开，大概是去整理旧书或是收藏的唱片，那都是他在周末的私家车库二手拍卖会上收集来的。

汤米很快也跟了出去。

我和克莱又坐了一会儿，然后他安静地走去了浴室。他洗了个澡，然后站在洗脸盆前。洗脸盆里沾满了毛发和凝固的牙膏，跟沙砾凝结在一起。也许他只想证明，在任何环境中都可以做出伟大的事。

但他依然不肯直面镜子中的自己。

之后，他来到了一切开始的地方。

他十分珍视的神圣场所。

当然，博恩巴洛公园。

环绕地的那个床垫。

以及小山顶的公墓。这些地方都很重要。

但在很多年前，一切都是从这里开始发生的，并没有什么特别的理由。

他独自爬上屋顶。

今晚，他从前门走出去，然后绕到奇尔曼太太家附近——篱笆墙、电表箱、瓷砖地。正如往常的习惯动作，他坐到屋顶中间，让自己自然融入背景中。随着年龄增长，他越来越喜欢这样做了。以前的大多数时候，他都会在白天爬上屋顶，但现在他并不希望被经过的路人发现。只有在有人跟他一起爬上屋顶的时候，他才会坐在屋脊或者屋檐边上。

他注视着马路的另一边，斜对角的地方，那是凯丽·诺瓦克的家。

十一号。

棕色的砖墙，窗子里发出黄色的光。

他知道她现在应该是在读《采矿工》。

他短暂地注视了一会儿那各种形状的剪影，但很快就移开了视线。尽管瞥到她的身影他会很开心，哪怕是在很远的地方，但他这会儿到屋顶上来可不是为了凯丽。早在她还没有来阿尔切街的时候，他就已经常常坐在屋顶上了。

现在，他挪了挪位置，向左移了几块瓦片的距离，并看着整个扩张开来的城市。它已经从之前堕入的深渊中爬了出来，整个城市巨大、宽阔、街灯点点。他平静地注视着这一切，夜景尽收眼底。

"嗨，城市。"

有的时候，他喜欢与城市对话，这让他既感觉自己没那么孤独，又觉得孤独感更深了。

* * *

大约半小时之后，凯丽匆匆走了出来。她一只手扶在栏杆上，另一只手慢慢举到空中。

嗨，克莱。

嗨，凯丽。

然后她又回到了屋子里。

对于她来说，明天一如往昔，又是个残酷的开端。三点四十五的时候，她会推着自行车走过草坪，去皇家轩尼诗那边的麦克安德鲁的马厩做一些跑道清理的工作。

克莱准备下去的时候，亨利直接从车库爬了上来，手里拿着一罐啤酒和一包花生。他坐在屋檐边上，挨着排水沟坐下，那里有一本《花花公子》，封皮上是已经残破不堪、魅力全无的一月小姐。他挥手示意让克莱跟过来，他过来之后，亨利把东西递给了他：一包花生和冰镇的啤酒。

"不用，谢了。"

"你又说话了！"亨利拍了拍他的后背，"这是三个小时内第二次开口讲话了，今晚真的是值得记录在册。我明天最好去一趟报刊亭，再买一张彩票。"

克莱沉默地向远处望去：

黑暗中，摩天大楼与郊区融成一片。

然后，他望向他的哥哥，看着他啜饮啤酒时的那份镇定。他喜欢那个关于彩票的玩笑。

亨利的彩票上的数值是一到六。

又过了一会儿，亨利指了指街上，罗里正努力走回来，肩膀上扛了一个邮筒。在他身后，邮筒的木头支柱在地面上拖拽着。他把它转了一圈，扔到了家门口的草坪上，语气嚣张。"喂，亨利，有本事扔个花生过来啊！你这个弱不禁风的瘦竹竿！"他想了想，似乎忘了自己还要说什么，但一定是很搞笑的东西，会让所有人捧腹大笑，因为他一边走一边大笑着，一直走到了门廊上。他歪歪斜斜地迈上台阶，骂骂咧咧地躺在了地上。

亨利叹了口气。"又来了，我们最好现在去帮他。"克莱跟着他到了另一边，亨利在那边搭了一架梯子。他并没有往环绕地那边看，也没有去看背景里倾斜着的巨大屋檐。他只是看着院子，萝茜在围着晾衣架一圈圈地跑。阿喀琉斯在月光下啃着草。

至于罗里，他烂醉如泥，整个人像是有几吨那么沉，但他们还是想方设法把他弄到了床上。

"这个坏家伙，"亨利说，"肯定喝了有二十大杯啤酒吧。"

他们从来没见过赫克托耳行动如此迅猛过。它脸上警惕的表情可真是百年难得一遇，它从一个床垫跳到另一个床垫，又跳出门外。另一张床上，汤米靠着墙睡着了。

之后，应该说是很久之后，在他们的卧室里，亨利的破烂闹钟式收音机（也是在一次私家车库办的拍卖会上讨价还价买回来的）显示，那时已经是凌晨一点三十九分了，克莱站着，背靠着打开的窗户。早些时候，亨利还坐在地板上，写着一篇为了应付学校作业而不得不一气呵成的作文，但他写着写着就睡着了。他躺在床单上，于是克莱可以尽情地胡思乱想：

就是现在。

他用力咬了咬嘴唇。

他走到了门厅，准备走进厨房，只是一瞬间——比想象中还要快——他就来到了冰箱旁，手伸进了装着各种垃圾的木箱里。

不知从哪里突然射过来一束光。

老天！

一束惨白的强光横扫过克莱的眼睛，像足球流氓的一记重拳。他抬起手遮在眼前，灯又灭掉了，但眼睛还是感到一阵刺痛。在新一轮伸手不见五指的黑暗中，汤米出现了，他站在那里，只穿了内裤，臂弯里夹着赫克托耳。猫咪就像一个飘忽不定的幻影，双瞳因为强光而惊得圆睁。

"克莱？"汤米迷迷糊糊地向后门走过来。他的声音含糊不清，像是还处于半梦半醒、梦游的状态。"克……要……喂……"第二次开口之后，他才把整个如同加了密的句子破译出来。"阿喀琉斯许要①吃点东西了。"

克莱抓住他的胳膊，让他转了个身，看着他顺着门廊回去。他甚至弯下腰轻轻拍了拍那只猫咪，引得它发出几声短促的咕噜声。有那么一瞬间，他觉得萝茜要叫起来了，或者阿喀琉斯会忍不住嘶叫。但它们并没有发出声响，于是他又把手伸向了废木箱。

什么都没有。

即便后来他又冒险打开了冰箱——只是打开了一条缝，为了借一点点光线——他还是找不到那张写着谋杀犯地址的字条的丝毫踪迹。但当他走回房间，却无比惊奇地发现那张纸被胶带粘了起来，并且粘在了他的床上。

生日女孩

不用说，珀涅罗珀从来就没去过那个音乐节。她没有参加排练，也没有走过这座有着一个个水绿色屋顶的城市街道。她停在了维也纳西火车站。在站台上，她坐在自己的行李箱上，两只胳膊肘枕着膝盖。她清爽、干净的手指把玩着蓝色羊毛裙上的纽扣，然后把返程车票改成了更早一班回家的车票。

好几个小时之后，当火车准备驶离时，她站起身来。一位售票员斜倚在车门边，他没有刮胡子，体重明显超标了。

"你要上车吗②？"

珀涅罗珀只是看着他，内心犹豫不决。她使劲转动着衣服上靠近胸口处的一颗纽扣。她的行李箱就放在面前，如同脚边的一只铁锚。

---

① 此处为汤米发音错误。——编注
② 原文为德语。

"说话啊，你到底来不来①？"他不修边幅的样子还有些迷人。"你到底来不来②？"他的牙齿不怎么整齐，好像缺了几颗。他像个男学生一样倚在那儿，虽然没有吹口哨，但还是冲着火车头的方向大喊了一声："确认完毕③！"

然后他笑了。

他咧开缺了几颗牙齿的嘴巴，就那样笑了。珀涅罗珀站在那儿，右手的手掌中握着刚才还在衣服上的那颗纽扣。

正如她父亲预言的那样，她还是做到了。

她拎着沉重的箱子，柔弱、不堪一击，但正如瓦尔德克预言的那样，她还是撑了过来。

在名为特赖斯基兴的地方，有一处营地，里面是一排排的上下铺，厕所地板已经被染成了深酒红色。第一件事就是要找到队伍的尾巴在哪里。很幸运的是，她在东欧的生活经验已经教会了她如何排长队。第二件事，一旦走进去，就要应付堆到脚踝的垃圾堆。这是片"多水的荒野之地"，好吧，是考验神经和毅力的地方。

排队的人们面无表情，神色倦怠。每个人都很害怕各种突发情况，但最害怕的还是其中的一种：被遣送回家。在任何状况下，他们都无法接受。

她来了之后，果然受到了询问。

她的指纹被记录下来，有人给她做翻译。

奥地利本质上只是个暂住地，大多数情况下，手续会在二十四小时内处理完毕，然后他们会被送到招待所，在那里等着另外一个使馆

---

① 原文为德语。

② 此处售票员又用英语问了一遍同样的问题。

③ 原文为德语。

来接收。

她的父亲考虑到了很多事情，但是并没有想到周五抵达会是这么糟糕的情况。这意味着得在这个营地撑过整个周末，这可不像是周末外出野餐，但她最终还是撑了过来。毕竟，用她自己的话讲，这也算不上是人间炼狱。跟其他人所要承受的苦难相比，这算不上什么。最糟糕的是这种一无所知的状态。

又过了一周，她搭上了另一列火车，这一次是去山里，去另外一处有着一排排上下铺的营地。于是珀涅罗珀开始了漫长的等待。

关于她在那里生活的九个月，我确信可以挖出很多故事来。但关于那段时光，我又真的了解多少呢？克莱又能知道些什么呢？珀涅罗珀在群山中的那段岁月是她几乎从不谈及的一段时光——但她每次不经意提起，都将那时的生活描述成质朴美好的样子，我猜那应该更多的是凄凉。她有一次这样解释给克莱听：

只有一通时间很短的电话，一首老歌。

只有类似的几个小小的残片可以重现整段故事。

在最初的几天，她注意到有人会到路边的一个很旧的电话亭里打电话。电话亭立在宽广的森林和辽阔的天空之下，像一个外来异物。

很明显，人们都在往家里打电话。他们的眼中饱含泪水，通常，他们挂掉电话之后都要过好一会儿才能迈动回去的步子。

珀涅罗珀像很多人一样，打电话前也犹豫不决。

她在猜想这么做是否安全。

谣言四起，传说政府会监听个人电话，人们不得不三思而行。而且我之前也提过，总是那些留在家乡的人面临惩罚。

但对大多数人而言，还算有利的一点是他们通常都被默认为可以离开好长一段时间。那在他们离开家的这几个星期里，往家里打个电话又有什么不可以的呢？但珀涅罗珀的情况没那么简单——她早就应该回家了。打电话回去会让她的父亲陷入危险的境地吗？很幸运的是，因为她徘徊太久，有个叫塔德克的人过来找她。他的声音、身躯都如同树木一般。

"小姑娘，你是想给家里打电话吗？"

她犹豫着不肯回答，于是他往前走了两步，摸了摸电话亭，仿佛以此证明它无法伤害到她。"你有家人参加运动吗？"然后，他又讲得更直白了些，"团结工会①？"

"没有②。"

"你曾经打断过哪根不该打断的鼻梁吗？你应该懂我的意思吧。"

这会儿她直接摇了摇头。

"我看未必吧。"他咧嘴一笑，这个笑容就好像从上次那个火车售票员那里直接复制过来的一样，"好吧。那我猜猜看，这是你父母干的？"

"我的父亲。"

"你现在确定，你没惹过任何麻烦事儿吗？"

"我确定。"

"他呢？"

"他是个上了年纪的电车驾驶员，"她说，"几乎不怎么开口讲话。"

"好，那就这样吧，我觉得你应该没问题。现在党内一片七零八落，我不觉得他们有时间对付一个开电车③的老头。现今这些日子，要对什么事情下定论是很难的，但是这一点我还是有把握的。"

后来她说，就是在那个时刻，塔德克透过松树林向外望去，看着那一排排的灯光。"他对你而言是个好父亲吗？"

---

① ② ③ 原文均为波兰语。

"是的 ①。"

"他听到你的声音会高兴吗？"

"是的 ②。"

"好吧，接好了。"他转过身，扔给她几个硬币，"代我向他问好。"
然后他转身离开。

这次电话交流翻译过来就只有十个词 ③。

"哪位？"

没有回应，听筒里只有电流声。

他又重复了一遍。

那个声音，像水泥、岩石一般坚硬。

"哪位？"

她迷失在山边的这片松树林中，她的指关节绷紧泛白。

"犯错者？"他问道，**"犯错者**，是你吗？"

她想象着他站在厨房里，旁边是摆了三十九本书的书架——她把头
倚在窗户上，不知怎的说了声"是的"。

然后轻轻地挂掉了电话。

群山瞬间滑出了视线。

然后值得一提的就是那首歌。几个月之后，某天晚上，在招待所里。

月光洒在玻璃上。

这一天是她父亲的生日。

在波兰，命名日比生日更重要，离开了那里后，一切都变得更艰难

---

① ② 原文均为波兰语。

③ 指这段对话翻译成英文一共只有 10 个英文单词。

了。她宁愿这一天偷偷溜走，或把这一天让给另外一个女人。

他们没有伏特加①，但这个地方幸好还有其他烈酒。一个摆满玻璃杯的托盘被端了出来。当大家分发玻璃酒杯时，主人举起了自己的酒杯，然后望向客厅里的珀涅罗珀。大概有十几个人聚在这里。当她听到别人用她的母语说出"向你的父亲致敬"几个字的时候，她只好抬起头，露出微笑，勉力克制才让自己没有当场崩溃。

在那个时刻，还有另一个男人站在那里。

毫无疑问，这个人就是塔德克。他开始唱起歌来，歌声忧伤而又优美。

　　Sto lat, sto lat,

　　niech żyje, żyje nam.

　　Sto lat, sto lat,

　　niech żyje, żyje nam...②

歌声响起时，一切变得让人再也无法承受。

从她前几天拨出那通电话开始，这种情绪就在慢慢累积，她现在再也无法压抑自己。珀涅罗珀站在那儿，唱着歌，但她内里有些东西正在坍塌。她唱着自己祖国这首歌颂幸运与友谊的歌，同时，她也在问自己怎么就这样丢下了他。她唱出的歌词饱含爱意，但也能听出些自我厌恶的情绪，以至于当整首歌唱完后，他们中很多人都哭了起来。他们不知道自己是否还能再见到家人。他们是应该心怀感激还是自责？他们唯一可以确定的是，当下发生的一切已经不再受自己控制。一切已经开始，只能迈步走向终点。

---

① 原文为波兰语。
② 波兰的生日快乐歌。

有必要特别解释一下，那首歌开场部分的歌词大意是：

"一百年，一百年，

愿你活过一百岁。"

她这样唱着，心里却明白他活不了那么久。

她再也不会见到他了。

对当时的珀涅罗珀而言，让自己不再重温当时的感受，不再陷入当时的情绪，是很难的，特别是像这样悠闲的时光，更让人难以忘怀。

每个人都对她那么好。

他们那时都很喜欢她——她的安静，她犹豫不决时优雅的样子。他们管她叫生日女孩，当然大部分时候都是在背地里这么称呼她。时不时地，大家，特别是男人们，会在她打扫卫生、洗衣服或者是帮小孩子系鞋带时，用各种不同的语言直接喊出来。

"Dzięki, Jubilatko.[①]"

"Vielen Dank, Geburtstagskind.[②]"

"Děkuji, Oslavenkyně ...[③]"

谢谢你，生日女孩。他们这样说着。

每当这时，她都会努力挤出一个微笑。

* * *

在此期间，她所能做的只有等待，所拥有的只有对父亲的回忆。有

---

① 此处为波兰语。

② 此处为德语。

③ 此处为捷克语。

的时候，她感觉就算没有他，好像也可以将就着过下去，但这都是情绪消极时的感受，这种时刻，冷雨总会从山的方向刮过来。

在那样的特殊日子里，她工作得更久更卖力。

做饭，打扫卫生。

洗碗洗盘子，更换床单。

最后，经过九个月充满悔恨、期待、没有钢琴陪伴的日子，终于有一个国家同意了她的申请。她坐在自己的床铺旁，手里拿着那个信封。她望向窗外，眼神放空，玻璃上蒙了一层白色雾气。

即便是现在，我的眼前都会不由自主地浮现出她坐在那里的样子，就那样坐在经常出现在我想象中的阿尔卑斯群山里。我眼中的她还是她曾经的样子。克莱也曾有一次这样描述她：

未来的彭妮·邓巴排队进入了新的队列，飞向遥远的南方，某种程度而言，也可以说是笔直地飞向了太阳。

他口袋里的杀人凶手

珀涅罗珀跨越了世界，克莱跨越了篱笆：

他走在环绕地与家之间的那条巷道上，周围的篱笆已经变成了怪异的灰色。最近，这里多加了一道木门，是给阿喀琉斯用的——为了让汤米能牵着它走进走出。他走进后院，很庆幸自己不需要爬墙而入。很明显，清晨的宿醉相当糟糕，接下来的几秒就会证明这一点：

首先，他要像参加滑雪障碍赛一样躲过一片歪七扭八的骡粪蛋。

然后，躲过堆得像迷宫一样的一摊摊狗屎。

两个犯下如此罪行的家伙都还在熟睡：一个在草坪上挺得笔直，另一个四仰八叉地瘫在门廊下的旧沙发上。

厨房里弥漫着咖啡的香气——我将抢先他一步，而且很明显，将不止在这一件事上抢先。

现在，轮到克莱来面对我了。

我偶尔会在屋外吃早点。

我站在木围栏前，在灼热的日头下吃着冷玉米片。街灯还亮着，罗里的邮筒被丢在草坪上。

克莱打开前门，走到我身后几步远的地方站住，而我还在继续吃着玉米片。"看在老天的份儿上，怎么又毁了一个邮筒。"

克莱微微一笑，我能感觉得到他的紧张，但友好的客套话也就到此为止了。毕竟写了地址的那张纸条就在他口袋里。我尽力把它粘好了。

刚开始，我一动不动。

"所以，你拿到了吗？"

我又一次感觉到身后的他点了点头。

"我就是想替你省下亲自去翻垃圾桶的工夫。"我的勺子碰到碗边，叮当作响，几滴牛奶飞溅出来，溅到了围栏上。"它现在在你口袋里对吧？"

他又点了点头。

"你想过去一趟？"

克莱观察着我。

他就那样看着我，但是一言不发，与此同时，我也正努力理解他，我最近经常进行这样的尝试。从长相上讲，他和我最为神似，但我比他高了整整半英尺。我的头发要更浓密一些，块头也更大，但这只是因为我比他大几岁。当我每天手脚并用，跪在地毯上、地板上或者是水泥地上干活的时候，克莱在上学或练习长跑。他坚持完成了仰卧起坐和俯卧撑的专项训练。他肌肉紧绷，看起来结实精瘦。我觉得可以这么说，我们就是同一事物的不同版本，特别是眼睛周围这一块儿。我们两个人的眼中都闪烁着火花，瞳仁是什么颜色的并不重要，因为眼中的火花就代表了一切。

就在这一切发生的当下，我微微一笑，但笑容中饱含伤痛。

我摇了摇头。

街灯就在这个时候熄灭了。

我已经问了必须要开口发问的问题。

现在得说必须要说的话了。

天空辽阔宁静，家里的氛围却变得紧张起来。

我没有向他靠近，没有针对他，也并没有威胁他。

我只是说了"克莱"两个字。

后来，他告诉我，正是因为这样才让他倍感不安：

我语气中的平和感。

在那种莫名悦耳的语气中，他体内的某处开始鸣响。那声音缓缓下降，从喉咙到胸椎再到肺部。与此同时，这条街也迎来了早晨。街的另一侧，那些房屋破破烂烂、沉默不语，好像一群有暴力倾向的伙计，只等我一声令下就会开始行动。大家都知道，我并不需要这些。

大概过了一两分钟，我把胳膊肘从围栏上放下来，向下瞥了一眼他的肩膀。我本可以问他关于学校的事。上学的事怎么办呢？当然，我们两个人都知道答案是什么。我算什么，在所有人当中，轮得到我去告诉他要继续留在学校念书吗？我自己就是还没毕业就离开了学校。

"你可以去，"我说，"我阻止不了你，但是——"

剩下的话还没说出口就戛然而止。

说出这句话很难，如同劝说克莱一样困难——这，说到底，就是真相。有离开，必然有归来。有犯罪，就必须要面对惩罚。

归来，重新被接纳：

这是两件截然不同的事。

他本可以离开阿尔切街，用兄弟情谊去换那个抛弃我们的男人——但如果重新回家还要过我这一关。

"重大决定，"我说得更直接了，并直视着他的脸，而不是斜眼看着他的肩膀，"而且，我猜后果会很严重。"

克莱先是望向我的脸，然后移开了视线。

他看到了我因长期辛劳而变得僵硬的手腕，我的胳膊、我的双手、我脖子上突出的静脉。他注意到我握紧的指关节流露出的犹豫和坚定的决心。最重要的是，他看到了我的双眼中迸发出的火苗，它们发出了这般恳求：

不要为了他离开我们，克莱。

不要离开我们。

除非你真的一定要这么做。

问题就在于，这些日子以来，我已经渐渐确信。

克莱知道自己必须这样做。

他只是不确定自己是否能做到。

我走回屋子，他一个人在门廊前多待了一会儿，选择带来的重量压在他身上。毕竟，连我自己都没办法说出另外的承诺。再说了，你到底要做些什么，才能比一个邓巴家的男孩经历得更糟呢？

对克莱而言，事情显而易见，他既有离开的理由，也有留下来的理由，这些原因都大同小异。他被困在这激流中的某处——要摧毁自己所拥有的一切，才能成为他需要成为的那个角色。过往离他越来越近了。

他站在那里，注视着阿尔切街的街口。

纸房子

尽管沿途一路挣扎，这群人还是顺利走进了这座城市。关于珀涅罗珀进入这座城市之后的生活，用最公道的话来讲，可以说她一直有种被撕裂的痛感，还有一种震惊的情绪。

对这个地方，她内心怀有极大的感激，因为它接受了她。

然后就是一种恐惧感，害怕这全新的世界，还有这种炎热与炙烤。

当然了，还有那种负罪感：

就算能活到一百岁，他也过不上这种生活。

她的离开，如此自私、如此无情。

她抵达的时候是十一月，尽管这不算是每年最热的时段，但偶尔也会有一两周的酷热天气，提醒人们夏天马上就要到了。如果说有什么时间是不适合到这里来的，大概就是与此刻类似的时间段了——气候参数表上只有两个常量：热度和湿度。即便是本地人也备受煎熬。

最重要的是，她就是个入侵者。她在营地分到的房间原本属于一小群蟑螂，对天发誓，她从来没见过如此骇人的东西。那么大！更别提它们有多么锲而不舍了。它们每天都在与她交战，争夺地盘。

因此，她来这儿之后买的第一样东西就是杀虫剂，这也就不足为奇了。

然后她又买了一双人字拖。

别的不说，至少她懂得了在这个国家，凭借邋遢的拖鞋和几罐优质的灭蝇喷雾就可以走得很远。它们帮她勉强过活。一天天，一夜夜，一个星期又一个星期。

* * *

营地本身被深深埋在了铺着不规整地毯的破破烂烂的郊区中。

她在这里学英语，从零基础开始，一点点学。有的时候她会到外面的街道上走走。外面有一排排奇形怪状的房子——每个都立在一大片用割草机修剪过的草坪中央。这些房子看上去就像是用纸做的。

后来，她在纸上把房子的轮廓画了出来，然后指着纸上的房子向她的英文老师发问，后者爆发出一阵爽朗的笑声。"我知道！我懂的！"很快，他给出了答案，"不，不是纸。石棉水泥①。"

"石棉——水泥。"

"是的。"

关于这个营地和营地里的许多狭小公寓，还有一点说明，它其实和这座城市很像：都在四下扩张，而且即便是在如此狭小的空间中也要蔓延开来。

这里有各色人种。

说各种语言。

这里有那种自命不凡的傲慢一族，也有你能遇见的最差劲的患有故意拖延症的家伙，还有一直保持微笑的人，他们总是把疑虑留在心中。这些人有个共同点：他们似乎或早或晚都逐渐会被来自同一个国家的难友吸引。祖国使他们之间的关系比其他关系都要深厚，这也是人们彼此之间建立联系的一种方式。

---

① 以沙子、水泥及植物纤维混合而成的建筑材料。——编注

就这一点而言，珀涅罗珀确实找到了她的同胞，甚至是来自同一座城市的同胞。他们通常都很殷切友好，但那些人都有自己的家人——血亲关系又要比同族人之间的关系更为深厚。

　　时不时地，会有人邀请她参加生日会或者命名日庆祝会——有时只是大家聚集在一起的小型聚会，备有伏特加、波兰饺子、罗宋汤和波兰炖肉①，但很奇怪，她每次待不了多久就离场了。在那炙热的空气中，这些食物散发的味道像她一样，不属于这个陌生的国家。

　　但这些都不是真正令她困扰的事。

　　是的，她真正恐惧的是看到男人和女人们又都站起来，放开嗓门，再次唱响"一百年②"。他们为家乡歌唱，他们认为这样做很完美，就好像这样做就不曾离开。他们呼喊着朋友和家人的名字，好像这样就能把他们重新拉到身旁。

　　尽管如此，像我之前讲过的那样，也会有一些令她心怀感激的时刻，比如新年前夜，她在午夜时分步行穿过营地。

　　在离她不远的地方，有人在放烟火，她能从楼与楼之间的缝隙看过去。那边升起一道道耀眼的红色或绿色火光，远处还传来欢呼声，很快她就停住了脚步，看着他们。

　　她的脸上露出了一丝笑意。

　　珀涅罗珀看着天空中火光变幻的魔法，自己在石头路上坐了下来。她用手臂撑住身体，轻轻地前后摇晃着。真美啊③。她心想，这里可真美，这里就是她即将生活的地方。想到这些，她马上闭紧双眼，对着滋滋作响的炙热大地喃喃自语。

　　"起来，"她说，然后又重复了几遍，"起来，起来④。"

---

①②③④ 原文均为波兰语。

站起来。

但珀涅罗珀一动不动。

还不行。

但很快就可以了。

处理混蛋的人和米诺陶洛斯 [1]

"看在老天的份儿上，赶紧醒醒。"

彭妮慢慢地在这个城市扎了根，克莱却开始一点点地游离出我们这个家。

那一天，我在门廊那边下达最后通牒之后，他走到盛着面包的袋子和剩下的煮咖啡前。之后，他去洗手间把脸擦干时，正好听到我要出门工作。那个时候的我正在吓唬罗里。

我穿着又脏又旧的工作服。

罗里还在半梦半醒之间，因前一晚的过度饮酒而半死不活。

"喂，罗里。"我晃了晃他，"罗里！"

他试着动了动，但身体不听话。"哦，真是见鬼。怎么了，马修？"

"你知道怎么了。外面又多了一个该死的邮筒。"

"就这个？你怎么知道就一定是我干的？"

"我才不要回答这种问题。我现在只想说，你得把它放回原位，然后给我把这个该死的邮筒重新安好。"

"我都不知道自己是从哪里拎回来的。"

"那上面不是有一个号码牌吗？"

"是啊，但我不知道是从哪条街拎回来的。"

---

[1] 希腊神话里被关在克里特岛上迷宫里的牛首人身的怪物。

现在，克莱一直在等待的这个时刻到来了：

"我主耶——稣啊！"就算隔着一道墙，他应该也能察觉出我已经崩溃了，但紧接着，务实主义思想占据了上风。"行吧，不管你怎么处置，总之晚上我回来的时候，我希望它已经不在这儿了。你听明白了吗？"

后来，克莱走过来，他发现就在上面对话进行的同时，赫克托耳就像一个摔跤运动员一样死死地缠在罗里的脖子上。猫咪靠在那儿，喵呜喵呜地叫着，成片毛发脱落下来。它的喵呜声快要和鸽子在同一个音高上了。

罗里注意到了门口新出现的人影，他含糊不清地开口说道："克莱，是你站在那儿吗？你能帮我个忙，把这只该死的肥猫从我身上弄下去吗？"说完之后，他顿了一顿，一直等到那两只顽固的爪子从身上放下来。然后，他发出"啊——！"的一声，终于长长地舒了一口气。猫毛散落在空中，又成片成片地落下。罗里的手机开始发出警报的嘀嘀声——被赫克托耳困住之后，他就一直躺在手机上，因此屏幕被压到，发出了警报。

"我猜你刚才听到马修的大喊大叫了，那个暴躁的混蛋。"尽管他头痛欲裂，仍勉强挤出一个笑容。"你不会介意帮我把那个邮筒扔到环绕地去的，是吧？"

克莱点了点头。

"谢了，小家伙。来，扶我站起来，我最好还是老老实实去干活儿。"当然，重要的事要先做完，他走到汤米面前，在他脑袋上狠狠拍了一巴掌。"还有你——我早就告诉过你，把你那只猫看好——"他又深吸了一口气，大喊道：**"别再让它爬到我的床上了！"**

这天是星期四，克莱直接去了学校。

到了星期五，他就彻底辍学了。

真到了那天早上，他去了一位老师的房间。房间的墙上钉着海报，木板上写满了字。两张海报都相当滑稽。一张是简·奥斯汀穿着百褶裙，举着加了砝码的杠铃，说明文字是"**书可真是惊人地难读**"。另一张海报更像是一张标语牌，上面写着"米勒娃·麦格教授 ① 是神。"

这位老师二十三岁了。

她的名字叫作克劳迪娅·柯克比。

克莱喜欢她，因为那些日子里，每次他去见她，她都会打破寻常礼节的束缚，并不像老师对待学生那样对待克莱。铃声响起，她会看向他。"去吧，孩子，快滚蛋……快滚去课堂上。"要知道，克劳迪娅·柯克比可是很擅长"作诗"的。

她有着深褐色的头发和浅棕色的双眸，脸颊正中长满雀斑。她很擅长容忍某些行为，在那时她总会露出微笑。还有她那一双小腿，腿形脚踝都很好看。她个头相当高，总是打扮得很好看。出于某种原因，她从一开始就很喜欢我们，甚至罗里这个噩梦般的存在也不例外。

那个星期五，克莱在上课前就来到了学校，她刚好站在课桌前。

"嗨，来了呀，克莱先生。"

她正在翻阅同学们写的作文。

"我要离开学校了。"

她猛地停下手里的动作，抬起头来。

这回她并没有说"滚去课堂上"这种话。

她坐了下来，一脸担忧，然后开口说："嗯……"

到了三点钟，我已经坐在那里了，坐在校长——霍兰德夫人——的办公室里。我之前也来过这个办公室几回，当时是在慢慢接受罗里被开

---

① 英国作家 J.K. 罗琳创作的《哈利·波特》系列小说中的人物。

除这件事（以后还会提起这一段）。她是那种留了时髦短发的女人，头发里夹杂着一缕缕灰白的颜色，双眼好像用彩色蜡笔涂出了眼影。

"罗里现在的状况如何？"她问道。

"他找到了一份还不错的工作，但他本质上并没有什么改变。"

"呃，好吧，替我们向他问好。"

"我会的。他听到这些会很高兴的。"

他当然喜欢听这个了，那个混蛋家伙。

克劳迪娅·柯克比也在场，穿着华贵的高跟鞋和黑色裙子，还有奶油色的衬衣。她像往常一样对我微微一笑，我知道我应该说些什么——见到你真好，但是我不能这么说。毕竟正在发生的是一场悲剧。克莱要离开学校，就此辍学了。

霍兰德夫人说："那，呃，我刚才说过，呃，就是我刚才电话里和你说的情况。"她是我所知道的讲"呃"字最多的人。我认识的一些砌砖工都不像她这么结巴。"我们，呃，得知年纪还小的克莱，呃，想要，啊，离开学校。"见鬼，她现在又开始用"啊"了，接下来情况不妙啊。

我瞥了瞥坐在我身边的克莱。

他抬头看了看我，但没有开口。

"他是个好学生。"她说。

"我知道。"

"像那个时候的你一样。"

我没有应答。

她又继续说道："但他已经十六岁了。呃，从法律上来说，我们没有权力阻止他这么做。"

"他想离开，然后去找我们的爸爸，和他一起住。"我说。我本来想说"和他住一段时间"，但不知怎的没说出口。

"我明白了，呃，那么，我们可以找到离你父亲家最近的一所学校……"

突然之间，真相不言而喻：

就在这间办公室，在这个有点昏暗、开着微弱荧光灯的房间里，我被一种可怕的、令人麻木的悲伤击中。不会有什么其他的学校，不会有其他任何事发生。就是这么一回事，我们都心知肚明。

我转身离开，走的时候看了一眼克劳迪娅·柯克比，她也一脸悲伤，却又看起来如此尽责，有一种令人沉迷的美丽。

后来，当我和克莱走到车旁，她大喊了一声，追上了我们。她双脚落地无声，疾速奔了过来。她刚跑出办公室就丢掉了那双高跟鞋。

"给，"她说着，递过来一小摞书，"你可以离开学校，但你得读这些书。"

克莱点了点头，满怀感激地对她说："谢谢你，柯克比女士。"

我们握了握手，互相告别。

"祝你好运，克莱。"

她的一双手也很美好，虽然苍白，但很温暖。她忧伤地微笑着，眼中闪烁着微光。

在车里，克莱面对着车窗，用自然的语调平静地说："你知道的吧，她喜欢你。"

我们开车驶离学校。

那时想来也许有些奇怪，但后来我娶了那个女人。

后来，他去了图书馆。

他到那里时是四点四十分，等到五点时，他已经坐在了满满两大列书架之间。他找到了所有能找到的关于桥梁的书。成千上万页，上百种搭建技巧。所有的桥梁种类，所有的造桥方法。都是些造桥术语。他浏览着那些页面，一个字也没看明白。但他依然喜欢端详那些桥梁：那些拱桥、吊桥、悬臂桥。

"孩子？"

他抬起了头。

"你要借这些书里面的哪一本吗？已经九点了，图书馆要关门了。"

回到家，他摸索着进了门，没有开灯。他蓝色的运动包里装满了书。他告诉图书馆管理员自己会离开很久，所以还书的期限被延长了很久。

碰巧的是，当他走进来，看到的第一个人就是我，我徘徊在走廊里，就好像米诺陶洛斯。

我们都停下了动作，我们都低头往下看着。

那么沉甸甸的一个大包，一切已经不言自明。

在半明半暗的走廊上，我的身体很迟钝，但双眼已冒出火星。我那天晚上很累，一点都不像一个二十岁的少年。我看上去年迈体衰，倍受打击，头发灰白。"来吧，进来吧。"

当他从我身旁走过时，他看到我的手里拿着一把扳手，我正在修理洗手间里的水龙头。我才不是什么米诺陶洛斯，我就是个该死的维修工。我们都不约而同地看着那个装满书的包，整个走廊的空气因为我们的存在而变得紧张起来。

然后就是星期六，和凯丽约定的日子。

早上的时候，克莱和亨利一起开车去私家车库的跳蚤市场找二手书和唱片，亨利和卖主一点点地砍价，克莱在一旁看着。在一个改造过的私人车道上，放着一本短篇故事集，名叫《障碍赛马运动员》，是本很精致的平装书，封皮上印着一位跨栏运动员。他付了一美元，把书递给亨利，他接过书打开，然后露出笑容。

"小家伙，"他说，"你可真是个绅士。"

与此同时，倒计时开始了。

但还要与时间作斗争。

下午，他去了博恩巴洛，在跑道上跑了那么几圈。他在看台上读了会儿书，慢慢开始理解里面的内容，对抗压性能、桁架、桥台这些词慢慢有了大致概念。

有那么一次，他在成排的座椅之间上下冲刺，穿过一条条裂开的长椅。他想起那个曾经坐在那里的斯塔基带来的女孩，回想起她的嘴唇，他露出了微笑。轻风吹过跑道内场，他疾速跑过弯道，向前直行。

倒计时马上就要结束了。

他很快就会来到环绕地。

自由的战利品

珀涅罗珀艰难地度过了夏天。

这种生活带来的考验在于你得选择去享受它。

她第一次来到海滩就遭到了常见的双重打击：晒伤与强劲的南风。她从来没见过这么多人——他们的步伐如此之快，也没被如此多的沙子拍打过。好的一点是，这一切本有可能更糟。刚开始，当她看到水母安宁地浮在水面上，还会觉得它们看起来如此纯洁、超凡脱俗。只有当孩子们带着不同程度的伤痕，跑回到海滩上来时，她才意识到他们都被蜇伤了。Biedne dzieci[①]，可怜的孩子，她看着那些孩子冲进父母的怀中时这样想着。当大多数孩子都在淋浴花洒下发抖、大哭或是慌张地抽泣时，

———————————————

① 此处为波兰语。

珀涅罗珀发现只有一位母亲没有让她的女儿玩沙子，她伸出手，把女儿身上满满的沙子抖落下来。

珀涅罗珀就这样无助地一直看着。

那位母亲打理好了一切。

她让她平静下来，贴身照顾着她，当她安抚好女儿，并确定自己确实控制好了局面时，她抬起头，仔细看了看就坐在身旁不远处的这位移民。她没再开口，只是蹲下来，轻抚女孩纠缠在一起的秀发。她看到珀涅罗珀时点了点头，然后就抱着孩子离开了。

要到很多年之后，珀涅罗珀才会知道，这种水母全体出动的糟糕日子是很罕见的。

另一件让她吃惊的事情是，大部分的孩子很快又都重新回到了海水里，但这一次他们没有待太久，因为大风又咆哮着刮了过来；这阵风不知道是从什么地方刮过来的，一并带来了好大一块逐渐变暗的天空。

最糟糕的是，那天晚上她无法入睡，忍受着晒伤带来的剧痛和昆虫四肢落地发出的啪嗒啪嗒声。

但是一切正在好转。

第一个重大事件是她给自己找到了一份工作。

她成了一名有合格证的工人，但还很不熟练。

营地和当时的 CES（由政府管理的职业介绍中心）进行了合作，她去办公室报道时，运气不错。至少，像她之前"一样"走运。在经过了冗长的面试，填写了堆成山的政府表格文件之后，她获准从事这项脏乱差的工作。

总之，就是清洁公共设施的工作。

你能猜到会包含哪些工作的。

为什么有那么多的男人小便的时候对不准便池？为什么人们要到处喷绘涂鸦、四处涂抹？为什么人们会在任何地方大便，就是不肯使用厕所？难道都是被"自由主义"宠坏了吗？

在一个个小隔间里，她浏览着墙上的涂鸦。

她手里拿着拖把，回忆起最近上过的英语课，对着地板反复念诵。这是她向这个崭新之地致敬的最好方式——在如此炎热的天气里，用力擦洗肮脏的地方。还有，她知道一切都是自己自愿的，这让她感到骄傲。曾经她只能坐在一个冰冷、狭小的储物间削尖铅笔，现在她完全凭借自己的双手双脚过活。她深吸了一口带着漂白剂味道的空气。

六个月之后，她几乎能适应了。

她的计划正在逐渐成形。

当然了，每天晚上，她还是会情不自禁地掉眼泪，有的时候白天也会这样。但她确实是有长进了。出于急切的需要，她的英语说得越来越流利了，不过大部分时间句法还是很混乱，句子的开头总是说错，结尾也说不利索。

很多年之后，她已经在城市另一端的一所高中教英语了。但回到家，她有时还会用很浓的家乡口音讲话，我们总是被这种口音吸引，我们特别喜欢她这样讲话，会欢呼起来，要求她多说几句。她一直没能教会我们讲她的母语——光是练习弹钢琴就已经够难了，但我们喜欢"救护车"的发音被改成"九护扯"，喜欢她让我们"比嘴"而不是"闭嘴"。喜欢她将"果汁"的发音变成"锅汁"。或者说出那句"安静点！我都没法让自己'使考'① 了！"，除此之外，我们最喜欢的还有"不幸的是"，我们觉得念成"不行的是"更好听。

---

① 正确的读音为"思考"。——编注

是的，在最初的这段日子里，一切都可以归结到两件带有宗教色彩的事上：

语言，工作。

她现在会给瓦尔德克写信，稍有积蓄的时候还会打电话给他，也最终意识到他是安全的。他坦承了为把她送出国所做的一切努力，并告诉她，那天早上，站在站台上的那一刻，是他人生中最精彩的瞬间，不管为了这一刻付出了多少代价。有一次，她甚至给他读了《荷马史诗》里的一段话，用的是还说得磕磕绊绊的英语。她很确信他的情绪突然发生了变化：他微笑了起来。

她当时不知道的是，很多年会就这样一晃而过。时间过得太快。她还会再清洗上千个厕所，清洗一英亩又一英亩已经破碎开裂的瓷砖。她得一直忍受那些在卫生间不守规矩的"惯犯"，但也会渐渐开始从事一些新的工作——打扫房屋或者公寓。

另一方面——还有一些事情她无法预料：

她的未来很快就会被三件相互关联的事物决定。

一个是一位听力不太好的乐器推销员。

一个是三个没用的搬运钢琴的男士。

但第一个，是一起死亡事件。

斯大林雕塑之死。

凯丽、克莱和第五赛道的斗牛士

他永远也忘不了在阿尔切街初次见到她的那一天，或者更准确地说，她抬起头看向他的那一天。

那是十二月初的时候。

她和爸爸妈妈从乡下到这里的时候已近黄昏，一直开了七个小时的车。一辆搬家公司的卡车跟在他们车后，很快他们就把一个个箱子、一件件家具和生活用品费力地搬到了门廊上，又搬进了房子里。那里还有一些马鞍、几条缰绳和几只马镫。赛马相关的物件对她父亲而言很重要。他曾经也是个骑师，他们家族世代以赛马为生，包括她的哥哥们也都从事这一行当。他们在镇上赛马，使用的马的名字听起来很笨拙。

他们抵达这里大概十五分钟之后，女孩停下手里的事情，站在草坪中央。她一只胳膊下面夹着一个盒子，另一只胳膊下面夹着烤面包机，不知怎的，烤面包机在来的路上晃得松动了，电线一直垂落到她的脚面上。

"看，"她说着，然后伸出手来，很自然地指向马路对面，"那边的房顶上坐着一个男孩儿。"

现在，一年零几个月之后，一个星期六的晚上，她来到了环绕地，脚踩在地上，沙沙作响。

"嗨，克莱。"

他感受到她的嘴唇、她的血液、她的体温和她的心跳。一切都发生在一呼一吸之间。

"嗨，凯丽。"

此时大约九点半左右，此前他一直坐在床垫上等着。

这里还有很多蛾子。一轮明月。克莱仰面躺着。

女孩在床垫的边缘处停顿了一下，她把手里的东西放到地上，然后侧身躺着，一只腿轻轻地搭在他的身上。她赤褐色的头发划过他的皮肤，痒痒的，是他一直都很喜欢的那种感觉。他知道她已经注意到了自己脸颊上的擦伤，也知道她因为太懂他，所以不会发出询问，也不会查看是否有更多伤口。

尽管如此，她还是有所动作。

"你们这些男孩子。"她说着，轻轻触碰伤口，等克莱开口讲话。

"你喜欢那本书吗？"这个问题一开始给人以某种沉重感，就好像被滑轮吊在了空中，"重读第三遍的感觉也还那么好吗？"

"感觉更棒了——罗里没告诉你吗？"

他试图回想罗里在这几天有没有提起过什么。

"我在街上看见他了，"她说，"就在几天前。我记得刚好在那之前——"

克莱差点就挺身站了起来，但控制住了自己。"在什么之前？"

她知道了。

她知道他回来了。

克莱暂时忽略了这一点，他更愿意去琢磨《采矿工》那本书，以及当作书签的那张废旧赌注，是关于第五赛道的斗牛士的。"你读到哪儿了？读到他去罗马工作了吗？"

"读到了，他还去了博洛尼亚。"

"那读得挺快的。你还是那么喜欢他被打断鼻梁的故事吗？"

"哦，是啊，你知道我简直无法不被那个情节吸引。"

他快速咧嘴一笑。"我也是。"

凯丽很喜欢米开朗基罗少年时代因为油嘴滑舌被人打断鼻梁这件事，这说明他也是个凡人。像所有凡人一样并不完美。

对于克莱而言，这种喜欢带有更多的个人感情。

他还认识一个鼻梁骨断裂的人。

* * *

那时候——那是很久以前了，她才刚搬过来没几天——克莱正站在屋外的门廊上吃着烤面包片，举着大盘子，手肘搁在围栏上。正当他快要吃完的时候，凯丽穿过阿尔切街，她穿着一件棉质法兰绒衬衫，一条磨得很旧的牛仔裤，衬衫的袖子卷到了胳膊肘之上。她身侧是夕阳最后的余晖。

他注意到了她那闪闪发光的前臂。

她脸庞的角度。

甚至注意到了她的牙齿，虽然不算很洁白，长得也不怎么齐整，但它们依然拥有某种特别的成色；就好像被海水冲刷过的海玻璃 [1] 一般，凯丽熟睡时会磨牙，牙齿也因而变得平滑。

刚开始的时候，她还在猜他到底有没有看见她，但他很快就羞涩地走下台阶，手里还拿着那个大盘子。

隔着这个很近但又很安全的距离，她审视着他，颇感兴趣，很开心也很好奇。

他对她说的第一个词是"对不起"。

他低着头说出这个词，尾音落在盘子上。

像惯常那样沉默了一会儿之后，凯丽又开口了。她的下巴搁在他的锁骨上。这一次，她要让他直面现实。

"所以，"她说，"他来过了……"

在环绕地，他们从来没有刻意压低声音讲话——以前他们聊天时只是很平和，就好像不受打扰的朋友一样。然后她坦白道："是马修告诉

---

[1] 经海水打磨后如同鹅卵石般圆滑的人工废弃玻璃。

我的。"

克莱感觉脸上的擦伤更痛了。

"你见过马修了？"

她点了点头，靠着他的脖子，动作很轻。她又继续开始讲话，好让他安心。"星期四晚上我回家的时候他正好出来丢垃圾，你也知道要完全避开你们几个邓巴男孩是很难的。"

克莱那个时候差一点就崩溃了：

可能自己很快就不再是邓巴男孩中的一员了。

"这一切肯定很不容易，"她说，"见到——"她稍微调整了一下语气，"就这样再次见到他。"

"多的是比这更不容易的事。"

是的，不容易的事太多了，他们都知道这一点。

"马修提到了一座桥？"

她是对的，我确实提过。凯丽·诺瓦克令人格外不安的特质之一，就是你似乎总是会多说一些本来不该对她讲的话。

沉默再度降临。一只蛾子飞快地旋转着。

她再次开口，离他更近了。他能异常清晰地感受到那些字句，就好像都直接落在了他的嗓子眼上。"你是要离开这里，去搭建一座桥，对吗，克莱？"

那只蛾子就是不肯飞走。

很久以前，在我家门前的草坪上，她开口问克莱："为什么呢？你为什么要说对不起？"

整条街都暗了下来。

"哦，你知道的，我那天本应该走过去，帮你们搬东西。结果我却只是坐在那儿。"

"坐在屋顶上？"

他已经开始喜欢她了。

他喜欢她脸上的雀斑。

喜欢它们在她脸蛋上零星分布的样子。

你只有很仔细地看，才会注意到那些小雀斑。

这会儿，克莱试图转换话题，引到和父亲一点都不沾边的事上。

"嘿，"他看向她，"你今晚总算能给我看看你的秘诀了吧？"

她又使劲窝了窝身子，但最终还是就这么接下了他的话。"别用这种方式和我讲话。看在老天的份儿上，做个绅士吧。"

"秘诀，我是说秘诀，不是……①"他的声音渐渐低了下来，这是每次来环绕地都会出现的场景。星期六晚上也许是最不适合下注的时间点了，因为那天下午所有重大比赛都已经比完了，也分出了输赢。其他那些不怎么重要的比赛被安排在了星期三，但这些都没关系。就像我之前说的那样，问这个问题只是惯例而已："赛场上的那些人都是怎么说的？"

凯丽微笑起来，很乐意配合克莱的表演。"哦，是啊，我是得到了内部消息，我下的注你压根儿就想象不到。"她的手指触碰到了他的锁骨，"我买了第五赛道的斗牛士。"

但他知道尽管她很乐意这么配合，此时她的双眼已满含泪水。他把她搂得更紧了，她顺势往下躺了躺，把脑袋倚在他的胸前。

他的心跳如同大开的闸门，再也不受控制。

他在想，她到底能承受多少坏消息。

---

① "秘诀"的英文发音与"乳房"一词近似。

躺在草地上，他们继续交谈。她开始算些什么。

"你现在多大了？"

"快满十五岁了。"

"是吗？我都快要十六岁了。"

她又靠近了一些，然后对着屋顶的方向轻轻点了点头。"你今晚怎么没去屋顶上？"

他的心跳加快了——她总是会让他心跳加速，但他并不介意。"马修让我今天别上去了。他经常因为这个冲我大喊大叫。"

"马修？"

"你可能见过他。他是年纪最大的那个。他很擅长咒骂耶稣。"说到这儿，克莱微微一笑，她赶紧抓住这个机会。

"那么，你为什么要爬到屋顶上呢？"

"哦，你懂的。"他想了想怎样才能解释清楚，"在屋顶上你可以看到很远的地方。"

"或许哪天我也可以上去看看吗？"

她提出这样的要求着实让他吃了一惊，但他很快就忍不住和她开起玩笑来。"我不知道。要爬上去可没那么容易。"

凯丽大笑起来，她上钩了。"胡说八道。如果你可以爬上去，我当然也可以。"

"胡说八道？"

他们都咧开嘴笑起来。

"我不会让你分心的，我发誓。"她马上又有了新点子，"如果你让我也一起爬上去，我就把望远镜带上。"

她似乎总是能如此深谋远虑。

每次他和凯丽待在这里的时候，环绕地总是会让人觉得又大了一圈。

各种家用垃圾就好像矗立在远处的纪念碑。

整个郊区仿佛在离这里很遥远的地方。

那天晚上，凯丽讲完了自己的"秘诀"和在斗牛士上下注的事之后，她又平静地讲了讲马厩那边发生的事。他觉得她不能总是准备赛道或者障碍赛的栅栏，问她什么时候在比赛日跑一回。凯丽回答说麦克安德鲁什么都没提过，不过他一定心中有数。如果她烦他，可能反而会激怒他，让她再推迟几个月上场。

当然，在说话时，她的脑袋或倚在他胸口，或靠在他脖颈旁。这是他最喜欢的事了。克莱找到了一个懂他的人，她仿佛就是世界上另一个自己，命中注定，一生一世。他知道如果可能的话，她愿意用一切来交换和他分享那个秘密的机会：

他带着那个晾衣夹的缘由。

她一定会舍得用骑师的学徒生涯作交换，用她第一次获得的团队赛冠军作交换，更不用说，一定也会用正式赛马会的出场机会作交换。她甚至会用在举国停顿的赛马会①上露面的机会作交换。我很确信她甚至会用最爱的比赛——觉士盾锦标赛作交换。

但她不能这么做。

她立马就明白，她只能这样为他送别。她安静地哀求着，声音轻柔却十分严肃：

"别这么做，克莱，别走，不要离开我……但是，你去吧。"

如果她是《荷马史诗》里的一个角色的话，她一定会被称作头脑清晰的凯丽·诺瓦克或者是有一双能洞察一切的眼睛的凯丽。这一回，她让他彻底了解到，她会有多想他。但是她希望——或者更像是在命令——

---

① 此处指的是墨尔本杯赛马会。

他做完自己必须要做的事。

别这样做，克莱，不要离开我……但是，你去吧。

那天，当她离开之后，她回想起：

在阿尔切街马路中央，女孩子转过身来。

"嗨，你叫什么名字？"

男孩站在门廊前回答："我叫克莱。"

一片沉默。

"然后呢？你不想知道我的名字吗？"

她讲话的语气仿佛已与他认识多年，克莱缓了缓神，问了她的名字。女孩子继续向他走来。

"我叫凯丽。"她说完就走开了。可是克莱又叫住了她，仿佛突然想到了什么。

"嘿，你的名字该怎么拼写？"

这次她一蹦一跳地折返回来，伸手把盘子拿了过来。

她用手指在碎面包屑之中小心翼翼地写出了自己的名字，但因为实在太难分辨，又大笑起来——但他们都知道那些字母就藏在那堆面包屑之中。

然后，她对他微微一笑，简短却充满暖意，然后她穿过马路跑回家去了。

有那么二十分钟，也许还要更久，他们躺在那里，安静不语。周围的这片环绕地也保持着宁静。

紧接着出现的总是克莱最不愿意见到的场面：

凯丽·诺瓦克准备起身离开。

她坐在床垫边缘，在起身离开之前，先蹲了下来。她跪在床垫一侧，就是她刚来的时候停留了一下的地方，然后拿起一个用报纸包起来的包裹。她慢慢把包裹放下，放在他的一侧。她再也没说什么。

并没有说"看这儿，我给你带了这个"。

也没有说"给你，拿好了"。

克莱也没有说"谢谢你"。

只是等她离开之后，克莱才爬起来，打开包裹，看到了卷在里面的让他心烦意乱的东西。

午后的死讯

对珀涅罗珀而言，一切都很顺利。

一年年开始又结束。

她已经离开营地很久了，在一条叫作胡椒街的地方，自己一个人住在一层的一个单间里。她非常喜欢这条街的名字。

她现在也和其他的女人一起工作：一个叫斯特拉，一个叫玛丽昂，还有一个叫琳恩。

她们几个经常两两结伴，到城市的各个地方打扫卫生。当然了，那个时候她已经开始一点点攒钱，准备买一架二手钢琴。她极为耐心，就等着攒够钱去把琴直接买下来。在她位于胡椒街的小公寓里，她在床底下藏了一只鞋盒，里面放着一卷卷存好的钞票。

她也在继续学习如何提高英语，每天晚上，她都觉得自己掌握了更多。她心怀壮志，想要把《伊利亚特》和《奥德赛》两本书从封皮一直读到封底。现在，实现这一壮志的可能性越来越大了。她经常一熬就熬到下半夜，手边摆着一本字典。有很多次，她就这么坐在厨房里睡着了，脑袋歪倒在一边，靠在温暖的书页上，脸上都压出褶子来。眼前的学习就如同攀登不断移动的珠穆朗玛峰。

她是一个典型的学习能手，最终，她完美掌握了这门语言。

毕竟这位可是响当当的珀涅罗珀。

然而，就在胜利的果实已在她面前隐隐呈现时，出现了一件意想不到的事。

其实这情景和那两本书的内容如出一辙。

每当快要打赢一场战争，就会有一位神祇站出来拦住去路。珀涅罗珀的情况是：被彻底地毁灭。

一封信寄了过来。

信上说：他在户外死掉了。

他的身体倒在了公园一张破旧的长凳旁。他的脸有一半被埋在了雪地里，他的手紧握成拳，斜着交叠在胸口。这可不是一个象征着爱国的手势。

葬礼在她收到信之前就已经举行了。

很平静的一起事件。他已经去世了。

那天下午，她的厨房里洒满了阳光，信从她手上滑落，信纸飘飘摇摇，仿佛是纸做成的钟摆。它直接飘落至冰箱底下，于是她又花了很长时间，手脚并用，趴在地上，向冰箱底下探过去，伸长了手，就为了把信捞出来。

耶稣保佑，彭妮。

就那样趴在地上。

你就在那儿，跪倒在地，双膝紧紧贴在地面上，全身铺展开，身后的桌子上一片凌乱。你就在那儿，泪眼模糊，胸口上下起伏，垂头丧气，你的脸也贴在地板上——一侧脸颊和一只耳朵贴在地面上，你干瘦的后背裸露在空气中。

谢天谢地，你做了接下来要做的这件事。

我们都特别喜欢你之后做的这件事。

克莱的桥

那天晚上，凯丽离开环绕地后，克莱拆开了包裹，后面的情形差不多是这样的：

他轻柔地剥下黏糊糊的胶带。

他把那张《先驱报》的赛马宣传页折得平平整整，然后塞到自己大腿底下。这时他才注意到这礼物本身—— 一个旧木头盒。他用双手捧起它。盒子是栗棕色的，略微有些磨损。盒子的大小相当于一本旧的硬皮书，上面有已经生锈的铰链和一个坏掉的弹簧锁。

在他身旁，整片开阔的环绕地空气清新。

几乎连一丝风都没有。

一种失重感袭来。

他伸手打开盒子顶部的小木门，它像地板一样发出嘎吱嘎吱声，然后掉落下来。

里面是另一件礼物。

礼物里装着的礼物。

还有一封信。

通常情况下，克莱会选择先读信。但为了把信取出来，他首先拿起了打火机，是芝宝牌的，白镴制品，形状和大小与火柴盒相似。

他想都没想就拿起了这个打火机。

他把它翻过来。

然后又把它转到自已的手心里。

打火机那么沉，这让他着实吃了一惊。当他把打火机整个翻过来，就看到了那些字。他的手指逐一划过那些金属外壳上的刻字：

第五赛道的斗牛士。

这个女孩子可真是不同寻常。

他拆开那封信时，仿佛受到了诱惑，想要用芝宝打火机打出火来，好透出点光亮。但仅凭月光也可以看清楚信里面写的内容了。

她的字迹小巧精细。

亲爱的克莱——

　　等你读到这封信的时候，想必我们已经交谈过了……总之，我想说，我知道你马上就要离开了，我会想你的。我已经开始想你了。

　　马修跟我说你要去一个很远的地方，有可能是要去建一座桥。我试着去想这座桥会采用什么样的材料，但转念一想，这并不重要。我想用接下来这句话表明心迹，但我猜你早就明白了，正如《采矿工》的护封上写的：

　　他完成的每件作品，都不仅仅是简单的青铜像、大理石像或者绘画作品，而是表达了他自己……代表他灵魂深处的全部。

　　所以我懂得一件事：

　　那座桥就是你。

　　如果你不介意的话，我暂时把这本书留下了——也许只是想确保至少你还会回来取走它，确保你还会回到环绕地。

　　至于那个芝宝打火机，人们总说千万不要"事后烧桥"，但我还是把它送给你，哪怕只是图个吉利，也希望你看到它时会想起我。况且，送打火机其实很有道理，你知道人们讲的烧制黏土是怎么一回事吧①？你肯定知道的。

爱你

凯丽

补充一点，很抱歉木头盒子有点旧，但我总觉得你会喜欢它的。我觉得把一些东西珍藏在这个盒子里也没什么问题。这里面应该可以装下不止一个晾衣夹。

再补充一点，我希望你会喜欢打火机上面的刻字。

如果是你，你会怎么做呢？

此时，你会说些什么？

克莱坐在床垫上，一动不动。

他问自己：

关于黏土，人们到底都是怎么说的？

很快，他就明白了。

实际上，他还没问完这个问题，就已经知晓答案了。他又在环绕地待了很久，把这封信读了一遍又一遍。

最后，他打破这种静默，却只是为了拿起那个小巧却又沉重的打火机。他把它放到嘴边。有那么一瞬间，他甚至要微笑起来了：

那座桥就是你。

并不是说凯丽每做一件事都如此大张旗鼓，需要获得关注或者关爱，她也并非是为了赢得谁的尊重。不，凯丽只会通过微小的举动，轻松地

---

① 克莱的英文名"Clay"有"黏土"之意。

谈及事情的真相——她总是很轻易就做到了：

她给了他那份额外的勇气。

她也赋予了这个故事一个合适的名字。

搬运工

就是在厨房的地板上趴着的时候，珀涅罗珀下定了决心。

她的父亲一直想让她过上更好的生活，接下来她会这么做：

她会丢弃原有的温柔怯弱和礼貌优雅。

她会把鞋盒掏出来。

她会把钱取出来，攥在手里。

她会把口袋塞满，走到火车站——一路上一直铭记着信中的内容，牢记维也纳：

还有另一种活下去的方式。

是的，有的，今天她就会那样做。

毫不犹豫①。

绝不拖延。

她脑海里已经浮现出各个商店的位置。

这几家店她之前都去过，她熟知每家琴行的地址、钢琴的价格和不同的特质。有一家，总是让她念念不忘。最主要的就是价格合适；她也就只能付得起那么多。但她也很喜欢那家店混乱的古旧感——页边卷起的活页乐谱，脏兮兮的贝多芬半身像在角落里愁眉不展，店主弯着身子靠在柜台上。他的下巴很尖，神情愉悦，似乎总是在吃着一瓣橘子。他

---

① 此处原文为波兰语。

似乎听力不太好，每次说话都大吼大叫。

"要钢琴吗？"她第一次走进店里时，他就咆哮着发问。他瞄准垃圾桶扔了一块橘子皮，但没对准。（"该死！就差了一米！"）尽管他耳朵不怎么好使，却一下子听出了她的口音。"像你这样外出旅行的人要钢琴做什么呢？这比在你脖子上吊一块铅块还要糟糕！"他站起来，伸手去拿离他最近的和来口琴。"像你这样苗条的小姑娘应该买这个。只要二十块。"他打开那个小盒子，手指抚过口琴琴身。他是在用这种方式告诉她她买不起钢琴吗？"你走到哪儿都可以带着它。"

"但我没打算离开这里。"

年迈的男人又改变了策略。"当然了。"他舔了舔手指头，微微挺直了身子，"你有多少钱？"

"目前为止，还没多少。大概有三百美元吧。"

他咳嗽了一声，压住笑意。

嘴里的橘子渣喷到了柜台上。

"听着，亲爱的，你简直就是在做梦。如果你想买一架好钢琴，至少是能看得过去的，等你攒够了一千块再回来吧。"

"一千块？"

"一千美元。"

"哦。我能试弹吗？"

"当然可以。"

但直到那天，她还从来没在这里弹过任何一架钢琴，不仅在这家琴行没弹过，在别的店里也没弹过。她下定决心要先去凑齐一千美元，到那时，她才会找一架钢琴试弹，然后买下来，在同一天完成以上所有步骤。

而那一天，事实上，就是今天。

尽管她还差五十三美元。

她走进琴行，口袋里鼓鼓的。

店主的眼睛一下子亮了起来。

"你来了！"

"是的。"她重重地喘着粗气，身上出了汗，黏糊糊的。

"你凑够一千美元了？"

"我已经攒够……"她掏出记录钱数的纸来，"九百……四十七美元了。"

"行，但是……"

彭妮把手重重地拍在柜台上，因为手指和掌心都出了汗，黏糊糊的，在柜台的污垢中留下两个掌印。她平视着他，肩胛骨都快要撑得脱臼了。"拜托了，我今天一定要弹钢琴。余下的部分等我攒够了马上付给你——但我现在就要找一架琴弹一弹。拜托了，非是今天不可。"

自打第一次见面之后，这男人还是第一回收起了那种虚假敷衍的笑容。他只是开口说："好，那就这样吧。"他一边挥了挥手，一边走了出来。"到这边来。"

毋庸置疑，他领着她来到最便宜的一架钢琴前。钢琴很漂亮，是胡桃木色的。

她在琴凳上坐下来，掀开琴盖。

她看着排成一长列的琴键：

有几根已经出现了裂痕，但在满腹绝望中，她还是爱上了这架钢琴，就在它还没有发出过一点声响的时候。

"然后你想怎样？"

彭妮慢慢转过身看着他，她的内心其实几乎快崩塌了。她又一次变成了生日女孩那时的样子。

"好吧，那就来吧。"她点了点头。

她把全部注意力放在钢琴上，回忆起了曾经的那个国家。她记起了一位父亲和他搭在她肩上的双手。她仿佛飘在空中，空中很高很高的地方——她看到了秋千后面的雕塑——珀涅罗珀一边弹奏着钢琴，一边流下了眼泪。尽管有太久没碰过钢琴了，她还是弹得极为出色（一首肖邦的夜曲），她的舌头尝到了苦涩的泪水的味道，她吸了吸鼻子，准确地弹奏出每一个音符，完美无瑕：

犯错者这回一个错误也没犯。

在她身边，有橘子的味道。

"我懂了，"他说，"我懂了。"他站在她的右侧，"我想我明白你的意思了。"

他只收了她九百美元，还安排了送货上门服务。

唯一的问题是，这位店主不仅听力差得要命、店里一片混乱——他的笔迹也潦草得令人吃惊。但凡再写得清晰一点，我的弟弟们连同我本人都不会存在于这个世界上——尽管他想写的是送到胡椒街3/7号，搬运工却把钢琴送到了37号。

所以你可以想象得出这些男人会有多么恼火。

那天是星期六。

距她买下这架钢琴刚好过了三天。

其中一个搬运工前去敲门时，另外两个正一点点把钢琴从货车上搬下来。他们把钢琴从卡车里抬了出来，放在了人行道上。搬运工的老大正在和门廊上的一名男子交谈，但很快就扭过头冲着他们大喊道：

"见鬼，你们两个在搞什么名堂？"

"什么？"

"我们送错地址了，真要命！"

他走进房子里，借用了那个男人家的电话，走出来时不停地嘟囔着。"那个白痴，"他说，"那个就知道吃橘子、一无是处的蠢货。"

"怎么回事？"

"我们要去的是一座公寓楼，七号楼，三单元。"

"等等，那边可没有能停车的地方。"

"那我们到时候就停在马路中央。"

"你要是这么做，左邻右舍可不会喜欢。"

"他们本来就不喜欢你。"

"你这句话是什么意思？"

这位老大摆出各种表达不满的嘴型。"好，我先走到那边去看看，你们两个把手推车推出来。如果我们用钢琴自带的小轮子推，那钢琴一会儿就该散架了，那样我们也就跟着完蛋了。我先过去敲敲门。我可不想我们费半天劲运过去，结果那边家里没人。"

"好主意。"

"是的，确实是个好主意。现在开始，连碰都别碰那架钢琴一下，好吗？"

"好的。"

"等我让你们碰你们再碰。"

"知道了！"

他们的老大离开之后，这两个男人便看着站在门廊上的这个男人：这个不想要钢琴的男人。

"怎么样了？"他朝台阶下大喊着询问。

"有点儿累。"

"要进来喝一杯吗？"

"不了，老大可能会不高兴。"

门廊上的这个男人中等个头，有一头深色卷发、浅绿色的眼睛和一颗饱经风霜的心——老大回来的时候，一个看起来很安静的女子站在了胡椒街的马路中间。她脸色苍白、双臂被晒成了深褐色。

"来吧。"那个男人这样说。他从门廊上走下来，此时，他们正要把钢琴搬到小推车上。"如果可以的话，让我来抬这一边吧。"

就这样，在这个星期六的下午，四个男人和一个女人推着一架胡桃木色的钢琴，沿着胡椒街走了好远的一段路。钢琴两边分别是珀涅罗珀·莱西尤斯科和迈克尔·邓巴——此时的珀涅罗珀对未来一无所知。尽管她注意到他正饶有兴致地看着搬运工，还注意到他非常小心地不让钢琴受到损坏，但她完全没想到此时的一股暗涌将决定她的余生，并赋予她人生中最后一组外号和昵称。

当她讲起这段往事时，她对克莱说：

"想想会觉得有些奇怪，未来的某天我居然会嫁给这个男人。"

最后的挥别

你可能已经想到了，当一个家里只有一群男孩和一个年轻男人时，并不需要大声宣扬当中有一个人即将离开。他走了就是走了。

汤米知道了。

骡子也知道了。

克莱又是在环绕地过的夜。星期天早上，他醒过来，手里还握着那个盒子。

他坐起来，又把那封信读了一遍。

他手里拿着打火机和刻着第五赛道的斗牛士的盒子。

他把盒子一并带回家，**把谋杀犯**留下的地址条放了进去，纸条是被重新粘在一起的，感觉黏糊糊的。他把盒子关好，推进床底深处，在地毯上安静地做起了仰卧起坐。

大约完成了计划目标的一半时，汤米出现了。他每次往下躺的时候都可以用余光看到他的身影。那只名为 T 的鸽子立在他的肩膀上，一阵微风吹进来，拍打在亨利的海报上。海报上的人物大多都是从前的音乐家，还有几位女演员，年轻、女人味儿十足。

"克莱？"

每次躺下起来再躺下，汤米都会进入他的视野。

"你等会儿能帮我检查下它的蹄子吗？"

他做完最后几组动作，跟着汤米来到了后院。阿喀琉斯又站在了晾衣架附近。克莱走了过去，张开手，递给它一块方糖，然后蹲下去，敲了敲它的一条腿。

第一只蹄子抬了起来：没有问题。

然后另一只蹄子又抬了起来。

克莱成功检查完四只蹄子，汤米还是不太开心，但克莱对此无能为力。这头骡子只准克莱给它检查蹄子。

为了让他振作起来，他又掏出两小块白色方糖。

他把其中一块递给了汤米。

后院满是清早的勃勃生机。

一个空了的豆子袋 ① 瘪瘪地瘫在门廊上，它是从沙发架上滑下来的。草地上有一辆没有把手的自行车，晾衣架在艳阳下高高矗立。

很快，萝茜从我们在后院为阿喀琉斯搭建的窝里跑了出来。它跑到希尔斯·霍伊斯特牌晾衣架旁，然后开始绕着它一圈圈跑起来。糖块在他们的舌尖上慢慢化开。

最后，汤米还是说出了口：

"等你不在了，我还能找得到谁来帮我呢？"

这个时候，克莱做了一件连他自己都感到吃惊的事：

他一把抓住汤米的后衣领，把他拎起来，扔到了阿喀琉斯背上，都没提前给骡子套上什么东西。

"见鬼！"

汤米吓了一大跳，但很快就镇定了下来。他斜卧在骡子背上，大笑起来。

午饭过后，克莱正要从前门离开，亨利又把他拉了回来。

"见鬼，你要上哪儿去？"

短暂的停顿。"去公墓，或者是去博恩巴洛公园。"

"这样，"亨利抓过车钥匙说，"我跟你一起去。"

抵达之后，他们倾身探进墓园的围栏。他们搜寻着各个墓碑。找到目标后，他们蹲下身子，看着墓碑。他们双臂交叠放在身前，站在下午的斜阳里，看着郁金香枯萎了的残骸。

"没有雏菊吗？"

他们似笑非笑。

"嘿，我说，克莱啊。"

---

① 内填豆粒或碎塑料的小布袋，可以当球玩。——编注

他们无精打采，身体僵硬。克莱转过身面对着他，亨利像往常一样友善可亲，但从某种意义上说，也有些不一样了，他的视线正投向远处的雕像。

　　刚开始的时候他只是说了句"上帝啊"。然后就是很久的沉默。"上帝啊，克莱。"他从口袋里掏出什么东西递过去，"给你。"

　　从一只手转到另一只手上：

　　好厚一沓钱。

　　"拿着。"

　　克莱低头仔细看了看。

　　"这是你的了，克莱。记得那些人在博恩巴洛押下的那些赌注吗？你大概无法想象我们到底赚了多大一笔钱。我居然从来没付过钱给你。"

　　但并不是这样的，这些钱要多得多，这些钱太多了，像镇纸那么重的一沓钱。"亨利——"

　　"来吧，拿着就行。"他拿过去之后，就那样一直摊着手。

　　"嘿，"亨利说，"喂，克莱。"他正好与他四目相对，"或许你可以买部手机，像个正常人一样——这样等你真的到了那边的时候可以告诉我们一声。"

　　克莱露出一丝讥讽的笑。

　　不用，谢了，亨利。

　　"好吧——那就把你所有的钱一分不剩地花到那座该死的桥上吧。"他露出一个极具欺诈性的孩子气的笑容，"等你搞定那边，把剩下的零钱还给我们就行了。"

　　在博恩巴洛公园，他绕着场地跑了几圈，但是在跑过了已经荒废掉的掷铁饼场地后，出现了让他吃惊的一幕——因为就在那儿，在三百米的标记处，站着罗里。

克莱停了下来，弓着身子，双手放在股四头肌上。

罗里瞪着他那对如同碎金属一般的双眼。

克莱并没有抬起眼，但依然露出了一个微笑。

罗里一点都不生气，也没有觉得遭遇到背叛，他的心情只是一种中和了之后的情绪。他对即将面对的暴力场面饶有兴致，但对克莱的选择也表示充分理解。他说："小家伙，这一点我得承认——你确实是个有心人。"

克莱现在完全站直了身子，罗里继续说着，他依然保持着沉默。

"不管你是去待三天还是三年……你知道等你回来的时候，马修会宰了你，你知道的对吧？"

他点了点头。

"那个时候你能做好应对他的准备吗？"

"不能。"

"你还想做好准备吗？"他又想了想，"还是说你永远不会回来了。"

克莱心里突然生出一股怒气。"我会回来的。我也会怀念我们这些交心的时刻。"

罗里咧嘴一笑。"行啊，说得不错。听着——"他搓了搓手，"你想提前练一练吗？你是不是觉得我就已经很强了？马修跟我可完全不是一个级别的。"

"没关系的，罗里。"

"你连十五秒钟都坚持不下来的。"

"但我懂得怎么挨揍。"

罗里往前迈了一步。"这一点我清楚得很，但我至少可以教会你怎么才能坚持得更久一点。"

克莱看着他，直直地盯着他的喉结。"别担心，已经来不及了。"罗里比任何人都要清楚——克莱已经准备好了；他为此已经接受了多年的训练，但只要我想，我还是能对他大打出手。

但克莱就是不会被打死。

当他手里拿着现金回到家的时候，我正在看《疯狂的麦克斯》第一部——讲的是个相当残酷的故事。刚开始的时候汤米还在跟我一起看，后来就一直在恳求我看点别的。

"我们就不能有那么一次不看八十年代的电影吗？"他说。

"我们现在看的就不是。这部是一九七九年拍的。"

"我正打算要说这个呢！八十年代甚至更早的电影，我们以后能不能都别看了。那时咱们几个都还没出生呢。离出生还早着呢！我们就不能——"

"你知道原因的。"我打断了他。但紧接着我看到了他的表情，他好像马上就要哭出来了。"见鬼……抱歉，汤米。"

"不，你一点都不觉得抱歉。"

他是对的，我并没有觉得抱歉。这就是邓巴家的人的性格特点。

当汤米走出去的时候，克莱走了进来，他把钱放进储物盒之后，走到沙发边上，坐了下来。

"嗨。"他打了个招呼，望向这边，但我的目光没有从电视屏幕上移开。

"你还留着那个地址吗？"

他点了点头，我们便一起继续看《疯狂的麦克斯》。

"又是八十年代的片子？"

"你最好别接着往下说了。"

我们一直保持着沉默，直到电影演到那个令人害怕的老大说了句"昆达里尼还想把他的手要回来呢！"，我才看了看坐在我身边的弟弟。

"他是认真的，"我对他说，"是这样的吧？"

克莱微笑着，并没有应声。

我们也是认真的。

到了晚上，其他人都上床睡觉了，他依然醒着，并且看着电视，只是把声音调成静音了。他看着那条名叫阿伽门农的金鱼。阿伽门农拿头结结实实地撞了一下鱼缸，然后也静静地回望着他。

克莱走到鸟笼前，毫无预兆地迅速抓住了鸟儿。他把它握在手里，但只是轻轻攥着，并没有用太大力气。

"嘿，T，你还好吗？"

鸟儿来回动弹了几下，克莱能感受到它的呼吸。透过一层羽毛，他还能感受到它的心跳。"小家伙，你先别乱动——"就在那一瞬间，他突然在它脖子上用力拔了一下，然后手里出现了一根短小的羽毛。羽毛干干净净，是灰色的，边缘处有一道绿色。羽毛就这样躺在他一动不动的左手里。

然后他把鸽子放回到鸟笼里。

鸽子严肃地盯着他，从笼子的一头踱到了另一头。

接下来，轮到架子上的那些棋盘游戏了。

Careers[1]，拼字游戏，四子棋。

在这些东西下面，是他想要的那一个。

他打开盒子，却又暂时因电视里正在播放的电影分了神。看起来这部电影还不错——一部黑白片，有一个女孩和一名男子在一家餐馆里

---

[1] 帕克兄弟于 1955 年首次制作的一款棋盘游戏。——编注

争吵。但他很快又转过身来，这边有大富翁游戏的种种物件。他找出了骰子，找出了代表酒店的小房子，直到他找到自己想要的那个袋子，很快，那个铁块儿就被他握在了手里。

微笑者克莱又微微一笑。

* * *

临近午夜时分，这要比想象中更加简单。院子里没有狗也没有骡子的粪便，老天保佑，多亏有汤米的棉袜子。

很快他就来到了晾衣架旁，晾衣夹都在他的头顶上方，呈现出一排排不断变化的颜色。他抬起手，小心地取下一个。它曾经是明亮的蓝色，现在已经褪色了。

然后，他在晾衣架旁跪了下来。

当然了，萝茜跑了过来，阿喀琉斯也站在一旁观望，四只蹄子紧挨着他。它的鬃毛虽然被梳理过，却依然结成一团。克莱把手伸过去，身子也靠了上去——一只手搭在阿喀琉斯的后肢关节旁。

接下来，他慢慢地伸手，抓住了萝茜的一只黑白相间的爪子：

它的双眼金光闪闪，仿佛在向他告别。

他喜欢这只狗斜眼看他时的眼神。

然后他继续往更远的地方走去，一直到了环绕地。

事实上，他并没有在这里待太久；他的心已经离开了这里，所以也就没再移走塑料布。不，他只是说了句再见，并承诺还会回来。

回到家，在他和亨利的房间里，他看着盒子里的所有物品，那枚晾衣夹是最后一样物件。在黑暗中,他仔细看着里面的所有物品:羽毛,铁块,那沓钱,那枚晾衣夹,还有**谋杀犯**写的、被撕碎又被重新粘起来的字条。当然了,还有那个金属制打火机,被她刻上字,当作礼物送给了他。

他并没有睡觉,而是打开了台灯。他重新整理了自己的行李箱。他又读了那些借来的书,一小时又一小时就这么过去了。

刚过三点半,他便知道凯丽很快就会从家里走出来:

他爬起来,把书放回到运动包里,手里拿着那个打火机。他站在走廊里,感受着手心里的打火机金属外壳上的印迹。

他无声地打开了门。

他站在了门廊上的栏杆前。

仿佛是千万年以前,他曾和我一起站在那里。我在前门外下达了最后通牒。

很快,凯丽·诺瓦克出现了。她身后背着背包,身边是一辆山地自行车。

最开始,他只看到一个车轮和一根根辐条。

然后就是那个女孩。

她的头发在风中飘扬,她的脚步轻快。

她穿着牛仔裤。上衣是常穿的法兰绒衬衫。

她第一眼就朝马路这边看过来,当她看到他之后,便把山地车往地上一放。车子就倒在那里,一只脚踏板被卡住了,车后轮在空中转动着,女孩慢慢向这边走过来。她停下脚步,刚好站在了马路正中央。

"嘿,"她说,"你喜欢那个礼物吗?"

她虽然语气平静,但听上去像是喊出来的。

似乎是兴致勃勃地表达着自己的不羁。

黎明前的阿尔切街一片死寂。

至于克莱，他当时想到了很多很多要和她讲的话，要告诉她、要让她知道的事。但他最终只说了一个词：斗牛士。

即便他们之间有一段距离，他也看得到她在街上咧嘴一笑，露出那一口并不怎么白，也不怎么整齐的牙齿。终于，她抬起一只手，她的脸上露出他看不懂的奇怪表情——似乎一片茫然，不知道要再说些什么。

她离开的时候，一边走一边看着他，然后又多看了他几眼。

再会了，克莱。

直到他觉得她已经走到了波塞冬路的另一头，他才又一次低头望向自己的手心，打火机就在那儿，轮廓模糊。他缓慢而平静地点燃打火机，火苗瞬间蹿腾起来。

就是这么一回事了。

在黑暗中，他挨个儿走到我们身边——先是来到直挺挺躺在床上的我身边，又走到熟睡中咧嘴笑着的亨利身边，最后走到无厘头的汤米和罗里身边。他最后做出了一件"善举"（对他们两个而言都是件好事），他把赫克托耳从罗里的胸口处拉下来，扛在了自己的肩膀上，就好像又多出了一件行李。在门廊上，他把它放下来，这只虎斑猫喵呜了几声，但即便是它，也知道克莱要走了。

那又怎样呢？

先是这座城市，然后是那头骡子，现在换成了这只猫。似乎都在滔滔不绝地说话。

或者也许并不是这么一回事。

"再会了，赫克托耳。"

但他并没有离开。还不到时候。

虽然没待太久，但至少是有那么几分钟，他就等着黎明降临在阿尔切街上，当那个时刻到来，一切都会变得金光闪闪、壮丽无比。阳光洒在阿尔切街一个又一个屋顶上，涌动的潮流中会传来呼唤声：

这儿，就在这儿，曾有个犯错者，远处还有一尊斯大林雕像。

有个生日女孩曾推动着一架钢琴。

在这一片灰暗之中，有着色彩明亮的心，还有飘浮着的纸房子。

所有的阳光穿过这座城市，穿过环绕地和博恩巴洛公园。阳光渐渐照射在街道上，克莱终于启程离开这里。此时的阳光已如洪水一般铺散开来。先是没过他的脚踝，然后是他的膝盖，等到他走到街角拐弯处时，阳光已经打到他的腰部。

他最后回头看了一眼，然后向下一潜、奔向外面那座桥，穿越过去、奔向那位父亲。

他跃入这片金光闪闪的水波中。

第三部

———

城市
+
水
+
罪犯

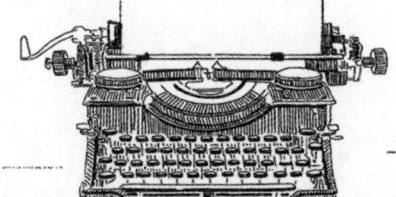

走廊

这就是他被水波带去的地方：

一片树林。

很多年以来，克莱一直幻想着这样一个时刻——他会变强，变得十分笃定，并且做好一切准备——现在这些幻象已被一扫而空，现在的他只是曾经的他残存下来的一个空壳。

为了重新找回那种坚定的决心，他站在那里一动不动，站在这片由高大桉树组成的走廊上。他的肺部感受到了很大的压力：有种海浪几欲袭来的压迫感，但压力的来源只是令人窒息的空气。仿佛要有人提醒他才会记得吸进空气这回事。

就在这里的某处，是水波引向的地方。

就在这里的某处，是**谋杀犯**逃往的地方。

在他身后，有人还在熟睡，有人已起床读书，一座座房子散布在这座城市的各个分区里。一条懒洋洋的铁轨，数不清绵延了多少英里的干净又残破的土地。克莱对这里一无所知，只是觉得这里的一切都十分质朴。这里有一条铁轨和大片泥土地，还有大片大片的空地。这里有座被称为希尔维的小镇。不，这不是你可能会联想到的那个小镇（有狗、打字机和蛇的那个）——只是一个中途经过的小镇。

一座座小小的房子。整整齐齐的草坪。

在这片干燥、开裂的土地上，蜿蜒流过一条宽阔的、歪歪扭扭的长河。这条河有个很奇怪、但他却很喜欢的名字：

阿马赫努河。

刚刚抵达的那个下午，他考虑过沿着这条河走去找父亲，但最终还是选择到镇子上去。他在一家加油站买了一张折页地图。他走过一个个生锈的路牌，沿途满地都是东倒西歪的啤酒罐。他找到了一条路，通往西北方向。然后他把镇子甩在了身后。

他就这样走着，身边的世界变得愈发空旷起来；这种空虚感似乎正在不断涌出，与此同时，他还有另外一种感受——这种空虚仿佛直奔他而来。他每往前走一步都能感受到那种显而易见、缓缓逼近的寂静。而周围越是寂静，离我们父亲偏僻的居所便也越来越近。

在某个不知名的地方，出现了一条向右的岔道。一个邮筒上标注了号码牌，克莱根据木头盒子里的那个地址条，确认了是这个地方。他走上了这条泥土路岔道。

刚开始的时候，路上一片荒凉，空空荡荡，但走过了几百米，又爬上了一个缓坡之后，他便来到了这片树林组成的走廊上。与视线相平的地方，那粗壮的树干就好像肌肉紧实的大腿——仿佛四处站着巨人。地面上有成团成块的树皮，还有大片大片的落叶，在他的脚下嘎吱作响。克莱停在了这里。他不愿离开。

在树林前方，停着一辆车，就在河的这一边。

一辆霍顿牌汽车，有很宽敞的红色车厢。

阳光下，在更远的地方，在几近干涸的河流对岸的后面有一道门。门的后面是一座房子，这座房子像一个驼背的人，有一对悲伤的眼睛和一张嘴。

在那周围长得很高但又很稀疏的野草丛里，有种生命的活力。在石楠花丛、低矮灌木和如同博恩巴洛草丛一般的野草地里，令人窒息的低压空气被一扫而空。这里充斥着各种昆虫的噪声，像电音一般，似乎在讨论什么艰深的学问。像是单音节的协奏曲。毫不费力。

克莱开始费力思考。新一轮的恐惧、负罪感和犹疑又向他袭来。各种情绪交杂，足足堆了三层。

他拖延了很久。

他反复打开眼前这个木盒，把里面的每样东西都摸了一遍。

他在运动包里来来回回地摸索。

他拿出了几本书，却不知道能读完几本。

他想出了许多封写给凯丽的信，却没有动笔。

就这样，他的胳膊落在下午斜阳映射出的一长道光影中。

"继续前进。"

他说了出来。

居然真的说出这句话来，他自己也有点吃惊。

他又说了第二遍，这就更令人震惊了。

"那就继续吧，小伙子。"

继续前进吧，克莱。

去见他，告诉他你为什么要来。注视他那张饱经风霜的脸和深深凹陷进去的无情的双眼。就让这个世界知道你原本的样子：

野心勃勃。固执己见。叛逆不忠。

今天，你不再是那群兄弟中的一员，他这样想着。

既不是兄弟中的一员，也不是谁的儿子。

去这样做吧，现在就去做吧。

于是他就这样做了。

他一开始并不是谋杀犯

是的，克莱就这样走出去，往前走了下去，但在那个下午，他到底是走向了谁？他到底是谁？他从哪里来？他是做出了哪些决定，又是在什么时候犹疑不决，才使他变成了现在这副模样，而不是其他的样子？我们假设克莱的过去随着浪潮涌来，**谋杀犯**也仿佛从很远的一片干涸之地朝浪游来，而他从不擅长游泳。也许最好这样总结：

在当下，有一个男孩，正在一步步走向到目前为止还只存在于想象中的、令人惊奇的那座奇妙的桥。

在过去，另一个男孩——穿越了更远的距离、跨越了一年又一年——也在这里驻足。但他如今已经成年。

有的时候我必须要提醒自己。

谋杀犯也并不是从一开始就是个**谋杀犯**的。

像珀涅罗珀一样，他也来自很远的地方，但那个很远的地方还属于这个国家，只是那里的街道宽敞、炙热，那里的土地干裂、焦黄。在那附近，有一大片野生低矮灌木丛和桉树林，那里的人们躬身驼背；他们永远都是一副汗流浃背的样子。

那里所有的事物，就算有也只有一个：

一所小学，一所中学。

一条河，一个医生。

一个中餐馆，一个超市。

但是有四个酒馆。

在镇子的另一头有一座教堂，人们在里面挤成一片：穿着西装的男人、穿着带花朵图案的裙子的女人，孩子们穿着衬衫短裤，一排排扣子系得严严实实，都急不可待地想要把鞋子脱下来。

至于这个**谋杀犯**，在他还是个小孩的时候，他想像他的母亲一样当一名打字员。她为镇上唯一的一位医生工作，每天就是在诊疗室，在那台子弹灰的老旧雷明顿打字机上敲个不停。有时她也会把打字机带回家，用来写信，通常她都会让她儿子帮忙拿着。"来吧，让我看看你的肌肉是不是够结实。"她会这样对他说，"你能帮我拿这台老打字机吗？"男孩会一边微笑一边帮她把打字机拖走。

她戴着前台小姐惯用的红色边框眼镜。

她体态丰腴，经常坐在书桌前。

她的声音总是那么一本正经，她的衣领竖直，洗得浆硬。在她身边的，或是戴着帽子、浑身大汗的病人，或是穿着印花裙子、浑身大汗的病人，或是带着不停吸鼻子的小孩的浑身大汗的病人，他们坐在那儿，汗都流到大腿上。他们听着阿黛尔·邓巴在角落里砰砰地用左勾拳砸着打字机。一个病人接着一个病人，老迈的魏因劳奇医生出现在门口，就好像《美国哥特式》那幅油画里拿着干草叉的农民，每次脸上都堆满笑容地大喊："下一个上砧板的是谁，阿黛尔？"

出于习惯，她会低头看看手中的表格。"下一个该轮到埃德太太了。"不管被叫到的是谁——不管是个甲状腺肿大的瘸腿女人，是天天泡在酒馆肝都喝废的老头，还是一个膝盖结痂、裤裆里莫名其妙起疹子的小男孩——都会一个接一个地站起来，浑身大汗，费力地挤进会诊室，抛出各种各样的抱怨……夹在他们这一群人当中的、坐在地板上的那个小孩，是女秘书年幼的儿子。在磨得破破烂烂的地毯上，他堆起高塔，快速地翻阅一本又一本漫画书，被里面的罪恶混乱以及一个个超级英雄吸引得入迷。他避开学校里那些满脸雀斑的虐待狂的怒视，在候诊室里开起了宇宙飞船：把一个在他眼中很巨大的微型小镇当作了一个微缩版的太阳系。

这个小镇叫羽毛镇，但它和别的地方一样，和鸟儿的羽毛并没有什么关联。当然了，或许因为他住在靠近河岸的米勒街，他的房间里总是充斥着——至少是在下雨天——一群群鸟儿拍打翅膀的声音和它们各式各样的叽叽喳喳与欢笑声。中午的时候，乌鸦会飞出来啃食路中间被车不小心撞死的动物，然后蹦跳着落到双轮拖车上。临近黄昏时分，凤头鹦鹉会发出尖锐的叫声，它们眼圈周围是一圈黑色，头顶是黄色的羽毛，在酷热的空气中被烤得泛白。

但是，不管有没有鸟，羽毛镇出名另有缘由。

这里适合建造农场，发展畜牧业。

还有很多挖得很深的矿井。

更重要的是，这里曾是大火燎原之地：

在这个镇子上，每当警报鸣响，所有男人和一小部分女人都会穿上橘红色的工装，走向那一片火焰。通常等地上被烧得光秃秃、漆黑一团时，他们都会一个不缺地归来。但每隔一段时间大火就会烧得格外猛烈，三十几个人冲进去，只有二十八九个人会跌跌撞撞地冲出来；每个人都神情悲怆，被呛得不断咳嗽，却又保持着沉默。这个时候，他们会对某些瘦胳膊瘦腿的小男孩小女孩或某些老人说"我很抱歉，孩子"或者"亲爱的，我很抱歉"。

在他还没有变成**谋杀犯**之前，他的名字叫迈克尔·邓巴。

他的母亲是位单身妈妈，他是她的独子。

你也许能看得出来，在很多方面，他几乎就是珀涅罗珀完美的另一半。他们既无比相似，又截然不同，就好像被刻意设计过，命中注定有着相互呼应的人生。她来自一个遥远的润泽之地，他来自遥远的干涸之地。他是一位单身妈妈的独生子，她是一位单身爸爸的独生女。我们将了解到，这是最明显的镜像映射，是平行命运的最佳佐证——当她在练习巴赫、莫扎特和肖邦的时候，他自己也正沉迷于另一种艺术形式之中。

春假期间，某天早上，迈克尔正坐在诊所的候诊室里，那时他才八岁。当时，气温达到了三十九度，至少门框上的室内温度计是这样显示的。

坐在他附近的弗兰克斯老先生身上有烤面包的味道。

他的胡须里还沾着果酱。

再旁边是一个学校里的小姑娘，叫作艾比·汉利：

她有一头柔软的黑发，胳膊结实有力。

小男孩刚刚搭好了一架宇宙飞船的模型。

邮差哈蒂先生被卡在了门口，迈克尔把小小的灰色玩具丢在了小姑娘的脚边，跑过去帮助陷入困境的邮差，他站在那里，背后是耀眼的阳光，整个人看起来像个倒霉的救世主。

"嗨，米奇①。"

出于某些原因，他很讨厌别人叫他米奇，但这个年幼的未来谋杀犯还是让到一旁，好让他进来。他转过身，正好目睹了艾比·汉利被点到名后站起来，一脚踩碎了他的飞船。她穿了一双大码人字拖。

———————————
① 迈克尔的昵称。

"艾比！"她的母亲尴尬地笑起来，"这样很不好。"

小男孩目睹了整出悲剧，他闭上了双眼。即便才八岁，他也明白什么叫臭婊子，他并不觉得自己这样很恶毒。当然，他不觉得这么想是什么了不起的成就，他也明白"成就"是什么意思。那女孩笑了笑，毫无歉意地比了个"对不起"的口型，然后就拖拖拉拉地走进了魏因劳奇老先生的房间。

一米之外的地方，邮差耸了耸肩。他的大肚子拼命地向前凸起，上衣都被撑掉了一颗纽扣。"这么小就跟女孩子扯上麻烦事了啊？"

见鬼，真是搞笑。

迈克尔微微一笑，很平静地开口说道："并不是那样的，我觉得她不是故意的。"那个臭婊子。

哈蒂继续怂恿他："哦，她绝对是故意的。"

带有吐司果酱味道的弗兰克斯咳嗽了两声，露出了一种幸灾乐祸的微笑。迈克尔想试着换个话题："箱子里是什么？"

"我只负责送货，小伙子。不如我把箱子放在这里，你来打开看看？上面写着你家的地址，是寄给你母亲的，但我想干脆就送到这里得了。来吧。"

当门被关上，迈克尔又往那边看了一眼。

他心怀疑虑，绕着箱子转了一圈，因为他多少猜到了里面装着些什么——他之前见过几个类似的箱子：

第一年，箱子是被专人亲自送过来的，那人对他们表示了慰问，还捎来了一些已经不怎么新鲜的司康饼。

第二年，箱子被放在了前门廊上。

现在，他们只是把箱子随便扔进邮局。

这是对被大火伤害了的家庭的施舍。

当然，迈克尔·邓巴本人压根儿没被烧到半根汗毛，但他的人生恐怕已经被彻底烧毁。每年初春时节，当林区的野火又要开始蔓延时，本地的一群"乐善好施"之徒——他们自称是"最后的晚餐俱乐部"——就会自告奋勇地站出来支持火灾受害者的生活，无论这些受害者受的是身体上的还是精神上的伤害。阿黛尔和迈克尔·邓巴符合受害者标准，今年送来的东西还是老样子——这似乎已经成了惯例，这个箱子代表大家的一片好意，里面却装满了废物。软软的绒毛玩具总是残缺的，拼图一定会少那么几块，乐高小人不是缺胳膊少腿，就是干脆连脑袋都没有。

这一回，迈克尔找来了一把剪刀，内心波澜不惊。他走回来，剪开箱子上的封条，连弗兰克斯先生也忍不住偷偷往箱子里瞥了好几眼。小男孩扯出一长串塑料制成的过山车，另一头还缠进去了几颗算盘珠子。然后是几个乐高小人——适合两三岁小孩玩的那种个头很大的玩具。

"怎么回事啊，他们是去抢该死的银行了吗？"弗兰克斯说。他终于把胡子上的果酱擦干净了。

接下来是一只泰迪熊，只有一只眼睛和半个鼻子。看到了吗？如此残忍。肯定是在某个孩子家的卧室与厨房之间那条漆黑的走廊上被暴打了一顿。

然后是一系列的《疯狂》杂志。（好吧，说句公道话，这个还不错，即便每本杂志最后附赠的折叠纪念页都被撕掉了。）

最后，让人觉得奇怪的是——这是什么东西？

这到底是什么玩意儿？

这些人是不是故意恶作剧?

为了维持箱子稳固,一本挂历被放到了箱子的最底部,标题叫"改变了世界的男人"。难道是要迈尔克·邓巴在这些人里重新选一个可替代的父亲吗?

毫无疑问,他可以直接翻开一月,选择约翰·F·肯尼迪。

或者选四月:艾米尔·扎托贝克[①]。

五月:威廉·莎士比亚。

七月:斐迪南·麦哲伦。

九月:阿尔伯特·爱因斯坦。

或者十二月的这一位——在这一页上,有一位个子矮小、塌鼻梁的男人的简短生平和代表作品。而这一位,随着时间的流逝,逐渐显现出这位未来谋杀犯所仰慕的一切特质。

当然,他就是米开朗基罗。

博那罗蒂家的第四子。

有关这本挂历,最奇怪的并不是以上这些内容,而在于这是一份过时的老挂历,这是去年的挂历了。把它放进箱子可能更多是为了让箱子底部更牢靠一些,而且上面也明显有去年用过的痕迹:每打开一页,都有当月男主人公的一张照片或者一幅素描,下面的日期旁则写满了当天发生的事件或者要做的事。

二月四日:汽车登记截止日。

三月十九日:玛利亚·M——生日。

五月二十七日:与沃尔特一起吃晚饭。

---

① 艾米尔·扎托贝克(1922—2000),捷克运动员,迄今唯一一个在一届奥运会上获得5000 米、10000 米和马拉松三枚金牌的运动员。

不知道这本挂历是谁的，但这个人每个月的最后一个星期五都会和沃尔特一起吃晚饭。

现在，有必要对这位戴着红色边框眼镜的前台小姐，阿黛尔·邓巴多做出一点说明：

她是一个很务实的女人。

当迈克尔把箱子里的乐高玩具和挂历拿给她看时，她皱了皱眉，扶了一下眼镜。"这份挂历……是用过的？"

"是的。"突然，他感受到一丝愉悦，"能把它给我吗？"

"但这是去年的了——来，让我再看看。"她一页页地翻开，并没有做出太过激烈的反应。也许她曾想过要去找负责整理这一箱破烂玩意儿的女人对峙，但她并没有付诸行动。她控制住了眼中一闪而过的怒意。她把自己的怒气压了回去，嗓音重新变得一本正经起来，她决定像儿子一样，不再追究此事。"你觉得会不会有另一本挂历，上面都是改变了世界的女人？"

男孩一脸茫然。"我不知道。"

"那么，你觉得应该要有这样一本挂历吗？"

"我不知道。"

"你对太多的事情一无所知了，不是吗？"她的口气立马又软了下来，"这么告诉你吧，你确实是真心想要这本挂历吗？"

一想到可能要失去这本挂历，他反而有了种想要拥有它的强烈感觉。他仿佛被换上了新的电池，拼命点头。

"好吧。"接下来要讲规矩了，"不如你找出二十四个改变了世界的女人来，给我说说看，她们都是谁，都做过什么。然后你就可以留下这本挂历了。"

"二十四个？"男孩义愤填膺。

"有什么问题吗？"

"这里面也才只有十二个！"

"必须找出二十四个女人。"阿黛尔已经开始享受这次对话了，"你吼完了没有，还是说，我们要把数量增加到三十六个？"她又重新调整了一下眼镜，埋头工作起来，迈克尔也回到了候诊室。不管怎样，还可以在角落里藏好一些算盘珠子，他还要保护好那些《疯狂》杂志。二十四个女人的事儿可以再等等。

过了一会儿，他晃了好大一圈又走回到坐在打字机前的母亲身边。

"妈妈。"

"怎么了，儿子？"

"我可以把伊丽莎白·蒙哥马利①列到名单里吗？"

"伊丽莎白……什么？"

这是每天下午重复播出的、他最喜爱的电视剧里的女主演。"你知道的——演《家有仙妻》的那位。"那时阿黛尔实在忍不住了。她放声大笑，在打字机上重重敲出一个句号进行收尾。

"当然可以。"

"谢了。"

就在这次简短的交流中，迈克尔因为过于专注，没注意到艾比·汉利已经从医生臭名昭著的砧板上跳下来，走出了诊室，她的胳膊酸痛，眼含泪水。

如果他注意到了，他肯定会这样想：

得了，至少有件事我敢确定，我是绝不会把你这种人列到名单里的。

这一瞬间，就好像突然出现了一架钢琴，或者是突然来到了学校停

---

① 伊丽莎白·蒙哥马利（1933–1995），美国女演员。

车场——如果你能明白我的意思的话。突然这样想是很奇怪，但终有一天，他会迎娶那个女孩。

男孩子气的手

现如今，他走向那条河，河水已被截断，河道干涸，只有昔日河水流过的痕迹。它在这片土地上蜿蜒着，像一道伤痕。

在河道旁，当他摸索着往下走时，注意到几根凌乱散落的木桩在泥土里纠缠着。可它们更像是超大号的碎木块，弯成奇怪的弧度，伤痕累累，是被河水冲刷成这般模样的——他又感受到了另外一种变化。

就在不足五分钟之前，他还告诫自己，他既不是谁的兄弟，也不是谁的儿子，但是在这儿，在落日最后的余晖中，在这个如同巨人张开的血盆大口中，所有想要标榜自己独立存在的雄心壮志全部烟消云散了。当你这样走向你的父亲时，怎么可能不被当作是他的儿子？你既然已经离开那个家，怎么可能不明白自己到底是哪里来的？这些问题渐渐爬上心头，与他并行，并穿越到河岸的另一边。

我们的父亲听到了他即将抵达的声音吗？

他会从他那边的河床上走向这个陌生人吗？

他重新下定决心，试着不再想这些事。他突然战栗了一下。他背上扛着的运动包愈发沉重，行李箱在他还是孩子的稚嫩双手中微微颤抖。

迈克尔·邓巴——**谋杀犯**。

名字和绰号都齐了。

克莱看见了他，他站在房子面前颜色逐渐变暗的田野上。

他像我们一样，从很远的地方就看见了他。

男人与女人

确实得为迈克尔·邓巴讲几句公道话。

他对于下定决心这件事的态度很积极。

在要求母亲帮自己筛选这二十四个伟大的女人之后，他终于得以留存这个印着伟大男人们的挂历——这二十四个女人中也包括阿黛尔本人，因为他说她是这个世界上最伟大的打字员。

这项工程花了好几天的时间，用了一堆百科全书，但他们相当轻松地找出了这些改变世界的女人：

玛丽·居里，特蕾莎修女。

勃朗特三姐妹。

（"这样的话，她们是不是可以算成三个人？"）

艾拉·费兹杰拉 [①]。

抹大拉的马丽亚！

这张名单可以一直写下去。

但话说回来，他才八岁，和其他小男孩一样有种男性独有的优越感，只有那些伟大的男人才能进入他的卧室、他的世界。只有男人的海报才能被挂在墙上。

尽管如此，我还是要承认这个事实。

这样说很奇怪，但这种生活还不错———个小男孩，生活在时钟嘀嘀嗒嗒、众生汗流浃背的现实世界里，但他也存在于另一个时间维度中，在那个维度中与拥有一位父亲最为相近的事，就是他拥有这些印在纸上的伟大的历史人物。就算别的没什么，至少在这些年里，这些男人让他

---

① 艾拉·费兹杰拉（1917－1996），美国歌手、演员。

对这个世界产生了好奇心。

十一岁的时候，他知道了阿尔伯特·爱因斯坦，他查阅了他的事迹。关于相对论，他什么也没搞明白（只知道那是很天才的理论），但他依然热爱这个老头那像被电击过的头发，在属于他的那个页面上伸出舌头做着鬼脸。十二岁的时候，他晚上躺在床上，想象自己正在与传奇般的捷克长跑运动员艾米尔·扎托贝克进行高原训练。十三岁的时候，他了解到贝多芬晚年居然连一个音符都听不到，这让他大为惊异。

然后——到了十四岁的时候：

真正的冲击来临，那是十二月初的时候，他把挂历从墙上的钉子上取下来。

几分钟之后，他拿着它坐了下来。

又过了几分钟，他还在盯着那一页。

"上帝啊。"

在之前的几年里，每次挂历翻到这最后一页，很多个清晨，很多个傍晚，他都会看着这尊巨人，《大卫》或者《大卫的雕像》是它更加广为人知的名字——但直到现在，他才第一次真正地看清它。他当即做出决定，会一生钟情于它。等到他再次站起身的时候，都不知道就这样盯着大卫脸上的表情看了多久了——那是一尊用坚定的决心雕刻出的雕像。心意已决。心怀恐惧。

在角落处，还有另外一幅小一点的画。是画在西斯廷教堂穹顶的《创造亚当》。是幅天顶壁画。

又一次，他这样说道：

"上帝啊……"

怎么会有人能够创造出这样的作品？

然后，他开始跑去借书看，羽毛镇的公共图书馆和高中图书馆总共就只有三本与米开朗基罗相关的书。第一遍，他是一本接一本读的，后来就是好几本同时读。他每晚都会读这几本书，床头灯彻夜亮着，直至清晨。他的下一个目标是找出米开朗基罗的一些作品，默记在心里，然后再临摹出来。

有的时候他会想，自己为什么会有这样的感受。

为什么是米开朗基罗？

他过马路的时候，会发现自己嘴里念叨着他的名字。

或者嘟囔着他最爱的几部作品，排序不分先后：

《半人马之战》。

《大卫》。

《摩西》。《哀悼基督》。

《奴隶》，有时也被命名为《囚徒》。

《奴隶》的几部作品因它们自身的未完成性引起了迈克尔强烈的兴趣[1]——这些巨大的人像，就这么被困在了大理石里。有一本书叫作《米开朗基罗：大师》，花很大篇幅描述了这四座雕像的细枝末节，以及它们现在被收藏在佛罗伦萨国立美术学院的长廊里的原因。它们引导着人们关注到《大卫》（但其中两座后来流失到了巴黎）。在穹顶下的光亮处，站立着一位王子——完美的化身——在他的左右以及簇拥着他的，是这些忧伤但又令人着迷的"奴隶"，每一个都挣扎着想要冲破大理石的牢笼，永不停歇，为了同一个目标：

他们所有人身上都有白色的凹陷。

他们的手全部被封在了大理石里。

他们的胳膊肘和肋骨已成型，四肢扭曲，所有的身体部位都在挣扎

---

[1]《奴隶》为系列作品，是米开朗基罗为教皇尤利乌斯二世的陵墓所作。——编注

中弯折；这是一种能让人产生幽闭恐惧症的角力，他们正为了获得空气、为了活下去而挣扎着，与此同时，一批批游客从他们身边经过……所有人的注意力都集中在了他身上：

站立在前方，熠熠生辉的那位王子。

《奴隶》系列中有一部作品叫作《阿特拉斯》（关于这部作品，从图书馆借来的那本书上有很多不同角度的图片），人像肩上扛着大理石棱柱，还在为了挣脱高度与宽度上的束缚而战斗：他的大理石胳膊上似乎起了疹子，双腿似乎在奋力站立。

像大多数人一样，正值青春期的迈克尔·邓巴也被大卫迷住了，但他同时也对那些美丽又残破的奴隶雕像产生了共情。有时候他会记起一条线，或者是一个位面，然后就会把脑海里想到的临摹在纸上。有时（这会让他觉得有点尴尬）他甚至希望自己能成为米开朗基罗，哪怕只有一两天也好。通常，他躺在床上还没睡着的时候，就会陷入这样的幻想，但他也很清楚——他晚生了好几个世纪，羽毛镇与意大利也相隔着千山万水。而且（我倒觉得这是最棒的部分），他在学校的艺术课上总是成绩不佳，到了十四岁的时候，他甚至没资格继续选修这门课了。

除此之外，他房间的天花板是平的，而且只有三米乘四米这么一点儿大。

* * *

就阿黛尔而言，她一直鼓励着他。

一直以来，她都会给他买新的挂历和一本本书：有讲世界伟大的自然奇观的，也有讲人造奇观的。其中包括其他艺术家——卡拉瓦乔、伦勃朗、毕加索、梵高等。他读了那些书，临摹了他们的作品。他尤其喜欢梵高的一幅邮差肖像画（也许是为了致敬哈蒂先生）。随着时间流逝，每过完一个月，他都会从挂历上把画像剪下来，再把它们贴到墙上。当时机成熟后，他在学校里又选修了艺术课，并逐渐超过了其他人。

但是，他永远也放不下最初获得的这本挂历。

它永远在他的卧室里占据着核心位置。

每当阿黛尔开起有关它的玩笑时，他总会说："不管怎么说，我得出门了。"

"那你这是要去哪儿呢？"

他会露出近似咧嘴一笑的表情，因为他回想起了挂历上备注的内容。"当然是去沃尔特家了。"而实际上他是要出门遛狗。

"那他今晚要给你做什么吃呢？"

"意大利面。"

"又是那玩意儿？"

"我会给你带回来一些的。"

"别费劲了，我很可能趴在桌子上直接睡着了。"她拍了拍那台老打字机。

"好吧，但你不要太累了，好吗？"

"我？"她把一张新的白纸放进打字机的纸槽。"不会，我只是给几个朋友写信，然后就完事儿了。"

他们都大笑起来。并没有什么特别的原因——也许只是单纯地感到快乐。

他动身离开。

十六岁起，他的身体开始发育，发型也变了。

他不再是那个要竭尽全力才能扛得起打字机的瘦小男孩，而是一个长着水绿色双眸的英俊男孩，有一头乌黑的卷发和让人忍不住回头的体格。

那时，他已经在足球方面展示出天赋，在其他被认为是很重要的事情上也开始崭露头角。总而言之，就是在几乎所有体育运动方面都显示出潜力。

但迈克尔·邓巴对体育运动毫无兴趣。

当然了，他还是继续留在校足球队担当后卫，踢得还算不错。他能挡住对方，截下球，但总是会先确认对方球员有没有受伤。他还可以冲锋，可以给别的队员传球助攻，也可以自己打门。

离开运动场，他身上特有的一种善良的品质让他与众不同。他同时还具备一种奇特的一心一意的品质。在他找到归属之前，他宁愿忍受煎熬，也不愿展示出真实的自我；他其实抱有一种更强烈的希望——希望找到一个完完全全理解他的人。

按照惯例（至少是运动场上的惯例），会有女孩子跟随他们，这些女孩子的行为举止都在预料之中，她们穿短裙，搭配同款鞋子，喝相称的酒。她们嘴里嚼着口香糖。她们大口喝酒。

"嘿，米奇。"

"哦——嗨。"

"嘿，米奇，我们几个今晚要去阿斯特。"

米奇对此一点兴趣都没有——如果说米开朗基罗是唯一一个令他钟情的男人，另有三位女性则完全占据了他的心扉：

第一位就是那个了不起的打字员——在候诊室里不停敲击键盘的那位。

第二位是会和他一起在沙发上坐着的那条老迈的红色牧牛犬，他们一起看《家有仙妻》和《糊涂侦探》的重播。每周有三个晚上轮到他打扫诊所，这个时候它都会趴在一旁睡觉，胸口上下起伏。

最后一位是英文课坐在他右前方角落里的那个女孩，微微有些驼背，但样子很可爱。她身材瘦小，像一只小牛犊一般（他希望她能够注意到自己）。最近，她画上了烟熏妆，穿一身绿色格子校服，长发一直垂落至腰间。

这个曾在候诊室踩碎一架宇宙飞船的女孩子也变了样。

很多个晚上，他会牵着这只名叫月亮的红色牧牛犬走在镇子上。之所以取这个名字，是因为他母亲把它带回家的那个晚上正好有一轮满月在房子上方升起。

月亮长着一身姜黄色偏灰的毛，平日睡在房子背面棚屋的地上，男孩会在他父亲留下来的工作台上画画，或者在画架上搭起画布作画，这个画架是阿黛尔送给他的十六岁生日礼物。他在草坪上挠它的肚皮，它就打一个滚翻过身来，对着天空微笑。"来吧，小姑娘。"它会听从他的呼唤，紧随其后。几个月以来，他的心中充斥着渴望与素描、渴望与肖像画、渴望与风景画。他心中只有对艾比·汉利的渴望和他的绘画练习，而月亮则总是一脸满足地一路小跑跟在他身旁。

他总是在夜幕即将降临这座镇子的时刻——在很远的地方就能察觉到——看见走在前面的她。她的背影仿佛被一笔画就。她长长的黑发仿佛在画纸上留下一道痕迹。

无论开始走的是镇子上的哪一条路，男孩和狗最终都会走到公路口。他们站在一长串的围栏前。

月亮等待着。

它喘着粗气，不停地舔着嘴唇。

迈克尔伸出手，放在绕着一团团带刺铁丝的围栏上。他身体前倾，凝视着远处那座有波纹状屋顶的房屋。

只有几盏夜灯还亮着。

电视机发出明晃晃的蓝色荧光。

每天晚上出门之前，迈克尔便会呆呆地站着，一只手搭在狗的脑袋上，说着"来吧，小姑娘"，它就会紧跟上来。

直到月亮死后，他才终于迈过那道围栏。

可怜的月亮。

那是个很寻常的下午，放学之后：

整座镇子都沐浴在大片的阳光下。

它瘫在房子后面的台阶上，后腿上有一条棕色的王蛇，蛇也已经死了。

迈克尔大喊了一声"哦，我的老天！"便加快了脚步。他绕到院子后面，跪在了地上，跪在了它身旁。他听到了自己的书包掉在地上的声音。他永远也忘不了那滚烫的水泥地，以及尚有余温的狗狗的气味。他把脑袋埋在它姜黄色的毛皮里。"哦，老天啊，小月亮，不要这样……"

他恳求它再次喘息。

而它一动不动。

他恳求它再次转过身，露出笑容，或者再次一路小跑到它的饭盆旁。或者蹦蹦跳跳，等着主人把饭盆装得满满的。

但它一动不动。

它毫无生机，只剩下一动不动的身体和爪子，眼睛大睁着。他跪在后院的阳光下。男孩，狗与蛇。

后来，在阿黛尔快要下班回家之前，他把月亮搬到晾衣架后面，把它埋在了斑克木树下。

他做出了两个决定。

首先，他又挖了一个洞——在往右几英尺远的地方，他把那条蛇放了进去。一生挚友和不共戴天的仇敌，并肩长眠。接着，那天晚上，他越过围栏，走到了艾比·汉利家。他走向那扇破旧的前门，走向那台闪烁着蓝色荧光的电视机。

晚上，他站在了公路口，身后是这座小镇，成片的飞蝇，以及失去月亮的痛苦——那片暴露在外、气息全无的凝滞空气。他身侧空无一人。但与此同时，他又有一种全新的感受。那种要推动某件事发生的甜蜜负担：那种新鲜感。还有艾比。一切都无法和她媲美。

一路上，他都在试图说服自己不要站在铁丝围栏前，但他抵抗不住那种吸引力。他感觉余下的人生已经减少到只能以分钟计算，他咽了一下口水，走到门前——艾比·汉利给他开了门。

"是你。"她说。天空中繁星点点。

空气中古龙香水的味道有些过于浓郁了。

男孩的双臂仿佛要燃烧起来。

他的衬衣大了好几码。在这个辽阔的国家里，他显得异常孤立无援。他们站在前门口，门前的小路上长满了野草。家里的其他人正在里屋一起吃特惠牌冰激凌，在他努力整理思绪、组织语言时，锡皮屋顶在他头顶营造出一种压迫感。他想到了要说什么，但却不知应如何表达。

他低着头，盯着她的小腿。"我的狗今天死了。"

"我正想着你怎么会一个人来。"她微笑着，有些傲慢，"我是它的替代品吗？"

她简直让他无地自容！

他努力打起精神。

"它被咬了。"他顿了顿,"被一条毒蛇咬了。"

就是那一下停顿,不知怎的就改变了一切。

迈克尔转过身,看着逐渐降临的夜色。短短几秒钟,女孩的态度由自以为是的傲慢变成了一种坚忍克制。她走近他,并站在他身旁,看着同一个方向。他们靠得那么近,胳膊都挨在了一起。

"在毒蛇碰到你之前,我就会把它扯断。"

自此,他们开始变得形影不离。

他们一起看重播了无数次的前几年的情景喜剧——他喜欢的《家有仙妻》和她喜欢的《太空仙女恋》。他们一起蹲在河边,或者一起沿着公路走到镇子外,看着这个似乎变得越来越大的世界。他们一起打扫诊室,用魏因劳奇先生的听诊器听彼此的心跳。他们检测彼此的血压,直到胳膊承受不住压力仿佛就快爆炸。在后院的棚屋里,他勾勒出她的双手、她的脚踝和她的双足。但画到她的脸庞时,他却犹豫不决。

"哦,拜托,迈克尔……"她大笑起来,伸手抚上他的胸口,"你难道还不能画出真实的我吗?"

他当然可以。

他能够捕捉到她双眼中的雾气。

她那总是有点轻蔑的、无所畏惧的笑容。

即便是画到纸上,她看上去都是一副随时准备开口讲话的样子。"让我看看你到底有多厉害——看看你用另一只手能够画到什么水平。"

某天下午,在公路旁边的农舍,她把自己交给了他。她用一箱子课本抵住卧室房门,抓过他的双手,帮着他完成了全套动作:解扣子,拉开拉链,躺倒在地板上。"到这儿来。"她说。地板上铺了地毯,他们彼此肩膀相抵，后背和腰部传来滚烫热气。阳光洒进窗户，照在书本和写到一半的论文上。有喘息声——她的喘息声。有坠落感。就是这么一回事。事后一片尴尬。他的头侧向一旁，又被转了回来。

"看着我。迈克尔。看着我。"

他看着她。

这个女孩子，她的长发和她带着雾气的双眼。

"你知道吗，"她这样说着，胸口冒出汗珠，"我甚至从来没说过一声抱歉。"

迈克尔看向她。他的胳膊在她身下变得僵直。

"为什么要说抱歉？"

她微微一笑。"为那条狗遭遇如此不幸而抱歉，还有——"她几乎是带着哭腔，"为那天早上在候诊室踩碎了那架宇宙飞船而抱歉。"

此刻的迈克尔·邓巴恨不得永远将胳膊枕在她的身下。他十分震惊，一动不动。"你还记得那件事？"

"当然了。"她说着，仰起头看向天花板，"你难道没看出来吗？"她的一半身子没入阴影中，但阳光依然照在她的腿上。"从那时起我就已经爱上你了。"

谋杀犯的房子

跨过干涸的河床，克莱和迈克尔·邓巴在黑暗中握了握手，两个人都能听到彼此的心跳声。整片土地渐渐不那么燥热了。有那么一会儿，他希望河水会突然喷涌，哪怕只是为了发出点动静来分散注意力，让他们有个可以讨论的话题。

那该死的河水到底上哪儿去了？！

再早些时候，他们刚刚看到彼此时，先是相互打量了一番，然后就都低下了头。等他们走到离对方只有几米的地方，才又有了短短一瞬的对视。

脚下的地面仿佛有了生命。

夜幕终于降临，但周围依然没有任何声响。

"需要我帮你拿包吗？"

"不用，谢了。"

他父亲的手相当湿黏。他的双眼不停地眨着，显得十分紧张。他的脸向下耷拉着，步伐疲惫，听声音似乎很少开口讲话；克莱能听得出来，毕竟他很清楚长时间不说话会变成什么样子。

他们走到那座房子前，坐在了门口的台阶上，**谋杀犯**的身子低了下去。他抬起前臂，托住下巴。

"你来了。"

是的，克莱想，我来了。

换作是其他人，无论是谁，他都会把胳膊伸过去，一只手搭在对方的背上，说声没关系，不要紧的。

但他没法这么做。

他只有一个想法，并在脑子里翻来覆去地想着。

我来了。我来了。

今天，就只能到此为止。

等**谋杀犯**缓过神来，他们又坐了好一会儿才走进屋子里。离房子越近，就越让人有种局促的感觉：

生锈的排水槽，脱落的墙皮。

房子周围环绕着的一圈致命的野草。

在他们面前，月光盈盈，照在残破不堪的小路上。

房子里有奶油色的墙壁，到处充斥着一种空虚感，一切看上去都像一个独居之人的住所。

"来杯咖啡吗？"

"不用了，谢谢。"

"喝茶吗？"

"不喝。"

"吃点什么吗？"

"不了。"

他们坐在起居室里，沉默不语。一张咖啡桌上摆满了书本、日志和造桥方案。这对父子陷进了沙发里。

老天。

"抱歉——这一切还有点让人缓不过劲儿来，对吗？"

"没关系。"

他们还真是一拍即合。

最终，他们又都站起身来，男孩被领着在房子里转了一圈。

并没有花太多时间，毕竟得知道在哪里睡觉，洗手间在哪里。

"那你就去放下包，整理整理，再冲个澡吧。"

卧室里有一张木头桌子，他把每本书都拿出来摆了上去。他把衣服放进衣柜，然后坐在床边。他现在只想回家——仅仅是走回家门口，他可能都会忍不住哭出来。更别提和亨利一起坐在屋顶上，看罗里晃荡着走过阿尔切街，肩上扛着小区居民门前的邮筒了……

"克莱？"

他抬起头。

"过来吃点东西。"

他的肚子叫了起来。

他身体前倾，双腿仿佛被粘在了地板上。

他手里捧着那个木头盒子，拿着打火机，看着上面刻的斗牛士的字样，还有那枚刚刚收集来的晾衣夹。

出于各种各样的理由，克莱感觉自己动不了了。

现在还不能，但很快就可以了。

夜晚，沿着海岸线吹来南风

当然了，艾比·汉利的初衷并不是为了要摧毁他。

这只不过是所有事情引向的结局。

但碰巧发生的这件事引发了另外的事件，又造成了更多的偶然事件，所以才有了许多年后的这些男孩和那个厨房，有这些男孩和他们的恨意——如果没有那个早就杳无音信的女孩，就不会有以下这一切：

不会有珀涅罗珀。

不会有这几个邓巴家的男孩。

不会有这座桥，也不会有克莱。

在许多年之前，提起迈克尔和艾比，一切都是如此敞亮而美好。

他用手中的画笔和颜料爱着她。

他爱她甚过米开朗基罗。

他爱她甚过大卫的雕像，甚过那些被困在大理石中奋力挣扎的奴隶。

学期末，他和艾比都考出了很不错的成绩，足以考入城里的大学，他们取得的分数令人惊叹，足以逃离这座小镇。

走在主干道上，会有人拍拍他们的背，那感觉有点怪异。

他们得到了一些人的祝贺。

但也有例外，有些人会显现出难以察觉的鄙夷，好像是在说"你们凭什么想要离开这里"。通常是男人最善于摆出这样的表情，特别是那些上了年纪的老头，一脸沧桑，一只眼因为强烈的阳光眯缝起来。他们讲出来的话似乎也表达了一种不平衡的心态：

"这么说你们要去城里了啊，嗯？"

"是的，先生。"

"先生？老天，你都还没离开这儿呢！"

"该死的——对不起。"

"行吧，反正千万别让他们把你变成一个城里的混球，好吗？"

"您说什么？"

"你刚才都听见了……别让他们改变你，就像其他离开这里的杂种一样，最后都变了样。永远不要忘记你来自哪里，听明白了吗？"

"好的。"

"也别忘了你是谁。"

"好的。"

很显然，迈克尔·邓巴来自羽毛镇，他是个可怜虫，但也有成为一个混蛋的潜质。关键是，从没有人告诉过他，"千万不要这样做，不要落得一个**谋杀犯**的称号"。

外面的世界很大，有无穷无尽的可能。

出结果的那一天正赶上圣诞假期，艾比告诉他她会一直站在邮筒旁。他几乎可以画出那个场景：

辽阔又空旷的天空。

她一只手搭在臀部。

她一直在阳光下站了二十分钟，然后回到屋里，拿出了一把草坪躺椅和一把沙滩遮阳伞，这可是在离海边一千英里的内陆。然后又回去拿了冷饮和几根冰棒。天哪，她必须离开这个地方。

在镇子上，迈克尔正把一块块砖头向上抛给脚手架上的另一个伙计，再由他把砖头抛给另一个家伙。在某个更高的地方，有人正在将这些砖头堆砌起来，他们正在建造一座新的酒馆：为矿工、农民和未成年人准备的。

午饭时间，他走回家，看到代表他未来的通知单卷成一团，从用来装垃圾邮件的圆筒里探出头来。

他无视这个不祥征兆，打开信封。他微笑起来。

他给艾比打了电话，她从小路上跑回屋里，气喘吁吁。"我还在等着呢！这个镇子还想再拖住我几个小时，我觉得是为了惩罚我才让我这样等着。"

但过了一会儿，他回到工地开始干活，而她出现在他身后，他回过头才发现她，他扔下了两只手中的砖头，转过身来面对着她。"怎么样？"

她点了点头。

她大笑起来，迈克尔也跟着笑，直到一个声音从上方落下来，打断他们。

"喂，邓巴，你这个没用的废物！该给我的砖头到哪儿去了？[1]"

一向很有存在感的艾比喊了回去。

"你真是个押韵的诗人！"

她咧嘴一笑，转身离去。

---

[1] 英文原文中，"废物"（prick）和"砖头"（brick）位于句末，押尾韵。

几个星期之后，他们一起离开了。

是的，他们收拾好行李，一起来到城里，换作是你，你会怎样总结这四年如此显而易见的如田园牧歌般快乐的时光呢？如果说彭妮·邓巴擅长用一段细节来讲述整个故事，那这些片段就只是些片段——零散的碎片和变幻不定的瞬间：

他们开了十一个小时的车，才看到不断升起的地平线。

他们把车停在路边，看着那条长长的天际线，而艾比站在了引擎盖上。

他们继续向前开，直到开进城，成了这城里的一分子，女孩读的是商科，迈克尔读的是绘画与雕塑专业，与周围的一群天才们竞争。

他们都找了兼职：

一个在夜总会当上酒的侍应生。

另一个在工地干体力活儿。

晚上，他们躺在床上，相拥而眠。

一个又一个片段，有付出也有收获。

季节更替。

一年又一年。

时不时地，在空闲的下午，他们会在海滩上吃炸鱼和薯条，看着海鸥像魔术表演里从魔术师帽子里跳出来的兔子一样突然出现在空中。一阵阵海风吹来，每一阵都带来不同的气息，还有那种热气与潮湿的质感。有时他们就坐在那里，看着巨大的黑色云团飘过，就好像一艘艘航空母舰。接着他们就在随之而来的大雨中狂奔。黑云压城，大雨如同一座城市般压阵而来，晚上，沿着海岸线会吹来阵阵南风。

还有一些值得纪念的事件，以及几次生日。有一次最为特别，她送给了他一本书——一本漂亮的精装书，封皮上还有铜制刻字——《采矿工》。迈克尔熬夜读这本书时，她就倚在他的大腿上睡觉。每次他合上这本书之前，都要翻回到最前面写着作者简短生平的那一页，在那一页中间靠下的地方，她这样写道：

送给迈克尔·邓巴——我唯一的爱人

我爱他，爱他

爱他

艾比赠

当然了，在这之后不久，他们重返家乡，在一个宁静的春日举行了婚礼，教堂外，乌鸦大声叫着，仿若陆地上的海盗。

艾比的母亲在第一排长凳上开心地抽泣着。

艾比的父亲用一件穿旧的汗衫换了一套西装。

阿黛尔·邓巴和好脾气的医生坐在一起，一双眼睛在新换的蓝色边框眼镜后闪闪发光。

艾比本人那天哭得最惨，穿着白裙子，眼中一片水雾，好像浑身都沾满了泪水。

那时的迈克尔·邓巴很年轻，他牵着她走向教堂外的一片阳光。

又过了几天，他们开车回城时，在中途停下了车。河流湍急，像发了狂一般奔流而下——这条河的名字虽然古怪，他们却很喜欢。这条河叫作阿马赫努河。

他们躺在这里的一棵大树下，她的发丝拂过，让他觉得痒痒的，但他不会动，永远不会。艾比告诉他，她很乐意搬回到镇子上，迈克尔回答道："当然了——我们会赚些钱，回来建一座房子，这样想什么时候回来就什么时候回来。"

这就是艾比和迈克尔·邓巴:

两个有胆量离开这里并活得格外开心的"杂种"。

对即将到来的一切一无所知。

一次长眠

漫漫长夜,克莱的脑海中充斥着嘈杂的念头。

有那么一刻,他起床去卫生间,发现**谋杀犯**躺在沙发上,几乎要完全陷进去了。书本和绘制的图表几乎要把他吞没。

有那么一会儿,克莱就那样站在他面前。

他看着那些埋在**谋杀犯**胸口的书本和速写。看上去,他身上盖着的毛毯就是那座桥了。

然后就到了第二天早上——说是早上,其实压根儿不是,都已经是下午两点了。克莱心烦意乱地从床上醒来,阳光正洒在他的喉咙处,就像喜欢趴在他脖子旁的赫克托耳一样。它在那个家里的存在感大到无法忽视。

准备起床时,他已羞愧难当,他匆匆忙忙地把自己塞进衣服里。不。不。他这是在哪里?很快,他跌跌撞撞地跑到走廊上,又跑出去,只穿着短裤站在门廊上。我怎么会睡了这么久?

"嗨。"

谋杀犯看着他。

他从房子另一侧走出来。

他重新穿好衣服,与迈克尔一起在厨房坐下,这一次他吃了些东西。

旧烤箱上黑白相间的时钟才刚刚从两点十一跳到两点十二，在这期间他已经塞了好几片面包到嘴里，还有几块能要了人命的炒鸡蛋。

"继续吃。你需要恢复体力。"

"什么意思？"

这会儿，**谋杀犯**就坐在对面，也在嚼着东西。

他是不是知道什么克莱不知道的事？

是的。

整个早晨，克莱的卧室里都传出喊叫声。

他在睡梦中一直大喊着我的名字。

睡了一个长觉，现在我已经落后了。

克莱的脑子里不断重复涌现这样的念头，但他继续不管不顾地吃着——他要挣扎着将自己释放出来。

他一边大口吃着面包一边说："不会再发生这种事了。"

"什么意思？"

"我从来没睡过这么久。我以前在家几乎不睡觉。"

迈克尔微笑起来。是的，他还是之前那个迈克尔。难道是过去生活中的生机又在他血脉之中流淌起来了吗？还是说只是看起来如此？

"克莱，没关系的。"

"才不是——啊——天哪！"

他急着站起来，膝盖撞到了桌子上。

"克莱——拜托。"

这是他抵达之后第一次仔细打量面前这张脸。像是老年版的我，除了双眼中没有火星冒出来之外，那余下的部分，那一头黑发，即便是那种疲惫感都与我如出一辙。

这一次，他稳稳当当地推开了椅子，但**谋杀犯**伸出了一只手。"别这样。"

克莱已经做好了走开的准备，而且不仅是离开这个房间。

"不，"克莱说，"我——"

又一次，他抬起了手。饱经风霜、长满老茧的手。工匠的手。他挥了挥手，仿佛要赶走停在生日蛋糕上的苍蝇。"安静一点。你觉得这荒郊野地能有什么？"

这句话的意思是：

当初是什么让你下定决心到这里来的？

克莱只能听到一片昆虫的鸣叫声。那首单音节的协奏曲。

他想到了一件十分了不起的事。

克莱站在那儿，身体抵在桌子上，微微前倾。他撒谎了。他说："什么原因也没有。"

他并没骗到**谋杀犯**。"不，克莱，某个原因让你来到这里，让你很害怕，不如我们坐下来谈谈。"

克莱挺直了身子。"你到底在说些什么？"

"我是想说，没关系的——"他突然停下来，慢慢地打量他。这个他无法触碰也无法了解的男孩。"我不知道昨天你到底在那片树林里站了多久，但你能走出来，肯定是有原因的……"

老天啊。

一个念头和热气一起涌入：

他当时看见我了。整个下午都看得到我。

"留下吧。"**谋杀犯**这样说道，"再吃点儿东西。因为明天我得带你去看看——有样东西你必须看一看。"

扎托贝克

提到迈克尔和艾比·邓巴，我觉得是时候提出疑问了：

对他们来说，真正的幸福到底是什么？

什么才是真相？

真正的真相？

让我们从艺术作品开始说起。

是的，他的确画得不错，可以说画得十分漂亮；他能够捕捉一张脸上的表情，或者是用某种特殊的眼光审视事物。他可以在画纸或者帆布上重现这一切，但归根究底，他很清楚地知道：与身边的同学相比，他付出了双倍的努力，但他们好像还是画得比他快。只有在一个特定的领域，他比他们更有天赋，这也是他一直坚持下去的理由。

他非常擅长描绘艾比。

有好几次，他差点彻底从艺术学校退学。

唯一阻止他离开的，就是想到如此一来就得向她承认自己的失败。因此他又留了下来。他能写出优秀的论文，偶尔也会灵感突发，把她嵌入到作品的背景当中，他就这样勉强撑了过来。总会有人说："嘿，我喜欢你画的这个部分。"那些耐心和灵感都是为了她。

至于他的毕业作品：他找到了一扇废弃的门板，在正反两面都画上了她的肖像。门的一边，她正在寻找门把手，门的另一边，她已经准备离开。一边，她还是个十几岁的少女，一个穿着校服的小女孩，瘦弱却温柔、头发浓密。门的另一侧，当她离场时——穿着高跟鞋，留着波波头，一副商务精英的打扮。她扭头看向身后，看着其间的种种过往。在他拿到自己的评分之前，就已经知道会得到怎样的评价。果然不出他所料：

用门表现意象的想法很老套。

技巧娴熟，仅此而已，但我得承认我想要认识她。

我想知道这中间都发生了什么。

不管这中间发生了什么，你都知道门另一边的这个女人可以过得很好——事实证明，没有了他反而过得更好。

当他们举行完婚礼，重新回到城市之后，在胡椒街租了一座小房子。三十七号。艾比在一家银行找到了一份工作——她应聘的第一家单位就录取了她。迈克尔还在建筑工地工作，也在车库里作画。

裂痕很快出现，令人有些猝不及防。

才过了不到一年。

一些迹象逐渐变得显而易见，比如所有一切都是她在做决定：

租房，买那些带黑边的盘子。

他们会出门去看电影，那也是因为她想看，不是他提出来的。她获得的学位推动着她快速前进，而他却还停留在原地，只能待在那些搭着施工用的临时脚手架的建筑工地；她像是带有一种生命力，而他就仅仅只是活着。刚开始的时候，总会出现这样的场景：

深夜。

躺在床上。

她叹了口气。

他抬起头想看个究竟。"怎么了？"

她说："不要这样。"

接下来是一连串的对话，从"告诉我该怎么做"到"我没法再这样继续教你了"再到"你这是什么意思？"，直到她从床上坐起来，说："我的意思是，我没办法告诉你所有事该怎么去做，我没办法再这样带着你一起走了，你得自己摸索。"

迈克尔对她能如此平静地说出这种打击人的话感到吃惊。夜色笼罩在窗户上。

"我们在一起这么久，我觉得你还从来没有真正地……"她停住了。

"什么？"

她轻轻地咽了下口水，做好了准备。"主动去做一些事。"

"主动？主动做什么？"

"我也不知道——所有事——我们要住在哪儿，做些什么，吃什么饭，在哪里，什么时候，做什么——"

"老天啊，我——"

她又坐直了一点。"你从来没有拉着我往前走。你从来没有让我觉得无论如何你必须要和我在一起。你让我觉得就好像……"

他并不想知道。"好像什么？"

她的声音轻了下来，也变得更加柔和："好像还是在老家的时候，我推倒在地板上的那个男孩。"

"我——"他已无话可说。

只是一个"我"字。

"我"之后便是一片虚无。

"我"之后便无限下沉，衣服挂在椅背上——但艾比还没有说完。

"也许其他的一切也都是这个道理，就像我之前说过的……"

"其他的一切？"

整个房间像是被缝到一起的，现在正有一股力量在将一切都撕扯开来。"我也不太懂。"她坐得更加笔直，仿佛是以此为自己增加几分勇气，"也许没有我的话，你现在还待在老家，和那群满嘴粗话、穿着蓝色工装的人混在一起。你可能还在打扫那个臭气熏天的诊所，在工地上给别的也在递砖头的家伙扔砖头。"

他把自己的心吞了下去，与此同时还咽下了一块深沉的夜色。"我主动去找你了。"

"那是在你的狗死掉之后。"

这句话让他遭受重创。"那只狗。你等了多久才终于等到发泄的机会？"（我确信他并非想要一语双关①。）

"我并没有等待什么时机。就是很自然想去找你。"这会儿她交叉起双臂，但并没有完全遮住胴体，她那么美，一丝不挂，锁骨细长。"也许这些想法早就扎根在心里了。"

"你连一只狗都要嫉妒？"

"才不是！"又一次，他没有领会到重点，"我只是——我只是一直在想为什么你花了好几个月观察和等待，然后才走到我家门前！真希望我可以替你行动——一路撵着你跑过来。"

"你从没那样做过。"

"当然没有了……我不能那么做。"她已经不知道该看哪里了，干脆就直直地盯着前方，"天哪，你到现在还没明白过来，是吧？"

最后这一问如同宣告死亡的丧钟——这真相沉默不语却又如此残酷。说出这些耗费了大量的精力，她有些虚弱了，如果只是暂时的该多好。她又重新躺下，躺回他的身边，脸颊像块沉甸甸的石头一般搭在他的脖子上。"对不起，"她说，"真的对不起。"

但出于某种原因，他继续说了下去。

---

① 原文中，"发泄"一词也有"松开缰绳"之意。

也许是为了主动迎接扑面而来的失败。

"你只需要告诉我，"他声音里的那种质感，沙哑干裂，就好像别人抛给他一块块砖头，他把每一块都咽进了肚子里，"你只需要告诉我该如何解决这个问题。"

呼吸的过程突然变得像在奥运比赛上冲刺时一样艰辛。在他需要艾米尔·扎托贝克的时候，他跑到哪里去了？为什么自己不曾像那个疯狂的捷克人一样接受残酷的训练？一个拥有他那样毅力和耐力的运动员肯定能承受得住这个夜晚的打击。

但是迈克尔可以承受得住吗？

他又说了一次：

"告诉我怎么解决问题就好。"

"这就是问题所在。"

艾比的声音没有任何起伏，掉落在他的胸口处。没有焦虑感，也没有用力。

已经没有了解决问题或者等待问题被解决的欲望。

"也许确实已经没什么好说的了。"她说，"也许就是这样了。"她完全停了下来。她又说道："也许我们只是——不合适，我们的思维方式不一样。"

他仿佛只剩下最后一口气，做着最后的挣扎：

"但是我那么——"他说不出那个字，只是继续说，"——你啊。"

"我知道你爱我。"她的语气充满怜悯，但又毫不留情，"我也爱你，但也许仅仅有爱是不够的。"

就好像拿针扎了他一下，她就这样结束了今晚的交流，他躺在床上，仿佛血流不止、很快就会死掉。

阿马赫努河

由于白天睡得太久、睡得太沉，第二天晚上，克莱还是像昨夜一般痛苦、焦躁不安。他翻遍了木头盒子里的所有物件，思绪飘回到那天早上的门廊上。

溅到围栏上的牛奶。

我脖子上突起的青筋。

他想起了阿喀琉斯和汤米，还有罗里。

还有凯丽。

他当然会想起凯丽，还有星期六，不知道这之后她还会不会去环绕地。他好想知道这一切，但绝对不会开口询问。而就是在这个瞬间，他停下纷飞的思绪，彻底地意识到了这一点——终于意识到了这个强大且无法撼动的事实。

他从床上爬起来，身子前倾，倚在书桌上。

你走了。他想。

你抛下了我们。

天亮之后不久，**谋杀犯**也起了床，他们沿河床而行，就好像走在马路上，一路往上游走去。

一开始时，还只是一条缓坡，因为河床在一点点抬高。

但经过几小时的跋涉，他们已经开始攀爬巨大的、令人垂头丧气的圆形卵石，手抓着岸边的柳枝或者河床的凸起作支撑。无论在陡坡还是缓坡，洪水残存的力量随处可见。河岸边似乎有一圈护栏。很明显，现在只剩下碎片了。

"来看看这个。"**谋杀犯**说道。他们走进一片树木繁茂的区域，阳光如光梯，太阳高悬在天上，洒下片片阳光，在树林中投下斑驳的阴影。他的脚踩在一根被连根拔起的断木上。上面裹了一层苔藓和枯叶。

原来是这样。克莱心想。

他站在一块巨大的岩石旁，这岩石似乎也是被河水冲过来的。

有大半天的时间，他们一直这样攀爬着。午饭时间，他们坐在一块凸起的长长的花岗岩上吃东西。他们看着山的另一边。

谋杀犯打开了自己的背包。

水。面包和橘子。奶酪和黑巧克力。食物从一个人手中转到另一个人手中，两人除此之外没有更多的交谈。但克莱确信，关于这条河和它展示出的力量，对方也有类似的想法。

原来，这就是我们即将面对的对手。

他们花了一个下午往回走。时不时地会伸出一只手帮另外一个人一把。直到他们在天黑时返回河床上，都没有再多说一个字。

但毫无疑问，此刻就是最佳时机。

如果真要找一个合适的时机，那就是现在。

不是的。

并非如此：

还是有太多的疑问、太多的回忆挡在两人之间——但总要有个人先迈出这一步。于是理所当然的，**谋杀犯**率先开口。如果他们两个之间有人想要主动建立起一种合作的关系，那只能由他来开口。他们那天一起走了许多里路，他看着克莱，开口问道：

"你想要造一座桥吗？"

克莱点了点头，但把头侧到一边没有看他。

"谢了。"迈克尔说。

"为什么谢我？"

"谢谢你能到这里来。"

"我并不是为了你来的。"

这是克莱独有的增进家人间感情的方式。

摆满一整条长廊的艾比画像

我想，这样的说法也有道理：即便在最糟糕的时光里也有一些美好的时刻（甚至有一些相当棒的时刻），即便是到他们关系终结的时候。还是会有同往常一样的星期天早晨，她求他在床上读书给她听，她会亲吻他，带着早晨独有的气息。迈克尔只能举手投降。他会很开心地读起《采矿工》，但读之前会用一根手指抚摸上面的刻字。

她会说："你再告诉我一遍那个地方是哪里？就是他学习有关大理石和石刻知识的地方。"

他会很平静地回答。

那个城镇叫作塞提涅亚诺。

又或者，她说："给我念念书里是怎么讲《奴隶》的吧。"

第二百六十五页：

"他们狂野而扭曲——尚未成形、并不完整——但他们依然身形巨大、永垂不朽，看上去似乎会坚持为了永恒而战斗。"

"为了永恒？"她会滚到他身上，亲吻他的肚皮；她总是很喜欢他的肚子。"这里是不是印错了，你觉得呢？"

"不，我觉得他就是这个意思。他赌我们觉得这里是犯了个错误……就像《奴隶》一样，很多人认为它是不完美的。"

"嗯……"她亲了又亲，亲遍了他的肚皮，一直亲到他的肋下。"我爱极了你这么做的样子。"

"做什么？"

"为自己热爱的事物据理力争的样子。"

* * *

但他却无法为了她而抗争。

至少，不能以她所希望的方式为她抗争。

讲句公道话，艾比·邓巴并不是个恶毒的人，只是当时间逐渐流逝，好时光越来越短，一切变得愈发明晰起来：每一天，他们的人生都在驶向不同的方向。更准确地说，她一直在变，他却停留在原地。艾比从来没有针对他或者攻击他。一切只是慢慢变得不够牢靠，只能勉力维系。

回首往事，迈克尔还记得一起看电影的那些时光。他记得每个周五的晚上，全场观众都会随着电影大笑起来，他也会跟着大笑，而艾比就坐在一旁看着屏幕，不为所动。然后，当整个电影院的观众都陷入一片死寂，艾比却会因为某个镜头、某个私密的场景微笑起来，仿佛那一刻她与屏幕心意相通。如果在她笑的时候，他也能跟着一起大笑，或许就会一切安好了——

但他让自己不要再这样想了。

这简直是无稽之谈。

电影和味同嚼蜡的爆米花本身并没有加速这段关系的终结，不是吗？不，一切是渐渐堆积起来的：两个一拍即合的人一起并肩前行，一直走到了路的尽头，然后背道而驰。

有的时候她会与工作中的同事一起回家。

他们的指甲干净整洁。

男人女人都是如此。

他们所在的地方距工地相隔千里。

迈克尔常常在车库作画，他的双手不是沾满粉尘就是涂满颜料。他用水壶煮咖啡，而他们喝咖啡机磨出来的咖啡。

至于艾比，她的头发剪得越来越短，她的笑容像例行公事一般，所以到了最后，她终于鼓足勇气离开了。那时，她还是会一如既往地碰碰他的手臂，点评几句或是开个玩笑。她也还是会冲着他挤眉弄眼或是会心一笑——但渐渐地越来越无法令人信服。他很清楚再过一阵子，他们甚至会同床异梦。

"晚安。"

"我爱你。"

"我也爱你。"

通常，他会再从床上爬起来。

他会走到车库，继续作画，但他的双手格外沉重，就好像糊上了一层水泥。他总是会带上《采矿工》，沉浸在故事中仿佛就是治病的良药，每个词句都暂时舒缓了痛苦。他会这样一边阅读一边工作，直到眼睛灼烧起来。他渐渐发觉了真相。

他与博那罗蒂同在。

但这个房间里只有一个天才。

也许他们能吵架就好了。

也许这正是他们之间缺少的元素。某种活力。

或者只是需要做更多整理与清洁的工作。

不，事实简单明了：

人生已经给艾比·邓巴指出了新的方向，那个她曾经爱过的男孩已经被抛在了身后。曾经他将她呈现于画纸之上，她也因此更爱他，但后来这一切不过只是惯常的生活。他能够捕捉到她站在洗碗槽前大笑的样子，也能捕捉到她站在海边的身影，彼时身后还有一个个滑下浪头的冲浪者。这些画作仍然细节丰富、形态优美，但曾经画作里只有满满的爱意，如今除了爱意之外，还多了一种缺失感。是一种怀旧的感觉。爱与爱的丧失。

有一天，她一句话说到一半突然停了下来。

她轻声说道："这真是太可惜了……"

整个郊区仿佛都沉寂下来。

"这真是太可惜了，因为……"

"因为什么？"

像这样的时刻越来越多，他其实并不想听她说下去，他转过身，站在厨房的水槽边，不愿直接面对答案。

她说："我觉得你可能更爱那个画出来的我……你画出来的我是个比真实的我要好很多的人。"

阳光晃动。"别这么说。"他很确信自己在这一刻已经死掉一回了。水流变成灰色，像是被阴云遮蔽住了。"以后不要再说这种话了。"

* * *

当结局到来时，她是在车库跟他做的了断。

他站在那儿，手中还握着画笔。

她的包都已经收拾好了。

一幅画也没带。

当他徒劳地问这是为什么的时候，她一脸歉意。为什么？你是有了别人吗？难道在教堂举行的仪式、曾经在小镇共度的时光，这一切都毫无意义吗？

即便是在这样的愤怒理应压过智的时刻，也只是出现了成串的忧伤，它们自梁上悬下，晃荡飘忽，如同蜘蛛网一般，如此脆弱，它们本就是轻飘飘的东西。

他们的身后是摆满一整条长廊的艾比画像。它们一同见证着这个场景：

她大笑着。她跳起舞来。她宽恕了他。她吃吃喝喝。她赤身裸体躺在床上……与此同时，画中人就站在他面前——这位还没被画下来的艾比，正在向他解释这一切。他无话可说也无能为力。说了那么多的对不起，也不过花了几分钟的时间。就这样抹掉了过去的一切。

他的倒数第二个请求，是让她回答一个问题。

"他现在就在外面等你吗？"

艾比闭上了眼睛。

最后一个请求，如同本能反应：

在画架旁的一条小凳上，放着《采矿工》，书页朝下。他把书拿过来，然后递了过去；不知为什么，她接了过去。也许这么做就仅仅是为了在多年之后，能有另外一个男孩和女孩去寻找它……他们会收好书，仔细阅读，然后为之痴迷；他们会躺在一处被人遗忘的废弃空地里，躺在一张床垫上，而这座城市已经满是这种被遗忘的空地——后来的一切都源于此刻。

她接了过去。

她把书拿在手里。

她亲了亲自己的手指，并把那只手放在了书皮上，她是那么悲伤，但又有种很英勇的感觉。她把书拿走了，门在她身后砰的一声关上了。

迈克尔呢？

他从车库听到了外面的引擎声。

确实有了别人。

他瘫倒在溅满颜料的小凳上，对围绕在他身边的艾比的画像说着"不要"。引擎声变得越来越响，然后渐渐变小，最终完全消失。

很长一段时间，他就只是坐在那里，沉默着，浑身发抖，然后，他静静地哭了。他沉默地流着泪，泪水浸入附近的画作中，那是张已成往事的面庞——之后他的情绪缓和了一些，在地板上躺了下来，身子蜷成一团。艾比·邓巴，不，那已经不再是艾比·邓巴。整个晚上，她，许许多多个她，就这样看着他。

嘉德水道桥 ①

在接下来的四五天里，这对父子的行动渐渐形成了一种规律。这是一种小心翼翼维持的并肩而行的伙伴关系，就好像两个拳击手首轮交战。谁也不愿意冒太大风险，以防自己被直接踢出局。特别是迈克尔，他选择了稳妥的相处方式。他再也不想听克莱说什么"我又不是为了你而来"了。这对两个人而言都没什么好处——也许只是对他而言毫无益处。

星期六到了，克莱在这一天格外想家。他们沿着河床向下游而不是上游走去，他一直都忍不住想要开口交流。

刚开始的时候只是一些简单的问答。

① 位于法国嘉德省，是世界上现存最高的高架引水桥。——编注

问**谋杀犯**有没有找过工作。

问他到底在这儿住了多久。

但紧接着，问题变得更具探寻意味，或者说更像是在恳求：

他到底还在等什么？

他们什么时候可以开工？

说造桥只是为了拖延时间吗？

这让他想起了凯丽和老头麦克安德鲁——问太多的问题反而会阻挡她前进的脚步，但在克莱身上却有成功的先例可循。

作为一个曾经很爱听别人讲故事的男孩，他在此之前就很擅长提问。

大多数早晨，**谋杀犯**会走到河岸边，然后就那样站着。

他一站就是好几个钟头。

然后他会回到房子里，读书，或者在他松散的活页本上写写画画。

克莱会自己出门。

有时他沿着河流一路上行，走到成片的巨石那里。他会坐在大石头上，思念着大家。

星期一早上，他们会到镇子上补给食物。

他们越过干涸的河床。

开着一辆红色的小车。

克莱给凯丽写了一封信，又给所有兄弟写了封信，寄给了亨利。第一封信里详细地记录了这段时间大部分的经历，第二封就只是兄弟间的问候。

嗨，亨利——

这里一切都好。

你们呢？

向其他人代问一声好。

克莱

他记得亨利曾建议他买一部手机，这个想法倒是挺合适的，毕竟他写的信的长度更像是一条短信。

关于要不要在信封上写回信地址这件事，他纠结了很久，最后只是在写给亨利的那封信上标注了地址。要告诉凯丽吗？他也不知道。他不想让她觉得必须回信不可。又或许，他只是害怕写了地址她也没有回信。

星期四那天，一切都变了，至少是在晚上稍微发生了一些变化。克莱主动坐到了迈克尔身边。

这件事发生在起居室，迈克尔什么也没说，只是小心地看了他一眼，克莱走过来坐在了靠窗位置的地板上。一开始克莱读的是慷慨的克劳迪娅·柯克比借给他的书，还差这一本他就把她给他的书都看完了。但后来，他读起了一本桥梁年鉴——他读得最多的就是这一本。书的名字并没有多少特色，但他喜爱书中的内容。这本书叫《最伟大的桥梁史》。

有那么一会儿，他很难集中注意力，但大半个小时过后，他第一次露出了微笑，因为他看到了自己最钟情的那座桥。

嘉德水道桥。

用伟大这个词都不足以形容这座桥的过人之处，要知道，它同时还被用作引水的沟渠。

这座桥是由古罗马人建造的。

或者，是由魔鬼建造的，如果你相信这个世界上有魔鬼存在的话。

他看着一个个拱形的桥洞——最底下那一层有六个桥洞，中间那一层有十一个，最顶上那层有三十五个。他微笑起来，感觉这座桥仿佛也扩张开来。

然后，他突然打住，收起书。

就差那么一点。

差一点就让**谋杀犯**看到了。

星期天晚上，迈克尔在河床底部找到了克莱，两边的道路在那一处断开了。他向后退了两步，开口说："我得离开这里，大概要走十天。"

他确实有一份工作。

他在矿上劳动。

矿井在更靠西的地方，大约六小时车程，到那里需要穿过老镇，也就是要穿过羽毛镇。

他开口这会儿，夕阳看上去很是慵懒、遥不可及。树木洒下斜长的阴影。

"这十天里你可以回家，也可以留在这里。"

克莱站起身，看着远方的地平线。

天空好似刚经历过一场激烈的战斗，红得快要滴下血来。

"克莱？"

男孩转过身，第一次给予他类似朋友之间才会有的暗示，或者说，第一次展示真实的自我。他讲了实话："我还不能回家。"现在回家还为时尚早。"我不能回去——现在还不是时候。"

迈克尔对此的回应是从口袋里掏出一样东西。

那是一本房地产商的小册子，里面附了土地、房屋和一座桥的图片。

"来，"他说，"看看这个。"

那座桥可以说是相当不错。是一座很简洁的高架桥，上面铺了铁轨的枕木，还有木头横梁，这座桥曾经就横跨在他们此刻站立的地方。

"这座桥以前就建在这里？"

他点了点头。"你觉得怎么样？"

克莱觉得没必要撒谎。"我挺喜欢的。"

谋杀犯用手理了理自己的一头卷发。他又揉了揉眼睛。"河水摧毁了它——那时我才刚搬过来没多久。那之后几乎没有下过雨。像这样的干旱状态已经持续好一段时间了。"

克莱向他走近了一步。"有剩下什么残骸吗？"

迈克尔指了指几块嵌在岸边的木板。

"就这些？"

"就这些。"

天边传来轰鸣声，天空仍是一片安静的血色，鲜红欲滴。

他们走回到房子里。

在台阶上，**谋杀犯**开口发问。

"是因为马修吗？"他更像是在陈述一个确定了的事实。"你睡着的时候，一直不停念着他的名字。"他犹豫了一下，"事实上，你会念所有兄弟的名字，还有一些其他人。有一个我从来没听说过。"

那一定是凯丽了，克莱想，但迈克尔却说出了斗牛士。

他说："你喊的是第五赛道的斗牛士。"

说到这里就够了。

不要再得寸进尺了。

克莱给了他一个特别的眼神，于是**谋杀犯**心领神会。他又回到最初的那个问题上。"是马修说你不能回去吗？"

"不，并不是那么一回事。"

别的也不需要再多说些什么了。

迈克尔·邓巴知道另外一个答案是什么。

"你一定很想念他们。"

克莱在心里朝他怒吼。

他想起了哥哥们，想起了家里的后院和晾衣架上的夹子。

他直直地看着他，开口说："难道你就不想吗？"

早上，在还很早的时候，可能还不到凌晨三点，克莱注意到了**谋杀犯**的身影，他正站在自己床边。克莱想知道，他会不会同自己一样，回想起上一个类似的时刻。正是那个他离开我们的恐怖夜晚。

一开始，克莱还以为是谁私闯民宅，但很快眼睛适应了黑暗，他看出是他。克莱在哪里都能认出他那双通常刽子手才有的大手。他听到他低沉的声音：

"嘉德水道桥？"

一片寂静。如此安静。

也就是说，他终归还是看见了克莱的那个笑容。

"那是你最喜欢的一座桥吗？"

克莱咽了一下口水，在黑暗中点了点头。"是的。"

"还有别的吗？"

"雷根斯堡石桥 ①，以及朝圣者之桥 ②。"

"这是三座石拱桥啊。"

"是的。"

---

① 位于德国巴伐利亚州雷根斯堡。
② 即贾马拉特桥，位于沙特阿拉伯的米纳。——编注

他背对着他，又想了想。"那你喜欢大衣架^①吗？"

大衣架。

属于这座城市的了不起的大桥。家乡最了不起的大桥。

那是另一种桥，高耸于路面的拱形金属桥。

"我爱她。"

"你确定是'她'？"

"对我而言是的。是'她'。"

"为什么？"

克莱闭紧双眼，然后又睁开。

彭妮，他想着。

珀涅罗珀。

"'她'就是'她'。"

为什么还要解释呢？

谋杀犯慢慢地向后退了出去，与这座房子的其他部分融为一体。他说："过几天再见。"他希望能继续说点儿什么，于是带着一丝大无畏的试探精神补充道："你知道关于嘉德水道桥的传说吗？"

"我得睡了。"

该死，他当然知道了。

* * *

早上起床之后，克莱意识到房子里空荡荡的，他在厨房看到了一张纸，于是停了下来，纸上用粗粗的黑色木炭画着：

---

① 即悉尼大桥，毗邻悉尼歌剧院，是世界上最高的钢架拱桥。

最终的造桥计划：初稿

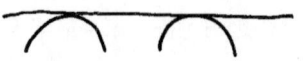

他想起了凯丽，又想到了那些拱桥。克莱又一次被自己说出的话吓到了。

"这座桥将由你建造而成。"

五年和一架钢琴，然后是两人的牵手

漫长的五年时间，他仿佛一直都躺在那个车库里，躺在地板上，直到那件事发生。

某件事令他站了起来。

那架钢琴。

一个写得乱糟糟的地址。

下午的阳光。

来了一个懂音乐的女人，她还带着两部史诗著作，迈克尔·邓巴还能奢求些什么？

就人生给的第二次机会而言，他已经幸运得不能再幸运了。

但是，等一等，在过去的这五年里都发生了什么？

他双手发抖，在律师发来的离婚协议书上签了字。

他彻底停止了作画。

他一度想要返回羽毛镇，但总是会记起黑暗中的那个声音，还有埋在他颈窝的那个脑袋：

也许你还是会待在这儿。

然后就是一种屈辱感。

独自一人返回，没有那个女孩。

"她在哪儿呢？"人们会这样问。

"发生了什么事？"

不，他再也不能回去了。消息肯定会传开，但这不代表他就得去听那些议论。听自己发出的心声就已经够糟糕的了。

"什么？"

常常是晚饭吃到一半，或者正在刷牙的时候，那个声音会突然从他脑子里冒出来。

"她就这么离开他了？"

"可怜的家伙。"

"哎，我们也不能说完全没料到这一幕……她是那么狂野，而他，怎么说呢，他从来就不是动作更快的那个，不是吗？"

不，最好还是留在城里。最好是待在家里，看着她在这个家里留下的气息一点点散去。毕竟，总是可以找到工作。这个城市在扩张。总是可以一个人在家喝一两罐啤酒，或者和鲍勃、斯皮罗、菲尔他们一起喝。这些人仅仅是同事而已，有的有老婆孩子，有的像他一样也是孤家寡人。

只有偶尔探望母亲时他才会回一趟羽毛镇。他看着母亲参加小镇的那些社交活动。去蛋糕店。参加澳新军团纪念日 ① 的游行。星期天和魏因劳奇医生在草坪上打保龄球。这就是生活。

当他告诉母亲他和艾比的事时，她并没有多说些什么。

---

① 澳大利亚和新西兰两国的公众假日，是为了纪念 1915 年 4 月 25 日在加里波利之战中对抗土耳其军队的澳新军团。

她只是把手放在了他的手上。

她很有可能想起了自己的丈夫，那个走进大火中的男人。没有人知道为什么有些人走进某个空间就再也没有出来，是不是因为他们与其他人相比，少了一点出来的意志呢？但不论别人是怎样，迈克尔·邓巴对艾比从无二心。

接下来，再说说那些画。他再也没办法直视那些画。

即便只是看到她的画像，也会让他开始胡思乱想。

她现在在哪里。

她和谁在一起。

他会忍不住想象她和另一个男人在一起，想象他们在床上的样子。一个更好的男人。那种想象一点也不美好。

他很想让自己不要这么肤浅，告诉自己这种事无关紧要。但这些事很重要。它们会触发更深层次的情感，而他并不想探究这种内心深处的情感。

大概是三年之后，有一天晚上，他把所有的画作都移到了车库的一侧，然后全部用床单盖了起来：那将是一段帷幕后的人生。即便是完成了这一切，他依然没能抵挡得住诱惑，又最后一次看了下床单下的画像。他一只手抚过最大的那一幅画，画的是她站在海岸线旁，手里拎着鞋子的场景。

"来呀，"她说，"都拿走吧。"

但现在他手里已经空无一物。

他又把床单放了下来。

之后的两年时光一点点流逝，他渐渐被这座城市吞没。

他工作。他开车。

他修剪草坪。一个善良的男孩，不错的租户。

他怎么可能预料到后来发生的这一切呢？

他怎么能预料到两年之后，一个移民女孩的父亲会在东欧某个公园的长椅上过世？他怎么能预料到那个女孩带着爱的回忆和绝望的情绪，买了一架钢琴，却被送错了地址，结果不是送到自己家，而是送到了他家门口——然后她就站在胡椒街的中央，身边跟着三个无用的钢琴搬运工？

从某种意义上来看，他其实从未离开过那个车库的地板。我无数次不由自主地想象过这样的画面：

他蹲在地板上，然后慢慢站起身。

远处传来车来车往的声音——就好像海浪一般——他身后是漫长的五年时光。我一遍又一遍地在脑海中大喊：

快去行动，现在就去。

去找那个女人和那架钢琴。

如果你现在不去，我们就不会存在了——没有我们五兄弟，没有珀涅罗珀，没有什么父与子——一切需要被创造出来，然后才能拥有，并竭尽全力向前推动。

第四部

————

城市
+
水
+
罪犯
+
拱桥

关于克莱的一摞材料

那个星期一的早上，迈克尔已经在天色尚暗的凌晨离开，克莱刚看到厨房里的那张草图。他吃过早饭，走进休息室。咖啡桌上一摞摞分别摆放着**谋杀犯**的笔记、画纸和工作用具。有的资料摞得比其他的要高一些，但每一摞最上面都用一张纸作了标记，也都用石块、订书机或者剪刀压着，防止纸片被风吹落。他挨个儿读出了所有的标注：

耗材

管委会

脚手架

老计划（高架桥）

新计划（拱桥）

河

克莱

克莱坐了下来。

他任凭自己被沙发吞没。

他在面包屑中拼出凯丽的名字，然后伸出手去拿标着"脚手架"的那摞材料。

从这个时刻开始，他一整天都在阅读。

他没有吃东西，也没去过卫生间。

他只是一直阅读，边看边学迈克尔·邓巴所了解的关于造桥的一切知识。材料里有大量木炭笔和粗铅笔做出的标识。在"老计划"那一摞里这样的标识特别多。那一摞一共有一百一十三页（他亲自数过了），写满了木材成本、造桥技巧和滑轮系统的原理，以及可能导致前一座桥被冲垮的原因分析。

"新计划"一共只有六页——是前一晚才整理出来的。那一小摞纸的最上面一页上只写了一句话，并且写了好多遍。

嘉德水道桥。

后面几张纸上画满了草图和速写，还列出了一串造桥术语：

拱脊和拱石。

起拱和脚手架。

拱顶和拱顶石。

还有一些所有桥型都会涉及的名词，比如桥墩和跨距。

简而言之，拱脊用的是建筑标准尺寸的石块；拱石是指应用在拱形结构上的被凿出一定弧度的石块；起拱是拱桥和桥墩之间的承压点。但他最喜欢的部分当属脚手架——拱桥就在那个模子的基础上慢慢搭建起来，它是一套木质的弧形结构。它一开始会被当作支撑物，等桥造好后才把它从桥下取出来；这个过程也被看作对桥梁每个桥拱能否真正支撑住进行的第一次测试。

　　然后，就是克莱的那一摞材料。

　　他在读其他材料的时候，视线多次扫向这一摞。终于要拿起来看了，这念头令他兴奋不已，但又让他一直努力克制着自己。最上面用来当镇纸的是一把生锈了的旧钥匙，标注页下面只有一张纸。

　　当克莱终于读到这一页时已是晚上了。

　　他挪开钥匙，懒懒地把它握在手心，他翻开用作标注的这一页，下面那一页上写着如下字句：

　　克莱——
　　　　看看"老计划"的第 49 页吧
　　　　祝你好运

迈克尔·邓巴

　　第四十九页。

　　那一页上解释了在四十米宽的河床上挖出一条沟渠的重要性——要一直在河床底部工作很长时间。材料中提到，尤其是那些首次造桥的人，应该做得比专家更为周全，才能确保毫无疏漏。里面甚至还附了一张四十米乘二十米的沟渠的草图。

　　他把这一段读了很多遍，直到他想到了这一点。

　　四十乘二十。

　　老天才知道到底要挖多深。

　　我应该先看这一摞的。

　　他已经浪费掉了一整天原本可以用来凿地的时间。

短暂搜寻后，他用那把钥匙打开了房子后面的一个棚屋。克莱走进去，找到了安静倚在工作台旁的那把铁铲。他掂了掂，又四处看了看。离得很近的地方，还有一把鹤嘴锄和一个独轮手推车。

他又走了出去，在黄昏最后的阳光中，走到了河床边。河床上已经用鲜亮的橘色喷雾标出了几条边界线。他一整天都在屋子里，所以并没有注意到。

四十乘二十。

他一边沿着边界线走，心里一边这样想着。

克莱蹲下去，又站起来，看着渐渐爬上天边的月亮——但很快就接受了即将面对的艰辛工作。他咧嘴笑笑，想到了亨利，他如果知道了，一定会使劲打击他的。

他独自一人在这荒地上，往事在他身后汇聚——又过了三秒钟，过去与现在汇合。

之后，便只能看见铁铲与飞扬的泥土了。

他们生下我们之前的生活

在邓巴家的历史长河中，有那么一瞬间，迈克尔和珀涅罗珀的人生有了交集。当然，一切都是从那架钢琴的出现开始的。我得承认，他们刚刚认识时的那段时光对我而言一直是个谜团，充满了"永远幸福下去"的假象。所有人的父母都会有这样一段特别的时光——生下孩子之前的生活。

在那个阳光晴朗的下午，就在这座城市里，他们在胡椒街上推着一架钢琴，时不时用余光瞥一眼对方。几个钢琴搬运工之间吵吵嚷嚷：

“喂！”

“怎么了？”

“这儿不是让你靠脸吃饭的，懂吗？”

“你这是什么意思？”

“我是让你用力推！把它往这边推，你个白痴。推过来。”

一个人悄悄地对另一个人说：“给我们的钱这么少，怎么能忍受和他这种人共事啊？”

“我懂的，完全受不了他。”

“抓紧啊！这小姑娘比你们俩加起来的力气都大呢！”他又越过方方正正的钢琴，冲着另一边的珀涅罗珀喊道：“嗨，你有没有想过换一份工作？”

她微微一笑：“哦，不用了，谢谢，我已经有好几份工作了。”

“能看得出来。不像这两个没用的——喂，往这边走！”

她抬头看过去，在这儿，就是在这时，那个住在三十七号的男人对她会心一笑，却又马上把笑容收了回去。

* * *

等到了她的公寓，把钢琴安放在窗边后，迈克尔·邓巴并没有准备逗留。她问他应该送他点什么作为答谢——是红酒还是啤酒，又或者是伏特加（她真的这样讲了吗？），但他完全不肯接受，说了再见就准备离开，但当她弹钢琴试音时，便注意到他在留神倾听。看来钢琴还需要重新调音。

他站在外面排成一排的垃圾桶旁。

当她站起来，想看得更清楚时，他已经离开了。

在接下来的几个星期里，空气中弥漫着一种"某件事"正在发生的气息。

他们在搬运钢琴那天前并没有见过对方，但在那之后却到哪里都能遇见彼此。如果他正在沃尔沃斯超市排队结账，胳膊下夹着几卷厕纸，那她一定会在隔壁柜台，拿着一袋橘子和一包 Iced VoVos 牌夹心饼干。当她下班后走上胡椒街时，他会恰好在远处开门下车。

视线转到珀涅罗珀这一边，她总是会沿着整个小区绕好几圈，完全就是为了能有那么几秒钟经过他家门前（这让她觉得有点不好意思）。他会站在门廊上吗？厨房里的灯会亮着吗？他会走出来邀请她进去喝杯茶或者咖啡吗？还是会无动于衷？这种行为恰巧与他的过去遥相呼应，因为很久之前迈克尔曾牵着月亮如此走在羽毛镇上。即便是在钢琴旁坐下来，她也总是看向窗外，他也许又站在垃圾桶旁了呢。

至于迈克尔，他竭力抵抗着这一切。

他不想再回到那种状态了，那种尽管一切看起来都很好，但是随时都可能被毁掉的状态。在自家的厨房里，他想着珀涅罗珀，想着钢琴，但空荡荡的走廊依然残留着艾比的影子。他看到了珀涅罗珀的双臂，看到了她手掌中的爱意，看着她推着钢琴前进……但他会控制住自己不去找她。

最终，又过了几个月之后，四月里的一天，彭妮穿上了衬衫和牛仔裤。她走到了胡椒街的另一头。

天已经黑了。

她告诉自己别那么腼腆，她已经是个成熟女人，不再是青涩的小女孩了。她可是跋涉了成千上万里才来到这里。她还曾一度站在秽物没过脚踝、深酒红色地板的厕所里，所以这些根本不算什么，相比之下不值一提。她肯定能冲破防线，走过大门，敲响那个男人的前门。

肯定没问题。

她也真的这么做了。

"你好？"她说，"我以为……希望你还记得我？"

他很安静，灯光也很昏暗，一如他身后无声的走廊。他的脸上又一次浮现出那样的笑容，但又转瞬即逝。"我当然记得……那架钢琴。"

"是的。"她变得有些慌张，说出来的话也不再是组织好的英文词句——每句话都被打乱了，这也算是种小小的惩罚。她只好在每句话中先插入自己的母语，然后再找到对应的英文单词。她总算挤出一句话，问他是否愿意去她家做客。她可以给他弹钢琴，前提是，如果他喜欢钢琴的话。她家里还有咖啡和葡萄干面包——

"还有 Iced VoVos 牌夹心饼干？"

"是的……"为什么如此尴尬？"是的，是的，家里还有些饼干。"他还记得。他还记得。

他当然记得。这当口，尽管内心深处发出警告，也曾提醒自己要有自制力，但他一直努力收敛的笑意还是满溢出来。这几乎就像是一部军事主题的喜剧片中的情节，无望又倒霉的新兵努力爬到墙上，然后一屁股摔到了墙的另一侧，虽然蠢蠢的，看起来很笨拙，却不知为何满心感激。

迈克尔·邓巴屈服了。

"我很乐意去你家听你弹钢琴——运钢琴那天我只听到了几个音节。"然后，他停顿了一下，过了好一会儿才重新开口，"这样吧，要不要进来坐坐？"

他家里弥漫着一种友好的气氛，却也带着一种不安。珀涅罗珀不知道该如何表述，但迈克尔肯定可以解释。这里曾有过一段别样的人生，但现在已经消失殆尽。

在厨房里，他们互相做了自我介绍。

他让她在椅子上坐下来。

他看到她注意到了自己粗糙的、沾满粉尘的双手，就这样，一切拉开序幕。有那么好长一段时间，至少三个小时，他们坐在桌前，坐在那张划痕累累但让人感到很温馨的木头桌子前。他们喝加了牛奶的茶，吃着饼干，聊着关于胡椒街和这座城市的一切。他们聊到了建筑工地和打扫卫生时遇到的故事。事实上，一旦她不再担心自己的英语是否说得标准，她的话反而很好懂，这让他有点吃惊。毕竟，她有很多事想要告诉他：

一个全新的国家，第一次见到大海的情形。

以及来到这个南国后的震惊与敬畏。

在某个时刻，他让她详细讲讲她来自哪里，又是怎么来到这里的，珀涅罗珀伸手碰了碰自己的脸庞。她把一缕金发从眼前移开，过往如同潮水般涌上心头。她记起了那个脸色苍白的小姑娘，她曾将那些书中的故事听了好多遍，想起了维也纳和像行军床一样的一排排的上下铺。但她讲得最多的是钢琴的故事和窗外寒冷又寂寥的景色。她讲起了那个留着小胡子的男人，那个不流露情感却爱得深沉的男人。

她既平静又冷静地开口说道：

"我是和斯大林的雕塑一起长大的。"

夜晚渐渐在他们身旁流逝，他们聊到了过往的故事和事情发生的地点，也聊到了为何会成为现在的自己。迈克尔讲起了羽毛镇——那一场场大火，那一片片矿井，以及河边的鸟鸣。他并没有谈及艾比，现在还不是谈她的时候，但她的身影徘徊在每段故事的边缘。

相比之下，珀涅罗珀总觉得自己应该停下来了，但又突然有那么多事想要倾诉。当她讲起那些蟑螂以及它们造成的恐慌时，迈克尔大笑起来，但声音中充满了同情；当他听到那些纸房子的故事时，也忍不住微张嘴巴，感到有些吃惊。

等她起身准备离开，早已是午夜时分，她为自己唠叨了那么多而抱歉。迈克尔却说："别这么说。"

他们站在水槽边，他清洗着杯子和碗碟。

珀涅罗珀留下来帮着烘干了它们。

仿佛有什么自她体内升腾，同样，他也有这样的感受。他们的人生多年来都是一片宁静的荒芜。他们都没有融入这个镇子，没有在这里享受过生活。只有他们心里清楚这不是游戏，也从未这么热情。但他们知道——他们必须这么做：

不再等待。不再彬彬有礼。

要从体内释放出这种狂野。

很快，对他而言，这一切变得无法承受了。

多一秒，他也无法忍受这种沉默的煎熬。他迈出一步，伸出手，赌了一把——他的手上还沾着肥皂沫。

他冷静又坚定地揽住了她的手腕。

他不知道为什么，也不知道怎么会变成这样，但另一只手已经搭在了她的臀部，他不假思索地搂住她，亲吻她。她的前臂还是湿漉漉的，衣服也湿了一块——就是衬衫的补丁处——他紧紧抓住她的衬衫，手攥成了一个拳头。

"天哪，对不起，我——"

珀涅罗珀·莱西尤斯科，做出了有生以来最令他感到惊诧的行为：

她抓过他湿漉漉的手，把它伸进了自己的衬衫里——放在了相同的位置上，但紧紧贴着皮肤——她用来自东欧的语言给他传递了信息。

"Jeszcze raz[①]。"

一片寂静，气氛严肃，几乎让人笑不出来，就好像这个厨房的存在就是为了等这件事发生。

"这句话的意思是，"她说，"再来一次。"

双手流血的男孩

已经星期六了——再过五天谋杀犯就要回来了，克莱从房子里走出来，进入刚刚落下的夜幕中。

他的身体一半富有弹性，一半坚如磐石。

他的双手长满了新鲜的水泡。

然而他随时都可以爆发。

他从周一开始就在独自挖地。

河床的深度远没他想得那么可怕——但有的时候，向下挖几英尺也很费工夫。有的时候他甚至觉得这些土怎么也刨不完——但紧接着，他就挖到了石头。

等他完工，都已经记不清哪天晚上回去睡了几个小时，又是哪天晚上，他一直干到太阳初升了。有好几天他都是在河床上睁开惺忪的睡眼的。

---

① 此处为波兰语。

他清醒了好一会儿才意识到今天是星期六。

而且已经是黄昏，不是黎明。

他近乎精神错乱了，双手流血、被磨得滚烫，他终于决定再去看那座城市一眼。他只装了很少的东西：木盒子和几本他最喜欢的讲造桥的书。

接着，他冲了个澡，浑身灼热；他穿好衣服，依旧浑身灼热。他就这样跌跌撞撞地走到了镇子上。只有一次，他略有动摇，回头看了看自己完成的工作；就是这一个回头，坚定了他的决心：

在马路中央，他坐下来，坐在整个乡村的怀抱中。

"我做到了。"

就这么四个字，每个字都有泥土的味道。

他在地上躺了一会儿——感受着大地的脉动，繁星点点的天空。然后强迫自己起身前行。

好像山坡上的滑雪者

在胡椒街三十七号，那个属于二人的第一个夜晚，她离开之前，他们达成了一致意见。

他把她送回家，约好星期六下午四点到她家来。

街道一片漆黑，空空荡荡。

他们再没说些什么。

星期四那天，他刮了胡子，带了一束雏菊。

他们一起待了一会儿，然后她才开始弹钢琴，她弹琴的时候他就站在一旁。当一曲结束，他把一根手指放在了钢琴最右侧的琴键上。

她点头示意他按动琴键。

但是钢琴的最高音往往难以控制。

如果按得不够用力或者不够到位，它是压根儿不会发出声响的。

"再来一次。"她说，然后咧嘴笑起来——他们两个都有点紧张——这一次，他弹出了那个高音。

就好像与莫扎特击了个掌。

又好像拍在了肖邦或是巴赫的手腕上。

这一次换作是她主动：

有犹豫，也有点笨拙，但她还是十分轻柔地亲吻了他的后颈。

然后他们一起吃了夹心饼干。

一直到这段关系的尽头，他们都是这样生活的。

当我现在再想起这段往事时，我回想着她曾给我们讲述的一切，特别是她讲给克莱听的一切。我在想什么才是事情的关键之处。

我觉得是这一段：

在那之后的六七个星期里，他们不断会面，见面地点在胡椒街这一头和另一头来回变换。对于迈克尔·邓巴而言，总是有更多的感觉涌上心头，这些新鲜的感受都是新来的金发彭妮带来的。当他亲吻她，他尝到的是欧洲的气息，也是和艾比不同的味道。当他站起身准备离开，她双手抓住他的手指时，他感受到了避难者的心情，他们同为避难者。

终于，在胡椒街三十七号的台阶上，他对她倾吐心声。

那是个星期天的早晨，天色灰暗、气温宜人，台阶上一片清凉。他坦承自己之前有过一段婚史，但后来离了婚；她叫艾比·邓巴。他曾经瘫在车库的地板上一蹶不振。

与此同时，一辆车经过，一个女孩骑车路过。

他告诉她自己曾因此萎靡不振，那之后一直孤身一人苟延残喘地活着。在她走进他家大门的那一夜的很久之前，他就已经想要再次见到她了。他很想见她，但却无能为力。他无法再承受一次那样的坠落，再也无法承受了。

我猜他们接下来对彼此的坦承一定很有趣：

我们一般会坦承大部分事实，而真正有意义的也就是这大部分事实。

但对于迈克尔·邓巴而言，他的讲述刻意省去了两件事。

首先，他就是不肯承认自己也能创造出近似于美的产物——也就是作画。

接着（这其实是第一条的延伸），他也没有承认在自己内心深处最阴暗的角落，真正怕的并不是再次被抛弃，更多的是怕把别人当作退而求其次的第二选择。这就是他对艾比的感情，无可替代，而他曾有过那样的生活，又失去了全部。

但话说回来，他难道还有其他的选择吗？

这是一个唠叨的钢琴搬运工都可以决定你逻辑的世界。在这个世界上，命运的代言人有可能就站在你家门外，既晒得黝黑，同时又给人一种苍白的感觉。天哪，连斯大林都掺和进来了，他怎么可能拒绝呢？

也许事实就是如此，我们是没有资格做这些决定的。

我们以为可以自己做出决定，但我们并不能。

我们可以围着整个小区绕圈。

我们会特意经过那户人家门前。

当我们敲击琴键，却没有发出声音，我们会再次敲击琴键，因为我们必须得这么做。我们一定要听到点什么，我们希望这一切并不是一个错误——

事实上，珀涅罗珀从未打算来这里。

我们的父亲可能本来不会离婚。

但他们还是走到了今天这一步，用稳健的步伐，优雅地走向未来的某个方向。他们就好像是山坡上的滑雪者，倒计时已经结束，于是他们向山下冲刺，一直到了今天的地方。

传统主义者

在希尔维火车站，他看到了即将进站的夜班火车一闪一闪的车灯。

从很远的地方看过去，就像会魔法的、缓缓移动的火炬一般。

但车厢里如天堂般美好。

空气清凉，座椅温热。

他的心脏仿若破碎的身体残片。

他的肺仿佛蜡做的一样毫无生机。

他轻轻地躺下，睡着了。

星期天早上刚过五点，火车进站，抵达那座城市，一个男人过来把他摇醒。

"嘿，小家伙，小家伙，我们到了。"

克莱吃了一惊，努力站了起来。尽管他头痛欲裂，弯腰拿起自己的运动包时，感受到了一阵灼热的剧痛——但他还是感受到了那种吸引力。

他感受到了家的微光。

他的思绪早已飘回了家里。他仿佛正凝望着阿尔切街上的一切，又爬回到屋顶上，看到了凯丽的家。又或者，他看到了后面的那片环绕地。他甚至能听到起居室里传出的播放电影的声音——但是不可以。他提醒自己，还不能回去，特别是不能这副样子回家。

要回阿尔切街，他还得再等等。

他走了起来。

他发现自己越是动起来，越不会那么疼。所以他开始深入地探索这座城市。他去了希克森路，悉尼大桥就在那里，他来到了桥下；他感觉那些歪歪斜斜的墙壁也没那么奇怪了。火车在桥上呼啸而过，轰隆作响。港口一片蔚蓝，他几乎无法直视。与他肩膀齐平的地方有一排排的铆钉。头顶上是巨大的灰色桥拱。

这是一座要用"她"来代指的桥，他想，当然得是这样。

他倾了倾身，挣扎着离开。

下午，他终于来到了环形码头，在弯曲的小径上走着；那里有几个小丑，还有一个人在弹吉他。有人在弹奏着迪吉里杜管 [①]。

颇有男子气概的渡口似乎在召唤着他。

刚出锅的炸薯条的味道让他感到阵阵饥饿。

他往前走着，沿着铁轨走到市政厅。他坐上车，心里默数着站数，然后又下车继续前行。他要抵达赛马场，哪怕是用爬的，他也要继续。至少有一个地方，他还可以去。

他一路爬至山顶。很久以来，他第一次认真地打量墓碑：

珀涅罗珀·邓巴

一个拥有许多名字的女人

---

① 澳大利亚土著部落的一种传统乐器。

犯错者，生日女孩

塌鼻子新娘，彭妮

是所有人的挚爱

尤其

被邓巴家的男孩们深爱着

他读到这里，一下蹲了下来。

读到最后一句时，他极为艰难地挤出一个笑容。我们的弟弟就这样脸朝下趴在了地上。他趴了很久。他无声地哭泣着，哭了将近一个小时——

这些日子里，我总是会想起这件事。我真希望当时自己能陪在他身边。如果当时能够狠狠揍他一顿，把他打趴下，为他犯下的罪孽狠狠地惩罚他就好了，我真希望我当时能够知晓这一切。

我会抱住他，安静地对他说出那些话。

我会对他说："克莱，回家吧。"

钢琴上的彩绘

就这样，他们结了婚。

珀涅罗珀·莱西尤斯科和迈克尔·邓巴。

按时间来算的话，走到这一步花了大约一年零七个月。

按其他更难以描述的衡量尺度来计算，是经历了车库的肖像画事件和给钢琴喷漆两件事之后。

还经历了一次右转和一场车祸。

还有一个特殊的形状——血液凝结成的几何形。

那时，大部分时光如同白驹过隙。

时间缩减至几个时刻。

这些片段分散于各个时间段——她在冬日里学开车；在九月的某天一连弹好几个小时的钢琴；整个十一月，他都笨拙地学习着她的母语。接着，从十二月到二月到四月，他们到他老家的那个小镇上去了好几次，那个充斥着汗水、涌动着热气的小镇。

当然，在此期间，他们还一起看了许多电影（他并没有特意去注意她是在哪个时刻发出的笑声），她发现自己热爱录像——这可能是她最棒的老师。当电视上播放电影时，她会把它们录下来，用来在日后练习自己的英语口语。那是整整一套二十世纪八十年代的经典影片：《E.T. 外星人》《走出非洲》《莫扎特传》《致命诱惑》。

她还在反复读着《伊利亚特》和《奥德赛》，还会在电视上观看板球比赛。（这种比赛真的能一次持续五天吗？）除此之外，还在那片明亮的、翻动着白色浪花的海面上搭过无数次渡轮。

毫无疑问，他们之间也曾出现过动荡时刻，那时她发现他好像消失了，退到某个内心深处的角落，固执地与外界隔绝。他内心这片名叫"不要又来了一个艾比"的荒原广阔寂寥、空空荡荡。那时，她会在他身旁喊他的名字：

"迈克尔？迈克尔？"

他会突然回过神来。"怎么了？"

他们站在向对方发火的边缘，仿佛再往前探一步就会落入无比烦躁的无底洞；他们都意识到彼此之间的矛盾在不断加深。但正当她觉得他马上就会对她说"别来找我了，别再打电话来了"的时候，他会把一只手温柔地搭在她的前臂上。她内心的恐惧，那持续了好几个月的恐惧，就这样被平息了。

但有些时候，那些片段会延展开来。

时光凝滞，它们完全平铺开来。

对于克莱而言，这些片段就是彭妮在人生的最后几个月里告诉他的那些故事——那时她因为注射了大量吗啡而浑身发热、情绪亢奋，极度渴望做好每一件事。给人留下最深刻印象的两件事都发生在晚上，中间刚好隔了整整十二个月。

珀涅罗珀把两件事总结成了两个标题：

他终于向我展示真相的那个夜晚。

钢琴上的彩绘。

那天是十二月二十三日，平安夜的前一天晚上。

这是他们在迈克尔家的厨房共进晚餐的第一年，他们刚刚吃完饭，他便对她说：

"来，我要给你看样东西。"

他们走出房门，来到车库。

说起来有点奇怪，他们认识了好几个月，在这期间她从来没有迈入过这个车库一步。他们没有走车库旁边的侧门，他直接打开了车库正面的卷帘门，它发出如同火车经过一般的巨大噪声。

他打开车库的灯，移走一层层床单。彭妮大吃一惊——在满屋的浮尘中，摆了数不清的镶有木质边框的布面油画。有些画特别大，也有些只有速写本那么大。每一张上都画着艾比，有的是成熟女人的形象，有的是女孩子的形象。有的她看起来很淘气，有的又很沉默。在大部分画里，她都是长发及腰，总是会有那么几缕随意地搭在胳膊上，但在少数几幅画里也留了刚到脖颈处的短发。她在每幅画中都呈现出一种生命力，绝不会让你轻易移开视线。珀涅罗珀意识到，任何看过这些画的人都明白，不管是何方神圣的作品，这位画家内心感受到的情感比这些画像所表现出来的还要深刻。这种感情蕴含在眼前的每一处线条里，也在那些没画出来的线条里。那些精准的线条使画面得到延展，但那些小错误也完美地融入其中——比如她脚踝旁的一滴淡紫色颜料、离面庞有一毫米间距的一只浮在半空中的耳朵。

这些画作是否完美，都无关紧要：

所有的元素都恰到好处。

在最大的一幅画中，她的双脚没在沙子里，彭妮觉得自己都可以开口问她要走那双慷慨摊开在手掌中的鞋子了。她看着那些画时，迈克尔就坐在敞开的车库门边，背倚在墙上。等彭妮看够了，她便过去坐到他身旁。他们的膝盖和胳膊肘触碰到了一起。

"这是艾比·邓巴吗？"她开口问道。

迈克尔点点头。"没嫁给我的时候随娘家姓'汉利'，现在我也不知道她改姓什么了。"

她觉得自己心跳猛地加快，心脏几乎要从嗓子眼里跳出来。她费了好大劲才把这种情绪压回去。

"我——"他几乎放弃，但又继续说道，"我很抱歉没有早一点给你看这些。"

"你会画画？"

"我以前会，现在不行了。"

刚开始，她还在考虑自己下一步该怎么想，怎么行动，但之后便把所有的想法从脑子里赶了出去。她并没有问他还可不可以给自己也画几幅肖像；不，她永远也不会与那个女人竞争，她只是揉了揉他的头发。她将手插进他浓密的发丝，开口说："那以后永远不要画我。"她努力为自己攒足说出下一句话的勇气。"为我做些其他的事情吧……"

克莱十分珍惜这段回忆，因为她本不可能跟他讲这件事的（但是死亡是促使她开口的了不起的动力）；她讲到迈克尔是怎样向她走来，她又是如何带着他走到当初艾比弃他而去、他受到严重打击后躺倒的那块地板上的。

"我对他说，"她跟男孩这样讲着，语气颇为尴尬，"我说'就在当时你躺倒的那个地方和我做爱，一寸也不要偏'——他马上就照我说的做了。"

是的，他们走到那里，他们拥抱，给予，受伤，纠缠在一起。推开了一切不需要的事物。耳边是她的呼吸声和她发出的声音，他们两个仿佛水乳交融。他们就这样做了很久——每一次的间歇，他们都躺在那儿小声交谈，大多数时候都是珀涅罗珀先开口。她说她的童年时光十分孤独，所以以后想要至少五个小孩，迈克尔说好的没问题。他甚至开玩笑说："天哪！希望不要是五个男孩！"看来，他说话前真应该先多想想。

"我们会结婚的。"

是他说的——就这样脱口而出。

他们浑身都是瘀青，青一块紫一块的；他们的胳膊、膝盖和肩胛骨都在地板上磕破了。

他继续说："我会找到合适的方式求婚的。也许明年的这个时候正合适。"

她在他身下扭了扭，把他抱得更紧了。

"当然了，"她说，"好的。"她亲吻了他，再次把他转了过来。最后一次，她几乎是无声地呼唤着："再来一次。"

第二年，发生了第二个标题提到的事。

钢琴上的彩绘。

十二月二十三日。

那是星期一的晚上，屋外的彩灯已经变成了红色。

小区附近玩手球的男孩子们发出喧哗声。

珀涅罗珀正好从他们身边经过。

每个星期一，她大概都是八点半多一点的时候回到家中；她已经完成了当日最后一项清洁任务——打扫一位律师的办公室。这天晚上，她像往常一样：

把包扔在了门边上。

她走到钢琴旁，坐了下来——但这一次仿佛有什么不一样。她打开琴盖，看到了琴键上的那些字，它们被简单地排列出来，但看起来美极了：

P|E|N|E|L|O|P|E L|E|S|C|I|U|S|Z|K|O

P|L|E|A|S|E

M|A|R|R|Y M|E①

他还记得。

他还记得。她用手捂住嘴巴，忍不住微笑起来，眼底一片灼热，所有的疑虑都在她因为这些字母而激动颤抖时烟消云散。她不想打破它们的美感，也不想破坏这片喷绘——尽管油彩几个小时之前就干透了。

但很快，她就找到了解决的办法。

她让自己的手指轻轻地落在键盘上，落在"请嫁给"这几个字的中间。

她转过身，呼唤着。

"迈克尔？"

---

① 琴键上的字母拼起来意为：珀涅罗珀·莱西尤斯科，请嫁给我。——编注

没有人应答，她又走出家门，玩耍的男孩们已经散去。世界仿佛只剩下这座城市，被渲染成红色的空气，以及这条胡椒街。

他正一个人坐在自己门前的台阶上。

那天稍晚，当迈克尔·邓巴在她公寓里那张单人床（他们经常在那里同眠共枕）上熟睡时，她又起身，在黑暗中走出房间。

她打开外屋的灯。

她旋转按钮，把灯光调暗，然后坐在了琴凳上。慢慢地，她抬起手，轻轻按动位于高音区的几个琴键。她动作轻柔地按下正确的音符。她用剩下的油彩在琴键上涂画着。

之后，她在琴键上敲出了YIEIS（我愿意）。

从烤箱里爬出来的男孩

"我简直不敢相信。我还以为你最多只能开个头。"

这就是迈克尔·邓巴对于一个男孩在不到一周的时间里挖出一条巨大的沟渠而给出的评价。他本应更了解克莱的。

"见鬼，你到底是怎么做到的，没日没夜地挖土？"

克莱低着头。"我有时也会睡一会儿。"

"就睡在铁锹边上？"

这一次他抬起头来，谋杀犯看到了他的那双手。

"老天……"

至于克莱本人，当他给我讲述自己的这次超常发挥时，更多地强调了这件事的后续，而非这件事本身。他当时极度渴望重返阿尔切街，哪怕只是回去看一眼。他也还想再看看环绕地，但他显然不能这样做，原因有两个。

首先，他当时那副样子并不适合见我。

其次，如果回来了却不见我，那感觉就像作弊。

不，离开公墓之后，他就搭乘火车回到了希尔维，然后花了几天的时间恢复元气。他身上没有哪一处是不痛的，但长满水泡的双手痛得最厉害。他时而熟睡，时而清醒地躺着。他等待着。

谋杀犯回来了，他穿过树林，从河对岸走来。

他走过来，在挖好的沟渠底部站住。

沟渠两侧如同岩石和土丘构成的海啸浪潮。

他看了看，摇了摇头，然后穿过沟渠，朝家里走去。

他走进房子里，把克莱拉进了厨房。他叹了口气，耷拉着脑袋，又一次摇了摇头，半是震惊半是沮丧。他终于对着克莱挤出了几个字：

"小家伙，这一点我得承认——你确实是个有心人。"

克莱忍不住了。

想到了那些字眼。

那些字句在空气中散开又聚集，这么来来回回好几次。现在，在厨房里，站在面前的仿佛是罗里，好像刚刚从烤箱里爬出来，他仿佛是从博恩巴洛公园跑道上标注着三百米的地方直接来到这里的。

小家伙，这一点我得承认……

这和当时罗里的话一字不差。

克莱再也无法控制自己了。

他冲出走廊，跌坐在卫生间的地板上。匆忙中，他砰的一声关上了门，然后——

"克莱？克莱，你还好吗？"

这声音如同回声，就好像在水下听到有人在叫自己；于是他冲出水面，大口地呼吸着。

塌鼻子新娘

就筹备婚礼而言，并没有太多要准备的，所以他们很快就成了夫妻。在这期间，迈克尔考虑过究竟该如何处理那些画作——那些艾比的肖像画：是留存，或销毁，还是直接把它们扔掉？对这个问题，一开始珀涅罗珀很坚定。

"你应该留着它们，"她说，"或者是卖掉；它们不应当落得被毁坏的下场。"她平静地伸出手，摸着其中一幅，"看看她，她多么美丽啊。"

就在这一瞬间，很意外地，她感受到：

一丝嫉妒的火星。

我为什么不能成为那样的人呢？她这样想着，又一次想起他心中那片绵延的荒芜之境——他有时人虽然就在她身边，心却已经飘到了远方。每次遇到这样的情形，她都极度渴望成为比艾比更好、更有意义的人。但这些既有的画作就是证据——曾经这里的每一处都有她的影子。

因此，当他们最终卖掉这些画时，她松了口气。

他们在胡椒街附近的一个环状交叉路口摆出了一幅很大的画作，同时标明了艺术品拍卖会的时间——到了晚上，这幅画被人偷走了。在拍卖会当天，车库里的生意一小时之内就全部结束了。画卖得很快，因为人们很喜欢她们：既喜欢艾比，也喜欢彭妮。

"你应该画画这一位。"很多买家指着珀涅罗珀说，迈克尔只能冲他们笑笑。

他说："这一位的真人版要好很多。"

* * *

接下来，珀涅罗珀又遇到了习以为常的倒霉事。

并不应该全部责怪事故本身——因为这是她自己犯错导致的后果，重要的是这件事发生的时间点：他们结婚的前一天早上。她正开着迈克尔那台旧小轿车从洛德街拐弯，准备开到帕拉马塔路上。

她在东欧的那个国家从未开过车，但她已经习惯了向右看。在这儿，她参加了驾驶资格考试，还相当自信地通过了考试，自此之后就经常开迈克尔的车。在此之前还从来没发生过什么问题，但当这一天来临之时，一切都失去了意义。她完成了一次完美的右转，但却转到了另一条马路的相反的车道上。

她刚刚拿回来的婚纱还规矩地平躺在后座。车子是从侧面撞击的，就好像被魔鬼咬了一口。珀涅罗珀的肋骨撞断了，鼻梁撞折了，脑袋撞到了仪表板。

撞人的司机满嘴脏话，但当他看到那些鲜血时，也停了下来。

她用两种不同的语言说了对不起。

接着，警察来了，拖车公司那个吵吵闹闹的男人也来了。他们协商时满头大汗，抽起了烟。救护车来了，他们试着劝她去医院，但也说不会勉强她。

彭妮坚持说她没什么大事。

在她身前，有一条长长的形状奇怪的痕迹：

血迹形成了一幅长方形的壁画。

不，她只需要去找小区的医生。在这一点上他们达成了共识：她比

231

看上去更强悍。

　　警察开玩笑说要逮捕她，然后开警车送她一路畅通无阻地回到了家中。年纪小一点的那位嚼着白箭口香糖的警员还负责照看好她的那件婚纱。

　　他小心翼翼地把它放进后备厢。

＊　＊　＊

　　她回到了家中，她很清楚自己应该怎么做。

　　把自己清理干净。

　　喝一杯茶。

　　先给迈克尔打电话，再给保险公司打电话。

　　但正如你预料的那般，她并没有马上做这些该做的事。

　　不，她用尽最后一点力气把婚纱在沙发上铺开，然后坐到了钢琴前。她十分沮丧，失魂落魄。她弹了半首《月光奏鸣曲》，但双眼模糊到看不清乐谱，至少不能一次看准所有的音符。

　　一个小时之后，她已经在医生的会诊室里了，但她并没有大声尖叫出来。

　　她的肋骨被缓缓地推回原位，鼻梁被猛地拽回原位，在这个过程中，迈克尔一直紧握着她的手。

　　她只是倒吸了几口凉气，重重地吞咽了一下口水。

　　出了会诊室，她突然双膝发软，瘫倒在候诊室的地板上。周围的人都伸长了脖子往这边看。

　　迈克尔扶她站起来，注意到角落里有给孩子们准备的玩具，但他很快就把由此引发的童年回忆甩到脑后。他扶着她走出诊所。

又回到家时，她躺在破旧的二手沙发上，并把头枕在了他的大腿上。她问他能不能给自己念一段《伊利亚特》里的故事，这时迈克尔突然意识到了一件大事，但这并不是那种"我才不是你已经失去了的父亲"的显而易见的事，他想的比这个深远得多；他突然意识到并接受了一个重要的事实：他爱她，比对米开朗基罗和艾比·汉利的爱加在一起还要多。

他拭去她脸颊上滚落的泪珠。

她的嘴唇上还沾着已经凝固的血渍。

他拿起书念给她听。她哭了起来，然后睡着了，尽管伤口还在流血……

书里有跑得飞快的阿喀琉斯，有足智多谋的奥德修斯，还有其他的神明和勇士。他尤其喜欢擅长制造恐慌的赫克托耳——他还有个别名叫驯马师，以及狄俄墨得斯，堤丢斯真正的儿子。

他就保持这个姿势，在她身旁坐了一整夜。

他就那样读着书，一页又一页地读着。

* * *

第二天，婚礼如期举行。

二月十七日。

参加婚礼的人不多：

几位迈克尔业务上的朋友。

彭妮的几位清洁工伙伴。

阿黛尔·邓巴来了，老魏因劳奇医生也来了，还带来了消炎药给她。

谢天谢地，鼓着大包的地方就快要消肿了。她的伤口还在时不时地流血，而且不管化了多浓的妆试图掩盖，隔着粉底也还是看得出那只眼睛周围的瘀青。

教堂很小，但看起来像洞穴一般又大又深。从彩绘玻璃射进教堂里的光线很暗，上面绘着一位受尽苦难、五颜六色的耶稣基督。牧师身材高大，发际线有点高。当迈克尔侧身对她说"看到了吗？连发生车祸都不能让你逃开这一切"时，他哈哈大笑起来。但当他看到一滴鲜血滴落到洁白的婚纱上，像进行石蕊测试一样慢慢散开时，又露出了忧伤的表情。

好几个人冲过来帮忙，都是来参加婚礼的各方客人。彭妮努力不让自己抽泣，勉强挤出一个笑容。她接过迈克尔递来的手帕，说："你马上要娶到一位塌鼻子新娘了。"

"好样的。"牧师看到流血被渐渐止住，就又继续开始履行仪式——五颜六色的耶稣基督继续在头顶上方观礼，直到他们终于成为迈克尔·邓巴和珀涅罗珀·邓巴夫妇。

他们像大多数夫妇一样转过身来，对观众们微微一笑。

他们在相关文件上签了字。

他们从教堂中间的走廊经过，走出敞开的大门，迎接他们的是极其炫目的阳光——当我想象这一幕时，我仿佛也感受到了那种氛围——他们抓住了那种难以捕捉的幸福。他们亲手实现了那种幸福。

但在他们生下我们五兄弟之前，还有两段经历尚未交代清楚。

玫瑰战争

又一次，时光缓缓流逝。

几周过去了，差不多一个月的时间里，他们做了许多事。

刚开始的部分最艰难：

把泥土从河床底部挖走。

他们从日出忙到日落，祈祷着千万不要下雨，不然所做的一切都将失去意义。如果阿马赫努河真的奔流起来，且来势汹涌，那河水中一定会携着大量的淤泥和泥沙。

晚上，他们坐在厨房里，或者坐在咖啡桌旁的沙发边上，认真设计临时脚手架的构造。他们设计出了两种模型——关于脚手架和桥本身的。迈克尔·邓巴数学很好，在石头摆放的角度方面也很有一套。他给男孩解释弹道原理，告诉他每一块石头的位置都必须达到完美。克莱想到"拱石"这个词就感到不适，他甚至不知道这个词该怎么念。

他身心俱疲，像梦游一般拖着身躯走回卧室看书。他拿出木盒子里的每一件物品把玩。他点燃了打火机，但只那样玩了一下。

他想念每一个人，随着时间推移，这思念愈演愈烈。就在那时，邮筒里终于出现了一个信封，里面一共有两封手写的信。

一封是亨利写的。

一封是凯丽写的。

他在阿马赫努河畔待了这么久，这是他一直在等待的东西，但他却没有马上开始读信。他走到河床底部的乱石堆旁，在光痕斑驳的阳光下坐了下来。

他先读了叠在上方的那封信。

嗨，克莱：

感谢你上个星期寄信回来。我过了好几天才拿给其他人看——不要问我为什么这样做。你知道我们都很想你。你在信里基本上什么都没说，但我们大家还是很想你。要我说，最想你的一定是屋顶上的那些瓦片了。除此之外，每逢星期六我就格外思念你……现在我去私家车库办的二手市场都会找汤米搭把手，但那个小家伙就像公牛身上长的奶头一样——一无是处。你懂我的意思吧。

那你至少可以回来看看我们啊。你只需要赶紧把那边的事搞定——你明白吧。真是活见鬼，造一座桥又能花费多大工夫呢？

谨上

亨利·邓巴先生

又及，你能帮我个忙吗？如果你真的要回来，在那之前先打个电话告诉我你大概几点钟到家。我们到时候都得在家等你，以防你回来的时候家里没人。

读信的时候，克莱的心中满怀感激，可能是因为这种亨利式的写作风格。他确实没完没了地说了些废话，但这就是克莱想要的。而且，别的不说，亨利相当有义气，人们却总是忽略这一点，只觉得亨利是个自私、只想着赚钱的混蛋。有亨利在身边，你通常会做得更好。

接着是汤米写的一段话，很明显罗里和他都被要求写上那么一段话。或者更有可能是亨利逼着他们下笔的。首先是汤米的一段话：

嗨，克莱，

我没什么太多好说的，只是阿喀琉斯真的很想你。我拜托亨利帮我检查了它的蹄子——我才应该说他一无是处呢！！！！！！

（我也很想你。）

然后是罗里：

喂，克莱——看在老天的份儿上，赶快回家吧。我怀念我们之间的交醒时刻。

哈！

你刚才是不是以为我不会写"心"这个字，是不是 [1]？

嘿——帮我个忙。替我拥抱一下那个老头。

开玩笑的——在他胯下狠狠踢一脚，好吗？用力给他来一下。

就说这一下是该死的替罗里踢的！

快回家吧。

这两段话很有趣。汤米写得轻松幽默，但罗里却是让克莱触动最深的那一个——让他对一切有了最深刻的体会。也许因为罗里是那种对任何人、任何事都不屑一顾的人，但他却爱着克莱，并用最奇特的方式表达着他的爱。

亲爱的克莱：

我要怎样才能用几个字就表达出我有多想你呢？我要怎么说，你才知道我每个星期六都坐在环绕地，想象你就陪在我身边呢？我不会一个人躺在那里。事实上，我什么也没做。我只是来到这里，希望看到你也在这里。但是你并没有出现，我也很清楚原因。我想是因为不得不这样吧。

有意思的是，这几周我遇上了最好的事情，却没法当面告诉你。

上个星期我第一次上场比赛。你能相信吗？.？？是在星期三的

---

① "心"在英文中拼写为"heart"，罗里在前一句里故意写成了"hart"。

比赛上，我骑的那匹马叫玫瑰战争，是匹来充数的老马，所以我一次也没抽打它。我只是和它谈了会儿天，让它乖乖地走到起跑线上，结果它跑了第三名。第三名！！！我的天啊！那是这么多年来我妈妈第一次到现场看比赛。它绑了黑、白、蓝三色的缎带。等你回家，我要把发生的一切都讲给你听，哪怕你回来待不了多久。下个星期，我还要参加一次比赛……

天哪，说了那么多，我都还没问一句。你怎么样，还好吗？我很怀念一走到门口就能看到屋顶上的你的那段时光。

最后，我又读了一遍《采矿工》。我明白你为什么这么喜欢这本书了。他实现了那么多了不起的成就。我希望你现在也在外面的世界做着了不起的事。你会的，你必须这样。你会变得很了不起的。

希望能很快再见到你。我们在环绕地再会。

我会给你看我的"秘诀"的。

我发誓。

爱你

凯丽

你会怎么做？

会说些什么？

他在河流上游处读了好多遍，然后意识到了一件事。

经过长时间的反复计算，他知道自己已经离开那个家七十六天了，阿马赫努河可以之后再回来——现在他该回家面对我了。

阿尔切街十八号的那座房子

迈克尔·邓巴把塌鼻子新娘娶回家后，他们做的第一件事就是把那台钢琴再从胡椒街的另一头搬回到三十七号。这次他们叫了六个住在附近的男人，还买了一箱啤酒。（和博恩巴洛公园的男孩子差不多——只要喝啤酒就得是冰啤。）他们是从后门绕进房子里的，因为走后面不需要登太多级台阶。

"其实我们应该给之前那帮家伙打个电话。"后来某天迈克尔这样说道。他伸出一只手搭在胡桃木色的钢琴盖上，就好像这架钢琴是他的老朋友。"毕竟他们第一次也算是送对了地方。"

彭妮·邓巴听完只是微微一笑。

她的一只手搭在钢琴上。

另一只手搭在他的身上。

几年之后，他们搬离了这个地方；他们买了一套一见倾心的房子，离原来住的地方不算太远，在赛马区，房子后面就有赛马场和马厩。

他们是星期六上午去看的房子：

阿尔切街十八号的这栋房子。

一位地产经理已经在屋里等候，他问了问他们的姓名。那天他们好像没表现出对这套房子的兴趣。

这栋房子有走廊，有厨房。有三间卧室，一个小小的卫生间，一个长长的后院，后院里搭了一个希尔斯·霍伊斯特晾衣架，他们两个不约而同地想象起未来的生活：他们看到了小孩子们在草坪和花园里奔跑、打闹玩乐的乱糟糟的样子。在他们看来，那简直就是天上人间般的美妙生活。这样一想，他们就更爱这座房子了：

彭妮一只手搭在晾衣架上，抬起一只眼睛瞥了瞥空中的云彩，就在这时，她听到了那个声响。她转过身来面对着地产经理。

她说："抱歉，冒昧问一句，那是什么声音？"

"您指的是什么？"

他一直都在担心这个时刻，之前他带来看房的几对夫妇很有可能就是因为听见这个而决定放弃的——而他们在此之前也幻想着在这里度过美好人生。他们甚至可能想象过孩子们因为不公平的足球战术而嬉笑打闹，或者拖拽着洋娃娃走过草地，身上沾满泥土。

"你没有听到吗？"她锲而不舍地追问。

地产经理摆弄了一下领带。"哦，那个声音啊。"

前一天晚上，当他们查看格里高利①的《街道指南》时，就已经注意到了房子后面的这块空地，指南上只是标注了"环绕地"。现在，彭妮确信自己听到了房子后面传来的马蹄声，并辨别出了空气中飘过来的这股味道——混杂着动物体味、稻草和马匹的味道。

地产经理急着把他们赶回到房子里。

但并未奏效。

彭妮又往那边迈了几步，离篱笆围栏那边的马蹄声更近了。

"嗨，迈克尔？"她说，"你能把我举起来吗？"

他穿过院子，走到她身边。

他用胳膊将她托起来，她的大腿跟火柴棒一样细。

在篱笆的另一边，彭妮看到了马厩以及赛马场的赛道。

栅栏后面有一条小巷，在房子边缘处拐了个弯；奇尔曼太太是唯一

---

① 户外运动品牌。——编注

的邻居。再后面是草地和歪斜的建筑，还有按规定安装的白色运动场护栏，从这里看过去就好像一根根牙签。

小巷子里，有个马夫牵着马从赛马场走回马厩。大多数人都没注意到她，看到她的几个人也只是点头示意。一两分钟后，一位老马夫牵着最后一匹马走过，他没看到彭妮。当马儿低下头停步不前时，他便粗暴地推着它前进，又突然温柔地拍了拍马嘴。"来吧，"他说，"过来吧。"彭妮微笑着看着这一切。

"您好？"她清了清嗓子，"您好？"

马儿马上就发现了她，马夫却没有。

"什么？谁在跟我讲话？"

"您往上看。"

"老天啊，亲爱的，你可差点儿让人吓出心脏病来！"他身材矮壮，一头卷发，脸上湿漉漉的，眼睛里仿佛有水汽。那匹马使劲拽着他。马脸上耳朵到鼻子之间斜着长了一条白毛，好似一道闪电，但其余部位都是红褐色的鬃毛。马夫发现自己根本就没办法让它停下来。"好啦，我们现在就走。拍拍它吧，小姑娘。"

"真的吗？"

"是啊，过来拍拍它，反正它是这儿个头最大的胆小鬼。"

她弯腰之前，先想了想迈克尔是否还能承受她这样的动作。她虽然很瘦，但毕竟不是身轻如燕，况且他的胳膊已经开始发抖了。她一只手放在马脸的斑纹上，那撮白毛有一种奇妙的手感……她无法压抑自己感受到的愉悦。她望向那对充满渴求的眼睛。你有糖吗？你有糖块给我吃吗？

"它叫什么名字？"

"呃，它比赛时用的花名叫城市特色。"他自己也伸出手在马的胸口上拍了拍，"在马厩里我们管它叫贪吃鬼，我想为什么叫这个名字你大概猜到了吧。"

"它跑得快吗？"

他嗤之以鼻。"你的确是新来的啊，没错吧？这些马厩里的马全部都是废物。"

尽管如此，珀涅罗珀仍然被迷住了。当马儿抬起头并向上点了几下，示意她更狠地拍几下时，她大笑起来。"你好啊，贪吃鬼。"

"来，给它喂几块这个。"他递给她几块脏兮兮的方糖，"就给它几块吧，反正它从来没指望过它。"

在她身下，迈克尔·邓巴正寻思着自己的胳膊到底还能支撑她多久。

地产经理心里想的是"成交了"。

兄弟斗殴

现在轮到克莱暂别他父亲、这座房子和阿马赫努河了。

晨光熹微，克莱站在沙发前，而他正睡在沙发上。

克莱手上的伤口渐渐愈合，从水泡变成了一个个伤疤。

"我会离开一段时间。"

谋杀犯醒了过来。

"但是，我会回来的。"

很幸运的是，希尔维在一条火车主干线上；每天两个方向都有两趟往返的车次。他赶上了八点〇七分的那一班。

在火车站，他突然记起：

来到这里的第一个下午。

他侧耳倾听。

身边的大地仍然在歌唱。

在火车上，他又读了一会儿书，但很快胃部就痉挛起来，就好像一个身上装了发条玩具的孩子。

终于，他还是把书放了下来。

确实没什么必要。

不管他怎么努力读，眼前出现的只有我的脸、我的拳头和我脖子上突起的青筋。

他抵达城市时已是黄昏，他站在车站里打了个电话，用的是四号站台附近的一个公用电话亭。

"你好，我是亨利，你找哪位？"克莱听出他正走在某条街道上，耳边传来车辆呼啸而过的声音。"你好？"

"我回来了。"

"克莱？"听筒另一端的声音更加紧张、急迫了，仿佛双手紧攥着话筒。"你到家了吗？"

"还没有。今晚才到。"

"什么时候？大概几点？"

"我也不知道。也许七点，也许再晚一点。"

这给了他几个小时的自由时间。

"嘿——克莱？"

他等着对方继续往下说。

"祝你好运，听到了吗？"

"谢了，一会儿见。"

他真希望自己还能回到那片桉树林。

有那么一会儿，他考虑过步行回家，但最后还是搭乘了火车，又转乘了巴士。在波塞冬路上，他比往常早一站下了车，此时这座城市早已笼罩在夜幕之下。

只有几朵云还遮蔽着天空。

灰铜色的云，呈现着灰暗的色泽。

他走了一会儿，然后停了下来，身体在空中前倾，就好像等着这空气让他窒息，但这也只是想想——一转眼，他已经站在了阿尔切街的街口，比他料想的还要快：

因为终于回来而释然。

但又因重返家园而满怀恐惧。

每一座房子都亮着灯，人们都待在自己家里。

仿佛是预感到接下来会上演一出好戏，一群鸽子不知从何处飞来，在电线上挤成一堆。它们有的栖息在电视天线上，有的落在树上。那里还落了一只离群的乌鸦，羽毛丰满、体态结实，像是穿军大衣伪装自己的鸽子。

但克莱的出现瞒不过任何人的眼睛。

* * *

我们家的前院是为数不多的几个没装篱笆、没安大门的院子，只有一块草坪——刚刚修剪过，上面没有任何落叶。

这门廊、这屋顶，仍旧是之前的样子，屋子里正放着我爱看的某部电影。

奇怪的是，亨利的车没停在家里。但此刻克莱不能因此而分心。他慢慢地往前走，然后停住。"马修。"

他只说了这样一句话，就好像小心翼翼地维持着随意又平和的气氛。

马修。

他只是这样喊了我的名字。

就是这样。

只是轻轻地打破了沉默。

接着，他往前走了几步，脚踩在了柔软的草地上，然后又往前走，直到走到草坪中央，面对着房门，他以为我会走出门来——但我并没有出现。他只能大声呼喊或者站在原地等待，而他选择了第一种办法。他的声音变得一点儿也不像他自己的声音。"马修！"他大喊起来，放下装满书——他的造桥读物——的背包。

过了几秒钟，他就听到了脚步声，接着又听见萝茜吠了一声。

我是第一个出现在房门外的。

我站在门廊上，穿得几乎和克莱一模一样，唯一的区别是我的 T 恤衫是深蓝而不是白色的。我们都穿着褪了色的牛仔裤和已经磨掉了后跟的运动鞋。我刚才正在看《雨人》，已经看完四分之三了。

克莱——再见到他的感觉可真是太棒了……但事情并没有那么简单。

我的肩膀稍稍松弛下来；我不能表现出十分不情愿这样做的样子，得表现得心甘情愿且内心坚定。

"克莱。"

和很久以前快要被遗忘的那个早晨的声音如出一辙。

他口袋里装着谋杀犯的气息。

即便罗里和汤米已经走了出来，我还是拦住了他们，动作甚至有几分亲切。当他们试图抗议，我举起了一只手。"不。"

他们停了下来，罗里说了句话，但克莱应该没听到。

"要是做得太过分，我就回屋里去了。明白吗？"

这些都说得很小声吗？

还是说，说话都是用的正常的音量，但克莱耳朵里的噪音太大，所以他听不到？

我闭了一下眼睛，先朝右走了两步，然后径直走过去。我不知道别的兄弟间是怎样处理这种情况的，但在我们家，从来不兜圈子。我们之间不会像克莱和**谋杀犯**那样，就像一对拳击手一样不停相互试探——面对我时完全不同。我几乎是小跑着向他冲过去，很快就把他撂倒在地。

哦，他也反抗了，好吧，还反抗得挺激烈，他四处踢打又跌倒在地——这一架打得毫无章法可循，更是毫无美感。他可以接受训练，忍受一切磨难，但这并不是克莱习惯的那种训练方式，而是我特有的方式；我从一开始就想要教训他了，无须多言，我已在心中咆哮起来：

他杀死了我们。

克莱，他杀死了我们，你不记得了吗？

我们一无所有了。

他离开了我们。

过去的我们已经死了——

但现在这些念头已经不仅仅是脑子里才存在的想法了，它们化作一记记落在克莱身上的重拳，每一下都真切地打在他身上。

你难道不记得吗？

你难道看不出来吗？

还有克莱。

这个喜欢微笑的家伙。

等他后来告诉我那些事之后，我又回过头看了看当时的我们，仿佛看到他在想：

你并不知道所有的真相，马修。

你并不知道。

我应该告诉你的——

告诉你关于晾衣架的事。

还有晾衣夹的事——

但是他什么也说不出来，他甚至不记得自己刚刚是怎么倒在地上的，只知道自己是重重一下摔在了地上，在草地上留下了很大一处凹陷，如同一道深深的伤疤——世界变得支离破碎。他突然意识到似乎正在下雨，但实话实说，那都是洒下的血滴。一次次的流血，受伤，站起来，又被打倒，直到罗里大喊着"够了"。

我——胸口不断上下起伏，大口吸气。

克莱蜷成一团躺在草坪上，然后翻身躺平。实际上，到底有多少种不一样的天空呢？他刚才凝神注视的那片天空已支离破碎，随之而来的是成群的鸟儿。那群鸽子。还有一只乌鸦。它们成群结队涌入他的胸口。挥动翅膀，发出纸片相互摩擦一般的声响；它们同时展翅，快速上下挥舞，极其壮观。

接下来，他眼前出现了一个女孩。

她什么都没说。在我和克莱面前一言不发。

她只是弯腰蹲下来，握住他的手。

她无法开口说出"欢迎回来"，事实上，令人有些吃惊的是——克莱先开了口。

我站在他们左侧几米之外的地方。

我双手颤抖，沾满血渍。

我气喘如牛，正努力平稳气息。

我的胳膊上满是汗珠。

罗里和汤米站在一段距离之外的地方，克莱抬起头看着女孩。那对美丽的绿色眼眸。他微微一笑，缓缓地开口：

"玫瑰战争？"

他留意到她的表情发生了变化，不再是忧心忡忡的神色，而是一个充满渴望与希望的笑容，就像一匹已经在直道上冲刺的赛马。

"他还好吗？"

"我觉得还好。"

"给我一点时间，一会儿我们会把他扛回家。"

他很难听清我们之间的低声交谈，但他知道是我和凯丽在讲话。很快其他人也靠拢过来。萝茜奔过来舔了舔他的脸。

"萝茜！"我说，"快走开！"

还是没有亨利的踪影。

终于，罗里行动了。

他总要在某个时刻掺和进来。

他告诉所有人都该死的别挡住他的路，然后扶起克莱，并一把把他抱起来。克莱躺在他的怀里，身体向下坠着，好像一个拱形。

"喂，马修，"罗里喊道，"你看看，多亏了平时有那些扛邮筒的练习！"然后他低下头，对着克莱血肉模糊的一张脸说："咱们这样交一回心怎么样？"最后他又想了想，很开心地追问着："嘿，你有没有照我说的那样，狠狠给他的裆部来上一脚？"

"踢了两次。第一次没使上什么劲。"

罗里大笑起来,就那样站在台阶上笑个不停,把怀里的男孩都弄疼了。

像我承诺的那样,我按照计划"杀死"了他。

但正如克莱的一贯作风——他就是无法被杀死。

再次做回邓巴男孩的感觉真好。

老打字机,蛇和月亮

他们买下了这座房子,他们当然会买的。新生活就这样开始了。

迈克尔还是去工地干活,双手永远沾满粉尘。彭妮一直坚持做清洁工,并一直自学英语,直到天边泛白。她开始考虑换一份不同职业的工作,但却在两个任课领域之间犹豫不决:一个是音乐老师;另一个就是ESL[①]老师。

也许是当年那段记忆使她做出了选择:

室内的停机坪。

从地板延伸到天花板的热气。

"护照呢?"

"Przepraszam[②]?"

"哦,老天啊……"

她选择了 ESL 老师。

她给大学投递了入学申请,同时下定决心,在上学期间也要坚持在晚上做兼职清洁工——打扫会计师事务所和律师办公室——很快她就收到了录取信。迈克尔在厨房的桌子旁找到了她。多年之后,几乎是在同

---

① 向英语为非母语的人教授英文。
② 此处为波兰语。

一个位置上，他站在那里，遭遇到了一头骡子的审视和盘问。

"怎么样？"

他在靠她很近的地方坐下来。

他看着信封上的徽章和信纸上的抬头。

有些人在这种情形下会用香槟庆祝，或者是出去找一家上好的餐厅犒劳自己一顿，但这一回，彭妮只是坐在那里，把头斜倚在迈克尔身上，又读了一遍录取信。

时间就这样慢慢流逝：

他们在花园里埋下种子。

一半活了下来，另一半枯死了。

一九八九年十一月，他们一起见证了柏林墙的倒塌。

透过后院围栏的缝隙，他们总是可以看到活生生的马驹。他们也喜欢赛马区其他古怪的现象——下午常有男人或女人走到马路中央，举着一个示意停车的路牌来拦住过往的车辆。在他们身后，会有一位马夫牵着一匹马穿过马路。而到了第二天，押在轩尼诗身上的赌注就会变成十比一。

最后，这个地方最古怪之处，就在于那时这里就已经出现了好几块荒地，你只要知道大致的方向，就能发现很多荒地。我们可能都注意到了，这样的荒地蕴藏着更深刻的含义——其中一块就在火车干线附近。当然了，环绕地也算是一块荒地，博恩巴洛公园废弃的跑道也是——但这里是最关键的一块。

因此，我恳求你，拜托你一定要记得。

这一切都和那头骡子息息相关。

彭妮去大学读书的第三年，一天，阿尔切街十八号这座房子里的电话响了起来，是魏因劳奇先生打来的。

有关阿黛尔。

她是在餐厅的桌子旁去世的，极有可能是深夜时分，刚刚打完给朋友的一封信。

"看起来，她打完了信，摘下眼镜，低下头趴在雷明顿打字机旁，然后就再也没有起来。"他这样说明着情况，虽然十分悲伤心痛，但又有种别样的美感：

最后一次，致命的词组。

重重地敲下最后一个句号。

他们当然马上开车回到了羽毛镇，迈克尔知道与彭妮相比，他已经很幸运了。在这儿，他们至少还可以站在教堂里，在她的棺木旁哭泣。他还可以转过身面对那位已经退休的老医生，盯着他的领带，仿佛那是座早已停摆的钟表。

"抱歉，孩子。"

"抱歉，医生。"

后来，他们坐在了老房子里的那个桌子旁，桌子上还摆着她那副蓝色边框眼镜和那台打字机。有那么一会儿，他在想是否应该往打字机里塞上一张白纸，然后敲上几行字。但他并未付诸行动，就只是凝视着它。彭妮端来了茶，他们喝完茶，在镇上走了走，从后面的斑克木丛又绕了回来。

她问他是否要把打字机带回家，而他说打字机已经有它的归宿了。

"你确定吗？"

"我确定。"他突然想到，"事实上，我知道该怎么做了。"

不管出于何种缘由，他就是感觉应该这么做。他走进后院的棚屋，找到了之前就用过的那把旧铁锹，又在那条狗和那条蛇的左边挖了个洞。

回到屋里，他最后一次在雷明顿打字机旁逗留了一会儿。

他找来三卷塑料布，结实、顺滑，然后把打字机包了起来，胶带十分干净，包好后还可以看清里面的按键——首先能看到左上角的 Q 和 W，然后是中间部位的 F、G、H 和 J——在小镇上这个像废弃的后院一样的街区，在这个有一定年份的后院里，他把打字机放在地上，接着埋进了土里：

打字机，蛇和月亮。

地产中介留下卖房广告的时候可不会提到这些。

又一次回到家中，生活还要继续，也确实照常继续着。迈克尔陪她熬夜，帮她检查写好的作业。她被分配到了海普诺高中实习。这是这个镇上学生最难搞定的一所高中。

她第一天去学校，便垂头丧气地回来了：

"他们把我生吞活剥了。"

第二天，情况更糟：

"今天他们把我嚼碎又吐了出来。"

有时当她彻底失控时——那时她不仅控制不了他们，连自己都无力掌控——她会大喊出来，然后这群孩子就会给她送上致命一击。有一次她差点爆发，大喊了一声"安静！"，又低声嘀咕着"一帮兔崽子"，然后整个教室便哄然大笑起来。那种嘲笑像是少男少女们对她的嘲弄。

但我们对彭妮·邓巴的性格多少有些了解，她也许瘦小、看上去弱不禁风，但她在"适应环境"这方面算得上是位专家。整个午餐时间她都待在教室里——她负责看管那些被罚课后留堂的学生，被他们称作"无聊的女王"。她不时会用沉默来对付他们。

结果，她是这么多年来唯一一个坚持到老师－学生对峙期结束的实习生，他们给她提供了一份全职教职。

她彻底离开了清洁工这个行当。

她从前的工友们带她出去喝酒。

第二天，迈克尔陪她蹲在马桶旁。他抚着她的后背，安慰道：

"吐出来的这些都是自由放纵的代价吧？"

她又吐了一会儿，忍不住抽泣，但又大笑起来。

第二年年初，一天下午，迈克尔去接她下班回家。他看到她身边围了三个大块头的男孩，浑身臭汗、头发参差不齐，胳膊在空中四下挥舞。有那么一瞬间，他几乎要从车里冲出去，但他看到她正拿着一本《荷马史诗》，大声朗读书中的片段，而且肯定是某个阴森可怖的片段，因为男孩子们都一脸怪相，发出怪叫。

她穿了一件薄荷色的连衣裙。

当她意识到迈克尔已经停好车，便一下合上书。所有男孩起身给她让路，嘴里说着"再见了，老师，再见，老师，再见，老师"。她弯腰钻进车里。

但这并不意味着一切问题都解决了。并非如此。

有时候，他出门上班前，会听到她在洗手间自言自语，可能是遇到了很难熬过去的状况。他会问"这次又是哪个男孩让你生气了？"——这份工作已经变成了与最难管教的学生之间的对抗，每次都是一对一的拉力赛。有时候只需要一个小时，有时候可能要花费好几个月，但最后她总是能将对方降服。有些孩子甚至开始反过来保护她。如果其他调皮的孩子瞎捣乱，他们就会被带到厕所，被压到水槽里狠狠教训一顿。他们会说不要给彭妮·邓巴添乱。

从很多方面来看，ESL 这个课程颇具讽刺意味，因为她的学生中有相当一大部分的孩子母语就是英语，但却连一段话都不会读——这些孩子也往往就是那些脾气最暴躁、最愤怒的学生。

她会和他们一起坐在窗边。

她从家里带了一副节拍器到学校。

孩子们瞪着眼睛，感到不可思议："这是什么鬼玩意儿？"

遇到这种问题，彭妮只是简单地答复：

"帮你抓住阅读的节拍。"

终于有一天，该来的还是来了。

在当老师的第四个年头，一天晚上，她回家时手里拿了一根验孕棒。这一次，他们确实出去庆祝了一场，但是是等到上完一周的班、到了周末才出去的。

第二天，他们像往常一样继续去上班：

迈克尔继续倾倒并搅拌水泥。

他告诉了工地上的几个工友，他们纷纷停下工作和他握手表示祝贺。

彭妮继续在海普诺高中授课，这次要对付的是一个好斗却长得很俊美的男孩。

她和他一起在窗边读书。

节拍器嘀嗒作响。

星期六，他们去歌剧院里的那间豪华餐厅用了餐。他们站在了台阶的最上面。那座伟大而又古老的悉尼大桥横跨海上，轮渡不停进出海港。下午三点，他们走出歌剧院，看见一艘船停靠在码头，成群的行人走在滨海大道上，不断有人举起相机，露出微笑。在剧院的落地窗前，出现了迈克尔和彭妮·邓巴——在悉尼歌剧院最低一层的台阶上，出现了五个男孩，就这样站在那儿……很快，他们就走下台阶，与我们相会。

我们就这样一起走出去——穿过涌动熙攘的人群和他们聊天的声音，穿过这座烈日笼罩的城市。

死神前来，与我们同行。

第五部

———

城市
+
水
+
罪犯
+
拱桥
+
故事

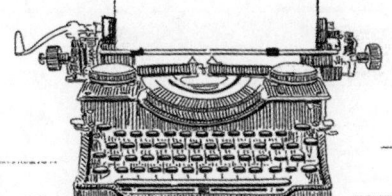

气派的入场

当然了，在那个拳头飞扬、漫天羽毛、兄弟混战的夜晚，亨利一定要来个高调的出场。

我现在再回想起当年，会把一切当作是我们对共同拥有的青少年时代的最后一次挥别。就像克莱，当他上一次独自离开博恩巴洛公园的隧道，他就已经告别了自己的少年时代。今晚，对于亨利和我们而言也具有同样的意义。在接下来的几天里，时不时地，大家会流露出一种想要抓住什么的情绪，就好像是在对年少的愚钝时光做最后的告别。

我们永远告别了这样的时光，再也不会重现的少年时光。

没过多久，我们打开了电视。

我们争执了好久后，换掉了《雨人》，换成了罗里某年当圣诞礼物送给我的另一部电影《光棍俱乐部》。用罗里的话说，如果非要看八十年代的玩意儿，那还不如挑个稍微好看点的。用亨利的话说，八十年代的汤姆·汉克斯正处于巅峰时期，他还没开始接烂片，也还没拿金球奖，总之没那些乱七八糟的事儿，他都查过了。

我们四个人，一同坐在那儿：

我拿了冰块敷在手上。

罗里和汤米正放声大笑。

赫克托耳摊开四肢，活像一张灰白条纹的地毯，趴在汤米的膝盖上喵呜喵呜地叫着。

克莱坐在沙发上，安静地看着电视，默默地任伤口流血。

正演到罗里最爱的一场戏时——女主角的前男友赤身裸体掉下来，砸穿了汽车的天窗——亨利终于出现在众人眼前。

首先传来了脚步声。

然后是钥匙开门的声音。

最后，人走了进来。

在起居室门口的灯光下，一张血迹斑斑的脸冒了出来，咧嘴一笑。

"什么？"他大叫道，"你们这群混蛋是在搞笑吧？居然在我不在的时候看《光棍俱乐部》？"

刚开始，我们没人转过头去看他。

事实上，克莱往那边看了一眼，但实在动不了身子。

我们其他人都正沉迷于荧幕上呈现的乱斗场面。

一直等到那一场戏结束，罗里才注意到他的异常状况，于是骂骂咧咧地冲了过去，因震惊而说不出话来，最后又忍不住大声咒骂起来。我拖长音说了句"老天呀——"来总结眼下的情况。

亨利泰然自若，一屁股重重地坐在沙发上，他盯着克莱。"小家伙，我回来晚了，抱歉啊。"

"没关系的。"

这是亨利最初的计划，他原本打算赶在克莱之前满身血迹地回到家，这样就能让我分心考虑其他事。但问题在于，解决守在跑道两百米标识处的那两个小子花费的时间比他预计的要长——而且他酒也喝多了。当然，他无法开车了，只得从博恩巴洛公园走回来。到这个时候，他已经酩酊大醉、鼻青脸肿，几乎是一路爬回来的。回过头去看这一切，说真的，这是亨利这辈子最犯傻、也是最伟大的时刻之一。他做好了一切计划，也乐于接受一切，这一切都是为了克莱。

他仔细打量克莱，脸上流露出满意的神色。"看到你回来还是挺好的。回家的感觉不错吧？我看马修这个肌肉发达的混蛋把欢迎地毯都铺出来了。"

"没关系，这都是我自找的。"克莱转过头去面对着他，被他身上打架留下的痕迹震惊了。特别是他的嘴唇，简直惨不忍睹；他的颧骨像是被烤焦了一样。"但我不确定你是怎么一回事。"

"哦，"亨利欢快地说，"我也是自找的，老伙计，一回事儿。"

"然后呢？"这回是我开的口，此刻我站在起居室正中央，"你还要不要告诉我们这该死的究竟是怎么一回事啊？"

"马修，"亨利叹了口气，"你还让不让人看电影了。"但他心里清楚得很，如果他让施瓦兹和斯塔基（结果斯塔基的小女朋友也来了）掺和进来，就轮到我来搞定这一切了。"先生们，是这样的——"他咧开大嘴，露出牙齿，满嘴鲜血，好像刚被屠夫拿刀收拾了一通，一片血肉模糊，"如果你们有一天也想变成我这个鬼样子，只需要一个自带铁拳的金发童子军队员、一个满嘴臭气的无赖外加这个无赖的女朋友就够了，这女孩子一个人的劲儿比他俩加起来都要大……"

他还要继续往下说，但没能这样做，因为在接下来的几秒内，当《光棍俱乐部》里的闹剧越来越逗时，整个客厅都震荡起来。当时，他倾着身子向前跟跄了几步，径直越过了我，整个人砸在电视机上，把电视撞到了地板上。

"该死的！"罗里尖叫了一声，"他把有史以来最伟大的电影给毁了——"但他离得最近，很快就撑住了亨利，不过他没能及时抢救那些棋牌游戏。鸟笼也没能幸免，晃了几下便落到地上，好像体育场响起的一阵刺耳的掌声。

很快，我们都蹲在他身旁，地毯上一片血迹，以及零散飘落的猫毛。也有狗毛。天哪——边上那一撮是骡子身上的毛吗？

亨利一动不动，浑身冰冷。

他苏醒过来，首先认出了汤米。"小汤米，是你吧？爱捡宠物回家的小家伙——你是罗里，人肉炮弹和人肉锁链合而为一。啊，你是马修，对吧？可靠先生。"最后，他语气怜爱地说："克莱顿，微笑者。你仿佛离开了好多年，我跟你讲，好些年啊！"

这一切都让人印象深刻。

电视里还放着电影，只是屏幕已经倒在地板上了。鸟笼歪歪斜斜，笼子门也不见了——更靠左的地方，窗户旁边，鱼缸被整个掀翻了。我们是在鱼缸洒出来的水马上就要没过脚背时才发现不对的。

亨利还在努力扭头想要看看电影，我们其他人却都盯着鸽子 T，看它从笼子里爬出来，落在地板上，越过金鱼，一路走向前门。很明显，这只鸟心里跟明镜似的——接下来的几个小时，这个地方根本没法待。当然，除此之外，能看得出它已经气急败坏了。它一边走一边半扑闪着翅膀，一边走一边半扑闪着。它就差没拎个行李箱了，甚至回头张望了一下：

"得了，我受够了。"它看起来就像是在这样说着，脸庞因为激动涨得青紫。"我反正是要走了，你们这群人——祝你们走运吧。"

至于那条名为阿伽门农的金鱼，它笨拙地在地上来回扑腾，拼命张大嘴吸气，希望获得水分；它就那样在地毯上蹦来蹦去。鱼缸外面也肯定有水源充足的地方，它要是找不到，那就真的完蛋了。

邓巴家的成长模式

就是这样，他们长大了，仿佛一下子穿越到了遥远的未来：

一只坏脾气的鸟。

一只像体操运动员一般扭动的金鱼。

两个血肉模糊的男孩。

现在让我们跳出那个场景，好好看看克莱。

关于他，我们要怎样描述？

他作为一个男孩、一个儿子、一个邓巴家的男人，这一生究竟是怎样拉开序幕的呢？

其实也很简单，但这简单内部又有千万条脉络：

曾经，在邓巴家族中，有这么五兄弟，但在我们五个人里，四弟是最棒的一个，他身上有很多特质。

克莱究竟是怎样一步步成为我们面前的这个克莱的呢？

我们五个人纷纷出场——每个人在这个故事里都有自己演出的部分——我们的父亲在母亲每次分娩时都会守在产房里，我们一出生便会立马被他抱入怀中。彭妮很喜欢讲这些，他每次都紧张地站在旁边，还会在床边哭泣，可又毫不掩饰幸福的笑意。每次上演这一幕时，他从不会因为看到产妇穿着肥大的病号服就退缩，也不害怕那些鲜血淋漓的场面。而对彭妮而言，能做到这些就意味着一切。

每次分娩结束，她都无法忍受那种头晕眼花的感觉。

她的一颗心怦怦地跳着，仿佛随时会从胸腔跳出。

他们过去喜欢跟我们讲，我们出生的时候是多么有趣，每个人都生来自带他们喜爱的特质：

关于我，是我的脚丫。新生婴儿的皱巴巴的小脚丫。

关于罗里，是他刚刚出生时皱成一团的小鼻子，以及他睡觉时发出的动静，就好像正在世界顶级赛场上打拳而气喘如牛，但至少他们不用担心他是否在呼吸。

亨利的耳朵薄得像纸一样。

汤米总是在打喷嚏。

当然了，还有克莱，他早于汤米出生：

这孩子一生下来就是张笑脸。

据说，彭妮马上就要生克莱的时候，他们把亨利、罗里和我丢给奇尔曼太太就开车去医院了，结果半道上就差点生了出来；克莱来势凶猛。等克莱长大，彭妮告诉他：这个世界太渴望他的到来了。但她并没有探究为何如此。

是为了让他在这个世界上受尽伤害、受尽羞辱吗？

还是为了让他学会去爱，完成伟大成就？

即便这么多年之后，依然难以定论。

那是夏日里一个潮湿闷热的上午，彭妮一边走一边大喊大叫，等他们赶到产科病房，他的小脑袋已经要从她身下冒出来了。与其说他是被生出来的，倒不如说他是被扯出来的，就好像是被空气硬生生拽出来的。

产房变成了血泊。

鲜血洒了一地，就好像谋杀案的案发现场。

至于那个小男孩，他躺在闷热的产房里，神奇地露出安静的微笑，糊满血渍的小脸蛋一动不动。一位毫不知情的护士走了进来，她大吃一惊，目瞪口呆，开始说起脏话来。她停住脚步，说了句"我主耶稣啊！"。

我们还晕乎乎的母亲回应道：

"可千万别让那位显神迹，"她说，我们的父亲站在一边傻笑着，"毕竟我们都知道自己对他做过些什么。"

正如我之前所说，他还是个小男孩的时候就是我们当中最出色的一个。

特别是在我们父母眼中，他就是最特别的那个孩子。这一点我十分确定，因为他很少打闹，几乎不哭，对他们所讲的一切都充满热情。

每天晚上，我们其他人都会找借口溜走，而克莱会留下来帮忙洗碗，以此作为听一个故事的交换筹码。他会问彭妮："你能再给我讲讲维也纳的故事吗？再跟我讲讲双层行军床，或者，要不你看看能不能给我讲讲这个？"他的脸埋在一大堆碗碟里，拇指上沾满了肥皂泡沫。"你能给我说说斯大林的雕塑是怎么回事吗？还有，斯大林究竟是谁？"

面对迈克尔，他会问："你能给我讲讲月亮和蛇的故事吗，爸爸？"

我们其他人在看电视，或是在起居室和门廊打闹时，他总是留在厨房里。

当然了，随着时间推移，我们的父母也变成了他们人生故事的编辑。

这些故事几乎构成了他们人生的全部。

彭妮没有说他们在车库的地板上花了多久纠缠、重击、燃烧彼此。迈克尔也没有讲过艾比·汉利是如何变成艾比·邓巴，又是如何变成艾比·另外的某个男人的。他没跟他讲过当初他是如何把那台旧打字机埋在地下，没讲过读《采矿工》的一个个夜晚，也没讲过他曾一度热爱绘画。他一点儿也没提过那个曾经让他心碎的故事，更没有讲过有时心碎反而会带来更大的幸运。

不，现阶段告诉他大部分故事就已经足够了。

对于迈克尔而言，他只需要讲有一天自己站在门廊上，看到大街上站着一个女人，身边摆了一架钢琴。"如果不是因为有这件事，"他一本正经地解释，"你和你的兄弟们都不会来到这个世界上。"

"也不会有你的珀涅罗珀。"

迈克尔微微一笑，说："一点儿也没错。"

他们俩谁都不知道的是，克莱很快就会听到全部故事的来龙去脉，就在一切即将终结的时候。

那时，她的笑容已经凝滞在脸上。

她的脸色一片衰败。

你们也许能猜到，他最初的记忆十分模糊，大概只记得两件事：

一是我们的父母，二是我们兄弟几个。

我们的样子，我们的声音。

他记得我们的母亲双手划过键盘。那双手的方向感格外好——从"M"键到"E"键，直到把"PLEASE MARRY ME"敲出来。

男孩的印象里，她的头发有和煦阳光的感觉。

她的身体纤弱但温暖。

他还记得自己四岁的时候，很害怕竖在那里的那个棕色大家伙。我们每个人都跟那架钢琴打过交道，克莱却觉得它是不属于自己的异物。

她弹钢琴的时候，他会把脑袋搁在她的腿上。

那两根火柴棍一般的大腿，是属于她的。

至于我们的父亲，迈克尔·邓巴，克莱还记得他的车子发出的声音——冬日清晨引擎的轰鸣声。天色渐晚才归来。他身上有肌肉劳损、漫长工作日的疲惫以及搬砖工作混杂在一起的气味。

在后来的光膀子用餐日里（你很快就会知道这到底是怎么一回事），他还记得亲眼看到的他的肌肉块。除了每天在建筑工地干体力活儿，他有时还会——他自己就是这么形容的——去酷刑室，在车库里做俯卧撑和仰卧起坐。他有时也会去举举杠铃，但杠铃不怎么重，重要的是推举的次数。

有时我们会和他一起做运动：

一个男人带着五个男孩做俯卧撑。

每次我们五个都会一个个地逃走。

是的，那些年，在这里长大的那段日子，我们的爸爸是个相当有看头的男人。他身高中等，看起来不胖，但很结实、肌肉紧致。他的胳膊算不上粗壮，也没有凸起的肌肉，但就像专业运动员那样，每块肌肉都不可小觑。你可以看清他双臂的每一个动作，每一次扭动。

那包含了多少个仰卧起坐啊。

我们父亲的肚子就如混凝土一般坚硬。

我提醒自己，在那段时间里，我们的父母也有过不同的生活。

当然了，他们有时也会打架，大吵大闹。

偶尔也会发生郊区居民家里常见的那种雷霆式爆发，但他们更像是茫茫人海中最合适的两个人。他们通常热情、阳光、开朗、风趣。有时他们就好像一对犯罪同伙，形影不离；他们爱我们，喜欢和我们在一起，要做到这一点可真不容易。毕竟，当你把五个男孩塞进同一座小房子里，你就能看得出会乱成什么样、能吵成什么样：简直乱成一锅粥。

我记得一些小事，比如吃饭的时候，有时局面会脱离控制：叉子掉落，餐刀四处挥舞，所有男孩都在吧唧着嘴吃饭。有争吵声，肢体推搡，食物残渣撒了一地，或是掉得满身都是，还有"那块燕麦糊是怎么被甩到墙上的？"，就这样，混乱的状况在某天晚上罗里把半碗汤洒到衬衫上时达到了高潮。

我们的母亲并没有惊慌。

她站起来，收拾干净。罗里得光着身子吃完剩下的饭——这还是父亲想出来的点子。我们还在幸灾乐祸的时候，他说：

"你们这帮家伙也是。"

亨利和我差点被噎到。"什么？"

"你们是聋了吗？"

"哦——见鬼。"亨利说。

"你们是不是还想把裤子脱了？"

整个夏天，我们都是这样吃饭的。我们的 T 恤衫在烤面包机旁摞成一堆。但说句公道话，也算是替迈克尔·邓巴解释一下，从第二次开始，他就和我们一样，也把衣服脱了。汤米那时还是个天真烂漫、童言无忌的小男孩，他大喊起来："嘿！嘿，爸爸！你在干什么？为什么没穿衣服，只戴上了乳头？"

我们其他人都哄然大笑起来，彭妮·邓巴笑得格外响亮，但迈克尔早就想出了应对之策。他的肱三头肌时隐时现。

"那你们的妈妈呢？你们这群小鬼，她也应该和我们一样脱掉上衣吗？"

她从不需要别人救场，但克莱总是乐于伸出援手。

"不要。"他说，但她已经开始行动：

她的胸罩很旧，看起来脏兮兮的。

它已经褪了色，勉强挂在胸前。

她不管不顾地笑了笑，继续吃饭。

她说："你们小心烫到胸口。"

但我们已经知道该送她什么样的圣诞礼物了。

从某种意义上来说，我们总是自带一种笨重的感觉。

一种爆满的感觉。

不管我们在做什么，总是带来更多的事情：

更多清洗、清洁工作，需要吃更多，洗更多的盘子，更多次的吵架、打架、拳打脚踢，更多的放屁的臭味。有人喊着"嘿，罗里，太臭了，你是不是应该去厕所解决一下！"，当然了，只得到了他更为激烈的否认。"不是我干的"这几个字应该印在我们所有人的衣服上，每天我们都要说好多遍。

不管一切多么有序或者尽在掌握，下一秒就有可能陷入混乱。我们也许瘦得皮包骨头，身形矫健，但从来没有足够的空间供我们各干各的——所以很多事我们都选择一次性解决。

有一件事我记得很清楚，那就是他们以前总是自己理发；去外面找理发师剪头发太贵了，他们都是自己动手。工具都架在了厨房里——一条流水线，两把椅子——他们会一起剪，而我们会排好队坐下，首先是罗里和我，其次是亨利和克莱。然后，轮到汤米的时候，由迈克尔动手，好趁此让她休息一会儿，最后再由她给迈克尔理发。

"稳住别动！"我们的父亲这样对汤米说。

"稳住别动！"彭妮对迈克尔这样说。

我们被剪掉的头发在厨房的地板上堆成了一团又一团。

有时，还会有让人开心到事后想起会怀念心痛的时光，我记得我们一起挤进一辆车的故事。我们所有人都被塞进了同一辆车。从很多方面来说，我都很喜欢这样的场景——彭妮和迈克尔都是遵纪守法的好公民，他们居然也会做这种事。眼看着一辆车里挤满了人，这算得上是相当完美的情况了。无论何时何地，只要你看到一堆人挤进一辆车里——随时都可能发生事故——他们一定永远都是大笑大叫的状态。

透过车前的窗玻璃，能看到我们这一家人一直手拉着手。

彭妮纤弱的属于钢琴演奏家的手。

我们的父亲沾满粉尘的工人的手。

他们身边围了一圈男孩，胳膊腿儿都交叠着搭在一起。

烟灰缸里摆了糖果，通常都是联邦止咳糖，有时也有嘀嗒糖。车子的挡风玻璃从来就没干净过，但车里的空气一直很清新；男孩们一直都在喝止咳糖浆，或者是不断嚼着过节吃的薄荷糖。

关于爸爸，克莱记得的最美好的事是，每天晚上上床睡觉之前，迈克尔总会充满怀疑地向他反复确认一件事。他总会蹲下来，安静地问克莱："你需要去厕所吗，小家伙？"克莱总是会摇摇头。即便他表示拒绝，爸爸还是会把他领到地板开裂的小卫生间，让他像匹赛马一样迅速解决。

"嘿，彭妮！"迈克尔会这样喊她，"咱们家也出了一匹法老之膝①！"然后他会给小男孩洗洗手，自己再蹲下身来，虽然一句话也没说，克莱却很清楚他心里想的是什么。很长一段时间里，每天晚上，他都会被一路扛回到床上：

"你能再给我讲讲月亮的故事吗，爸爸？"

---

① 澳大利亚的传奇赛马。——编注

但对于我们——克莱的哥哥们而言，我们的存在意味着他身体上会出现疤痕，会在阿尔切街十八号的这座房子里挨揍。像其他当哥哥姐姐的一样，我们会争抢属于他的一切。我们会从身后一把抓住他的T恤衫，把他抬起来丢到别的屋子里。三年后，汤米出生了，我们开始对他做同样的事。在汤米的童年时光中，我们不是把他塞到电视机后面，就是干脆把他丢到后院里。如果他大哭起来，我们就把他扔进卫生间，随时准备揍他一顿；罗里每次总会很早就开始活动手腕。

"孩子们？"传来父母的呼唤声，"孩子们，你们看到汤米了吗？"

亨利在被按在水槽里的金发小男孩耳边低语。

"一个字都不要说，你这个小兔崽子。"

点头，快速地不停点头。

这就是我们家的生存方式。

长到五岁时，克莱像当初的我们一样，开始学钢琴。

我们很讨厌这项活动，但还是照做了。

"嫁给我"这几个按键和彭妮老师。

在我们还很小的时候，她会用母语和我们交谈，但只有睡前哄我们睡觉的时候才会说。时不时地，她会停下来给我们解释几句，但这些年说得也越来越少了。学习音乐却是不容妥协的规定活动，我们几个也获得了不同程度的成功：

我接近于专业水准。

罗里只会乱弹一通。

亨利如果更用心一点，可能会弹得很出彩。

克莱学东西很慢，但他一旦记住了就不会忘掉。

后来，汤米没学几年，彭妮就病倒了，我猜在那之前她就已经差不多被罗里搞垮了。

"行了！"她坐在他身旁大喊，声音透过一片支离破碎的弹奏声传出，"时间到了！"

"什么？"他正一个键一个键糟蹋着求婚时写下的"嫁给我"的几个琴键。琴键上的彩绘已经渐渐模糊，消失得很快，但永远也不会被彻底抹去，"这些是什么？"

"我说时间到了！"

通常，她会不禁猜想瓦尔德克·莱西尤斯科会把他怎么样，更准确地说，是会怎么看待现在的她。她的耐心都到哪儿去了？云杉树枝做成的教鞭呢？换到这个国家，有没有红千层或者桉树枝做成的教鞭呢？她很清楚五个孩子气的男孩与一个被父亲教导得十分勤奋的女孩子之间还是存在天壤之别的，但看到他就这样若无其事地敷衍了事，她还是觉得很失望。

对于克莱而言，坐在起居室的这个角落练琴已经成为职责所在，但他很乐意担起这份责任，至少他试着去学怎么弹钢琴。等他练完琴，会一路跟着她走进厨房，问出那个只包含三个字的问题：

"嘿，妈妈？"

彭妮会在洗碗池旁停下动作。她会递给他一条格子花纹茶巾。她会说："我觉得，今天应该给你讲讲那些房子的故事，曾经我以为它们都是纸做的……"

"能再讲讲那些蟑螂吗？"

她实在忍不住了。"那么大的蟑螂！"

不过，我觉得我们的父母有时也会在心里琢磨，他们为什么要过这样的生活。当生活的凌乱细节和挫败感累积到一定程度时，他们总是会因为一些微不足道的小事突然爆发。

我记得有一年夏天，大雨整整持续了两个星期。我们每天回到家，浑身就像在泥水里泡过一样。彭妮对我们大发雷霆，用木头勺子来惩罚我们。她敲打我们的胳膊、腿——所有能打到的地方（在激烈的击打中，泥巴就像交火时的弹片一样四处弹开）——最后，她一口气打断了两把勺子，只好往走廊这头扔靴子解气。但在靴子滚落的过程中，不知怎的就攒足了动力，转着圈飞了起来，正好重重地砸在亨利脸上。他的嘴唇出血了，还吞下了一颗被打掉了的牙齿。彭妮在卫生间旁坐了下来。当我们几个走过去安慰她时，她一下子跳了起来，说："都见鬼去吧！"

又过了好几个小时，她才去查看他的伤势，那个时候，亨利还在思考自己到底应该采用什么态度。他到底是应该心怀愧疚还是满腔怒火？毕竟，掉一颗乳牙也算是件好事。他说："牙仙子①都不会给我钱！"然后给她看了看掉牙处的豁口。

她说："牙仙子会知道这件事的。"

"你说把牙齿咽回到肚子里，会不会长出更多的牙齿？"

"如果你浑身都是泥巴，就长不出来。"

对我来说，我父母最让人印象深刻的几次争吵都和海普诺高中有关。她得无休无止地修改作业。学会面对那些虐待子女的父母。孩子们打架时为了阻止他们还会受到伤害。

"老天啊，你怎么不干脆让他们自相残杀算了？"我们的爸爸有次这样讲。"你怎么能这么——"但彭妮已经怒火中烧。

"所以——你想说什么？"

---

① 传说牙仙子会去取幼儿脱落并放于床边的乳牙，在原处留下一枚钱币。——编注

"我也不知道——太幼稚了，也太傻了，你居然觉得凭一己之力就能做出一些改变。"他很累，浑身酸痛，在工地干了一天的活儿，还要忍受我们这几个家伙。他伸出一只手，向房子后院的方向挥了挥。"你把所有精力都用在帮他们修改作业上，试着去帮助他们，但你看看这儿，你看看这个破地方。"他说得没错，地上到处都是乐高积木，衣服扔得满地都是，四处落满灰尘。我们家的马桶让她回忆起临时宿营地的公用厕所，我们没有一个人想过用刷子打扫马桶。

"那又怎样？所以说我就应该待在家里打扫卫生？"

"呃，也不是，我不是说——"

"我是不是现在就应该去拿吸尘器，开始干家务？"

"该死的，我不是这个意思。"

"行吧，那你是什么意思？"她大吼起来，**"说啊！"**

正是这吼声引起了其中一个男孩的注意，他们的架势已经从生气转向了暴怒。这一次他们是动真格的！

即便如此，还不算完。

"你本应该是站在我这一边的！迈克尔！"

"当然！"他说，"我是站在你这边的……"

接着是她冷静的回答，比刚才生气的状态更加糟糕。"那你倒是用实际行动证明啊。"

然后就是暴风雨之后的一片死寂。

但像我之前说的那样，这些都是零散的片段，他们很快又会在钢琴旁聚首：

这钢琴是我们童年时代苦难的象征。

但对他们而言却是暴风雨中的避风港。

有一次，当她弹奏莫扎特来平复情绪的时候，他站在她身旁，随后把双手搭在了钢琴上。阳光从窗外倾泻到钢琴的琴盖上。

"我想写下'对不起'几个字，"他说，"但是我忘了把喷漆放在哪儿了——"彭妮突然停止演奏，回想起曾经的过往，脸上隐隐浮现出一丝笑意。

"好吧，除此之外，这键盘上也没有足够多的空白琴键了。"她说完，又继续弹了起来，敲击着一个个喷绘着字母的琴键。

是的，她就这样一直弹了下去，她一个人就是一支乐队。尽管在她弹的时候会不时发生争吵，全家陷入一片混乱，也会有那些通常只是发生在我们几个兄弟之间的被我们称之为常规吵架——正常的打闹——的时间。

顺便说一句，克莱六岁的时候就开始踢足球了。既踢那种正规的球赛，也踢我们在家从前门踢到后门的那种比赛。随着时间流逝，最后变成了我们的父亲、汤米和罗里一组，亨利、克莱和我是另一组。最后铲球时，你可以试着把球踢过屋顶，当然，要等彭妮没在草坪的椅子上读书、也没在那儿批改一沓沓作业的时候。

"嗨，罗里，"亨利会这样喊道，"来追我呀，这样我就可以把你撞个粉碎了。"罗里通常都会照做，要么一路跑过来压倒他，要么被他重重撞倒在地。每次比赛，不出意外，都要费很大劲才能把他们分开——

"行了。"

我们的父亲来来回回地打量他们两个。

亨利一头金发、满脸血污。

罗里像是遭遇过龙卷风一样，满脸灰败。

"什么行了？"

"你们心里有数。"他大口喘着粗气，胳膊上有一道道划痕，"握手言和吧。现在就握手。"

他们便伸出手。

他们握手、道歉，然后又补充道："是啊，真抱歉，还得和你这种白痴握手！"然后又继续混战成一团，这一次他们会被直接拽到彭妮身边。她正在后院里坐着，身边散落着学生上交的作业。

她穿着裙子，赤脚坐在阳光下。"你们俩这一次又干什么坏事了？"她问，"罗里，怎么回事？"

"怎么了？"

她别有意味地看他一眼。

"我的意思是，您想问我什么？"

"坐我这儿吧。"她开始往屋里走。"亨利？"

"我明白，我明白。"

他已经跪在地上，双手双脚并用，把散落一地的纸张拢起来。

她又多看了迈克尔一眼，像个共犯一样眨眨眼。

"这群该死的小男孩。"

难怪我后来也整天骂人。

还有什么呢？

当我们像跳石头般跳过一年又一年，这期间还发生了些什么呢？

我有没有提过，我们有时会坐在后院的围栏上看早晨赛马场的准备工作？我有没有提过，我们就这样一直看着，直到有一天他们把所有的东西收拾起来，让这片马场变成了一片荒芜之地？

我有没有提过克莱七岁时的那场疯狂四子棋大战？

或者可以说那局时长超过四小时的"搞麻烦"棋盘游戏大赛？

我有没有讲过，那局游戏，彭妮和汤米最终大获全胜，爸爸和克莱拿了第二名，我是第三名，亨利和罗里（他们被迫组成一队）倒数第一？我有没有说过他们俩一直相互埋怨，都在怪对方没有选准落下棋子的位置？

至于四子棋大战的结果，这么说吧，几个月之后我们都还没能把所有的棋子凑齐。

"嗨，看看这儿！"我们时不时在走廊或者厨房大喊，"这里居然还有一个！"

"去把它捡起来，罗里。"

"你倒是自己去捡啊。"

"我才不去呢，那是你们当中的某一位干的好事。"

就这样一直吵下去，吵下去。

吵个没完。

克莱记得夏天时彭妮给他们读《伊利亚特》，汤米问我们"萝茜是谁"。我们那天睡得很晚，大家都坐在起居室里，汤米的小脑袋搁在她的大腿上，小脚丫从我双腿间穿过，克莱躺在地板上。

彭妮微微侧过身子，抚摸着汤米的头发。

我告诉他："傻瓜。萝茜不是人名，是用来形容天空的。"

"这是什么意思？"

这回是克莱在问，彭妮开始认真解释。

"那是因为，"她说，"你记得日出和日落时天空会变成橘红色、黄色，有时还会变成红色吗？"

他在窗台下点了点头。

"好的，当天空变成红色，我们就用'玫瑰色'①这个词来形容那种颜色。马修说的就是这个意思。这喻义很棒，不是吗？"克莱微笑起来，彭妮也微微一笑。

汤米又专注地想了想。"赫克托耳也是个用来形容天空颜色的词吗？"

我受够了，站了起来。"我们五个真的都得留在这儿吗？"

彭妮·邓巴只是大笑起来。

第二年的冬天，我们又开始每天在家踢球，训练的时间很长，而且总是会分出个输赢。克莱并不是特别喜欢踢足球，他参与进来只是因为我们大家都在玩，我猜这是年轻的弟弟妹妹们必经的一段过程——他们会有意识地去模仿哥哥姐姐。从这点来看，尽管他和我们保持着距离，还是和我们越来越像了。有时我们在家里踢球，总有人会被偷偷捶一下或者用胳膊肘捅一下。亨利和罗里每次都会吵起来——"不是我！""哦，见鬼了！"——但我却看到实际上动手的人是克莱。这个时候他已经懂得用手肘激烈地推挡，还可以从各个角度发动攻击，很难预料他会在什么时候出手。

有几次，他承认是自己干的。

他会说："嗨，罗里，是我干的。"

如果他对我说，你肯定猜不到我的忍耐度。

你并不知道我有多大能耐。

但罗里并不买他的账，毕竟跟亨利打一架要容易多了。

因为这件事，以及他推搡裁判而被赶出赛场的事，只要涉及体育休闲运动，亨利都是臭名昭著。后来，他又因为犯下了足球运动生涯最大

---

① 在英语中，"玫瑰色"与"萝茜"同为单词"Rosy"。——编注

的罪行，被队员们排挤。事情是这样的，中场的时候，经理问他们：

"嘿，那些橘子都放哪儿去了？"

"什么橘子？"

"别装疯卖傻，就是那些切好的橘子。"

但突然有人注意到了些什么。

"看，那边有一大堆橘子皮！是亨利！是该死的亨利干的！"

男孩们，男人们和女人们一起瞪大了眼睛。

这简直是给郊区的居民抹黑。

"他们说的是真的吗？"

没有否认的必要，他的双手上还残留着铁证。"我只是饿了。"

球场离家有六七公里远，我们通常都会搭乘火车。但这次亨利被迫一路走回家，我们也得陪他一起走。每次我们当中有人犯下类似错误，好像都得全员接受惩罚。我们就这样走在王子高速路上。

"话说回来，你干吗那样推裁判啊？"我开口问道。

"他老是踩我的脚——他穿的鞋子上带了钢钉。"

罗里又开口发问："那你为什么要把橘子都吃光呢？"

"当然是因为这样一来，你们也得走回去了啊，蠢货。"

迈克尔说："喂，打住！"

"哦，行吧，抱歉！"

说完抱歉，他没再说什么找打的话，我记得那天大家都很开心，但很快我们的一切就即将分崩离析。过了一会儿，亨利就在下水道旁吐个不停，彭妮跪在他身旁，父亲的声音在她耳边响起：

"我想这就是自由的代价吧。"

我们怎么可能知道后来发生的事情呢？

我们只是一群邓巴男孩，对即将发生的一切一无所知。

彼得·潘

"克莱，你醒了吗？"

一开始无人应答，但亨利知道他已经醒了。克莱有一个特异功能：他几乎总是保持醒着的状态。让他吃惊的是克莱打开了阅读用的小灯，似乎有话要说：

"你感觉如何？"

亨利微微一笑。"浑身火烧火燎的。你呢？"

"我身上有一股医院的味道。"

"奇尔曼太太，那位好奶奶，她给糊上的药膏可真疼啊。对吧？"

克莱感受到脸颊一侧有热流涌动。"那也比灭蚁灵和马修的李施德林牌漱口水强。"

在此之前发生了好几件事：

起居室被打扫干净了。

我们成功说服金鱼和鸽子留了下来。

亨利的英勇事迹是在厨房里被披露的，在那时，隔壁的奇尔曼太太刚好过来探望，她本来是过来帮克莱包扎伤口的，结果亨利的需求更为紧迫。

进入厨房的第一件事，亨利先得解释一通刚才发生的事情。这一次，他提到了更多刚才没说的细节。他讲了施瓦兹和斯塔基，还有那个女孩子的事，语气远不如刚才欢快，我的心情也是。实际上，我随时都准备拿起热水壶扔过去，或者用烤面包机狠狠地砸他脑袋。

"你都干了些什么？"我简直无法相信自己的耳朵，"我还以为你在我们几个里算聪明的——我觉得也就是罗里才能做出这种事。"

"嘿！"

"是啊，"亨利表示赞同，"说话放尊重点——"

"如果我是你，我现在就不会冒着生命危险去说这种浑话。"我盯着炉子上放着的煎锅。给那口锅找点儿任务也不是什么难事。"话说回来，到底发生了什么？他们痛扁了你一顿？还是开卡车在你身子上压了一遍？"

亨利几乎是怜爱地摸了摸他的一处伤口。"好吧，听着，是这样的——施瓦兹和斯塔基都是好伙计。我让他们帮忙，我们喝了酒，然后——"他长长吸了口气，"他俩都不肯动手揍我，我实在没办法，就只好在那个女孩身上打起了主意。"他看了克莱和罗里一眼，"你们知道的，那个嘴唇性感的女孩。"

你说的是那个看得到内衣带的女孩吧，克莱心想。

"你是说胸挺大的那个吧。"罗里应道。

"就是她。"亨利开心地点点头。

"然后呢？"我问，"然后你做了什么？"

罗里又插话了："那个小妞，她的胸和面包卷一样大。"

亨利说："你是这么想的吗？面包卷？我没听说过这玩意儿。"

"你们两个到底有完没完？"

亨利完全无视我的存在。"总比比萨强。"老天，这已成了他和罗里两个人之间的对话，"也比甜甜圈强。"

罗里大笑起来，又立刻摆出严肃的表情。"也比汉堡包大。"

"加上薯条呢？"

"得再加上可乐。"罗里咯咯笑起来。他真的发出了咯咯的笑声。

"比萨饺。"

"什么是比萨饺？"

"我主耶——稣啊！"

他们相互咧嘴一笑，亨利脸上的血流到了下巴上，但至少我让他们的注意力又集中回来了。

"你还好吗，马修？"罗里说，"这是这么些年来我和亨利聊得最好的一次了。"

"也许是有生以来的第一次。"

罗里看了看克莱。"这可是高质量的谈心。"

"得了吧。"我来回指着他们两个，"很抱歉打断这些有关比萨、汉堡包和比萨饺的精彩辩论，也抱歉不能让你俩就那对面粉做的胸进行讨论……"

"看到没有？面粉做的！连马修也抵挡不住开玩笑的冲动！"

"但我比较想先搞清楚刚才在外面到底发生了什么？"

这时，亨利抬起头，出神地望向水槽的方向。

"然后呢？"

他眨了眨眼，回过神来。"什么然后呢？"

"到底发生了什么？"

"哦——对了……"他提了提神，"好吧，你也知道，他们不肯打我，所以我干脆走到她身旁——那个时候我已经喝大了——怎么说呢，我觉得也许可以和她来点儿身体接触……"

"然后呢？"罗里问，"然后怎么样了？"

"我不知道——我犹豫了。"他好好想了想。

"然后呢？"

亨利咧嘴笑笑，又露出有点沮丧的神情。"反正，她看出来我想占她便宜。"他咽了口唾沫，仿佛又回到了那个糟心的时刻，"然后她狠狠在我的档部用力打了四下，又给我脸上来了三下。"

听众们发自内心地喊了声"老天啊！"。

"我明白——她让我大出洋相！"

罗里格外兴奋。"看到没，克莱？挨了四下！这才叫有始有终！不像那些象征性踹一脚的家伙那么敷衍。"

克莱干脆大笑起来。

"然后，"亨利过了好久才继续讲下去，"斯塔基和施瓦兹两个老伙计，他们把我彻底打趴下了——他们只能这么做。"

我感到迷惑。"为什么？"

"这还不够明显吗？"亨利一本正经地说，"他们担心再不动手的话下一个挨打的就是自己啊。"

* * *

又回到卧室里时，已经半夜了，亨利突然从床上坐了起来。

"管他的，"他说，"我现在清醒得很，我得出去把车弄回来。"

克莱叹了口气，在床上翻了个身。

空中飘着细细的雨丝，如同人间幻影，可从中穿行。

雨还没落到地面就蒸发了。

不久前，就在亨利脑袋被揍肿的谜团刚解开，就在这场关于面包卷、比萨胸的讨论才刚平息不久，后门外传来了挠门声，前门外传来了敲门声。

后门口站着萝茜和阿喀琉斯，它们站在那儿，满怀期待。

有人对狗说："你——进去。"

有人对骡子说："你——你这笨蛋脑子什么时候才能搞清楚。厨房不对你开放。"

前门，伴随着敲门声还传出喊声：

"马修，我是奇尔曼太太！"

我打开门，门口站着这位矮胖的女人，脸上是一成不变的皱纹，两眼放光，但眼神中并无指责之意。她十分清楚，这座房子里是另外一个完全不同的世界，她又有什么资格去评价他人的生活方式呢？即便是最初意识到我们家就只剩下我们邓巴五兄弟的时候，她也从来没问过我们是靠什么过活的。奇尔曼太太拥有那种老派的人生智慧——毕竟她曾目睹像我和罗里这么大的男孩被派到战场上送死。从很早的时候开始，她就时不时给我们拿来做好的热汤（格外滚烫浓稠），她肯定会一直喊我们帮她打开罐子，直到她死的那天。

这天晚上，她已经做好了工作准备。

她很简练地对我说：

"嗨，马修，你们怎么样，我想也许我应该看一看克莱的伤势，他可是被狠狠教训了一顿啊，是吧？照顾好他之后我再看看你手上的伤。"

就在这个时候，一个欢快的声音从沙发方向传来。是亨利。

"还是先来照顾照顾我吧，奇尔曼太太！"

"老天！"

我们这个家到底怎么了？每个人来这里都会向上帝喊话呢。

* * *

车停在了博恩巴洛公园的停车场，他们在雾蒙蒙的雨中走过去。

"你想不想来个几圈？"克莱问。

亨利不禁笑了出来。

"只要我们还能开得了这车。"

他们坐进车里，沉默不语，穿过一条条大街小巷，克莱默默记下了每条道路的名称。他们经过了帝国大街、卡宾大街、查塔姆大街，然后拐上了日落路：轩尼诗赛马场和裸臂酒吧就位于这里。他记得当初他和初来乍到的凯丽·诺瓦克一起走过这些街道的每时每刻。

他们继续开车绕来绕去，克莱看向他们中间空着的地方。

"嘿，"他说，"嘿，亨利，"当他们在飞翔街十字路口的红绿灯前停下，他再次开口，不过眼睛一直盯着方向盘，"谢谢你为我做这些。"

在这种时候，你不得不对亨利竖个大拇指，只见他眨了眨被揍得青紫的眼睛。"毕竟那是斯塔基带来的女孩儿啊，不是吗？"

他们返家前的最后一站是彼得·潘广场。他们把车停在广场边，盯着挡风玻璃，以及广场中央的雕塑。在淅淅沥沥的大雨中，克莱勉强能分辨出鹅卵石小径和那匹与广场同名的赛马。赛马雕塑的基座上刻着如下字眼：

彼得·潘

一匹十分英勇的骏马

曾经两次拿下墨尔本杯赛马会冠军

1932 年，1934 年

赛马雕像似乎也在歪头斜睨他们，但克莱很清楚——这匹马只是希望引起众人关注，或者狠狠教训一下它的某个对手。特别是罗吉拉。彼得·潘格外讨厌罗吉拉。

马背上的骑师达比·蒙罗似乎也在朝车子这边看，亨利重新启动了发动机。引擎响起来之后,雨刷差不多每隔四秒就刮过一个来回。赛马和骑师的身影一会儿模糊一会儿清晰,一会儿清晰一会儿模糊,亨利终于开口了。

"嗨,克莱,"他一边说一边摇了摇头,微微一笑,"给我讲讲他现在变成什么样子了。"

钢琴大战

后来发生的事,都很合乎情理。

但人们都搞错了。

他们都觉得是彭妮的死和父亲的离开让我们变成了现在这个样子——当然了,这两件事确实让我们变得更粗暴鲁莽,更努力,更能吃苦了,让我们有种随时想要打架的阵势——但这些都不是让我们变得如此百折不挠的原因。不,刚开始还有别的更深层次的原因。

是那架木质的、立得笔直的——

钢琴。

一切发生在我上小学六年级的时候,打出这些字的此刻,我的内心充满负罪感。我要道歉。毕竟这是属于克莱的故事,但现在我居然写起了自己的事——但我总觉得这件事很重要。这件事改变了我们此后的人生轨迹。

上学这件事到那时为止都很轻松。课程不难,每场足球比赛我都有出场机会。我很少与人争吵,直到终于有人注意到我:我因为学钢琴而被人嘲笑。

我们是被逼着学的钢琴,作为一种乐器,钢琴本身蕴涵了一长串的反叛历史——雷·查尔斯[1]本人是"炫酷"的代言人，杰瑞·李·刘易斯[2]用钢琴点燃了人们的激情。但作为一个在赛马区长大的孩子，只有一种男孩子会去弹钢琴。不管这个世界这些年进步了多少，不管你是学校足球队队长还是业余的年轻拳击手——弹钢琴这件事只会让你变成那一种人，当然，很明显：

变成一个彻头彻尾的娘娘腔。

＊　＊　＊

其实，很多年来大家一直都知道我们几个在学弹钢琴，尽管我们弹得不怎么好。但这些都不重要，因为在童年的不同阶段某些事的重要程度也各不相同。可能十岁以内你都平安无事，但到了十几岁马上就被拉出来接受赤裸裸的非议。一年级的时候你可能热衷集邮，还会给它们贴上"有趣"的标签，但到了九年级，突然之间这一切就成了你挥之不去的噩梦。

对于我个人而言，这个时刻发生在上六年级的时候。

造成这种灾难性后果的是一个比我矮几英寸、但力气比我大很多的货真价实的少年拳击手———个名叫吉米·哈特内尔的男孩。他的父亲，老吉米·哈特内尔是波塞冬路上那家三色拳击俱乐部的老板。

吉米，这小家伙可不简单。

他就像一座小型超市一样敦实：

他矮小健壮，如果惹他生气会付出昂贵代价。

---

[1] 雷·查尔斯（1930－2004），美国灵魂音乐家、钢琴演奏家，开创了节奏布鲁斯音乐，是第一批被列入摇滚名人堂的人物之一。
[2] 杰瑞·李·刘易斯（1935－　），美国摇滚乐手、钢琴家，摇滚界元老级人物。

他的头发是姜黄色的，还留了刘海。

要说起这一切的开端，那是在学校里的走廊上，男孩女孩扎堆站着，灰尘在阳光下浮动。孩子们穿着校服，大喊大叫，相互推搡。这一切有种令人不安的美；阳光就这样流淌着，那是一缕缕斜长的堪称完美的阳光。

吉米·哈特内尔在走廊上大步走着，他一脸雀斑，自信地朝我走来。他穿着白衬衫和灰色短裤，穿着很得体。他一看就是典型的校园恶霸。他身上有早餐的味道，他的胳膊上血脉偾张、肌肉紧绷。

"嗨，"他说，"那不是邓巴家的伙计吗？那个会弹钢琴的？"他耸了耸肩膀，用力顶了我一下。"*真是个该死的娘娘腔基佬！*"

这孩子说话的语气注定要用斜体字突出一下。

这种情况就这样持续了好几个星期，可能超过了一个月，每次都会更恶毒一点。从拿肩膀撞变成了拿手肘捅，再变成一拳打在裆部（但并没有亨利被那位面包卷打的那一下那么致命），很快这便成为他们公然戏弄我的方式——在男厕所里被狠狠地掐乳头，时不时就会被夹住头，在走廊上承受令人窒息的一记记锁喉。

从很多方面来讲，长大以后再看，这些只是童年时代的胡打胡闹，但在记忆中被不断扭曲，形成了极其恶劣的印象。这些都像极了阳光下的微尘，跌跌撞撞地弥漫在整个房间里。

但这并不意味着我就能欣然接受并乐在其中。

更进一步说，这并不代表我不会做出反抗。

我和大多数处于同样境况的人一样，刚开始的时候并没有直接面对问题。可如果后来再不做点什么那就是犯傻了，所以我都尽可能地予以反击。

总而言之，我怪罪彭妮。

我把一肚子的火气撒在钢琴上。

当然，我有这样的问题和那样的问题，当时我的问题在于：

跟彭妮相比，吉米·哈特内尔简直就是个软蛋。

即便她不可能让我们完全臣服于钢琴的魅力，她还是能逼着我们不停练琴。她就是这样紧紧抓住欧洲的一角，至少是东欧那座城市的一角。那时她已经形成了自己的一套口头禅（我们也耳濡目染地学会了）：

"等你考上中学再说不想弹钢琴的事吧。"

但这些对当时的我而言毫无帮助。

六年级的第一学期才过了一半，也就是说，还得再熬大半年。

刚开始，我的反抗很无力：

练琴练到一半就钻进厕所；

故意迟到；

故意弹得一塌糊涂。

很快，我便开始明目张胆地挑衅；一开始是不弹某些曲子，到后来就是什么都不弹。她对海普诺高中的那些问题学生或者爱惹麻烦的学生总是有足够的耐心，但和他们打交道的经历并没能教会她如何应对眼下的状况。

一开始她试着和颜悦色地和我交流。她会说"你最近是怎么了？"，还会说"振作点啊，马修，你应该做得比这更好才是！"。

当然，我对她没透露只言片语。

我没告诉她在我后背中间有一大片瘀青。

有那么一个多星期，我们并肩而坐，我在右，彭妮在左，我会注视着音乐独有的语言：一个个八分音符、四分音符代表的节奏。我还记得爸爸从酷刑室走过来，看到我们两个人僵持在钢琴旁时的那个表情。

"又来了？"他开口道。

"又来了。"她回答着，眼睛却看也不看他，直直盯着前方。

"给你倒杯咖啡？"

"不用，谢了。"

"来点儿茶吗？"

"不要。"

她坐在那儿，面无表情，好似一尊雕塑。

时不时，我们之中的一个会咬牙切齿地说出几个字，通常都是我忍不住先开口。彭妮说话时一如既往的平静。

"你不想弹琴吗？"她这样说着，"行啊，那我们就在这里干坐着。"她的沉静令人怒火中烧。"我们每天就这样坐着，直到你屈服。"

"但我不会屈服的。"

"你会的。"

此刻回忆过往，我仿佛看到自己就坐在带有喷绘键盘的钢琴一侧。一头乱糟糟的黑发，身型纤长，双眼放光——我的瞳仁是蓝灰色的，和他一样。我看到自己精神紧张、苦不堪言。我再次向她承诺"我不会屈服的"。

"这种无聊，"她反驳道，"这种状态会把你击垮的，还是弹琴要有意思得多。"

"只有你才会这么想。"

"你说什么？"她没听清我的嘀咕，"你刚才说什么？"

"我说，"我一边说着一边转过去面对着她，"只有你他妈的才会有这种鬼想法。"

她站了起来。

她想立马发泄一通，但那时她已经很有她父亲当年的样子了。她连一星半点的情绪都没有显露出来。她又重新坐下，凝视着我。"好吧，"她说，"那我们就这么坐着。我们就坐在这儿等着。"

"我讨厌钢琴，"我低声嘟囔，"我讨厌钢琴，我讨厌你。"

迈克尔·邓巴听见了我说的话。

他原本坐在沙发上，突然摇身一变，像武力强大的美国一样加入了这场战斗。他几步冲到起居室这一头，一把把我拖到后院里，就像成人版的吉米·哈特内尔一样，推搡着我穿过晾衣架，一直把我拽到晾衣夹下面。他大口喘着粗气，而我的双手抵在围栏上。

"你绝对不许再用刚才那种语气和你妈讲话。"他又重重地推了我一下。

来啊，我心想，来打我啊。

但彭妮已经走近了。

她看着我，仔细打量着我。

"嘿，"她开口道，"嘿，马修？"

我没忍住看向了她。

出其不意的一击总是最致命的：

"快站起来，滚回房子里去——钢琴练习时间，还有该死的十分钟才结束呢。"

回到房子里，我做了件错事。

我知道我不该认错——应该忍住，不应该屈服，但我确实这样做了。

"对不起。"我说。

"为什么说对不起？"

她直直地看向前方。

"你知道的，不该说脏话。"

她还是看着面前的乐谱，眼睛一眨不眨。"还有呢？"

"不该说我讨厌你。"

她转向我，动作非常轻微。

似动非动的小动作。

"只要你弹琴，你说一整天的脏话也好，恨我一辈子也好，都没关系。"

但我并没有继续弹琴，当晚没有弹，后来也没有。

后来几个星期我都没再弹琴，再后来几个星期变成了几个月。要是吉米·哈特内尔知道这些就好了。要是他知道我为了摆脱他承受了多么巨大的痛苦就好了：

让她那些修身的牛仔裤都见鬼去吧！让她平滑的脚面、轻柔的呼吸声都见鬼去吧。迈克尔，我的父亲，从来都无条件地支持她，让在厨房里低声交谈的他们都见鬼去吧！既然话已至此，让这个总是全心全意捍卫珀涅罗珀的马屁精也见鬼去吧！在此期间，他唯一做对的事就是狠狠地抽了罗里和亨利一记耳光。他们居然也拒绝继续弹钢琴。但这是属于我的战斗，不是他们的战斗，至少那时还轮不到他们。总有一天，他们也会制造出自己的一堆麻烦事，相信我，他们在这方面颇有几分能耐。

对于我而言，这几个月似乎将无休无止地延伸下去。

冬去春来，吉米·哈特内尔依然处处与我作对。他从来不觉得无聊，也没流露出丝毫不耐烦。他在男厕所里掐我的乳头，打得我整个下体都是瘀青。他很擅长使出拳击赛中下三烂的招数。就这样，他和珀涅罗珀一直虎视眈眈，等着我在不断袭来的重压下崩溃。

我多希望她能发泄出她的怒火！

我多么希望她能一巴掌拍在自己大腿上，或者用力撕扯自己用洗发液洗过的头发。

但没有，哦，不，她这次给了那尊沉默的雕塑十足的面子。她甚至为我改了规矩——练习时间又被延长了。她会坐在我身旁的椅子上，和我一起等待，我的父亲会给她端来咖啡、涂了果酱的烤面包和茶。他还会递给她饼干、水果和巧克力。一堂堂课带给我的是一阵阵的腰酸背痛。

一天晚上，我们一直耗到午夜时分，这就是发生转折的那一晚了。我的弟弟们都上床睡觉了，像往常一样，她陪我耗到了最后一刻。当我站起身跌跌撞撞地扑向沙发时，她还坐得笔直。

"嘿，"她说，"你这样算作弊——只能坐在钢琴旁边或者是直接上床睡觉。"就是在这一刻，我清醒过来，我意识到自己犯了错，有点崩溃。

满心不快，我又站起身，经过她，朝着走廊走去，并随手解开衬衣扣子。她一下看到了衬衫里我的身体——就在我右胸口处，满是我那个姜黄色头发的头号敌人留下的掐伤与手印。

她很快伸出一只胳膊。

她的手指温柔且小心地划过伤口。

她在钢琴旁一把将我拦下。

"这，是怎么回事？"她问道。

我之前也说过，那个时候我们的父母和后来判若两人。

我因为弹钢琴的事恨过他们吗？

当然恨过。

但我因为他们接下来的举动而深爱他们吗？

赌上你的房子、你的车甚至你的双手，当然了。

因为接下来发生的事是这样的。

我记得自己坐在厨房里，坐在灯光交汇处。

我坐在那儿，说出了一切，他们沉默又专注地聆听着。即便讲到吉米·哈特内尔拥有拳击手一般的威力时，他们也还没能完全弄清状况。

"娘娘腔，"彭妮开口了，"你难道不知道他这样讲愚蠢至极、大错特错，而且……"她搜肠刮肚，似乎在寻找更多形容罪大恶极的词，"而且难以想象？"

至于我，得承认这一点。"真正疼得受不了的是掐我乳头的时候……"

她低头看着手中的茶杯。"你怎么从来不和我们讲这件事？"

但我的爸爸显然已经洞悉一切了。

"毕竟他是个男孩子啊。"他冲我眨了眨眼，像是在说接下来一切都会没事了。"我说的没错吧？你就是这样想的吧？"

珀涅罗珀明白了。

很快，她开始责备自己。

"当然了，"她轻声说道，"就像他们一样……"

和海普诺高中的问题学生一个样。

最后，就在她喝茶的这段时间里，他们做出了决定。不幸的是，只有一种办法能帮到我。这并不是他们去学校一趟就能解决的问题。寻求他人的帮助并没有用。

迈克尔说了句"好的"。

那代表着一种沉默的宣言。

他继续阐述观点，他说没有任何别的办法，只有和吉米·哈特内尔混战一场才能平息一切。大多数时间他是一个人在喃喃自语，珀涅罗珀不时应和，听到某处还差点大笑起来。

她为他的演说和他的决定感到自豪吗？

她想到我后来所经历的一切会感到开心吗？

不。

回想当时的情景，我想这更像是生命给我们的暗示——想象即将面对的恐怖事件，往往是最容易做的事了：

想象是一回事。

真的要付诸实践的时候才会觉得那几乎是不可能实现的目标。

迈克尔发表完一通长篇大论，问她："你觉得如何？"她长叹一口气，但也松了口气。尽管此时开玩笑不合时宜，她还是开起了玩笑。

"好吧，如果只有和那个孩子打一架才能让他重新开始弹琴，我想也就只能这样了。"她很尴尬，但也对我有点佩服了，我却彻头彻尾地感到沮丧。

我的父母本应保护我，用正确的方式教我长大，但他们却毫不犹豫地把我送上校园的绞刑架。我对他们又爱又恨，但我现在回想起来，才懂得他们是在锻炼我的意志。

说到底，后来，彭妮去世了。

迈克尔离开了。

而我，毫无疑问，将会留下来。

在这一切尚未发生之前，他还是可以教导我，训练我，好让我对付哈特内尔。

那件事有了一个很棒的结果！

克劳迪娅·柯克比温热的手臂

第二天早上起床的时候，亨利和克莱两个人都浑身青肿。

他们当中的一个要去上学，一言不发，浑身青一块紫一块的；另一个要和我一起去干活，也一言不发，浑身青一块紫一块的。他已经在等着星期六的到来了。

但这一次等待的原因有些不同：

这一次，是为了等着看她的比赛。

他回来的第一天，发生了很多事，主要是与克劳迪娅·柯克比有关。但第一件事，是克莱和阿喀琉斯的重逢。

我上班的工地离家很近，所以我们可以晚点出发。克莱走到后院里。动物们都沐浴在阳光下，阳光狠狠地打在克莱脸上，那股暖意很快就舒缓了他脸上的肿痛。

首先，他拍了拍萝茜，但它不一会儿便去舔舐面前的草坪了。

骡子在晾衣架下露出微笑。

它注视着他，仿佛在说："你回来了。"

克莱轻抚着它的鬃毛。

我回来了……但这次待不了太久。

他弯下腰，检查骡子的四蹄。亨利在房子里冲他大喊。

"那几只蹄子都没问题吧？"

"都没问题。"

"他居然开口讲话了！我应该立马去报刊亭买彩票！"

克莱的视线从骡子的右前蹄移开，他甚至又一次开口说了几句。"嗨，亨利——我猜号码仍旧是一到六。"

亨利咧嘴笑了："肯定的。"

至于克劳迪娅·柯克比，事情是这样的，当时正值午饭时间，我和克莱坐在家里的地板上，周围四散着各种板材。我起身去洗手时，电话响了，我便让克莱替我接。电话那头是这位老师与顾问的双重化身。听到克莱在家，她很吃惊，但克莱解释说自己只是暂时回来。至于为什么打电话来，她说是因为在学校里见到了亨利，想问问他是否一切都好。

"你觉得是家里出了状况吗？"克莱问。

"呃……是的。"

克莱往我这边看了一眼，微笑起来。"不，家里没人这么教训亨利。我们家里绝不会有人做出这种事的。"

我不得不向他走过去。"把该死的手机还给我。"

他照做了。

"柯克比小姐吗……好的，克劳迪娅，不，一切都好，他只是和邻居闹了点小别扭。你知道有的时候男孩子总是会犯傻。"

"哦，是的。"

接下来的几分钟，我们聊了会儿天，她的声音很平静——安静却自信，我在电话的这一头想象着她现在的样子。她今天是否穿了深色短裙和奶油色衬衫？为什么我的脑海中会出现她的一双小腿？我快要挂断电话时，克莱叫住了我，他让我转达，他这次把她之前借给他的书拿回来了。

"他还想看其他书吗？"

克莱隔着话筒听到了她的声音，想了想，点了点头。

"他最喜欢的书是哪一本？"

他说："《东十五街之战》。"

"那本确实不错。"

"我喜欢里面那位上了年纪的棋手。"他的声音又提高了一些，"比利·温特格林。"

"哦，他的确厉害。"克劳迪娅·柯克比回应道。我站在那儿，夹在他们中间，进退不得。

"你们两个还好吗？"我开口发问（不得不说有点像克莱回家当晚亨利和罗里的态度），她仿佛在电话另一头笑了起来。

"你明天过来拿书吧，"她说，"我下班之后还会在学校里待会儿。"周五晚上学校老师和员工们会留下来喝一杯。

我挂掉电话时，他脸上还保持着那个古怪的微笑。

"别再这样傻笑了。"

"什么？"他问。

"别给我装傻——赶紧去抬着另一边。"

我们把地板的板材抬上楼。

第二天下午，克莱走进了校园，而我坐在车里等他。

"你不跟我一起来吗？"

她已经在停车场的另一边等候。

阳光下，她高高地举起手，然后他们交换了自己所带的书。她说："天哪，你这是怎么了？"

"没关系的，柯克比小姐，我必须挺过这一遭。"

"你们这些邓巴家的男孩，每次总能令我吃惊。"这时她看到了我的车子，"嗨！马修！"见鬼，我只好下车走过去。这一次，我专门留意了那些书的书名：

《堆草垛的人》。

《荡秋千的人》。

（两本书是同一个作者写的。）

《桑尼宝贝和长官先生》。

至于克劳迪娅·柯克比，她和我握了握手，黄昏渐至，夜色袭上树梢，她的手臂温热。她问我一切是否还好，克莱回家是不是让人感觉很好。当然了，我回答说，这是肯定的。但他这次回家待不了太久。

在我们离开之前，她长长地看了克莱一眼。

她想了想，仿佛在下定决心做什么事。

"来，"她说，"随便给我本书。"

她在一张纸条上写下了自己的手机号，还留了一段话，然后把纸条夹在了《桑尼宝贝和长官先生》的书页里：

如果发生紧急状况（比如你很快就看完手头的书）
就打这个电话

——C.K.

她的打扮正和我想象中一样，还有长满小雀斑的脸颊。

她一头棕褐色的齐肩长发。

我们开车离开，离开她之后我如同一具行尸走肉。

星期六终于到了，我们兄弟五个一起去了皇家轩尼诗赛马场，因为有一个消息已经传开了：麦克安德鲁有一位非常有实力的新学徒，一个来自阿尔切街十一号的女孩。

赛马场里分出了两片不一样的看台：

给会员准备的和给普通观众使用的。

会员的看台区相对比较讲究社会等级，至少看起来如此，人们喝着陈腐的香槟。男人穿着西装，女人戴着帽子，有些甚至看不出是帽子。汤米就曾停下脚步，开口发问："这些奇形怪状的东西究竟是什么啊？"

我们一起走到普通观众的看台——普通观众席的油漆已经开始脱

落——上面坐满了赌徒和傻笑的看客，不久后也会变成赢家或输家。他们大多肥胖且不修边幅，喝着啤酒，吞云吐雾，挥舞着五美元的钞票，嘴里塞满了烤肉和烟卷。

看台之间就是热身场地了，马夫牵着赛马，故意绕着圈子慢慢迈步。骑师旁边是驯马师。驯马师旁边是赛马的主人。有带着花斑的，也有栗色的。都备好了黑色的马鞍、马镫子。他们发出指示，不停点头。

某一瞬间，克莱看到了凯丽的父亲（有一段时间人们称他为马场工泰德）。作为已经退役的骑手，他的个头高了点，但用凯丽自己的话说，比一个真正的男人矮多了。他穿了一件西装，倚在围栏上，那双臭名昭著的手搭在栏杆上。

过了没几分钟，他的妻子也出现了，她穿了件浅绿色的连衣裙，一头姜黄色的长发披散着，但也做过精心修剪：这位就是令人生畏的凯瑟琳·诺瓦克。她斜挎了一个和裙子款式很搭的手提包，一副不安的模样，有些愤怒，但又很平静。某个瞬间她甚至把手提包放进了嘴里，像吃三明治似的咬了一口。你一眼就能看出她憎恨这样的赛马日。

* * *

我们走到看台后方，坐在还留有雨水冲刷痕迹的破烂长凳上。天色阴沉，但还没有下雨。我们凑好了钱，罗里下了注。我们看着她出现在热身场地里。她和麦克安德鲁这个老家伙站在一起，他刚开始一言未发，只是双眼瞪着前方。他是个瘦得像把扫帚柄的男人，胳膊、腿就好像钟表的时针分针一般纤细。他转过身，克莱注意到了他的一双眼睛，它们是灰蓝色的，眼神干脆利索。

他记起麦克安德鲁曾经说过的话，那些话仿佛不仅进入了克莱的耳朵，还掠过了他的脸庞。他讲了时间和工作的关系，以及如何把枯死的树枝都清理掉。他不知怎的很喜欢这些话。

当然，克莱一看到她便露出笑容。

麦克安德鲁把她喊到身边。

他给她下达了指示，加起来不过七八个字，不多也不少。

凯丽·诺瓦克点了点头。

她走到赛马旁，翻身跃上马背，整套动作一气呵成。

她骑着它冲出围栏。

哈特内尔

过去的我们不知道——

一个完全不同的世界即将到来。

当我开始做着打倒吉米·哈特内尔的准备时，我们的母亲很快就要走向死亡了。

出现在珀涅罗珀身上的，一开始只是些无关痛痒的小事。

我们回溯到了这一天：

我十二岁，正在接受训练，罗里十岁，亨利九岁，克莱八岁，汤米五岁，我们母亲的时间开始倒数。

那是九月末的一个星期天的早上。

迈克尔·邓巴被电视机的声音吵醒。克莱正在看动画片《洛基·鲁本——太空狗》。那时才是清晨六点十五分。

"克莱？"

无人应答，克莱的眼睛对着屏幕瞪得大大的。

这一次他换了更粗暴的语气——"克莱！"，这下男孩回过了头。"你能不能把电视声音关小一点？"

"哦——对不起。好的。"

等克莱调好音量，迈克尔已经彻底醒了过来，所以他走过去坐到克莱身旁。克莱让他讲个故事，他就讲起了月亮、毒蛇和羽毛镇的过往，完全没有停顿，也没有考虑是否应该跳过哪些细节。克莱总是能察觉出他在哪里漏下了点什么内容，再补充只会耗费更长的时间，还不如全部讲给他听。

等他讲完，他们继续坐着看电视，他的胳膊搭在克莱肩头。克莱一直盯着那只亮金色的小狗；迈克尔打起了盹，但很快又醒了过来。

"好了，结束了。"他说着，指了指电视机，"他们又要把它重新送回火星了。"

两人中间突然传出另一个平静的声音："是海王星，白痴。"

克莱和迈克尔·邓巴咧嘴笑了，他们转过身，面对着站在走廊里的这个女人。她穿着旧睡衣。她说："你连看过的内容也记不住吗？"

就是那天早上，牛奶刚好喝完了，彭妮只好做了薄煎饼。我们其他几个人走进厨房，吵吵闹闹，碰洒了橘子汁，开始互相埋怨。彭妮清理好桌子，冲我们大喊："你们怎么又把该死的橘子机①弄洒了！"我们大笑起来，没有人意识到：

她失手打碎了一个鸡蛋，而鸡蛋掉在了罗里的两脚之间。

她没端好那个盘子。

但当时这些又能证明什么呢？

回头再看，这些小事里蕴藏的先兆太多了。

从那天早上开始，她与我们渐行渐远，死神的一只脚已经跨进门槛。

---

① 此处为彭妮口误。——编注

他就停在那窗帘杆上。

他在太阳下晃来晃去。

后来，他身子前倾，很自然地又靠近了些，一只胳膊搭在冰箱上；如果他是在照看那些啤酒，他的工作成果可以说是相当不错。

另一方面，和哈特内尔的决斗，和我想象中一样，那场面太精彩了。在这个看起来与平常无异的星期天到来之前，我和爸爸已经买好了两副拳击手套。

我们绕着圈子，互相击打。

我们互相闪避。

为了躲开击打，我仿佛躲进了那副巨型的红色手套里，它就好像小房子一样拴在我的手腕上。

"他会把我杀了的。"我这样说着，但我知道爸爸不会允许我这么想。那时他只是个普通的父亲，我只能这么说，但这也是我能告诉你的最美好的事。

在这样的时刻，他会停下来。

他会把戴着手套的大手放在我的脖子上。

"好吧。"他想了想，安静地对我说，"你不能再这么想了。你可得下定决心啊。"他拍了拍我的后脑勺。他总是能轻松说出这种鼓舞人心的话。这一切都是如此温柔、美好。我身边充满了爱。"他想杀你就尽管来，但你绝不会死的。"

他很擅长在事情开始之前讲这种话。

彭妮的状况一直在恶化，但对于我们而言，那些变化很难察觉到。在那短短的十来年里，我们对她知根知底。她几乎连感冒都没得过——

虽然有时会虚弱不适，但很快就会好起来。

有时她明显感到头晕目眩。

有时也会深深地咳嗽几声。

有时她一觉睡到中午，但她毕竟工作辛苦——我们觉得这样就能解释她为何如此疲乏。我们怎么能说不是因为在海普诺高中教课的关系呢？她总是离细菌和脏小孩那么近。她总是睡得很晚，熬夜批改作业。

她只是需要好好休息。

与此同时，你可以想象一下我们是如何大张旗鼓地进行训练的：

我们在院子里打，在门廊上打。

我们在晾衣架下打，有的时候也在房子里打——无论何时何地——一开始只是爸爸和我打，后来每个人都参与进来。即便是汤米也不例外。珀涅罗珀也包括在内。她的金发已经出现几缕灰白。

"小心别被她打。"爸爸有天这样说，"她的反手击打相当厉害。"

至于罗里和亨利，他们两个的关系从未如此融洽过，他们兜着圈子相互击打，胳膊和前臂交错在一起。罗里有一次甚至还主动道歉——简直就是个奇迹——而且仅仅是因为他打的部位太接近要害了。

在学校，我尽可能地容忍一切；在家的时候我们会进行防守练习（把你的双手举高点，注意脚下的动作）和攻击练习（一直那样猛击），直到我的状态好到随时可以上场。

决斗的前一晚，在我与吉米·哈特内尔最终对决之前，爸爸来到我和克莱、汤米共用的卧室里，另外两个睡在三层床的中下铺，我睡在最上面，但还没睡着。像大多数小孩一样，他一走进房间，我就迅速闭上眼睛装睡，他温柔地摇了摇我，开口说道：

"嘿，马修，还要再练一会儿吗？"

不需要更多劝说，我爬了起来。

但这一次有所不同，我伸手去拿手套的时候，他告诉我不需要那玩意儿。

"什么？"我小声嘀咕，"就这么赤手空拳？"

"那个时刻到来的时候，你很可能没时间戴手套。"他说，接着他放慢了语速，"我之前去了一趟图书馆。"

我跟着他走进起居室，他指了指一台老旧录像机和一盘录像带（录像机机身是黑色与银色交错的复古色），让我把录像机打开。后来我才知道，他是用攒起来的钱买下来的，而那笔钱本来是为了在圣诞节使用的。我低头看录像带的名字——《最后一代伟大的拳击手》，不用看也知道我的父亲已经微笑起来。

"还不错吧，嗯？"

我看着录像机把录像带吞进去。"还不错。"

"现在，按播放键就行了。"很快，我们沉默地坐下，看拳击手充斥整个画面，他们仿若全人类的领袖一般徐徐出场。有些人物的画面是黑白的，包括乔·路易斯、约翰尼·法梅乔、莱昂内尔·罗斯、舒格·雷。后来出现在彩色画面里的拳王包括冒烟乔、杰夫·哈丁、丹尼斯·安德里斯，以及彩色影片里的罗伯托·杜兰。他们身材魁梧，撞得拳击台的围绳乱晃。在无数场比赛中，拳击手倒下，但又很快爬起来。多么勇敢、孤注一掷的决斗。

录像快结束时，我向他看了过去。

他的眼中闪烁着微光。

他把电视机的声音调小。

他平静地用双手捧起我的面庞。

我的下巴搁在他的双手上。

有那么一会儿，我以为他会仿照电视解说，来几句类似的评论。但他就只是这样捧着我的脸，而我的脸在他手心上，渐渐没入黑暗。

"我得承认，小家伙，你确实是个坚守本心的有心人。"

我说过，父亲很擅长在事情开始之前讲这些话。

一切如序进行，但有一天早上不得不提，那是珀涅罗珀·邓巴和一个名叫乔迪·埃切尔斯的小可爱的事。乔迪是她最喜欢的学生之一，因为患有阅读障碍症而落后于一般孩子。她每周给她补两次课。她骨架很大，有一双忧伤的眼睛，背后甩着一条又长又粗的马尾辫。

那天早上，她们正和着节拍器的节奏一起阅读——熟悉的老办法——彭妮起身去拿字典。但下一秒，她发现自己是被摇醒的。

"老师！"乔迪·埃切尔斯摇晃着她，"老师，老师！"

彭妮醒了过来，她看着乔迪的脸，又看了看掉落在几米之外的书。可怜的乔迪·埃切尔斯，她自己好像也快要崩溃了。

"你还好吗老师，你还好吗？"

她有一口整齐的牙齿。

珀涅罗珀试着伸出手，但她的胳膊不知怎的不听使唤。

"我没事，乔迪。"她本应让他出去找别人过来帮忙，或者倒杯水过来，干什么都行，只要能分散一下注意力。但彭妮还是老样子，她只是继续说："打开那本书，好的，我想想，查哪个单词呢？'喜气洋洋'怎么样，还是查查'悲伤'？你更喜欢哪一个？"

她看着那个女孩子张开的嘴和十分对称的五官。

"要不看看'喜气洋洋'吧，"她说着，然后把相关的近义词都念了出来，"'开心的'，'欢喜的'……'愉快的'。"

"好，非常好。"

她的胳膊还是动弹不得。

然后就是星期五，在学校里。

我又被哈特内尔和他的同党嘲弄：

有人说着"钢琴""玩"和"娘娘腔"这些词。

他们很擅长在说话时押头韵，但他们好像并不知道这一点。

吉米·哈特内尔的刘海又长长了一些——他几天前就该剪头发了。他靠近了我，肌肉给人以很强的压迫感。他的嘴巴小小的，像一条裂缝，或者说像一个只被打开了一条缝的罐头。但裂缝瞬间扩展成一个笑容。我一路走向他，鼓足勇气开口。

"午餐时间，我要在练球场和你打一架。"我说。

这应该是他听过的最好的消息了。

我们再回到另一天的下午：

珀涅罗珀像往常一样给那群等公交车的孩子读书。这次读的是《奥德赛》。关于独眼巨人的一章。

男孩和女孩们穿着绿白相间的校服。

都顶着各种古怪的发型。

她正读着奥德修斯的故事，以及他如何在独眼巨人的老巢施展诡计，突然，书上的字像是飘浮至半空中；她的嗓子眼仿佛出现了一个空荡荡的大洞。

她咳嗽起来，并且咳出了血丝。

血点溅到了书页上。

很奇怪，她竟然像是才意识到鲜血原来这么红一般吃惊；那血色如此鲜亮，看起来有些残酷。她的下一个念头又转回到了火车上。她想起了第一次见到的火车上用红色喷漆喷绘的英语标识。

　　我流下的血和那一天她流出来的血是一样的吗？

　　这不算什么，压根儿无法与之相比。

　　我记得那天风很大，云彩在天空中飞快地飘过。这一秒天空覆满白云，下一秒又露出原本的蔚蓝。光影不断变幻着。我向板球练习场走去，我注意到天空中有一朵云像极了矿井的形状，投射下来的阴影也是最灰暗的颜色。

　　一开始我并没有看到吉米·哈特内尔，但他已经站在了混凝土球场上。他张大嘴巴笑着，嘴咧得几乎和他的刘海一样宽。

　　"他来了！"他的一个朋友大喊，"那个该死的娘娘腔来了！"

　　我举起拳头，走了过去。

　　一开始我们一直在兜圈子，一会儿朝左转，一会儿朝右转。我记得他的动作快得令人害怕，很快我就尝到了他拳头的滋味。我也记得学校里同学们发出的欢呼声，就像无数海浪哗啦啦地打在沙滩上。有那么一瞬间，我看到了罗里。那时的他还是个小孩子。他站在亨利身边，亨利瘦骨嶙峋，头发像拉布拉多犬的金毛一样。透过板球场上一根根交织成菱形的铁丝，我看到他们的嘴巴在动，像是在说"打他啊"，而克莱只是麻木地继续看着。

　　但是我很难打到吉米。

　　我的嘴巴一上来就挨了一拳（就好像嘴里嚼了一口铁块），然后仰面挨了一拳，又有一拳打到了肋骨上。我记得自己当时以为肋骨都被打断了，就好像遭到了那些海浪的猛烈冲击。

　　"你倒是来打我啊，玩钢琴的娘娘腔。"他低声说着，又一次跳着冲了过来。每次他这么做，总是会不知怎的就绕到我身后，趁我不备先从左边来一拳，又从右边来一拳，然后再来一拳。像这样三个回合之后，我倒了下去。

观众中传出欢呼声，还有人在看有没有老师过来。还没等他们反应过来，我就已经快速地爬了起来。如果是正式比赛，也就才在倒计时中数到八。

"来啊。"我说，天空的光亮不断发生变化。狂风从我们耳边呼啸着吹过，他又一次从后面绕了过来。

这一次，像之前一样，他又从左侧绕过来，击中了我，然后紧跟着又是恶狠狠的一拳——但这种战术并没有像上次一样成功，因为我一下拦住了第三拳，并在他的下巴上重重一击。哈特内尔被打得连连后退，他跌跌撞撞，调整了几下步伐，又踉跄了一下。他吃了一惊，匆匆后退几步，我追上去，从正面和左侧对他发起攻击；我用尽全力打出两拳，狠狠地打在他那裂缝一样的嘴巴上方，并将拳头深深地砸在他的脸颊上。

这场决斗会被所有运动比赛——甚至包括弹子球比赛——的评论员称之为持久消耗战，我们对对方拳脚相加。某一瞬间，我单膝跪地，他不小心撞到了我，但立马就向我道歉，我也对他点了点头，在沉默中达成了共识。围观的人越来越多，大家都爬到球网上，手指紧紧抓住铁丝网。

我两次将他击倒在地，但他总是能予以反击。到最后，我自己被打趴下了四次，到第四次时已经站不起来了。我隐隐约约察觉到有老师过来了，仿佛有海浪冲上沙滩，围观的众人就如同海鸥一般飞散而去，只剩下我的兄弟们还留在原地。亨利姿态优雅地——回过头想想，这也没什么奇怪的——伸出他的手，拦住某些正在跑开的孩子，他们把他的午餐钱凑齐了。在这之前他就开了赌局，结果大获全胜。

在球场一角，靠近三柱门的地方，吉米·哈特内尔正侧身站着。他就像一只受了伤的野狗，既令人怜悯，又让人不敢靠近。一位男老师走过来，一把抓住他，但哈特内尔耸耸肩，把他甩开了。他朝我走过来，还差点绊了一跤，那条裂缝一样的嘴巴已经高高地肿了起来。他蹲下来，在我身边跟我讲话。

"如果你弹钢琴也有今天打架这股劲儿，"他说，"那你肯定弹得不错。"

我用手摸了摸嘴唇，发觉自己露出了释然的胜利者的微笑。

我又躺倒在地，身上流着血，脸上露出微笑。

至少我的牙齿一颗也没被打掉。

就是这么一回事。

她去看了医生。

进行了一系列的检查。

但在那时，她依然对我们只字未提，生活一如既往地继续着。

但有那么一次，稍稍露出了一点端倪，我坐在这里打字的时间越长，当时的景象就显得越发残酷清晰。厨房化作了一片冷冽的水流。

事情是这样的，有一次，罗里和亨利在他们的卧室里扭作一团，打得不成样子。那时他们已经不再使用拳击手套练习，恢复到了从前敌对的状态。珀涅罗珀向他们两个跑了过去。

她同时抓住了他们两人的校服后衣领。

她把他们拎到屋外。

就好像要把这两个男孩挂到晾衣架上风干。

一个星期之后，她就住进了医院；从此开启了往返多次的就医之旅。

但在那之前，在那之间的日日夜夜，她和他们一起站在那个卧室里，那简直是个堆满了脏袜子和乐高积木的猪窝。夕阳在她身后渐渐下斜。

老天啊，我将会怀念这一切的。

她又哭又笑，既而又大哭起来。

三部曲

星期六晚上，天色刚刚暗下来，克莱和亨利正一起坐在屋顶上。

还不到晚上八点。

"就像过去一样。"亨利说着，他们当下都感到很快乐，如果不去在意身上的各种瘀青的话。他又说："这一次跑得可真不赖。"他指的是凯丽的赛马会。

克莱盯着对角线的方向，也就是十一号那座房子。

"确实是的。"

"她本来应该赢的。见鬼，真是应该抗议。"

后来，他继续等待着。

在环绕地，她稳步走过来的声音，双脚在地面安静摩擦的声音。

她终于来到这里，他们在一起坐了很久，之后才一起躺在床垫上。

刚开始他们只是在床垫边上坐着。

他们这样讲着话，他很想亲吻她。

他很想伸手触碰她的发丝。

即便只是伸出两个手指头，在她脸庞一侧轻抚散落的碎发。

在那晚的夜色中，她的头发有时看起来是金色的，有的时候又是红色的，而且完全看不出来头发到底有多长。

但他并没有这么做。

他当然不能这样做了：

不知怎的，他们就立下了这样的规矩，并且一直遵从这规矩，绝不冒险破坏现在拥有的这一切。他们现在能一起待在这儿，不受打扰，就已经足够了，还有更多可以表达内心感激之情的方式。

他拿出那个既小巧又略微有些沉重的打火机，露出上面的刻字——第五赛道的斗牛士。

"这是我收到的最好的礼物，"他说，并打燃了打火机，但很快又关上了，"你今天骑得真棒。"

她把《采矿工》还给他。

她微微一笑，说："是的，我确实很棒。"

那一晚，一切都很美好，因为再早一点的时候，奇尔曼太太打开了自家的窗户，大声叫着他们。

"嘿，邓巴家的小子们。"

亨利是第一个回话的。"奇尔曼太太！谢谢您那天晚上帮我们缝合伤口。"然后他又开始恭维起来，"嘿，我很喜欢你今天吹的卷发。"

"快别这么说了，亨利。"尽管这样说着，她依然微笑起来，脸上的皱纹挤成一团。

两个男孩都站起身来，走到离窗户更近的地方。

他们在房子的一侧弯下腰。

"嘿，亨利？"奇尔曼太太又开口发问。这一切都挺有意思的。亨利知道接下来会发生什么。每次奇尔曼太太这样抬起头看过来，都是为了向他借一本书，借一本他周末从二手市场搜集到的藏书。她喜欢看浪漫爱情小说、刑侦小说和恐怖小说——越通俗越低级越好。"你手头有我可以看的书吗？"

他开起了玩笑。"我手头有没有可以给你看的？你觉得呢？《开膛手杰克的尸体》听起来怎么样？"

"已经看过了。"

"《她在楼下宰掉的男人》呢？"

"被宰的是我的丈夫——他们一直都没找到尸体。"

（两个男孩都忍不住大笑起来——他们还不认识她的时候她就已经是个寡妇了，现在她自己也经常拿这个来开玩笑。）

"好吧，奇尔曼太太，真该死，你真是个难对付的客户！《灵魂掠夺者》怎么样？这一本可真是相当美妙。"

"成交。"她笑了起来，"这本多少钱？"

"哦，别这样，奇尔曼太太，我们之间就不要来这一套了。为什么不像往常一样呢？"他朝克莱快速地眨了眨眼睛，"这么说吧，就当是我免费赠送的。"

"免费？"她又抬眼往上看，并陷入沉思，"这是个什么词？是德语吗？"

亨利狂笑不止。

当他们躺下时，她才开始回忆下午的比赛。

"但是我还是输了，"她说，"我搞砸了。"

这是第三场比赛。

是兰腾酿酒厂冠名的赌局。

这是场一千二百米的比赛，她的坐骑叫枪手。他们起跑的时候严重失误，但是凯丽渐渐追了上来。她一路披荆斩棘，超过其他选手，领着枪手跑到了最前面。跑到最后一段直道上的时候，克莱沉默地盯着赛道，一阵狂乱的马蹄飞过，只看到骑手和赛马狂野的眼神、空中飞舞的各种颜色和血色。他想着凯丽也在其中。

问题出在最后两百米，她转向的时候与身后第二名的赛道靠得太近了——那匹马叫充气果酱，说真的，这算是个什么名字啊——然后就被取消了获胜资格。

"这是我第一次直面裁判员的判决。"她说。

她的声音落在他的脖颈旁。

在屋顶上，他们最终达成了那笔交易（奇尔曼太太坚持要付十美元），她说："你过得怎么样，克莱先生？你最近有没有照顾好自己？"

"基本上照顾好了。"

"基本上？"她的身子又往外探出来一些。"试着学会一直照顾好自己。"

"好的。"

"好的，可爱的小家伙。"

她正要把窗户关上，亨利却又去招惹她。"嘿，为什么他就成了可爱的小家伙？"

奇尔曼太太转过身。"你的嘴很甜很可爱，亨利，但是他是整个人都很可爱。"她最后一次冲他们挥手告别。

亨利转过去看着克莱。

"你才不可爱呢，"他说，"事实上，你相当丑陋。"

"丑陋？"

"对啊，就像斯塔基的屁股一样丑陋。"

"你最近倒是好好观察了他的那个部位，是吧？"

这一次，他推了克莱一下，并友好地扇了扇他的耳朵。

即便是我，有时也觉得男孩子、特别是兄弟之间表达爱意的方式是个让人猜不透的谜。

快要分开时，他开始向她讲述自己的经历。

"那个偏僻的地方格外安静。"

"我猜也是。"

"而且那一整条河都干涸了。"

"你爸爸怎么样？"

"他也相当干枯。"

她大笑起来，他感受到她的呼吸掠过自己的脸颊。他感受着那股暖意，思忖着怎么会有人从内到外都如此温暖；她吐出的气掠过脸颊又消失在空中、又再次拍打在他脸上，仿佛没有什么会像现在这样永恒——

"是的，"她大笑起来，"别犯傻了。"

克莱只说了句"好的"，他已经快要无法控制自己剧烈的心跳了；他很确信整个世界都能听到自己的心跳声。他看着身边的这个女孩，还有懒懒地搭在自己身上的那条腿。他看着她衣服最上面的那颗纽扣，观察着她衣服的材质：

上面有格子花纹。

那蓝色像天一样蓝。

红色已经褪成了浅粉色。

她的锁骨高高凸起，锁骨下有一小片阴影。

她有几乎微不可察的汗味。

他怎么会这么爱一个人，却又如此自制，并保持这么久的沉默与静止呢？

如果他当时有所行动，如果他再早一点攒够足够的勇气，也许后面发生的事就不会是那样了。但他怎么可能预料到这样的事呢？他怎么可能预料到凯丽——这个斜躺在他身上的女孩，这个呼吸都拍打在他脸上的女孩，这个拥有美好人生、充满活力的女孩会是他人生中爱与失去三部曲的最后一个主人公呢？

他当然没法预料这一切。

他不可能预知一切。

这一切注定会发生。

一支香烟

过去那个时候，彭妮·邓巴收拾好了行李，做好了去医院的准备，做好了去那个未知世界的准备。

他们给她施加压力，催促她，仿佛要把她切成一片一片的。

他们用那种"典型"的善良来一点点毒害她。

他们第一次谈起化疗的时候，我看到她仿佛独自站在沙漠里，然后就"轰"的一声爆炸了——就好像绿巨人一般。

我们自己变成了卡通漫画里的角色。

从一开始见到医院的建筑物时，我就讨厌那种像是代表地狱阴森气氛的白色，以及那些和商场里一样的推拉门，我讨厌它们打开的样子。

就好像我们是在浏览商品一样。

左边是心脏病科。

右边是矫形外科。

我也还记得我们六个人是如何走过那一条条走廊，穿过那一层层强烈的恐惧的。我记得爸爸和他那终于洗得干干净净的双手，记得亨利和罗里不再打成一团。这些地方很明显是不正常的。汤米看起来那么弱小，总是穿着夏威夷风的短袖短裤——至于我，虽然还是浑身瘀青，但伤口已渐渐愈合。

但是在最后面，落在我们后面好长一段的，是克莱，看起来他似乎是最害怕看见她的那个。她的声音透过插在鼻孔的呼吸管勉强传了出来：

"我的小家伙在哪里？我的小家伙在哪里？我想到了一个故事，一个很棒的故事。"

只有在这个时候他才会走到我们身边。

这已经耗费了他所有的勇气。

"嘿，妈妈——你能给我讲讲那些房子的故事吗？"

她竭力伸出手去触碰他。

那一年，她又来来回回往医院跑了两趟。

她动了手术，身体被切开又被缝合，皮肤渐渐透出一层粉色。

她的创口缝了针，像新生的皮肤，闪闪发光。

有的时候，即便她已经很疲惫了，我们还是要去问她可不可以看看这些疤痕：

"你能再给我看看最长的那条伤疤吗，妈妈？那条长长的伤疤真是美得见鬼。"

"喂！"

"什么意思，美得见鬼？你连说脏话都说得不规范。"

通常这个时候她都已经躺在家里的床上，有人给她读书，或者和爸爸一起躺着。他们依偎的姿势有点意思：她侧躺着，膝盖蜷起来，把腿弯成四十五度角，脸埋在他的胸口处。

实话实说，从很多方面来讲，这段时间可以称得上美好，我也尽量从这个角度来认识这件事。我从逐渐瘦削的肩胛骨上目睹一个又一个星期的消逝，一个月又一个月被消磨在不同的书页里。他有时会大声朗读，一读就是好几个小时。那个时候他的眼周已经有了疲劳的影子，但是浅绿色的眼眸依旧如常。这也是令人欣慰的事情之一。

当然了，也有一些令人惊恐的时刻，比如她会在水槽里狂吐不止，她用过的浴室会散发出那种可憎的恶臭。她更瘦了，瘦到令人难以置信，但她总是会很快回到起居室的窗边。她会给我们读《伊利亚特》的故事，彼时汤米总是会累得睡着。

同时，我们也有一些进步。

我们每个人都谱出了自己的乐曲。

钢琴之战还在继续。

我之前就知道我和吉米的这场较量有可能引发各种各样的后果，而且也确实造成了一些影响。他和我之间诞生了新的友谊，我们是那种通过跟对方打一架来确认我们是否能达成共识的男孩。

搞定吉米之后，我又遇到了很多类似的事件，我挨个儿把他们制服了。他们只要开口提到钢琴就会被我教训。但是再也没有谁像吉米那么难对付了，通过和他的较量，我得到了认可。

但是到最后，以能打而闻名的却并不是我，当然，只能是罗里那家伙。

现在看来，那一年过得很快，我已经升入高中（终于不用再学钢琴了）。罗里上五年级，亨利比他低一级。克莱刚上三年级，汤米才刚刚进幼儿园。从前的传奇很快被遗忘。有关板球场的回忆被不断提起，那些男孩都很乐意讲这个故事。

但是对这个故事不屑一顾的是罗里。

他的力量真是惊人，令人畏惧。

而且结束之后的余威更加可怖。

他会拖着自己的对手一路走过操场，就好像阿喀琉斯拖着赫克托耳的尸体游行——典型的《伊利亚特》式的残暴结局。

有一次，海普诺高中的一群学生来医院探望。

彭妮坐在床上，虚弱至极。

天哪，当时肯定有十多个学生在场，吵吵闹闹，挤成一团，男孩女孩们都围在她身边。亨利说："他们可真是……毛真多啊。"他指着男孩子们的腿毛这样评价。

我记得我们从走廊上往病房里看，看到了他们白绿相间的校服，以及那些疯长个子的男孩，那些喷了香水的女孩，还有被遮掩的香烟的气味。他们动身离开之前，我之前提到过的那个女孩，可爱的乔迪·埃切尔斯拿出了一份模样古怪的礼物。

"这个给您，老师。"她这样说着，然后自己直接把礼物打开了；彭妮的双手还掖在毯子下面。

很快，彭妮的双唇动了一下。

她的嘴咧开，努力挤出一个干巴巴的微笑。

他们把她的节拍器带来了。其中一个男孩，我记得是那个叫卡洛斯的男孩，是他开的口：

"到时候记得按这个节奏呼吸啊，老师。"

* * *

但是，最棒的还是那些待在家中的晚间时光。

他们的金发与黑发渐渐开始泛灰。

他们不是在沙发上打盹，就是在厨房里玩拼字游戏，或者是玩大富翁游戏，输了的人接受惩罚。不在沙发上打盹的时候，他们就会一起熬夜看电影。

对于克莱而言，有几个格外难忘的时刻，都是发生在星期五的晚上。

有一次是他们看完一部电影，屏幕上开始播放演职员表的时候。我记得当时看的那部电影是《再见列宁》。

克莱和我听到电视音量突然变大，都来到了走廊上。

起居室中的场景映入眼帘，我们看到了起居室里的他们：

他们在电视机前紧紧地抱在一起。

他们就那样站着，他们在跳舞，但跳得很慢——几乎看不出动作，她的金发垂落下来。她看起来如此脆弱、易碎，胳膊和腿都瘦得脱了形。他们的身体紧紧贴在一起。父亲很快看到了我们，他无声地用手势打了个招呼。

他甚至用嘴巴比出了这样的嘴形：

看这个女孩多么迷人！

我想我必须要承认这一点：

透过那副疲惫痛苦的身躯，那个表情看起来是发自内心的愉悦，当年的迈克尔·邓巴确实很帅，跳舞也跳得很不错。

第二个难忘的时刻，是在最寒冷的冬日里的迷雾中，在大门外的台阶上发生的。

几天之前，珀涅罗珀回到海普诺高中临时代课，她没收了一堆香烟。说实话，她并不觉得该轮到自己去告诉那些孩子不要抽烟。所以每次她没收走这些玩意儿，都说让他们一会儿自己来拿回去。这算是明显的不负责任吗？还是说其实是给予了这些孩子他们理应得到的尊重？难怪这些孩子到最后都那么热爱她。

反正，不管这些学生是感到尴尬还是羞耻，没有一个人回去领那些温菲尔德·布鲁斯牌香烟，彭妮到晚上才发现它们还在。它们被压在她的手提包最下面，全都压扁了。她上床睡觉前取出了钱包和钥匙，手里拿着这些香烟。

"这些鬼东西是怎么回事？"

迈克尔正好注意到了她手中的异物。

可以说他们冲动任性，也可以说他们十分滑稽，但我真的特别喜欢他们接下来的举动。这个时候生病带来的恶心眩晕感好像都消失了，他们走到了门廊上，一起抽起了烟，他们的咳嗽声吵醒了他。

几分钟之后，他们起身准备回到房子里，彭妮正要把剩下的烟扔掉，但出于某种原因，迈克尔阻止了她。他说："我们把剩下的这些藏起来怎么样？"他意味深长地眨了眨眼，仿佛是在引诱她一起犯罪。"你现在可不知道我们什么时候是不是还需要再抽一根——这些烟可以成为我们两个人的小秘密。"

但是也有一个男孩加入到这场密谋中。

看吧，直到他们打开钢琴盖把剩下的半包香烟藏在了下面，都没有意识到自己被其他人看到了；他站在走廊上看着他们，那时，有一件事再明白不过了：

我们的父母也许跳舞跳得很好。

但是他们的抽烟水平充其量和业余爱好者差不多。

中央火车站

克莱十分希望能多待几天，但是他不能这么做。

最让他纠结的是他意识到他将错过凯丽在沃里克农场的下一场比赛，但是话说回来，她其实希望他离开。周六晚上她在环绕地与他告别时就说过："等你回到这里我们再见面，克莱。我保证我到时候也会来这里的。"

他看着她一路沿巷道离开。

离开我们的状况和上次一样。

无须多言，我们就已经知道他要离开了。

但也和上次的气氛截然不同。

这一次气氛明显没那么凝重了，因为该做的事情都已经做了。我们的生活还是得继续。

周一晚上我们终于找到时间继续看《光棍俱乐部》，就在这时，克莱却起身准备离开，他的行李已经放在了走廊上。罗里往那边看了一眼，顿时大惊失色。

"你不会是现在就要走吧？他们甚至都还没来得及把那只骡子放进电梯里呢！"

（说起来，我们的生活和这部电影已经相似到令人惊恐的程度了。）

"那是头驴子。"汤米说。

罗里又开口了："就算它是夸特马和设得兰矮种马杂交出来的我也不管！"

他和汤米都大笑起来。

然后亨利说：

"来，克莱——放松一下吧。"他假装要去厨房，结果把克莱一把推倒在沙发上，还推倒了两次——趁着他要从沙发上爬起来的时候又推了一次。最后他好不容易挣脱开，亨利却又使出一招锁头，夹着他满屋子转圈。"这下感觉如何，你这个小兔崽子？我们现在没在克拉珀的大楼里，不是吗？"

在他们身后，《光棍俱乐部》里的狂欢作乐变得越来越傻气。赫克托耳一溜烟跑开了，汤米跳到了克莱背上，罗里开始冲我大喊。

"喂，你也来搭把手啊，嗯？"

我站在起居室的门口。

我斜倚着门框。

"来啊，马修，帮我们把他弄趴下！"

他们把克莱当成了对手，深深地吸着气，做好了战斗的准备。最终，我向他们走了过去。

"来吧，克莱，咱们好好教训教训这帮混蛋。"

最后，当这场扭打尘埃落定，电影也演完了。我们开车送他去中央火车站，这还是第一次。

开的是亨利的车。

他和我坐在前排。

另外三个人坐在后排，还带上了萝茜。

"该死，汤米，那只狗有必要喘气喘得那么响吗？"

到了车站，这里的一切和你想象中的样子并无差别：

咖啡的味道闻起来就像火车拉闸时的焦煳味。

站台上停着夜间列车。

灯光打下橘色的光晕。

克莱拎着他的运动包，里面没有什么衣物，只有那个木盒、克劳迪娅·柯克比新借给他的书和《采矿工》。

火车即将发车。

我们握了握手——我们四个人都和他握了下手。

最后一节车厢快要驶离车站时，罗里大喊了出来。

"喂，克莱！"

他回过头来。

"踢中要害，你还记得吧？"

他终于登上了火车，看起来挺开心的。

我们又一次与克莱暂别，他之后一段时间的经历即将成为秘密——我们四个都站在那里，看着列车驶向远方，身边蹲着一条狗，空气中残留着火车拉闸的焦煳味。

那个成了邓巴男孩的女人

我高一快要读完的时候，我们遇上了真正的麻烦。她的衣服变得越来越空，她身体状态良好的时候也越来越少。有时候看起来一切正常，只不过是我们在努力模仿过去那种正常的状态。伪装出来的正常，或者说是种正常的假象，我也不确定我们是怎么做到的。

也许只是因为我们都有自己的人生，我们只能这样勉强对付过去，包括接受珀涅罗珀当时的状况；我们这几个男孩子必须要一直保持孩童时代的状态。我们在努力维系着一切：

还是像以前一样剪头，还是像以前一样弹奏贝多芬。

我们每个人处理这件事都有不同的方式。

当你的母亲单独带你出门的时候，你大概已经明白她即将离开人世了。

我们像跳石头一样跳过这些痛苦的瞬间。

其他的几个弟弟都还在念小学（罗里即将小学毕业）。那时即便她已经住进了医院，都还是会要求他们继续练习钢琴。后来的几年里，亨利抱怨说，她当时之所以还活着，完全就是为了用钢琴来折磨他们，不管躺在哪张床上——在家中褪色的床单上还是在那些消毒漂白过、洁白无瑕但却令人感到苦涩的医院床单上，她都要关心他们练习钢琴的情况，哪怕只是问问练习进度。

问题就在于（珀涅罗珀最终也不得不承认这一点）她必须要面对现实：

他们打架的水平远远超过弹琴的水平。

他们弹起钢琴来如同鬼哭狼嚎。

至于询问练习进度这件事，基本上已经成了敷衍的例行公事。

后来，大部分情况都是她在医院里问他们有没有好好练习，他们会撒谎说好好练了。他们到医院的时候，经常是嘴唇上带着划伤，手指关节青肿。彭妮一脸灰败、心存疑虑，而这样忧心忡忡也不是没有道理。"到底发生了什么事？"

"没什么，妈妈。真的没什么。"

"你们好好练习了吗？"

"练习什么？"

"你心里清楚得很。"

"当然了。"亨利代表我们回话。他指了指身上的伤痕。"不然你以为这些伤是怎么弄出来的？"她已经开始绽放笑意。

"你这是什么意思？"

"贝多芬啊，"他说，"你知道那家伙有多厉害的。"

尽管她的鼻子开始流鼻血，她也还是咧嘴笑了起来。

她回家之后，还是让他们坐到钢琴前来证明自己的练习成果，而她在旁边的一把椅子里坐立不安。

"你压根儿就没练过。"她对罗里说着，语气里半是调侃半是鄙夷。

他低下头，承认错误。"你说的一点没错。"

有一次，克莱在一首曲子弹到一半时停了下来。

本来他也只是在糟蹋这首曲子。

他的眼睛底下也有一圈淡淡的海军蓝阴影，是和亨利混战后留下来的。

"你怎么停下来了？"很快她的口气就软了下来，"是要听故事吗？"

"不，不是的。"他深深地吸了口气，看着键盘，"我只是觉得——也许你可以来弹一首。"

她就这样弹了一首。

G 大调小步舞曲。

完美。

一个音符又一个音符。

克莱已经很久没有这样做了，他跪在地上，把头倚了过去。

她的大腿和纸片一样薄。

* * *

在那段时间里，还有最后一场值得纪念的混战，发生在某天放学回家的路上。罗里、亨利和克莱参与了战斗。对面有四个人。汤米被甩在了一边。一个女人用她花园里的橡胶水管扫射他们；那真是好一顿扫射，喷嘴力量强大，水压也很大。"别磨蹭！"她大喊着，"赶紧给我滚出去！"

"赶紧给我滚出去。"亨利重复了一遍，结果又遭到了水枪扫射，"嘿，见鬼了，这他妈的又是为什么？"

她穿着睡衣和破旧的人字拖，站在下午三点半的阳光里。"你放聪明一点，"她又拿水枪喷了他，"这一下是因为你刚才说了脏话。"

"你家的水管可真是不错。"

"谢了——现在赶紧滚吧。"

克莱扶着他站了起来。

罗里冲在最前面，能在后面看到他的下颌线。回到家后，他们看到了一张纸条。她又回去住院了。躺在那令人生畏的白色床单之上。纸条底部画了一张笑脸，脸蛋两边还画着长长的头发。笑脸下面写着：

好吧！你们可以不练钢琴了！

但你们肯定会后悔的，你们这群小兔崽子！

某种意义上这可以算得上是一首诗，只不过不是那种优美的抒情诗。

她教会了我们弹莫扎特和贝多芬。

我们帮她逐渐提高了骂人的水平。

在这之后，她很快做出了一个决定：

她会和我们每个人分别去做一件事。也许这样做是为了给我们每个人一段独属于自己的回忆，但我更希望她是为了自己才这么做的。

和我在一起做的事——一起看了场电影。

在离我们家很远的地方有一家老电影院。

他们管它叫半路双胞胎。

每个星期三的晚上，这里都会播放一部老片子，通常都是外国电影。我们去的那一晚，放了一部瑞典电影，叫《狗脸的岁月》。

我们和其他十来个人一起坐在影院里。

电影还没开始放映，我就把爆米花都吃光了。

彭妮在专心对付一个巧克力味的冰激凌。

我爱上了这部电影里那个像假小子的小姑娘——萨贾，并努力跟上字幕的节奏。

电影结束后，在黑暗中，我们仍旧留在座位上。

直到现在，我还是会留下来等到演职员表全部放完才离开。

"所以呢？"珀涅罗珀问，"你觉得电影怎么样？"

"太棒了。"我这样回答。确实很棒。

"你爱上萨贾了吗？"冰激凌已在塑料外包装里化成一片。

我嘴唇紧闭，感觉脸蛋一片火红。

我的母亲就像个奇迹，一个有着一头纤长却脆弱的秀发的奇迹。

她拉过我的手，轻声低语。

"没关系的，这很棒，我也很爱她。"

和罗里一起做的事，是一起坐在高高的观众看台上，看了场足球赛。

和亨利一起做的事，是一起去了在私家车库办的二手市场。他在那里讨价还价，跟卖主不停杀价。

"那个劣质的悠悠球居然要一块钱？看看我妈妈现在都成什么样了。"

"亨利，"她嘲讽他，"得了吧，就算按你的标准来看，这一招也太下三烂了。"

"见鬼，彭妮，你这个人真是无趣。"但那时他们两人之间却发出一阵共犯才心知肚明的大笑。他最后只花了三十五分就买了下来。

但如果让我对比的话，我会说她为汤米所做的一切才有最大的影响力，当然，要抛除她和克莱共度的时光不计。轮到汤米的时候，她带他去了博物馆；他最喜欢的展馆叫野生星球。

他们花了好几个小时在博物馆的长廊闲逛：

那简直是一条关于各种各样的动物的流水线。

那是一场毛皮与动物标本之旅。

展品太多，很难列出到底哪个才是他的最爱，但是澳洲野狗和狮子，以及样貌古怪又迷人的袋狼的排名相当靠前。那天晚上躺在床上时，他还一直说个不停。他给我们讲了很多关于袋狼的知识。他还一遍又一遍地重复着"袋狼"这个词。他说袋狼看起来其实更像狗。

"像一条狗！"他几乎是喊了出来。

我们的房间一片漆黑，格外安静。

他话说到一半就睡着了——这种对动物的热爱终将吸引他来到它们的世界：来到萝茜、赫克托耳、忒勒玛科斯和阿伽门农的身边，毫无疑问，也把他带到那头固执的骡子身旁。一切只能以阿喀琉斯收尾。

至于克莱，她带他去了许许多多的地方，但又哪里也没去。

我们其他人都出门了。

迈克尔带我们去了海滩。

我们离开家之后，珀涅罗珀便主动发出邀请，她说："嘿，克莱，来给我泡点茶，我们到外面坐坐。"但这更像是一种热身运动。

等他走出房门，她已经坐在门廊的地板上，后背倚着墙，周身沐浴在阳光之下。电线杆上落满了鸽子。整座城市仿佛是开放式的，他们可以听到远处传来的歌声。

她喝茶的样子就好像吞下了一整个水库的水，但是这有助于她在接下来的时间里讲故事，克莱也十分专注地聆听着。她问他现在多大了，他回答说今年九岁。她说："我觉得你已经够大了，至少足以开始了解这世界上还有更多的——"然后，她像之前的每一次那样，从纸房子开始讲起，一直讲到最后，她提醒他：

"总有一天，克莱，我会告诉你一些别人都不知道的事情，但前提是你想听这些故事……"

总的来说，就是几乎所有的故事。

他真的是享有特权。

她的手扫过他那一头男孩子气的短发。太阳渐渐西沉。她的茶也喝光了。男孩郑重地点了点头。

晚上我们都从海滩回到了家，浑身沾满沙粒，疲惫不堪。彭妮和克莱已经睡着了。他们躺在沙发上的样子，好像打成了一个结。

过了几天，他忍不住就要去找她，问她最后的这些故事要等到什么时候讲，不过他还是克制住了自己，没有发问。也许在某种程度上他已经明白——那些故事要等她行将就木的时候才会被讲出来。

情况恰恰相反，我们反而多出来许多相处的时光，一周周过去，一个月又一个月过去，她又一次去医院接受治疗。

那些非同寻常的时刻已成为过去。

我们习惯了接受令人不适的坏消息。

"好吧，"她很直接地说，"他们要剃光我的头发——既然如此，这次轮到你们来给我剃头了。我们试试看能不能打败他们。"

我们几个人排好了队，世界好像倒了个儿：理发师要等着别人排队来给她理发。烤面包机光滑的表面反射出我们所有人等待的身影。

有关那天晚上，我还记得几件事——汤米是第一个过去的，他尤其不情愿。但她讲了个笑话，把他逗笑了，笑话是关于一条狗和一只羊走进酒吧的故事。他还穿着那套活见鬼的夏威夷风短袖短裤，头发剪得乱七八糟的，让她心疼。

接着轮到克莱，然后是亨利，之后罗里说："剪成这样，你是要去参军吗？"

"当然了，"彭妮说，"为什么不呢？"

她又说："罗里，过来让我看看。"她直直地看着他的眼睛。"你是你们几个当中眼睛长得最奇怪的。"他的目光凝重却温柔，就好像银子一般。她的头发被剪得奇短无比，碎发还在不断往下落。

轮到我的时候，她伸出手拿过烤面包机，看到了反射出来的自己的形象。她恳求我大发慈悲。"拜托理得整齐一点，动作快一点。"

最后完成这项工作的是我们的父亲。他站起来，没有逃避他的职责。他把她的头摆得端端正正，修剪完之后又轻轻地用手在她脑袋上揉了揉。他抚摸着那一头男孩子式的短发，彭妮身子前倾，颇为享受。她看不到身后的这个男人，看不到他脸上变幻的表情，也看不到落在他脚边的已经枯萎的金发。她看不出他实际上已经是多么颓废不堪，而我们兄弟几个就站在他们身后看着他们。她穿着牛仔裤和 T 恤衫，光着脚，也许就是她的这副样子彻底征服了我们。

她看起来就像是个邓巴男孩。

顶着这样的发型，她就是我们当中的一员。

回归河边

这一次，他没有在树丛中逗留，而是直接穿过了桉树林长廊，安静地大步走向明亮之处。

之前挖好的沟渠还在，轮廓分明，周围被清理得很干净。阿马赫努河上下游两侧都有更多的泥土被挖了出来，河床变得更加宽敞。余下的一些残骸——那些烂泥和木棍、树枝和石块——已经被移开或是干脆铲平了。他用手轻轻扫过河床某一处表面光滑的底部。他注意到右侧有轮胎的痕迹。

走到河床中间，他又一次停了下来，蹲在这片颜色不一的泥地里。在此之前他并没有意识到原来这里蕴藏了这么多层次，简直是一堂岩石教授的历史课。他微笑起来，说："你好啊，河。"

至于我们的父亲，此刻他正在家中的沙发上熟睡着，身旁还有半杯咖啡。克莱看了他一会儿，回到卧室放下运动包。他取出借的那些书和老旧的木头盒子，但是没有拿出包里的《采矿工》，而是把它好好藏了起来。

后来，他们一起坐到了台阶上，尽管天气慢慢变凉，还是有很多蚊子，而且都在迅猛地寻找猎物。他们踮着脚尖蹲在地上，双手交叠。

"天哪，它们就像怪兽一样，不是吗？"

黑色群山在远处高高耸起，只显出黑色的影子。

山的后面有一抹血红。

又一次，**谋杀犯**开口讲话，或者说试着发起对话。

"他们——"

克莱打断了他。"你租了机器。"

他温和地叹了口气。他这算是被抓到作弊了吗？他这算是打破了这座桥该有的造桥理念吗？"我知道——这样和嘉德水道桥就没法比了，对吧？"

"是没法比了。"克莱回答说，但还是给他留了点余地，"但那座桥也不是只凭两个人就能建起来的。"

"要么就是有魔鬼帮忙，如果——"

他点了点头。"我知道。"

他没法告诉他自己看到这项工作已经完成时感到多么宽慰。

这时，迈克尔又进行了一次尝试。

他把刚才被迫吞回去的问题又问了出来。

"他们怎么样？"

"还不赖。"

克莱感觉到他在看着自己——看着自己快要愈合的伤口。

他喝完了手里的咖啡。

我们的爸爸只是小口啜饮着。

等他也喝完，他的目光并没有再转到男孩身上，而是看着一级级台阶。"马修干的？"

克莱点了点头。"但是我没什么大事。"他想了想，"最后是罗里把我扛回去的。"他的脸上露出了几乎微不可察的笑意。

"他们能接受你离开——我的意思是，回到这儿来吗？"

"当然了，"克莱说，"我肯定得回来。"

他慢慢地站起身，还有太多太多的话要说，太多太多的话几乎就要脱口而出。有关亨利、施瓦兹、斯塔基（不能漏下斯塔基的那个女伴），以及亨利和彼得·潘。还有克劳迪娅·柯克比和我的故事。还有我们所有人站在车站、火车都启动了还没有离去的样子。

当然了，还有别的。

毫无疑问，还有凯丽的事。

凯丽和皇家轩尼诗，她穿过一匹匹的赛马……结果最后输给充气果酱——

但是，再一次，他们之间还是出现了这种静默。

这种无言的氛围。

为了打破沉默，克莱说："我要进屋了……趁着现在还有点劲——"

但是等一下——后来发生了什么？

一个惊喜。

克莱本来一只脚已经迈进房子里，但又走了出来；他好像突然变得健谈了，对克莱而言，说出这接下来的十二个字已经像是话痨了。

他一只手举着咖啡杯，说："我喜欢这里，我喜欢待在这儿。"说完他自己也暗自琢磨为什么会突然讲这些。也许是想承认一种全新的存在方式——父亲既存在于河边也存在于阿尔切街，甚至是一种接纳：

他属于我们每一个人。

他是这两边的纽带。

那时他们都只是少年

到了最后，一切不得不宣告终结。

互相打斗的日子进入尾声。

香烟找到了，抽完了。

甚至哄骗他们练习钢琴的日子也结束了。

后来想想，弹钢琴是很好的分散注意力的方式，但却无法逆转她的身体状况。

她体内的状况急剧恶化。

她的身体被掏空，她的身体被填满。

别的不说，在接下来的几个月里，也还算度过了几个正常的日子——尽管我们的母亲一直要受到那种残酷化疗的惩罚。她又做了好几次手术，开了好几刀，又被结实地缝合起来，就好像是高速路旁停下来的一辆车。你应该知道那种声音，你好不容易把车重新打着了火，重重地合上车前盖，向老天祈祷它能再跑个几英里，你知道那种感觉吗？

每一天都像是在重新给车子点火。

我们一直向前开，直到一次又一次熄火。

这种生活方式的一个最佳范例出现在一月初，那个时候圣诞假期还没结束：

充斥着各种礼物和赤裸裸的欲望。

是的，欲望。

后来的几年里，也许会有像《光棍俱乐部》里演的那种单纯的激动和纯粹的白痴行为，但是在彭妮刚开始生病的那段日子里，我们才刚刚展现出少年时代的贪婪与堕落。

是该说我们反常扭曲，还是说我们只是在尽情享受生活？

这都取决于你从什么角度看待这个问题了。

先不管别的，那天是那年夏天到那时为止最热的一天，就好像是后来发生的事件给出的先兆。（克莱喜欢"先兆"这个词，他是从学校里一个令人敬畏的厉害老师那里学到的这个词，他了解的词多得吓人。其他的老师都只是严格按照教学大纲授课，而这一位——才华横溢的伯威克先生，只要一走进教室就会开始考学生们，认为他们就是有义务知道这些词：

先兆。

可恶。

备受煎熬。行李。

"行李"是个很不错的词，和与它相对应的动作十分契合：因为你要拖行李①。）

① 在英文中，"行李"一词为"luggage"，"拖"一词为"lug"。——编注

但是话说回来，一月初的时候，太阳高照，极其炎热。赛马场里一片炙热。远处传来汽车的嗡嗡声，而后又转了个弯，朝另一个方向蔓延开来。

亨利当时在波塞冬路与酒鬼巷交汇的那个路口的报刊亭里，过了一会儿他耀武扬威地走了出来，把克莱拉到了小巷子里。他先是左右看看，然后开口说道。

"给你这个。"他的声音很低，但很有力，从T恤衫里掏出一本《花花公子》，"这里面可是有不少的货。"

他把杂志递给他，打开中间的一页，两页之间的中缝正好穿过她的身体——既紧实又柔软，凹凸有致，所有的身体部位都十分迷人。她的臀部翘起，看起来相当兴奋。

"这玩意儿很不错吧？"

克莱低头细看，他当然会这么做，他对这些都相当了解——毕竟他已经十岁了，还有三个正值青春期的哥哥；他曾经在电脑屏幕上看到过裸体女人——但这本书上的完全不同。这种遮遮掩掩的感觉与赤身裸体的诱惑结合在一起，而且是在这样光滑的纸面上，那滋味尤其好。（正如亨利所言："这才是真正的生活！"）克莱因兴奋而浑身颤抖，很奇怪，他念出了她的名字。他微笑起来，又靠近看了看，然后问道：

"她真的姓一月吗？"

他身体里的心脏剧烈地跳动着。亨利·邓巴咧嘴一笑。

"当然了，"他说，"跟你打包票。"

但等他们后来回到家（路上还好几次停下来色眯眯地盯着杂志）时，我们的父母就坐在厨房里。他们坐在磨得光秃秃的地板上，身子几乎快要躺倒在地。

我们的父亲后背倚靠着碗橱。

他的眼睛是一种憔悴的蓝色。

我们的母亲呕吐过——地上一片狼藉——这会儿她背靠着他睡着了。迈克尔·邓巴就只是坐在那里，眼睛瞪着前方。

这两个男孩子，就这样站在门口。

他们的性冲动突然间烟消云散；裤裆里那家伙也变得萎靡不振。

亨利喊了出来，他做出了反应，好像突然之间成了个负责任的大人。"汤米，你在家吗？别到这屋来！"他们就这样看着母亲脆弱的样子——一月小姐被卷成一团，夹在他们两个中间。

她那迷人的微笑，收拾得干净完美的家具。

即便现在想到她，都让人心碎。

一月小姐看起来真的是太……健康了。

初秋，该来的还是会来；那天下午发生的事命中注定。

罗里已经读了一个月的高中。

克莱十岁了。

她的头发又长了回来，是一种奇怪的、更亮的黄色，但是她身体的其余部分都已经油尽灯枯。

我们的父母瞒着我们出了门。

那是一家商场附近的一座奶油色小楼。

从窗户飘来甜甜圈的香气。

里面是一长串医疗器械，它们都是灰色的，看起来冰冷却又热得发烫。医生像是得了癌症一样，脸色十分难看。

"请坐吧。"他说。

整段话中他至少说了八遍"攻击性"这个词。

宣布病情时竟可以如此残忍。

* * *

他们回到家的时候已经是晚上了，我们都走出来迎接他们。我们总是会帮忙拎购物袋，但是那天晚上他们手上什么都没有。鸽子落在电线杆上。它们没有发出任何咕咕声，就只是冷眼旁观。

迈克尔·邓巴站在车旁，弯下腰，双手放在还留有余温的车前盖上。彭妮站在他身后，手掌轻轻覆在他的后背上。在渐柔渐暗的光亮中，她的头发就像稻草一样，捆扎在一起，整整齐齐地梳到脑后。

我们看着他们，没有人开口发问。

也许他们吵过一架。

回过头细想，显而易见，那晚死神也相伴我们左右，他就和鸽子们一起落在电线杆高处，悠闲地从电线上倒挂下来。

他就这样看着他们肩并肩。

第二天晚上，彭妮在厨房里告诉了我们这个消息。她的声音嘶哑，整个人脆弱不堪。我们的父亲也彻底崩溃了。

我记得太清楚了——罗里拒绝相信这一切，很快他就发狂失控，不停地说着"什么？""什么？""**什么**？"，声音越来越大。他的声音尖细、激烈，最后变得沙哑。他银色的眼眸逐渐暗了下来。

彭妮是那么纤弱，那么泰然自若：

她用陈述事实的语气冷静地说着。

她的绿色眼眸中有一片狂野之色。

她的头发已经长了出来，向四处蓬散开。她不断重复着：

"小伙子们，我就要死了。"

她第二次这么说的时候，罗里被彻底击垮了，我记得：

他的双手紧紧握成拳头，然后又松开。

那时我们每个人体内都传出巨响——一种安静中爆发的喧嚣，一种难以用语言解释的震荡。他试着把整个碗橱掀翻，他摇晃着碗橱，将我摔到一边。我能看到所发生的一切，但却听不到任何声音。

很快，他抓住了身边离他最近的人，那个人刚好是克莱，他揪住他的 T 恤衫大吼了出来。就是在这个时候彭妮向他冲了过去，拦到两人中间，但是罗里没有停手。所有声音就好像是从很远的地方向我传来，但很快我就被拉回了现实——我们房子里的动静就好像在举行什么街头争霸赛。他冲着克莱的胸口大吼大叫，声音穿过纽扣直接冲击着他的胸膛，一直传到了他的心房。他一下又一下地击打着他——直到克莱的眼睛里也冒出火苗，直到他自己的声音变得低沉冰冷。

上帝啊，我至今仍能听到那天的声音。

我竭尽全力使自己远离那个时刻。

如果可以的话我想离它越远越好。

即便是现在，当时那发自心底的吼叫仍让我印象深刻。

我看到亨利站在烤面包机附近，静静地听着它发出的声音。

我看到汤米整个人呆坐在一旁，低头看着那些已经模糊了的碎片。

我看到我们的父亲，迈克尔·邓巴，在水槽旁摇摇欲坠；然后他弯腰去抚摸彭妮——双手扶在她不停颤抖的肩膀上。

至于我，站立在这一切之中，独自积攒着内心的怒气。我动弹不得，双臂交叠在胸前。

最后，当然了，我看见了克莱的样子。

我看着这个邓巴家的第四个男孩，深色头发的男孩，他被撞倒在地板上，仰面朝天，盯着天花板。我看到好几个男孩子纠缠在一起的四肢。我看到我们的母亲蹲在他们身边试图抚慰他们——我越是回想当时的情景，越觉得这也许才是厨房里真正发生的飓风。彼时那些男孩们都还只是少年，谋杀犯也只不过是个普通男人。

我们的母亲，彭妮·邓巴，只剩下六个月的生命。

第六部

———

城市
+
水
+
罪犯
+
拱桥
+
故事
+
幸存者

从收音机里爬出来的女孩

星期三的早晨，天还没亮，克莱就出发去了镇上，天亮的时候刚好抵达。他从银角商店买了一份报纸。

返程的路走到一半，他就停了下来，仔细研究新闻标题。

他在寻找那个名字。

白天的时候，他们相互交谈，一起工作，写写画画，进行设计。**谋杀犯**对于报纸的内容很好奇，但是他不敢问。他强迫自己转移注意力。有很多张素描和测量图表要完成。还要计算制造临时支架和脚手架的木材耗费量。对于桥梁拱形的部分，他们计划使用石头来完成——克莱说他还有点积蓄，但迈克尔立即让他自己留好。

"相信我，"**谋杀犯**说，"地上到处都是洞，我知道到哪里去找好用的石头。"

"比如可以去那个村子，"克莱几乎是漫不经心地说，"塞提涅亚诺。"

迈克尔·邓巴停下了手里的动作。"你刚才说什么？"

"塞提涅亚诺。"

就是在那时，迈克尔突然明白了什么——明白了他在说什么，更重要的是，意识到他引用了什么。克莱在与谋杀犯拉近距离的同时，又把他远远地推开了。在那一瞬间，他就这样抹杀了那一晚"我喜欢这里，我喜欢待在这儿"的慷慨，而是让谋杀犯明白他知道了真相。

来吧，克莱想，多考虑考虑我刚才说的是什么意思。

但是那一刻他并没有趁机询问更多。

* * *

十二点半刚过，太阳还在炙烤着河床，克莱说："嘿，你不介意我借你的车钥匙一用吧？"

那时，**谋杀犯**正大汗淋漓。

他其实想问借车钥匙做什么。

但是他只是说："当然可以，你知道钥匙放在哪儿吧？"

两点之前也发生过一次同样的对话，四点钟又来了一次。

克莱慢慢跑到对岸的桉树林里，坐到了车里的方向盘前，听着车载广播。那天参加比赛的赛马是壮观、热力和巧克力蛋糕。她被安排在了第五赛道。

最后一场比赛结束，他回到河的另一边，说："谢谢——我不会再这么做了，这样做很不守纪律。"迈克尔·邓巴被逗乐了。

"那你最好多加会儿班。"

"好的。"

"我是开玩笑的。"这时他突然鼓足了勇气，"我不知道你去那边做了些什么，"那双嵌在凹陷颧骨中的浅绿色眼睛突然亮了一下，"但肯定是很重要的事。当男孩子们突然轻易抛下手中的事，一般都是为了一个女孩。"

克莱略微有些吃惊。

"哦，还有，关于塞提涅亚诺，"**谋杀犯**继续说道（那时他一定十分焦躁），"那是米开朗基罗学习大理石相关知识的地方，也是在那里，他开始将切好的大理石作为自己雕刻的原料。"

他的意思相当于：

我不知道是什么时候——

我不知道是通过什么样的方式——

但是你找到了，你发现了《采矿工》那本书。

你是不是也找到了那个女人——艾比·汉利，又名艾比·邓巴？你是不是通过她拿到的这本书？

是的。

彭妮把她的故事告诉你了，是不是？

是的，在她去世之前。

她告诉了你，于是你找到了艾比，她甚至把这本书给了你——**谋杀犯**看着克莱，这个男孩现在就好像一尊雕像，一尊鲜血和石块浇筑的雕像。

我就在这里，迈克尔说。

我离开了你们，我知道，但是我现在就在这里。

好好想想这个吧，克莱。

他确实开始思考。

刽子手的双手

邓巴家的历史，又往前推进了三年半。克莱躺在床上，毫无睡意。他已经十三岁了。他有一头深色的头发，还保留着男孩子的稚气，瘦得皮包骨头，在一片寂静中，他有力的心跳令人感到刺痛。他的双眼仿佛都冒出火星。

下一秒他就溜下床，穿好了衣服。

他穿着短裤和 T 恤衫，光着脚。

他溜了出去，一直跑到了赛马场，他在街上奔跑，放声尖叫。他什么都没说，就这么做了：

爸爸！

爸爸！

你在哪里，爸爸？！

那时才是初春，即将破晓，他围着楼群一圈圈地奔跑着。谣传这一带要建起来很多房子。汽车的车灯扫向他，像幽灵的双眸，扫过来扫过去，然后开走了。

爸爸，他在心里大喊着。

爸爸。

他的脚步渐渐放缓，最终停了下来。

你在哪里，迈克尔·邓巴？

那一年年初的时候，这件事还是发生了：

珀涅罗珀死了。

她是三月去世的。

走向死亡的过程耗费了三年，原本医生说只有六个月。她就像是《吉米·哈特内尔》系列的终结者——为了干掉她他想尽了一切办法，但是珀涅罗珀就是不会被消灭。而当她最终屈从于这股力量时，暴政很快就开始了。

在我们的父亲那里，我们希望获得希望，至少我是这样想的——我们想要从他那里得到勇气，以及类似的行为——比如挨个儿拥抱我们，或者是带着我们走出情绪的最低谷。

但是并没有发生这种事：

警察开着警车离开了我们。

急救车缓缓驶离街道。

迈克尔·邓巴走向我们几个，他朝着我们走来，但又走了出去，最后离开了这里。他走过草坪，继续向外走去。

我们五个人就这样被抛弃在了门廊上。

葬礼成了为数不多的发生在阳光底下的事情之一。

阳光普照的山顶公墓。

我们的父亲从《伊利亚特》里选出了一段来读，他念道：

　　　　　　他们把船拖到了友好的海域中。

他穿着婚礼那天穿过的西装，多年以后，也是穿着这同一套西装，他再度归来，首先看到了阿喀琉斯。他浅绿色的双眸黯淡无光。

亨利做了演讲。

他模仿她平时在厨房里讲话时做作的口音，人们都笑了，但他却双眼含泪。现场来了两百多个孩子，都是海普诺高中的学生，都穿着整齐的校服：厚重、整洁、深绿色的校服。男孩和女孩都一样。他们讲了节拍器的故事。有不少学生是她教会阅读的。我觉得最调皮的孩子反而是最难接受她的离开的。"再见了，老师，再见老师，再见老师。"他们在阳光下一个个走到棺木旁，伸手抚摸棺盖，又一个个离开。

葬礼是在户外举行的。

他们会再把她抬回来，送去火化。

棺盖落入火中。

这样看棺材，其实真的有点像一架钢琴，像是钢琴相貌平平的远亲。你可以按自己所想的来装扮它，但再怎么布置，这也只是一块硬木板而已，不过就是棺盖上抛撒了几朵雏菊。她肯定不想让自己的骨灰四处散落，也不想让它们像堆沙子一样被供在骨灰瓮里。但我们还是花钱买了一块小小的纪念碑——有这样一块石头立着，我们可以时常来这里缅怀她，来城市高处看看她。

仪式结束之后，我们抬着她离开。

一边是亨利、克莱和我，另一边是迈克尔、汤米和罗里——就像我们在阿尔切街踢足球时分成的两支队伍一样，棺木里的女人明明轻得好像完全没有重量，可棺材却像是有一吨那么重。

她就好像夹在砧板里的一根羽毛。

守灵夜即将结束，开始分发茶水、咖啡和糕点。我们站到了外面。

我们所有人都穿着黑裤子。

我们所有人都穿着白衬衫。

我们看起来就好像一群摩门教徒，但是却没有他们那种慷慨济世的思想：

罗里很生气又很沉默。

我，就好像一块墓碑一样沉寂，但我的眼里有火光在闪烁。

亨利只是看着远方。

汤米脸上还有大片泪痕。

当然了，还有克莱，他先是站着，然后放任自己蹲了下来。在她去世的这一天，他手里一直拿着一个晾衣夹，现在他紧紧地握着拳，直到手心感到刺痛，然后很快把它塞回到口袋里。我们没一个人看到这一切。那个晾衣夹又新又亮——是黄色的——他像是有强迫症一样来回摆弄着。像我们所有人一样，他也在等待着我们的父亲，但我们的父亲已经消失了。我们的心脏仿佛落到了地上，被随意摆弄着，就像一团血淋淋的肉块，十分柔软。然而，整座城市都在我们脚下闪闪发光。

"该死的，他去哪儿了？"

足足等了两个小时之后，我终于忍不住开口发问。

后来，他终于来了，但他无法直视我们，我们也无法直面他。

他佝偻着腰，整个人支离破碎。

他像是套进西装里的一具空壳。

葬礼结束的这段时间很有意思。

我们家里到处都是躺着的躯体，到处都是伤员。

我们的起居室更像是医院里的病房，但是是你在电影里才能看到的那种。男孩子们仿佛都被烤焦了，横七竖八地躺着。我们躺在哪里，仿佛就会在那里待到发霉。

这么大的太阳并不正常，但是它依旧每天都散发着灼人的热气。

至于迈克尔·邓巴，尽管早已考虑到他的状态会很糟，但他崩溃的速度还是令人吃惊。

我们的父亲只是半个活人。

另一半随着彭妮一起死掉了。

葬礼之后过了几天，有天晚上，他又一次离开，我们五个人出去找他。我们先去了墓地，然后又去了裸臂酒吧（我们还是有逻辑分析能力的）。

我们终于在车库找到了他，但打开车库大门时大吃一惊。他瘫在一堆油渍旁。自从警察带走她的车，那片地上就只留下了一团油渍。唯一缺少的就是摆满一整个走廊的彭妮·邓巴画像。但话又说回来，他从来就没有画过她，不是吗？

有那么一阵子，他还是照常去上班。

其他人回到学校上学。

那个时候我已经工作了一段时间了，是在一家地板和地毯制造厂打工。我甚至从我一个工友那里买了一辆二手旅行车。

我们的父亲刚被喊到学校时，他看起来简直就像完美的二战幸存者：穿着讲究，胡子剃得干干净净，克己自控。我们正在努力应对，他这样说。校长们点点头，老师们也信以为真，他们从来就不可能留意到他已经身陷深渊。一切乱象都被隐藏在这副躯壳之下。

他不像很多男人那样，会通过酗酒、发狂和暴力行为来释放自我。不，对他来说，自闭反而更容易一些。他还在，但他已经不在了。他会坐在空荡荡的车库里，面前摆一个杯子，却一口都不喝，我们每次都得喊他回屋吃晚饭，即便是大师胡迪尼 [1] 也会对他这套表演印象深刻。这是一场缓慢却有序推进的消失表演。

他就这样一点一点地离开了我们。

* * *

最初的六个月，对于我们邓巴男孩来说，差不多是这样的：

---

[1] 哈里·胡迪尼（1874–1926），匈牙利裔美国魔术师，享誉国际的脱逃艺术家。——编注

汤米的小学老师一直都密切关注着他。

她向我们报告说他表现得还挺好。

在读中学的另外三个人都得去见一位兼任心理医生的老师。在此之前是另外一位老师做这个工作，但那个人很快就另谋高就了，替换他的是个真正的甜心——手臂温热的克劳迪娅·柯克比。那时她才二十一岁。她有一头棕发，个子很高。她总是只化淡妆，但是却会穿很高的高跟鞋。在她教课的教室里贴着海报——简·奥斯汀和她的杠铃，还有"米勒娃·麦格教授是神"的标语。她的桌子上摆满了书和作业本，上面做了许多不同程度的标记。

通常，在见过她又回到家之后，他们会开展男孩子们之间惯有的那种聊天：看似侃侃而谈，实际上等于什么也没说。

亨利说："还是过去那个迷人的克劳迪娅啊，是吧？"

罗里说："她可真是长了一双美腿。"

他们谈论起了拳击手套、大腿和胸部。

他们能联想到的就只有这些。

我说："看在上帝的份上，你们快闭嘴吧。"

但是我也在幻想着那双美腿，我没法不想。

至于克劳迪娅本人，如果你仔细看她，会发现她的脸颊上长了讨喜的雀斑，就长在脸蛋正中间。她的眼眸是棕褐色的，看起来很友善。她在英语课上讲《蓝色的海豚岛》和《罗密欧与朱丽叶》这两个单元。心理辅导时，她只知道一直笑，对这事没什么概念；读大学时，她选修过几节心理学的课程，这让她有足够的资质来处理眼下这种危机。但更有可能的是，她是学校里最年轻的老师，因此被交付了额外的工作。她总是怀抱着极大的希望，希望这些男孩子说自己还好时，是真的很好；而实际上，在当时那种状况下，他们当中的两人确实还好，另外一个则跟好完全不沾边。

也许就是这样的一些小事最终使人崩溃了——时间渐渐流逝，转眼到了冬天。每天下了班，他还是会准时回家。

他会坐在车里，有时一待就是好几个小时。

他沾满粉尘的双手握着方向盘：

车里再也没有联邦止咳糖。

一颗嘀嗒糖也没剩下。

是我替他去交的水费。

然后又是我去交的电费。

在周末的足球比赛上，他只站在边线以外：

他看着我们踢球，但是眼中空无一物，后来就干脆不露面了。

他的双臂像是断了电：它们柔弱无力，缺少生气。他紧实的腹部也开始松懈。他通过逐渐失去本来面目的方式彰显自己内心的死亡。

他忘记了我们的生日，甚至是我的十八岁生日。

这可是通向成年世界的第一道关卡。

他偶尔还会和我们一起吃饭，而且总是会洗碗，但接着他就会走到外面去，回到车库里，或者站在晾衣架下面，克莱会和他一起过去——因为克莱知道一些我们不知道的事。我们的父亲是害怕克莱的。

某天晚上，他罕见地留在了家中。克莱发现他站在钢琴旁，凝视着那些喷绘着字母的琴键。克莱就站在他近旁。他的手指在"MARRY"这几个琴键上徘徊。

"爸爸？"

没有回应。

他想告诉他——爸爸，没关系的，发生了这样的事也不要紧，没关系的，没关系的。我不会告诉任何人。什么都不会说。永远不会说。我不会告诉他们的。

又一次，他握住了那个晾衣夹。

他睡觉的时候也握着它，它从不离身。

有的时候，他晚上睡觉的时候压在了晾衣夹上，白天起来，他会在卫生间检查自己的大腿——晾衣夹在他大腿上留下重重的压痕，就好像一幅小画。有的时候他希望爸爸能趁着夜色来到他身边，在他还醒着的时候轻轻摇晃他。要是我们的爸爸能拖着他走过整座房子，走到后院里就好了；他并不介意自己只穿着内裤，也不介意晾衣夹是不是夹在内裤的松紧带上。

也许这样一来，他就又变回了一个单纯的小孩子。

他真希望可以重新拥有小男孩稚嫩的胳膊腿，他的身体会重重地撞到晾衣架上，撞到晾衣架的把手上，金属穿向他的肋骨。他会抬起头来，看着头顶上方的那些晾衣绳之间——那一排排沉默的晾衣夹。黑暗无关紧要，他只需要看见模糊的形状和颜色就好。他完全可以接受好几个小时保持这样的状态，筋疲力尽但又快乐地等待太阳升起，那时这些晾衣夹就会让整个城市黯然失色——它们挑战太阳，并获得了最终的胜利。

但问题就出在这里。

我们的父亲从来没有走到他床边，把他拉到后院里。

什么都没有，只有不断增长的空白。

迈克尔·邓巴很快就会离开我们。

他让我们孤苦无依。

到最后，在她去世后差不多整整六个月的那一天：

秋天变成冬天，又成了春天，他一言未发地离开了我们。

那是个星期六。

一个深夜和凌晨的交汇时刻。

那时我们还睡在三层床上，克莱睡在中铺。大约三点四十五分，他醒了过来。他看到迈克尔站在床边；他对着那具套了件衬衫的躯壳开口道：

"爸爸？"

"你接着睡就行。"

月光洒在窗帘上。那个男人站在那里，一动不动。克莱瞬间明白了一切。他按照他的要求重新闭上双眼，但是继续说："你是要离开了，对吗，爸爸？"

"安静一点。"

这么几个月以来，他第一次伸出手触摸他。

我们的父亲弯下身子，用双手触摸他——没错，这肯定是双刽子手的手。他抚摸着他的脑袋和后背。手心沾满粉尘，长满老茧。虽然很温热，但也饱经沧桑。虽然满怀爱意，却也冷酷无情，不带一丝爱意。

他待了很久，但是当克莱再次睁开眼睛，他已经离开了；告别仪式正式结束了。但不知为何，他还是能感受到那双手的触感，那双手曾抱着他并轻抚他的脑袋。

那时我们五个都在房子里。

我们在房间里熟睡，可能正在做梦。

我们只是几个男孩，但也同样是几个奇迹：

我们躺在那里，是活生生的血肉之躯，你可以听到我们的呼吸——

就是在这一晚，他杀害了我们。

他在我们躺在床上熟睡的时候谋杀了我们。

阿肯色 [1]

　　在希尔维，在那干涸的河床上，他们一直在赶工，数日连成数周，数周变成一整月。后来，克莱想了一个折中的办法——他周六的时候会回环绕地，前提是那一天正好迈克尔要去下矿井。

　　除此之外，他们都是每天天不亮就起来干活了。

　　要等天黑很久后才会收工。

　　冬天来临，他们在河床上搭起火堆，每天工作至深夜。河边的昆虫很早之前就已经都沉寂下来，红色日落，十分凉爽，早晨起来可以闻得到夜间残留的烟熏的味道。虽然进展很缓慢，但毫无疑问，一座桥正在渐渐成形——但是你刚看到它的时候并不会意识到那是座桥。这条河的河床像是一间卧室，一个少年的卧室，但是卧室里四处散落的并不是脏袜子和乱糟糟的衣服，而是被挖出来的泥土、一道道沟壑和以不同角度搭起来的木头。

　　每天黎明时分，他们便抵达此处，站在桥边。

　　一个男孩，一个男人，两个咖啡杯。

　　"我们有这一切差不多就够了。"他这样说着，但是他俩心里都很清楚**谋杀犯**撒了谎。

　　他们还需要一台收音机。

　　星期五，他们开车去了镇上。

　　他在圣文森特·德·保罗的店里找到了它：

　　收音机机身很长，是黑色的，看起来很结实——装磁带的磁带盒破

---

① 美国南部的一个州名。

掉了，但不知道怎么还能用，拿蓝丁胶①强行粘一粘就行。里面甚至还装着一盒磁带：一张自制的滚石乐队精选辑。

每到星期三和星期六，收音机的天线总是会向四十五度角的方向伸出去。**谋杀犯**很快就了解到了情况，他知道了哪几场比赛是有特殊意义的。

没有比赛时克莱会回到阿尔切街的家中，那时他总是疲惫不堪又充满活力；他浑身沾满粉尘，他的口袋里满是尘土。他拿走衣服，买好靴子，那些衣物一开始是深棕色的，然后变成棕黄色，最后彻底褪色。他总是带着收音机回家，如果她在轩尼诗赛马场比赛，他就会去看。如果是在别的地方比赛——比如玫瑰山、沃里克农场或者是兰德威克，他就会在厨房里听收音机，或者一个人坐在房子后面的门廊台阶上听。之后，他会去环绕地等她。

她也会回到那里，和他一起躺着。

她会告诉他那些赛马的事。

他会抬头看着天空，并不点破这一事实：分给她的赛马从来没有赢过。他可以看得出这一切多么打击她的士气，但是说出来只会让状况变得更糟。

外面天气很冷，但他们从来没有抱怨过。他们总是穿着牛仔裤和厚厚的夹克衫躺在那里。她脸上有血红色的小雀斑。有的时候她会穿一件帽衫，将帽子套在脑袋上，长长的碎发还是会跑出来。碎发蹭在他的脖子上，痒痒的。她总是能找到一种让他心痒痒的方式。

凯丽·诺瓦克就是这样特别。

七月，有天晚上迈克尔·邓巴又去了矿井，走之前，他在关于脚手架、

①一种蓝色黏合剂，用于粘贴墙纸。

模具尺寸和桥拱角度的计划中增添了新的标注。克莱看着一张临时支架的草图微笑起来。但很不幸的是，他又要开始另一次挖掘工作了——这一次是为了建造一个斜坡，以便运送大量巨型的石块。

他在河床的两侧深深地凿刻着，小心翼翼地凿出了一条路；他们要关注的不仅是桥本身，周边与它有关的一切都要考虑到——而当他独自一人在河边工作时，他会更加用心、更加拼命地去完成这些工作。他一边工作，一边聆听，然后跌跌撞撞地走回家。一回家，他便会一下跌坐在已经凹陷下去的沙发上。

自从塞提涅亚诺事件之后，他们两个人之间便达成了某种不言而喻的共识。

谋杀犯不会再提这件事。

他不会问克莱都知道了些什么：

他不会问，关于《采矿工》和米开朗基罗，他到底知道多少；关于艾比·汉利，或者艾比·邓巴，他都知道些什么；还有那些画像，或者说他的画作。

迈克尔不在的时候，克莱会反复阅读书里面他最喜欢的几个章节，也会读凯丽最喜欢的部分。

她最喜欢的还是他早期的经历：

那座城市和他的成长过程。

少年时代被打断的鼻梁。

《圣母怜子像》的雕刻过程——耶稣就好像流水一般，躺在圣母马利亚的怀抱中。

对于克莱而言，最喜欢的还是《大卫》。

《大卫》和《奴隶》。

他热爱他们，他的父亲当年也是如此。

还有一段书里面的描述，他也很喜欢，那一段描述的是现在那些雕塑作品矗立在佛罗伦萨国立美术学院中的情景：

今天，《大卫》依然站立在佛罗伦萨国立美术学院长廊的尽头，矗立在一片明亮空旷的穹顶之下。他仍然处在面临抉择的紧要关头：永远心怀恐惧，永远蔑视一切，永远犹豫不决。他能够击败强大的巨人歌利亚吗？他的视线从高处越过我们，看向远方，远处，《奴隶》们正在安静地等待。他们一直在挣扎，已经等了几个世纪——等着雕塑家重返此地，将他们雕为成品——或许还要再多等几个世纪……

在阿尔切街时，他还是经常会爬到屋顶上。有的时候他也会坐在沙发一侧读书，而我就坐在另一侧。

我们有的时候会一起看电影。

可能一晚上连着看两部：

《危情十日》和《疯狂的麦克斯Ⅱ》。

也会选择看《上帝之城》。（"什么？"亨利从厨房向我们大喊，"你们不会是真的找了一部本世纪的电影来换口味吧！"）后来，为了保持平衡，又看了一部《摩登保姆》。（"这一部稍微好了一点——一九八五年的佳作！"）最后这部电影的碟片也是别人送的礼物，是罗里和亨利一起送的一份生日礼物。

连看《上帝之城》和《摩登保姆》的那个晚上可以说是美妙得无与伦比。

我们都坐在那里，目瞪口呆，目不转睛。

我们被里约热内卢的贫民窟吓到了。

然后又被凯丽·勒布洛克[1]惊艳到了。

"嘿,"罗里说,"再倒回去看看那一段!"随后又说,"这部片子可真是应该拿奥斯卡奖!"

克莱在河边听着收音机,先是听了几场比赛,然后又听了十几场,可她什么时候能首次夺冠仍不明朗。第一次在轩尼诗比的那一场——当时她因为极速转向遭到抗议而失去了获胜资格——仿佛突然间成了多年以前的事,但其实并没过多久,当时的情景仍旧历历在目。

有一次,正当她骑着一匹名叫眩晕枪的母马飞快地在赛道上冲刺时,她前面的一名骑师突然失手丢掉了马鞭,鞭子直接打在了她的下巴上。这让她一瞬间分了神,身下的赛马也瞬间失去了冲刺的动力。

她跑了第四名,所幸小命还在,但是无比懊恼。

最后,那个时刻还是到来了,注定会有这么一天。

那是一个星期三的下午。

比赛是在玫瑰山进行的,那匹赛马是匹一英里比赛专用马,名叫阿肯色。

克莱那时正一个人待在河床边。

城里已经连着下了好几天的雨,比赛时她一直让它在内圈跑,而其他骑师都领着自己的赛马跑到了外面没那么泥泞的赛道上,而且这么做也是更加稳妥的。凯丽听从了麦克安德鲁的建议。他说话时冷冰冰的,但却给出了明智的建议:

"直接带着它冲过泥水坑就行,孩子。让它一直紧贴着围栏跑——

---

① 凯丽·勒布洛克(1960—),美国演员,《摩登保姆》女主演。

你刚带这匹马过来的时候我就想在它身上画上冠军的标识了，懂吗？"

"我懂了。"

但是麦克安德鲁能看得出她仍心怀疑虑。"听着——没有马可以跑一整天，赛事时间可能被拉长，这样的话你们两个就可以少跑好多步。"

"彼得·潘有一次就是这样赢得了大奖赛。"

"不，"他纠正她，"不是这样的——恰恰相反，它是在最靠外的赛道上跑的，但那是因为当时整个赛场都一片泥泞了。"

凯丽很少犯这种错误，一定是因为赛前太紧张了，麦克安德鲁讲到一半也微笑起来——他在比赛日才会露出这种笑容。他手下的很多骑师甚至都不知道彼得·潘是何方神圣。既不知道这匹赛马，也不知道那个童话故事里同名的小男孩。

"只要拿下这场该死的比赛就行。"

她也确实赢得了胜利。

在河床边，克莱深感喜悦：

他一只手放在脚手架的一块木板上。他曾经听那些酗酒的人说过"给我来四瓶啤酒，我脸上的这个笑容就永远不会消失"之类的话，现在他就是这种感受。

她终于赢了一场。

他想象着她牵着马走回去，两眼放光，还有麦克安德鲁那双像钟表指针一样纤细的手。一打开收音机，他们就置身于南部的弗莱明顿了，评论员大笑着结束了当天的节目。他说："看看她，这位骑师，她正在拥抱她那位态度强硬的老驯马师呢——看看麦克安德鲁！你见过比现在的他更加局促不安的人吗？"

收音机里传出大笑，克莱也大笑起来。

这只是短暂的休息，克莱很快又重新回去工作了。

下一次回家的路上，他在火车上想着心事，做着梦。他构想了许许多多个庆祝阿肯色获胜的瞬间，但他本应意识到现实总是会与想象截然不同的。

他直接去了轩尼诗的看台。

他看着她在两场比赛中跑了第四名，另一场跑了第三名。然后她又赢得了一次第一名。那是一匹名叫脑溢血的短跑型赛马，马主是一位很富有的殡葬馆老板。很明显，他给自己拥有的所有赛马都取了类似的致命疾病的名字：栓塞、心脏病、动脉瘤。他最喜欢的一匹名字叫作流感。"流感是被严重低估的疾病，"他这样评价，"是绝对的致命杀手。"

在这一场比赛中，她一直注意让脑溢血保持良好的放松状态，并且带着它流畅地完成了弯道转向。等她结束比赛后，克莱观察了一下麦克安德鲁的表现。

他依然板着脸，但还是可以看出穿着海军蓝套装的他十分激动。

他甚至可以通过读唇语来判断麦克安德鲁说了些什么。

"别拥抱我，连想都不要想。"

"别担心，"她说，"这次不会抱你了。"

比赛结束之后，克莱步行回家。

他穿过轩尼诗赛马场的一道道闸门，穿过尾气缭绕的停车场，以及一排排亮起来的红色尾灯。他转了个弯，走到日落路上，那条马路有些拥堵喧闹，但也没那么严重。

他双手插在口袋里。

这座城市到了夜晚会收拢起来，然后——

"嘿！"

他转过身去。

"克莱！"

她从门的另一边冒了出来。

她已经换下了当骑师时穿的那一套比赛服，换上了牛仔裤和衬衫，只是还光着脚。她的笑容就好像是冲刺到赛马场终点线附近的直道上才会露出的那种笑容。

"等等我，克莱！等一下——"她追了过来，站在离他还有五米远的地方，他可以感受到她身上传来的热气和沸腾的热血。他对她说："脑溢血。"然后微微一笑，又对她讲："还有阿肯色。"

她一步迈过这片黑暗，跳着向他扑了过来。

她几乎快要把他扑倒了。

她的心跳犹如一阵雷击——但是温暖有力，一直传入他的夹克衫里——马路上的车流依然堵成一片，动弹不得。

她格外用力地抱住了他。

人们从他们身边经过时看了看他们，但是谁都没有留意到：

她赤裸的双脚踩在他的鞋子上。

她把头埋在他的锁骨窝里喃喃低语。

他可以感受到她一根根凸出的肋骨，就像是自然形成的脚手架，她毫不客气地紧紧抱住他：

"我很想你，你知道吗？"

他也紧紧拥着她，虽然很痛，但他们很喜欢这种感觉；她柔软的胸部都被狠狠地压扁了。

他说："我也很想你。"

他们松开彼此后，她问他："一会儿见？"

"当然了，"他说，"我会到那儿去的。"

他们会在那里相会，他们会规规矩矩的，遵守他们之间的规矩和准则——虽然从来没有明说但总是心照不宣。她会让他感觉痒痒的，但不会再有更多的动作。没有其他动作，但她会告诉他所有的事，只是不会提到那件最棒的事——她的脚踩在他的脚面上的感觉。

搜查者

过去的许多事情已无法更改。

我们的母亲去世了。

我们的父亲逃走了。

一个星期后，克莱开始四处找他。

在开始寻找之前的每个小时，他体内都会积聚一些能量，但他并不清楚那究竟是种什么情绪，就好像足球比赛之前的紧张心情，但并不会随着时间的推移消散。也许两者之间的不同在于，足球比赛是要上场踢球的。你要跑到球场上，能量要从球赛开始维持到球赛结束。但找人并不是这么一回事。每一次都是开始的状态，而且这种状态会无休无止地持续下去。

像我们所有人一样，克莱以一种奇怪的、筋疲力尽的方式思念他。

光是想念彭妮就已经很艰难了。

但是想她的时候，至少你知道应该怎么应对那种思念，这就是死亡的美妙之处——死亡是绝对的。但是对于爸爸，我们存在太多的疑问，也产生了一些很危险的念头：

他怎么能就这样离开我们？

他去了哪里？

他还好吗？

一个星期之后的那天早上，克莱醒过来，他直接站起身在卧室里穿好了衣服。很快，他就走出了房门。他必须要填补那片空白。他的反应来得很突然，但也很简单直接。

他走到街上，跑了起来。

* * *

就像我之前讲过的那样，他跑起来，大喊着："**爸爸！爸爸！你在哪里，爸爸？！**"

但是他并没能喊得很大声。

清晨还带着几分初春的冷冽。

他刚溜出门的时候跑得很猛，之后便在依然漆黑一片的清晨里行走着。这种冲动行为带来的恐慌和兴奋感让他不知道自己正在去往哪里。当他清醒过来时，才意识到自己迷路了。但他很走运，又找到了回家的路。

他回到家的时候，我正站在门廊上。

我走下台阶，一把拎起他的衣领。

我一只手抓着他，让他面朝我。

我之前说过，我已经满十八岁了。

我觉得我应该有个十八岁大人的样子了。

"你还好吗？"我问他，他点了点头。

我的胃痉挛开始有所缓解。

第二天，他又一次这样做的时候，我就没那么宽宏大量了；我还是伸手去扯他的衣领，但是却一路拖着他走过门前的那片草坪。

"该死的，你到底在想什么？"我质问他，"你到底想玩什么把戏？"

但是克莱抑制不住兴奋的神色；过了一会儿，他稍微平静了下来。

"你到底有没有在听？"

我们停在了纱窗门外。

男孩赤着双脚，脚上沾满泥土。

我说："你得给我发誓。"

"发什么誓？"

他这时才发现自己的脚上有血，就好像脚趾之间长出了锈斑；他倒是很兴奋，甚至微笑起来，他很喜欢那片血迹。

"你好好猜猜啊！不要再动不动就消失了！"

光是那个人失踪就已经够糟的了。

我心里这样想着，却没有办法把这话说出口。

"好吧，"他说，"我不会消失的。"

克莱发了誓。

克莱撒谎了。

之后好几个星期，他每天早上都这样跑出去。

有的时候我们会出去找他。

回过头再看，我很好奇我们为什么这么做。

他并没有面临直接的生命危险——最糟糕的也不过就是再次迷路，但是不知怎的，我们就是有一种要紧紧将他抓牢的感觉。我们已经失去了母亲，然后又失去了父亲，不能再失去另一个亲人了。我们就是完全不能让这样的事情发生。尽管如此，我们对他也没有特别友善；他每次回来都要被罗里和亨利折磨，直到他腿都快要断了才放过他。

但是还在那个时候，问题就出现了，不管我们怎样伤害他，都不能真正伤他分毫。不管我们怎么努力抓住他，都没有办法真正把他攥在手心。他总是第二天就又离开了。

有一次，我们还真是在外面找到的他。

那天是星期二，早上七点。

我工作马上就要迟到了。

那天城里很凉爽，多云，是罗里一眼瞥到了他。我们当时正在东面离家几个小区远的地方，也就是在罗吉拉大街和海德罗琴大街的交汇处。

"在那儿！"他说。

我们追着他，一直跑到了阿贾克斯巷，小巷后街堆着一排排装牛奶的板条箱，最后我们在篱笆前一把抓住他，弄了我一手灰色的木屑。

"见鬼！"亨利大喊道。

"怎么了？"

"我好像被他咬了一口！"

"那是我的皮带扣。"

"按住他的膝盖！"

他自己还没有意识到，但是在内心深处的某个地方，克莱已经立下了誓言：他绝不能再像这样被人按住了，至少不能如此轻易地被人制服。

那天早上，我们一路推搡着他回家的时候，他也犯了个错误：

他以为对他的惩罚结束了。

并没有。

如果说几个月之前迈克尔·邓巴没能把他从房子里一路拖出去，我这会儿倒是帮他实现了这个梦想；我猛推着他走过走廊，把他直接甩到后院，并在排水沟旁边丢了架梯子。

"来吧，"我对他说，"爬上去。"

"什么——爬到屋顶上吗？"

"照我说的做就是了，不然就打断你的腿。看你到时候再怎么跑——"克莱终于爬上了屋脊，他看到眼前的一切后明白了我的意思，心情也随着沉静下来。

"你懂了吧？你看到这座城市有多大了吧？"

这让他想起五年之前，他当时想要做一项研究，调查世界上的每一种体育运动，为此还问彭妮要了一个新练习簿。他以为只要列出自己知道的所有体育项目就行了。第一页写了一半，他只列出八种运动，这才意识到这个项目毫无完成的希望——所以，他现在意识到：

在屋顶上看到的城市扩大了数倍。

他可以看到这个城市向所有方向延伸的地域。

只能用庞大、巨大、硕大等词来形容。他所听到过的一切形容某事不可战胜的词汇，都可以用来描述这座城市。

有那么一瞬间，我几乎都有点同情他了，但是我必须得给出致命一击。"小家伙，你想走多远就可以走多远，但是你永远也找不到他。"我也看向远方的那些房屋，那无数个斜向下的屋檐。"他已经走了，克莱。他杀死了我们。他谋杀了我们。"我强迫自己说出这些，我强迫自己喜欢这种做法。"曾经的我们——现在一点都不剩了。"

天空是厚重的灰色。

在我们身边，除了这座城市之外空无一物。

在我身旁，是一个小男孩和他赤裸的双脚。

"他杀死了我们"，这句话横亘在我们之间，但不知为何，我们都清楚这就是真相。

那天，这个称谓正式诞生了。

来自滨海沿岸[①] 的赛马

自从有了轩尼诗赛马场停车场的那个拥抱后，某种新的氛围逐渐形成。表面上看，一切似乎都很正常，冬日依旧延续着——迟迟没有日出的昏暗清晨，清冽的阳光——他们继续修桥，不知疲倦地劳作着。

在接下来一连串的比赛中，凯丽又拿了四次第一，她总共已经赢了六场比赛了。像往常一样，他都是从收音机里听到她的比赛情况的；他喜欢坐在那里，一边听一边想象她的样子。还有三次她拿了第三名，但从来没有得过第二名。这个女孩似乎没有办法拿亚军。

那些迈克尔不在的星期三，克莱会比往常更加思念家中的一切，他会拿上收音机和木盒子，走到树丛中。他拿起打火机和晾衣夹。他会对着铁块和羽毛露出微笑。他坐在落满一地的树皮堆里，这些树皮就好像模具，或者是身体部位的铸件，像是手臂和脱落的胳膊肘。有的时候他就站在那里，想象着最后两百米的冲刺：

冲啊，凯丽，带它夺冠。

她骑的马都可以组成一个马队了：

凯阿玛，那威，恩加丁。

（看起来，她对地名情有独钟。）

割草机，王牌特工。

有的时候她还会再次骑玫瑰战争出战。

---

① 澳大利亚八大葡萄酒产区之一。——编注

她双手双脚并用，骑着它飞速驶过跑道。

然后那一天终于到来了，一位骑师因为肩膀脱臼退出了比赛，于是送来了他的那匹马。马被分给了凯丽。这匹马是根据滨海沿岸乡下的一个小镇命名的——从此之后她将要面对一系列的变化，她身处的环境也将发生改变。

这匹马叫作库塔曼德拉。

那个时候已经进入八月，早上起来时冷得都快要结冰了。他们身旁到处都是木头和木制工具。还有一堆堆大块的石块。他们用自己的双手沉默地工作着，就好像是要建造一个观众看台一样，也许他们就是在建造差不多的东西。

他举起巨大的木板，帮他放到合适的位置。

"不是在这儿，"迈克尔·邓巴说，"放那儿。"

他又重新调整位置。

很多个夜晚，克莱的父亲回去之后，他还留在河边。他给粗糙的木块刨边，打磨石头以保证大小位置正好合适。有的时候迈克尔会端着茶杯走出来，他们就会坐在石头上凝望四周，身边环绕着各种木制的庞然大物。

有的时候他会爬到临时支架上，随着一个个桥拱逐渐成形，临时支架也随之延伸。第一个临时支架基本相当于是个测试品（算是给临时支架搭的临时支架），到第二个的时候就搭得更快也更结实了；他们通过这个工作过程逐渐熟悉了专业技术。他不止一次想起一张著名的照片，拍照的是那个设计悉尼大桥的男人——布拉德菲尔德。那个巨大的桥拱初见雏形，他站在那里，两只脚跨在桥拱两侧。下面的裂缝就好像死亡在发出召唤。

像往常一样，他打开收音机，将磁带两面的每一首歌曲都听了一遍。显然，专辑里有许多具有代表性的曲目，但他最爱的一首是《负重的野兽》——也许是为了致敬阿喀琉斯那家伙，但更像是对凯丽发出的恳求。她仿佛被深深地淹没在了这些歌曲里。

然后，月末的一个星期六，收音机里转播着比赛情况。第六赛道的障碍围栏出了点问题。那匹马叫你开始做白日梦了，骑师是弗兰克·埃尔瑟姆，马被一只海鸥惊到了，把现场弄得一团糟。埃尔瑟姆尽全力让自己坐在马背上，但正当他觉得一切已经恢复正常时，赛马又一次狂蹬后腿，这一次他中招了，他摔了下来，胳膊脱臼了。

赛马有一些擦伤，但是有惊无险。

骑师被送到了医院。

他本来前景一片大好——接下来要骑的那匹马是库塔曼德拉——那是当天最后一场比赛。赛马主人去找驯马师，让麦克安德鲁给他安排最好的骑师。

"确实没人可以安排了，我就只有这些人。"

每个经验丰富的资深骑师都已经被预订走了；他们只能从学徒里面挑一个。

老男人在他身后大喊：

"嘿，凯丽。"

她像离弦之箭一般飞奔出去。

她手上拿着红绿白三色旗，径直回到了粪坑——这是她给女骑士的休息室起的名字，因为这里是由一间废弃的厕所改造的。过了一会儿她走了出来，做好了比赛的准备。

她有一种感觉。

这匹马会赢下这场比赛的。

她说过，有的时候，你就是会有那种感觉。

麦克安德鲁也感觉到了。

他声音很小，但语气坚定：

"直接带着它冲到最前面，一直跑到日落路，不要停。"凯丽·诺瓦克点了点头。

当她往前走的时候，他在她后背上重重拍了一下。

在希尔维，在阿马赫努河边，他们听到了比赛推迟之后又重新开始的通知，克莱停下了手中的工作，把铸件放到一边，于是迈克尔·邓巴明白了一切。

是她。

凯丽·诺瓦克。

这就是那个女孩的名字。

他们坐下来，安静地收听这一场比赛。正如麦克安德鲁说的那样，她带着它冲刺到了最前面。这匹马还从来没领过头。它身形巨大，体毛是深棕色的——准确地说是红棕色。它十分英勇，跑起来浑身上下都是劲儿。它以整整四个马身的优势赢下比赛。

* * *

接下来，发生了这些事情：

整个九月，在河边，每次迈克尔从矿井回来，他们就会握握手，然后像疯子一样开始工作。

他们切割、测量、锯木。

他们削下石头的边缘；他们以完美的节奏工作。

他们完成了滑轮系统的安置，然后开始测试滑轮是否能承受住拱肩的重量。他们开始只是轻轻点头，后来重重点头，满心喜悦。绳子结实得就像特洛伊木马的牵引绳，滑轮的材料是打折的钢管。

"有的时候下矿井也有好处。"迈克尔说。克莱完全没有不同意见。

有的时候他们会注意到光影的变幻，太阳整个被天空吞没。黑色的云彩会飘至山巅，然后看似步履艰难地缓缓散开。现在看起来还没什么大碍，但很快属于他们的狂风暴雨就要到来。

在这段时间里，他们设计出了板面——搭在桥面上的板子——的样子：

"木头的怎么样？"迈克尔·邓巴问。

"不行。"

"水泥的呢？"

这些都没有砂岩合适。

接下来，发生了如下事件：

马主爱极了这位骑师。

他的名字叫哈里斯·辛克莱尔。

他说她无所畏惧，十分幸运。

他喜欢她那一头叽叽喳喳的头发（他说她的头发看起来仿佛可以说话），喜欢她纤细的身材和乡村女孩的纯真个性。

在春天的嘉年华会开始之前，库塔曼德拉又赢了两场比赛，对手都是更优秀、更有经验的种子选手。她告诉克莱自己喜欢这种总是能领跑的赛马，它们才是最英勇的选手。那个星期六的晚上，狂风肆虐，他们两人又相聚在环绕地。"它冲出去，就那么飞快地奔驰着。"她说，大风吹散了她的声音。

即便它有一次拿了第二名（这还是凯丽第一次得第二名），马主也为凯丽准备了礼物：为了安慰她，买来了鲜啤酒。

"真的要这样吗？"老麦克安德鲁说，"把这该死的啤酒拿过来。"

"哦，见鬼——抱歉了，小家伙。"

他是那种沉着老练、极为高冷的商务人士，职业是律师。他声音低沉，总是喜欢发号施令，说起话来总给人一种他刚刚才吃完午饭的感觉，而且可以打包票，一定是一顿相当不错的午饭。

十月，这座桥已经有了桥的样子，而且久负盛名的春季赛也开始了。

有一些比赛是在凯丽家附近的赛马场举行的，但大部分都在南边的弗莱明顿，以及其他南方城市的知名赛场举行，比如考尔菲尔德和满利谷。

麦克安德鲁带了三匹马参赛。

其中一匹就是库塔曼德拉。

后来他和辛克莱尔讨论了一番。之前他看到了凯丽的潜力——通过她，他仿佛也看到了自己的光辉未来——但是夺得第二名的那次让他开始重新考虑她的实力。在那时，人们总是声称这匹马还可以跑得更快，因为骑师毕竟只是一名学徒。但是在重大赛事中，就不应该这么草率了。有一天下午，她听到了他们的交谈。当时他们正在麦克安德鲁的办公室里，桌子上摆满了赛马日程表和没有清洗的早餐盘。凯丽站在外面偷听，耳朵紧紧地贴在纱窗门上。

"听着，我只是在探索更多的可能性，好吗？"声音粗重的哈里斯·辛克莱尔说。"我知道她很棒，恩尼斯，但这毕竟是一流的比赛。"

"这只是一场普通的赛马会。"

"这可是北方日平线锦标赛啊！"

"是的，但是——"

"恩尼斯，你听好了——"

"不，你才要好好听着。"稻草人一般的声音好像穿透了她的耳膜，"我并不是感情用事，纯粹是因为她就应该是这匹马的骑师——就是这样。如果她受伤了，被停赛了，或者是在未来的三个星期里变成了一个软蛋了，那没什么好说的，我们就直接换掉她。但是你看看她现在的状态？她又没什么问题，所以我们没有必要做任何改变。在这件事上你得信任我，好吗？"

紧接着是一阵欲说还休、充满疑虑的沉默。过了一会儿麦克安德鲁又开口了：

"再说了，咱俩到底谁才是专业驯马师？"

"好吧……"哈里斯·克莱尔说——女孩向后退了几步，跑了出去。

她完全忘记了自己锁在围栏边上的自行车，直接跑回家，跑回到了泰德和凯瑟琳的身边。即便已是深夜，那种兴奋感还是久久无法散去，让她完全无法入睡，所以她又溜了出来。她跑到户外，自己一个人躺在环绕地的旧床垫上。

不幸的是，她没有听到接下来的那些话。

"但是，恩尼斯，"哈里斯·辛克莱尔说，"我才是赛马的主人。"

她只差一步，离得那么近了，却依然被换了下来。

邓巴男孩得以幸存

在这儿，在阿尔切街十八号，只有我们五个人了。

我们是邓巴家的男孩，我们要继续生活。

每个人都按照自己的方式活了下来。

毋庸置疑，克莱是最安静的那个，但很快他就变成了最奇怪的一个——围着赛马场跑步，经常坐在屋顶上。那天早上把他带到屋顶上实在是个错误——他干脆把爬上屋顶这件事变成了一项惯例。至于他绕着郊区来回跑，我们很清楚他一定会回来的，会回来坐到屋檐上，看着这片风景。

后来我问他我可不可以跟他一起跑，他只是耸了耸肩，很快我们就养成了这样的习惯：

这既是一种训练，也是一种逃避方式。

是痛苦与快乐的完美结合。

当然，还有罗里的故事。

他的目标就是被学校开除。他从上幼儿园开始就不想上学，并且会抓住一切可以利用的机会实施他的计划。他充满敌意地告诉我，我并不是他的监护人，也不能随随便便就当他的家长。他十分坦诚，让人无法与之争辩：

他经常大肆破坏学校设施，经常逃学。

告诉老师们让他们的作业本都吃屎去吧。

在校园里喝酒。

（"只是一瓶啤酒而已，我不明白你们为什么都这么生气！"）

当然了，这段经历带来的唯一好处就是我因此认识了克劳迪娅·柯克比：是他第一次被停学的时候认识的。

我记得敲她的房门、走进她房间的场景，书桌上摆满了作业本。作业是和《远大前程》这本书相关的，最上面的那一本只得到四分，满分二十分。

"老天，那个不会是罗里写的吧，是他写的吗？"

她努力想要收拾一下桌子。"不是的，实际上，罗里只得到了一分——那一分是只要交了作业的学生都能拿到的。他写的内容没有任何意义。"

但是我并不是来和她讨论作业的。

"被勒令停学了？"我问道。

"是的。"

她很坦率，语气也很友好；她的幽默让我感到惊奇。停学可不是什么该开玩笑的事，但她的语调中似乎另有深意。我猜她是想要让我安心。这个学校里有些十二年级的学生看起来比她都大，很奇怪，我竟因此有些开心；如果我一直留在学校里的话，去年才刚刚毕业。不知道为什么，这一点让我觉得很重要。

但是很快，她就直接进入主题了。

"也就是说，你可以接受他被勒令停学？"

我点了点头。

"还有，你的——"

我能感觉得到她是想说"父亲"这个词。我还没有告知学校他已经离开我们了，等到了合适的时间，他们自然会知道的。

"他现在暂时出门在外——再说了，我觉得我可以对此负责。"

"你是——"

"我已经十八岁了。"

这一点倒不必刻意说明，因为我比较显老，或许这只是我自己的感觉。我总觉得克莱和汤米看起来比实际年龄还小。即便是现在，这么多年之后，我还要时不时提醒自己，汤米已经不是个六岁小孩了。

我们在她的教室里继续交谈着。

她告诉我，这次停学只有两天。

但是，毫无疑问，还有另外一件事：

她的小腿，她的胫骨——这些都相当有看头，但是和我一开始想象的并不完全一样。我不知道怎么说，它们看起来就应该是属于她的。没有别的话可以来形容了。

"那，你已经见过校长了？"她开口打断了我，因为我一直在走神，低头看着地板。我抬起头看到写在黑板上的整齐圆滑的连笔板书。那几句话与基督教有关，是关于拉尔夫和猪崽子①的。"你已经和霍兰德夫人谈过了？"

我又一次点了点头。

"还有，你懂的，我必须得这么问一句。这一切……你觉得会是因为——"

我沦陷在了她眼眸中的那片暖意里。

她就好像你在清晨喝到的新鲜咖啡。

我清醒过来。

"你觉得是因为我们的母亲去世的原因？"

这之后她就没再说什么，但也没有移开视线。我对着书桌和上面的作业本说：

"不是的。"我甚至伸出手拿了一本作业,想要读一读里面写了什么,但是我及时克制住了自己。"他一直都是这样,我觉得现在他只是彻底做出了决定而已。"

后来，他又被停了两次学，我又去了几趟学校——说实话，我觉得没什么好抱怨的。

这是罗里做的最浪漫的事了。

他就是长了一双铁拳的小精灵。

---

① 拉尔夫和猪崽子均为小说《蝇王》中的角色。——编注

接下来，该讲亨利了。他也正在逐渐形成他独特的为人处事方式。

他的身体像火柴棍一样瘦弱，但是头脑却相当发达。

他想出的第一个天才点子是在裸臂酒吧赚钱。那里全都是一些中年酒鬼，他们会站在广场前面喝酒。他注意到他们都带着狗，而且那些狗都很胖，像他们的主人一样，一副糖尿病患者的样子。

有一天晚上，他、克莱和罗里去完商店，正走在回家的路上，他突然把购物袋放到了地上。

"你到底是玩的哪一出？"罗里说，"快把那些袋子赶紧拿起来。"

亨利往那边看了一眼。"快看那群家伙。"他那时才十四岁，但已经十分能说会道了，"看啊——他们都跟家里的老婆说自己是出来遛狗的。"

"什么意思？"

"往那边看啊，你的眼睛是被糊住了吗？他们说是出来遛狗，其实是去酒馆里面大喝一通。你看看那些寻回犬都成什么样子了！"就在这当口，他走了过去。他对他们每个人露出微笑，这是他第一次这么干，但注定不会是最后一次。"你们这些懒鬼有谁想要我帮忙遛狗吗？"

当然了，他们都很喜爱他，他们被他征服了。

如此大胆的行为让他们觉得很有意思。

在这之后好几个月里，他每天晚上都能挣到二十块。

然后是汤米的故事，以及他当时面对的困境：

汤米在这座城市里迷了路；他想要找到去博物馆的路。

那个时候他才十岁，我们要应对克莱动不动的失踪就已经很糟了，还好汤米知道打电话给家里。他在离家数英里之外的一个电话亭打了电话，于是我们开车到那里去接他。

"嗨，汤米！"亨利大喊，"我都不知道你竟然会用公用电话！"那天下午我们过得很愉快，一连开了好几个小时的车，穿过这座城市，一直开到海边。我们承诺以后还会带他来这里。

至于克莱和我，某天早上，我们正式开始了训练。

我会在他准备逃走的时候抓住他。

黎明的第一道曙光才刚刚出现，他走到屋外，看到我站在邮筒旁边，他好像很吃惊，但并没怎么表现出来，只是继续若无其事地走了过去。至少在那个时候，他还是穿着鞋子的。

"你想要找个人陪你吗？"我问。

他耸了耸肩，别过视线。我们就这样跑了起来。

我们每天早上都一起跑步，之后，我会回到厨房，喝一杯咖啡，克莱会爬到屋顶上——说实话，我能看得出屋顶的吸引力在哪里。

一开始的时候，我的双腿感受到了剧烈的疼痛。

然后嗓子和肺部也都灼烧起来。

你知道当你剧烈奔跑时，你的胳膊一定会有强烈的感觉。

我们一直跑到了山顶的墓园。我们跑过波塞冬路。跑在卡宾大街正中央，有一次一辆车对我们疯狂地鸣笛，我们两人就分开，各自转到街道两侧。我们会捣碎鸡蛋花树上那些已经开始枯萎的鸡蛋花。我们站在墓园里，俯瞰着整座城市。

还有一些美妙的早晨，我们能看到来自三色拳击俱乐部的那些拳击手在进行一大早的长跑训练。

"嘿，男孩儿们，"他们这样打着招呼，"嘿，小伙子们。"

他们驼着背，脸颊的伤口尚未愈合。

看看这些鼻梁都被打断过的拳击手迈出的步伐。

当然了，他们当中就有吉米·哈特内尔，有一次他向后跑过来，叫住了我。和大部分拳击手一样，他穿的衣服像是被水泡过，整个 T 恤衫的边缘处都在往下淌着汗。"嘿，弹钢琴的！"他大喊道，"嘿，姓邓巴的那个！"他向我挥挥手，又继续往前跑了起来。还有一些时候，我们刚好迎面遇上时，就会在空中击掌，好像足球替补队员被换上场的时候一样，一个人上场，另一个人下场。我们用跑步的方式来解决遇到的一切麻烦。

有时候也会遇到临时增加进来的成员——比如麦克安德鲁手下的年轻学徒。这也是他的要求之一：在你从事骑师这个行当的第一年里，你必须要和三色拳击俱乐部的家伙一起练习跑步，每隔一天就要跑一次。绝不能有任何例外。

我也还记得我们第一次跑到博恩巴洛公园的情景：

那是个星期天，日出时好像是有人在天边放了一把火。

看台像烧着了的公寓楼一样——就好像有罪犯在这里放了火——跑道早就被野草以及褥疮和湿疹一样坑坑洼洼的地皮占据了。内场已经快变成了一片丛林了。

我们沿着四百米的跑道跑了八圈。

休息了三十秒。

"继续？"我问道。

克莱点了点头。

他的胃部已经完全失去了知觉，这种煎熬成了一种别样的美感。在博恩巴洛公园，他又一次光脚跑着，晾衣夹就放在短裤的口袋里……有的时候我觉得是他计划了这一切。有的时候我觉得他心里很清楚：

我们会跑过赛马区的每一条街道。

他爬到屋顶上的时候也会寻找他的身影。

表面上看他是在寻找我们的父亲，但克莱很清楚在这外面的世界里有什么在等着我们，我后来也明白了——在外面的世界里，在这片郊区之外，我们做的这些训练都是为了有一天能够奔向它：

我们跑着，寻找着，直到遇见一头骡子。

那张照片

那个周末，当库塔曼德拉在南方赛马之都参加比赛时，恩尼斯·麦克安德鲁做了一个决定，一个十分精明的决定：

凯丽暂时一场比赛都不参加了。

她被剥夺了北方日平线锦标赛的参赛资格——这是她头一次获得参加一级赛事的机会，而且她才十七岁。麦克安德鲁没办法赶回这座城市陪她，也没法带着她去南方，在现场看到那匹红棕色赛马夺得大满贯更会令她难过。

他只是直接告诉她：

"我觉得这个周末你可以给自己放个假了。"

他可不是普通的驯马师。

克莱强调自己这个星期六一定要回家，那一整周，收音机里的节目都在对这件事进行报道，关于这匹热门的赛马和骑师的更换。

星期五晚上，他动身返回，迈克尔·邓巴做了件令他吃惊的事。

他开车送他到了镇子上，一路上他们都像往常一样沉默，但是等到了火车站，迈克尔从车前排的小储物箱里取出了一个信封；他把信封放在了克莱的大腿上。信封正面写着"凯丽·诺瓦克"。

"这是——"

"只管把它给她，好吗？我发誓，她肯定会喜欢这个的。"

根本没时间细想，他只是点了点头，动作几乎微不可察。车站的灯光似乎离自己有数英里之远，整座镇子都异常安静。只有远处的小酒馆传来低语声。他看起来和过去的他十分相似，于是克莱也给了他一件东西。

毫无预兆地，他拿出了那本《采矿工》。

他轻轻地把那个信封夹到书里。

第二天，在阿尔切街，泰德和凯瑟琳都出门工作去了，所以只有凯丽和克莱两个人待在凯丽家的厨房里。

他们把几乎快要散架的收音机装配好。

起居室里有一对效果还不错的小型立体音响，配备了各种数码调控设备，但是他们还是选择用他的破收音机收听比赛。他坐在那里，很快就发觉这个厨房干净得出乎意料。

他们两个人快速地交换眼神。

他们都来不及开口讲话。

骑师是个技术炉火纯青的职业选手，名叫杰克·伯德。快到三点钟的时候，他的那一场比赛正式开始，他并没有一开始就冲到前面，领先的距离也不够长，很快就在拐弯处被轻松反超。等他再让马儿往前冲时赛马已经没有多少冲劲了。克莱专心收听着比赛，但更多是在留意凯丽的反应。他看着她那一头纤长的秀发，搁在桌子上的手臂，一双手紧紧地捧着脸颊；她的情绪介于渴望与痛苦之间，只说了句"真该死"。

比赛结束之后不久，他们一起去看了电影。

她靠过来，抓住他的手。

他望向她，发现她牢牢地盯着银屏，但是脸上有一滴泪珠划落。

接下来发生了一件特别奇异的事。

他凑过去，亲吻了她的脸颊。

这并不算是破坏了规矩，他们两个人似乎都很清楚这一点。他尝到了那种痛楚的感觉和眼泪的咸味，然后又低头看了看自己手心里她的手。

他们又一起去了环绕地，她躺下来，紧紧地挨着他。她现在已经做好讨论这件事的心理准备了。她极其委屈地说了一个数字：

"第七名。"

第七名，糟糕透顶的结局。

他一度细数她脸上的雀斑，一共数出来十五颗，每一颗都很小，需要特别仔细地去找。她的脖子上还有第十六颗。这些小雀斑比她的头发还要红很多，像是迎着青铜色日落的一抹血红。

"我明白的，"她说，"可能还会有比这更糟糕的事。"确实有，的的确确有比这更糟糕的事。

有那么好一会儿，她躺在那里，头枕在他身上。

像往常一样，克莱能感受到她的呼吸；那种温热的气息和熟悉的韵律。

描述一个人的呼吸像是一种步伐似乎有点傻——她的呼吸有着和赛马迈步类似的节奏——但是他还是想这样描述。

有那么一瞬间，他低头往下看。

他看到了第十六颗血色小雀斑——他想要触碰它，让他的手自然地落在那颗雀斑上，但突然之间他发现自己不知怎的开口说起话来。说的是只有她才会懂的事。

"想想推土机，"他跟她讲，"那可是我们韦弗利的大明星。"他期望女孩能对此有所触动。"还有那两匹赛马之间的战争,"他又说,"圣人和马枪……"他在讲述一场特别的比赛,以及赢得那场比赛的赛马。他们第一次围着马场散步时,她给他讲述了这场比赛,那也是唯一的一次。"还有法老之膝,它们当中最了不起的一匹赛马。"他咽了口唾沫,继续说,"还有西班牙人。"这个名字几乎让他心痛;西班牙人和斗牛士属于同一血统——但是他还是得继续往下说。"嘿。"他抱着她,暂时把她又拉近了一些。他握紧了她穿着棉织法兰绒衬衫的胳膊。"但是你的最爱从来都没有变过——总是金斯顿·唐。"

最后,他长长地舒了一口气。

他感觉她靠得更近了。

"天哪,"她说,"你都记得。"

和她有关的所有事情他都记得。他总是知道她什么时候会心跳加速,比如说回答有关一九八二年那届觉士盾锦标赛的问题时。那个时间点很奇妙,当时彭妮也刚刚在这里定居下来——这会儿凯丽模仿起了当年评论员的评价:"金斯顿·唐不可能赢的。"

他抱紧她,将她整个人都环抱起来。

他的嗓音近乎低语:

"我总是能听到人群的欢呼,"他说,"当它突然冒出来的时候,人们就会陷入癫狂。"

* * *

很快,他站起身来,也扶着她站了起来。他们整理好床垫,把厚重的塑料布铺上去,并把多余部分塞到床垫底下。

"来吧。"他们走到巷子口的时候他说,那本书就在他的包里,那个信封也还夹在书里。

他们一直走到阿尔切街的尽头，然后拐上了波塞冬路。

看电影的时候她一直握着他的手，但现在她又像往常一样，像是他们刚刚成为朋友那会儿时，把自己的胳膊伸进了他的臂弯里。他微笑起来，并没觉得这让他们看起来像是一对老夫老妻，或者有可能引发这种误会。她就是会做出类似这样的不寻常的举动。

这些街道充满了故事——帝国大街、查塔姆大街、图洛赫大街——还有一些他们第一次走过的地方，比如更靠北的波比巷。后来，他们经过了一家熟悉的理发店，他们都很喜欢这家店；所有这一切都在引着他们向博恩巴洛公园走去，在那里，月亮正高高地悬挂在那片草地上。

他走到跑道的直道上，打开了那本书。

她走在他前面几米远的地方。

快要到终点线时，他大喊出来："嘿，凯丽。"

凯丽转了一百八十度，但是动作不快。

他追了过去，把信封递给她。

她仔细看了看放在手心里的信封。

她大声念出信封上自己的名字，就好像在博恩巴洛公园的这圈红色跑道上，她再度复出了。

他瞥到了她那像海玻璃一样闪闪发光的牙齿。

"这是你父亲写的字吗？"

克莱点了点头，但没有说话。她打开了那个薄薄的白色信封，看了看里面的那张照片。我猜想她当时肯定有着这样的念头——心里想着"真美"或者"真出色"或者"我真希望自己当时也在现场看着你"——但那一瞬间她只是紧紧握住照片，然后慢慢地将照片递给他。

她的手微微颤抖着。

"你，"她喃喃低语，"和那座桥。"

混沌的爱

由春入夏，生活在两条轨迹上运行着。

有跑步，有生活。

有规范的纪律，也有纯粹的白痴。

在家里，我们几乎就是一团散沙，总是会因为某件事吵起来，或者放声大笑，或者两者同时上演。

但是在赛马场，一切截然不同：

当我们跑起步来，都很清楚应该怎么做。

我想这两者的确称得上是完美的结合，混沌的爱，克己的爱。我们总是被这两者来回拉扯着。

我们一直这样跑着，到了十月，克莱报名参加了田径队——他一点也不激动，但也不至于缄默到一言不发。那个田径俱乐部不在博恩巴洛附近（因为那里的操场实在荒废太久了），而是在机场附近的奇泽姆。

田径队的所有人都讨厌他：

他只跑四百米这一种比赛，而且几乎不怎么讲话。

他认识了一个孩子，一个像野兽一般的男孩，他叫斯塔基：

他像一尊庞然大物，负责掷铁饼。

一次，跑四百米项目的时候，一个叫斯潘塞的家伙抢跑了。

就这么一小会儿工夫，克莱已经跑出去一百米了。

"真见鬼。"整个田径队的人都在感叹。

他领先了第二名整整半条直道。

* * *

某天下午，在家里。

发生了一起打架事件：

这是第二百七十八次。

这次的参与者是罗里和亨利。

他们的卧室里传来一阵骚动，那个房间可真是一个典型的男孩子的卧室——到处散落着被遗忘的脏衣服、找不到的臭袜子，烟味弥漫，时不时会看到一个人夹着另一个人的头。他们说出来的话仿佛能把人勒死：

"我跟你说过把你的垃圾都放在一起，结果它们还总是侵占我的地盘！""说得好像我想让我的垃圾'侵占'（你听听自己都用的什么词！）你的地盘一样——看看你那边乱成什么样子了！""你要是真觉得我的地盘有这么大的问题，你倒是管好你的垃圾别让它们淹没过来啊！"

诸如此类。

十分钟之后，我走进房间，把他俩分开，一人顶着一头金发，另一人顶着一头铁锈色乱发，吵得整个房子都不得安生。他们的头发向外竖着——朝着东南西北各个方向蓬开。同时，瘦小的汤米就站在门口。

"我们到底还能不能去博物馆了？"

亨利听到了他的发问，但却对着罗里说道：

"当然了，"他说，"但是等一下，好吗？给我们一点时间揍马修一顿。"就这样，他们就又变成了铁哥们儿。

而我被他们猛烈又快速地压倒在地。

我的整张脸都被埋进了臭袜子堆里。

387

在街上，我们几乎像是在办公事。

克莱跑步。

我努力跟上他的步伐。

一直看着他和他快要烧起来的左侧口袋。

"往上跑，往上。"

如果他开口说过话，也就只说了这几个字。

在博恩巴洛公园，永远是那一套。

跑八个四百米冲刺。

休息三十秒。

我们会一直跑到自己接近崩溃。

＊　＊　＊

我们一来到博物馆，便开始埋怨东西有多么贵，不过一切都物有所值，每一分钱都花到了点子上；光是看到那个小家伙与袋狼标本目光交汇的样子也值了。另外就是，他之前说对了，袋狼确实看起来更像一只狗，只不过腹部多了一个怪异的椭圆形口袋；我们非常喜欢塔斯马尼亚老虎①。

汤米热爱这里的一切：

我们的头顶上方悬着蓝鲸的骨骼，像是铺展开来的办公大楼。在这里可以看到澳洲野狗敏捷的脖颈，还有各式各样企鹅的大游行。他甚至喜欢这里最让人感到恐怖的那些动物，特别是红腹伊澳蛇，还有鳞片闪闪发光、优雅的澳洲泰斑蛇。

对我而言，这一切都有种阴森可怖的感觉；所有这些被剥制成标本

① 袋狼与塔斯马尼亚老虎为同一种生物。——编注

的动物尸首——一些仍然不愿离开的已死之物——都聚集在这里。公平地说，我内心深处极不情愿来这里：

当然了，我由此想到了彭妮。

我想象着此时她与汤米一同在这个博物馆参观的情形。

我仿佛看到她慢慢蹲下身子，我想克莱也会一同蹲下来。

有的时候我能看到他也在注视着某处，但通常都只是在看那些标本，特别是放置在玻璃橱窗后面的标本。我很确定在那些时刻，他从玻璃橱窗的反光中捕捉到了她的身影，她的一头金发和火柴棍一般瘦弱的身躯，她的脸上露出微笑。

快要逛完博物馆的时候，我们都急不可待地想要走了。

除了汤米，我们都精疲力竭。

这座城市在我们身边快速移动着。

某一天，我们跑步的时候，它出现了。

一大早的时候它就找到了我们。

所有的世界都融合到了一起。

我们本来应该更早一点意识到这一切的。

天刚亮我们就出来跑步了，当时我们在达里韦尔路上，离家有几公里远。克莱看到有东西贴在一根电线杆上。他停了下来，若有所思地退了回去。他盯着那张围着电线杆绕了一圈的广告纸：

一只母猫刚刚生了一窝小猫。

为什么要带汤米去看那些已经死掉的动物呢？明明有这些活着的小动物可以投奔他的怀抱。

我记下了电话号码的前半段，克莱记住了后半段。当我们打电话过去时，对方大声告诉我们，那张广告是三个月之前贴的，最后一只小猫咪在六个星期之前就卖出去了。这个接电话的女人很清楚该让我们接下来做些什么。她的声音像个男人，清晰、直截了当。"网上有一堆与动物相关的网站，但是最保险的选择还是《赛马区论坛报》。"

她的建议一针见血，可以看出她十分精明。我们第一次查看那份报纸的时候，便注意到除了我们郊区本地的一些新闻，还有出售柯利牧羊犬、澳大利亚护羊犬和澳洲鹦鹉的广告。除此之外，还售卖豚鼠、国王鹦鹉和三个不同品种的猫咪。

它就在报纸的最底部等待，已经在那里等了一段时间了。当时我就应该意识到些什么的，毕竟克莱的双眼中几乎放射出了火光；当他的手指向下划过时，两只眼睛都绽放出笑意：

一头固执但却有好 [①] 的骡子

从不刨蹄，从不嘶叫

* * *

200 美元（可议价）

你不会后悔的

可联系马尔科姆

我说："不管你想干什么，都别让汤米看见这个。"但是克莱压根儿就不在乎。他又一次轻轻伸出一根手指，指着第一行就出现的拼写错误。

"固执，"他说，"但却友好。"

我们最终决定购买一只猫咪——那家主人要搬到国外去了，带着这只斑纹猫一起出去要花太多钱。他们告诉我们，它的名字叫条条，但我

_____

① 英文原文把 friendly（友好）错拼成了 frendly。——编注

们都知道，我们会给它取一个新名字。它是一团个头很大、喜欢喵呜叫的大家伙——嘴巴是黑色的，爪子是柏油色的——那条尾巴就像是一把表面极其粗糙的宝剑。

我们开车去了维瑟里尔，在我家往西两个区外的地方。回来的时候那只猫就坐在了克莱的大腿上；自始至终它一动未动，只是应和着引擎的轰鸣声咕噜咕噜地叫着。它用爪子快乐地挠着他。

天哪，你真该看看汤米的样子。

我多么希望你能看到他当时的样子。

回到家，我们刚走到门廊上。

"嘿，汤米！"我大喊着，他走了出来。他的眼神似乎永远稚嫩。当他把猫咪抱到身前时几乎快要大哭出来。斑纹猫紧紧地贴在他的胸前。他轻轻拍着它，抚摸着它的毛皮。他无声地同它交流起来。

然后罗里和亨利都走了出来，他们两个人都做了同一件事；他们仿佛算准了时间同时开始抱怨。

"嘿，凭什么汤米就能拥有一只该死的小猫？"

克莱把脸侧向一边。我回答了他们。

"因为我们喜欢他。"

"你难道不喜欢我们？"

很快，我们就听到了汤米的宣言，以及克莱迅速直接的回应：

"我要叫它阿喀琉斯。"

克莱的回应很突兀："不，不可以叫这个名字。"

我很快转过头看着他。

我很固执而且相当不友好：

不，克莱，该死的，我用眼神向他示意——但这个傻瓜怎么会懂呢？毕竟，汤米才是那个像捧着新生儿一样捧着猫咪的人。

"好吧，"他说，"那就叫阿伽门农吧。"这回是罗里站出来反对他了。

"能不能起个我们能念得出来的名字？"

尽管说到这份儿上了，他还是想要取一个向彭妮致敬的名字。

"那么，赫克托耳怎么样？"

特洛伊人的领军人物。

大家纷纷点头，低声附和表示认可。

第二天早上，在赛马区，东拐西拐，经过一些我之前从未去过的街道之后，我们来到了埃普索姆路。这里离泷赫洛隧道不远。火车轨道就在我们头顶上，发出阵阵轰鸣。这是那些被遗忘的街道之一，还有一片被遗忘的空地。这里的栅栏大多很不规则、歪歪曲曲。已经纤维化的树皮不断从树上脱落，但这些树木都还高高耸立，坚守着阵地。

在尽头处就是那片荒地，野草就像是尘土里伸出的拳头。旁边还有一处已经生了锈的倒刺铁丝围栏，一个已经褪成灰色的简易棚屋，还有一辆破旧的拖车，以及一个在凌晨三点酩酊大醉的酒鬼。

我记得，那时他在坑坑洼洼的道路上渐渐放慢了脚步。如果是在跑步，克莱从来不会像这样放慢速度，只会一直向上跑，向前跑——但很快我就明白过来了。我一看到那辆拖车和那片凌乱至极的土地，就知道尽管这个地方可能不存在什么秩序，但是肯定会存在着一头骡子。我一边走一边用厌恶的语气说道：

"你给《论坛报》上发广告的人打电话了，是吧？"

克莱却若有所思地继续往前走。

他很快就从极速奔跑时气喘吁吁的状态恢复到了日常生活中的正常状态。

"我不知道你在说什么。"

然后，我们就看到了那个指示牌。

回想当初，其实这件事他做得对。

我现在明白也乐于承认这一点。

但是当时，我心存疑虑——走到那片栅栏旁边的时候，我已经极度烦躁。那个指示牌曾经是白色的，现在都发了霉，肮脏不堪，在倒刺铁丝围栏正中间的最高处歪斜地悬挂着——这也许是整个赛马区最了不起的指示牌了，甚至有可能是全世界所有赛马区中最了不起的指示牌。

黑色记号笔粗粗的笔迹已经开始褪色。上面写着：

人何[①]被抓到

擅自给这些马喂食的人

都应该被予以起诉！

"天哪，"我说，"看看这个。"

为什么会有人拼不对"任何"这种简单的单词，但却能拼对"予以起诉"？但我想，这大概是赛马区的特质。但是，这里看不到任何马匹，有那么一会儿，甚至什么都看不到——

但是紧接着，它就从棚屋后面绕了出来。

这头骡子的脑袋先冒了出来，还露出了那个标志性的表情：

它观察对方，它搜集线索。

它以此交流。

像一个更高等的但却无家可归的生物。

在那时，它那耷拉得老长、嘴歪眼斜的脸上就已经摆出了"你看什么看"的表情——它又看了一会儿，似乎才说出，哦，行吧，那就这样吧。

---

① 英文原文把 anyone（任何）错拼成了 enyone。——编注

在斑驳破碎的日出光影中，它笨拙缓慢地挪了过来。

走到近前，才觉得它看起来几乎算得上迷人；尽管它是个哑巴，但看起来能说会道、风度翩翩。它的脑袋质地独特，像是一把硬毛刷，它身上各种颜色随意混搭着，从沙色到铁锈色应有尽有；它的身体像是一块被开垦过的田地。它的四蹄有着煤炭的颜色——我们应该怎么办？你们都是怎么和一头骡子交流的？

但是克莱迎难而上。

他直直地盯着这只动物的眼睛，那对眼眸流露出的神情像极了一头小牛犊，就好像要被送进屠宰场的幼儿，眼神中充满悲伤但又生机勃勃。他把手伸进口袋，去掏口袋里的某样东西，但并不是那个明黄色的晾衣夹。

不，克莱·邓巴状态很好，不需要那个晾衣夹：

他伸出一只手，手心里摆满了糖块。

糖块在他手心散发甜气——这头骡子总是被好运保佑——去他的指示牌，上面的拼写错了又有什么关系；它的鼻孔开始不断外翻。它对他咧嘴一笑，眼睛都眯起缝来：

我知道你总有一天会来的。

奴隶们

在这件事上你得认可老迈克尔·邓巴。

这一次他总算做对了一件事：

这张照片称得上是一件艺术品。

克莱回到了希尔维，他正站在厨房里靠近烤箱的地方。

"那么，你把照片给她了？"

他那双深深凹陷的眼睛里充满期待。

他的一双手不知道如何安放，看起来很心烦意乱的样子。

克莱点了点头。

"她很爱那张照片。"

"我也是，我这里还有一张更早时候拍下来的。"他仿佛是看穿了克莱的心思，继续说道，"在外面干活的时候，很容易偷偷找好角度给你拍照——你总是沉浸在另一个世界里。"

克莱给出了正确的回应，这也是来这里之后他第一次表达出更多的内心感受。

"这有助于我忘掉不想记住的事。"他说着，视线从地板上移开，抬起头面对着他，"但我也不确定我是不是真的都想忘掉。"水槽旁边仿佛站着一位特别的犯错者，和一头金发的彭妮·邓巴一模一样。"嘿——爸爸？"这句话让他们两人都受到了惊吓。然后，紧接着又来了意想不到的一句，"你知道吗……我真的很想她。我太想念她了，爸爸，我真的太想她了。"就是在这个时候，他迈出的那几步，让整个世界都随之改变：

他走过去，一把揽住这个男孩。

他一只手抓过他的脖子。

他把他揽到怀里，紧紧地拥抱着他。

我们的爸爸变回了他的父亲。

＊　＊　＊

但在这之后，他们又返回到河边造桥。

仿佛刚才的一切都不曾发生过。

他们继续搭建临时支架，并祈祷能够建成拱桥，最好能是那种永远不会坍塌的拱桥。

但你仔细想想就会觉得这一切其实很搞笑，这种父子之间的感情——特别是这位父亲和这位儿子之间的感情。每个说出来的词语——如果他们真的有开口讲话的话——背后都有上百个不同的念头。克莱觉得那一天过得格外艰难，之后的每一天也都很辛苦。况且，有那么多的事要告诉他。有些时候，到了晚上，他已经走出来，准备要交谈了，但又马上退回到卧室里，心跳如同擂鼓。他还很清晰地记得曾经那个小男孩的样子，那个要听羽毛镇故事的小男孩。那个时候，他会一把把他扛在肩上，直接驮回到他的床上。

他会在空荡荡的书桌前先排练一番；他的木头盒子和书就放在身边，手中握着名为 T 的鸽子的羽毛。

"爸爸？"

他到底彩排了多少次？

有一次，他差点就走到了厨房耀眼的灯光下，但又一次退回到了走廊里。但这之后，他却真的做到了。他手里紧紧抓着《采矿工》——迈克尔·邓巴看到了他：

"进来吧，克莱，你手里拿的是什么？"

克莱站在那里，仿佛自投罗网，被困在了这片灯光里。

他从身侧把书举了起来。

他说："这个。"

"这个。"他又把书举高了一点。这本书的书皮都快被磨白、磨烂了，书脊折痕累累、歪歪扭扭。他仿佛把整个意大利铺在他面前，那些天花板上的壁画，米开朗基罗被打断的鼻梁——她每读一次，就会更清楚地记得那个断掉的鼻子。

"克莱？"

迈克尔穿着牛仔裤和 T 恤衫，他的双手饱经风霜，苍老坚硬，如混凝土一般。他们的眼睛长得很像，但只有克莱，只有他的眼睛里还持续冒着火苗。

他曾经也有铜墙铁壁般的腹部。

你还记得吗？

当时的你还是一头卷发；你现在也是卷发，但是夹杂了更多的灰白发丝——因为你死过一回，也上了年纪，而且——

"克莱？"

他终于做到了。

热血流过石头般僵硬的身躯。

他把手里的书向他递了过去：

"你能给我讲讲《奴隶》和《大卫》的故事吗？"

沙丘之间的手

从很多方面来看，你都可以说领养这只猫是我们犯下的最大错误；它有一长串让人无法接受的坏习惯：

它随时都在流口水，几乎不受控制。

它的口气臭得惊人。

它的掉毛问题也相当严重，身上还有各种死皮，吃东西的时候还总是把残渣随处乱抛。

它还会呕吐。

"看看这个！"有天早上，亨利大喊起来。"它直接就吐在我的鞋子旁边了！"

"你应该庆幸它没有吐到鞋子里。"

"闭嘴吧，罗里……汤米！快过来把这堆脏东西收拾干净！"

它整晚上都会发出喵呜喵呜的叫声——那种可悲的高分贝尖叫！然后就是在所有人的大腿上开心地四处乱挠，还抓我们的蛋蛋。有的时候，我们正在看电视，它会从一个男孩身上跳到另一个男孩的身上，一边打盹一边发出能震倒整座房子的呼噜声。最鄙视它的是罗里，他替我们做了一个很好的总结：

"如果那只猫再来抓我的蛋蛋，汤米，我发誓我会宰了这个混蛋——相信我，下一个就该轮到你了。"

但是汤米看起来仍旧比以前开心多了，亨利开始教他如何回应这种谴责：

"它只是想找到你的蛋蛋到底藏在哪里了啊，罗里。"即使是罗里也实在忍俊不禁，大笑起来，甚至在这只大胖猫又一次爬上他的大腿、顺着短裤乱抓的时候亲切地拍了拍它。未来家里还会迎来金鱼、鸽子和阿喀琉斯，但是紧接着与我们相遇的是那只狗。先行的赫克托耳给其他动物铺好了来这个家的路。

* * *

到了十二月，一个不容忽视的事实出现在大家面前：

克莱已经成为四百米跑的能手。

他轻松地击溃了这段距离。

奇泽姆一带已经没人能追得上他，但是很快就会出现新的挑战者。新的一年会启动地区赛和其他区域赛事，如果成绩足够好，他甚至有可能参加全国比赛。我开始研究训练他的新方法，并且开始探究他这么训练的动机。我先去了他曾经去过的地方——图书馆：

我翻阅了里面的书籍和文章。

我搜索着各种光盘。

我寻找一切与体育运动相关的内容，直到一位女士走到我的身后。

"你好？"她说，"这位年轻人，已经九点了，图书馆要关门了。"

在圣诞节前的这段时间里，它终于做到了。

赫克托耳走丢了。

我们所有人都参与了搜寻，类似于当初我们寻找克莱的那种状态，只不过这一次，克莱一直跟在我们身边。我们早上会出去找一圈，其他人下午放学之后还要再找一遍，我下班后也会加入其中。我们甚至开车回到了维瑟里尔，但是这只猫就好像凭空蒸发了一样。即便听到玩笑也笑不出来。

"嘿，罗里，"我们在街上晃悠的时候，亨利开口说道，"至少你的蛋蛋可以享受一段恢复期了。"

"我知道，总算是少了一个大麻烦。"

汤米走在我们的前面，像疯子一样，悲痛欲绝。他们这样讲的时候，他突然冲回来，试图把他们两个人摔倒在地。

"你们这些混蛋！"他将自己的悲愤大声宣泄出来。他胡乱挥舞着双拳，用力挥动着自己瘦弱的胳膊。"你们这群混蛋，你们这群该死的蠢货！"

一开始，在渐渐昏暗下来的街道上，他们并不以为意。

"见鬼！我都不知道汤米可以骂人骂得这么熟练！"

"我也是——他的表现还真是不赖！"

但随后，他们感受到了他的目光，他那十岁的幼小灵魂承受的痛苦，就和未来某天晚上的克莱在希尔维的那个厨房里感受到的痛苦一样多。汤米已经崩溃了。他跌倒在路边，双膝跪地，双手撑在身体两侧，亨利弯下腰，伸手去扶他，罗里扶住了他的肩膀。

"我们会找到它的，汤米，我们会找到它的。"

"我很想他们。"他说。

我们都蹲在了他身边。

那天晚上，在回家的路上，我们一直保持着沉默。

等其他人都睡下了，克莱便会和我一起看我借来的电影，还一起读那一小堆书。我们看有关奥林匹克运动会的电影，以及无穷无尽的纪录片。只要是和跑步有关的内容我们都看。

我最喜欢的是《加里波利》这部电影，是图书馆管理员给我推荐的。那是一个关于第一次世界大战和运动员的故事。我特别喜欢阿奇·汉密尔顿的叔叔——那个总摆着一副冷脸、手握秒表的教练。

"你的腿是什么做的？"他会这样问阿奇。

阿奇会回答说："精钢弹簧。"

这部电影我们看了很多遍。

克莱最爱的是《烈火战车》。

故事发生于一九二四年。

两个主角为埃里克·利德尔和哈罗德·亚伯拉罕。

他特别喜欢其中的两个细节：

第一个是亚伯拉罕第一次看到利德尔跑步时说："利德尔？我从来没见过哪个跑步运动员有这么大的动力、这么彻底的献身精神……他跑起来的样子就像一头野兽。"

他最喜欢的埃里克·利德尔有一句名言：

"那么，坚持跑到比赛终点的动力来自何方？来自内心深处。"

或者，像演员伊恩·查里森诠释出来的那样，用一口令人惊艳的苏格兰口音说：

"来自本心。"

时间慢慢流逝，我们一直在想着各种办法。

我们是不是应该在《赛马区论坛报》上登一则广告，寻找这只让人苦恼的走丢了的斑纹猫呢？

不——我们绝不会做这种符合逻辑的事。

因为只有克莱和我在想办法。

我们还是会关注那个专栏里都剩了哪些动物，但每次总是以注意力转移到那头骡子身上而告终。我们一起跑步的时候，他总是会带着我拐到那边，我每次都会停下来冲他大喊："不！"

他会失望至极地看着我。

然后他会耸耸肩，像是在说，来吧。

为了应付他，等广告栏里又来了其他新品种的时候，我的态度软了下来：

一只三岁大的边境牧羊犬，雌性。

我亲自开车过去把它接了回来，回家之后却大吃一惊，几乎是我有生以来最震惊的一次——就在我眼前，在门廊上，就在那儿，他们一边大笑一边庆祝。在他们中间，是那只该死的猫。那个混蛋家伙回来了！

我从车里走了出去。

我看着那只饱经沧桑的、颈圈都弄丢了的斑纹猫。

它也看着我，它一直都心知肚明。

这是一只特别会幸灾乐祸的猫。

有那么一瞬间，我甚至等着它给我敬礼示意。

"我猜这意味着我将直接把这条狗送回去。"我说道。罗里立马把赫克托耳丢到一边，它像是一下子飞出去了五米远——发出高分贝的、令人鲜血瞬间凝固的猫叫声。（我打包票它回到家一定很开心。）然后，罗里慢悠悠地晃了过来。

"你又给这小家伙弄来了一条狗？"但是他的语气中也有些祝贺的意味。

汤米呢？

汤米抱起赫克托耳，用手臂把它和我们隔开，然后走过来，打开车门。他同时抱住了猫和狗，说："上帝啊，我真不敢相信这是真的。"神奇的是他立马知道了接下来该做什么，他看向克莱，开口发问。

"叫它阿喀琉斯？"

又一次，对方摇了摇头。

我说："其实，这是一只母狗。"

"那好吧，我要叫它萝茜。"

"你明明知道这不是——"

"我知道，我知道，这是天空的颜色。"我们又一起重温了曾经的那个瞬间：

在起居室里，他的脑袋枕在她的大腿上。

十二月中旬，一个星期天，一大清早，我们便开车去了南部的一片海滩，海滩位于国家公园的深处。这处景点的官方名称叫勘探者，本地人管它叫澳新军团。

我记得那辆车和开车过去的那段旅程：

那种既恶心又睡眠不足的感觉。

以及黑夜里的树影。

车里已经有了长途驾驶会出现的那种味道，地毯的气味、木制品的气味和清漆的味道。

我记得我们在沙丘上跑过，太阳刚刚升起，沙子还很冰凉，也很硌脚，迈步很费力。等爬到沙丘顶，我们全都累得跪倒在地上。

克莱超过了我，第一个爬上沙丘，但他并不只是躺在那里，也没有马上起身往沙丘下面跑，相信我，往下跑的吸引力大极了。不，恰恰相反，他转过身，向我伸出手来，他身后的背景是海岸与大海；他的手向下伸过来，把我拉了上去，我们一起躺在沙丘顶，感受着身体上的痛苦。

后来，他跟我谈起这段经历——那时他已经开始给我讲述全部的故事——他说："我觉得那是我们一起经历的最好的时光。你和那片海都在燃烧。"

赫克托耳返家，还有一个意义：

很明显，它再也不会、永远也不会离开我们了。

这只该死的猫在我们家似乎有十四个不同的分身，因为不管你走到哪里，它都能冒出来。如果你走到烤面包机旁边，就会发现它正好坐在面包机左边或者右边，就坐在一堆面包屑里。如果你想坐在沙发上，就会发现它正好坐在遥控器上咕噜咕噜地叫着。甚至有一次，我去上厕所，它就蹲在水箱上面注视着我。

然后，萝茜一直绕着晾衣架跑，绕着晾衣架投下的细长阴影跑来跑去。我们每次遛狗都得走好几英里：黑色的四肢，白色的爪子，眼睛一眨一眨，像是能反射出金色的光芒。但它每次回到家之后依然跑个不停。直到现在我才发现这种跑动的重要性。它好像是想要围着那段回忆转——至少是留住那段回忆的气味，或者更糟糕的是，试图困住那些躁动不安的灵魂。

这样一来，阿尔切街十八号的这座房子，从那时开始就总有些什么让人感到不安。对于我而言，是死亡和失去，是一种必然要发生什么恶作剧的感觉。这一切将导致圣诞节期间的疯狂，说得更具体一点就是——平安夜那一天，他们把那只鸟和那条鱼带回了家。

我才下班回到家。

亨利喜气洋洋，极度亢奋。

有生以来我第一次说了"我主耶——稣啊！"

显然，他们去了宠物商店，在我家的宠物清单里补充了金鱼这一项——但是汤米更爱的还是那只在这里定居下来的鸽子。这只鸽子一下子跳到了他的手指上，当时他们正在听宠物店的老板讲有关它的由来——有一群像无赖一样的八哥在查塔姆大街上欺负它，所以他就把它带回到了店里。

"你觉得它遭到这种攻击是不是罪有应得？"罗里这样问，但是汤米只是在按照自己的直觉行事。他走过去，近距离检查那条金鱼。那只鸽子紧紧地靠在他的胳膊上。

"这一只，"他对他们说，"要这一只。"

那只金鱼的鳞片好像鸟儿的羽毛一般。

它的尾巴就像一把金色的耙子。

接下来，他便把动物们带回了家，而我站在门廊上，除了出言咒骂之外无能为力，与此同时汤米给它们起了名字。

这个时候他就已经洞察了一切：

它们的名字和阿喀琉斯没什么关联。

"金鱼就叫阿伽门农，"他这样告知我，"那只鸽子，我会叫它忒勒玛科斯。"

一个是诸王之王，另一个是来自伊萨卡岛的男孩：珀涅罗珀与奥德修斯之子。

天空被血色的日落填满，罗里看着亨利。

"我要宰了那个小兔崽子。"

第八赛道的凯丽·诺瓦克

在一级赛事中彻底失败、只获得了第七名的库塔曼德拉整个夏天都被停了赛。等复出的时候，它的骑师换成了凯丽——接下来的四次比赛中，三次拿了冠军，一次拿了第三名。

现在她已经成了颇受欢迎的赛马骑师。

对于克莱而言，生活还是徘徊在收音机与河床、城市与环绕地之间。

阿马赫努河保持着沉默。他在厨房里听了很多故事——那天晚上，在他询问了有关《奴隶》和《大卫》的事之后，他们熬了个通宵，喝了很多咖啡。迈克尔告诉他当年找到那本日历的故事。上面有艾米尔·扎托贝克、爱因斯坦，以及其他各位男士。曾经有一个女孩踩碎了另一个男孩的宇宙飞船，上英语课的时候坐在他的斜前方。她有一头及腰长发。

他不像彭妮一样那么擅长描绘细节——毕竟来日方长，他不会用尽全力——但是他真的在努力讲述，而且讲的都是实话。他说："我不知道为什么以前没有跟你讲过这些。"

"如果你一直待在家里，"克莱说，"你就会讲到这些的。"

他这样说并不是想要刺激他，他只是想说如果他能等到他再长大一些，就应该会告诉他这些故事了。

毕竟你现在正在跟我讲述这些故事。

克莱相信他会懂得自己的意思。

等他们谈起《大卫》和被困在大理石里的《奴隶》时，已经是黎明时分了。"那些扭曲的、奋力挣扎的躯体，"迈克尔说，"正拼命想要从石块里挣脱出来。"他说自己已经有几十年没有想起过这些雕塑了，但不知为何他们一直存在于他的记忆深处。"我想要像大卫一样寻找到那种伟大的意义——哪怕只有一瞬间，我甚至愿意为之付出生命。"他看着面前男孩的双眼，"但是我知道——我知道……"

克莱回复了他。

这句话对他们两个人来说都是沉重的打击，但他不得不说出来。

"我们过的，是奴隶的生活。"

他们一无所有，这座桥是他们的全部。

然后就是一月中旬的那个星期，山间下起了雨，阿马赫努河的河水开始上涨。他们看到阴云密布的天空压阵而来。他们站在露天的脚手架上，站在笨重的木质临时支架上，大雨瓢泼而下。

"这一切都有可能被大雨冲走。"

克莱很平静，但也很笃定。"不会的。"

他是正确的。

河水只涨到胫骨那么高的地方。

似乎是这条河在提前进行演练。

以阿马赫努河独有的方式进行热身。

整个三月，城里都在为秋天的那场嘉年华会一点点做准备，这一次，一级赛事已是她囊中之物。

因为她有库塔曼德拉。

复活节后的星期一，第八场比赛，在皇家轩尼诗赛马场举行。

这场比赛就像吉姆·派克当年拿下墨尔本杯的那次一样扣人心弦。

当然了，在那个复活节的小长假，克莱回了趟家，但在这之前几天，他还做了另外一件事：

他走进波塞冬路的一家配钥匙、修鞋子、进行现场雕刻的小店。里面有一位老人，胡须雪白，就好像穿着工装的圣诞老人。当他看着那个芝宝打火机时，他说："哦，我记得这个。"他又摇了摇头。"是的，就是这个了——第五赛道的斗牛士。是个女孩……在打火机上刻这种字挺奇怪的。"但是他不再摇头，反而点了点头，"但是很讨人喜欢。"他递给克莱一支笔和一张纸。"写得清楚一点。你想刻在什么地方？"

"想刻两句话。"

"来，给我看看。"他一把抓过那张半透明的纸，"哈！"他不再点头，又一次开始激烈地摇头，"你们这些孩子真的是疯了。你居然知道金斯顿·唐？"

他们当然知道金斯顿·唐。

"也许吧，"克莱说，"在第一行字下面刻上第八赛道的凯丽·诺瓦克，另一句话刻到另一面上。"

"圣诞老人"先是微微一笑，继而放声大笑。"明智的选择。"但是他并没有发出圣诞老人一样"嚯——嚯——嚯——"的笑声，更像是一种"呵——呵——呵——"的声音。"金斯顿·唐不可能赢的，啊？这句话到底是什么意思？"

"她会懂的。"克莱说。

"好吧，确实，那才是最重要的事。"

老人开始雕刻。

等他离开商店，那个念头才突然冒出来。

自从第一次离开家，来到河边，他就在想那些钱——亨利给他的那一大卷钱——应该只能花在造桥上。但是那笔钱注定要花在这个打火机上。他一共花了二十二美元。

在阿尔切街十八号，他把剩下的厚厚一沓钱塞回到他对面的那张床下面。

"谢了，亨利，"他轻声低语，"你自己留着剩下的钱吧。"这个时候他又回想起了博恩巴洛公园——回想起那些永远长不大、永远算不上是男人的男孩们——然后转身离开，返回到了希尔维。

复活节假期的那个星期六，离比赛日还有两天，在黑暗中，他从床上坐了起来；他的目光追寻着阿马赫努河。他坐在床边，手里握着那个木头盒子。他把打火机之外的所有东西都拿了出来，然后把一封叠好的信放了进去。

信是他前一晚写好的。

* * *

那个星期六的晚上，他们躺在环绕地，她给他讲了这段时间发生的事。

得到的还是同样的指示。

拼命往前冲。

让它放开了跑。

然后对天祈祷，带着它赢得冠军。

她有点紧张，但只是轻微的紧张，那有益于比赛。

快要分开时，她说："你会来吗？"

他对着满天繁星微笑着。

"当然。"

"你的兄弟们呢？"

"当然也会。"

"他们知道这件事吗？"她指的是在环绕地见面这件事，"知道我们的事吗？"

她之前从来没有这样问过，但克莱的回答相当确定。"不——他们只知道我们的关系一直很亲近。"

女孩点了点头。

"还有，嘿，我得告诉你……"他顿了一顿，"还有另外一件事——"然后，他彻底停了下来。

"什么？"

他又退缩了，不肯往前试探。"不，没什么。"

但已经来不及了，她已经用胳膊撑起了半个身子。"说啊，克莱，怎么了？"她探过身来，戳了戳他。

"噢！"

"告诉我。"她伸手做出要再次袭击的架势，瞄准了他两条肋骨之间的位置。在此之前，她也曾这样偷袭过一次，当时的结局并不愉快。

但这就是凯丽的美丽之处，那种真正的美。抛开她那一头栗色的卷发和海玻璃一样亮晶晶的牙齿不谈——美好的是，她总是会再次冒险。她会再赌一把，为了他孤注一掷。

"快告诉我，不然我就又要打你了。"她说，"我会给你挠痒痒，把你挠个半死。"

"好的！好吧……"

他说了出来。

他告诉她，他爱她：

"你的脸上一共有十五颗小雀斑，但是要很努力才能找全……还有第十六颗在这里。"他轻轻触摸她脖子上的那个点。当他试图把手抽回来时，她伸出手，扣住了他的手指。她看他的眼神已经泄露了她的答案。

"不，"她说，"不要把手拿开。"

过了很久之后，克莱先坐了起来。

克莱翻了个身，拿出一样东西，把它贴在她身上，紧挨着床垫的地方。

他在赛马区的时候就把它装好了。

将打火机放在了盒子里。

装在礼物里的礼物。

还有一封信。

周一晚上再打开。

复活节假期结束后的那个星期一，她登上了报纸的最后一版：上面印着一个一头赤褐色卷发的女孩，一个瘦得像扫帚柄的驯马师，以及他们之间那匹深棕色的赛马。

标题是：**大师的学徒。**

收音机里播放了一段对麦克安德鲁的采访，那是在赛前进行的采访，问到了有关选择骑师的问题。只要有机会，这个国家的任何职业骑师都愿意驾驭这匹赛马，但麦克安德鲁只是很简单生硬地回复："我还是会继续用我的学徒的。"

"是的，她是很有潜力，但是——"

"我不负责回答这种问题。"他的声音很生涩，"去年的北方日平线锦标赛，我们把她换下来了，看看当时的比赛是什么结果。她懂这匹马，就是这样。"

周一下午。

比赛四点五十开始，我们三点钟就到了赛场。我支付了入场费。当我们准备在赌注登记人附近凑钱时，亨利掏出了那一沓钱，并冲克莱会心地眨了眨眼。"别担心，小伙子们，我有这个。"

等下好了赌注，我们挤进赛场，一直往上走，经过会员区，走到了乱糟糟的普通观众看台上。两个看台都挤得水泄不通。我们在最上面一排找到了座位。

到了四点，太阳开始西沉，但天气还是很炙热。

到了四点半，凯丽和她的坐骑都还在准备区，阳光渐渐变得昏黄，太阳移向我们身后。

赛场一片五颜六色、吵吵嚷嚷、手忙脚乱，正在那时，麦克安德鲁穿着西装出现了。他半个字都没对她说，只是伸出一只手在她肩膀上拍了拍。皮特·西姆斯，他手下最好的马夫也在，但是麦克安德鲁直接扛起她，把她抱上了库塔曼德拉宽阔的马背。

她骑着它轻快地疾步离开。

经过障碍围栏的时候，所有的观众都站起身来。

克莱的心都快要跳出来了。

深棕色的骏马和坐在马背上的骑师直接冲到了前面。红色、绿色、白色混合到一起。"正如预料的一样。"解说员对大家说，"但是今天的场地可不一般，让我们看看库塔曼德拉到底有多大能耐……让我们看看这个年轻的学徒到底有什么本事——红色中心落后三个马身，排在第二位。"

在看台的阴影里,我们密切关注着。

赛马在阳光下疾驰。

"老天啊,"站在我身边的男人说,"居然领先了五个马身。"

"冲啊,库塔,你这个棕色的大家伙!"

我想这是罗里喊的。

在转弯的地方,它们之间的距离拉近了。

跑到直道上时,她催促它跑得再快一些。

两匹赛马——红色中心和钻石游戏——渐渐往前追赶,不同的观众在给这三匹不同的赛马加油。我也不例外。甚至还有汤米。亨利和罗里当然在大喊大叫。我们都在为库塔曼德拉放声加油。

但是克莱呢?

克莱站在我们当中,站在自己的座位上。

他一动不动。

没有发出一点声音。

她双手握紧缰绳,脚跟紧贴马身,带着它率先冲过终点线。

她以领先两个马身的优势获胜,这个女孩,她有着海玻璃一般的牙齿。

她就是第八赛道的凯丽·诺瓦克。

他已经很久没有坐在屋顶上了,但是那个星期一的晚上,他又爬了上去,藏在屋顶的那一片砖瓦中。

但是凯丽·诺瓦克还是看见了他。

她和凯瑟琳、马场工泰德一起坐车回到了家,后来她便独自站在了门廊上。她飞快地挥了挥手,又把手放下。

我们赢了，我们赢了。

然后她就走进了屋里。

亲爱的凯丽：

如果你找到了这封信（我知道你肯定会的），那么你现在肯定是在家里，而且库塔曼德拉也赢下了比赛。你肯定在第一段的前两百米就遥遥领先。我知道你喜欢这种比赛方式。你总是喜欢那些一开始就领先的选手。你说过他们是最勇敢的人。

看到了吗？每件事我都记得。

我记得你第一次见到我时说过的话：

有个男孩坐在那边的屋顶上。

有的时候我吃烤面包就是为了在面包屑中拼出你的名字。

我记得你告诉过我的所有事，关于你小时候待过的那座城镇，关于你的妈妈和爸爸，关于你兄弟们的事——所有的事。我始终记得你说的那句"然后呢？难道你不想知道我的名字吗？"，那是我们第一次在阿尔切街讲话。

不知道有多少次，我都希望彭妮·邓巴还活着，这样你就可以跟她讲话，她也会告诉你一些关于她的故事。你也许会在我们家的厨房一待就是好几个小时……她肯定会尝试教你弹钢琴的。

不管怎么说——我希望你留下这个打火机。

我的朋友向来不多。

我有我的兄弟们，我有你，这就够了。

但是好吧，我就说这么多了，但还要多说一句，假如库塔曼德拉因为某种原因没能赢下这场比赛，也没关系，我知道它总有一天会赢的。我的兄弟们，还有我，我们会下一笔赌注，但是我们赌的并不是那匹马。

爱你

克莱

你知道，有时候，我会想象当时那个场景。

我喜欢想象那一晚她最后一次拥抱父母的样子，那时凯瑟琳·诺瓦克一定十分开心，她的父亲一定也从未感到如此骄傲过。我看到她待在自己的房间里，穿着她的法兰绒衬衫、牛仔裤，裸着小臂。我看到她收好打火机，然后开始读那封信，还一边想着克莱确实与众不同。

那封信，她到底读了多少次呢？我很好奇。

我不知道。

我们永远也不会知道了。

不，我只知道那天晚上她离开了家，星期六的规矩被破坏了：

星期六才能去环绕地。

星期一不可以。

从来不能在星期一去那里。

克莱呢？

克莱本来应该走掉的。

那天晚上他本来应该搭火车返回希尔维，回到阿马赫努河畔，回去完成那座桥的修建，回去握着我们父亲的手——但是他也去了环绕地。她的双脚踩在地上，发出沙沙声，紧随他而来。

我们呢？

我们什么也做不了。

我们中一个人写，另一个人读。

没有别的方法，只能由我来讲，由你来看。

时光飞逝，很快便迎来了接下来的日子。

全国赛和一周年忌日

他们两人同时走向那个地方——走向环绕地，这是最后一次了——这段过往紧紧地附着在我的体内。那段时间发生的所有故事都在引着他们走向那里：每一步都离最后的结局更近了。

首先是地区赛，然后是区域赛。

然后是一周年忌日和全国赛。

其间汤米的宠物群扩充了四次。

新年结束，二月来临，我开始面对克莱和他的伤口带来的麻烦（一个脚被碎玻璃扎到的男孩），还有那个承诺，倒不如说更像是个预警：

"如果我赢了全国赛，我们就去把它牵回来，可以吗？"

当然了，他指的是阿喀琉斯。

从这里开始，我可以按照各种顺序、各种方式进行讲述，但是只有从这件事开始讲才是正确的，这件事将其他的线索聚集起来：

应该从一周年忌日这一天开始讲起。

那时，距彭妮去世整整一周年。

三月的一天早晨，我们很早就都醒了过来。那天不需要去上班，不需要去上学。早上七点钟的时候我们就已经出发去墓园了；我们爬上山坡，经过一尊又一尊的墓碑。我们在她的石碑前放下雏菊，汤米开始四处搜寻爸爸的身影。我告诉他，他应该已经忘记了。

八点钟，我们开始大扫除；房子里一片肮脏污秽，我们必须得毫不留情地下手。我们扔了很多衣服和床单，踩烂了很多小摆件和其他无用的垃圾，但是却把她的书和那个书架保留了下来。我们知道，那些书，是神圣不可侵犯的。

有那么一瞬间，我们所有人都停下动作，坐到床边。我手里拿着《奥德赛》和《伊利亚特》。

"来吧，"亨利说，"来读一段。"

《奥德赛》，第十二卷：

"其时，我们的海船驶离俄开阿诺斯的水流，回到大海浩渺的洋面，翻滚的浪头，回返埃阿亚海岛，那里有黎明的家居和宽阔的舞场，早起的女神，亦是赫利俄斯，太阳升起的地方……"①

即使是罗里也沉默下来，坐在一旁。

他一字一句地念出，翻了一页又一页；我们，虽在房子里，却仿佛飘浮在空中。

这间卧室仿佛漂浮起来，顺着阿尔切街漂流而下。

与此同时，克莱不再赤着脚比赛，但是也没有一直穿着鞋子。

训练的时候，我们还是保持一切从简。

我们在大清早的时候出门跑步。

在博恩巴洛公园围着四百米的跑道跑圈。

晚上我们会一起看电影。

《加里波利》这部片子的开头和结局——老天，这是何种结局！

看完一整部《烈火战车》。

罗里和亨利声称这两部电影冗长无聊到了极点，但是他们总是会围过来；我能捕捉到他们心醉神迷的表情。

地区赛开始前的那个星期四，出现了一点问题，离比赛还有两天，

---

① 此处为陈中梅译本。——编注

但因为小伙子们在博恩巴洛公园喝了个酩酊大醉，跑道上全都是碎酒瓶碴。克莱没注意到玻璃碴，甚至也没有留意到脚上流出来的血。后来，我们花了好几个小时才把玻璃碎片一点点捏出来。在这个过程中，我想起了我不得不记住的那个场景——一部纪录片里的一个镜头（我们家现在还保存着这部纪录片的光盘）：

《奥林匹克的高潮与低谷》。

我们又一次都聚集到了起居室，我取出那盘已经很老旧的光盘，那部电影讲的是洛杉矶那场很精彩但结局是悲剧的比赛。你可能知道我说的是哪场比赛。那些女人。那场三千米跑。

事实上，赢得那场比赛的选手（十分正直的罗马尼亚选手玛丽奇卡·普伊卡）并没有因为这次夺冠而扬名，出了名的是另外两位选手：玛丽·德克尔和佐拉·巴德。我们都在黑暗中瞪大了眼睛——特别是克莱，当看到当时所谓的争议选手巴德被指控在奥林匹克运动场跑道的直道部分推搡并故意绊倒了德克尔时（她当然并没有做这种事），他一脸惊恐。

但同时，最重要的是：

克莱看见了。

他看见了我希望他看见的画面。

他说："暂停——快点。"然后凑到近前，仔细地看着佐拉·巴德跑动中的双腿。"那个——她脚底下是胶布吗？"

到一周年忌日的时候，他的伤口已经愈合得很好了，自从我们开始在他的脚上缠胶布，他就喜欢上了这件事，并保留了这个习惯。每当我在彭妮和迈克尔的卧室读完一段书时，总能看到他从内向外揉着脚上缠胶布的地方。他的脚后跟长满了老茧，但是他精心护理着它们。

最后，我们父母的所有衣物几乎都被清空了，我们只留了一件衣服。我捧着它走过长廊，给它找到了合适的安家之所。

"放这儿。"我对罗里说，他刚打开展露出琴弦的钢琴顶盖。

"嘿，看啊！"亨利冲我们所有人大喊，"一包香烟！"

我把两本书和那件蓝色的羊毛裙依次放了进去。它们成了这架钢琴的一部分。

"快点，"罗里说，"把赫克托耳也塞进去！"但是即便是他也不敢真的这样做。他轻轻地伸出一只手，放在裙子的口袋和纽扣上；她从没能鼓起勇气修补那条裙子。

在这个过渡期——那一年的一月和二月——我意识到了我们处境的艰难。但是也有一些好时光，甚至是分外美好的时刻，比如看着汤米和他的每一只宠物待在一起的样子。

我们爱极了阿伽门农——所谓的诸王之王——的滑稽动作；有的时候我们会坐在一起观察它，看它用头撞击鱼缸。

"一……二……三。"我们会给它计数，等数到四十的时候就只剩下罗里一个人了。

"你就没别的事干了吗？"我问他。

"是的，没有了。"他会这样回答。

他仍然走在争取被学校开除的路上，但我还是决定不管怎样都要再试一试。"你的家庭作业呢？"

"马修，咱们都知道家庭作业一无是处。"他为金鱼的头如此坚固而惊叹，"见鬼，这条鱼果然是最厉害的。"

当然了，赫克托耳还是老样子，整个夏天都在咕噜咕噜地叫着，扯着大家的蛋蛋，蹲在水箱上看我们在厕所里完成动作。

"喂，汤米！"我总是冲他大喊，"我正准备冲个澡呢！"

那只猫就像幻影一样端坐在那里，坐在充满蒸汽的卫生间里，热腾腾的水汽环绕在它周围。它瞪圆了双眼，仿佛是在冲我傻笑：

我还正准备蒸个桑拿呢！

它正舔着自己柏油色的爪子，咂巴着它黑色的嘴，露出一丝倦意。

忒勒玛科斯（我们已经简称它为 T 了）昂首阔步地在笼子的里里外外走来走去。这个特洛伊之王只攻击过它一次，但被汤米制止了，赫克托耳就又乖乖回去睡觉了。它可能会梦见蒸桑拿。

然后就是萝茜，它依然四处乱跑，后来亨利给它买了一个游戏用的豆袋，他是在小区管理委员会的清仓活动中发现这个宝贝的（他总是会留意这种活动）。我们十分喜欢它拽着豆袋转圈跑的样子。等到它真的想要躺下的时候，会更喜欢躺在屋外的阳光下；它会衔起豆袋，一直拖着它，跟随着阳光走出去。然后它会在地上挖个浅浅的洞，让自己舒服地躺在里面，而这样做只会引发一个后果：

"嘿，汤米！汤米！快过来看看这个！"

后院被白雪覆盖，但实际上都是豆袋里漏出来的聚苯乙烯泡沫。这是进入夏天以来最潮湿的一天——罗里向亨利看了过去。

"我发誓，我觉得你简直就是个天才。"

"怎么了？"

"你在逗我？竟然买一只豆袋回家。"

"我又不知道那只狗会毁掉它——这可是汤米的错——再说了……"他消失在视线里，回来的时候手里拿着吸尘器。

"喂，你不能拿吸尘器来弄这个！"

"为什么不能？"

"我不知道——你会把它弄坏的。"

"你还知道担心吸尘器呢，罗里？"这次开口的人是我，"你连按哪个按钮打开吸尘器都不知道吧。"

"就是。"

"闭嘴吧，亨利。"

"你也不知道怎么用。"

"闭嘴吧，马修。"

我们都站在那里，看着亨利完成整项工作。萝茜一边乱跳，一边不停地吠着。奇尔曼太太站在栅栏边，咧嘴笑着。为了往这边看，她正踮着脚尖站在一个油漆罐上。

"你们这些邓巴家的男孩子。"她这样说着。

一周年忌日那天最棒的一件事就是卧室大调换，我们是在把她的书和裙子搬进钢琴盖里之后完成的这项工作。

首先，我们把三层床拆解开。

每一个部分都能改装成单独的一张床，尽管我并不是特别热衷此事，最后是我搬到了主卧里（其他人都不想和这个房间扯上任何关系），我是带着自己的床过去的。我绝对不可能睡在他们两个曾经睡过的床上。但是在我搬走之前，我们做了另一个决定，是时候做出改变了——亨利和罗里的组合应该解散了。

亨利说："终于等到了！我这辈子都在盼着这一天！"

罗里说："你还觉得是你在等着这一天，真是活见鬼了，走得好！赶紧收拾好你的垃圾滚吧。"

"收拾好我的垃圾？你到底是想说什么？"亨利用力地推了他一把，"我才不走呢！"

"我也不会走的！"

"哦，都闭嘴吧。"我说，"我真希望能把你们两个都赶出家门，但是我不能，所以我们得这么来——我来丢这个硬币。丢两次。第一次的结果决定你们谁搬出去。"

"行啊，但是他有更多的——"

"我不感兴趣。赢了的人留下，输了的人搬走。罗里，你先来。"

硬币被抛起来，击中了卧室的天花板。

"正面朝上。"

硬币在地毯上弹了几下，落在了一只袜子上。

背面朝上。

"该死的！"

"哈哈，真不走运啊，我的小兄弟！"

"硬币砸到天花板上了，不能算数！"

我又转向亨利。

罗里坚持说："刚才那一次打到天花板上了！"

"罗里，"我说，"快点闭嘴。现在，亨利，我再扔一次。如果是正面朝上，你就和汤米一起住，如果是背面朝上，你就和克莱一起。"

又是背面。克莱搬了过来，而亨利对他说的第一句话就是："来，来看看这个。"他扔给克莱一本早期的《花花公子》杂志——上面还是"一月小姐"。罗里也试图对汤米友好起来：

"你这个笨蛋，快把那只该死的猫从我床上赶下去。"

你的床？

赫克托耳仿佛在提出质疑。

到了二月中旬，他在 E.S. 马克斯区域锦标赛中拿了冠军——那里的看台才是真正用混凝土建造而成的庞然大物，而我们已经把绑胶带这种事变成了一项艺术。我们已经把它变成了一种例行公事般的仪式；我们两兄弟上演了新版本的"你的腿是什么做的"和"动力来自本心"。

首先，我会在他身旁蹲下。

慢慢地，我掏出那一卷捆扎在一起的胶布。

在脚掌中心笔直地贴一道。

在脚指头前面贴出一个十字形。

开始的时候看起来很像是一个十字架，但是最后的实际效果却截然不同，像是一个字母表里丢失已久的字母的形状，有的地方的胶布边缘处已经卷了起来。

等到通知四百米的比赛就要开始时，我和他一起走到了典礼官所在的集合区，那天十分闷热潮湿，一丝风都没有。他离开的时候，想起了亚伯拉罕，还有那个虔诚的基督徒埃里克·利德尔。他想起那个瘦骨嶙峋、身材矮小的南非运动员，就是她脚上缠着的胶布激发了我们也给他这样做的灵感。

我说："等比赛结束了我们再会。"克莱那个晾衣夹还放在他短裤的口袋里，他居然回应了我：

"嘿，马修，"他只这样说道，"谢了。"

他跑起来像个该死的勇士一般。

他就是快如闪电的阿喀琉斯。

最后，那天深夜时分，那个一周年忌日的夜晚，罗里终于醒悟过来。他说："我们把这张床烧掉吧。"

我们一起做出了这个决定。

我们围坐在厨房的木桌前。

但其实并没有什么决定要做。

也许男孩和火之间的关系遵循着宇宙间亘古不变的原则，就像我们经常会扔石子一样。我们会随便捡起一块石头，瞄准任何东西扔过去。即便是我，都快十九岁了，也还是如此：

我本应该成为这个家的家长。

如果搬到主卧是一个成年人应该做的事，那么把那张床烧掉就是小孩才会做的事，我左右为难，所以我往两边各迈了一步。

一开始的时候，大家都没怎么说话：

克莱和亨利被安排去搬床垫。

罗里和我扛着床板。

汤米拿着火柴和松节油。

我们把东西从厨房都搬到了后院，把它整个丢到栅栏外面。差不多和很多年前彭妮初遇城市特色的时候是同一个地方。

我们绕到栅栏另一边。我说："是时候了。"

空气温热，这会儿吹起了一阵微风。

我们手插在口袋里站了一会儿。

克莱手里拿着一把晾衣夹——但后来床垫又被安回到了床板上。我们走出去，走到了环绕地。马厩残破不堪，歪歪斜斜。草地像打了补丁一样，一点都不平整。

很快，我们就看到远处有一台破旧的洗衣机。

然后又看到了一台散了架的、毫无生气的电视机。

"那里。"我说。

我指了指那边——靠近中间，离我们家这边更近的一片空地，我们把父母睡过的床搬到了那里。我们两个人站着，其余三个人蹲着。克莱走到了一边，他站在那里，面对着我们家的方向。

"风是不是有点大啊，马修？"亨利问我。

"有可能。"

"是不是西风？"每过一分钟，风势就变得更大了一些，"现在放火，可能会把整片环绕地点着。"

"那样就更好了！"罗里大喊道。正当我准备严厉斥责他时，克莱打断了这一切——刺穿了这片荒地、这片草坪和那台电视机，以及那台孤零零的洗衣机的"尸体"。他的声音异常坚定：

"不。"

"什么？"

我们异口同声地发问。风吹得更猛烈了。

"你刚才说什么，克莱？"

在暖洋洋的荒地里，他看起来异常冰冷。他的一头黑色短发紧紧地贴在头皮上，他体内仿佛燃烧起了一把火。他又平静地重复了一遍。

一个坚定、不容更改的"不"。

我们瞬间明白了。

我们应该把它就这样原封不动地留在这里。我们应该让它在这里自生自灭——至少我们当时是这样想的，我们怎么能够预知后来发生的一切呢？

怎么能想到克莱还会回来，然后躺到床垫上？

他会紧紧握住那个晾衣夹，直到他的手都被硌得生疼。

他第一次去那里是全国赛开始之前的那个晚上，那时我和他经常会在厨房里坐一会儿。在只有我们两个人独处的时候，他在我面前摆明了态度：

他一定会在全国赛中获胜，然后就去把阿喀琉斯领回家。

他已经凑够了那两百美元——那可能是他毕生的积蓄了。

他甚至没有等我做出回应。

接下来，他就从前门走了出去，轻快地跑过赛马区，给那头骡子喂了几根我们家的胡萝卜——然后又回到家，爬上屋顶。

后来，很久之后，当我们其他人都睡下了，他又从床上爬起来，漫步到了环绕地。他捡起了另外一个崭新的晾衣夹。他爬过栅栏，走到街后的小巷里。周围一片漆黑，天空中看不到月亮，但是他还是很轻松地找到了去那里的路。

他在那里转了转，然后就爬到了床垫上。

那张床就铺在阴影处。

他蜷起身子，像个小男孩一样躺在那里。

他躺在那片黑暗中，进入了梦乡，再也不去在意什么比赛获胜或者参加全国大赛的事。不，他只是和另外一个小男孩讲起了话，那个来自另一个小镇的小男孩，还有那个漂洋过海的女人。

"我很抱歉，"他对着他们两人轻声低语，"我真的很抱歉，对不起，对不起！"那个晾衣夹被他紧紧地攥在手心里。最后，他又一次对他们说："我发誓，我会给你们讲这个故事的。我会告诉你们我是怎么替你们把阿喀琉斯带回家的。"

那头骡子从来就不是为汤米买的。

第七部

———

城市
+
水
+
罪犯
+
拱桥
+
故事
+
幸存者
+
桥

艺术馆路上的女孩

曾经，在邓巴家漫长的过去里，有一个女孩，她认识了一个邓巴男孩。该怎样形容这个女孩呢？

她有着一头赤褐色的头发，还有着清澈的绿色眼眸。

她脸上有很多血色的小雀斑。

她因为赢下一场一级赛事而为众人所知，但第二天就离开了这个世界——而发生这样的事应该接受责备的人正是克莱。

他活过了那件事，呼吸着那件事，成了那件事。

最终，他告诉了我们全部的真相。

但是一开始，凯丽第一次见到他的时候，他正坐在屋顶上，那时，所有的一切都看起来那么美好。

她在一个名叫卡拉米亚的小镇长大。

她的父亲是一位骑师。

她的祖父也是一位骑师。

在那之前的长辈，她就不知道了。

她热爱赛马、在马场工作、在马场骑马，以及那些有关纯种赛马的比赛记录和传奇故事。

卡拉米亚离这里有七小时车程，她人生中最初的记忆和她爸爸有关。他早上从马场下班回家，她会询问他前一天过得怎么样。有的时候，早上三点四十五分，他便准备从家里离开，她会同时醒过来，这时她会揉揉眼睛，对他说："嘿，泰德，我可以和你一起去吗？"

不知道为什么，只要她在黑暗中醒来，就会直接叫她的母亲凯瑟琳，叫她的父亲泰德。到了白天就不会有这种事发生，她还是叫他们妈妈和爸爸。很多年后，当他们发现她摔倒在地、离开这个世界的时候，应该并不会写下或者讨论这些小事了。

像我说过的那样，她热爱赛马，但是和大多数女孩热爱的方式并不相同。

她喜欢的是那种氛围，而不是那些在现场飘飞的缎带。

相比赛马演出，她更喜欢马厩的感觉。

等她又长大一些，学校放假的时候，她和她的兄弟们便会央求父母带他们去马场，她爱极了那些漆黑一片的清晨，爱极了迷雾里传来的马蹄声。她爱极了初升的巨大又饱含暖意的太阳，那个时候的空气是那么冰冷、那么新鲜。

那时，他们会在栅栏边吃烤面包片——围栏是白色的，上面没有尖木桩。他们喜欢那些驯马师，他们总是会使用不同的腔调发誓赌咒，就好像一群声音低沉、意志坚定的孩子，老骑师也会一直在附近徘徊。看到他们穿着用牛仔裤、汗衫和无檐便帽搭配而成的工装也是件很有趣的事。

她的兄弟们比她大四五岁左右，等他们到了规定的年龄，也都加入到了赛马训练中；很明显，这是他们家世代相传的职业。

在赛马这个行当里，他们总是会拿遗传说事儿。

或者更准确地说，他们总是讨论血统的问题：

就像克莱和我们一样，关于她的过去，也有很多可以挖掘的地方。

根据凯丽自己的说法，她的母亲凯瑟琳·诺瓦克是家里唯一一个既不信任又十分鄙视赛马圈的人，至于到底是不信任还是鄙视全看当时的心情。她可以冰冷得像是浅蓝色的冰水，也可以热情得像一团熊熊燃烧的姜黄色火焰。当然了，她热爱赛马，也喜欢看比赛，但是她厌恶赛马这项产业——对骑师体力的过度损耗，对马匹的过度繁殖。这项事业抓到了人们的软肋，它就好像一个美丽的妓女，但她却看到了她卸下装扮后的本来面目。

凯丽的兄弟们管她叫伟大的凯瑟琳，因为她格外严苛，而且非常严肃。她从来不做游手好闲的事。在有比赛的日子里，当她跟他们说要毫发无损地回家时，他们知道她其实是想说：

如果你摔下马来，别指望别人会同情你。

骑师的人生是艰难的。

但是马的生活比你要难得多。

* * *

然后就是泰德。

马场工泰德。

凯丽知道他的故事。

在他职业生涯早期，他可能是全国最有潜力的学徒了，像是派克，或者布雷斯利，或者魔鬼达比·蒙罗那个级别的人物。他身高一米七，对于一个骑师来说，他的个头有点高，但是对于一个普通男人来说，又有点矮了。但是他的体型完美，非常适合骑马，他的新陈代谢机能也令人嫉妒，他似乎从来不会长赘肉。不好的一点是，他的脸看起来就像是制造商为了赶时间匆匆忙忙拼凑起来的。但是到底是不是这样取决于你问的是谁了。那个叫凯瑟琳·贾米森的女孩似乎就觉得他也没那么差。她喜欢他那张五官乱七八糟的脸，喜欢那对干干净净的绿色眸子，她可以一直挽着他的胳膊——直到那天早上，悲剧降临。

他那个时候才二十三岁。

一夜之间，他的新陈代谢突然发生巨变。

过去，在比赛日那天，他一次可以吃得下一整包雅乐思巧克力饼干，现在他可能只吃得下那层薄薄的外包装。

那时，他们已经在城市里待了一段时间。后来，他们搬了家，想要认真地拼一把。凯瑟琳在兰德威克附近的威尔士王子岛找了一份护士工作。

这样又过了好几年，某个星期，泰德突然有了不同的感觉。那天天亮前几个小时，他像往常一样去卫生间，体重秤是不会骗人的，镜子也不会。他的身体像是被伸展开了，但同时也被填满了，他的脸庞也少了原来的那种迟钝感。但是这又有什么用呢？他难道想变帅吗？他更想在唐卡斯特的比赛上漂亮地完成一英里跑。这个世界让他弄不明白。

最糟糕的还是他的双手。

在他们狭小公寓的厨房里，他甚至顾不上想早餐要吃什么；他坐在厨房里的餐桌前，看着那双手，那是他见过的肉最多的一双手了。

之后的五年里，他工作，斋戒。

他去蒸桑拿。

他只吃生菜叶子。

他读报纸都是挑一天最热的时候，坐在车里，车窗都拉上去，他会穿着他最新、最厚的运动服。他穿着夹克衫和牛仔裤修剪草坪，里面还套了一件保暖的运动服。他急躁不安、经常发火。他跑步的时候会在穿着羊毛裤的双腿上再绑上垃圾袋。里面装的都是赛马会的战利品，以及上千个被压抑的渴望——对吉百利巧克力棒、巧克力蛋糕，以及奶酪的邪恶欲望。

他经常受伤——被踹开，摔伤双手手腕。他在马厩里被直接踢到过脸。在跑道上被踩踏过两次。一次是在沃里克农场的第三号赛事上，前面的一匹马蹬掉了一枚蹄铁，并直接从他耳朵旁边划过。有许多次，都是有惊无险。

到了他职业生涯的黄昏期，他就好像一名战士，或者是古代的马车夫，每参加一场比赛都像是去上战场一样。他的胃里翻江倒海，他牙痛，头痛，还有明显的眩晕感，最大的耻辱是脚癣，是之前光脚站在骑师的准备室里感染上的。

"这个，"在开车前往马场的路上，他总是会跟七岁的凯丽开玩笑说，"才是最后打倒我的原因。"

但是，问题在于，泰德·诺瓦克在撒谎，因为最后打倒他的并不是脚癣，也不是饥饿带来的痛苦，更不是脱水或者营养不良。毫无疑问，最后击溃他的，是一匹马：

一匹栗色的马，西班牙人。

西班牙人真的是一匹卓越的赛马，心胸开阔，就像金斯顿·唐或者法老之膝一样。除此之外，它还没有被阉掉，这也就意味着它的血脉可以传承下去。

它是被恩尼斯·麦克安德鲁养大的，那个有名的火柴棍一样的驯马师。

当那匹马被运到他的马厩时，麦克安德鲁马上打了个电话。

"现在你大概有多重？"

他拨的就是泰德·诺瓦克的电话。

西班牙人参加了几乎所有重大赛事的一英里及以上的比赛。

他可以冲刺，也可以保持匀速，可以完成你要求的任何动作。

跑第二名或者第三名是一种失败。

跑第四名就是一场灾难了。

每一次，第一名总是属于泰德·诺瓦克，他的名字被登在报纸上，他的笑容仿佛永远固定在了脸上——还是说，他只是因为某处很痒所以在做鬼脸？不。和西班牙人一起比赛的时候他从来感觉不到这些。比赛时他前半程并不驱赶它，只是在接下来的两百米慢慢激起它的斗志，最后带着它第一个冲过终点拿下比赛。

等到这匹马的职业生涯快要结束的时候，泰德也希望结束自己的赛马生涯。

他们只剩一场比赛没有拿下，不，不是墨尔本杯，麦克安德鲁、泰德和马主人都不在乎那场比赛，他们渴望拿下的是觉士盾锦标赛。在真正的专家眼里，那才是最伟大的赛事。

对于泰德而言，命运仿佛在嘲弄他。

他的体重超标了。

即便是根据年龄计算体重，泰德也超出太多了，他之前就知道这一点。他还是做了自己力所能及的一切。他恨不得修剪一百块草坪。回到家，他会在淋浴间里瘫成一团。后来有人提前一个星期做了决定，一只如同稻草人般枯瘦的手搭在他的肩膀上——当然了，后来，西班牙人赢了。

在后来的几年里，即便是对她讲述这个故事，他也很难开口。另外一位骑师——从来都和蔼可亲、留着大胡子的麦克斯·麦肯带着这匹赛马奔驰在满利谷的直道上，并最终以一个马身的优势带着西班牙人赢得了比赛。

至于泰德·诺瓦克，他在自家车道上，坐在车里听完了这场比赛的转播。

那时他们住在另一个赛马区——阿尔切街十一号，还有很多年彭妮和迈克尔才会搬到阿尔切街——他微笑起来，继而又号啕大哭，哭着哭着却又笑了起来。

他脚上发痒，却没有伸手去挠。

他的双脚仿佛着起火来。

退休一段时间之后，他还是会在马场骑马，仍旧是这座城市上午时段最受欢迎的骑师之一。但他们很快就搬回到了内陆。

凯瑟琳喜欢住在乡下，他们做过的最糟糕但也最明智的决定，就是保留阿尔切街上的这座老房子。这么多年的赛马生涯至少给他们留下了这座房子。

随着岁月渐渐流逝，他们在乡下又生了小孩。泰德恢复了正常体重——如果吃蛋糕吃得太多，也会一下子添上好几公斤的重量。但这个时候他觉得这一切已经理所应当。

他换了好多份工作，从皮鞋销售员到录像带出租店店员再到农场的挤奶工，有些工作他完成得很不错。但他还是最喜欢在清晨工作；那时他仍旧会在当地的跑道上骑马。他们管这里叫艺术馆路。

这个时候他已经有了马场工泰德这个外号了。

两件事定义了他。

第一件事，有一天驯马师麦克安德鲁带来两个有潜力的年轻骑师到马场观摩。那天是星期二，天空金光闪闪的。

"看到了吗？"

驯马师的样子几乎一点没变。

只是头发渐渐染上几丝花白。

他指着在他们身边冲过的骑师说。

"看到他的脚后跟了吗？看到那双手了吗？他骑在那匹马上，但好像压根儿没有压在马身上一样。"

那两个孩子有着典型的傲慢态度。

"他太胖了。"其中一个人说，另一个大笑起来。麦克安德鲁狠狠扇了他们几巴掌。他们的脸蛋和下巴都狠狠挨了两下。

"来了，"他说，"他又冲过来了。"他就像所有骑师一样，一边向外探着脑袋一边说话。"你们可以记住这句话，这个人赢下的比赛将比你们两个小杂种一辈子赢下来的都多。他在田径场上还能赢得更多比赛。"

就在这个时候，泰德走了过来。

"麦克安德鲁！"

麦克安德鲁大大张开嘴，咧嘴一笑："嘿，泰德。"

"我看起来怎么样？"

"我刚才还在想，帕瓦罗蒂怎么跑这么大老远到这里来当骑师了？"

他们热情地拥抱，友好地重重拍了几下对方的后背。

他们心里都在想着西班牙人。

＊　＊　＊

　　第二件事发生在几年之后，那个时候诺瓦克家的两个儿子分别长到了十三岁和十二岁，小姑娘凯丽才八岁。这将是马场工泰德参加的最后一场田径赛。

　　当时是春天，学校正在放春假，之前刚下过雨，草坪绿油油的，草叶纤长（一直以来，这些草叶能为了纯种马长这么高真是件令人吃惊的事），那匹马突然四蹄离地狂跳，泰德被甩了出去，大家都看到他很重地落在了地上。驯马师把男孩子们拦到一边，但是凯丽不知怎的就冲了过去，她拨开面前的一条条腿，努力地挤进人群里——她第一眼看到了他流下的汗珠，然后就是血肉模糊的脸，然后是他的锁骨，被摔断了，骨头折了出来。

　　他看到了她，于是勉强挤出一个笑容。

　　"嘿，小家伙。"

　　那根骨头，瘦削、雪白。

　　那么赤裸裸地暴露出来，那么纯净，像阳光一样。

　　他平躺在地上，穿着工装裤和靴子、叼着香烟的男人们达成了一致意见，认为先暂时不要挪动他。他们排成一排，表示尊重。一开始他怀疑自己的脖子是不是摔断了，因为他感觉不到自己的双腿了。

　　"凯丽。"他说。

　　他满头大汗。

　　一轮摇摇晃晃升起的红日。

　　阳光沿着直线从跑道洒下来。

　　尽管如此，她还是忍不住要去看，她就跪在他身边，离他很近。她看着鲜血和泥土像是马路上的车流一样在他的嘴唇处汇聚。他的牛仔裤和法兰绒衬衫都被鲜血浸透了。泥土混进了他马甲上的拉链里。他体内仿佛有一股狂野的力量正要挣脱出来。

"凯丽，"他又一次开口了，只不过这一次他的注意力转移到了别的地方，"你能去我脚边，帮我挠挠我的脚趾头吗？"

可以，当然可以了。

他已经神志不清了。

他以为他又回到了过去，那段被脚癣折磨的旧日时光，并希望通过这件事分散她的注意力。"别看我的锁骨了……我的脚！快要痒死我了！"

但是他却没法抑制住脸上流露出的笑意。

她凑到他的脚边，解开靴子上的鞋带，接着他开始痛苦地尖叫起来。

太阳落山，彻底将他吞没。

过了几天，在医院里，一位医生在巡查的时候走进他的房间。

他跟男孩们握了握手。

他揉了揉凯丽的头发。

一头纠结在一起的男孩子气的赤褐色乱发。

日光灯发散出像骨头一样雪白的光亮。

医生检查了泰德的伤势，之后便十分亲切地看着这几个孩子。

"你们三个长大了都想做些什么呢？"他问道，但是两个男孩根本没有发言机会——凯丽抬起头看着他，咧嘴一笑，迎着自窗户洒进来的刺眼阳光眯起了眼睛。她漫不经心地指着自己乱糟糟的、被赛马踩躏的爸爸。她已经踏上了自己选择的路：

走在了通往这里、通往克莱、通往阿尔切街的这条路上。

她说："我长大以后也要像他一样。"

河里的身影

于是，在库塔曼德拉夺冠之后的这一天，我站到了这里——站在了树丛间。

我站在这儿，一个人，站在桉树林里，我的脚踩在一堆堆的树枝里。

太阳在我面前洒下一道长长的阳光。

我听到了那唯一的声响，但是现在我动弹不得。他的收音机里传出音乐声，这代表着他还不知道这件事。

我看着河床上的他们。

我甚至没法告诉你我站了多久。这座桥，即便还不完整，却比我想象中美丽得多。

这些桥拱一定会非常惊艳的。

石头的那种弧度——

就像嘉德水道桥一样，桥体不会涂抹任何灰浆，一切都严丝合缝，规规整整，像一座教堂一样，在天空之下闪闪发光。

从他靠在桥上的那种姿态、用手抚过桥体的那种神情，我可以看得出来——

从他与这座桥对话的方式，固定桥桩、设计桥桩并站在桥桩旁的样子，我也可以看得出来——

这座桥就是他的一部分。

但到了这个时候，我得下定决心去做这件事了。

我的旅行车就停在我的身后。

慢慢地，我离开了树林，一路走了过去。我站在下午灼目的阳光里，河里的那两个身影停了下来。我会一直记得他们手臂的样子：虽然筋疲力尽，但是因为生活的锤炼而变得如此坚硬。

他们抬起头，克莱打了个招呼："马修？"

我沿着河床走下去，走到他们身边。什么都没办法让我做好面对这一切的准备。我什么都不是，只是一具空壳，因为我并没有料想到这一切——在他那张歪斜的脸上居然会呈现出如此生动的表情，也没想到这座桥会这么棒。

是我，而不是他，先跪倒在地，我的双膝跪倒在河床的泥地上。

"凯丽。"我说，"她死了。"

凌晨四点的阿喀琉斯

如果他们没有留下这座房子会怎么样呢？

阿尔切街十一号这座房子。

要是他们没有回来就好了。

为什么他们当初不把房子卖掉，在别处继续生活呢？为什么非要这么谨慎，留着房子等着收房租？

但是不——我不能再这样想了。

这一次，我只能原封不动地讲出来。

她在快要满十六岁的时候来到了这里——来到了这条满是男孩和动物的街道，现在在这条街上又多了一头骡子。

最初的时候，是三月的一天晚上，那天克莱赢得了全国跑步比赛的冠军。

故事回到 E.S. 马克斯区。

我细心地在他的脚上缠上胶布。

第二名是来自贝加一个农场的男孩。

我花了好一会儿时间才说服克莱留下来。

他并不想站在领奖台上，也不想领取奖牌，他只想把阿喀琉斯接回家。

他以超出一秒的成绩打破了全国纪录，据他们说，这个年纪能达成这种成绩甚至有些荒唐。官员们与他握了手。克莱却一直惦记着埃普索姆路。

我们从停车场开车出来，加入到临近黄昏的车流里，他从后视镜里看着我，我也瞥了他一眼。说句公道话，他一直在暗示着什么，金色的奖牌挂在萝茜的脖子上。它正坐在汤米的大腿上，呼哧呼哧喘着粗气。我向后瞥了一眼，平静地说：

"你拒绝戴上那枚奖牌算你走运——不然我会用它拧断你的脖子。"

到家时，我们放下了罗里和亨利。

也让那只狗下了车。

汤米正准备下车，克莱却将一只手放在了他的胳膊上。

"汤米，你和我们一起去。"

我们到那里时已经是晚上了，骡子已经在围栏处等着我们，它对着天空大声嘶叫。我记得分类栏里的广告上写的是"从不嘶叫"。我说："说好的不乱叫唤呢。"但是克莱完全无视了我。汤米也瞬间就爱上了它。它成了这个人畜无害的团伙的第五名成员。

这一次，我们站了一会儿，拖车晃了一下，一个男人拖着身子走了出来。他穿着磨破的裤子和一件衬衫，脸上露出会心的笑容。他尽可能地快步走了过来，就好像是瘸着一条腿推着辆小推车爬坡。

"是不是就是你们这些小兔崽子整天来给这个可怜的老家伙喂东西吃？"他这样问，但是已经像个孩子一样咧嘴笑了起来。他是不是当年彭妮在阿尔切街十八号的围栏后面初次见到的那个马夫？我们永远也没办法知道了。

夜色渐渐蔓延。

这个男人名叫马尔科姆·斯维尼。

他的身材就好像一个精心装扮过的甜甜圈。

他曾经也是一名骑师，然后做了马夫，最后成了一个获得合格资质的马厩铲粪工。他的鼻子看起来就像是酒鬼的酒糟鼻。尽管看起来还有一丝孩子气，你还是能看出他满脸悲伤。他马上就要搬到北方，和他的妹妹一起住了。

"能不能让这个孩子进去拍拍它？"我问道，马尔科姆·斯维尼很乐意效劳。他让我想起我曾经读过的一本书里的一个人物。那本书叫《伤心的开心的疯狂的坏坏的开心的男人》——书中的主人公虽然无比善良，但也充满悔恨。

"你看过《论坛报》了？"他问，"看到了那条广告？"

克莱和我点了点头，而汤米已经准备跨过围栏，走过去拍骡子的脑袋了。

马尔科姆又开口了。

"它的名字叫——"

"我们不需要知道它的名字。"克莱这样告诉他，但是他的视线一直聚焦在汤米身上。

我冲马尔科姆·斯维尼微微一笑，想尽可能地显得高兴。"作为交换，他会付给你两百美元，"我感觉自己的脸又绷起来了，"但你想收他三百美元也完全没有问题。"

他发出一声似曾相识的大笑。

"两百美元，"他说，"就要这些了。"

克莱和汤米站在围栏边。

"叫它阿喀琉斯？"一个问另一个。

"阿喀琉斯。"

终于等到了，他们心想，终于等到了。

* * *

要养阿喀琉斯，我们需要事先考虑很多，这件事既美又愚蠢，既理性又荒诞，很难判断应该先从哪里开始。

我查了查管理委员会的规定，的确有某些内部的规章制度对此做了说明，该制度是一九四六年制定的，里面解释说是可以在家里养牲畜的，只要悉心照顾它们就好。规定里说，此类动物，在任何情况下都不能影响住所居民或者附近居民的健康、安全和幸福生活——品一品言外之意，其实就是说你可以养任何你想养的动物，只要别人不抱怨就好。也就是说我们唯一需要解决的就是奇尔曼太太了，她是我们唯一能称得上是邻居的邻居。

那天下午，我走到了她家门口，她邀请我进屋，但是我们最终还是坐在了门廊上。她问我可不可以帮她打开一罐果酱，当我提起那头骡子的时候，她的脸先是向内皱成一团——皱纹都挤到了脸蛋上——然后仿佛自身体深处发出一阵大笑。"你们这些邓巴男孩简直棒极了。"她还说了三四声"实在是了不起",最后一句话更是让人激动万分。她说:"生活如果一直都像现在这样就好了。"

然后,还要解决亨利和罗里的问题。

我们从一开始就告诉了亨利,但是一直对罗里保守着这个秘密;他的反应肯定有趣至极,绝对让人想不到(这也极有可能是我当初同意对他保密的原因)。他已经因为赫克托耳经常跑到他床上睡觉而一直心情很糟了,有的时候,甚至萝茜也跑来捣乱,最起码是会把它的鼻子搭在床上。

"喂,汤米,"他会在卧室这一头对着另一头的汤米大喊,"快把这只该死的猫从我身上弄下去。"或者说:"汤米,快让萝茜别这么喘粗气了。"

汤米会尽自己最大的努力来维护它们:"它是只狗啊,罗里,它得喘气儿啊。"

"不行,在我身边它就不能这样喘气!"

诸如此类。

这个星期余下的几天里,我们耐心等待着在星期六那天把骡子领回家,到时候大家都在,可以一起监督整个过程,以防突然发生意外情况(还真有可能发生)。

周四的时候,我们去拿了些供给。马尔科姆·斯维尼没有运送马匹的拖车,所以我们只能牵着它走回家。我们商量好了运送时间:星期六凌晨四点(以马场时间为准)。

星期四的晚上,一切都很美好,我们四个人一起待在斯维尼那里,罗里很有可能是出去喝酒了。天空和云朵都是粉红色的,而马尔科姆正充满爱意地凝视着天空。

汤米梳理着骡子的鬃毛，亨利在评估那些配套的工具。他向我们展示着马镫和缰绳，满意地把它们举到空中。"这些破烂，"他说，"我们可以看看该怎么让它们发挥作用……但是那家伙，一点用处没有。"

他猛地扭过头去，冲着骡子咧嘴一笑。

就这样——我们把它带回了家。

三月末一个寂静的清晨，邓巴家的四个男孩走过赛马区，中间是一头以古希腊英雄命名的骡子。

它有的时候会在邮筒旁驻足。

它笨拙地前行，有的时候还会在草坪上撒下几个骡粪蛋。

亨利问："你们有谁带装狗屎用的手提袋了？"

我们不约而同地在人行道上大笑起来。

让我印象最深刻的是关于马尔科姆·斯维尼的那段记忆，当我们慢慢牵着骡子离开时，他在围栏边无声地哭泣着。他擦了擦脸上的污垢，一只手伸进结成块的头发里揉了揉。他穿着卡其布颜色的衣服，饱含热泪。他是一个可怜的肥胖老人，但是又有一种别样的美。

接着，我们就只能听见那种声音了：

蹄子敲击在街道路面上的声音。

我们周围的一切都极具城市特色——马路，街灯，车流；从我们头顶飞过的叫喊声，那是通宵狂欢的人们发出的尖叫——与此同时，骡子极具韵律地迈着步子，我们护送着它走到人行道旁，穿过空荡荡的京士威大道。我们哄着它走过一条长长的人行桥，穿过黑暗与街灯的光亮交错的斑驳路面。

亨利和我走在一边。

汤米和克莱走在另一边。

你可以把表调得和蹄声一致，也可以把生活交到汤米手里——他温柔地牵着骡子往家的方向走去，走向未来的岁月，走向那个女孩。

两个宝箱

这是接下来发生的事：

他们打破了那条没有明说的规则。

他感受着她赤裸的双腿。

他记得她躺下时身体的长度，也记得他们身边堆着的塑料垃圾堆；他记得她的动作，记得她温柔地咬了自己一口。还记得她拉着他躺下的方式。

"到这里来，克莱。"

他记得一切。

"用你的牙齿。别害怕，不会伤到我的。"

他记得当时才凌晨三点，然后，他们一同离开。回到家后，克莱一直清醒地躺在床上，然后起身前往中央车站。

回到希尔维，回去造桥。

毫无疑问，凯丽回到了赛马场。在黎明的曙光中，富有经验的老手——玫瑰战争——已经从内场的训练场回来了，但是没有和它的骑师一起归来。

她后背着地，被重重地甩在地上。

阳光冰冷、苍白。

城市的天空一片寂静。

女孩躺在地上，脸歪向一边，所有人都开始朝那边跑过去。

在阿马赫努河畔，在希尔维，当我告诉克莱这一切后，他疯狂地跑开，跌跌撞撞地往河岸跑去。

天哪，这里的光线拉得如此之长，我可以清晰地看到他跑到树林边，然后消失在一片乱石中。

父亲麻木地看着我：如此悲伤却又充满慈爱。

当他试图跟过去时，我抓住了他。

我抓住了他，紧紧抓住他的胳膊。

"不，"我说，"我们应该相信他。"

谋杀犯露出一副**被谋杀了**的神情。"如果——"

"不。"

我并不知道所有我应该知道的事，但是如果是克莱，我相信他的选择，现在他一定会选择独自承受一切痛苦。

我们达成一致，在这里等一个小时。

在河床之上，高处的那片树林里，他跪倒在那片峭壁旁——他两侧的肺叶仿佛变成了装满死亡的财宝箱。

他不受控制地放声大哭。

终于，他意识到，他听到的那个来自自己身体以外的声音，是自己的哭泣声。

这片树林，这些石块，这些昆虫：

所有这一切放慢速度，最终完全停滞下来。

他想到了麦克安德鲁，想到了凯瑟琳，马场工泰德，他知道自己必须要告诉他们。他得承认一切都是自己的错——像她这样的女孩们不会这样突然消失，她们是不会自己陨落的。凯丽·诺瓦克的死全是因为他。

他想起了那十五颗雀斑。

想起了她牙齿的形状和如同海玻璃一般的光泽。

脖子旁还有第十六颗雀斑。

她会和他交谈，她懂得他。她会把自己的胳膊穿进他的臂弯里。有的时候她会喊自己白痴……他记得那股轻微的汗味，她的发丝抚在他嗓子眼时痒痒的感觉——他的嘴里仿佛还有她的味道。他知道如果他仔细观察自己的身体，在他的臀部附近，她的咬痕还清晰可见；这痕迹成了一个隐秘的提醒，提醒有某人，某事，获得了更长久的生命。

眼神清澈的凯丽已经死了。

* * *

空气变得清凉，克莱也感觉浑身冰冷，他祈祷天降大雨，狂风大作。

最好能把有着陡峭河床壁的阿马赫努河整个吞没。

但是干涸和寂静环绕着他，他跪在那里，像是一具残骸，像是一个逆流而上、被海浪冲刷至岸边的男孩。

争吵

得好好夸夸年轻的凯丽·诺瓦克。

她下定了决心。

尽管她的父母下定决心要让他们的儿子成为骑师，却拒绝让她实现同样的梦想。当她谈起此事，他们只会说"不"。非常坚决。

尽管如此，在她十一岁的时候，她开始给城里的某位驯马师写信，每个月至少写两三封。一开始，她只是希望获得一些信息，比如说怎样才能成为一名最好的骑师，尽管她已经知道这个问题的答案。她怎样才能提前开始进行相关的训练？她怎样才能更充分地做好准备？在信件最后的署名处，她会化名来自乡下的凯利，然后耐心地等待回信，并且借用住在卡拉代尔（隔壁的一个小镇）的一个朋友家当作回信地址。

很快，卡拉米亚哈维街的电话响了。

电话接到一半，泰德停了下来，只是简单问了一句"什么？"，过了几秒钟，他又继续说了下去。"是的，是我们旁边的一座镇子。"然后，"真的吗？来自乡下的凯利？你肯定是在开玩笑吧。哦，肯定是她，该死，这一点我很确定……"

见鬼，起居室里的女孩一边偷听一边在心里嘀咕。

在快要走到门口准备溜出去的时候，一个声音在她身后响起。

"喂，凯利，别溜得那么快。"他说。

但是她能感觉到爸爸脸上带着微笑。

这也就意味着她还有机会。

* * *

在此期间，一星期接着一星期，一个月接着一个月，一年又一年，时间飞逝而过。

她是个很清楚自己想要什么的孩子。

她长久地保持着对赛马的渴望。

她在艺术馆路上吃饭、锻炼——尽管胳膊纤细，她却是个颇有天分的马夫——但她坐在马鞍上的时候看起来也很不错。

"和我见过的其他渴望赛马的孩子一样棒。"泰德不得不承认。

凯瑟琳对此不为所动。

恩尼斯·麦克安德鲁也是如此。

是的，恩尼斯。

麦克安德鲁先生。

恩尼斯·麦克安德鲁有自己的一套规矩。

学徒的第一项任务是等待；学徒的第一年绝对不会有骑马的机会。很自然地，他肯定会在意骑术方面的潜能，但他也会看你在学校里的表现，会看你的学校报告，特别是所有老师给出的评语。哪怕"很容易分神"这种评语只出现一次，你就别想投入他门下了。如果他收你为徒会让你在一周六天的训练日里有三天都得一大清早赶到马厩。你可以铲马粪，可以牵缰绳，可以观察。但是绝不能——任何情况下都不可以——开口讲话。你可以把你的问题写下来，或者记在心里，到星期天的时候再提问。星期六，你可以去参加比赛前的会议。但是同样不准开口讲话。如果他想知道你是不是在场，他只需留意一下就会知道。有人说你应该多和你的家人、你的朋友们待在一起——因为从第二年开始你就基本上见不到他们了。

在每周不需要早起的那几天里，你可以迟一些起床——所谓迟一些的意思是，你可以五点半再去三色拳击俱乐部报到，然后和所有拳击手一起晨跑。如果你有哪天没参加，老家伙会知道的——他肯定会知道。

尽管如此。

他还从来没有被如此热烈地"攻击"过。

十四岁的时候，她又开始写信，这一次她直接署名为凯丽·诺瓦克，不再用来自乡下的凯利了。她为自己之前做的事道了歉，希望当时的行为不会让他对她的人品产生误解。她知道所有的情况——他对学徒的要求和立下的一套规矩——为了成为其中一员她愿意付出全部；如果需要永不停歇地清理马厩，她也可以做到。

终于，她收到了一封回信。

恩尼斯·麦克安德鲁字迹潦草，但是他写下了句式相同的两句话：

要获得你母亲的允许。

要获得你父亲的允许。

这就是她面临的最大问题。

她的父母也和她一样坚定：

他们的答案还是很坚定的"不"。

她可能永远也成不了一名骑师了。

在凯丽看来，这简直就是一种耻辱。

好吧，行吧，她的那些"罪大恶极"的兄弟们就可以理所应当地成为骑师——他们只是平庸又懒惰的骑师——她却不行。有一次她甚至把起居室墙上的一幅西班牙人的照片扯了下来，然后疯狂地大吵大嚷：

"麦克安德鲁甚至搞到了一匹继承它血统的赛马。"

"什么？"

"你都不看报纸的吗？"

然后：

"凭什么你可以拥有这一切，却不让我去？你看看它！"她的雀斑仿佛都燃烧起来。她的头发乱成一团。"你难道不记得当时的感觉了吗？在弯道上赶超其他人，在直道上冲刺到最前面？"

她并没有把照片重新挂回到墙上，而是重重地将它甩到咖啡桌上，甚至直接砸碎了相册的玻璃框。

"你得负责把它补好。"他说，算她走运，当时买的是便宜的相框。

但是发生下面这件事才算她走运（有人会说，是不走运）——

他们都跪在地上，清理地上的碎玻璃碴，他漫不经心地冲着地板开口说道：

"我当然看报纸了——那匹马名叫斗牛士。"

* * *

终于，凯瑟琳打了她一巴掌。

一个巴掌究竟能带来哪些影响？这是件很有意思的事：

她像海水一般的眼眸比往常更加明亮了一些——不受控制，生机勃勃又怒火中烧。她的头发有几缕都竖了起来。泰德一个人站在门边。

"你真的不应该那么做。"

他指着凯丽说。

但是这也代表了另外一个事实。

凯瑟琳之所以会打你，是因为你赢了。

接下来，凯丽做了这样一件事：

这是童年时代最棒的一件事了。

那天学校放假。

她早上就出了家门，大家都以为她会在凯利·恩特威斯尔家过夜，但她实际上却搭乘一班火车进了城。临近黄昏的时候，她在麦克安德鲁的马厩外面已经站了差不多一个小时；这间小办公室的确应该重新刷漆了。最后，她实在没办法再等下去了，她走了进去，走到办公桌前。麦克安德鲁的妻子坐在桌子后面。她正在计算着什么，嘴里嚼着一团口香糖。

"打扰了，"凯丽格外紧张，但同时又很平静，"我想找一下恩尼斯先生，请问他在哪里？"

女人看了看她，她烫了卷发，嘴里都是司迪麦薄荷口香糖的味道，她对凯丽感到很好奇。"我想你是指麦克安德鲁先生吧。"

"哦，是的，对不起。"她露出微笑，"我只是有点紧张。"这会儿女人开始留意起她来。她伸出手，把眼镜往下按了按。只是这一个动作，她就由毫无头绪瞬间变得洞察一切。

"你该不会就是马场工泰德家的女儿吧。是你吗？"

该死！

"是的，女士。"

"你爸妈知道你来这儿了吗？"

凯丽把头发扎成了一条辫子，此刻正紧紧贴在头皮上。"不知道，女士。"

她有点懊悔，甚至是悔不当初。"我的天，小姑娘，你是自己一个人跑到这里来的吗？"

"是的，我搭乘了火车，然后又转了巴士。"她已经开始要胡言乱语了，"呃，我第一次的时候还坐错了车。"但她又控制住了情绪，"麦克安德鲁太太，我是来找一份工作的。"

这一刻，就是在这个瞬间，凯丽赢得了她的心。

她把一支钢笔插进了自己的发卷里。

"你再说一遍，你多大了？"

"十四岁。"

女人大笑起来，用力地抽了一下鼻子。

有时她听到他们深夜在厨房里交谈。

泰德和凯瑟琳。

伟大的凯瑟琳变得更好战了。

"听着，"泰德说，"如果她真的想要走这条路，恩尼斯就是最佳人选。他会照应好她。他甚至都不让学徒住在马厩里——他们有比较正规的宿舍。"

"多好的家伙啊。"

"喂——说话注意点。"

"好吧，"但是她的语气基本没有软下来，"你知道并不是他的问题，是赛马这件事。"

凯丽就站在外面的走廊上。

穿着无袖汗衫和短裤，这就是她的睡衣。

脚底下热乎乎、黏糊糊的。

她的脚趾露在了灯光下。

"哦，别说这该死的赛马的事。"泰德一边说一边站起身，走到水槽边，"赛马赐予我一切。"

"是啊，"她发自内心地怒骂，"溃疡，免疫系统崩溃。你断过多少根骨头了？"

"别忘了还有脚癣。"

他试着调节气氛。

并不管用。

她继续说着，继续怒气冲冲地咒骂，走廊上的女孩的心情逐渐黯淡下来。

"那可是我们的女儿，我希望她能好好活着——不要经历你经历过的那些破事，也不要像那几个男孩子一样承受……"

有时这些词句会在我耳旁隆隆作响，它们热气腾腾，仿佛纯种马经过时的马蹄声。

我希望她能好好活着。

我希望她能好好活着。

有一天晚上在环绕地，凯丽跟克莱讲起过这件事。

伟大的凯瑟琳是对的。

在每件事上她都准确无误。

自行车锁的密码

我们在河流上游的河床处找到了他。

我们还能说什么呢？

迈克尔一直站在他身边；他轻轻地把手搭在他身上，很久之后，我们安静地返回下游。

那天晚上我留了下来，我必须要这么做。

克莱让我睡在他的床上，而他靠墙坐得笔直。一晚上我醒了六次，克莱一直笔直地坐在那儿。

我第七次醒来的时候，他终于垮了下来。

他侧身躺在地板上睡着了。

第二天早上，他把口袋里的东西取了出来。

一个已经开始生锈的晾衣夹。

开车回家的路上，他在我身边坐得笔直。他一直紧紧地盯着后视镜，仿佛希望能从镜子里看到她的身影。

中途有一次，他说："停车。"

他以为自己要吐出来了，但他只是感到寒冷，如此冰冷，他以为她会追过来，但是他只是一个人坐在路边。

"克莱？"

我喊了他十多次。

我们又回到车上，继续前行。

* * *

报纸上也报道了这件事，称她为数十年来最具潜力的年轻骑师之一。他们也提起老驯马师麦克安德鲁先生，但照片上的他仿若一把残破不堪的扫帚。他们谈论起这个骑师世家，说起她的母亲曾经想要阻止她——禁止她从事赛马这项职业。她的兄弟们会从周边的市镇赶回来，好及时参加她的葬礼。

他们提起了百分之九十这个数字：

每年，百分之九十的骑师都会在赛马时受伤。

他们评论说这是一项如此艰苦的事业，大部分骑师收入都十分微薄，但却从事着世界上最危险的职业。

但是报纸中没有提到的真相又有哪些呢？

报纸里并没有提起当时的那轮太阳——就在她身旁，靠得如此近，显得如此巨大，也没有提起当时洒在她手臂上刺眼的阳光；他们没有提及她走到环绕地时的脚步声，也没有提及她走到他身旁时发出的沙沙声；他们没有提及《采矿工》这本书，没有讲她总是会仔细读完再还给他，也没有提及她是多么喜欢米开朗基罗的鼻梁被打断这件事。话说回来，报纸有什么用呢？

抛开所有这些不谈，最重要的是，报纸里并没有提到事后是否进行了尸检，前一晚发生的事是否影响到了她。他们很确定，她是当场死亡的。生命瞬间陨落。

麦克安德鲁要退休了。

他们说这并不是他的错，他们是对的，毕竟这是赛马场，任何事情都有可能发生，而他平日里对骑师的关怀也是挑不出毛病的。

他们都这样说，但是他还是需要休息一段时间。

就像很早之前凯瑟琳·诺瓦克说的一样，那些马匹保护主义者声称这是一场悲剧，但是那些赛马的死也都是悲剧——马儿被过度训练、过度配种。他们说这些比赛在逐渐杀死所有的骑师和赛马。

但是克莱知道真正的罪魁祸首是自己。

快到家时，我们又在车里坐了好长时间。

我们变成了彭妮去世之后父亲的那副样子。

只是坐在那里，眼睛盯着前方。

即便当时车里有嘀嗒糖或者联邦止咳糖，我也很确定我们是不会动嘴的。

克莱想着这件事，一遍又一遍地想着：

并不是因为赛马，而是因为我，是因为我。

至于其他几个兄弟，他们都出来了。

他们走出家门，和我们一起坐在车里，一开始他们只说了句"嘿，克莱"。汤米太小了，处理这些事还没什么经验，他试图讲起过去那些美好的事，比如她来到这里遇见我们的那一天，她直接进入了我们的房子。

"还记得吗，克莱？"

克莱一言不发。

"还记得她第一次遇到阿喀琉斯的事吗？"

这一次，他没有跑出去，他只是在郊区迷宫般四处交错的马路上行走着，经过一条条街道和一片片赛马区。

他不吃东西，不睡觉，摆脱不了仿佛一直都能看到她的幻觉。他在所有事物的轮廓上都能看到她。

至于我们其他人，我们都很清楚他受到了多么惨痛的打击，但是我们一半的痛苦都没有体会到——我们怎么可能懂呢？我们并不知道他们经常约在环绕地见面。我们并不知道前一天晚上发生的事，不知道刻在打火机上的金斯顿·唐、斗牛士和第八赛道的凯丽·诺瓦克，也不知道在那张我们没能烧掉的床垫上发生的事。

后来连续好几天晚上，我们的父亲都打电话过来，但每次克莱只是冲着我摇摇头，我便答复说我们会照顾好他的。

葬礼怎么样？

即便是在室内举行，也可以说是最为耀眼的事件之一。

整个教堂里挤满了人。

木工、赛马区各个行当的工作人员、转播赛马会的播音员，好像所有人都来了。大家都想更多地了解她。有那么多人都懂得她的好。

但是没有人看到我们。

他们没有听到他在不停地忏悔。

我们被深深地埋在了最后几排座位里。

很长一段时间里，他都没法面对这一切。

他仿佛永远也不会回去造桥了。

他只是伪装出一副一切都好的样子：

他会和我一起去干活。

我们的父亲打电话来时，他会跟他讲话。

他伪装出一副完美少年的样子。

晚上，他望着斜对角方向的那座房子，还有房子里来回走动的身影。他猜想着那个打火机的去向。她是不是把它藏在了床底下？那个打火机是不是和那封叠好的信一起放在那个木头盒子里？

他不再去屋顶上坐着了，再也没有去过——只是会到门廊上，但也不是坐在那里，只会靠着围栏站着，身体前倾。

有一天晚上，他走到了轩尼诗赛马场，看台像个随意张开大口的巨兽。

有一小撮人聚在马厩旁。

他们都在围栏附近。

马夫和骑师学徒都弯着腰，有那么二十分钟，他一直注视着他们，等到他们四散开来，他才意识到，他们刚才是在试图解开她的自行车锁。

他的身体内像是出现了各种对话声，胃部有一种空荡荡的荒芜感。他缓缓地蹲在了地上，触碰着那个四位数的密码锁——他马上就知道了密码。她肯定想到了最初的那些比赛，那匹马和那场泰德缺席的觉士盾锦标赛：

在三十五场比赛里，西班牙人一共赢下了二十七场。

密码就是三五二七。

锁被轻松打开。

他又把锁锁了回去，并打乱了数字的顺序。

这个时候看台似乎离得更近了，暴露在这片黑暗中，一览无余。

解体艺术家

从很多角度来看，她来这里之前，阿尔切街十八号有些滑稽，充斥着细琐之事。如果说我学会了一件事，那就是我们遭受巨变之后，生活仍要继续，就像在变故发生之前，一切都是照常运转的。

这段时间里一切都在发生变化。

像是在做准备工作。

他在遇到凯丽之前进行的准备工作。

一切必须得从阿喀琉斯开始。

说实话，一开始我对于这笔两百块的支出心怀疑虑，没什么好印象，但之后发生的一件事将一直是我永远珍藏的回忆：我们领它回家的那天早上，厨房窗户边的罗里看到这一切的反应实在让人印象深刻。

星期六的早上，他像往常一样，大约十一点钟的时候跌跌撞撞地从走廊上经过，看到那头骡子时，他以为自己还处于醉酒状态，或者是在梦里。

那是个……

（他摇了摇头。）

究竟是什么鬼？

（他都快要把自己的眼珠子挖出来了。）

最后，他冲着身后大喊：

"喂，汤米，这到底是怎么一回事？"

"什么？"

"你说是什么，你在逗我吗？我们的后院里怎么会有一头驴子！"

"它不是驴，它是头骡子。"

接下来的问题被卡在了他充满啤酒气味的呼吸里。"有什么区别吗？"

"驴子就是驴子，但是骡子是杂交出来的，是——"

"就算它是夸特马和设得兰矮种马杂交出来的我也不管……"

我们在他们身后忍俊不禁，亨利最终摆平了这场闹剧。"罗里，"他说，"来见见阿喀琉斯。"

这一天快要过完的时候，他就已经原谅了我们——至少已经愿意留在家里，或者说愿意留在家里抱怨个不停了。

到了晚上，我们一起来到了后院，连奇尔曼太太都加入了我们。汤米用能想象出的最温柔的声音喊着"嘿，小伙子，嘿，小伙子"，并温柔地抚摸着它后颈处的鬃毛。骡子平静地站在那里，打量着他。罗里在亨利身边嘀嘀咕咕。

"我的老天，接下来他是不是就该带着这畜生出去吃晚饭了。"

夜里，他躺在床上时，都快要被赫克托耳压得窒息了，萝茜也在身侧轻轻打着呼噜。在左边的那张床上，你可以听到他痛苦但又特意压低的喃喃自语。"这些该死的畜生简直要把我搞死了。"

在接下来的跑步训练中，我以为克莱可能会稍微放松一点了，毕竟现在全国赛已经结束，我们也已经把骡子领回了家。但事实证明，我大错特错。相反，他跑得更猛了，这让我莫名地很烦恼。

"为什么你不休息一下呢？"我问他，"看在老天的份上，你可是刚刚拿下全国冠军啊。"

他的目光投向阿尔切街远处。

在这段时间里，我一直都没有注意到那个东西。

那天早上也不例外：

那东西在他口袋里燃烧。

"嘿，马修，"他说，"你要跟着一起来吗？"

到了四月，开始出现一些问题。

这头骡子简直高深莫测。

或者用个更恰当的词，简直就是顽固不化。

我很确定它确实喜欢汤米，但它刚好更喜欢克莱。它只允许克莱检查它的蹄子，别人都不可以，哪怕是轻轻触碰也不行。只有克莱才能安抚它，让它平静下来。

特别是有几天深夜，已经接近凌晨了，阿喀琉斯突然发出像风暴来临一般的嘶叫声。即使是现在，我仿佛都还能听到那种忧郁又可怕的"咿哟"声——那是一头骡子发出的如同铰链转动一般的刺耳的嘶吼。在这嘶叫声中，又混杂了其他的声音。亨利大喊着"见鬼了，汤米！"，我喊着"赶紧让那头骡子闭嘴！"，罗里大喊着"把这只该死的猫从我身上弄下去！"，而克莱只是沉默地躺在那里。

"克莱！快醒醒！"

汤米疯狂地一遍又一遍推搡着他，直到他终于站起身来。他走到厨房里，透过厨房的窗户，看到了阿喀琉斯，那头骡子正站在晾衣架下，发出像一扇生锈的门板一样凄厉的嘶吼声。它就站在那里，仰起头，冲着空旷的天空大叫。

克莱看着它，一动不动。有那么一会儿他仿佛被钉在了原地。但汤米等不了了。我们其他人都走了过来，这骡子依然继续放声嘶叫着，最后是克莱把糖块拿了出来。他把糖罐的盖子打开，连同插在里面的小勺一起端走，并和汤米一起走到后院里。

"来，"他坚定地说，"把手伸过来捧住。"他们站在门廊的旧沙发旁，周围一片漆黑，只有微弱的月光，只能勉强看清那头骡子。汤米把两只手都伸了过来。

"好的，"他说，"我准备好了。"克莱把糖倒了出来，倒满了汤米的掌心。我之前见过类似的画面，阿喀琉斯也见过。有那么一瞬间，它停止了叫喊，看着他们，并缓缓地走了过来。它十分顽固，但看起来又明显很开心。

嘿，阿喀琉斯。

嗨，克莱。

你刚才可是发出了不小的动静啊。

是啊，我知道。

汤米和它面对面站着，他伸出双手，阿喀琉斯把头埋了进去，伸出舌头舔舔糖块——它把每个角落都舔得干干净净。

阿喀琉斯最后一次这样嘶叫是在五月，汤米终于受不了了。他悉心照顾每一只动物，对它们每一个都很好，而且对阿喀琉斯格外好，我们还给它带来了更多的麦粒、稻草，从赛马区给它捡胡萝卜回来。当罗里问我们谁把最后一个苹果吃掉了的时候，他很清楚是我们把苹果喂给骡子了。

又一次，半夜刮起了南风，狂风吹过街道和整个郊区。它一并带来了火车的声音。我很确定这是让骡子叫个不停的原因，它简直没法停下来。即便是汤米跑到它身边，阿喀琉斯也只是把他甩开，它以四十五度角仰天嘶叫着，在他们的头顶上，晾衣绳正疯狂地旋转着。

"那个装糖的大碗呢？"汤米问克莱。

但克莱告诉他不可以这么做。

还不行。

不，这一次，克莱走了过去，那个晾衣夹紧紧贴在他的大腿旁，他做的第一件事就是和它一起站在那里，然后缓缓伸出手，让不停旋转的晾衣绳停了下来。接着他把另一只手更缓慢地伸了出去，放在了骡子的脸上，放在了那张干枯、仿佛随时都能破裂的灌木丛般的脸上。

"没关系的，"他对它讲，"已经结束了——"但是克莱比任何人都清楚，有些事情永远不会停歇。汤米无视了他的建议，又拿着装糖的大碗走了出来，阿喀琉斯舔了个干干净净——鼻孔周围都沾满了白糖结晶。骡子一直注视着克莱。

它能看出他口袋里装了什么吗？

也许看出来了，也许没有。

但有一件事我很清楚，就是这头骡子绝对不蠢——阿喀琉斯总能洞察一切。

它知道这是个邓巴家的男孩。

它知道这是它需要的那个男孩。

那个冬天，我们经常跑到墓园里去。

每天早上，天都亮得越来越晚。

太阳从我们的后背慢慢爬上天空。

有一次，我们跑到了埃普索姆路，斯维尼的确是个言出必行的人：那辆拖车已经不见了，但是那个棚屋还留在原地苟延残喘。

我们微笑起来，克莱说了句："你还记得拼错的'任何人'吗？"

六月到了，说真的，不开玩笑，我觉得阿喀琉斯比罗里还要聪明，因为罗里又一次被停学了。他一点点走到了被开除的边缘。他的雄心壮志正在得到回报。

我又一次和克劳迪娅·柯克比见了面。

这一次，她的头发更短了，她戴了一对非常漂亮的耳环，看起来就像是一对轻巧的弓箭。银色的耳环微微地悬在耳垂上。她的桌子上堆满了各种作业，墙上的海报仍旧是上次见到的样子。

这一次，问题在于一位新来的老师——另一位年轻的女老师，罗里拿她当了靶子。

"好吧，很明显，"柯克比女士解释道，"他从乔·莱昂内洛的午餐盒里抢走了他带来的那些葡萄，并把它们往白色的写字板上砸了过去。而她刚好写完字向后转，于是被砸到了。葡萄汁顺着她的衬衣前摆流了下来。"

她说的话很有诗意。

我站在那里，闭上眼睛。

"听着，说实话，"她继续说，"我觉得那个老师也稍微有点反应过度了，但是我们总不能一直容忍类似事件的发生。"

"她当然应该气恼。"我这样说着，但很快便开始不知所措。我逐渐迷失在她奶油色的衬衫里，迷失在衬衫带起的波浪和涟漪里。"我的意思是说，毕竟，谁能想到会有这样的巧合？"一件衬衣也能具备涨潮退潮的能力吗？"居然能在同一时刻转过身来——"这句话脱口而出，我马上意识到了问题。我犯了多明显的错误！

"你是说，这是她的错？"

"不是的！我——"

她要好好教训我一顿了！

她拿起了那些作业。她温柔地笑着，那笑容让人安心。"马修，没关系的，我知道你不是那个意思——"

我坐在一张满是涂鸦的课桌上。

常见的青少年才会画的微妙图案：

一整桌子的见鬼的阴茎。

我怎么可能拒绝这种诱惑？

就是在这个时候，她不再开口讲话，而是沉默不语、无所顾忌地伸出手——就是因为这个，我一下子爱上了她。

她把手放在了我的胳膊上。

她的掌心温热，手指纤长。

"跟你讲实话，"她说，"每天这里都会发生很多更糟糕的事，但是对于罗里而言，这又是另外一回事。"她是我们这一边的，她正试图将这一点传达给我。"我不是给他找借口，而是他确实受到了伤害——毕竟他还是个小孩。"就在这一瞬间，她击中了我的心房。"我说的是正确的呢，还是正确的呢？"

她这个时候只需要冲我眨一眨眼就够了，但是她并没有这样做，我也因此心怀感激——她开始逐字逐句引用某人的名言，很快就迈步走到了一边。然后，她自己也坐在了一张课桌上。

我必须要有点反应。

我说："你知道的。"这个时候连咽口唾沫都很困难，她的衬衫里仿佛依然有着惊涛骇浪。"上次给我讲这些的，还是我们的爸爸。"

在跑步的过程中，有什么东西慢慢袭来。

某些很悲伤的事，但主要是冲着我来的。

整个冬天，我们都很执着，在博恩巴洛公园跑步，跑过一条条街道后，我回到厨房里泡咖啡，克莱爬到屋顶上。

但当我开始给他计时之后，却遇到了一个很尴尬的情况。

是每个跑步运动员最害怕遇到的困境：

他跑得更猛了，但却没有跑得更快。

我们以为是缺少肾上腺素的刺激，也就是动力突然变得不足了。拿下了全国冠军后，他还能再达成什么更高的成就呢？专业选手的赛季要等好几个月之后才开始，难怪最近他懒洋洋的。

但是克莱并不买账。

我站在他身旁继续催促他。

"跑得再快一点，"我说，"再快一点啊，克莱，这个时候利德尔或者巴德他们会怎么做？"

我当时应该意识到我对他真是太和气了。

罗里最后一次被停课之后，我带他去了我上班的地方，我跟我的老板打好了招呼，给罗里三天时间对付地毯和地板，有一件事显而易见——他对工作这件事并没有特别抵触。每天工作结束之后他甚至会感到失落。最后，他终于彻底离开了学校。我当时几乎在恳求他们让他离开。

当时，我们正坐在校长的办公室里。

这一次的事件是，他偷偷溜进理科班教员的休息室，偷走了老师们用的三明治机。"反正他们在那儿也吃得够多的了！"他这样解释道，"我还帮了他们一个大忙呢！"

罗里和我坐在桌子的同一边。

克劳迪娅·柯克比和霍兰德夫人坐在另一边。

柯克比女士穿了一个套装，上身是浅蓝色的衬衫。至于霍兰德夫人穿的什么，我不记得了。我只记得她那一头向后梳得光溜溜的银灰色头发，以及她眼角柔和的鱼尾纹和左胸口袋上的胸针。那是一朵法兰绒材质的花，是学校的校徽。

"然后呢？"我问。

"然后呢，呃，什么然后呢？"她问道。

（这可不是我料想中的答案。）

"他这一次是不是要被彻底赶出学校了？"

"呃，我，呃，不确定是不是要——"

我打断了她。"让我们面对现实吧，他罪有应得。"

罗里像是被点着了一样，满溢着快乐的神情。"我还坐在这儿呢！"

"看看他这个样子。"我说，于是她们都看向他，"衣服下摆露在外面，一脸轻蔑的表情。你们觉得他会有一丝一毫在乎这些后果吗？他看起来像是会后悔——"

"一丝一毫？"现在轮到罗里插嘴了，"后悔？见鬼了，马修，你怎么不干脆拿出字典来照着念？"

霍兰德夫人明白了。她知道我并不蠢。"说实话，呃，去年我们本可以请你来当我们十二年级生的助教的，马修。你看起来总是对学校不怎么感兴趣，但其实你是有兴趣的，对吗？"

"嘿，我们现在应该讨论我的问题吧。"

"闭嘴，罗里。"说话的是克劳迪娅·柯克比。

"这样，这就好多了。"罗里还嘴道，"态度坚定。"此刻他也态度坚定地望向某个部位。她拉紧了自己的外套。

"不要这样。"我说。

"什么？"

"你知道的。"我转过去面对着霍兰德夫人。那天下午我专门提前收工回家，刮干净了胡子，穿得整整齐齐，但这并不代表我就没有丝毫倦意，"如果你这次不把他开除，我就要从这张桌子上跳过去，撕掉你那校长的徽章，挂到我身上，然后亲自把这个小兔崽子开除！"

罗里激动万分，差点就鼓起掌来。

克劳迪娅·柯克比阴沉地点了点头。

校长伸出手去摸了摸自己的徽章。"呃，我，呃，并不确定——"

"照做就行了！"罗里大喊道。

出乎所有人的意料，她确实照做了。

她按照程序填写了所有的书面材料，也提出了可以选择周围其他学校的建议，但我说我们不需要那些，他要去工作。我们握了握手，就是这样了，我们把她们都甩在了身后。

快回到停车场时，我又跑了回去。这样做真的是为了我们，还是为了再见到克劳迪娅·柯克比？我敲了敲门，重新进入那个房间，她们两个都还在屋子里，还在继续交谈着。

我说："柯克比女士，霍兰德夫人，我要向你们道歉，很抱歉给你们添麻烦了，还有——谢了。"这样做很疯狂，我开始流汗。她脸上流露出了真诚的怜悯，我看着她那一身套装，那副金色的耳环，以及小小的圆环反射出的金光。"还有——很抱歉现在才问这些，但是我之前一直都纠结于罗里的状况——都还没来得及问亨利和克莱的表现怎么样。"

霍兰德夫人示意柯克比女士回答。

"马修，他们表现得不错。"她站了起来，"他们都是好孩子。"她微笑起来，眼睛一眨不眨。

"信不信由你，"我向门口点了点头，"外面的那个也是。"

"我懂的。"

我懂的。

她说我懂的，这句话在之后很长一段时间里仿佛都伴随在我左右。我走出了门，仿佛听到了这句话的回音。我多希望她也能走出来。我身体前倾，肩膀差点撞到墙上，但是我只听到了罗里的叫唤声。

"喂，"他说，"你到底还来不来了？"

我走到车旁，他问道："能让我开车吗？"

我说："你想都别想。"

这周快结束的时候，他已经找好了工作。

* * *

冬天结束，春天来到。

克莱的跑步速度还是很慢。在一个星期天的早晨，发生了一件事。

自从罗里找到一份汽车钣金工的工作之后，他就对喝酒这项事业格外上心。同时，他开始与身边的各种女孩约会，他总是很快和她们搭上话，然后又和她们分手。他谈到了很多女生的名字以及对她们的观察，我记得有一个叫帕姆的女孩，她一头金发，有很严重的口臭。

"见鬼，"亨利说，"你跟她说了吗？"

"是啊，"罗里说，"她直接扇了我一巴掌，然后甩了我，还问我要了一颗薄荷糖。好吧，可能不是这个顺序。"

早上的时候他会跌跌撞撞地回到家里。发生这件事时已经是十月中旬某个星期天了。那天，克莱和我正要跑到博恩巴洛公园去，却看见罗里跌跌撞撞地回来了。

"老天，看看你这副样子。"

"是啊，说得不错，马修。谢了。你们两个混蛋要到哪里去？"

这就是典型的罗里的作风：

穿着牛仔裤和一件被啤酒浸泡过的夹克衫，但能毫不费力地跟上我们——也经常跟我们一起去博恩巴洛公园。

旭日东升，黎明的曙光掠过整个看台。

我们先一起跑了第一个四百米。

我对克莱说："埃里克·利德尔。"

罗里咧嘴笑起来。

那是一种下流的傻笑。

跑到第二圈时，他钻进了树丛中。

他得解决一下生理问题。

跑到第四圈时，他直接睡着了。

但是在跑最后一个四百米之前，罗里似乎快要清醒过来了。他看了看克莱，又看了看我。他轻蔑地摇了摇头。

在如同火焰一般鲜红的跑道上，我说："你到底想说什么？"

他又一次露出了那种傻笑。

"你错了，"他说，他的眼睛瞥向克莱，但是这一轮的攻击显然是冲着我来的，"马修，"他说，"你是在开玩笑吧？你肯定知道为什么这一套不管用。"他看起来已经做好了过来把我摇醒的准备。"来啊，马修，仔细想想。去他的浪漫的想法。他拿下了全国冠军——该死的又能怎么样呢？他又不在乎这个，一点都不在乎。"

但是怎么会发生这种事呢？

为什么是罗里看清了这一切，并且从此改变了邓巴家的历史呢？

"你看看他！"他说。

我看了过去。

"他不想要这些——这些美好的东西。"他又对克莱说："这是你想要的吗，小家伙？"

克莱摇了摇头。

罗里并没有收手。

他一只手直接点到我的胸口处。"他的这个地方需要感受些什么。"突然之间，他的话语让人感受到了那种重量，他体内有那么多的痛苦，像是一架钢琴积蓄的力量迎面袭来。最平静地说出来的话才是最糟糕的。"他需要的是残酷到他几乎难以承受的训练,"他说,"这就是我们生活的方式。"

我努力想要找点什么来反驳他。

但是脑子里没有想到只言片语。

"如果你做不到,我来帮你。"他生硬地呼吸着,仿佛内心正在挣扎,"你不需要和他一起跑,马修。"他看了看蹲在我身边的这个男孩,看着他眼睛里冒出的火苗,"你得试着去阻止他向前跑。"

那天晚上,克莱和我聊了聊。

我那时正在起居室里看《异形》。

(那部电影简直阴沉得恰到好处!)

他说他很感激,但也很抱歉——我冲着电视机发出了回应。我勉强用一个微笑维系着表面的平和。

"至少我现在可以休息休息了——我的腿和我的背都快要把我折磨死了。"

他低下头,目光落在我的肩膀上。

我撒了谎,我们都假装相信了这个谎言。

新的训练办法简直是天才之作:

三个男孩站在一百米标识处。

两个站在两百米标识处。

然后就是罗里,守住最后一关。

要找到在跑步时为难他的男孩并非难事;他每次回家身上都青一块紫一块的,有时脸上被擦破了一大块皮。他们会一直为难他,直到他露出微笑——那个时候训练就算结束了。

有一天晚上，我们正坐在厨房里。

克莱在洗碗，我在擦盘子。

"嘿，马修，"他语气相当平静，"我明天要去博恩巴洛公园跑步——没人拦着我跑的那种。我要试试看能不能跑出赢下全国比赛时的那个速度。"

至于我，我并没有直视他，但我似乎也没法看向别处。

"我在想，"他说，"如果你不介意的话，"他脸上的那个表情说明了一切，"也许你可以再帮我往脚上缠一下胶布。"

第二天早上，我也来到了博恩巴洛公园。

我坐在快被阳光烤焦了的观众看台上。

我尽最大努力给他缠好了胶布。

我的心态发生了变化，既清楚这是我最后一次做这种事，也知道这一次本来已经不该这样做了。我现在也可以用不同的心态看他跑步了，看着他跑步时不再想那么多，就像是看利德尔和巴德两个人的化身。

这一次，他在这条干裂、老旧的跑道上打破了自己原有的最佳纪录，提前了差不多整整一秒。等他冲过终点线时，罗里双手插兜，微笑起来。亨利大声地念出时间。汤米和萝茜也一起跑了过来。他们所有人拥抱在一起，把克莱举在空中。

"嘿，马修！"亨利大喊，"新的全国纪录！"

罗里铁锈色的头发乱成一团。

他眼睛里的颜色多年以来都像最优质的金属，闪闪发光。

至于我，我从看台走了下去，先是跟克莱握了握手，然后又跟罗里握了握手。我说:"看看你的这副样子。"我说的每一个字都发自肺腑。"这是我见过的最好的一次跑步。"

然后,他在离终点线不远的地方蹲下来,他在等待着什么——他离地面很近,都可以闻得到地上喷漆的气味了。在接下来十二个月的时间里,他会一次又一次回到这里,和亨利一起训练,伴随他左右的还有其他那些男孩、那些粉笔涂鸦和那些赌注。

跑道上出现了一片诡异的寂静,太阳逐渐高升,黎明变成了白日。

他继续待在画着格子的跑道上,伸手去触碰:

那个晾衣夹完好无损地待在他的口袋里。

很快,他站了起来,然后走开,走向了面前那一片澄澈的天空。

两扇前门

在解开了自行车的车锁之后,还有两扇前门需要开启。第一扇门是恩尼斯·麦克安德鲁家的,他家就紧挨着赛马区。

那座房子算是赛马区旁比较大的一座了。

老房子,但是很美,有铁皮房顶。

还有一个很宽敞的木质阳台。

克莱围着那个街区跑了好几圈。

这一带所有的前院里都种着山茶花和几株硕大的玉兰,还有很多老式的邮筒。罗里肯定会喜欢这里的装饰风格。

他数不清自己绕着这个街区走过了多少回——就像当年的彭妮一样,就像当年的迈克尔一样——在某个夜晚,他终于走到一扇门前。

这扇门是深红色的。

仔细看能看得出房门上一笔一笔刷过漆的痕迹。

其他房子的前门都修葺一新。

但克莱知道这一扇不会的。

然后就是第二扇前门：

位于阿尔切街斜对角的方向。

泰德和凯瑟琳·诺瓦克家的门。

他从自家的门廊上看着那座房子，一天又一天，一周又一周，那些日子，他选择和我一起工作。那时还不能重返博恩巴洛公园，也不能去墓园和屋顶，更是绝对不可能去环绕地。他将那份沉重的罪恶感拖在身后。

有一次，我心软了，我问他是不是还要回去造桥，克莱只是耸了耸肩。

我懂的——我曾经因为他要离开这里而痛扁他一顿，现在却说了这种话。

但是很显然，他必须要做完那件事。

再这样沉沦下去一定会出事。

最后，他还是做到了，他迈过了麦克安德鲁家门前的台阶。

一位上了年纪的女士开了门。

她有一头染了色的卷发——至于我，我和他的看法不一样，我觉得这扇门看起来还是很新，做好了展示一切的准备。

"有什么需要我帮忙的吗？"

克莱用自己最糟糕但也是最好的状态回答说："很抱歉打扰到您，麦克安德鲁太太，但如果您不介意的话，我可不可以和您的丈夫谈谈？我叫克莱·邓巴。"

房子里的那位老人知道这个名字。

在诺瓦克家前，他们也认出了他，但只把他当作会在对面屋顶上看到的男孩。

"进来吧。"他们这样说，他们对他很友好，这让克莱十分心痛。他们泡了茶，泰德和他握了握手，问他最近过得怎么样。凯瑟琳·诺瓦克保持着微笑，是那种为了不让自己毫无生气还是防止自己会崩溃大哭而勉强露出的微笑，他也不确定。

不管怎样，他把一切向他们和盘托出，而他一直没看她坐着的那个地方。他们听他讲起在南方举行的那场比赛——那匹红棕色的赛马在那天失利了。他的茶一口都没有动过，已经变得冰冷。

他告诉他们星期六晚上代表的特殊含义。

那张床垫，那张塑料床单。

他告诉他们有关第五赛道的斗牛士的事。

他说自从她第一次开口和他讲话他就爱上了她，这是他的错，一切都是他的错。克莱开始颤抖，但是还没有完全崩溃，因为他觉得自己不配获得对方的同情或者泪水。"她摔下马的前一天晚上，"他说，"我们在那里见面了，我们赤着身子，然后——"

他停了下来，因为凯瑟琳·诺瓦克——她姜黄色的卷发甩了起来——一下子站起身，冲着他走了过来。她轻轻地把他从椅子里拉起来，然后用力地抱紧他，特别用力，她还拍了拍他剪得短短的寸头，她是如此友好，简直让人心痛。

她说："你来找我们了，你还是来了。"

看到了吗，泰德和凯瑟琳·诺瓦克，他们并没有想要发起控诉，至少不想谴责这个可怜的男孩。

是他们把她带回到城市里来的。

他们知道这其中的风险。

476

接下来就是麦克安德鲁家了。

相框里有赛马的照片。

相框里有骑师的照片。

房子里的灯光是橘色的。

"我知道你。"他说。这个男人看起来像是缩了水，就像是躺椅里一根折断的树枝。看到下面的一个章节时，你可以翻回来看看这段——恩尼斯·麦克安德鲁老早就解释过。"你就是我告诉她要砍掉的那段废木头。"他的头发是黄白相间的颜色。他戴着老花镜。一支钢笔插在口袋里。他的双眼放光，但并非因为喜悦。"我猜你是来责怪我的，是不是？"

克莱坐在了对面的那把躺椅上。

他的视线僵直地射向他所在的地方。

"不，先生，我来是告诉您，您是正确的。"麦克安德鲁吃了一惊。

他满怀疑问地看了过来，说道："什么？"

"先生，我——"

"老天啊，喊我恩尼斯就行，你大声点说。"

"好吧，呃……"

"我说了，你大声点说。"

克莱咽了口唾沫。"这并不是你的错，错的人是我。"

他并没有告诉他之前跟诺瓦克夫妇讲过的那些事，但是他竭力想要让麦克安德鲁明白他的逻辑。"你知道的，我总是缠着她，这就是为什么会发生这种事的原因。她肯定是过度疲劳，或者是因此无法集中精力——"

麦克安德鲁缓缓地点了点头。"她在马鞍上失控了。"

"是的，我觉得是这样的。"

"前一天晚上，你和她在一起。"

"是的。"克莱说完就准备离开。

他走出了门，但是走到台阶最下面一级时，恩尼斯和他太太都走了出来。老人向下冲着他喊道：

"嘿，克莱·邓巴！"

克莱转过身。

"你压根儿就想不到这些年我都见过多少骑师分心，他们分心的理由——"突然之间，他仿佛感同身受，"为了那些远不如你重要的事情。"他甚至顺着台阶往下走了几步，和他在大门口面对面站着。他说："听我说，孩子。"克莱第一次注意到麦克安德鲁的嘴巴里有一颗镶了银的假牙，在嘴巴右侧深处。"我无法想象你是鼓足了多大的勇气才能来告诉我这些的。"

"谢谢您，先生。"

"再回来坐会儿吧，怎么样？"

"我最好还是回家去。"

"好的，但如果有任何——不管是什么——我能帮到你的地方，你只管和我讲。"

"麦克安德鲁先生？"

老人停了下来，胳膊底下还夹着报纸。他略微抬起头。

克莱差一点就要问他凯丽到底有多棒，或者说以后本可以多么出色了，但是他知道他们两个人都没办法承受这种问题——因此他开始问其他的问题。"你能继续当驯马师吗？"他问道，"你不该放弃训练骑师，那不是你的——"

恩尼斯·麦克安德鲁调整了一下夹着报纸的动作，又顺着台阶重新走了回去。他自言自语道："克莱·邓巴。"我多么希望他能说得更明白一些。

他应该说说和法老之膝有关的事的。

（生活的洪流即将抵达。）

在泰德和凯瑟琳的家里，只剩下最后一件必须去做的事了，那就是找到那些东西：

那个打火机、木头盒子和克莱的信。

那些东西就放在床下面的地板上，他们之前不知道，因为他们还一直没有动过她的床铺。

第五赛道的斗牛士。

第八赛道的凯丽·诺瓦克。

金斯顿·唐不可能赢的。

泰德触摸着这些刻字。

但是对于克莱而言，最让他感到困惑并最终让他感觉到有所收获的，是木头盒子里多出来的两样东西的其中一件。这两样东西，一个是当时他父亲拍下的那张照片，照片里是那个站在桥顶上的男孩——但是第二个，他从来没有给过她，实际上是她从他那里偷过来的，他永远也不会知道她是什么时候偷走的了。

那样东西颜色很暗，但能看得出是绿色的，而且形状细长。

她来过这里，来过阿尔切街十八号。

她居然偷走了一个晾衣夹。

六个汉利

对于泰德和凯瑟琳·诺瓦克而言，如何选择已经是显而易见的事。

如果她不当麦克安德鲁的学徒，那也是去当别的驯马师的学徒，既然这样，还不如找个最好的老师。

他们是在厨房里告诉她这个决定的，厨房的桌子上还摆了几个咖啡杯。

钟表在他们身后大声地嘀嗒着。

女孩的眼睛盯着地面，但是已经微笑起来。

那时是十二月初，她马上就要满十六周岁了，那天她站在赛马区的一片草坪上，烤面包机的插头掉落在脚边。她停住脚步，更加仔细地看了看，然后开口说道：

"看啊，"她说，"屋顶上……"

当然，下一次见面已经是晚上了，她穿过马路走到对面。

"然后呢？你不想知道我叫什么名字吗？"

第三次见面是在一个星期二的黎明时分。

她的学徒生涯要到第二年初才正式开启，但她已经开始和三色拳击俱乐部的小伙子们一起跑步了，本来好几个星期之后麦克安德鲁才会要求她这么做。

"骑师和拳击手，"他的这段话为人们所熟知，"他们差不多都是一个鬼样子。"这两群人对体重的管控都很严格。他们都得拼命努力才能生存下去，而且总是近距离地面对危险与死亡。

十二月中旬的一个星期二，她正和那些脖子都憋红了的拳击手一起跑步。她的头发向四处散开——她几乎每次都把一头长发露在外面。她一直努力紧跟他们的步伐。他们跑过波塞冬路。这里像往常一样升起烟雾，有烤面包的蒸汽，也有加工金属冒出来的烟味。在夜行军大街的拐角处，克莱首先看到了她。那个时候他还在独自训练。她穿着短裤和无袖 T 恤衫。她抬起头，看到他的目光落在自己身上。

她的 T 恤是浅蓝色的。

她的短裤是用旧牛仔裤改造的。

有那么一瞬间，她转过身来，看着他。

"嘿，小伙子！"一个拳击手冲这边大喊。

"嘿，小伙子们。"他平静地看着凯丽回应道。

又一次，他坐在屋顶上。那天天气温热，临近黄昏，他从屋顶爬下来的时候遇上了她，她正一个人站在人行道上。

"嘿，凯丽。"

"嗨，克莱·邓巴。"

空气仿佛发生了扭曲。

"你知道我姓什么？"

他又一次注意到了她的牙齿，她那一口并不怎么整齐的、有着海玻璃的光泽的牙齿。

"哦，是啊，人们都知道你们这几个邓巴家的男孩，你懂的。"她几乎大笑起来，"听说你们窝藏了头骡子，是真的吗？"

"窝藏？"

"你不会是聋子吧？"

她简直是给了他一个下马威！

但是威力不算太大，令人愉悦，他很乐意回复她。

"不是。"

"你们没有窝藏一头骡子？"

"不，"他说，"我不是聋子——这头骡子我们已经养了一段时间了。我们还养了一只边境柯利牧羊犬，一只猫，一只鸽子和一条金鱼。"

"一只鸽子？"

他趁势反击："你不会是聋子吧？它的名字叫忒勒玛科斯——我们家的动物的名字都很糟糕，也许是你听过的最糟糕的，萝茜除外，阿喀琉斯也算个例外。阿喀琉斯是个很动听的名字。"

"阿喀琉斯是那头骡子的名字吗？"

他点了点头，女孩靠得更近了。

她开始转身向郊区的方向走去。

连想都没有多想，克莱也跟了上去。

他们走到了阿尔切街的街口，克莱开始看她那条牛仔短裤之下的长腿——毕竟他是个男孩子，是会注意到这些细节的。他还看到了她那纤细的脚踝，还有那双穿得破破烂烂的胶底帆布鞋——是 Volley 牌的。他也留意到了她的无袖汗衫，并瞥到了她抬手时汗衫下的旖旎风光。

"最终能在阿尔切街住下来，"她站在街道拐角处说，"其实相当不错。"她的脸被闪烁的街灯照亮。"这里有赢得第一届墨尔本杯的赛马啊。"

这时，克莱试图说点让她钦佩的话。"两次，第一届和第二届都赢了。"

这招奏效了，但仅仅是略有成效。

"那你知道是谁把它训练出来的吗？"

这个问题让他束手无策。

"驯马师叫德·梅斯特，"她说，"他帮它赢下过五场比赛，但是没人知道他。"

接下来，他们走过赛马区，走过一条条全都是以纯种马命名的街道。

波塞冬——那匹赛马曾经拿过冠军，还有些商店的名字也是根据店主钟情的赛马命名的，比如说马鞍和三叉戟咖啡馆，马首杂货商店，还有一个很显眼的以现任冠军命名的地方——冲锋的夸特马理发店。

走完这一段路便离通向墓园的恩特瑞提大道很近了，他们身边出现了一条拐向右侧的小路——波比巷，凯丽停下脚步，在那里等待着。

"太完美了，"她说着，身体倚在篱笆上的一道道围栏上，"他们管这里叫作波比巷。"

克莱在她身旁几米远的地方，也倚着篱笆。

女孩抬头望向天空。

"法老之膝。"她说道。当他以为她已经热泪盈眶的时候，她绿色的双眸却闪闪发亮起来。"看啊，这是条小巷子，甚至称不上是一条街道，所以他们用它的马厩的名字来给这条巷子命名。还有什么理由不喜欢这里？"

有那么一会儿，周围几乎一片寂静，空气中只传来城市的一股衰败之气。当然，克莱和我们大多数人一样，知道这匹马是全国人民的偶像。他知道法老之膝是怎么获胜的，知道障碍赛的木板因为承受了太大重量而差点把它压瘫。他知道去美国参赛的事，知道它到了那边，赢了一场比赛，结果好像第二天就死了（其实是差不多两个星期之后）。他像我们大多数人一样，热爱人们所说的那种勇气，那种任何事都要尽力尝试的精神：

你有一颗像法老之膝一样远大的心。

但是凯丽那天晚上告诉他的那些事，他先前一无所知。那晚他们一直倚在那条毫无特色的小巷的路口聊天。

"你知道吗，法老之膝死掉的时候，当时的总理是约瑟夫·莱昂斯，而在同一天，他刚刚在最高法院的一场判决中胜出——没人关心到底是什么判决——当他走下法院门口的台阶，有人问他相关情况时，他说：'最高法院胜诉又有什么用呢，法老之膝都已经死了。'"她把头抬起来，目光转向克莱，然后又抬头看着天空。"我非常喜欢这个故事。"这使得克莱不得不开口发问：

"你觉得它是不是像人们说的那样，在那边被人谋杀了？"

凯丽只是嗤笑一声。

"才不是。"

她很快乐，但又极度忧伤，语气十分坚定。

"它是一匹了不起的赛马，"她继续说，"这是一个完美的故事——如果它还活着，我们就不可能像现在这样热爱它了。"

在这之后，他们离开了那片围栏，穿过赛马区，走了好长一段路，从图洛赫大街走到卡宾大街，最后到了博恩巴洛公园。"他们甚至给田径跑道也取了赛马的名字！"——凯丽知道每一匹马的典故。她能背诵出每一匹马的赛马会记录，她可以告诉你它们经手过多少任主人，它们有多重，它们是领跑的，还是一直等着最后反超的。在彼得·潘广场，她告诉他，回想当年，人们像热爱法老之膝一样痴迷于彼得·潘，它的鬃毛是金色的，勇猛无敌。在空荡荡的鹅卵石铺成的广场上，她把一只手放在赛马雕塑的鼻子上，然后凝望着达比·蒙罗。她告诉克莱，这匹马曾经输掉过一场比赛，当时是因为在直道争抢着冲刺时，它咬了可以与它匹敌的老对手罗吉拉一口。

毋庸置疑，她最爱的赛事就是觉士盾锦标赛了（这是那些纯粹赛马主义者都会热爱的锦标赛），她谈论起了那些曾经赢得比赛的了不起的赛马：推土机、圣人和体型巨大的灵威。当然，还有伟大的金斯顿·唐：它曾连续三年赢得冠军。

最后，她给他讲了那个故事，有关泰德和赛马，以及那匹西班牙人的故事——她给他描述他当时是如何又笑又哭、又哭又笑的，然后他们来到了泷赫洛隧道。

有的时候我会想象她从前面翻越到隧道的另一边，而克莱在后面等候的情形。我能看到橘黄色的灯光，能听到火车经过的呼啸声。我的一部分仿佛附到了他身上，我看着她，她身体的轮廓像画笔画出的一样流畅，她的头发划出一道赤褐色的弧形。

但是这个时候，我会停下来，重新打起精神。他很轻松地追上了她。

在那之后，你大概也能猜得到，他们从此形影不离。

她第一次爬上屋顶的那天，也是他们第一次去环绕地相会的日子。也是在同一天，她遇见了我们其他几个邓巴兄弟，并抚摸了了不起的阿喀琉斯。

当时新年伊始，她已经开始按照训练日程工作。

恩尼斯·麦克安德鲁按照自己的方式训练学徒，有些驯马师说他不正常，还有些人给过更糟糕的评价——他们谴责他过于人性化了。你得发自内心热爱这群投身赛马事业的人，你必须得这样做。他们当中也有很多人自己就会说"我们搞赛马的人，和别人不一样"。

每天凌晨四点，她就会来到皇家轩尼诗赛马场，要么就是五点半来到三色拳击俱乐部前集合。

除此之外，她还要参加一些关于赛马知识的培训课程，还有考试。关于上赛道这件事，她想都没必要想。以恩尼斯的一贯作风来看，你不要把软弱当作耐心，也不要把漫长的等待当作保护。关于赛马培训，他有自己的一套理论，也很清楚什么时候应该鼓励骑师。他还会说，那些马厩倒是又需要找人清理了。

通常，晚上穿过赛马区回家的路上，他们会一路走到埃普索姆路。他说："我们就是在这里发现它的。斯维尼的拼写能力可真有一套！"

他们回到家，她见到了阿喀琉斯；他领着她安静地参观整座房子。之前他就已经和汤米做了一次大扫除。

"那个，"亨利问，"是个女孩吗？"

他们正瘫在起居室里看《七宝奇谋》。

即便是罗里也吃了一惊。"刚才是有个女人从我们家经过吗？见鬼，到底发生什么事了？"

我们都从座位上弹起来，跑到后院，那个女孩的视线从骡子硬毛刷般的头上移开，抬头看着我们。她走过来，有点严肃，也有点紧张。"很抱歉，我刚才没有和你们打招呼。"她挨个儿直视我们所有人，"终于能见到你们了，真是太好了。"骡子硬是从我们中间挤了过来。它就像一个没人想要搭理的远方亲戚，当她轻抚它的鬃毛时，它的身体缩了一下，然后往旁边躲了躲。它极其严厉地看着我们：

你们这些混蛋家伙都别来打扰我们，知道了吗？

这简直就是一场精彩的好戏。

环绕地发生了一些变化：

那张床被拆开了。

底下的床板不知道被谁偷走烧掉了。我猜也许是那些想放火的小孩子干的，这对克莱而言倒是再合适不过了。后来，他又花了好长时间才找到那张床垫。他走到床垫旁，站在那里保持着沉默，女孩问他自己可不可以坐在床垫上，坐在边上就行。

"可以的，"他告诉她，"当然可以了。"

"你是不是想说，"她问道，"有的时候你会来这里睡一晚上？"

他本可以矢口否认，但又觉得在她面前这样做毫无必要。

"是啊，"他说，"我会这样做。"凯丽把手放在床垫上，仿佛只要她想，就可以从床垫上扯下一块海绵。如果换作别人说她接下来说的这句话，可能永远不会如此恰如其分。

她低头看着自己的双脚。

像是直接对着地面说话。

"这是我听说过的最奇怪但也最美好的事了。"然后，大概又过了几分钟，"嘿——克莱？"他看了过去，"他们叫什么名字？"

然后，床垫的边缘处变得沉默起来，仿佛过了很久，黑暗就在不远处潜伏着。

他说："彭妮和迈克尔·邓巴。"

在屋顶上，他给她看了他最喜欢待的地方，有一半都藏在砖瓦后面。凯丽听着这座城市的呼吸，看着这座城市的景色。她看到了城市里一个个小小的光点。

"看那边，"她说，"那是博恩巴洛公园。"

"还有那边，"他无法控制自己，开口说道，"那是墓园。我们可以去那儿——我的意思是，如果你不介意的话。我可以带你去看墓碑。"

把她拉入这片悲伤与忧郁中，他有些负罪感——虽然他早已有这样的感觉了，但是凯丽毫不在意。她对他的态度就好像觉得认识他是种荣幸——她这样想是对的，她曾经有这样的想法，我很欣慰。

有些时刻，克莱感觉撕心裂肺——他有种不得不隐藏起来的剧痛。

但现在一切都汹涌地向外冒出，她能看懂别人看不到的他。

一切都始于那天晚上，在那个屋顶上。

"嘿，克莱？"她眺望着整座城市，"你的口袋里装了什么？"

在接下来的几个月里，她会一直这样探求他的内心。

三月末，在博恩巴洛公园，她决定和他来一次赛跑。

她跑起来就像是专业的四百米跑女选手，也丝毫不介意这样跑完之后身体将承受的痛苦。

他在后面追逐这个长着一脸雀斑的女孩。

他看着她纤细的小腿。

等到他们跑过铁饼投掷网，他才开始赶超她。她说："你可千万别让着我。"他没有让着她。他转过弯道，开始加速，跑到终点之后他们都弯下了腰，浑身酸痛。他们的肺部烧得火辣辣的，但他们都很开心，他们完成了来这里的目标。

两个人都呼吸急促，仿佛燃烧起来。

她看向他："再跑一次？"

"不了，我觉得刚才那一次已经够了。"

这是她第一次主动向他靠拢，并把她的胳膊穿进了他的臂弯里。她要是知道当初自己这个举动有多么正确就好了：

"谢天谢地，"她说，"我都快累死了。"

然后就到了四月的某个比赛日，她一直都在期待这一天。

"等你看到那匹马就知道了。"她这样说着。当然了，她指的就是斗牛士。

她喜欢观察那些赌注经纪人和下赌注的人，还有那些五十多岁的挥霍无度的人：他们所有人都是一副不修边幅的样子，手放在屁股上挠来挠去，嘴里还散发着隔夜的酒臭味。他们的腋下简直可以构成一个生态系统了。她用一种悲哀又怜爱的心情看着他们……阳光环绕在他们周围，以各种角度洒在他们身上。

她最喜欢做的事就是站在围栏前，身后是一整个看台，她站在那里看着赛马被领到赛道的直道上：

比赛时，弯道处发出的声音如同山崩地裂。

都是一些绝望的男人在呼喊。

"快跑啊，大糖球！你这个混蛋东西！"

叫喊声总是被拉得长长的——充斥着各种欢呼声、嘲笑声、惊叹声与惋惜声，还有很多张一开一合的大嘴巴。各种过度肥胖、穿着衬衣和夹克衫的人纷纷表示抗议。他们拿烟的姿态各不相同。

"屁股快动起来啊！诈骗犯！冲啊，小崽子！"

赢家拿下比赛，备受赞美。

输家不得不承受打击。

"来吧，"她第一次对他说出这句话，"你应该来见见它。"

在两块看台后面就是马厩了，那是一排错落有致的小棚屋，所有的赛马都被关在里面——有的在等待接下来的比赛，有的在进行赛后恢复。

在三十八号棚屋里，他们看见了它高大的身影，眼睛一眨不眨。它的头顶有块电子标牌写着斗牛士，但是凯丽管它叫沃利。一个叫作皮特·西姆斯的马夫穿着牛仔裤和破破烂烂的马球衫，中间松松地系着一条腰带。一缕白烟从他的嘴边飘起。他看到女孩时，咧嘴笑了起来。

"嘿，凯丽妹妹。"

"嘿，皮特。"

克莱现在看得更清楚了，这匹马的鬃毛是浅栗色的，脸上有白斑，好像一道裂缝在它脸上裂开。它正轻轻弹开在它耳边乱飞的苍蝇。它的毛很顺，很多地方的血管都凸了出来。它的四条腿就好像四根被卡住的树干。鬃毛似乎被修剪过，比大多数赛马的毛都要短一点，也因为这样，它比马厩里其他的赛马都看起来更脏。"即便是尘土也都更青睐它！"皮特常常这样讲。

终于，赛马眨了眨眼睛，克莱又往前走了几步，注意到它的眼睛比一般赛马还要大，眼神深邃，有一种在马身上才能看到的神情。

"来吧，"皮特说，"好好拍拍这个大家伙。"

克莱看着凯丽，等待获得她的允许。

"去吧，"她说，"没关系的。"

她自己先做了示范，让他知道不需要害怕，即便抚摸它的感觉像是一次正面的攻击。

"这个该死的家伙爱死她了。"皮特说。

和抚摸阿喀琉斯的感觉完全不同。

"大家伙怎么样？"

身后传来如同沙漠一般干哑的声音。

是麦克安德鲁。

深色西装，浅色衬衣。

他似乎从青铜时代开始就扎着那条领带了。

皮特没有回话，因为他知道老家伙并不是想要得到回答，他只是在自言自语而已。他慢慢走进来，用手抚摸着赛马，并低下身子查看了一下马蹄。

"完美。"

他站在那里，看了看凯丽，又看了看克莱。

"这个该死的家伙是什么人？"

女孩态度甜美，却也带了一丝挑衅的意味。

"麦克安德鲁先生，这位是克莱·邓巴。"

麦克安德鲁微微一笑，虽然是像稻草人一样干巴巴的虚假笑容，但也好过一点都不笑。"好吧，"他说，"现在就享受生活吧，小家伙们，因为也就只有现在这会儿了。等到明年——"他语气突然变得严肃起来，并冲着凯丽指了指克莱，"明年你和他厮混的时间就得尽量减少了。俗话说得好：废木头迟早都会被砍掉。"

克莱永远也不会忘记这句话。

那天举行的比赛是一场二级赛事——普利茅斯赛马会。对于大多数赛马而言，二级比赛也算是很重要了，但对于斗牛士而言这只能算是热身。它的赔率是二比一。

骑师身上是黑色和金色。

黑色的丝绸。金色的袖子。

凯丽和克莱坐在看台上，这是她今天头一次感到紧张。骑师们走了出来，她低头看着练习场，皮特正在挥手让她过去——他和麦克安德鲁一起站在围栏旁——然后他们一路挤过人群。闸门拉开，克莱目不转睛地盯着他们，麦克安德鲁握紧了双手。他只是低头看着自己的鞋尖，然后开口：

"排第几？"他问道，皮特回答了他。

"倒数第三。"

"不错。"下一个问题，"谁在领跑？"

"堪萨斯城。"

"见鬼！那个慢吞吞的家伙。这就意味着整体速度都很慢。"

这时解说员也证实了他的猜想：

"来自半满杯赛队的堪萨斯城现在领先蓝木头一个马身……"

麦克安德鲁继续发问："它看起来如何？"

"它正在反抗他。"

"那个该死的骑师！"

"但他正在努力控制。"

"他最好是多用点心。"

到了拐弯的地方，就没有什么好担心的了。

"这儿，来了。是斗牛士！"

（解说员很懂得如何断句。）

就是这样，马儿冲到了最前面。它彻底放飞自我，并不断拉开领先差距。它的骑师埃罗尔·巴纳比在高高的马鞍上神采飞扬。

老麦克安德鲁松了一口气。

接下来皮特说的一句话，不仅没能点燃大家的热情，反而让场面冷了下来。

"您觉得它是不是已经可以参加伊丽莎白女王锦标赛了？"麦克安德鲁扮了个怪相，转身离开。

但是，这一段插曲最后的结束音符是由凯丽发出的。

不知道什么时候，她拿一块钱下了注，然后把赢回来的钱给了克莱——他们在回家的路上好好地花掉了这笔钱：

加上零钱一共是两块多。

他们买了热气腾腾的薯条，配了一小撮盐。

结果，这其实是斗牛士参赛的最后一年，它赢下了参加的每一场比赛，除了最重要的那几场。

也就是一级赛事。

每次参加一级赛事，它都能遇到本世纪或者说有史以来最了不起的那匹赛马，它高大，肤色黝黑，姿态威严，举国上下都很热爱它。他们给它取了各式各样的名字，还把它同那些青史留名的赛马作对比：

从金斯顿·唐到泷赫洛。

从黑色鱼子酱到法老之膝。

它的马厩也有个名字，叫杰基。

在赛道上，它被称为红心皇后。

当然了，斗牛士也是一匹不同寻常的赛马，但是人们常拿它和另一匹马作比较——一匹名叫干草清单的精力旺盛的赛马，但它每一次都会输给黑色鱼子酱。

至于恩尼斯·麦克安德鲁和马主人，他们别无选择，只能继续用它。毕竟在合适的赛程内，总共也就只有这些一级赛事，而红心皇后总是会参赛。它从未被击败过，也不可能被击败。它通常都能领先其他赛马六个到七个马身——就算不那么拼命冲刺也能领先两个马身。和斗牛士比赛，它一般只能领先一个马身，还有一次只领先了半个马身。

它的毛色就好像一张花色扑克牌：

有白色、红色和黑色的心形斑点。

再走近了看，会发现和它相比斗牛士就像个乳臭未干的小马驹，最多就是个刚刚成年的笨手笨脚的家伙；它的体色是你能想象到的最深邃的棕色，你的眼睛甚至会受到欺骗，觉得那是黑色。

电视上会出现它跨越障碍时的特写。

它跃在空中，远远高过其他赛马。

它总是一副十分警觉的样子。

然后纵身一跃，瞬间消失在远处。

那个秋天它们的第二次比赛是 T.J. 史密斯锦标赛，当时看起来斗牛士会稳稳地超过红心皇后。骑师在还没有跑到弯道的时候就赶着它加了速，领先的距离看起来已经无法被其他赛马反超。但是红心皇后还是一点点追回了那段差距。只迈了五六个大步，它就跑到了前面，并在此后一直保持领先。

结束后它回到马厩，一大群人都围着十四号槽口。

在杰基内部的某个地方，站着红心皇后。

在四十二号槽口，只有几个摇摇晃晃追过来的赌马爱好者，还有皮特·西姆斯和凯丽。当然，还有克莱。

女孩用手抚着它的鬃毛。

"跑得真棒，小伙子。"

皮特表示赞同。"我还以为它能拿下红心皇后了——它真不是一匹一般的马。"

在两个槽口之间，大约在二十八号畜栏的位置上，两个驯马师站在一起，握了握手。他们一边说话，一边四处张望。

因为某种原因，克莱更喜欢这个场景。

比看赛马还要喜欢。

冬天已过去一半，这匹马像是受到了诅咒，又一次输给了自己的头号对手，这一次输得惨不忍睹，足足落后了四个马身。它几乎没领先其他赛马多少。他们是在裸臂酒吧休息室的电视上看的这场比赛，天空电视台做了直播，比赛地点在昆士兰。

"可怜的老沃利，"她说着，然后冲着名叫斯科蒂·比尔的酒保大喊，"嘿，给我们来两杯啤酒安慰一下我们吧？"

"安慰？"他咧嘴笑起来，"红心皇后赢了啊！再说了，你们还没成年呢。"

凯丽感到一阵厌烦，是因为第一句话，而不是第二句。

"来吧，克莱，咱们走。"

酒保看了看这个女孩，又看了看克莱；斯科蒂·比尔和克莱都长大了几岁，斯科蒂一时没有认出克莱，但是他知道他们两个之间有点不寻常。

等他终于想起了些什么，他们已经快要走到门口了。

"喂！"他喊道，"是你，你是他们当中的一个——几年前的时候，是不是你？"

凯丽先开了口。

"什么人当中的一个？"

"七杯啤酒！"斯科蒂·比尔大喊，他的头发几乎都要飘起来了，克莱走回来，开口对他说：

"她说那些啤酒味道真不错。"

我之前告诉过你什么来着？

凯丽·诺瓦克会让你情不自禁地对她倾诉所有事情，尽管克莱是她迄今为止遇到的最难敞开心扉的对象。他靠在裸臂酒吧户外的屋檐下，倚着墙，她陪在他身边。他们离得很近，彼此的胳膊贴在一起。

"七杯啤酒？那个家伙在说什么？"

克莱把手插进裤兜。

"为什么要这样，"她问，"为什么每次你心神不宁的时候，都要把手插进裤兜里摸东西？"她看着他，步步紧逼。

"没什么。"

"不，"她说，"肯定有什么。"

她摇了摇头，决定冒一次险。她弯下了腰。

"停下。"

"哦，得了吧，克莱！"

她大笑起来，她的手指触碰到了他的口袋，另一只手伸过去挠他的肋骨——这种事总是很糟糕，令人感到焦躁，他的脸上腾起怒气，然后又变了神色，他抓过她的手，把她推开。

"我说停下！"

他像一只受了惊的动物一样大吼起来。

女孩连连后退，跟跟跄跄，仅靠一只手撑在地上才没有彻底摔倒，但是她拒绝让他扶自己起来。她干脆向后靠在瓷砖上，双腿蜷起，膝盖撑在面前。他开口说："我很抱歉——"

"不，别这么说。"她恶狠狠地看着这个男孩，"不要这样，克莱。"她受到了伤害，所以想要反击，"再说了，你到底是有什么毛病？你为什么要像个……"

"像个什么？什么？"

像个扭曲的变态一样。

所有的年轻人都会这么形容。

那些词句变成了横亘在他们中间的伤口。

他们又在这里多待了至少一个小时，克莱琢磨着如何才能解决这个问题，但这个问题很难解决——矛盾正不断膨胀。

他轻轻地掏出那个晾衣夹，拿在手里。

他又把晾衣夹放在她的大腿上。

"我会告诉你所有的事，"他平静地说，"我可以告诉你所有的事，除了这一件。"他们一同盯着面前这个有些突兀的夹子。"我会告诉你七杯啤酒的事，会告诉你她所有的外号……还有她爸爸蓄的和斯大林一样的小胡子，她说那撮小胡子仿佛一直栖息在他的嘴巴上。"

她的表情变了变，几乎微不可察。她微笑起来。

"她曾经就是这么形容那撮胡子的。"他更像是在喃喃自语，"但是我现在还不能告诉你那个晾衣夹的事。还不是时候。"他唯一心安的事就是自己告诉了她一切——在她抛下他离开之前。

"好吧，克莱，那我就这样等着。"她站起来，也把他拉了起来。她原谅了他，但仍然想知道其他的事。"那么现在，告诉我其他的事情吧。"很少有人像她一样这么说话。"告诉我所有的事。"

他照做了。

他告诉了她迄今为止我给你讲的所有故事，以及我即将告诉你的事，只除了有关后院晾衣夹的事——凯丽做到了别人没有做到的，她很清楚他没有弄明白的是怎么回事。

他们又一次站在墓园里，两个人的手指都紧紧抓着围栏，她把手伸出去，手里拿了一小张纸。

"我一直在想，"她开口说，此时太阳已落到身后，"我在想那个离开你父亲的女人……还有她带走的那本书。"

她的雀斑就好像十五个坐标点，最后一个标记落在了脖子上——在那张小小的皱巴巴的纸上，有一个名字和一堆数字，她写出来的那个名字正是**汉利**。

"电话簿里，"她说，"总共有六个汉利。"

裂缝

他醒了过来。

浑身大汗。

他仿佛是从被汗浸湿的床单里游了出来。

自从把事情的真相告诉麦克安德鲁、泰德和凯瑟琳·诺瓦克，他就一直被一个不肯消散的问题纠缠着。

他如此坦诚，只是为了让自己好受一些吗？

但是即便是在自己内心最黑暗无光的时刻，他也不觉得是这个原因；他这么做是因为他必须要说出来。他们理应知道到底发生了什么。

又过了很多个夜晚，他醒了过来，仿佛感受到她正压在自己身上：那个女孩靠在他的胸口上。

这是个梦。我知道这是个梦。

她是他想象出来的女孩。

她身上有赛马的味道和死亡的气息，但同时又充满生机，好像就是活生生地出现在他眼前；他之所以这样想是因为感受到了她身体的温热。她一动不动，但他能感受到她的鼻息。

"凯丽？"他开口问，她动了动。她睡眼惺忪地坐起来，坐在他身旁。他看着她的牛仔裤和闪闪发光的手臂，就像她第一次走向他的那天一样。

"是你啊。"他说。

"是我……"但是这会儿她又转过身去背对着他。他本想要触碰她那一头栗色的长发。"我在这儿，是因为你杀死了我。"

他又跌落到层层床单里。

他躺在床上，但是仿佛陷入了裂缝里。

* * *

在那之后，他又开始跑步，一般是在早上上班前和我一起跑。他的理论很符合逻辑：他跑得越拼命，吃得越少，他再见到她的概率就越高。

问题在于并不是这么一回事。

"她死了。"

他平静地说。

有些夜晚，他会走路去墓园。

他依然会用手指紧紧抓住围栏。

他极度渴望再次见到那个女人——那个曾经开口讨要一朵郁金香的女人，见到她最初的样子，回到很久很久以前。

你在哪里？他几乎要直接这样问她。

我需要你的时候，你到哪里去了？

他想要再仔细看看她脸上的皱纹，那些眉毛上方的皱纹。

他跑到了博恩巴洛公园。

一个又一个晚上，他重复着同样的路线。

最后，好几个月过去了，直到有一天午夜时分，他站在了跑道上。起风了，狂风呼啸。夜空中看不到月亮。只有街灯。克莱站在离终点线很近的地方，然后转过去面对着高高的野草丛。

然后，他把胳膊插进了草丛里：触感冰冷，十分不适。他好像突然听到了一个声音。那个声音相当清晰地喊着克莱的名字。那一刻，他真的很想相信自己的的确确听到了呼唤声。"凯丽？"他顺着声音的方向喊着——但他知道不会再有后续了。

他就只是站在那里，念着她的名字——一直持续了好几个小时，直到旭日东升，然后才意识到一切再也不会改变了。他将会一直这样生活，也会这样死去，他的身体里再也不会升起太阳。

"凯丽，"他轻声低语，"凯丽。"风声在他周围呼啸，最终慢慢平息。

"凯丽。"他轻声低语，语气更加绝望，然后做了最后一次无用的尝试。

"凯丽，"他轻声低语，"彭妮。"

这世界上有个人听到了他的呼唤。

参加电视竞赛节目的女孩

在过去，在他们的友谊之花绽放的那一年，凯丽和克莱的生活在大多数时间都是很轻松的，他们积极向上地生活着，形影不离。即便如此，还是有各种各样的片段，让他停下来提醒自己：

他不应该像这样坠入爱河。

他怎么能觉得自己理应配得上这种爱呢？

可以肯定地说，他们确实相爱，在屋顶上、公园里甚至是在墓园里，都能感受到他们之间的爱。一个十五岁，一个十六岁，他们一起走过赛马区的大街小巷，他们有肌肤接触，但却从来没有亲吻过。

那个女孩善良美丽，有一对绿色的眼睛。

眼神澄澈的凯丽·诺瓦克。

那个男孩眼睛里会冒出火苗。

他们几乎像是兄弟一样爱着对方。

发生电话簿事件的那天，他们顺着联系表上的顺序挨个儿给那几个名叫汉利的人打了电话。

因为没有人的名字首字母是"A"①，所以他们决定给这几位都打一遍电话，希望至少能有机会碰到她的哪个亲戚。

第四个就是他们要找的人。

他的名字叫作帕特里克·汉利。

他说："什么？找谁？艾比？"

他们交替给这些人打电话，那一次轮到凯丽，她打的是第二个和第四个。她强迫克莱打了第一个电话。他们都把脑袋紧贴在听筒上听对方讲话，他的语气颇为疑虑，他们判断就是他了。其他人全都一口否定。凯丽说他们正在寻找一位女士，她来自一个叫羽毛镇的地方，但那一边却挂断了电话。

"看起来我们得去看看了。"她说着，然后找出了电话登记的地址，"恩斯特路，伊登索尔公园。"

那时已经是七月了，在一个星期天，她获准休息一天。

他们先乘了火车，然后转了大巴。

他们穿过了一片田野，一条自行车道。

那座房子立在街角，在一个死胡同的右边。

还在门口，他就马上认出了他们。

他们站在墙边观察着他。

他有一头深色头发，穿着黑色T恤，嘴巴上仿佛用小胡子搭起了一座拱桥。

"哇！"凯丽·诺瓦克情不自禁地叫了出来，"看看那撇八字胡，多

① 艾比·汉利的英文首字母为"A"。——编注

浓密啊！"

帕特里克·汉利一动不动。

克莱终于鼓足勇气开口，他提出的问题又碰上另一个问题：

"你找我的妹妹到底想干什么？"

他好好看了看克莱，克莱和他父亲长得很像——克莱能看得出他神色变化的那一瞬间。帕特里克应该是想起了迈克尔，那个男人不仅仅是艾比的前夫，也是曾经经常陪她在这座镇子漫步的男孩。

不管怎么说，气氛变得稍微友好了一些，他们互相做了介绍。

"这是凯丽，"克莱说，"我是克莱——"帕特里克·汉利向他身前迈近了一步。

"克莱·邓巴。"他漫不经心地说着，但却直接站到了他们中间。他什么都没问，就这么直接说出了克莱的全名。

她住在一个相当豪华的公寓区。

她的房子是一个巨大的钢筋水泥混合体，拥有好几个窗子——像是资本家的风格——几周之后，八月的一个下午（凯丽的又一个休息日），他们去了一趟那里。他们就这样站在了大楼令人生畏的阴影里。

"这座楼好像一直插入了天堂。"凯丽说。像往常一样，她的头发四处蓬开。她那血色的雀斑也显得紧张不安。"你准备好了吗？"

"没有。"

"快点儿啊，你看看你这个样子！"

她把一只手伸进他的臂弯，与他胳膊挽着胳膊，就好像曾经的迈克尔和艾比一样。

即便是这样，他依然一动不动。

"看什么？"

"看你这个样子！"

像往常一样，她穿着牛仔裤——磨损得很破旧的牛仔裤。她的法兰绒衬衫也已经开始褪色。她还穿了一件黑色夹克衫，向外敞开，没有拉拉链。

她在门口的电子蜂鸣器旁抱住了他。

"如果是我住在这样的地方，"她说，"我的名字也不会被列进电话簿里的。"

"我觉得这应该是你第一次看见我穿衬衫的样子。"他说。

"正是如此！"她又紧紧地搂了一下他的胳膊。"你看，我跟你说过，你真的已经准备好了。"

他按下了一百八十二号的门铃。

在电梯里，他不断将重心从左脚换到右脚，他紧张得要命，担心自己会立马吐出来，但走到走廊里的时候，他感觉好一些了。走廊的墙壁都是白色的，有深蓝色的花边。走廊尽头是你能想象出的这座城市最壮观的风景。到处都被水环绕着——咸咸的那种——天空低得仿佛触手可及。

在右手边你可以看到悉尼歌剧院。

在左手边你可以看到那些一直锲而不舍地跑步的家伙：

他们从海上的帆船依次看到悉尼大桥。

他们身后传来一个声音。

"我的天哪。"

她有一对温柔的双眸，眼里仿佛升腾起雾气。

"你跟他长得一模一样。"

走到房间里，能看得出这是属于一位女性的公寓。

这里没有男人的痕迹，也没有小孩。

一切是那么显而易见。

当他们看到这位之前还被称作是艾比·邓巴的女人时，他们已经知道她曾经非常美丽。他们知道她曾有一头靓丽的秀发，衣着光鲜，从各个角度看都魅力十足——她和迈克尔曾经是那么有爱的一对，也曾忠贞不二，但她毕竟不是彭妮，她俩一点儿也不像。

"你要喝点什么吗？"她问。

他们异口同声地回答："不用，谢谢。"

"喝茶？还是喝咖啡？"

是的，她的瞳仁是灰色的，并且熠熠生辉。

她的头发像电视里的模特一样炫目——她的波波头足以让你失魂落魄，她身上明显还带着过去的影子——那个像小牛犊一般的瘦弱的小姑娘。

"有没有牛奶和曲奇饼干呢？"凯丽问道，她试图活跃气氛。她模仿起了艾比的语气，她觉得自己似乎必须这么做。

"嘿，小家伙。"女人——年长的艾比——微笑起来，连她的裤子都看起来完美无瑕，除此之外，她还穿着一件极其贵重的衬衫，"我喜欢你，但最好还是保持安静。"

当克莱给我讲起这些的时候，他提起了那件最有意思的事。

他说，当时电视开着，房间里传来电视竞赛节目的吵闹声。他知道艾比以前喜欢看《太空仙女恋》，看来现在喜好变了。他不知道那到底是什么节目，但是主持人正在介绍选手，其中有一位叫史蒂夫，他是一名程序员，他的业余爱好是滑翔伞和网球，还热爱户外运动和阅读。

然后，他们都坐了下来，凯丽也安静下来，他们寒暄了一会儿，聊了聊学校和工作，还有凯丽当骑师学徒的事，但是主要都是克莱在讲。艾比聊起了克莱的父亲，说他曾经是个无比美好的男孩，他会牵着那条狗在整个羽毛镇散步。

"月亮。"凯丽·诺瓦克安静地说，声音小到几乎只有她自己可以听到。

克莱和艾比都微笑起来。

等到凯丽又开始高声说话时，她提出了一个尖锐的问题："你后来再婚了吗？"

艾比说："这样聊就好多了。哦，是的，我又结婚了。"

克莱看着凯丽，心想，谢天谢地，多亏你在这儿。与此同时，他感觉自己要被窗外射进来的阳光晃瞎了。这个地方光线真好！阳光直接照进房间里来，洒在现代主义风格的沙发上，洒在恨不得有一英里长的大烤箱上，甚至洒在咖啡机上，照得那机器就好像圣物一般——但他可以看得出这里并没有钢琴。又一次，他看出她拥有全部却又一无所有。他感到血往上涌，但他努力克制着自己。

至于艾比，她的目光投向远方，慢慢品尝着自己的那杯咖啡。

"哦，是的，我又结了婚——两次。"她迫不及待地说，"到这儿来，我想给你们看一样东西。别怕，我又不会咬人。"他略有犹豫，因为她正领着他走到卧室里去。"在这儿——"

是的，来这儿是对的——因为床的另一边，在墙上的一小块空隙里，有一样东西击沉了他的心脏，又让它慢慢从胸腔中升起来：

那是一件很柔软很简单的东西，被放在一个粗制滥造的银色画框里：

一张艾比双手的速写。

画得像树枝一样，但又很温柔。

就像树枝一样，但是很纤柔，可以把头倚在上面。

她说："我估计他画这幅画的时候才十七岁。"克莱第一次仔细看着她，看到在表象之下，她拥有另一种美。

"谢谢你给我看这个。"他这样说着。艾比决定好好利用这个机会，她并不知道克莱和彭妮的故事，不知道五个兄弟引发的吵闹与混乱，也不知道和钢琴有关的斗争，更不知道那件与死亡有关的事。她只知道面前站着这个男孩，她决定从他身上了解一切。

"我该怎么跟你讲呢，克莱？"她站在男孩女孩之间，"我本可以告诉你我有多内疚，我当时是个怎样的傻瓜——但是你已经出现在这里，再说什么都没有必要了。"这时她转过头去看着凯丽，"这个男孩的确很漂亮，不是吗？"

当然，凯丽回望了她一眼，然后又把注意力放在了克莱身上。她的那些小雀斑不再躁动不安。她扬起一个如同海水般深邃的微笑。毫无疑问，她说："当然了。"

"我也是这么想的。"艾比·汉利说。她的语气中有遗憾，但是没有自怨自艾。"我想，离开了你爸爸，"她继续解释道，"实际上是我犯下的最美好的错误。"

在这之后，他们还是喝了茶，因为实在没法拒绝。艾比又喝了几杯咖啡，告诉了他们一些她曾经的故事；她曾在一家大银行工作。

"一切都像蝙蝠粪便一样冗长又无聊。"她说。克莱感觉到一阵剧痛。

他说："我的两个哥哥以前也这么形容——他们会这么形容马修喜欢看的那些电影。"

她周身的雾气似乎更浓郁了些。

"你总共有几个兄弟？"

"我们一共五个人。"他对她讲，"算上阿喀琉斯，还有五只宠物。"

"阿喀琉斯？"

"那头骡子。"

"骡子？"

他渐渐放松下来，凯丽坦率地说："你肯定没见过这样一家子。"也许艾比被这种话伤到了——因为这是她未曾拥有的生活，也许再这样说下去会出些什么差错，所以他们不再继续这个话题。他们没有谈论彭妮与迈克尔的事。最后，艾比放下了手中的杯子。

她满怀欢喜地对他们说："瞧瞧你们这两个孩子。"

她摇了摇头，大笑起来，仿佛在嘲笑自己：你们让我想起了当年的我和他。

她肯定这样想了——他能看得出来，但并没有点破。

她说："我想我知道你为什么到这儿来了，克莱。"

她起身离开，回来的时候手里拿着《采矿工》。

书皮泛白，烫金的花体字，因为有些年份了，书脊已经开裂，但没有散架。窗户外的光线渐渐昏暗下来，她打开厨房的灯，从水壶边的墙上取下一把刀。

在桌子上，她很轻柔地对着书的内侧切了一刀——是精准地沿着书脊切的——为了把第一页纸取下来：带着作者介绍的那一页。然后她合上书，把它递给了克莱。

至于那页纸，她给他们看了一眼。她说："如果你不介意的话，这一页我留下了。"然后又说："爱，爱，爱，是吧？"但语气并不轻率，反而有些恋恋不舍。"我想我一直都心知肚明，你们懂的——我一直都知道它并不属于我。"

他们离开的时候，她把他们送到了门口。他们一起站在电梯口。克莱靠近了一步，想要和她握手，但是她拒绝了，她说："来吧，给我个拥抱就好。"

被她拥在怀里的感觉很奇特。

她比看起来的样子还要更柔软,更温热。

他永远也没法解释自己有多么感激,既是因为这本书,也是因为她温暖的双臂。他知道自己再也不会见到她,这就是他们全部的交集。在电梯即将下行的时候,他透过电梯门缝往外看了最后一眼,而在快要关上的电梯门的另一边,她露出一个微笑。

最后一封信

他以为自己再也不会见到艾比了。

当然,克莱错了。

还有一次,在历史的洪流之中——

哦,去他的——

看到没,她出现在了凯丽·诺瓦克的葬礼上,当时我们正坐在教堂的最后面。他当时以为没人看见他,但他想错了——在那群真心实意的哀悼者中,在赛马区的各界人士中,还有另一位女士也坐在那儿。她有一对温柔的双眸,眼里仿佛升腾起雾气,她衣着光鲜,留着令人惊艳的波波头。

亲爱的克莱——

我本来应该再早一点写信给你的。

但因为各种原因耽搁了,我很抱歉。

凯丽遭遇这样的事,我很痛心。

前一秒我还在告诉她不要这样伶牙俐齿,下一秒她就开始跟我讲你父亲的狗的名字……再下一秒（尽管实际上已经过去了一年多），这么多人居然聚在了教堂里。我站在门口的人群中，看到了你和你的兄弟们，你们坐在最后一排。

有那么一瞬间，我差点就去找你了。我现在很后悔我当时没有走过去。

那次看见你们两个人的时候，我当时就应该告诉你们——你们让我想起了当年的迈克尔和我自己。从你们紧紧靠近彼此的样子，你们相隔不足一臂之远的样子，我可以看得出来，你们都在保护着彼此不受任何危险的伤害。你在教堂里的样子是那么失魂落魄。我希望你现在过得还好。

我不会问你们父母的情况，因为我知道我们每个人心中都有一片别人无法涉足的领地，特别是关于父母的。

你不用给我回信。

我不会告诉你要像她希望的那样继续生活，但无论如何生活都得继续下去。

你必须要活下去。

如果冒昧说了什么唐突的话，我很抱歉，不当之处还请你谅解。

谨致问候
艾比·汉利

信是在博恩巴洛公园事件发生之后几天收到的，那天他站在跑道上一直等到日出才离开。那封信是亲手送到我们家邮筒里的。信封上没有邮票也没有写邮寄地址，只写了"克莱·邓巴"。

一个星期后，他走过赛马区，穿过这座城市，一直走到了她住的地方。他没有使用电子蜂鸣器，他一直等着另一位住户开门，并跟在他身后溜进了大门，乘上电梯直接来到十八层。

　　可是来到她家房门口前，他还是犹豫了，花了好几分钟才鼓足勇气敲门，即便是那时，他的动作也很轻柔。她出来开门的时候他吃了一惊。

　　像之前一样，她的友善无可挑剔，但很快就流露出担忧的表情。在那样的光线里，她的头发有种致命的魅力。

　　"克莱？"她开口说道，并向前迈了一步。即便充满忧伤，她依然美丽。"天哪，克莱，你怎么看起来那么瘦。"

　　他拼尽全力控制住和她再一次拥抱的冲动，没有在门口投入她温暖的怀抱中——他不能，他也不允许自己这样做。他只能和她交谈，仅此而已。

　　"我会照你信里说的去做，"他说，"我会按原样继续生活下去。我会走出去，把那座桥造好。"

　　他的声音像那片河床一样干涸，艾比的反应非常得体。她并没有问造桥是怎么一回事，也没有问他还有什么是想告诉她的。

　　他张开嘴，又想要说些什么，但是他颤抖起来，眼中渐渐涌出了泪水。他有些恼怒地抹掉眼泪——这时，艾比·汉利冒险做了一件事，她下了两倍赌注，去他的担忧，她不管自己在这一堆烂摊子中到底是什么样的身份，也不想管到底什么才是正确的举动。她做了自己之前做过的一件事：

　　她亲吻自己的食指和中指，将它们交叉起来，然后贴在了他的脸颊上。

　　那个时候他很想告诉她彭妮和迈克尔的事，发生在我们所有人身上的事——还有他自己的所有经历。是的，他想要告诉她全部的故事，但他只是和她握了握手，然后又乘上电梯，跑向远方。

斗牛士对决红心皇后

接下来，又有一场比赛。

这是在他和凯丽一起见过艾比·汉利之后的事情了，当时她撕下了《采矿工》的第一页，他们永远也不会知道这到底意味着什么。最开始的时候，这件事只不过像是一个刻度，象征着另一段故事的开始。这之后，几个月的时间飞逝而过。

到了春天，它们再度回归：

斗牛士和红心皇后。

夏天，凯丽感受到了等待的痛苦，因为她已经受到了警告：

"废木头迟早要被砍掉"，克莱会让她全心投入。克莱会制订一个计划。

在这期间，你也许能猜得到，有一个东西——他们的最爱——成了他们之间的信物，那就是关于米开朗基罗的那本书。她亲切地喊他雕塑家，或者艺术家，或者是他最爱的那个称谓：博那罗蒂家的第四子。

他们会躺在环绕地的床垫上。

他们在那里一章又一章地读着那本书。

他们会带来手电和备用电池。

为了保护这个快要散架的床垫，她拿来了一张巨大的塑料布，他们每次离开这里的时候都会用它把整个床垫包起来。回家的路上，她会挽起他的胳膊。他们的臀部会时不时地碰到一起。

* * *

到了十一月，历史再度上演。

红心皇后实在优秀，无法被超越。

它们又比了两次，斗牛士把吃奶的劲儿都使出来了，但它已经开始变弱。不过，还有最后一次机会：十二月初的时候，这座城市会举办最后一场一级赛事，恩尼斯·麦克安德鲁在为此加紧训练它。他说过它之所以变弱是因为还没有准备好，这一场比赛才是它想要的一场决斗。这场比赛有个很奇怪的名字——不是××杯或者××锦标赛，而是叫圣安妮的游行。这将是斗牛士参加的最后一场比赛——在皇家轩尼诗赛马场举行，顺序为第五场。那天是十二月十一日。

那一天，他们做了她一直以来都很喜欢做的事。

他们在第五赛道的斗牛士身上下了一美元的赌注。

她让一个不停挠屁股的赌注经纪人帮她把钱投了进去。

他照做了，但是大笑着对他们说："你们知道这家伙压根儿一点胜算都没有吧？它要对决的可是红心皇后啊。"

"所以呢？"

"所以它永远也赢不了。"

"他们当初也是这样评价金斯顿·唐的。"

"斗牛士又不是金斯顿·唐。"

但紧接着她又说出了让他备受打击的话："我为什么要跟你说这些呢？你最近赌赢了多少？"

他又一次大笑起来："没多少。"他抬起一只手，抚摸着满脸的胡须。

"我也是这么想的，你甚至没有聪明到对我撒谎。但是，嘿，"她咧嘴笑起来，"还是要谢谢你帮我下注，好吗？"

"没问题。"他们就此分开，各走各的，但是他又回头冲他们喊了最后一句，"嘿！我觉得你可能已经说服我了！"

那天下午他们见识到了自打观看比赛以来见过的最庞大的观众群，因为红心皇后在参加完这场比赛之后也要离开一段时间，去参加国外的锦标赛了。

看台上几乎水泄不通，但是他们还是找到了两个座位，皮特·西姆斯带着赛马在训练场绕圈跑。当然，麦克安德鲁看起来气急败坏。但那也意味着一切正常。

在斗牛士跨栏之前，她握紧了他的手。

他向远处看了过去，说："祝它好运。"

她用力攥了一下他的手，然后松开——那天，赛马们跨越障碍向前飞奔的时候，所有的观众都站了起来，人们大声尖叫，有什么事情发生了变化。

当赛马们跑到拐弯处时，发生了不太对劲的事。

当红心皇后向前冲刺时，金银相间的斗牛士也紧跟在它身边，与它并驾齐驱——这确实说明了什么，因为红心皇后迈的步子明显要更大一些。当它加速的时候，不知道怎么回事，斗牛士也一直跟在身后。

看台阴影下的人群沸腾了。

人们的嗓子都喊哑了，几乎陷入了恐慌之中，因为它是"皇后"——它不可以，它不可能被超越。

但事实就是如此。

当它们冲过终点线时，两者之间的差距就只是一个摆头的距离。

看起来斗牛士赢了，听起来也是——因为整个观众群倒吸了一口凉气。

她看着他。

她一只手抓着他。

她的雀斑似乎都要爆炸了。

斗牛士赢了。

她这样想着，但是并没有说出来。幸好她没说出来，这是他们见过的最伟大的一场比赛，也多少算是他们亲身经历的最了不起的一场比赛，他们知道，只是这样想想就能感受到一种诗意。

如此接近，如此接近，最终却失之交臂。

不管怎样，那张照片说明了真相：

红心皇后因为鼻孔先过线而赢得了比赛。

"鼻孔！真见鬼，它的鼻孔！"赛后，皮特在马厩的小隔间里大喊——但这次麦克安德鲁微笑起来。

当他看到凯丽一副极度沮丧、像受了重伤似的样子后，便走过来，仔细看了看她。他几乎是上上下下检查了一番。她以为他甚至还要检查她的双脚。

"见鬼，你怎么了？那匹马还活着，不是吗？"

"赢的本应是它。"

"没有什么应该不应该——我们从来没有见过这样的比赛，没见过像这么跑的。"他强迫她看着自己，看着这个稻草人那一对冷峻的蓝色双眸，"况且，总有一天你会帮它夺得一次一级赛事的冠军的，好吗？"

这句话让她开心起来。

"好的，麦克安德鲁先生。"

从那之后，凯丽·诺瓦克，这个来自艺术馆路的女孩就开始了自己盼望已久的学徒之旅。她从一月一号起正式投入他的门下。

她基本上是全天二十四小时连轴转。

完全没有任何空闲时间，也无暇顾及任何人。

她现在已经开始进行上马练习了，增加了跑圈数，也开始练习跨越障碍围栏，她已经在祈祷自己能参加比赛了。但从一开始，麦克安德鲁就告诉她：

"如果你拿这件事来烦我，你永远也实现不了你的梦想。"

因此她很乐意俯首称是，闭紧嘴巴，老实干活。

至于克莱，他已经下定决心。

他知道她必须要暂时离开他。

他可以确保她远离自己。

他已经在计划着重新开始训练了，尽可能拼命地训练，亨利也已经准备好了。有天晚上，他们一起坐在屋顶上，一月小姐又一次出场了。他们拿到了一把克拉珀公寓楼的钥匙，然后又跑回了博恩巴洛公园。这次训练会涉及金钱，以及足够多的赌局。

"成交吗？"亨利问。

"成交。"

他们握了握手，一切恰到好处，真的，亨利也在学着放手——放弃那个身材绝妙的女子。不管是出于何种原因，他已经下定决心：

他把印着她的杂志折叠起来，放到了歪斜的屋檐砖瓦上。

十二月三十一日晚，凯丽和克莱一起去了博恩巴洛公园。

他们在残破不堪的跑道上跑了一圈。

看台在日出的光线中就像是地狱一般，不过是那种你会很乐意前往的地狱。

他们站在一起，他握紧了手中的晾衣夹。

他慢慢伸出手来。

他说："现在，我要告诉你这件事。"然后，他告诉了她所有的故事，包括那些总是汹涌而来的洪流。他们站在离终点线还有十米的地方，凯丽沉默地聆听着；她从他手心里拿起那个晾衣夹，然后紧紧地攥在手里。

等他讲完全部的故事，他说："现在你明白了吧？你懂了吗？我获得了一年我压根儿不配获得的美好时光。那就是和你在一起的这一年。你永远不可能和我在一起。"他看着跑道内场的那片杂草密林，心想它们倒是依旧不受任何阻拦地生长着。但是凯丽·诺瓦克是永远不会被打倒的。不——赛马可以输，但是凯丽不会；她的这种个性本应招人恨才对，但我们都很喜欢她，因为接下来她做了这件事。

她把他的脸扳了过来，捧着他的脸。

她把晾衣夹拿了起来。

她慢慢地把晾衣夹放到唇边。

她说："天哪，克莱，你这个可怜的小家伙，你这个可怜的男孩，可怜的小家伙……"看台的灯光仿佛点亮了她的头发。"她是对的，你知道吗，艾比·汉利——她说你很漂亮。你难道看不出来吗？"凑近了看，她似乎轻飘飘的，但每句话都发自肺腑，她的恳切能够给你注入新的生命力，她绿色的明眸里饱含痛惜，"你难道看不出来吗？我永远也不会离开你的，克莱。你看不出来吗？我永远也不会离开的。"

克莱颤抖起来，摇摇欲坠。

凯丽紧紧环抱住他。

她就只是这样抱住他，对他轻声低语，他能感受到她身体里的每根骨头。她又笑又哭，又哭又笑。她说："去环绕地吧。星期六的晚上去。"她亲了亲他的脖子，仿佛要把这句话烙印在他身上。"我永远也不会离开你，决不——"我喜欢将这样的他们印刻在心中：

我仿佛看到她紧紧地抱着他，就在博恩巴洛公园里。

一个男孩，一个女孩，一个晾衣夹。

我看到了跑道，以及他们身后燃起的熊熊大火。

燃烧的床垫

某一天，在阿尔切街十八号，我感到很高兴，但又隐隐有点情绪低落。

克莱在收拾他的运动包。

有那么一会儿，我们一起站在房子后面破旧的门廊上，而萝茜正趴在沙发上。它倚着我们扔到沙发上的那个破烂豆袋睡着了，那个豆袋早已没什么豆子了。

阿喀琉斯站在晾衣架下。

它不断咀嚼着什么，陷入了哀伤。

我们一直站在那里，直到天空渐渐变暗，很快我们就达成了兄弟之间的默契，我什么都没说，但知道他要走了。

看到了吗，当克莱告诉我们还有一件事要做的时候，汤米拿来了松节油，但是没拿火柴。我们沉默着走到屋外，一路走到了环绕地。

我们站在这堆由家用电器和家具组成的墓碑群中：

它们仿佛拒我们于千里之外，有一种被蹂躏过的感觉。

我们走到床垫旁，和他站在一起，只字不提那条塑料床单。不，我们只是站在那里，看着他从口袋里掏出那个打火机。他的另一个口袋里依然装着那个晾衣夹。

　　我们一直站着，直到汤米终于浇上了松节油。火苗一下就直直地蹿了出来。克莱手握着打火机蹲了下来，床垫一开始还负隅顽抗，但很快就被大火吞噬。我们听到了那个声音，那种海浪拍击一般的声音。

　　整片荒地都被点亮了。

　　我们五个人站在那里。

　　画面中，只有五个男孩和一张燃烧起来的床垫。

　　等我们回到屋子里时，环绕地的火依然没有完全熄灭。

　　连一丝风都没有。

　　他自己一个人去了中央车站。

　　他热烈地拥抱了我们每一个人，然后离开了。

　　在汤米之后，他最后抱了抱我——我们两个人都试图让他多留一会儿，之前，我打开了钢琴顶盖，在那件羊毛裙上翻出了那颗纽扣。我知道，那些书暂时还应该待在里面。

　　他握着它，那颗来自维也纳的纽扣。

　　我们回忆起了她当时犹豫不决的那个时刻。

　　纽扣躺在他手心里，虽有磨损，但看起来崭新如初。

　　至于汤米，大概又过了十分钟，我们都站在门廊上看着克莱离开的时候，他做出了一个彻头彻尾的疯狂举动：

　　他委托罗里帮他照顾好赫克托耳。

　　“来，”他快速地说，“抱着它。”

罗里和赫克托耳都大吃一惊，同时也向对方表示了极度的不信任。在他们俩仔细打量对方的时候，汤米飞快地跑回房子里，很快又冲了出来。

我们站在那里，看着克莱。

汤米在他身后匆匆追赶。

"克莱！"他大叫着，"嘿，克莱！"

他手里还牵着阿喀琉斯——那头骡子也飞奔起来，这简直不可思议。它居然跑了起来！男孩把它赶到了街上，你能听到它带着回声的蹄声；克莱转过头看了看他们，他看了看男孩，又看了看那头骡子。

一秒钟都没到。

他连一秒钟的犹豫都没有。

一切本来就应该如此，他伸出手，接过了缰绳。

"谢了，汤米。"

他语气平静，但我们都听到了。他转过身，牵着它继续前行。阿尔切街迎来了旭日高升的清晨——我们都迎着汤米走了过去。那一人一骡渐行渐远，把我们留在了身后。

在外面的世界里，在某个郊区，一个男孩牵着一头骡子走过一条条街道。他们正前往希尔维，那里有一座正在修建的桥，他们带走了最黑暗的那股洪流。

第八部

———

城市
+
水
+
罪犯
+
拱桥
+
故事
+
幸存者
+
桥
+
火

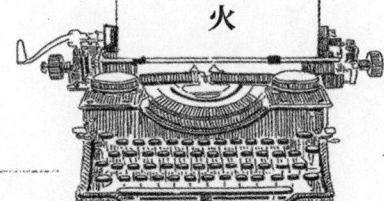

走廊上的小丑

曾经——别急，这两个字不会再出现很多次了——在邓巴家的历史洪流里，有一个女人在厨房里，告诉我们她会死掉，于是我们的世界就在那天晚上分崩离析。男孩子们躺在地板上，仿佛正在燃烧。第二天早上，太阳照常升起。

那天早上我们所有人很早就醒了。

我们的梦境飞逝，像狂乱的湍流。

六点钟时，即使是我们当中最能睡懒觉、最能赖床的亨利和罗里也醒了。

三月，到处都是夏日残存的痕迹，我们一起站在走廊上——胳膊干瘦，肩膀耷拉着。我们站在那里，但其实是被困在那里。我们在想到底应该怎么办。

我们的爸爸走了出来，一脸倦意。他一只手搭在我们的脖子上。

他试图给予我们一点安抚。

但问题是，当他走开之后，我们看到他拉住窗帘，另一只手放在了钢琴上。他紧紧扶着钢琴，整个人都颤抖起来。温暖的光波来回涌动，我们安静地站在走廊上，就站在他身后。

他向我们保证他还好。

但是当他转过身来面对我们时，我们都看到，他那对浅绿色的眸子失去了神采。

至于我们：

亨利、克莱和我穿着无袖汗衫和旧短裤。

罗里和汤米只穿了内裤。

他们就是只穿着内裤睡觉的。

我们都咬紧牙关。

走廊上所有人都很疲惫，只能看到孩子们稚嫩瘦弱的小腿和胫骨。彼时，他们才从卧室里走出来，神情恍惚地走向厨房。

她走出来时已经换好了上班时穿的衣服——牛仔裤和深蓝色的衬衫，上衣有金属纽扣。她的头发自背后梳成一根辫子；她看起来已经做好了一切准备，甚至可以出门骑马了。我们小心翼翼地看着她——彭妮忍不住微笑起来。

她一头金发，一条长辫子甩在身后。

"你们这几个家伙怎么了？"她问道，"还没人死呀，有人死了吗？"

这句话就像是最后的稻草：

她笑了，但汤米却大哭起来。她蹲下来抱住了他——我们其他人也都凑了过来，穿着无袖汗衫、短裤，我们都几近崩溃了。

"讲得太直接了吗？"她问，但她很清楚答案。那几个孩子流下的鼻涕眼泪都把她的衣服弄脏了。

她被几个男孩紧紧地拥抱着。

爸爸在一旁无助地看着我们。

524

银色的骡子

就这样走到了这一步。

我们的母亲。

在那年的某个清晨，在走廊上。

克莱在那里，在某个下午，站在属于自己的一条走廊上，或者用他自己更喜欢的表述——一条长廊上。

一条由高大茂密的桉树组成的长廊。

是恩尼斯·麦克安德鲁开车把他送过去的，一辆卡车加上一辆运马拖车。那一天距上次克莱到他家直接告诉他那些事已经过去三个月了。

令人欣慰的是，麦克安德鲁又开始驯马了，当他看到克莱牵着阿喀琉斯出现在皇家轩尼诗赛马场时，他摇了摇头，走了过来，放下了手头的其他工作。

他说："行啊，看看这见鬼的小家伙把什么拽过来了。"

开车前往河边的大部分时间里，他们都保持着沉默，即便交谈，也是各自望向窗外，看向挡风玻璃之外的那个世界。

克莱问起了西班牙人的近况。

还有那个歌剧演唱家——帕瓦罗蒂的事。

"帕瓦什么？"

他的指关节因为紧紧攥着方向盘都泛白了。

"你有一次就是这么喊马场工泰德的——那次你在艺术馆路上看见了他。当时你带了两个年轻的骑师去看他，还记得吗？你想让他们旁观，学习如何骑马。记得吗？"克莱的视线从挡风玻璃上移开，转而望向窗外。窗外是大片大片的空地。"有一次，她给我讲了这个故事。"

"哦，是的，"恩尼斯·麦克安德鲁说，他一边开车一边深思，"那些活见鬼的骑师一文不值。"

"活见鬼的 [①]？"

"一文不值。"

与此同时，他们又感到了一阵刺痛。

在为某件事感到愉悦的同时，他们心中总会升腾起负罪感。

特别是能暂时遗忘痛苦的那种愉悦，最让他们愧疚。

当他们开过高速公路的出口时，克莱说接下来的一段路可以由他来开，但是恩尼斯完全不予考虑。"我想见一见你的父亲，"他说，"我想看看这座桥。干脆看看吧……我都开出来这么远了，没有不看的理由。"

他们开过开阔的山地，转弯下山，一直开到了长廊上，那片桉树林一如往常。桉树聚集在一起，就在山下等待着，阴影处仿佛有着许多肌肉紧实的大腿。它们像一支由桉树组成的足球队。

麦克安德鲁看见了树林，也留意到了这种特别之处。

"老天，"他说，"看看这些树。"

在树林的另一侧，阳光下，他们看到他正站在河床边，桥还是和离开前一模一样。好几个月都没有再动工了，自从我双膝跪地那天起就没有再开工过：

拱形桥，木块和石头。

那些零部件都还在原地等待着。

---

① 此处麦克安德鲁诅咒时用了一个不常见的词"effing"。

他们从卡车里爬出来。

他们站在河床边看着这一切。恩尼斯先开了口："这座桥造好时一定会十分壮丽，对吧？"克莱的回答非常简略。

他只回答了一个"是"字。

* * *

他们打开拖车，把那只畜生牵出来，带着它走下河床，骡子尽职尽责地环顾着四周。它仔细研究着这条干涸的河道。克莱问了一连串问题。

"怎么了？"他问那只畜生。

"这里有什么不正常的吗？"

嗯，该死的河水到底哪儿去了？

克莱知道河水终将泛滥至此，就像他知道这头骡子肯定会来这里一样。

恩尼斯和迈克尔握了握手。

他们干巴巴地寒暄了几句，像两个地位平等的朋友一样。

麦克安德鲁引用了亨利的话。

他指着缰绳和干草。

他说："这些东西你们或许可以派上点用场。但那只畜生完全是个废物。"

迈克尔·邓巴知道该如何作答，他几乎是漫不经心地看了克莱一眼，又看了看那只似乎明白一切的骡子。他说："你看，我觉得它未必就是个废物——毕竟它很擅长破门而入啊。"

但是尴尬与愧疚的情绪又一次弥漫在他们中间。麦克安德鲁和克莱已经习惯克制住自己的情绪了，**谋杀犯**应该也一样。

有那么一会儿，他们就这样看着这头骡子——动作缓慢、徐徐踱步的阿喀琉斯——它一点点稳稳地攀上河床，然后开始在田间工作：它弯下腰，不紧不慢地咀嚼起来。

连想都没想，麦克安德鲁就又开口了。他轻轻地抬了抬手，指了指克莱。

"邓巴先生，对他不要操之过急，好吗——"终于，这一次，他说了出来，"他有一颗像那匹该死的法老之膝一样坚韧的心。"

迈克尔·邓巴表示赞同。

"你看到的还只是冰山一角呢！"

迈克尔邀请麦克安德鲁进屋喝杯茶或者咖啡，但都被拒绝了。十分钟后，麦克安德鲁准备动身返回。他和男孩还有这位父亲又握了握手，开车回到了那片树林里。克莱在他身后跑着追了上来。

"麦克安德鲁先生！"

卡车停在了树荫下，火柴棍一般的驯马师走了出来。他从树荫里走到了阳光下。他重重地呼了一口气："我的老天，叫我恩尼斯就行。"

"好的，恩尼斯。"克莱又看向别处。他们两个人沐浴在烈日下，投下了一个男孩和一位老人组成的阴影。他说："你知道的——你知道凯丽她……"——光是念出她的名字就让他心痛万分——"你知道她有辆自行车吗？"恩尼斯点了点头，走近了些。"我知道自行车密码锁的密码——三五二七。"恩尼斯也马上反应过来这串数字代表着什么。

他想起了那些数字，那匹马。

他走回停在树荫下的卡车里。

"我会告诉泰德和凯瑟琳的，好吗？但我觉得他们不会去取走它的。当你把这个密码锁解开的时候它就已经是你的了。"

他又一次爬上卡车。

他就这样开车离去。

他匆匆挥了挥自己像扫帚柄一样细瘦的胳膊。

他向窗外的男孩挥了挥手，男孩便又慢慢地走了回去。

第一束阳光照进房子之前

就这样，他们说她只有六个月的时间了——也许真的是这样反而更好一些。那样的话就不会痛那么久了，至少应该比曾经那场与哈特内尔的史诗级较量要短。她会直接死去，而不是一直处于垂死状态。

当然了，在此期间发生了许多令人心情低沉的事。

我几乎都装作没看见：

到了最后，开的药都没什么效果了，只不过是在名称上有所不同。当你目睹某人的生命逐渐消逝时，就好像是在学习另一门语言，那是一种全新的自我培训。用那些处方药的盒子搭成一座小高塔，细数药片和那些有毒的药水。然后就是那些在医院病房度过的时光，短的时候大概几十分钟，长的时候可以达到好几个小时，有的时候还要熬过整个漫漫长夜。

我觉得，对于彭妮而言，这一切就像一种独特的语言。

死亡有它独具的方言：

她的药片被称作"药房"。

每种药都是一种矛盾修饰法 ①。

她第一次说起这些是在厨房里，她几乎是心情愉悦地研究着这些药片和那些贴着标签的盒子。她大声念出每种药物的名字：Cyclotassin、Exentium、Dystrepsia 409。

"嘿。"她一边说着一边开始处理它们，这是她第一次从堆得像小高塔一样的药盒里面拿药吃。看起来她好像觉得自己被骗了（让我们面对现实吧，她确实被骗了）。"它们听起来都差不多啊。"

从很多方面来看，她其实也给它们找到了最合适的名称，因为它们确实听起来都像是相同字母的变位词，都是些"oxy"和"moron"的组合。吃这些药简直荒诞，这种抗争的本质就很愚蠢——为了活下来反而要吃掉这么多能害死人的药物。这些药的包装上真应该写上警告语，就像香烟盒外面写的那样，药盒上应该写：吃了这个就是慢性自杀。

尽管一切努力都是徒劳的，她还是做了一次手术，手术前在医院住了一段时间，权当热身。

看到了吗，当人们谈起医院里的气味时，永远别让他们把你骗了。待在那里超过一定时间后，那股气味会渗进身上穿着的衣服里。好几个星期之后，当你回到家时，仍旧会感觉那种味道如影随形。

一天早上，我们坐在餐桌前时，罗里的身体突然抖了一下，很快他的胳膊也跟着打了个寒战，桌子对面的彭妮指了过来。

"你想知道那是什么吗？"她问道。刚才她还一直盯着一碗玉米片，像解谜一样试图把它们吃下肚。"这意味着刚才正好有一位医生在梦里翻了个身。"

"或者是更糟糕的情况，"爸爸说，"一个麻醉师刚刚在梦里翻了

---

① 两个截然相反的词组连在一起的修饰格。——编注

个身。"

"是啊,"罗里欣然作答,并伸出手从我们母亲的碗里拿走了一些玉米片,"我最讨厌的就是那些脏兮兮的混蛋了!"

"喂——小家伙,你怎么把我的玉米片都吃光了。"

她把碗推向他,并冲他挤了挤眼。

接下来又是一波接一波的化疗,第一波非常猛烈,她像是受到了一顿鞭打,整个身体仿佛遭受了一场暴乱。渐渐地,她的身体像例行公事般一点点垮下去。

不久之后,它们便会像恐怖分子一样蜂拥而至。

有计划地发动叛乱。

我们的母亲,逐渐被吞没,被瓦解。

那是人体内的 9·11 事件。

你眼睁睁地看着她渐行渐远。如果把她比作一个国家,她就好像快解体的东欧,不同的是,她的危机来得更快一些:

那些疠子,如同战场上的士兵一样蜂拥而至。

它们在她的后背上发动了闪电战。

她吃的那些药让她发起高烧,它们在她体内肆虐,先是烧焦她,然后将她冻结,最后又让她麻痹瘫痪。当她准备下床时,已经只能瘫倒在地——她的头发蓬乱,好像枕头里的一个小小的鸟巢,又像草坪上散落的从猫身上脱落的毛球。

你能看得出彭妮觉得自己受到了背叛。她那对不再明亮的绿色双眸里有受伤的情绪,但最糟糕的,是那纯粹的失望。她怎么能被如此辜负?怎么能被这个世界和自己的身体如此辜负?

又一次,像《奥德赛》和《伊利亚特》里的故事一样,当某件事的情况急转直下并引发灾难时，天神们就会出面干预——她以为自己也会这样。她试图重整旗鼓，重新调整自己，让自己变得像过去一样，有的时候连她自己都信了。但我们很快就疲惫不堪。

医院看护病房里愚蠢的灯光。

可爱的护士们的灵魂。

我是多么讨厌她们走起路来的样子：

护士长居然穿了长筒袜！

但是，有几位，你不得不对她们产生好感——我们居然喜欢上了那几个特别的护士，这都让我们开始厌恶自己了。即便是现在，当我在打字机上敲出这些字的时候，我都对那些护士心怀感激；她们小心翼翼地把她从床上抬起来，就好像在触碰什么易碎品一般。她们握着她的手，跟她讲话，让她直面那个我们都深恶痛绝的事实。她们有时让她保暖，有时给她降温，像我们一样，他们就这样等待着那一天的到来。

一天早上，当她痛苦得几近崩溃时，罗里偷回来了一个听诊器——我猜是为了以牙还牙——我们的母亲已经被医生们折腾得完全不成样子了。她的皮肤已经呈现出黄疸一般的颜色，再也不复昔日的模样。那时，我们已经了解到了蜡黄色和金黄色之间的差别。

她会抓着我们的前臂，或者是我们的手掌和手腕。她仿佛是想教会我们数学——我们已经可以轻易数出她两手上的关节和骨头了。她看向窗外，看着那个如此明亮又无忧无虑的世界。

同样，我们亲眼看着父亲发生翻天覆地的变化。

几乎每个地方都曾有过他蜷缩的身影。

他的睡姿发生变化：

你会发现他整个人向前趴在看护病房的病床上。

他吸进空气，但并不像是真的在呼吸。

所有的压力都积聚在他的体内。

他疲惫不堪，一副被蹂躏过的样子，衣服的缝合处都裂开了。就像彭妮再也不会变回曾经的那个金发女郎一样，我们的爸爸也逐渐走了形。脸色和身型都渐渐走样，当你看着一个人一点点失去生机时，便知道消失的不仅是这些。

但就在这个时候——她挣脱出来，摆脱了这种痛苦。

我们不知道她是怎么做到的，但是她冲出了医院的大门。当然，尽管死神就悬在头顶，她还是直接回去工作了。

她绝不想再让这个老家伙在家附近的电线杆上徘徊。

抑或是鬼鬼祟祟地躲在冰箱旁。

尽管他总是在某个离她很近的地方伺机而动：

在火车上或大巴上，在人行道上。

或者是在回到这里的路上。

到了十一月，她已经成了一个奇迹。

八个月过去了，她还活着。

她又在医院待了两个星期，医生都不知道这意味着什么，但有的时候他们会停下来，告诉我们：

"我不知道她是怎么做到的，我从来没见过这么——"

"如果你要说'争强好胜'，"我们的爸爸说着，并平静地指了指罗里，"我就要——看到那个小家伙了吗？"

"看到了。"

"嗯，要是这么说，我就让他揍你一顿。"

"抱歉——什么意思？"

医生相当惊恐，罗里像是突然觉醒过来——那句话的效果比嗅盐还管用。

"真的吗？"他几乎已经开始摩拳擦掌了，"我可以这么做吗？"

"当然不可以了，我只是开个玩笑。"

但是罗里还在试图让医生相信他："来吧，医生，打几下之后你就一点感觉都没有了。"

"你们这些人，"这位被选中的专家说，"你们简直都疯掉了。"

在他左侧传来彭妮的大笑声。

她大笑起来，减轻了身体的痛楚。

"也许就是因为这个，"她对医生说，"我才活了下来。"

她裹在毛毯里，又开心又难过。

那一次，等她回到家，我们已经把整个房子都装饰起来了：

彩带，气球，汤米还做了横幅。

"你把'欢迎'这个词拼错了。"亨利说。

"什么？"

"这个词里面只有一个'L'。"

彭妮并不介意。

我们的父亲把她从车里抱出来，这还是她第一次接受他的公主抱——第二天早上，我们都听到了，在第一束阳光照进房子之前就听到了：

彭妮弹起了钢琴。

她一直弹到旭日东升，弹到我们起床打打闹闹，弹到我们吃完早饭，然后又弹了很久很久，我们都不知道她弹的是什么曲子。也许这带来了一种错觉，弹起钢琴来的她仿佛并不会面对即将到来的死亡——但我们知道死神很快就会顺着一根根电线杆游荡过来。

完全没有必要拉上窗帘，或者锁上门。

死神就在那里，就在房门外，默默等待。

他就驻扎在我们家的门廊上。

和魔鬼的契约

克莱从麦克安德鲁的身边跑回来的时候，我们的父亲正和阿喀琉斯站在一起。

他问克莱一切是否还好。

他还告诉他自己真的很想他。

"我离开之后你没有继续造桥吗？"

"没有，"他小心翼翼地抚摸着骡子，"本来有成千上万的人打算来建造这座桥，整个世界都在等着这座桥建成……但是他们会明白，这座桥只能属于一个人。"他把骡子的缰绳递给他，"你是唯一一个能造好这座桥的人。"

克莱在河边站了很长时间。

他看着阿喀琉斯在草地上啃来啃去。

很快，夜幕降临。

他的脑海完全被一个想法占据了。一开始，他不明白为什么会这样。

我觉得他只是想和父亲交流——

嘉德水道桥的传奇故事：

从前，在法国——那个时候甚至还不能称之为法国，那还是古代社会——有一条无法被人类驾驭的河。那条河就是今天的嘉德河。

　　几个世纪以来，生活在那里的人们从来没有成功建起来一座桥，即便建成了，这条河也会冲毁它。

　　有一天，魔鬼来到了这个小镇，给了镇上的居民们一个提议。他说："我可以轻而易举地帮你们建好那座桥！我只需要一个晚上！"

　　镇上的居民几乎喜极而泣。

　　"但是！"魔鬼的语气有些发狂，"第二天，第一个跨过这座桥的，他的性命将交给我来支配。"

　　因此，镇上开了一场大会。

　　经过讨论，大家最终达成了一致意见。

　　他们接受了魔鬼的提议，那天晚上，在一片狂喜之中，他们看着魔鬼从山顶搬下巨石，还搬来了其他任何可以利用的材料。他像玩杂耍一样将石块四处抛投，随意地撑起桥拱。他建起了这座桥，还做了引水渠，到了早上，他便一心等待获得自己的酬劳。

　　他做了这笔交易，他已经兑现了自己的承诺。

　　但是这一次，镇上的居民用计谋打败了他——他们把一只野兔放到桥上，让它第一个跨过这座桥——魔鬼大发雷霆：

　　他抓起那只兔子，直接把它撕成了碎片。

　　他使足力气把它扔到了一处桥拱上，那只兔子留下的痕迹至今仍清晰可见。

克莱和迈克尔·邓巴站在一起，就站在阿喀琉斯和河道旁。他看着这一切，然后对他说：

"爸爸？"

田野里的昆虫几乎都安静下来。

这里总是会出现这种仿佛血染过的日落，这是阿喀琉斯第一次目睹这种盛景。当然了，这头骡子完全忽视了这一切，继续完成自打生下来就会的工作，它继续啃食着这片草地。

但是迈克尔向他靠近了一步，耐心等待着。

他现在还不确定该如何向克莱开口，因为这个男孩经历得太多了——这个时候，发生了奇怪的事：

"还记得你问过我知不知道嘉德水道桥的传奇故事吗？"

迈克尔正要回答，却被打断了。

"当然了，但是——"

"嗯，我不会那么做的。"

"你不会——做什么？"

这会儿，阿喀琉斯也在侧耳倾听，它从草地上抬起头来。

"我不会与魔鬼达成那种契约的——让桥一晚上就拔地而起。"

天色暗了下来，四周已经很黑了，克莱继续说着。

"但是我会为她们接受这种交易的。"他紧咬嘴唇，然后慢慢松开，"只要她们能够活着，我宁愿下地狱——我和你一起去，你跟着我——我们两个，分别换回她们两个。我知道她们不在地狱——我明白，我明白的，但是——"他停下来，弯下腰，然后又发出请求，"爸爸，你必须得帮我。"那片黑暗将他拦腰截成两半。他想，他愿意以死换她们——彭妮和凯丽——回来。毕竟，这是他欠她们的。

"我们必须要把这座桥造得完美。"他说，"我们要让它成为一座伟大的桥。"

他转过身来，面对着河床。

这必须是个奇迹，只能是一个奇迹。

彭妮·邓巴的七杯啤酒

也不知道是用了什么办法，她把这些日子都缝合在了一起。

她把一天天变成了一个星期又一个星期。

有的时候我们只能胡思乱想：

她是不是和死神定下了某种契约？

如果真的是这样，这一定是本世纪最大的骗局——最后坚持不下去的一定是死神。

不知不觉，一年过去了，这简直棒极了。

然后，到了代表"好运"的第十三个月。

那一次，出院之后，彭妮·邓巴说她渴了。她说她想喝啤酒。我们本来是要扶着她走上门廊的，她却告诉我们不要费心了。她以前是很少喝酒的。

迈克尔当时挽着她的胳膊。

他看着她，问道：

"怎么了？你想要休息一下吗？"

她回答得很快，语气坚决：

"我们去裸臂酒吧吧。"

夜色降临，迈克尔把她拉向自己。

"抱歉，"他又问，"你刚才说什么？"

"我说，我们去酒吧吧。"

她穿着一件我们买的适合十二岁小姑娘穿的连衣裙，但是哪有什么十二岁的小姑娘。

在夜幕笼罩着的阿尔切街上，她微笑起来。

* * *

很长一段时间里，她身上的光芒点亮了这条街道，我知道这样形容很奇怪，但是克莱就是这么描述的。他说她那时脸色如此苍白，皮肤薄得就像一张纸一样。她的眼睛还是病态的黄色。

她的牙齿都已经坏掉了。

她的胳膊肘已经无法弯曲。

她的嘴巴是个例外——至少从外观上看没有受到疾病的侵害。

特别是在这样的时刻，她的嘴巴依旧灵活。

"快点儿啊，"她说着，用力地拉着他。她骨瘦如柴，处于崩溃边缘，但又看起来那么有活力，"我们去喝一杯吧——毕竟你可是米奇·邓巴啊！"

我们这几个男孩，忍不住闹腾起来。

"是啊，来吧，米奇，嘿，米奇！"

"喂，"他说，"喊我米奇也没用，米奇依然可以命令你们打扫房间，修剪草坪。"他站在靠近门廊的地方，但也意识到已经没有什么理由继续留在这里了。她已经重新走回到人行道上，但他还是想努力尝试一下。"彭妮——彭妮！"

我猜这就是那种瞬间。你明白吗？

你可以看得出他有多么爱她。

他的内心已经完全被摧毁了，但是他还是努力让这颗心脏保持跳动。

他很疲惫，在门廊下的灯光里，显得更累了。

他就像一些七零八落的碎片拼凑出来的一样。

至于我们，我们几个男孩，我们真的应该出演一部情景喜剧。

我们还很年轻、愚钝、躁动不安。

即便是我，未来那个极具责任心的我，在他走向我们的时候也改变了态度。"我不知道，爸爸，也许她就是必须要去。"

"也许没什么——"

但是她打断了他。

她抬起了干巴巴的、像是木乃伊一样的手臂。

她伸出手，像一只枯瘦的鸟爪。

"迈克尔，"她说，"拜托了。喝一杯不会害死我们的。"

米奇·邓巴放松了下来。

他一只手挠了挠自己的卷发。

他亲吻了她的脸颊，像一个青涩的男孩子。

"好吧。"他说。

"很好。"她说。

"好吧。"他又说了一次。

"你已经说过了。"她抱了抱他，轻声说道，"我有没有告诉过你，我爱你？"

他像跳水一样直接跃入她的体内。

亲吻那两片像是小小黑色海洋一般的嘴唇。

他带着她走到汽车旁，他穿在身上的衣服颜色很暗，潮乎乎的，又一次，她不肯退让。

"不，"她说，"我们走着去。"这个想法给了他当头一棒。这个女人马上就要死了啊——这样做可能会要了他们俩人的命。"今天晚上，我们一起走过去。"

我们这一群人——五个男孩加上一个母亲——就这样穿过马路。我记得我们当时穿的是短裤和 T 恤衫，我还记得她像小女孩一样纤细的小腿。当时四周都黑了下来，只有点点街灯，以及仍然温热的秋日气息。我眼前渐渐浮现出那个画面，但很快画卷就展示到了尽头。

我们的父亲还留在身后的草坪上。

他身体的一部分仿佛沉没在那里了，我们其他人转过头去看他。他看起来如此孤独。

"爸爸？"

"来啊，爸爸！"

但是我们的父亲坐了下来，双手捧着头。当然了，这个时候只能靠克莱了：

他回到我们家的那片草坪上，慢慢走近那个像鬼影一样的爸爸。很快，他就来到了他身边，然后慢慢地蹲了下去——当我以为他要和爸爸一起待在那儿的时候，他又很快站了起来，站在他的身后。他把他的手放在了那个地方，世界上所有人都拥有的身体部位：

他把手放在了父亲的腋窝下。

他把我们的父亲架了起来。

他们站起来，先是摇摇晃晃，最后终于站稳了。

* * *

我们一起按照彭妮的步伐向前走着，她每走一步脸色都变得更加苍白。我们拐了几个弯，走到了日落路，酒吧就在这条街上，安静平和，闪闪发光。砖墙是奶油色和褐红色混在一起的。

进了酒吧，我们兄弟几个都开始找高脚凳，父亲走到了吧台旁。他说："请来两杯啤酒和五杯姜汁啤酒。"彭妮就潜伏在他身后，满头大汗。

她把双手放在杯垫上。

她用已是残破不堪的肺部深深吸了一口气。

她似乎是在体内搜寻某种她懂得并且热爱的事物。"要不，"她试探性地问了出来，"我们就干脆来七杯啤酒吧？"

酒保很年轻，刚才已经转过身去拿软饮了。他的胸牌上标注的名字是斯考特。他们通常喊他斯科蒂·比尔。"您刚才说什么？"

"我是说，"她一边说着，一边直直地看向他。他的头有点秃了，但是鼻梁很挺拔，"给我们来七杯啤酒。"

这个时候，伊恩·比尔走了过来。他是裸臂酒吧的灵魂人物。"斯科蒂，这里一切都还好吧？"

"这位女士，"斯科蒂·比尔说，"刚刚点了七杯啤酒。"他的手放在了刘海上，像是组成了一支寻找头发的搜寻队。"那边的那些男孩——"

伊恩·比尔——他连看都没看我们一眼。

他的目光一直坚定地注视着这个像水一样柔弱的女人，这个靠着吧台来支撑自己的女人。"图哈白啤怎么样？"

彭妮·邓巴的视线同他交汇在一起："听起来好极了。"

年长的酒吧老板严肃地点了点头。

他戴了顶帽子，上面画了一只飞奔的野马。

"把账都记到我们店里就行。"

我想这世界上有各种各样的胜利，但那一晚的胜利来之不易。我们还以为那个晚上她就要撒手人寰了，但最终，我们还是把她带回了家。

第二天，我们都待在家里陪着她。

我们观察着她，不断检查她是否还有呼吸。

就像裸臂酒吧的名字一样，她赤裸着双臂。

她身上全是啤酒和疾病的臭味。

晚上，我写了张假条。

我尽可能地模仿爸爸的字迹：

> 如您所知，我的妻子病得相当严重……

但是我知道我其实应该这么写：

> 亲爱的库珀女士：
> 请原谅汤米今天没有去上学。他以为他的母亲就要死了，但是她还没有去世，而且跟您说实话，他今天还有一点点宿醉……

但严格地说，这并不是真话。

作为五兄弟里面的大哥，只有我把一杯啤酒都喝完了，而且告诉你，我还是费了好大劲才喝完的。罗里和亨利只喝了半杯。克莱和汤米刚把带着泡沫的那一点喝完就不行了——但是这一切都不重要，一点都不重要，因为我们看着彭妮·邓巴发自内心地笑了，她穿着小女孩才会穿的白裙子，瘦得皮包骨头。她以为她可以让我们有点男子汉的样子，但结果却是这个女人来完成这一切。

这一次，犯错者不想再犯一点错了。

她一直待在酒吧里，把七杯啤酒都喝了个精光。

徒步前往羽毛镇

当他们再次提起嘉德水道桥，这就预示了某种结局。

他们走过来，再度开工。

他们一直工作着，克莱不肯停下来。

事实就是，迈克尔·邓巴一直在计时，克莱在造桥这项工程上连续工作了一百二十天，睡得很少，吃得很少。这个男孩懂得如何使用滑轮系统，可以把完全没可能举起来的石块举起。"这儿，"他对他的父亲说，"不，不是这儿，再往上一点。"他中途很少停下来，就算停下也只是为了和那头骡子一起站一会儿——克莱和忠诚的阿喀琉斯。

通常情况下，他都睡在户外的泥地里。

他身上盖着毛毯，睡在脚手架上。

他的头发已经被完全压平了。

他问迈克尔可不可以帮他剪头发。

剪掉的头发大团大团地落在他脚边。

他们是在拱桥旁剪的头发，就坐在石拱下的阴影里。

他道了声谢，就又回去干活了。

迈克尔离开去下矿井的时候，他让克莱保证要好好吃东西。

他甚至给我们打了电话，确保我们会经常给克莱打电话了解情况，我是带着一种虔诚的心情做这件事的。我每周给他打三次电话，每次都是数到第二十四声的时候他才回到屋子里接起电话，我知道，从桥边冲回到房子里需要这么久。

他只讲和这座桥以及造桥有关的事。

他说我们不应该去找他，要等到桥造好了才行。

他会让这座桥达到完美的状态。

迈克尔做过的最正确的一件事大概就是强迫他休息一段时间：

一个周末。

一整个周末。

当然了，克莱犹豫不决。他说他要去棚屋那边，他需要那把折磨人
的铁锹。

"不。"

谋杀犯，我们的爸爸，态度很坚决。

"为什么不？"

"跟我过来。"

整段旅程克莱都在车里熟睡，这没什么好吃惊的。他开车带着他回
到了羽毛镇。他在米勒街停好车，然后把他叫醒了。

克莱揉了揉眼睛，整个人亢奋起来。

他说："这里，这里就是你把它们埋起来的地方吗？"

迈克尔点了点头，递给他一杯咖啡。

整个小镇仿佛都旋转起来。

在车里，克莱喝着咖啡，我们的父亲耐心地解释着。当时买下这个
地方的是一对姓默奇森的夫妇，他不知道他们是否还住在这里，但看起
来似乎没人在家——除了后院里埋着的那三个家伙。

他们在那儿待了很久，差点忍不住想要穿过那片柔软的草坪，但他

们还是决定继续往前开，最后把车停在了银行旁边。他们在老镇的一条条街道上徘徊着。

他说："看到这个酒馆了吗？当初我就是在这块建筑工地上抛砖头……我把砖头抛给屋梁上的另一个家伙，他再把砖头往上扔给——"

克莱说："艾比曾经也在这里。"

喂，邓巴，你这个没用的废物！该给我的砖头到哪儿去了？！

迈克尔·邓巴只是说："好诗。"

他们走了一整晚，并直接走到了高速路口。克莱似乎看到一切开始时的画面，看到艾比吃着一根冰棒，看到了他的父亲，还有一条叫月亮的狗。

他去看了镇上的那个诊所：

魏因劳奇医生那张臭名昭著的砧板依旧在那里。

然后就是那个如拳击手般的女人，她在办公室里用力敲击着键盘。

"这并不完全是我想象中的样子，"他说，"但是我猜从来没有什么事是完全一样的。"

"我们从来不能完美地想象出事情的本来面貌，"迈克尔说，"总是稍微有些偏差……即便是我也不行，况且我之前还住在这里呢。"

到了晚上，快要离开的时候，他们拖延了一会儿。

他们需要做出决定。

"你想过去把那些东西带上吗？"迈克尔问道，"你想回到那里，把打字机挖出来吗？我很确定那些人不会介意的。"

该由克莱做出决定了。他坚决地做出了最后的决定。我想，就是在那个时刻，他才意识到：

对于参与者而言，这个故事还没有结束。

即便到了那个时候，也不应该由他来结束。

这是他的故事，但是不该由他来写。

他仅仅在这个故事里生存下去就已经很辛苦了。

商人和骗子

七杯啤酒是另外一个故事的开端：

一条关于死亡及其他事件的时间线。

回首那段往事，我能看出我们当时有多么粗鲁，彭妮本人也相当傲慢。

我们这些男孩，我们打架，大吵大嚷。

死亡让我们心痛。

有时我们试图无视、嘲笑或者唾弃它——与此同时又一直与之保持着距离。

我们用尽全力阻止着这件事的发生。

既然死神迟早要来领走她，我们至少还可以让他多费点劲。

那年冬天，我在一家本地的地板和地毯制造厂找了一份假期兼职。他们愿意提供给我一份全职工作。

我满十六岁了，在学校里，我既擅长很多事，也有很多不擅长的。我最喜欢的课程是英语，我喜欢写作，我热爱读书。有一次，我们的老师提到了荷马，其他人都不以为意地大笑起来。他们想到的是那部很受欢迎的美国动画片里那个很受欢迎的角色。我一个字都没有说。他们那天还嘲笑那个老师的姓氏，但是下课后我告诉她：

"我最喜欢的人物一直都是奥德修斯。"

辛普森女士有一点迷惑。

我喜欢她不羁的及腰卷发，还有她那一双细长、沾满墨水的手。

"你知道奥德修斯，但却没有说出来？"

我感到很羞愧，但没法控制自己继续说下去。"奥德修斯——足智多谋的那个。阿伽门农，诸王之王，还有……"我的声音渐渐变小了，"飞毛腿阿喀琉斯……"

我仿佛可以看到她内心的想法，真是活见鬼！

我离开学校的时候没有征求任何人的意见：

我只是告诉了躺在病床上的母亲，以及在厨房里待着的迈克尔·邓巴。他们都说我应该留在学校里，但是我已经下定了决心。说到"足智多谋"，我们的账单已经像洪水一样喷涌而至——和死神抗争从来不是一件便宜的事——但是这并不是我下定决心的原因。不，我只能说，我觉得这是看起来最正确的做法，即便是当彭妮凝视着我，说我应该坐在她身旁的时候，我也百分百确定要这样做，而且理由正当。

她努力抬起一只手。

她把手放在我的脸上。

我能感受到她的手像阳光下的锡皮屋顶一样滚烫，就好像她已经在床单上燃烧起来。这又是一种矛盾修饰法——烈焰自内而外炙烤着她。

她说："答应我，你还会继续阅读。"她咽了口唾沫，像是费了很大的力气。"答应我，向我发誓，好吗，小家伙？"

我说："当然了。"你真该看看她当时的样子。

她在我身旁，躺在床上，仿佛着起火来。

她如同白纸一样单薄的脸庞被点亮了。

至于我们的爸爸迈克尔·邓巴，他在厨房里做了件很奇怪的事。

他看了看那些账单，又看了看我。

然后，他端着他的咖啡杯走了出去，把杯子砸到了围栏上——但是不知怎的，他瞄准的角度出现了偏差，杯子落在了草坪里。

大概过了一分钟，他过去把杯子捡了回来，那个杯子完好无损。

自此开始，我们家的大门被一把撞开，死神闯了进来，他夺走了属于她的一切。

即便如此，她仍然不肯放弃。

最美好的一段时光之一是二月下旬（患病后差不多第二十四个月）的一个晚上，有一个声音抵达厨房。那天非常炎热潮湿，就连架子上的碗碟也似乎大汗淋漓。今晚非常适合玩大富翁。我们的父母正在起居室里看电视。

我用的大礼帽，亨利用的小车，汤米用的小狗，克莱用的顶针。罗里像往常一样，用的铁块（这次他才算是真正地用了它），他处于领先状态，并且马上就要大获全胜了。

罗里知道我讨厌别人作弊，更讨厌那种幸灾乐祸、沾沾自喜的人——所以他表现出以上所有特质，他遥遥领先，揉乱了我们所有人的头发，几乎每一次我们都得付钱给他……几个小时之后，好戏开始了：

"喂。"

这是我在说话。

"怎么了？"

这是罗里。

"你摇出来的是九，结果你走了十步。"

亨利搓了搓双手，这下有好戏看了。

"十步？你到底在讲什么玩意儿？"

"听着，你刚才在这儿，对吧？你刚才在莱斯特广场。所以把你的钢铁屁股往后退一步，退到我的铁轨上，给我交二十五块钱。"

罗里表示难以置信。

"是十步！我刚才摇出来了十步！"

"如果你不退回来，我就没收那个铁块，把你从游戏里驱逐出去。"

"驱逐我？"

我们满身大汗，活像真正的商人和骗子，罗里的动作变了，改用手揉了揉自己像电线一般缠在一起的头发。他的双手已经变得僵硬。他的那对眼睛更加冷酷无情。

他冲我微笑起来，但那笑容中暗藏危机。"你是在开玩笑吧，"他说，"你是在逗我。"

但是我必须要搞定他。

"我看起来像是在开玩笑吗，罗里？"

"这简直太荒谬了。"

"行了，就这样吧。"

我伸手去拿铁块，但是罗里那油腻而又汗津津的手指抢在了我的前面，于是我们开始扭打争夺——不，我们互相又掐又拧，直到起居室传来咳嗽声。

我们停了下来。

罗里松开手。

亨利过去看了看，然后他走回来，点头示意一切安好。他说："好吧，刚才我们到哪儿了？"

汤米："拿铁块。"

亨利："哦，对——完美，那个铁块呢？"

我面无表情。"没了。"

罗里疯狂地翻找着游戏盒子。"放哪儿了？"

我的脸更僵了。"我吃掉了。"

"没门儿。"他满心怀疑，大喊起来，"你一定是在逗我吧！"他作势要站起来，但是坐在角落里的克莱让他住嘴了。

"他确实吃了，"他说，"我看见了。"

亨利异常激动。"什么？真的吗？"

克莱点了点头。"像吃止痛片一样。"

"什么？一口吞了下去吗？"他忍不住爆发出一阵狂笑——金色与白色相间的厨房里闪现一头金发——罗里很快就转过身面对着他。

"如果我是你，我会马上闭嘴，亨利！"他顿了顿，又走了出去，回来的时候手里拿着一颗生锈的钉子。他把它重重地拍在第九步的那个方块里，付了钱，然后瞪着我。"行了吧，你这个混蛋。你倒是试试看把这个吞下去。"

但是显然我已经没有必要这么做了——游戏再次开始，汤米掷了骰子，我们听到了隔壁的房间里传来的声音。是一半还活着但另一半已经死去的彭妮。

"嘿，罗里？"

一片沉默。

我们都停了下来。

"怎么了？"

回首往事，我爱极了他被喊到时的反应——他站了起来，做好了准备随时奔到她身边，去为她承受重负，必要的时候甚至可以为她去死，就好像被召唤上战场的希腊人。

我们其他人坐在原地，像雕塑一样动弹不得。

我们一动不动，保持警觉。

天哪，那个厨房，当时的那股热气，所有的碗碟看起来都很紧张。那个声音跌跌撞撞地传了过来，落在我们中间的棋盘上。

"检查一下他的衬衫……"我们仿佛能看到她脸上的笑容，"左边的口袋。"我只好让他检查。我让他把手伸过来，探进口袋里。

"你这个混蛋，我打你的时候真应该好好掐几下你的乳头。"

很快他就找到了铁块。

他把手伸进口袋，铁块就在那里，他摇了摇头，亲了一下它，在那个银色的代用币上留下了自己冷酷的唇印。

然后他拿起那个铁块，站在门口，有那么一瞬间，他又成了一个并没有那么冷酷的小男孩，那块金属仿佛也软化下来。他微微一笑，大声喊着宣告自己的无辜，他的声音都要穿破天花板了。

"该死的马修又作弊了，彭妮！"我们周围，整座房子都在颤抖，罗里也跟着一起抖了起来——但很快他又回到桌前，把铁块放在我的铁轨上，先是看了我一眼，接着又看了看汤米、亨利和克莱。

他是那个眼睛像碎金属一般的男孩。

他什么都不在乎，对任何事都不在乎。

但是那个眼神，如此惊恐，如此绝望，说出来的那些话，像是一个已经支离破碎的男孩才会说的话：

"马修，没了她我们可怎么办啊？我们到底要怎么办才好？"

河床上的足球赛

我们是在十二月初的时候去做了那件事的。

那天，我们都坐进了我的车里。

我们才不管克莱说什么——他总说要等到桥建好之后再去——反正我们是等不及了，我拿出我上班用的工具箱，我们钻进车里，调整好座椅。萝茜也跟着我们来了。汤米还试图带上赫克托耳，但是我们跟他讲不要过分嚣张——天哪，我们就这样开着车，想着他。

那大片大片的荒芜。

我们一直开车前行，几乎不发一语。

与此同时，云团聚集起来，这预示着两种可能。

云团可能只是经过此地，不会在这里下起雨来，或许它还要再等很多年才会检验这座桥。第二种可能是当他们还在拼命赶工的时候，洪水就猝不及防地汹涌而至。

也许最了不起的时刻是他们拆掉临时支架的那个瞬间——让石拱独自支撑桥体。之后，他们又有了其他的希望——架桥像是与死亡进行抗争——所以他们开始说着拱肩是否足够结实，以及对每一块拱顶石寄予希望之类的话。

但是后来，讨论的中心只落到了一点上，至少对于迈克尔来说是这样。他站在河床上说：

"就让我们祈祷这座该死的桥能撑得住吧。"

就好比海面上露出动物的鳍——你很确定那只是一些海豚，但是说实在的，你真的确定吗？也许只有等靠近了才会真的确定。

他们打心底里明白他们已经尽了全力。

他们已经竭尽所能地让这座桥变得完美。

砂岩在清晨的曙光中闪烁着。

"你准备好了吗？"迈克尔问，克莱点了点头。

他决定用一种最真诚的检验手法，他钻到了桥底下。

他说:"克莱,你就待在那儿——待在太阳底下。"然后他完成了最后的拆解工作,那些石拱很坚实,依旧挺立,于是他露出微笑,然后大笑起来:

"快到这儿来,"他说,"来啊,克莱,到桥底下来!"

他们在石拱下面像两个男孩子一样拥抱在一起。

我们终于到了,我还记得我们第一眼看到那座桥时的反应。

那座桥看起来已经彻底完工,砂岩桥面被打磨得很光滑。

"老天,"罗里说,"看看这座桥。"

"嘿!"亨利大喊,"他在那儿呢!"

他从还没停稳的车子上跳了下去:

他差点摔了一跤,但大笑起来,他跑过去把克莱抱起来,然后与他扭打着摔在了地上。

就这样,又成就了一段历史。

这是男孩子们和兄弟之间表达爱意的方式。

到了晚上,我们开始在河床上踢足球。

这是我们一定要做的一件事。

连河床上成群的蚊子都追赶不上我们。

河床的地面格外硬,所以我们相互扭打,拦截抢球,然后又把对方扶起来。

还有几个瞬间,我们干脆停下来,就只是呆呆地看着那座桥——看着它那宏伟的桥面,那一对石拱,就好像双胞胎一样立在我们面前。它矗立在那里,像是某种富有宗教意义的象征,就好像是一父一子的大教堂。我站在靠左手边的石拱旁。

我知道这座桥是克莱建的。

虽然是石头搭的，但也是由克莱组成的。

别的我还能做些什么呢？

还有很多我到现在都还不了解的事，如果我知道了，也许会更早就冲他大喊——当时他正站在萝茜和阿喀琉斯中间。

"嘿！"

又一次：

"嘿！"我大喊着，本来差一点就喊了"爸爸"，但是后来还是喊的"迈克尔"，他从河床上抬起头看了看我，"我们需要你来平衡两支球队的人数。"

很奇怪的是，他又看了看克莱。

这是属于克莱的河床，属于克莱的桥；所以这也是属于他的足球场。他点了点头，迈克尔很快跑了过来。

那个时候的我们，有没有好好讨论过我们这种空前的团结？特别是在这种情况下？

当然没有了，我们可是邓巴家的男孩。

接下来，亨利也开始和他讲话。

他给了他一系列指示：

"你可以直接跑过拱桥，然后把球从桥面上方踢过来。懂了吗？"

"懂了。"哪怕只有闪电般的一瞬，**谋杀犯**还是像多年以前那样露出一个微笑。

"还有，"亨利接着说完，"告诉该死的罗里别再作弊了——"

"我没有作弊！"

我们在血色的阳光下踢着球。

死亡世界杯

时钟优雅地走过了第二个整年。

令人恐惧的两年半过去了。

她继续回学校教书，但是只作为代课老师。

她说："等死这件狗屁事情还真是简单。"

（说这话的时候她刚在水槽里吐过一遭。）

当她真的走出家门去学校时，有时会一直等不到她回来，我们总是能在回家的路上找到她，或者干脆在停车场或车里找到她。有一次，她的车停在铁轨旁，就在靠近火车站的地方，她把座椅放了下去，躺在座位上，一边是呼啸而过的火车，另一边是川流不息的汽车。我们敲了敲车窗玻璃，喊醒了她。

"哦，"她说，"我还活着，嗯？"

有的时候一大早她就开始教育我们："如果你们几个家伙有谁今天看到死神了，请直接把他带过来见我。"我们知道她是在炫耀自己有多么勇敢。

那些她病情加重无法出门的日子里，她会把我们叫到钢琴边。

"来啊，孩子们，给这儿来一下。"

我们就排队亲吻她的脸颊。

每一次都有可能是最后一吻。

每当气氛变得轻松一些，她恢复了一些体力的时候，离下一次沉溺在痛苦里也就不远了。

第三年的那个圣诞节是她人生中最后一个圣诞节。

我们坐在厨房的桌子前。

我们花费了好大的功夫，我们做了波兰饺子，以及无法用语言形容的红菜汤。

在那时，她终于做好了准备，可以唱那首"一百年"了，我们怀着对彭妮的爱，以及对雕像般的瓦尔德克的爱唱了起来，这种爱超越了国界。我们只是在为眼前的这个女人歌唱。我们只是为了赞颂她所有的故事而歌唱。

但是很快，该来的还是来了。

她必须做最后的选择。

她可以在医院度过人生最后的时光，也可以在家里安息。

在医院的看护病房里，她看了看罗里，又看了看我，最后看了看我们所有人，猜想到底会是谁先开口。

如果是罗里的话，他会这么说："嘿，那边那个，你——护士！是的，你，就是你，快把她从这些狗屎玩意儿上解开放下来。"如果是我，我不会这么粗鲁，但也会很直白。亨利肯定会很傲慢，汤米压根儿就不会开口——他还太小了。

她稍微想了想，最后选择了克莱，她把他叫到身边，在他耳边低语。他转过身去面对着护士和医生，两位都是女性，两位都无比善良。

"她说她在这里的话会很想念家里的厨房，为了我们，她想回家。"这个时候她给了他一个病入膏肓的人会有的眼神，"而且她一定要继续弹钢琴……并且还要照看他。"

但这时他的手并没有指向罗里，而是指向一只手扶在汤米肩膀上的那个男人。

她躺在病床上大声说了出来。

她说："谢谢你们，为我做的这一切。"

克莱那时已经十三岁了，正在上中学二年级。

那天亨利走出学校咨询室之后，他也被叫了进去。有人问他需不需要谈一谈。这是克劳迪娅·柯克比到来之前的那段黑暗时光。

他的名字叫富勒先生。

像她一样，他也不是心理学家，只是一个被安排来做这项工作的老师。这家伙人很好，不过克莱为什么会想要和他倾诉？他根本不了解这件事的关键之处。

"你知道吗？"老师开口道。他还很年轻，穿了一件浅蓝色的衬衫，扎了一条领带，上面有青蛙图案，克莱在心里嘀咕，青蛙？"有的时候跟家人之外的其他人倾诉反而会更轻松一些。"

"我没事的。"

"好吧，反正，你懂的，随时可以来找我。"

"谢了。我能回去上数学课了吗？"

当然了，肯定有很难熬的日子，还有一些格外糟糕的时刻，比如我们有时发现她瘫倒在卫生间的地板上，像是一只飞不动、跨不过海的燕鸥。

有的时候我们的爸爸会和彭妮站在走廊里，他扶着她走的那种样子，十分让人心痛。我们的父亲这种时候就像个白痴，他会看着我们，比出一个口型——"看看这个魅力十足的姑娘！"——但同时还要格外小心不让她撞到墙上。

擦伤，刮伤。机能损伤。

每一项都会毁了她。

他们本应该在钢琴旁驻足，休息一下，抽一根烟。

但是我猜死亡不会给人暂停休息的时间，死神毫不留情，不屈不挠。我知道这样说很傻，但那个时候你真的什么都不会在意了。那个时候死亡以两倍的速度席卷而来。

有时候需要强迫她坐到厨房的桌子旁吃一点早饭。她从来都没办法吃掉一整碗玉米片。

有一次，亨利在外面的车库里：

他像发疯了一样击打一块卷起来的地毯，然后他看到了我，一下子瘫倒在地板上。

我站在那里，无能为力，手足无措。

然后我走过去，伸出一只手。

大概过了一分钟，他才抓住我的手。我们一起走出车库，来到后院。

有的时候我们会待在他俩的卧室里。

躺在床上，或者趴在床周围的地毯上。

我们这些男孩横七竖八地躺在床上，为了她。

我们像战俘一样趴着。

后来，在彭妮的一周年忌日那天，当我从《奥德赛》里选了一段来读的时候，我们模仿的是这段时光中的自己。

只不过当时给我们读书的人是迈克尔。

他就站在卧室的窗户旁念给我们听。

海浪和伊萨卡岛的声音。

* * *

有一件事已经形成了规律，每过几天，就会有一位护士来家里检查她的状况。她帮她注射吗啡，然后检查她的脉搏和心跳。

她如此集中精力进行检查是为了遗忘这一切吗？

还是说这样就可以故意无视护士来这里的目的，忘了她是谁，为什么要来这里：

忘了她带来的信号——"放手吧"。

毫无疑问，我们的母亲在那时是个奇迹般的存在，但是我们满怀忧伤地看着她被一点点侵蚀。

她是枕在枕头上的一片荒漠。

她的嘴唇干裂。

她的整个人被毛毯包裹起来。

她的头发几乎都快掉光了。

我们的父亲可以朗读有关希腊人的故事，以及那些做好作战准备的战舰的故事。

但是再也没讲过那片"多水的荒野之地"。

再也没讲过那深酒红色的大海。

一切都消失了，仿佛只剩下一条已经破烂不堪的小船，但是还没有完全沉下去。

但是是有的。

该死的，确实是有的！

有的时候也有很美好的片段，还有非常了不起的美好时光。

罗里和亨利，他们在克莱上数学课或者自然课的时候在外面等着，他们很酷地倚在墙壁上：

深铁锈色的头发。

别有深意的微笑。

"来啊，克莱，我们走吧。"

他们跑回家，坐在她身旁，克莱读着书，罗里开口说："我就是不明白阿喀琉斯怎么会是这么一个胆小鬼。"

她的嘴唇几乎微不可察地动了动。

"阿伽门农偷走了他的女朋友。"

爸爸会开车把他们送回学校，盯着挡风玻璃教育他们，但他们看得出来他的心思并不在这上面。

* * *

还有些晚上，我们会熬到很晚，陪她坐在沙发上看老电影。从《群鸟》看到《码头风云》再到那些你想不到她会喜欢看的影片，比如《疯狂的麦克斯》第一部和第二部。她最喜欢的还是八十年代的电影。说实话，最后这两部是罗里和亨利唯一能够忍受的两部老电影，其他的节奏都太慢了。他们每每发牢骚的时候她都会微笑起来。

"一切都像蝙蝠粪便一样冗长又无聊！"他们大喊大叫，这给了他们安全感，因为这是他们一直以来都在做的事。

像节拍器一样有规律可循。

终于，到了我要说的这天早上，她自己肯定也感觉到大限将至——她在凌晨三点钟的时候出来找他：

她拖着静脉滴注器走进我们卧室的房门，一开始，他们还坐在沙发上。

她的笑容就在这个时候突然绽放开来。

她的脸已经是一副灰败之色。

她说："克莱，是时候了，好吗？"她给他讲了所有的故事。他才十三岁，还太年轻了，但是她说已经是时候了。她给他讲了很久以前还在胡椒街时的故事，有关性爱和肖像画的秘密。她说："未来的某一天，你应该让你的父亲再提起画笔。"然后，她提了提嗓音，又低了下来，"只要忽略他脸上的表情就好。"

过了一阵子，她说她浑身发烫。

"我们可不可以出去，到门廊上去？"

外面下着雨，雨滴闪闪发光——街灯的光亮透过雨滴折射过来——他们坐在那里，把腿笔直地伸向前方。他们的身体靠在墙上。她缓缓地把他揽进怀里。

她用尽自己最后的精力讲出了这些故事：

从欧洲到这座城市再到羽毛镇。

一个名叫艾比·汉利的女孩。

一本名为《采矿工》的书。

她离开的时候把那本书也带走了。

她说："你们的父亲曾经在地里埋过一台打字机，你知道这件事吗？"她用将死之人的完美语调详细讲述了那段往事。阿黛尔和被她浆洗得硬邦邦的衣领——她会管那台打字机叫老打字机——有一次他们一起回到了那个小镇上，回到了那个就像一个破破烂烂的后院的放大版的小镇，他们把那台老旧的雷明顿打字机埋在了土里——那是一段人生，她说，代表了人生的全部故事。"那才是我们的本质。"

到了最后，雨滴更加轻柔。

她的静脉滴注器都快要掉在地上了。

邓巴家的第四个男孩目瞪口呆。

当一切分崩离析时，一个只有十三岁的小男孩怎么可能一直坐在那里，平静地将一切拼凑成一个完整的故事呢？

当然，这些故事他都理解了。

他昏昏欲睡，却也十分警醒。

他们在那天早上就像是两个套了身睡衣的骨头架子，克莱是我们当中仅有的那个——唯一一个喜欢听他们过去的故事的孩子，并且全心全意地爱着他们。她完全信任他。在她的想象中，终将有一天，他会去到那个地方，挖出那台老旧的打字机。命运的这些转折是多么残酷啊。

我在想他最初是什么时候意识到：

他得把这些指示转告给我的。

还有半个小时太阳才出来，有的时候好运是真实存在的——风向开始变了。它从一侧如暗影般刮过，在他们的身体间穿行，并在门廊上拥抱了他们。风从远处刮来，环绕在他们身边。"嘿，"她说，"嘿，克莱。"克莱稍微靠近了些，挨着她那虚弱蜡黄的脸庞。她的眼睛几乎已经完全深陷在眼窝里了。"现在该轮到你给我讲故事了。"

这个男孩，那个瞬间差点崩溃倒地，抱着她的大腿放声痛哭。但他只是竭尽全力控制着自己，他问道："我该从什么地方开始讲起呢？"

"从哪里开始都行，"她费劲地吞了口唾沫，"你想从哪里开始就从哪里开始。"克莱犹豫了一会儿，然后使劲挤出了这些话：

"从前，"他说，"有一个女人，她有很多个不同的名字。"

她微笑起来，但依然紧闭着双眼。

她微笑着，慢慢地纠正他的错误。

"不——"她说，她的声音已是垂死之人的语调。

"像这样——"她的声音提高了一点。

她像是在努力挣扎，让自己的意识与他同在。

她的双眼拒绝再次睁开，但她把头转了过来，开口说道："从前，在邓巴家的历史洪流中，有一位有很多名号的女人。"声音缥缈，仿佛来自很远的地方。而克莱感受到了那种召唤。他也有自己想要补充的内容。

"她可是个不平凡的女人。"

又过了三周，她离开了这个世界。

一位已经成为老人的父亲的画像

他们很快就完成了所有的任务。

他们完工了，但却永远也无法真正完结——因为他们知道还有什么是应该来的。

但就造桥这件事而言，修筑和后续的扫尾工作都已经完成了；他们从各个角度欣赏着这座桥。晚上的时候，桥上的反光似乎更加耀眼，似乎是白天的热气为它充了电。桥身先是闪闪发光，然后光芒黯淡下来，最后隐入黑暗中。

第一个跨过这座桥的是阿喀琉斯。

它看起来已经做好了随时嘶叫的准备，但是并没有。

幸运的是，我们并没有和什么邪恶或者腐蚀人心的魔鬼定下契约，它一开始走得小心翼翼，不断检查脚下的桥面，但走到桥中央时，它已经完全放下心。

后院，郊区的厨房。

荒野，人们搭建的桥。

对于阿喀琉斯而言，它们没什么区别。

有那么一会儿，他们都不知道接下来该做些什么。

"我猜你应该回学校上学了。"

但校园生活肯定已经结束了。自从凯丽·诺瓦克去世之后，克莱已经失去了所有的动力。他现在就只是个建筑工人，没有任何的文凭资历。能证明他自己的只有那一双手。

一个月过去了，克莱回到了城里，在这之前迈克尔给他看了一样东西。

他们当时坐在厨房里的烤箱旁。克莱可真不是个普通的男孩。没人能这么快架起一座桥来，更不可能完成这么宏伟的一座桥。男孩们通常是不会想要建一座拱桥的，但是话说回来，男孩们不会做的事情太多了——迈克尔想起那个险些被洪水吞没了的清晨，想起了那个洪流到来前的最后时刻。

"我要回去了，回去和马修一起干活儿。"克莱说。迈克尔回应道："你跟我来。"

他们走到了桥底下，他把手放在桥拱下方。他们在清冽的早晨喝着咖啡。阿喀琉斯站在他们头顶的桥面上。

"嘿，克莱，"迈克尔平静地说，"它还没有完工，对吧？"

男孩站在一块石头旁说："没有。"

通过他回答这句话的方式，迈克尔明白了，当一切完成的时候，他会永远离开我们——并不是因为他想要离开，而是他必须要走。就是这么一回事。

接下来发生的这件事，是彭妮还在门廊上给他讲故事的时候就说过的。

你应该让你的父亲再提起画笔。

或者让他教你画画。

"来啊，"迈克尔说，"来这儿。"

他带着克莱走到后面的棚屋里，克莱现在明白为什么他当初要阻拦自己了——之前他想要去拿铁锹的那天，他拦住他并开车带他到了羽毛镇——在那儿，在一个自制的画架上，有一张稍微往旁边歪了一点的画，是一张素描画，画了一个站在厨房里的男孩，他正伸出手来想要递给别人什么东西。

他的手略微张开。

如果你仔细看，可以看到手里面是什么：

一个破碎的晾衣夹的残片。

他就站在我现在坐着的这个厨房里。

这构成了这个故事的序曲中的一个片段。

* * *

"你知道吗，"克莱说，"她告诉过我……她跟我说过，要让你给我看看你画的画。"他咽了口唾沫，想了想，在心里演练着：

画得不错，爸爸，真的画得很好。

但是迈克尔抢先开口了。

"我知道，"他说，"我应该画她的。"

他当初没有画她，但是现在，他把克莱画了出来。

他给这个男孩画了素描。

他用画笔描绘着这个男孩。

往后的许多年里，他会一直这样做。

但是在那一切开始之前，还发生了许多事。

明亮的后院

在最后几个星期的大多数时间里，留在我们身边的只是一具残缺不全的身体。属于她的其他部分已经到了我们无法碰触的远方。一切变成了一种煎熬。那个护士还是会来，我们发现自己开始猜测她内心的想法。还是说，那些想法早已经在我们心里扎根？

这么糟糕的状况，她的脉搏怎么可能还在跳动？

有一次，死神在她上空盘旋，从最后一根电线杆荡到了这里。他倒挂在冰箱旁，双手在空中挥舞。

死神总是就在这附近，要把她从我们身边夺走。

我们还有那么多没有完成的事。

有一些很平静的谈话——不得不说的话。

我们和爸爸一起坐在厨房里。

他说看情况只有几天的时间了。

医生解释了昨天和在此之前那个早上的情况。

没完没了的解释。

那个时候我们就应该买一块秒表回去，还有白粉笔，好把赌注写下来。但是彭妮就这样一直顽强地活着。让大家都没法赢。

我们都低头看着桌子。

佐料瓶仍旧不配套，我们到底买没买过能搭配成一对的佐料瓶？

* * *

　　是的，我也会猜想我们的父亲到底会是何种感受，他每天早上还要送我们去上学——这是她的临终愿望之一，她觉得我们都应该站起身，离开这里。我们都应该走出去，过自己的生活。

　　每天早上，我们亲吻她的脸颊。

　　她活着似乎就只是为了这一件事。

　　"去吧，可爱的小家伙们——到外面的世界去。"

　　那已经不是彭妮的声音了。

　　那张脸不再是她的脸——那张泪流不止的脸。

　　那双已经变成黄疸色的眸子。

　　她永远也不会见到我们长大成人的样子。

　　她只是一直哭着，无声地哭泣着。

　　她永远也不会看到弟弟们中学毕业，也不会见证其他人的人生中的里程碑时刻；她永远也不会看到我们为了生活努力挣扎，备受煎熬，也不会看到我们第一次打领带的样子。她没有办法盘问我们的第一任女友。这个女孩听说过肖邦吗？她知道伟大的阿喀琉斯吗？这些听起来傻傻的小事，每一件都被赋予了美妙的含义。她现在仅有的那一点力气只能用来想象这些画面，在我们面前编织出未来的生活：

　　我们是一片空白的《伊利亚特》。

　　我们是被轻易打败的奥德修斯。

　　她在这些画面里四处飘荡。

接下来会发生什么显而易见：

每天早上她都会乞求他的帮助。

最糟糕的就是每天早上我们离开的时候。

"六个月，"她说，"迈克尔——迈克尔。医生曾经说我只能活六个月，我感觉自己已经等死等了一百年了。帮帮我吧，请帮帮我吧。"

还有，好久没有这样了——有好几个星期没有发生过这种事了——罗里、亨利和克莱现在不会逃学回家看她了。其实是我们被骗了——他们当中其实有一个人经常回来，只不过保密工作做得好，没让人看到过。他会在不同的时间点离开，透过窗户的一角一直看着这边——直到有一次，他没有看见她。为了不被发现，他会回到学校再踏上回家的路。

他走过草坪，回到家。

他走到他们俩的卧室窗户前。

床铺没有整理，床上是空的。

来不及思考，他向后退了一步。

他感到浑身的血往上涌，还出现了一种紧迫感：

有什么地方不对劲。

一定发生了什么糟糕的事。

他知道他得走进房子里，他应该直接走进房子里。于是他走了进去，但他被刺眼的光线晃到了。阳光直接穿过走廊射了进来，晃晕了他的双眼。

尽管如此，他还是继续走着——一直走到了开着的后门外。

走到门廊上时，他看到了他们，他停住了脚步。

他听到左侧有汽车的声音——只有一声单调的声响——真相触及了他的内心深处：那辆车并不打算离开车库。

他看见父亲站在那里，站在后院照得人睁不开眼睛的阳光下，那个女人——那个很久都没有碰过钢琴的女人，那个一直处于垂死状态但就是不肯死去的女人，或者更糟糕的表述是，奄奄一息但却不能算真正活着的女人——瘫在了他的怀抱里。她躺在他的怀中，身体弯成一座拱桥的样子。我们的父亲已经跪倒在地上。

"我做不到。"迈克尔·邓巴说。他温柔地把她平放在地面上。他看着车库的侧门，对身下的女人这样说着。他的手掌放在她的胸口和一只胳膊上。"我已经如此拼命了，彭妮，但是我做不到，我就是做不到。"

男人跪倒在地，微微发颤。

草地上的那个女人几乎要融化了。

邓巴家的第四个男孩，站在那里，放声大哭。

出于某种原因，他想起了一个故事：

他看到她又回到了华沙。

看到了在那片"多水的荒野之地"上的那个女孩。

她坐在那里，弹着钢琴。如同斯大林的雕像一般的瓦尔德克坐在她身边。每次她的手垂落下来，或者又犯了一个错误，他都会用不大不小的力度一下下地抽打她的指关节。他的体内蕴藏了太多无声的爱意。她还只是个苍白瘦弱的小孩子。他打了她二十七下，因为她在弹奏中犯了二十七次错误。她的父亲因此给她取了个外号。

在课程结束之后，他说了那个外号。雪花在窗外无声飘落。

那个时候她才八岁。

等她长到十八岁，他做出了决定。

他决定把她送出国。

但首先，他先让一切暂停下来。

他打断了她的弹奏，举起她的双手，这双小手刚刚被抽打过，还很温暖。他紧紧握住它们，动作轻柔地把她的一双小手握在自己如同方尖碑一般的手指中。

他让她停了下来，终于将自己的决定告诉了她。

而这个男孩。

我们的男孩。

我们这个年幼但是痴迷于故事的男孩，向前迈了一步，他曾经满怀信仰。

他向前迈了一步，慢慢地蹲了下来。

慢慢地，他对我们的父亲开口讲话。

迈克尔·邓巴没有听到他走过来，也许他被吓了一跳，但他没有表现出来——他瘫在草坪上，一动不动。

男孩说："爸爸——没关系的，爸爸。"他把自己的胳膊伸到她身下，然后站起身，把她抱了起来。父亲没有回头看，他没有做出任何反应。她的双眼不再是黄色的了，它们变成了以前的样子，并将永远是以前的样子。她的头发又梳到了身后，她的双手整洁干净。她看起来一点都不像一个逃难者。他温柔地抱着她走开。

"没关系的，"他又说了一次，只不过这一次是在对她讲，"没关系的。"他很确定自己看到她露出了笑容。然后他做了唯有自己能做的事，一件只有用他的方法才能做成的事：

"这就够了。①"他安静地轻声说着，然后又用英语说了一遍。"这就够了，犯错者。"他抱着她站在晾衣架下，就是在这个时候，她闭上了双眼，她依然还在呼吸，但已经做好了随时死去的准备。他带着她走向那个旋律传来的方向，从阳光下走到门口的烟雾里，此时的克莱确信无疑：彭

---

① 原文为波兰语。

妮在这个世界上看到的最后的景色就是那一条长长的晾衣绳和它发出的光芒——以及晾衣绳上的晾衣夹。

像麻雀一样轻巧，像阳光一样耀眼。

有那么一瞬间，它们让这座城市黯然失色。

它们挑战了太阳，并取得了胜利。

最凶猛的洪流来临之时

就是这样。

所有的一切把我们引向这座桥：

彭妮终于获得了圆满，但对于克莱而言，这只是又一个开始。从他把她抱起来的那一刻起，他面对的就是之前从未了解过的人生。后来，他又回到了晾衣架下，伸手拿下了第一个晾衣夹。

父亲没有办法面对他。

他们再也回不到从前。

迈克尔的表现，以及他当时的样子，让他追悔莫及。

克莱不记得自己是怎么走回学校的了。

只记得那个晾衣夹轻飘飘的手感。

罗里和亨利找到他的时候，他正坐在操场上，一脸茫然。他们用尽全力把他扶了起来，但他还是半瘫在他们身上。

"他们会把我们所有人送回家。"他们说。他们的声音就像受伤的小鸟一般。"是彭妮，是彭妮，她已经——"

但是他们再也没办法把这句话说完。

当他们回到家，先是来了警察，然后又来了救护车。

他们在这条街上游动着。

那时已经接近黄昏时分，我们的父亲对这一切撒了谎，而这本来就在她的计划之中。迈克尔本来打算帮她了结这一切，然后告诉他们自己临时出去了，是彭妮自己，在极度绝望之中——

但是这个男孩半途回家，毁了这一切。

他回到家里，拯救了这一天。

我们将父亲称作**谋杀犯**。

但是那个残忍的救世主却是他。

到了最后，总应该提一下这座桥。

桥已经造好，现在就等着洪水来袭。

暴风雨该来的时候却永远姗姗来迟。

在我们这个故事里，到了冬天才下起第一场大雨。

整个国家很快就变成一片汪洋。

我还记得那阵子每天都下着瓢泼大雨，整座城市都被暴雨冲刷着。

但是跟阿马赫努河相比压根儿就不算什么。

克莱依然和我一起干活儿。

他还是会沿着赛马区的街道跑步，令人吃惊的是，她的自行车一直放在那里，没人拿出断线钳试图剪断车锁，也没人能够破解车锁的密码。也许，他们都不想这么做。

天气预报还未预警，大雨就已经瓢泼而至。克莱跑到了皇家轩尼诗赛马场的马厩旁，就这样站在第一场大雨中。

他按下密码锁的密码，然后小心翼翼地推走了自行车。他甚至买了一把小的打气筒，给自行车瘪瘪的轮胎打足了气。库塔曼德拉，西班牙人和斗牛士。金斯顿·唐的勇气。他用力打着气，心里默念着这几个名字。

他骑着车子穿过赛马区，在波塞冬路上看到了一个女孩。那是在马路的最北边，靠近三色拳击俱乐部和理发店的地方——那个名叫冲锋的夸特马的理发店。她的头发在渐渐暗下来的天色里发出耀眼的金光。

"嘿！"他大喊道。

"这天气可真够受的！"她大喊着回应。克莱从旧自行车上跳了下来。

"你想要骑着这家伙赶回家吗？"

"我不会这么幸运吧。"

"是的，你今天就是这么幸运。"克莱说，"来吧，骑上它。"他把自行车递了过去，然后就走开了。即便天空阴沉，暴风雨席卷而来，他还是看着她走过去骑上了车子。他大喊道：

"你知道凯丽·诺瓦克吗？"

"什么？"她又一次大喊，"谁？"

喊出她的名字让他感觉一阵剧痛，但也因此好受了许多。"那把车锁！"他在大雨中喊着，"密码是三五二七！"他又最后想了一下，咽下了刚才打进嘴里的雨丝。"如果你忘记了，查查西班牙人是怎么回事就行了！"

"什么？"

随后她只能靠自己了。

他看了看她，然后转身离开。

在那之后，又下了好多天的雨。

应该还不到四十天。

但当时我们都感觉有那么多天了。

在第一个雨天，克莱走了出去，要去火车站等下一班前往希尔维的火车，但是我们其他几个都不肯让他走。我们五个人都挤在我那台小小的旅行车里，当然，萝茜也挤在了后座上。

奇尔曼太太答应帮我们照看其他的动物。

到了希尔维，我们发现来得正是时候：

开车经过那座桥时，我们都不约而同地往桥下看。

洪水激烈地冲击着桥拱。

站在门廊上，站在大雨中，克莱想起上游那些看起来很结实的大树，以及河床底部那些巨大的石块。当时，它们都在遭受着剧烈的冲击。那些残骸被顺着冲刷至河流下游。

很快，整个世界似乎都被洪水吞没了，河水也漫过了桥面。连续数日，水位线一直在不断上涨。那种剧烈程度会把你吓得魂飞魄散，但又很难移开双眼，不敢相信这种壮观的场景。

然后，一天晚上，雨停了。

河流仍然在咆哮，但是洪水已经开始渐渐退去。

当时，我们并不知道这座桥是否抵挡住了洪水的袭击——或者说，克莱是否达到了目的：

跨桥走过那条河。

连续多日，阿马赫努河的河水都是棕褐色的，并且不断翻腾，就好像是在制作巧克力一样。日出日落时分，河面还会有异样的光彩——仿佛火光燃起又熄灭。黎明时分是金色的，河水仿佛燃烧起来，日落之时又变成了鲜血一般的红色。

我们又等了三天。

我们站在那里，观察着河水。

此前，我们正坐在厨房里和父亲一起打扑克。

我们看着萝茜在烤箱旁蜷成一团。

没有足够的房间安置我们所有人，我们就把旅行车里的车座椅往后放下去，我和罗里晚上就睡在那里。

有好几次，克莱走到由阿喀琉斯看守着的后院棚屋里，看到了更多的正在创作中的艺术作品。他最喜欢的是一幅画得很随意的素描，画的是一个站在桉树上的男孩——但是该来的还是来了，一切发生在那个星期天。

像往常一样，他在黑暗中醒来。

天亮前不久，我听到了脚步声——他奔跑时溅起了水花——接下来，我听到车门被打开，我感受到了他有力的双手。

"马修，"他轻声说，"马修！"

然后："罗里，罗里！"

很快，我就意识到发生了什么。

从克莱的声音里可以听得出来。

他正在不停颤抖。

房子里的灯亮了，迈克尔拿着手电走了出来，他很快就冲到了河边，又很快冲了回来。我正努力从车里爬出去，他说得很慢，但很清楚。他的脸上写满了震惊和难以置信。

"马修，你一定得过来看看。"

那座桥被冲走了吗？

我们是不是应该做点什么来挽救？

还没等我再往外迈出一步，第一缕阳光已经洒在了荒原上。我向远处望去，看到了它。

"哦，天哪，"我说，"我主耶——稣啊。"然后，"嘿，"我叫他，"嘿，罗里？"

我们都聚在了门廊前的水泥台阶上，克莱站在最靠下的一级台阶上，他听到了自己过去说过的话。

我不是为你而来的。他曾经这样对他说——对**谋杀犯**迈克尔·邓巴说。但是那时站在那里时，他才明白有什么不同——他是为了我们所有人来的。他当初只是没有想到面对这种不可思议的奇迹时竟会如此心痛。

有那么一瞬间，他看向那条边境柯利牧羊犬，它正坐在一旁，舔着自己的嘴巴——突然，他转身面向罗里。这个场景已经很久没有出现过了——他用眼睛狠狠地盯着他：

"见鬼，汤米，那只狗有必要喘得那么大声吗？"这回轮到罗里微笑起来。

"行了吧。"他对克莱说。他用的是我听过的最温柔的语气，"我们一起走过去，一起看一看。"

我们一起去河边看一看。

我们所有人都走到了河边，日出的倒影浮在水面上。涨起来的水似乎被黎明的火光点燃，拱桥依旧浸在水里——但是完好无损，仿佛是由克莱组成的。这座桥的确是由克莱组成的，你知道"黏土"（克莱）这个词的意义吧？

他可以走过阿马赫努河吗？

他可以成为一个超越人类的存在吗？就算只有一瞬间？

当然，答案是不可以。至少第二条不可以。我们开始近距离地仔细打量这座桥。

* * *

　　他在我们最后的脚步声中仿佛听到了那些声音。

　　他们在希尔维曾经说过的话。

　　我想要像大卫一样寻找到那种伟大的意义——哪怕只有一瞬间，我甚至愿意为之付出生命……

　　但是我们过的，是奴隶的生活。

　　梦想已经实现，他们的心愿得到了回应。

　　他一点也不想走上那座桥——那座桥创造了奇迹——我们其他人也不想。它经历了火的考验，河水和石头使它屹立不倒，它如此真实，让人不可思议。还有一件事我永远也忘不了：

　　当然，最后只能是由它来。

　　是的，就是它，它站在那里，像是一尊雕塑，就好像当初站在厨房里的它一样笃定。它一边看着这一切，一边咀嚼着什么，一副漠不关心的样子——毛发乱糟糟的脸上是那种惯常的表情——鼻孔朝天，一脸倔强而又克制的神情。

　　它的身边是水流，以及黎明的曙光；河水没过了它的小腿差不多一英寸——它的蹄子踩在桥上。很快，它好像也大受感动，想要开口说些什么。它一边咀嚼一边开口，还露出一个骡子才有的笑容，它仿佛在问那两个惯常的问题：

　　什么？它在火焰般的晨光中开口问道。

　　这有什么不寻常的吗？

　　如果它来这里是为了替克莱检验这座桥的质量——如果这是它来到这里的原因——我们承认：它把这份工作完成得相当不错。

终结之后

———

老打字机

故地重游

故事的最后，只有一条河，一座桥和一头骡子。但我接下来要讲的不是这些，是这个故事终结之后发生的事。此刻，在这个早晨，我坐在这个厨房里，身后是明亮的后院，太阳正在徐徐升起。

事实就是，我感觉自己再也没什么要说的了：

比如这一切都过去这么久了。

比如我坐在这个厨房里多久了，在这个目睹了我们人生的厨房。在这里，有个女人曾告诉我们她会死掉，一位父亲终于回到家面对我们。在这里，克莱的双眼中腾起火苗，这些都只是诸多片段中少有的几个部分。在最近的一个片段里，是我们四兄弟在这里。四个邓巴男孩和我们的父亲，我们站在这里，一起等待着——

而现在，只有我坐在这里，不停敲击着键盘。从羽毛镇回来时，我还带回了一台打字机，一条狗和一条蛇，一个又一个夜晚，我坐在这里，其他人都睡着了，而我在这里写下克莱的故事。

我要怎么讲述这一切呢？

我该怎么告诉你们后续的部分——这座桥正式完工之后我们又经历了什么呢？

在邓巴家的历史洪流里的一天，他回到了阿尔切街的家中，然后，我们很确定，他永远离开了我们。后来的这些时光中又发生了很多事。

当我们离开那条河时，克莱拥抱了我们的父亲，然后亲吻了阿喀琉斯的脸颊。（那个无赖正在桥上享受着自己的时光——回到我们身旁的时候极不情愿。）对于克莱而言，这是无人宣告的胜利，他看到的是一个奇迹。然后，他的心中又充满了那种无法治愈、深不见底的忧伤。接下来他将去往何方？

他开始收拾行囊——他那个藏满回忆的旧木头盒子，他的那些书，包括《采矿工》在内——他从窗户向外看去，看向那座桥。就算那是一幅杰作，又有什么用呢？这座桥矗立在那里，证明他曾经付出过巨大的努力，但没有救回任何人。

我们离开的时候，他伸出手，把那样东西递给了我们的父亲：

那本古旧的、封皮已经褪了色的书。

"是时候把这本书还给你了。"

他走向我的旅行车，我们的父亲做了最后一次努力，试图留住他。他很快跑到他身后，对他说："克莱——克莱！"

克莱知道他想要对自己说什么。

但是他也知道自己要离开我们所有人了。

"克莱——那个后院——"克莱挥了挥手打断了他。

"没关系的，爸爸，没关系的。"他说了很多年前对他说过的那句话，那时候他还是个孩子，还没有成为一座桥。但他很快又补充了一句："她确实是个了不起的女人，不是吗？"我们的父亲当然表示赞同。

"是的，"他说，"她的确是。"

克莱钻进了车里，他看着我们。

我们都和父亲握了握手。

我们简短地交谈了一会儿，汤米召唤着萝茜。后来，克莱在旅行车里睡着了，他的脸就靠在车窗上。

我们开车驶过他的桥，而他一路都在睡觉。

回到家后，他和我坐到了厨房里。我的弟弟几乎花了整整一天一夜才把所有的故事都告诉了我——有关彭妮和迈克尔，有关我们所有人，还有他和凯丽在一起的所有故事。中间，有两次，我差一点就崩溃了，还有一次，我以为我要吐了；即便如此，他还是继续说着，他拯救了我。他说："马修，再听听这一段。"他告诉我，她去世那天，他曾经那样心痛地搀扶着她，她又变回了那个苍白瘦弱、满头金发的小姑娘，而她在这个世界上看到的最后一样东西就是晾衣夹。他对我说："现在轮到你了，马修。你必须去告诉他这一切。你必须告诉爸爸这些事。他不知道我眼中的她是这个样子的。他不知道她在最后时刻是这个样子的。"

他讲完所有的故事后，我想起了彭妮，那个床垫，还有环绕地。如果我们当初就把那个床垫烧掉该有多好！上帝啊，我想起了许多事。难怪如此，难怪如此。他从来就不是我们想象中的那个男孩。他现在就会离开，再也不会回来。但是这里留下了太多关于他的故事，承载了太多回忆。我想起了艾比·汉利，又想起了凯丽——想起了她在博恩巴洛公园是怎样称呼他的。

我们失去了这个如此美丽的男孩。

第二天，他离开了我们，我们并没有说很多话。你现在应该很清楚我们是什么样的性格了。大部分时候是克莱在说，我想这是因为只有他做好了准备。

他对罗里说："我会怀念我们那些交心的聊天的。"罗里身上仿佛缠绕着生锈的铁丝。他们用大笑缓解着痛楚。

轮到亨利时，事情就容易多了。

他说："祝你选到能中头奖的大乐透号码——我知道你一定会的。"

当然了，亨利将他扭倒在地。

他回答道："可能我还会选一到六的号码。"

当他最后一次想要给克莱一些现金的时候，克莱只是再一次摇了摇头。

"没关系的，亨利，你留着就行。"

轮到汤米了——年幼的汤米。

克莱把双手放在他的肩膀上。

"她会在袋狼那里等着你。"这句话差点让我们崩溃大哭——最后，轮到我了。

轮到我的时候，他迟疑了很久。

很快，他就用男孩子惯用的那种步伐走到我们中间。我们并不介意彼此触碰——肩膀、胳膊肘、关节、胳膊——然后他转过身，面对着我。

好长一段时间，他一句话都没有说，他只是走到钢琴旁边，安静地打开钢琴顶盖。里面仍旧保存着她的那条连衣裙，以及《伊利亚特》和《奥德赛》。

他把手慢慢地伸进去，然后把那两本书递给了我。

"来，"他说，"打开上面这一本。"

书里面有两张纸条。

第一张是瓦尔德克的那封信。

第二张是最近才放进去的：

如果发生紧急状况（比如你很快就看完手头的书）
就打这个电话

上面还有一串电话号码和一个签名——C.K.。

我几乎快要说出让他少操闲心的话了，但是他抢先开了口。

"把她给你的所有书都读完，但别忘了，这两本书是最重要的。"他的眼睛里仿佛腾起了火苗，火光熊熊，"然后到了某一天，你会知道时机已经成熟。你知道你得去羽毛镇，把那台老打字机挖出来，但是你得测量好位置，不然你有可能把月亮或者那条蛇挖出来……"他的声音越来越轻。"答应我，马修，向我保证你会这么做。"

就是这样一回事。

那天深夜，他离开了我们。

我们看着他走下门廊，穿过草坪走到阿尔切街上，他就此从我们的人生中消失了。有的时候我们会瞥到一个影子，或者仿佛看到他走过赛马区的街道——但我们知道那永远也不会是克莱。

一年年过去了，这中间发生了很多事：

我们都有了各自的生活。

我们时不时会收到一张明信片，通常都是从他工作的地方寄来的——比如法国的阿维尼翁和捷克的布拉格，后来，还多了一座叫伊斯法罕的伊朗城市——当然，那些地方都有大桥。我最喜欢的还是他从嘉德水道桥寄来的明信片。

我们每时每刻都很思念他，但是我们继续过着自己的生活——从我们的父亲回来，问我们可不可以帮他造一座桥那天算起，一转眼就过了十一年。

在这段时间里，汤米长大成人了。

他去读了大学，不，他没有当兽医。

他现在是一名社会福利工作者。

他会带着一条叫O的狗狗上班(你现在应该知道O代表着什么了①)，他已经二十四岁了。他负责照顾那些像恶棍一样难以管教的小孩，但是那群孩子都很喜欢这条狗。他所有的宠物都获得了"永生"，当然，一直"永生"到离开这个世界的那天为止。首先离开的是金鱼阿伽门农，然后是T——那只会走正步的鸽子，然后是赫克托耳，最后是萝茜。

萝茜十六岁的时候终于走不动路了，是我们所有人一起给它送的行。不管你信不信，在宠物医院里时，是罗里先开的口。他说："你们明白吗，我觉得它还在坚持 ——是为了等着 ——"他面向墙壁，吞了口唾沫。这条狗是以天空命名的，也是为了向彭妮致敬，"我觉得它是在等克莱回来。"

只有阿喀琉斯还在希尔维，一直活到了现在。

那头骡子可能真的会永生。

多提一句，汤米现在住在博物馆附近。

然后是亨利。

你们觉得亨利会过着怎样的生活呢？我很想知道。

你们觉得邓巴家的老三在做些什么？

他总是面带笑容，是我们当中最早结婚的。当然，他去干了房地产，但在此之前还发了笔小财——通过下赌注开赌局赢了不少钱。

有一次，在他的二手史诗集和古典音乐光盘交易会上，一个女孩牵着狗走到了阿尔切街上。她的名字叫作克莱奥·菲茨帕特里克。某些人

---

① 《奥德赛》的首字母。

的生活就是那么一帆风顺，亨利就是一个很好的例子。

"喂！"他冲她大喊，一开始的时候她无视了他的存在，他那天穿了一条裁剪过的短裤和一件衬衣。"喂，牵着威尔士矮脚狗还是狮子狗……总之就是牵着狗的那位姑娘！"

她往嘴里丢了一块口香糖。

"白痴，这是澳大利亚护羊犬——"我当时也在场，她那对质朴的黑眼睛里流露出了异样的神情，很明显。她十分应景地买了一本陀思妥耶夫斯基的《白痴》。第二个星期，她又来了。第二年，他们两个就结婚了。

至于罗里，听起来可能有点奇怪，但他现在是和我们父亲最亲近的一个，而且他经常到那座桥那里去。他还是和下水道一样又臭又硬——或者像奇尔曼太太这一类人讲的那样，像麻袋一样粗糙——但岁月已经磨去了他的棱角，我知道他一直很想念克莱。

奇尔曼太太去世后不久，他就搬到了附近的乡下——萨摩维尔，从这里只用向北开十分钟就到了。他经常回到这里来，坐在家里，喝着啤酒，开怀大笑。他也很喜欢克劳迪娅，会和她聊天，但大部分时候是我们两个独处。我们经常谈起克莱，谈起彭妮，谈起那些往事：

"所以当初他们认为她只会活六个月——一百八十天左右。他们到底知不知道自己在跟什么样的人打交道啊？"

像其他人一样，他现在也明白了那天在那个阳光明媚的后院里到底发生了什么，当时我们的父亲办不到的事，不知怎的，克莱就做到了。他也知道了后来发生的事，凯丽和环绕地的故事。然而，我们又不可避免地绕回了最初的记忆——当时她就是在这儿，在这个厨房里通知的我们。

"关于那个晚上，克莱是怎么说的？"他问，过了好一会儿我才回答他。

"他说你的那声大吼让他的眼睛里瞬间腾起了火苗。"

每次讲到这里罗里都会微笑起来。"我当时直接把他从你现在坐着的这把椅子上揪了下来。"

"我知道，"我说，"我还记得。"

那么，我呢？

好吧，我最后还是做到了。

只花了几个月的时间我就做到了，但在此期间我一直在读彭妮的那些书——随着她一同漂洋过海的这两本书，然后我打开了瓦尔德克的那封信。我还记住了克劳迪娅的电话号码。

然后，一个星期二，我压根儿没想着打她的电话，而是直接走进了学校。她正在原来那间办公室里批改作文。我敲了敲门，她看到了站在门口的我。

她露出一个充满活力的微笑。

"马修·邓巴。"她抬起头看着我。她站在桌子后面说："你终于来了。"

* * *

像克莱要求过的那样，我后来确实去了希尔维。

我去了好多次，大多数都是和克劳迪娅·柯克比一起去的。

一开始的时候我们很谨慎，我和父亲交换了许多关于克莱的故事——作为儿子，作为兄弟，他付出了很多。我告诉了他克莱曾经交代我的事，还有他最后一次见到彭妮时的情形——她又变回了曾经的那个小女孩。我们的父亲尤为震惊。

有一次我差点告诉他，我差点说了出来，但是控制住了我自己。

我想说，我知道你为什么选择离开。

但是像其他很多事一样，我们可以理解，但是最好不要说出来。

博恩巴洛公园的看台被拆掉、那条红色旧跑道被换掉的那天，我们把日期记错了，因此错过了这个不体面的时刻。

等我们赶到那儿时，只剩下了断壁残垣，"所有那些美好的回忆。"亨利这样说着，"所有那些精彩的赌注！"还有那些外号，和那些站在围栏外的男孩——那些永远长不大的男人，永远地消失了。

我还记得我和克莱在这里共度的时光，还记得后来罗里出现，为他增加障碍，对他进行惩罚的情形。

毫无疑问，这里充满了克莱和凯丽的回忆。

我最常想象的是他们两个在一起时的样子。

他们在靠近终点线的地方蹲在一起。

这是他眼中最神圣的地点之一，这里没有了他便空无一物。

说到神圣的地点，不知道为什么，环绕地一直留存了下来。

诺瓦克一家离开阿尔切街很久了，他们又回到了乡下。尽管管理委员会出了各种规划，街区上四处开工建设，环绕地却还没有被开发，所以那里还是归凯丽和克莱所有，至少在我看来是这么回事。

说实话，我也爱上了那片荒地，特别在我格外思念他的那些时刻。通常是深夜时分，我会从后门出去，克劳迪娅会来和我碰头。她会牵起我的手，然后我们一起走到那里。

我们有两个小女儿，她们美极了——她们的人生中没有经历过任何遗憾，她们给这里带来了声音和色彩。你能相信吗？我们给她们读了《伊利亚特》，又读了《奥德赛》，她们两个还都学会了弹钢琴。我会送她们去上课，然后一起回家练琴。我们一起坐在涂着"嫁给我"的键盘的旁边，我有条不紊地检查她们的练琴进度。我坐在那里，手里拿一根桉树枝，她们停下来问话的时候我会稍微犹豫一下：

"你能告诉我们**犯错者**的故事吗，爸爸？"当然了，她们还会问，"你能给我们讲讲克莱的故事吗？"

我还能怎么办呢？

我没有别的办法，只好关上钢琴盖，走进厨房，一边刷碗一边开始讲述。

每个故事的开头都是一样的。

"从前，在邓巴家的历史洪流里……"

第一个讲的是梅丽莎·珀涅罗珀的故事。

第二个讲的是克里斯汀·凯丽的故事。

就这样，我们走到了这一步：

还有一个故事，我现在可以讲给你们听，然后就可以放过你们了。说实话，这也是我最喜欢的一个故事——手臂温热的克劳迪娅·柯克比的故事。

但这也是一个关于我父亲的故事。

同时也和我的弟弟有关。

也和我其他的兄弟、我自己息息相关。

是这样的，从前——在邓巴家的历史洪流里的一天，我向克劳迪娅·柯克比求了婚，我是拿耳环而不是戒指求婚的。它们就像两轮小小的银色月亮，她十分喜欢，她说它们确实很独特。我还给她写了一封很长很长的信，信里写了我记得的所有事，从一开始遇见她，到后来读她的书，还描述了她对我们邓巴家的男孩是多么的友善。我在信里还描述了她的小腿，那些长在脸颊正中间的雀斑。我在她家门口给她念了这封信，她大哭起来，告诉我她愿意——但是接下来，她明白了。

她知道还有一些问题。

她可以从我脸上的表情看出这一点。

当我告诉她我们应该等克莱回来的时候，她紧紧地捏住了我的手，说我说的是对的——就这样，一年又一年过去。岁月流逝，我们已经有了两个女儿。一切都在发展变化。尽管我们担心他再也不会回来了，我们还是觉得这样的等待会把他召唤回来。当你开始等待的时候，你便觉得这种等待是值得的。

但这样过了五年之后，我们开始动摇。

晚上，我们会在卧室里聊起这些——在这个曾经属于彭妮和迈克尔的卧室里。

终于，在克劳迪娅问出这个问题之后，我们做出了一个决定。她问我："你过了三十岁生日之后我们就结婚好不好？"

我同意了。又过了好几年，他仍旧没有回来，她甚至多给了我一年，我三十一岁这年看起来已经是她等待的极限了。我们已经很久都没收到明信片了，我们不知道克莱·邓巴身在何处——就是在这个时候，我才想到：

我钻进车里，开到了那个地方。

夜晚时分，我抵达了希尔维。

我和爸爸一起坐在他的厨房里。

像他和克莱曾经做过的那样，我们也喝起了咖啡。我盯着那个烤箱，看着上面标注的数字，几乎痛哭失声。我看向桌子对面的他，恳求着他。

"你一定要去找到他。"

很快，迈克尔就离开了这个国家。

他坐飞机去了一个城市，在那里等待着。

每天早上，太阳一出来他就出门了。

那个地方一开门他就进去了，一直等到天黑关门才回来。

那时那里已经下起雪来，寒冷刺骨，他靠着学会的几句简短的意大利语勉强生活着。他满怀爱意地抬头看着《大卫》，《奴隶》和他梦中的样子一模一样。他们都在战斗，在挣扎，仿佛是在大理石中争吵呼喊，空气都仿佛在震荡着。佛罗伦萨国立美术馆的工作人员后来都认识他了，他们都在猜他是不是疯了。那时是冬天，并没有多少游客，所以一个星期之后他们就注意到了他。有的时候他们会给他一点午饭吃。有一天晚上，他们终于忍不住问他——

"哦，"他说，"我只是在这儿等人……如果我足够幸运的话，可能会碰到他。"

* * *

就是这样。

一连三十九天，迈克尔·邓巴都待在佛罗伦萨，待在美术馆里。居然能和《大卫》《奴隶》共处这么久，这对他来说简直不可思议。有的时候他也会打盹，坐在那些石头旁边就睡着了。每次都是保安把他叫醒的。

到了第三十九天，一只手伸了过来，拍了拍他的肩膀。一个男人在他身边蹲了下来。他身旁有《奴隶》投下来的影子，那只放在他衣服上的手十分温暖。他的脸色更加苍白，也似乎沧桑了些，但毫无疑问这就是那个男孩。他已经二十七岁了，但一切好像还是多年前那个时刻的样子——克莱和彭妮，明亮的后院——他看到了他曾经的模样。你是那个喜欢听故事的儿子，他心想——突然之间，他好像回到了那个厨房。克莱朝他呼喊着，那声音如此平静，由黑暗之处传向明亮之处。

他跪在地板上，说："你好啊，爸爸。"

婚礼那天，我们都不知道他是否会出现。

迈克尔·邓巴已经尽力了，但是我们还是满心绝望，已经谈不上有什么希望了。

罗里会当我的伴郎。

我们都买了西装和好看的鞋子。

我们的父亲也和我们在一起。

那座桥依旧矗立在那里。

婚礼的仪式会在晚上举行，克劳迪娅把我们的两个女儿也带来了。

黄昏时分，我们聚在一起——最大的和最小的都来了：我，罗里，亨利和汤米。很快，迈克尔也出现了。我们所有人都来到了阿尔切街，西装革履，不过领带只是松松地挂在脖子上。我们还在厨房里等待，我们必须这么做。

有几次，我们仿佛听到了异常的动静。

不管是谁出去张望，都是一个人回来的。

每一次得到的答案都是"什么也没有"。但是罗里，最后一次出去又回来后说道：

"那个。"

他说：

"那个是什么玩意儿？"

* * *

他曾想步行走过大部分路程，但还是乘了火车和大巴。在波塞冬路上，他提前一站下了车。阳光温暖和煦。

他走走停停，身子略微前倾——比他预期的要更快，转眼间他就站在了阿尔切街的街口，既没有感到释然，也没有感到恐慌。

我们心知肚明，他到了，他做到了。

像往常一样，这种情况下一定会出现一群鸽子。

当他走进我们房前的院子里时，鸽子都立在了高高的电线杆上。他没什么别的选择，只能继续往前走。

他往前走着，然后突然停了下来。

他站在我们的草坪上。在他身后斜对角的方向，曾经是凯丽的家，她曾经站在那里，手里拿着烤面包机的电线。他回想起我们当时在草坪上扭打的样子，几乎要笑出声——男孩子、兄弟之间的打打闹闹。他看到了亨利和年幼的自己坐在屋顶上，就好像两个偶然认识并一起聊天的小孩。

他还没有意识到自己在干什么，就开了口："马修。"

他只是叫了我的名字，但这就足够了。

如此平静，如此轻柔——但是罗里听到了——我们都在厨房里站起身来。

我不知道该怎么解释这一切，是该说希望达成还是对老天的祈祷应验？

上帝啊，我该怎么做才好？

我所能做的，只有在这里更加激烈地敲击键盘，给你们还原当时的一切：

是这样的，首先，我们都跑到走廊上，把整个纱窗门扯了下来——在那儿，还在门廊上的时候，我们就看到了他。他站在草坪上，穿着参加婚礼的西装，眼中含泪，但是面带微笑。是的，克莱，这个微笑者，永远都在微笑。

令人惊奇的是，没有人向前走：

我们所有人仿佛被定在了原地。

但我们很快恢复了动作。

我，向前跨了一步，然后一切就容易多了。我叫了声"克莱"。而克莱——男孩克莱——还有我那群像一阵狂风一样的弟弟们横扫过来。他们从门廊的台阶上三步并作五步跳了下来，他们按住他，与他扭打到了草坪上。他们的身体交错在一起，放声大笑。

我在想当时我们的父亲看到的该是怎样的一幅场景，我们肯定在围栏旁乱作一团。我想他肯定看到了这一幕。后来，亨利、汤米和罗里相继从我这个弟弟身上爬了下来。我在想作为一个旁观者到底会有怎样的感受。他们很快把他扶了起来，他站起身，拍了拍身上的尘土。我走过最后的几米，走到他面前。

"克莱，"我说，"嘿，克莱——"

但是我已经没有别的什么要和他说的了——这个男孩，同时也是这个家里的一个男人，他终于让自己放松了下来——我抱住他，就像将挚爱拥入怀中。

"你来了，"我说，"你来了。"我紧紧地抱着他，这个时候，我们所有人，我们这些男人，我们又笑又哭，又哭又笑。但有一件事明白无误，至少他明白了：

邓巴男孩可以做很多事，但可以确定的是，不管他曾在哪里，最终都会回家。

致谢

如果没有凯特·帕特森、艾琳·克拉克和简·劳森的坚强、乐观以及纯粹的集体主义精神，就不会有邓巴男孩、这座桥和克莱。你们思维清晰，敢于讲真话。你们自己就是邓巴男孩。谢谢你们所做的一切。

感谢我的朋友和同事——（伟大的）凯瑟琳·德雷顿、菲奥娜·英格利斯（里韦里纳）、格瑞丝·海菲兹（PP），谢谢你们的等待，在这十几年的时光中，你们成了斯巴达式的读者。

特蕾西·奇塔姆：如果二〇一六年真的能来，那这本书就真的能出版。这是对书中的桥最好的祝福。

朱迪思·豪特：很少有人能受得了我的那些白痴行为。但你却都承受了下来。或许是因为你血液中有着阿肯色的那股劲儿吧。感谢你付出的爱和友谊，我知道那和这条河以及这座城市无关。

威廉·卡拉汉：你绝对不知道你对这本书来说意味着什么。你总是在原地支持着我。是你引导我走出地狱。

乔治亚·道格拉斯 (GBAD)：千年老二。我会怀念我们那些交心的时刻的。你总是对的，这真让人生气。那些 T 恤还没有做好，别忘了。

布里·柯林斯和艾莉森·科拉尼：你们一直是我的救世主、人生导师，你们无可替代。

对于以下这些坚定（一个真正伟大的词）的人，感谢你们在过去的十几年以及最近提供的帮助：

理查德·派因，珍妮·布朗（我遇到过的最善良的人），凯特·库珀、克莱尔·罗伯茨、拉里·芬利、普拉文·奈杜、凯蒂·克劳福德、凯西·邓恩（任何事情的修理工）、阿德里安·温特罗布、多米尼克·西米娜、诺琳·赫里斯、克里斯蒂娜·拉波夫、约翰·阿达莫、贝基·格林、费利西亚·弗雷泽、凯莉·德莱尼、芭芭拉·马库斯、卡特·希尔顿、索菲·克里斯托弗、爱丽丝·墨菲·派尔和（天才的）桑迪·卡尔、乔·汤姆森，以及伊莎贝尔·沃伦·林奇。

感谢琼·德马约、南希·西斯科、曼迪·赫尔利、南希·辛克尔、阿曼达·佐恩、达娜·雷因哈特、汤姆和劳拉·麦克尼尔、安迪、莎莉、英格、伯纳德、莉娜、拉芙、格斯、吐温、约翰尼和特瓦。请千万不要低估你们给我和这本书奉献的善意和友情。

需要特别提及的是：

布洛基：感谢与我一起和弗洛伊德漫步；做倾听者。你像毕加索一样天才。你知道的，条条大路通赫达特。

安格斯和马萨米·侯赛因：游戏改变者，生活改变者，来自不同的大陆，但你们是最棒的。

豪尔赫·奥金：我会去攀爬任何地方的墙，任何地方。谢谢你给予的一切。

维克·莫里森：感谢你为"音乐和移动钢琴（调音）"的部分提供的灵感，感谢你的艺术追求和大胆的冒险，这为《奴隶》的情节提供了素材。

哈莉娜和杰克·德韦基：关于进出波兰的情节和其中包含的爱，以及营地和蟑螂的故事，你们提供了很好的建议，感谢你们。那些蟑螂太大了！

玛丽亚和基洛斯·亚历山德拉托斯：感谢你们和我第一次谈论修桥时给出的建议。

蒂姆·劳埃德：感谢你在关于马的问题上提供的帮助和建议，尤其还让我在奥特福德附近找到了骡子的原型。

HZ：感谢你提出的关于德语的典型讽刺性建议。

兹登卡·多列斯卡：感谢你让我写出捷克语的那句话……每一个细小的地方都很重要，谢谢你。

朱尔斯·凯利：特别的秘密守护者。

感谢神秘的 H 女士。

蒂姆·史密斯：感谢你给我的所有灵感，感谢你在水里等待的那一刻。

我想告诉另一个马库斯·苏萨克：几十年的时间不会白白消失。它是以这样的方式被度过的。谢谢你让我看到尚未终结的生活是什么样子。

一如既往，你是如此与众不同。

最后，感谢所有的读者，没有你们，什么都无法实现，感谢你们给予的一切。

——马库斯·苏萨克

图书在版编目（CIP）数据

克莱的桥／（澳）马库斯·苏萨克著；周媛译 .——
北京：北京十月文艺出版社，2020.8
书名原文：BRIDGE OF CLAY
ISBN 978—7—5302—2053—5

Ⅰ.①克…　Ⅱ.①马…　②周…　Ⅲ.①长篇小说—澳
大利亚—现代　Ⅳ.①I611.45

中国版本图书馆 CIP 数据核字（2020）第 089514 号

克莱的桥
KELAI DE QIAO
〔澳〕马库斯·苏萨克 著
周媛 译

出　　版　北 京 出 版 集 团
　　　　　北京十月文艺出版社
地　　址　北京北三环中路 6 号
邮　　编　100120
网　　址　www.bph.com.cn
发　　行　新经典发行有限公司
　　　　　电话（010）68423599
经　　销　新华书店
印　　刷　山东韵杰文化科技有限公司
版　　次　2020 年 8 月第 1 版
　　　　　2020 年 8 月第 1 次印刷
开　　本　880 毫米 ×1230 毫米　1/32
印　　张　19.25
字　　数　480 千字
书　　号　ISBN 978—7—5302—2053—5
定　　价　68.00 元
质量监督电话 010—58572393
如有印装质量问题，由本社负责调换。

著作权合同登记号　图字：01—2020—2514

Facebook: /markuszusak
Instagram: @markuszusak
Tumblr: http://www.zusakbooks.com
Join in the conversation about *Bridge of Clay* with #BridgeofClay